De blinde muur

HENNING MANKELL

De blinde muur

MISDAADROMAN

Uit het Zweeds vertaald door
Janny Middelbeek-Oortgiesen

DE GEUS

Vierde druk

Oorspronkelijke titel *Brandvägg*, verschenen bij
Ordfront Förlag AB, Stockholm
Oorspronkelijke tekst © Henning Mankell, 1998
Nederlandse vertaling © Janny Middelbeek-Oortgiesen en
De Geus BV, Breda 2004
*Published by agreement with Ordfront Förlag AB, Stockholm, and
Leonhardt & Høier Literary Agency aps, Copenhagen*
Deze uitgave © De Geus BV, Breda 2005
Omslagontwerp Robert Nix
Omslagillustratie © Christies Images/Corbis/TCS
Foto auteur © Ulla Montan
Drukkerij Haasbeek BV, Alphen a/d Rijn

ISBN 90 445 0588 2
NUR 332, 305

Niets uit deze uitgave mag verveelvoudigd en/of openbaar
gemaakt worden door middel van druk, fotokopie, microfilm of op
welke wijze dan ook, zonder voorafgaande schriftelijke toestemming
van De Geus BV, Postbus 1878, 4801 BW Breda, Nederland.
Telefoon: 076 522 8151. Internet: www.degeus.nl

Verspreiding in België via Libridis NV, Industriepark-Noord 5a,
9100 Sint-Niklaas

'Een mens die afdwaalt van de weg van het verstand,
zal tot rust komen in de vergadering der schimmen.'

– Spreuken 21:16

I

BOZE OPZET

I

In de avond nam de wind plotseling af. Om daarna helemaal te gaan liggen.

De man was het balkon op gegaan. Overdag kon hij tussen de flats aan de overkant door de zee zien liggen. Nu was het echter donker om hem heen. Soms nam hij zijn oude Engelse zeekijker mee naar het balkon om door de verlichte ramen van de flat tegenover hem naar binnen te kijken. Dan bekroop hem echter uiteindelijk altijd het gevoel dat iemand hem zag.

De sterren stonden helder aan de hemel.

Al herfst, dacht hij. Misschien gaat het vannacht vriezen. Ook al is dat voor Skåne nog vroeg.

Ergens in de verte reed een auto voorbij. Hij begon te rillen en ging weer naar binnen. De balkondeur ging moeilijk dicht. In zijn notitieblok, dat op de keukentafel naast de telefoon lag, noteerde hij dat hij eraan moest denken om de volgende dag de deur na te kijken.

Hij liep door naar de woonkamer. Heel even bleef hij in de deuropening stilstaan en liet hij zijn blik door de ruimte glijden. Omdat het zondag was, had hij schoongemaakt. Het gaf hem altijd een tevreden gevoel te weten dat hij zich in een kamer bevond die helemaal schoon was.

Zijn bureau stond tegen een van de muren. Hij trok de stoel naar achteren, deed de bureaulamp aan en pakte het dikke logboek dat hij in een van de lades bewaarde. Zoals gewoonlijk las hij eerst door wat hij de vorige avond geschreven had.

'Zaterdag 4 oktober 1997. De hele dag waren er rukwinden. Volgens het Meteorologisch Instituut stond er een windsnelheid van 8-10 meter per seconde. Uiteengerafelde wolken joegen langs de hemel. Om zes uur 's ochtends was het 7 graden. Om twee uur

was de temperatuur opgelopen tot 8 graden. 's Avonds daalde ze tot 5 graden.'

Daarna had hij nog vier zinnen geschreven.

'De ruimte is vandaag leeg en verlaten. Geen berichten. C reageert niet op oproepen. Alles is rustig.'

Hij schroefde het deksel van de inktpot en doopte zijn metalen pen er voorzichtig in. Die had hij van zijn vader geërfd, die hem had bewaard sinds hij in zijn jeugd op een dag was begonnen als assistent-boekhouder bij een klein bankfiliaal in Tomelilla. Voor zijn logboek gebruikte hij nooit een andere pen.

Hij schreef dat de wind was afgenomen en daarna helemaal was gaan liggen. Op de buitenthermometer bij het keukenraam had hij gezien dat het drie graden was. De hemel was helder. Hij noteerde verder dat hij zijn appartement had schoongemaakt en dat dit drie uur en vijfentwintig minuten had gekost. Dat was tien minuten korter dan de zondag ervoor.

Bovendien had hij een wandeling naar de jachthaven gemaakt, nadat hij in de Sankta Maria-kerk een halfuur had zitten mediteren.

Hij dacht even na voor hij verderging. Daarna noteerde hij nog een zin in zijn logboek. *'s Avonds een korte wandeling.'*

Voorzichtig drukte hij het vloeipapier op het geschrevene, veegde zijn vulpen af en draaide het deksel op de inktpot.

Voordat hij zijn logboek dichtsloeg, keek hij op de oude scheepsklok die naast hem op het bureau stond. De wijzers stonden op twintig minuten over elf.

Hij liep naar de hal en trok zijn oude leren jack en een paar regenlaarzen aan. Hij voelde of hij zijn sleutels en portemonnee op zak had en verliet zijn appartement.

Toen hij op straat kwam, bleef hij roerloos in het donker staan en keek rond. Er was niemand. Dat had hij ook niet verwacht. Daarna kwam hij in beweging. Zoals gewoonlijk sloeg hij links af, stak de weg naar Malmö over en liep in de richting van het winkelcentrum en het rode bakstenen gebouw waarin de belastingdienst was gevestigd. Hij voerde zijn tempo op totdat hij zijn gebruikelijke, rustige avondritme te pakken had. Overdag liep hij harder, omdat hij zich dan wilde inspannen en wilde zweten. Zijn avondwandelingen waren anders. Dan probeerde hij vooral de gedachten van die dag kwijt te raken en zich voor te bereiden op de nachtelijke slaap en de dag van morgen.

Bij de bouwmarkt liet een vrouw haar hond uit. Het was een herdershond. Hij kwam haar bijna altijd tegen wanneer hij 's avonds buiten liep. Een auto reed hem met hoge snelheid voorbij. Hij ontwaarde een jonge man aan het stuur en hoorde muziek hoewel de ramen dicht waren.

Ze weten niet wat hun te wachten staat, dacht hij. Al die jongelui die in hun auto's rondrijden en de muziek zo hard hebben staan dat ze er binnenkort een gehoorbeschadiging aan overhouden.

Ze weten niet wat hun te wachten staat. Net zomin als dames die in hun eentje hun hond uitlaten.

Die gedachte stemde hem opgewekt. Hij dacht aan de enorme macht waarvan hij deel uitmaakte. Het gevoel een van de uitverkorenen te zijn. Zij die in staat waren oude, versteende waarheden af te breken en geheel nieuwe en onverwachte te scheppen.

Hij bleef staan en keek naar de sterrenhemel.

Eigenlijk is alles onbegrijpelijk, dacht hij. Mijn eigen leven net zozeer als het feit dat het licht dat ik op dit moment van de sterren zie, al oneindig lang onderweg is hiernaartoe. Het enige wat misschien een fractie zin aan alles geeft, is wat ik doe. Het aanbod dat ik bijna twintig jaar geleden heb gekregen en dat ik zonder enige aarzeling heb geaccepteerd.

Hij liep verder. Sneller nu, omdat de gedachten die zich in zijn hoofd begonnen te vormen hem van streek maakten. Hij merkte dat hij ongeduldig begon te worden. Ze hadden al zolang gewacht. Nu naderde het moment waarop ze de onzichtbare vizieren zouden laten zakken en hun grote boeggolven over de wereld zouden zien rollen.

Maar zover was het nog niet. De tijd was nog niet helemaal rijp. Ongeduld was een zwakte die hij zich niet kon permitteren.

Hij bleef staan. Hij bevond zich al midden in de villawijk. Verder wilde hij niet gaan. Even na middernacht moest hij in bed liggen.

Hij keerde om en begon terug te lopen. Toen hij het gebouw van de belastingdienst was gepasseerd besloot hij door te lopen naar de bankautomaat die naast de winkels zat. Hij voelde aan de broekzak waarin zijn portemonnee zat. Hij wilde geen geld opnemen, maar alleen kijken of er iets was afgeschreven en zich ervan vergewissen dat alles in orde was.

In het licht naast de bankautomaat bleef hij staan en hij haalde zijn blauwe bankpasje te voorschijn. De dame met de herdershond was nu verdwenen. Over Malmövägen denderde een zwaar beladen vrachtwagen voorbij. Die moest waarschijnlijk met een van de veerboten mee naar Polen. Naar het lawaai te oordelen was de uitlaat kapot.

Hij toetste zijn pincode in en drukte vervolgens op het knopje voor de bon. Het pasje kwam terug en hij stopte het in zijn portemonnee. Binnen in de automaat hoorde je een ritselend geluid. Hij glimlachte bij de gedachte, schoot in de lach.

De mensen moesten eens weten, dacht hij. De mensen moesten eens weten wat hun te wachten staat.

Het witte bonnetje met de saldo-informatie kwam door de gleuf naar buiten. Hij zocht naar zijn bril en realiseerde zich toen dat die in de jas zat die hij had gedragen toen hij naar de jachthaven was gelopen. Heel even ergerde hij zich aan het feit dat hij zijn bril was vergeten.

Hij ging op een plek staan waar het licht van de straatlantaarn het sterkst was en tuurde naar het bedrag.

De automatische overboeking die afgelopen vrijdag was gedaan was verwerkt. Net als het bedrag dat hij de vorige dag had opgenomen. Er stonden nog negenduizend zevenhonderdvijfenzestig kronen op zijn rekening. Alles was zoals het wezen moest.

Wat er gebeurde, kwam zonder enige waarschuwing vooraf.
Het was alsof hij door een trap van een paard werd geraakt.
De pijn was hevig.

Hij viel voorover, zijn hand krampachtig gebald rond het witte bonnetje met de cijfers.

Toen zijn hoofd op het koude asfalt sloeg, ervoer hij een moment van helderheid.

Zijn laatste gedachte was dat hij er niets van begreep.

Vervolgens werd hij omringd door een duisternis die van alle kanten tegelijk kwam.

Het was even na middernacht. Inmiddels was het maandag 6 oktober 1997.

Opnieuw kwam er een vrachtwagen voorbij die op weg was naar de nachtveerboot.

Daarna was het weer stil.

2

Toen Kurt Wallander in Mariagatan in Ystad in zijn auto stapte, was dat met een zeer onplezierig gevoel. Het was maandag 6 oktober 1997, even over acht. Hij reed de stad uit en vroeg zich af waarom hij niet had afgezegd. Hij had een diepe en intense afkeer van begrafenissen. Niettemin was hij daar nu op weg naartoe. Omdat hij ruim op tijd was, besloot hij niet rechtstreeks naar Malmö te rijden. Hij sloeg af en reed langs de kustweg in de richting van Svarte en Trelleborg. Aan de linkerkant ving hij een glimp van de zee op. Een veerboot was juist op weg naar de haven.

Hij bedacht dat hij nu op weg was naar zijn vierde begrafenis in zeven jaar. Eerst had zijn collega Rydberg kanker gekregen. Dat was een langdurige en pijnlijke ziektegeschiedenis geweest. Wallander had hem vaak bezocht in het ziekenhuis waarin hij was opgenomen en lag weg te kwijnen. Rydbergs dood had voor hem een zware, persoonlijke slag betekend. Rydberg was de man die een rechercheur van hem had gemaakt. Hij had Wallander geleerd de juiste vragen te stellen. Door hem had hij geleidelijk de moeilijke kunst onder de knie gekregen om een plaats van een delict af te lezen. Voordat Wallander met Rydberg begon samen te werken, was hij een heel gewone politieman geweest. Pas veel later, toen Rydberg al dood was, was het tot Wallander doorgedrongen dat hij zelf niet alleen over koppigheid en energie beschikte, maar ook over een grote mate van vakbekwaamheid. Wanneer hij voor een gecompliceerd onderzoek stond en niet wist welke kant hij met het speurwerk eigenlijk op moest, voerde hij nog steeds vaak stilzwijgende gesprekken met Rydberg. Hij miste Rydberg nog bijna iedere dag. Dat gemis zou altijd blijven.

Daarna was zijn vader onverwacht gestorven. Hij was in zijn

atelier in Löderup in elkaar gezakt en aan een hartaanval overleden. Dat was nu drie jaar geleden. Wallander betrapte zich af en toe nog steeds op de gedachte dat hij het onbegrijpelijk vond dat zijn vader er niet meer was, omringd door zijn schilderijen en de eeuwige geur van terpentijn en olieverf. Het huis in Löderup was na diens dood verkocht. Wallander was er bij enkele gelegenheden langs gereden en had gezien dat er nu andere mensen woonden. Hij was echter nooit gestopt. Af en toe bezocht hij het graf, maar dat was altijd met het onbestemde gevoel van een slecht geweten. Hij realiseerde zich dat er steeds meer tijd tussen zijn bezoeken ging zitten. Hij had ook gemerkt dat het voor hem steeds moeilijker werd om zich zijn vaders gezicht voor de geest te halen.

Een mens die dood was, werd uiteindelijk een mens die nooit had bestaan.

De volgende was Svedberg. Zijn collega, die een jaar geleden op gewelddadige wijze in zijn eigen flat was omgebracht. Toen had Wallander zich gerealiseerd hoe weinig hij eigenlijk wist over de mensen met wie hij samenwerkte. Svedbergs dood had relaties onthuld waarvan hij niet het geringste vermoeden had gehad.

En nu was hij op weg naar zijn vierde begrafenis, de enige waar hij eigenlijk niet naartoe had hoeven gaan.

Ze had hem afgelopen woensdag gebeld. Wallander had op het punt gestaan zijn werkkamer te verlaten. Het was laat in de middag. Hij had zich gebogen over een troosteloos onderzoek naar een in beslag genomen partij gesmokkelde sigaretten die in een vrachtwagen van een veerboot kwam en hij had hoofdpijn gehad. De sporen leidden naar Noord-Griekenland, maar gingen vervolgens in rook op. Hij had informatie uitgewisseld met de Griekse en Duitse recherche, maar ze waren de kopstukken niet nader op het spoor gekomen. Nu besefte hij dat de chauffeur, die waarschijnlijk niet wist dat er smokkelwaar tussen zijn vracht zat, tot enkele maanden gevangenisstraf zou worden veroordeeld. Schokkender dingen waren er nauwelijks te verwachten. Wallander was ervan overtuigd dat er dagelijks sigaretten Ystad werden binnengesmokkeld. Hij betwijfelde of ze er ooit in zouden slagen die handel te stoppen.

Verder werd zijn dag overschaduwd door het feit dat hij een nijdig gesprek had gevoerd met de officier van justitie die waarnam voor Per Åkeson, die enkele jaren geleden naar Soedan was vertrokken en nooit meer terug leek te zullen komen. Wallander voelde een knagende jaloezie wanneer hij dacht aan Åkesons vertrek en de brieven las die hij regelmatig van hem ontving. Åkeson had een stap durven zetten waarvan Wallander zelf alleen maar droomde. Nu werd hij binnenkort vijftig. Hij wist, ook al wilde hij dat voor zichzelf niet echt toegeven, dat de grote beslissingen in zijn leven waarschijnlijk al genomen waren. Iets anders dan politieman zou hij nooit worden. Wat hij tot zijn pensioen kon doen, was proberen een betere rechercheur te worden. En misschien iets van zijn kennis overbrengen op zijn jongere collega's. Maar verder was er niets wat als een keerpunt in zijn leven lonkte. Er lag op hem geen Soedan te wachten.

Hij had al met zijn jas in zijn handen gestaan toen ze belde. Eerst begreep hij niet goed wie ze was.

Vervolgens drong tot hem door dat hij Stefan Fredmans moeder aan de lijn had. Allerlei gedachten en herinneringen schoten door zijn hoofd. In enkele seconden riep hij de gebeurtenissen op die drie jaar geleden hadden plaatsgevonden.

De jongen die zich als indiaan had verkleed en geprobeerd had wraak te nemen op de mannen die zijn zus gek en zijn jongere broer bang hadden gemaakt. Een van degenen die hij had omgebracht, was zijn eigen vader. Wallander herinnerde zich het afschuwelijke laatste beeld, waarbij de jongen op zijn knieën had zitten huilen bij het lichaam van zijn dode zus. Over wat er daarna was gebeurd wist hij niet veel. Behalve dan dat de jongen natuurlijk niet in de gevangenis was terechtgekomen, maar op een gesloten afdeling voor psychiatrische patiënten.

Nu belde Anette Fredman op om te vertellen dat Stefan dood was. Hij had zich van het leven beroofd door uit het gebouw te springen waarin hij opgesloten zat. Wallander had haar gecondoleerd en ergens in zijn binnenste ook zelf verdriet gevoeld. Of misschien was het vooral een gevoel van wanhoop en vertwijfeling geweest. Maar hij begreep nog steeds niet waarom ze hem eigenlijk gebeld had. Hij had daar met de hoorn in zijn hand gestaan en geprobeerd zich haar beeld voor de geest te halen. Hij had haar twee of drie keer ontmoet, in een buitenwijk van Malmö, toen ze naar Stefan op zoek waren en zich met de gedachte probeerden te verzoenen dat het misschien een veertienjarige was die de ernstige geweldsdelicten had begaan. Hij wist nog dat de moeder verlegen en gejaagd was geweest. Er was iets ongrijpbaars aan haar, alsof ze voortdurend het ergste vreesde. En dat was ook uitgekomen. Wallander herinnerde zich vaag dat hij zich had afgevraagd of ze ook verslaafd was. Misschien dronk ze te veel, of onderdrukte ze haar zorgen met pillen? Hij wist het niet. Bovendien kostte het hem moeite zich haar gezicht voor de geest te halen. De stem die hem via de telefoon toesprak, was hem vreemd.

Ze had verteld waarvoor ze belde.

Ze wilde dat Wallander bij de begrafenis aanwezig zou zijn. Omdat er verder bijna niemand zou komen. Alleen zij en Stefans jongere broer Jens waren nu nog over. Ondanks alles was Wallander een vriendelijke, welwillende man. Hij had beloofd dat hij zou komen. Een belofte waarvan hij bijna meteen al weer spijt had, maar toen was het te laat.

Naderhand had hij geprobeerd om erachter te komen wat er na de arrestatie met de jongen was gebeurd. Hij sprak met een arts in het ziekenhuis waar Stefan was opgenomen. De afgelopen jaren had Stefan er vrijwel totaal het zwijgen toe gedaan en al zijn innerlijke deuren gesloten. Maar Wallander kreeg te horen dat de jongen die dood op het asfalt had gelegen oorlogskleuren op zijn gezicht had gehad en dat die verf en zijn bloed samen een angstaanjagend masker hadden gevormd dat misschien meer vertelde over de maatschappij waarin Stefan had geleefd dan over zijn gespleten persoonlijkheid.

Wallander reed langzaam. Toen hij die ochtend zijn donkere

kostuum had aangetrokken, had hij tot zijn verbazing gemerkt dat zijn broek paste. Dus was hij afgevallen. Toen hij een jaar geleden had gehoord dat hij was getroffen door diabetes, was hij gedwongen geweest zijn eetgewoontes te wijzigen, te gaan bewegen en zijn gewicht in de gaten te houden. In het begin was hij uit ongeduldige overijverigheid meerdere keren per dag op de weegschaal in de badkamer gaan staan. Ten slotte had hij het ding in een woedende bui uit het raam gesmeten. Als het hem niet lukte om af te vallen zonder voortdurend op de weegschaal te gaan staan, dan zou het hem een zorg zijn.

De arts die hij op gezette tijden bezocht, had zich echter niet gewonnen gegeven en bleef Wallander op het hart drukken dat hij niet moest doorgaan met zijn slordige levensstijl, onregelmatig en ongezond eten en een minimale hoeveelheid beweging. Ten slotte had dat vruchten afgeworpen. Wallander had een trainingspak en sportschoenen gekocht en was regelmatig wandelingen gaan maken. Toen Martinson voorstelde om samen te gaan hardlopen had Wallander daarop echter nors nee gezegd. Er waren grenzen. En die liepen bij de wandelingen. Nu had hij een route van een uur uitgezet die vanaf Mariagatan door Sandskogen liep en weer terug. Minstens vier keer per week dwong hij zichzelf naar buiten te gaan. Zijn voortdurende bezoeken aan snackbars had hij ook verminderd. En zijn arts had gezien dat dit resultaat opleverde. Zijn bloedsuiker was gezakt en hij was afgevallen. Toen hij zich op een ochtend stond te scheren had hij ook gezien dat zijn uiterlijk was veranderd. Zijn wangen waren geslonken. Het was net of hij zijn oude gezicht zag terugkeren nadat dit lange tijd onnodig onder vet en een slechte huid begraven had gelegen. Zijn dochter Linda was blij verrast geweest toen ze hem zag. Op het bureau was er echter nooit iemand die iets zei over het feit dat hij was afgevallen.

Het is alsof we elkaar eigenlijk nooit zien, had Wallander gedacht. We werken samen, maar zien elkaar niet.

Wallander passeerde het strand bij Mossby dat er nu in het najaar verlaten bij lag. Hij herinnerde zich nog hoe hier zes jaar geleden een rubberen vlot met twee dode mannen was aangespoeld.

Hij remde plotseling af en sloeg af van de hoofdweg. Nog steeds had hij ruim de tijd. Hij zette de motor af en stapte uit. Het was windstil, de temperatuur was een paar graden boven nul. Hij deed zijn jas dicht en volgde een pad dat tussen de duinen door slingerde. Daar was de zee. En het lege strand. Sporen van mensen en honden. En de hoefafdrukken van een paard. Hij keek uit over het water. Een streep vogels was op weg naar het zuiden.

Hij kon zich nog steeds exact het punt herinneren waar het vlot aan land was gedreven. Later had het lastige onderzoek Wallander naar Letland gevoerd, naar Riga. En daar was Baiba geweest. De weduwe van een vermoorde Letse rechercheur, een man die hij nog had leren kennen en op wie hij gesteld was geweest.

Daarna had hij met Baiba een relatie gekregen. Lange tijd had hij gedacht dat ze bij elkaar zouden blijven. Dat zij naar Zweden zou verhuizen. Ze hadden zelfs een keer naar een huis in de omgeving van Ystad gekeken. Maar ze begon zich terug te trekken. Jaloers had Wallander zich afgevraagd of er soms een ander was. Hij was zelfs een keer naar Riga gereisd zonder haar van tevoren te vertellen dat hij kwam. Er was echter geen andere man geweest. Het lag aan Baiba, die eraan twijfelde of ze wel moest hertrouwen met een politieman en haar vaderland verlaten, waar ze een slecht betaalde maar uitdagende baan als vertaler had. Toen was het uitgegaan.

Wallander liep langs het strand en bedacht dat het nu meer dan een jaar geleden was dat hij voor het laatst met haar had gesproken. Nog steeds gebeurde het dat ze in zijn dromen opdook, maar hij slaagde er nooit in haar te pakken te krijgen. Wanneer hij naar haar toe liep of zijn hand uitstak, was ze altijd al verdwenen. Hij vroeg zich af of hij haar eigenlijk miste. De jaloezie was in ieder geval verdwenen. Nu kon hij zich haar met een andere man voorstellen zonder dat er een steek door hem heen ging.

Het is de verloren verbondenheid, dacht hij. Met Baiba ontsnapte ik aan een eenzaamheid waarvan ik me vroeger eigenlijk nooit bewust was. Als ik haar mis, dan komt dat omdat ik het samenzijn mis.

Hij liep terug naar zijn auto. Hij moest oppassen voor eenzame, verlaten stranden. Vooral in het najaar. Die ontketenden bij hem gemakkelijk een grote, zware somberheid.

Ooit had hij aan de uiterste noordpunt van Jutland voor zichzelf een eenzaam en verlaten politiedistrict ingericht. Dat was tijdens een periode in zijn leven waarin hij in de ziektewet zat, omdat hij aan een zware depressie leed en niet verwachtte dat hij ooit nog zou terugkeren op het politiebureau in Ystad. De jaren waren verstreken, maar hij kon zich nog steeds met afgrijzen herinneren hoe hij zich destijds had gevoeld. En dat wilde hij niet weer meemaken. Dat was een landschap dat alleen maar angst bij hem opriep.

Hij stapte in zijn auto en vervolgde zijn tocht naar Malmö. Om hem heen was het herfstachtiger geworden. Hij vroeg zich af hoe de winter zou worden. Of er veel sneeuw zou vallen, die samen met de wind tot chaos zou leiden. Of dat het regenachtig zou zijn. Hij dacht ook na over wat hij aan moest met de week vakantie die hij ergens in november moest opnemen. Hij had het er met Linda, zijn dochter, over gehad dat ze misschien een vliegreis naar de zon konden boeken. Hij wilde haar daar graag op trakteren. Maar zij studeerde in Stockholm iets waarvan hij niet precies wist wat het inhield en had gezegd dat ze dan waarschijnlijk niet weg kon. Ook al had ze dat wel gewild. Hij had toen geprobeerd iemand te verzinnen die hij in haar plaats kon vragen, maar er was niemand. Hij had bijna geen vrienden. Sten Widén was wel een vriend. Hij bezat een manege in de buurt van Skurup, maar Wallander betwijfelde of hij er eigenlijk wel zin in had om met hem op reis te gaan. Niet in de laatste plaats vanwege Widéns grote drankprobleem. Hij dronk constant, terwijl Wallander zelf zijn vroegere dubieuze alcoholconsumptie aan banden had gelegd, iets waarop zijn arts sterk had aangedrongen. Hij kon Gertrud natuurlijk vragen, de weduwe van zijn vader, maar hij wist niet waar hij met haar een hele week over moest praten.

Verder was er niemand.

Dus zou hij thuis blijven. Hij zou het geld gebruiken om zijn auto in te ruilen. Zijn Peugeot begon gebreken te vertonen. Nu hij onderweg was naar Malmö hoorde hij dat de motor voortdurend een raar geluid maakte.

Even na tienen kwam hij aan in de buitenwijk Rosengård. De begrafenis zou om elf uur beginnen. De kerk was nieuw. Ernaast waren een paar jongens bezig een voetbal tegen een stenen muur te schoppen. Hij bleef in zijn auto naar hen zitten kijken. Ze waren met z'n zevenen. Drie van hen waren zwart. Drie anderen zagen er ook uit alsof ze van allochtone afkomst konden zijn. En dan was er nog eentje met sproeten en een bos blond haar. De jongens waren met veel energie en gelach een balletje aan het trappen. Heel even voelde Wallander een hevig verlangen om mee te doen, maar hij bleef zitten. Een man kwam de kerk uit en stak een sigaret op. Wallander stapte uit en liep naar de rokende man toe.

'Wordt Stefan Fredman hier begraven?' vroeg hij.

De man knikte.

'Bent u familie?'

'Nee.'

'We rekenen er niet op dat er veel mensen komen', zei de man. 'Ik neem aan dat u weet wat hij gedaan heeft.'

'Ja', zei Wallander. 'Dat weet ik.'

De man bestudeerde zijn sigaret.

'Zo eentje kan maar beter dood zijn.'

Wallander was verontwaardigd.

'Stefan was nog niet eens achttien jaar. Voor iemand die zo jong is, is het nooit beter om dood te zijn.'

Wallander merkte dat hij stond te schreeuwen. De rokende man keek hem verbaasd aan. Wallander schudde nijdig zijn hoofd en draaide zich om. Op dat moment kwam de zwarte lijkwagen naar de kerk gereden. De bruine kist met daarop een eenzame krans werd eruit getild. Wallander bedacht dat hij eigenlijk bloemen had moeten meenemen. Hij liep naar de voetballende jongens toe.

'Weet een van jullie ook of er een bloemenwinkel in de buurt is?' vroeg hij.

Een van de jongens wees.

Wallander pakte zijn portemonnee en haalde er een briefje van honderd kronen uit.

'Ren ernaartoe en koop een boeket', zei hij. 'Rozen. En kom snel weer terug. Je krijgt tien kronen voor de moeite.'

De jongen keek hem vragend aan, maar nam het geld wel aan.

'Ik ben van de politie', zei Wallander. 'Ik ben een gevaarlijke politieman. Als je er met het geld vandoor gaat, zal ik je weten te vinden.'

De jongen schudde zijn hoofd.

'Je hebt geen uniform', zei hij in gebroken Zweeds. 'Bovendien zie je er niet uit als een politieman. In ieder geval niet als een gevaarlijke.'

Wallander pakte zijn legitimatie. De jongen staarde er een ogenblik naar. Vervolgens knikte hij en liep weg. De anderen gingen door met voetballen.

De kans is groot dat hij toch niet terugkomt, dacht Wallander somber. Het is langgeleden dat respect voor een politieman in dit land iets vanzelfsprekends was.

De jongen keerde echter met rozen terug. Wallander gaf hem twintig kronen. Tien omdat hij dat had beloofd en tien omdat de jongen ook daadwerkelijk was teruggekomen. Natuurlijk was dat veel te veel, maar hij kon het nu niet meer terugdraaien. Meteen daarna stopte er een taxi voor de kerk. Hij herkende de moeder van Stefan, maar ze was ouder geworden en zo mager dat ze haast uitgemergeld leek. Naast haar stond de jongen die Jens heette en ongeveer zeven jaar was. Hij leek erg op zijn broer. Hij had grote, wijd opengesperde ogen. De angst van destijds zat er nog steeds in. Wallander liep naar hen toe om hen een hand te geven.

'Meer mensen komen er niet', zei ze. 'Alleen de dominee.'
Er zal toch ook wel een organist zijn, dacht Wallander, maar hij zei niets.

Ze liepen de kerk in. De dominee, die nog jong was, zat op een van de stoelen vlak bij de kist een krant te lezen. Wallander voelde hoe Anette Fredman hem bij zijn arm pakte.

Hij begreep haar.

De dominee stopte de krant weg. Ze gingen rechts van de kist zitten. Ze had zijn arm nog steeds niet losgelaten.

Eerst raakte ze haar man kwijt, dacht Wallander. Björn Fredman was een onaangenaam en gewelddadig iemand die haar sloeg en zijn kinderen de stuipen op het lijf joeg. Maar ondanks alles was hij wel hun vader. Toen werd hij door zijn eigen zoon omgebracht. Vervolgens sterft haar oudste kind, Louise. En nu zit ze hier om haar zoon te begraven. Wat heeft ze nog over? Een half leven? Of zelfs dat niet eens?

Er kwam iemand de kerk binnen. Anette Fredman leek het niet te horen. Misschien omdat ze zich er zo op concentreerde om in deze situatie overeind te blijven. Door het middenpad kwam een vrouw aanlopen. Ze was van Wallanders leeftijd. Nu had ook Anette Fredman haar opgemerkt. Ze knikte. De vrouw ging een paar rijen achter hen zitten.

'Zij is arts', fluisterde Anette Fredman. 'Ze heet Agneta Malmström. Ze heeft zich ooit om Jens bekommerd toen het niet goed met hem ging.'

De naam kwam Wallander bekend voor, maar het duurde even voordat hij wist waarvan. Hij realiseerde zich dat het Agneta Malmström en haar man waren geweest die hem een van de belangrijkste leidraden hadden verschaft toen hij leiding moest geven aan de opsporing van Stefan Fredman. Wallander herinnerde zich hoe hij op een nacht met haar gesproken had via Radio Stockholm. Ze had zich op een zeilboot ver op zee in de buurt van Landsort bevonden.

Orgelmuziek begon de kerk in te stromen. Het drong tot Wallander door dat deze niet van een onzichtbare organist afkomstig was. De dominee had een cassetterecorder aangezet.

Wallander vroeg zich af waarom er geen klokken te horen waren geweest. Begon een uitvaartplechtigheid niet altijd met klokgelui? Die gedachte verliet hem toen hij voelde hoe de greep om zijn arm verstevigde. Hij wierp een blik op de jongen die naast Anette Fredman zat. Was het juist om een zevenjarige mee te nemen naar een begrafenis? Wallander was daar niet zeker van, maar de jongen kwam beheerst over.

De muziek verstomde. De dominee begon te spreken. Jezus' woorden dat de kinderen tot Hem zouden komen vormden zijn uitgangspunt. Wallander zat naar de kist te kijken en om geen brok in de keel te krijgen probeerde hij de bloemen in de krans te tellen.

De plechtigheid duurde niet lang. Na afloop liepen ze naar de kist. Anette Fredman hijgde, alsof ze met de laatste meters voor een finish vocht. Agneta Malmström had zich bij hen aangesloten. Wallander wendde zich tot de dominee die ongeduldig leek.

'Klokken', zei Wallander grimmig. 'Er moeten klokken luiden wanneer we naar buiten lopen. En dat moet het liefst geen opgenomen klokgelui zijn.'

De dominee knikte onwillig. Even ging er door Wallanders hoofd wat er zou gebeuren als hij zijn politielegitimatie te voorschijn zou halen. Anette en Jens Fredman liepen als eersten de kerk uit. Wallander gaf Agneta Malmström een hand.

'Ik had u al herkend', zei ze. 'Ook al hebben we elkaar nooit ontmoet. Maar u staat wel eens in de krant.'

'Anette Fredman heeft mij gevraagd om te komen. Heeft ze u ook gebeld?'

'Nee. Ik was toch wel gekomen.'

'Wat gaat er nu gebeuren?'

Agneta Malmström schudde langzaam haar hoofd.

'Ik weet het niet. Ze drinkt tegenwoordig veel te veel. Hoe het met Jens zal gaan, weet ik niet.'

Zacht pratend hadden ze het kerkportaal bereikt waar Anette en Jens stonden te wachten. De klokken luidden. Wallander opende de deur. Hij wierp een blik op de kist op de achtergrond. De begrafenisondernemer was al bezig om die weg te halen.

Opeens werd hij verblind door de flits van een fototoestel. Buiten voor de kerk stond een fotograaf. Anette Fredman probeerde haar gezicht te verbergen. De fotograaf boog zich voorover en richtte zijn camera op het gezicht van de jongen. Wallander probeerde er tussen te komen, maar de fotograaf was sneller. Hij drukte af.

'Kunnen jullie ons niet met rust laten?' schreeuwde Anette Fredman.

De jongen begon meteen te huilen. Wallander pakte de fotograaf bij zijn arm en trok hem mee.

'Waar ben jij mee bezig?' brulde hij.

'Dat gaat jou geen donder aan', antwoordde de fotograaf. Hij was van Wallanders leeftijd en had een slechte adem.

'Ik neem de foto's die ik wil', vervolgde hij. 'Van de begrafenis van de seriemoordenaar Stefan Fredman. Die foto's verkoop ik. Helaas was ik te laat voor de dienst zelf.'

Wallander stond op het punt zijn legitimatiebewijs te pakken, maar veranderde van gedachten en trok het fototoestel met een ruk naar zich toe. De fotograaf probeerde dit terug te pakken, maar Wallander weerde hem af. Hij wist de achterklep open te maken en haalde het rolletje eruit.

'Er zijn grenzen', zei hij terwijl hij de camera teruggaf.

De fotograaf staarde hem aan. Vervolgens pakte hij zijn mobiele telefoon uit zijn zak.

'Ik bel de politie', zei hij. 'Dit is een overtreding.'

'Doe dat', zei Wallander. 'Doe dat. Ik ben rechercheur en mijn naam is Kurt Wallander. Ik werk in Ystad. Bel mijn collega's in Malmö maar op en doe maar aangifte van wat je wilt.'

Wallander liet het fotorolletje op de grond vallen en trapte het kapot. Op hetzelfde moment hield het klokgelui op.

Wallander was ervan beginnen te zweten. Hij was nog steeds verontwaardigd. Anette Fredmans gillende smeekbede dat ze met rust gelaten wilde worden, echode door zijn hoofd. De fotograaf staarde naar zijn kapotgetrapte fotorolletje. De jon-

getjes gingen onverstoorbaar door met voetballen.
   Al tijdens hun telefoongesprek had Anette Fredman aan Wallander gevraagd of hij na afloop met haar mee naar huis wilde gaan om koffie te drinken. Hij had het niet over zijn hart kunnen verkrijgen om nee te zeggen.
   'Er komen geen foto's in de krant', zei Wallander.
   'Waarom kunnen ze ons niet met rust laten?'
   Wallander had daarop geen antwoord. Hij keek Agneta Malmström aan, maar ook zij wist niet wat ze moest zeggen.

De flat op de vierde verdieping van het zwaar gehavende huurcomplex was nog zoals Wallander die zich herinnerde. Agneta Malmström was ook meegegaan. Terwijl ze op de koffie zaten te wachten, deden ze er het zwijgen toe. Wallander meende het gerinkel van een fles in de keuken te horen.
   De jongen zat stil op de grond met een autootje te spelen. Wallander realiseerde zich dat hij het beklemmende gevoel met Agneta Malmström deelde, maar er viel niets te zeggen.
   Ze zaten daar met hun koffiekopjes. De ogen van Anette Fredman waren vochtig. Agneta Malmström deed een poging te vragen of ze wel kon rondkomen nu ze werkloos was. Anette Fredman gaf een kort antwoord.
   'Het gaat. Op de een of andere manier gaat het. Je leeft bij de dag.'
   Het gesprek bloedde dood. Wallander keek op de klok. Het liep tegen enen. Hij stond op en gaf Anette Fredman een hand. Ze barstte in snikken uit. Wallander wist niet wat hij moest doen.
   'Ik blijf nog even', zei Agneta Malmström. 'Gaat u maar.'
   'Ik probeer nog wel een keer te bellen', zei Wallander. Hij klopte de jongen een beetje onhandig op zijn hoofd en ging weg.
   Hij bleef een poosje in zijn auto zitten voordat hij startte. Hij dacht aan de fotograaf die er zeker van was geweest dat hij zijn foto's van de begrafenis van de dode seriemoordenaar had kunnen verkopen.

Ik kan niet ontkennen dat dit gebeurt, dacht hij. Maar ik kan evenmin ontkennen dat ik het niet begrijp.
Door de Skånse herfst reed hij naar Ystad.
Wat hij had meegemaakt stemde hem somber.
Rond twee uur parkeerde hij zijn auto en liep hij door de hoofdingang van het politiebureau naar binnen.
Het was gaan waaien. Er stond een oostenwind. Langs de kust trok een wolkendek langzaam over het land naar binnen.

3

Toen Wallander in zijn kamer was gekomen, had hij hoofdpijn. Hij begon zijn bureaulades door te zoeken om te zien of hij pijnstillers had. Buiten op de gang hoorde hij Hanson fluitend langskomen. Helemaal achter in de onderste la vond hij ten slotte een verkreukeld doosje Dispril. Hij liep naar de kantine om een glas water en een kop koffie te halen. Enkele van de jonge, nieuwe politiemensen die de laatste jaren in Ystad waren gekomen zaten luidruchtig aan een tafel te praten. Wallander knikte en groette. Hij hoorde dat ze het hadden over hun tijd op de politieacademie. Hij keerde terug naar zijn kamer en ging werkloos zitten staren naar het glas water waarin twee tabletjes langzaam oplosten.

Hij dacht aan Anette Fredman. Probeerde zich voor te stellen hoe de jongen die stil op de grond in Rosengård had zitten spelen zich in de toekomst zou redden. Het was alsof hij zich voor de wereld verborgen hield. Met de herinnering aan een dode vader en een even dode broer en zus.

Wallander leegde zijn glas en meende meteen te voelen hoe de hoofdpijn wegtrok. Op zijn bureau lag een ordner die Martinson daar had neergelegd met op een rood plakkertje het opschrift 'Verdomd veel haast bij'. Wallander wist wat er in de ordner zat. Ze hadden er vóór het weekend over gesproken. Een gebeurtenis die vorige week in de nacht van dinsdag op woensdag had plaatsgevonden. Wallander was toen in Hässleholm geweest, door Lisa Holgersson naar een seminar gestuurd, waar de top van de Rijkspolitie nieuwe richtlijnen zou geven over de onderlinge aanpak en het in de gaten houden van diverse motorbendes. Wallander had gevraagd of het goed was als hij niet ging, maar Lisa Holgersson had voet bij stuk gehouden. Hij en geen ander moest ernaartoe. Een van de bendes had al een boerderij gekocht in de buurt van Ystad. Ze moesten er rekening mee houden dat ze in de toekomst problemen met hen zouden krijgen.

Met een zucht besloot Wallander weer politieman te worden. Hij sloeg de ordner open, las de inhoud door en kon constateren dat Martinson een duidelijke en overzichtelijke samenvatting van het gebeurde had geschreven. Hij leunde achterover in zijn stoel en dacht na over wat hij had gelezen.

Twee meisjes, eentje van negentien jaar, de ander pas veertien, hadden op dinsdagavond in een van de horecagelegenheden in de stad een taxi besteld. Ze wilden naar Rydsgård. Een van de twee was naast de chauffeur gaan zitten. Aan de rand van Ystad had ze de chauffeur gevraagd om te stoppen, omdat ze ook achterin wilde gaan zitten. De taxi was aan de kant van de weg gestopt. Het meisje op de achterbank had toen een hamer te voorschijn gehaald en de chauffeur een klap op zijn hoofd gegeven. Het meisje dat voorin zat, had een mes getrokken en de man in zijn borst gestoken. Vervolgens hadden ze de portefeuille en de mobiele telefoon van de chauffeur gepakt en de auto verlaten. Ondanks zijn verwondingen was de man erin geslaagd alarm te slaan. Zijn naam was Johan Lundberg en hij was ruim zestig jaar. Hij reed heel zijn volwassen leven al op een taxi. Hij wist een goed signalement van de twee meisjes te geven. Martinson, die de zaak op zich had genomen, had zonder al te veel problemen hun namen kunnen achterhalen door met diverse gasten uit de horecagelegenheid te praten. De beide meisjes konden daarop in hun woning worden aangehouden. De negentienjarige had in hechtenis moeten blijven. Omdat het om zo'n gewelddadig misdrijf ging, was besloten om ook de veertienjarige vast te houden. Johan Lundberg was nog bij bewustzijn toen hij in het ziekenhuis werd opgenomen, maar daar was zijn situatie plotseling verslechterd. Nu was hij buiten bewustzijn en de artsen waren onzeker over de afloop. Volgens Martinson hadden de twee meisjes het feit dat ze 'geld nodig hadden' als reden opgegeven voor de overval.

Wallander vertrok zijn gezicht. Hij had nog nooit zoiets

meegemaakt. Twee jonge meisjes die zich in staat toonden tot zulk ongebreideld geweld. Volgens de aantekeningen van Martinson ging de jongste naar school en haalde ze uitstekende cijfers. De oudste, die in hechtenis zat, had eerder als receptioniste in een hotel en als kindermeisje in Londen gewerkt. Op dit moment was ze in afwachting van het moment waarop ze met een talenopleiding kon beginnen. Geen van de twee was eerder in aanraking geweest met politie of justitie.

Ik begrijp het niet, dacht Wallander gelaten. Die totale verachting voor mensenlevens. Ze hadden die taxichauffeur wel dood kunnen slaan. Misschien blijken ze dat ook gedaan te hebben, als hij nu in het ziekenhuis op sterven ligt. Twee meisjes. Als het jongens waren geweest, had ik het misschien nog kunnen begrijpen. Al was het maar uit gewoonte.

Zijn gedachtegang werd onderbroken doordat er werd geklopt. Ann-Britt Höglund stond in de deuropening. Zoals gewoonlijk zag ze er bleek en moe uit. Wallander dacht aan de verandering die ze had ondergaan sinds ze in Ystad was gekomen. Ze was op de politieacademie een van de beste leerlingen van haar jaar geweest en heel energiek en ambitieus naar Ystad gekomen. Haar wilskracht had ze nog over, maar toch was ze veranderd. De bleekheid van haar gezicht kwam van binnenuit.

'Stoor ik?' vroeg ze.
'Nee.'

Ze ging voorzichtig in Wallanders wiebelige bezoekersstoel zitten. Wallander wees naar de opengeslagen ordner.

'Wat zeg je hiervan?' vroeg hij.
'Zijn dat die taximeiden?'
'Ja.'

'Ik heb gepraat met degene die in hechtenis zit. Sonja Hökberg. Helder en redelijk. Geeft duidelijk en precies antwoord op alle vragen. En lijkt totaal geen berouw te hebben. Voor het andere meisje wordt sinds gisteren door de sociale instanties gezorgd.'

'Begrijp jij het?'

Ann-Britt Höglund deed er een tijdje het zwijgen toe voordat ze antwoord gaf.

'Ja en nee. Dat de leeftijd waarop geweld wordt gepleegd aan het dalen is, weten we natuurlijk.'

'Ik kan me niet herinneren dat we het al eerder hebben meegemaakt dat twee tienermeisjes met een hamer en een mes tot de aanval overgaan. Waren ze onder invloed?'

'Nee. Maar de vraag is of je eigenlijk wel verbaasd moet zijn. Of je niet juist had moeten inzien dat er vroeg of laat iets dergelijks zou gebeuren.'

Wallander leunde over zijn bureau naar voren.

'Dat moet je mij eens uitleggen.'

'Ik weet niet of ik dat kan.'

'Probeer het!'

'Vrouwen zijn op de arbeidsmarkt niet meer nodig. Die tijd is voorbij.'

'Dat verklaart nog niet waarom jonge meisjes tegenover een taxichauffeur naar een hamer en een mes grijpen.'

'Dus moet er, als je ernaar gaat zoeken, iets anders zijn. Jij en ik zijn geen van beiden van mening dat er mensen zijn die met het kwaad in zich worden geboren.'

Wallander schudde zijn hoofd.

'Dat probeer ik in elk geval te geloven', zei hij. 'Ook al is dat af en toe moeilijk.'

'Het is voldoende om een blik te werpen in de weekbladen die meiden van die leeftijd lezen. Het gaat momenteel weer alleen maar over schoonheid. Verder nergens over. Over hoe je aan een vriendje komt en je leven verwerkelijkt via zijn dromen.'

'Is dat niet altijd zo geweest?'

'Nee. Kijk maar naar je eigen dochter. Heeft die niet haar eigen gedachten over wat ze met haar leven wil?'

Wallander wist dat ze gelijk had. Toch schudde hij zijn hoofd.

'Ik begrijp nog steeds niet waarom ze Lundberg hebben aangevallen.'

'Dat zou je wel moeten doen. Die meisjes beginnen langzamerhand in de gaten te krijgen wat er gaande is. Dat ze niet alleen niet nodig, maar bijna ook niet welkom zijn. Daar komen ze tegen in opstand. Op dezelfde manier als jongens. Onder andere met geweld.'

Wallander zweeg. Hij begreep nu wat Ann-Britt Höglund probeerde te zeggen.

'Ik geloof niet dat ik het nog beter kan uitleggen', zei ze.
'Moet je zelf niet met haar praten?'
'Dat vond Martinson ook.'
'Ik kwam hier eigenlijk voor iets heel anders. Ik heb je hulp nodig.'

Wallander wachtte op een vervolg.

'Ik heb beloofd een lezing te houden voor een vrouwenvereniging hier in Ystad. Op donderdagavond. Maar ik voel dat ik het niet kan opbrengen. Ik kan me niet concentreren. Er gebeurt gewoon te veel.'

Wallander wist dat ze midden in een slopende echtscheiding zat. Haar man was voortdurend weg, omdat hij als onderhoudsmonteur de hele wereld als zijn werkterrein had. Daarom duurde het allemaal extra lang. Vorig jaar al had ze aan Wallander verteld dat haar huwelijk op springen stond.

'Vraag Martinson', zei Wallander afhoudend. 'Je weet toch dat ik niet goed ben in het houden van voordrachten.'

'Je hoeft maar een halfuur te praten', zei ze. 'Over hoe het is om bij de politie te werken. Dertig vrouwen. Ze zullen je te gek vinden.'

Wallander schudde vastberaden zijn hoofd.

'Martinson zou het maar al te graag doen', zei hij. 'Die is bovendien politicus geweest. Hij is het gewend om te praten.'

'Ik heb het hem gevraagd. Hij kan niet.'
'Lisa Holgersson dan?'
'Hetzelfde. Alleen jij bent er nog.'
'En Hanson dan?'
'Die begint na een paar minuten al over paarden te praten. Dat gaat niet.'

Wallander begreep dat hij niet kon weigeren. Hij moest haar helpen.
'Wat voor vrouwenvereniging is het?'
'Het is een soort literaire kring die is uitgegroeid tot een vereniging. Ze komen al meer dan tien jaar bij elkaar.'
'En ik hoef alleen maar te praten over hoe het is om bij de politie te werken?'
'Niets anders. Misschien dat ze daarna nog vragen hebben.'
'Ik wil niet, maar ik zal het doen omdat jij het vraagt.'
Ze leek opgelucht toen ze een briefje op zijn bureau legde.
'Hier zijn de naam en het adres van de contactpersoon.'
Wallander trok het briefje naar zich toe. Het adres hoorde bij een woning in het centrum van de stad. Niet ver van Mariagatan. Ann-Britt stond op.
'Je krijgt er geen geld voor', zei ze. 'Maar wel koffie en koekjes.'
'Ik eet geen koekjes.'
'Het is in ieder geval geheel in overeenstemming met wat de chef van de Rijkspolitie wenst. Dat we op goede voet blijven met het publiek. En voortdurend naar nieuwe wegen zoeken om te communiceren over ons werk.'
Wallander bedacht dat hij moest vragen hoe het met haar ging, maar dat liet hij achterwege. Als ze over haar problemen wilde praten, moest ze daar zelf mee komen.
In de deuropening draaide ze zich om.
'Moest jij niet naar de begrafenis van Stefan Fredman?'
'Daar ben ik geweest. En het was net zo verschrikkelijk als je van tevoren al kon bedenken.'
'Hoe was het met zijn moeder? Hoe heet ze ook alweer?'
'Anette. Het lijkt wel of er geen grenzen zijn aan wat zij allemaal moet meemaken. Maar ik geloof dat ze ondanks alles wel goed zorgt voor de zoon die ze nog heeft. Dat probeert ze althans wel.'
'Dat zullen we dan maar afwachten.'
'Hoe bedoel je?'
'Hoe heet de jongen?'

'Jens.'

'We moeten maar afwachten of er over tien jaar ook een persoon met de naam Jens Fredman in processen-verbaal begint op te duiken.'

Wallander knikte. Die kans bestond natuurlijk.

Ann-Britt Höglund verliet de kamer. Zijn koffie was koud geworden. Wallander haalde een nieuw kopje. De jonge politiemensen waren weg. Wallander liep door de gang naar Martinsons kamer. De deur stond wijd open, maar er was niemand. Wallander liep terug naar zijn eigen kantoor. Zijn hoofdpijn was verdwenen. Bij de watertoren krijsten een paar kauwen. Hij ging voor het raam staan en deed vergeefse pogingen om ze te tellen.

De telefoon ging en hij nam op zonder te gaan zitten. Er werd gebeld door iemand van een boekhandel, die meedeelde dat het boek dat hij besteld had was binnengekomen. Wallander kon zich niet herinneren dat hij een boek had besteld, maar hij zei niets. Hij beloofde dat hij het de volgende dag zou komen ophalen.

Toen hij de hoorn had neergelegd wist hij het weer. Het was een cadeau voor Linda. Een Frans boek over het restaureren van oude meubels. Wallander had daarover een keer in een tijdschrift gelezen toen hij bij de dokter in de wachtkamer zat. Hij geloofde nog steeds dat Linda, ondanks haar vreemde uitstapjes naar andere beroepsterreinen, aan haar belangstelling voor oude meubels zou blijven vasthouden. Hij had het boek besteld en was het vervolgens vergeten. Hij zette zijn koffiekopje weg en besloot Linda diezelfde avond nog te bellen. Het was al een paar weken geleden dat ze elkaar voor het laatst hadden gesproken.

Martinson kwam de kamer binnen. Hij had altijd haast en klopte zelden. Wallander was er in de loop der jaren steeds meer van overtuigd geraakt dat Martinson een goede rechercheur was. Zijn zwakke punt was dat hij waarschijnlijk eigenlijk iets anders wilde doen. De laatste jaren had hij bij diverse gelegenheden serieus overwogen om te stoppen. Vooral in verband met een gebeurtenis waarbij zijn dochter op het schoolplein werd overvallen vanwege het simpele feit dat haar vader bij de politie werkte. Alleen om die reden. Maar dat was voldoende geweest. Wallander was er destijds in geslaagd Martinson ervan te overtuigen dat hij moest doorgaan. Martinson was koppig en getuigde af en toe van een zekere scherpzinnigheid, maar zijn koppigheid kon ook wel eens omslaan in ongeduld en zijn scherpzinnigheid kwam niet altijd tot haar recht doordat hij het basiswerk soms slordig uitvoerde.

Martinson leunde tegen de deurpost.

'Ik heb geprobeerd je te bellen,' zei hij, 'maar je mobieltje stond niet aan.'

'Ik was in de kerk', antwoordde Wallander. 'Daarna ben ik vergeten hem weer aan te zetten.'

'Was je naar de begrafenis van Stefan?'

Wallander herhaalde wat hij tegen Ann-Britt Höglund had gezegd. Dat het een afschuwelijke ervaring was geweest.

Martinson knikte in de richting van de ordner die opengeslagen op het bureau lag.

'Ik heb het gelezen', zei Wallander. 'En ik snap niet wat die meisjes ertoe heeft gebracht om met een hamer te gaan slaan en met een mes te gaan steken.'

'Dat staat erin', antwoordde Martinson. 'Ze waren uit op geld.'

'Maar het geweld waarmee? Hoe is het met hem?'

'Met Lundberg?'

'Wie anders?'

'Hij is nog steeds buiten bewustzijn. Ze hebben beloofd dat ze zullen bellen als er iets gebeurt. Hij redt het. Of hij gaat dood.'

'Snap jij dit?'

Martinson ging in de bezoekersstoel zitten.

'Nee', zei hij. 'Ik snap het niet. En ik weet ook niet zeker of ik het wel echt wil snappen.'

'Dat moeten we. Als we politiemensen willen blijven.'

Martinson keek Wallander aan.

'Je weet dat ik er vaak over heb gedacht om te stoppen. De

laatste keer ben jij erin geslaagd mij ervan te overtuigen dat ik moest blijven. Maar de volgende keer weet ik het zo net nog niet. Dan zal het in ieder geval niet zo eenvoudig meer zijn.'

Het kon heel goed zijn dat Martinson daar gelijk in had. Dat baarde Wallander zorgen. Hij wilde zijn collega niet kwijtraken. Net zomin als hij wilde dat Ann-Britt Höglund op een dag kwam vertellen dat ze ook wilde stoppen.

'We moeten misschien met dat meisje gaan praten', zei Wallander. 'Met Sonja Hökberg.'

'Eerst heb ik nog iets anders.'

Wallander was uit zijn stoel opgestaan, maar hij ging weer zitten. Martinson had wat papieren in zijn hand.

'Ik wil dat je dit doorleest. Dit is iets wat vannacht is gebeurd. Ik had dienst. Ik zag geen reden om jou wakker te maken.'

'Wat is er gebeurd?'

Martinson krabde zich op zijn voorhoofd.

'Tegen een uur of een kwam er een melding binnen van een nachtwaker dat er bij de bankautomaat bij het winkelcentrum een dode man lag.'

'Welk winkelcentrum?'

'Waar de belastingdienst zit.'

Wallander knikte.

'We zijn ernaartoe gereden. Er lag inderdaad een man voorover op het asfalt. Volgens de dokter die arriveerde was hij nog niet erg lang dood. Hoogstens een paar uur. Daar krijgen we natuurlijk over een paar dagen bericht over.'

'Wat was er gebeurd?'

'Dat was nou net de vraag. Hij had een grote wond aan zijn hoofd, maar of hij een klap had gekregen of dat die wond was ontstaan toen hij tegen het asfalt sloeg, hebben we niet meteen kunnen vaststellen.'

'Was hij beroofd?'

'Zijn portemonnee was er nog. Met geld erin.'

Wallander dacht na.

'Waren er geen getuigen?'

'Nee.'

'Wie was die man?'
Martinson bladerde in zijn papieren.
'Zijn naam is Tynnes Falk. Zevenenveertig jaar. Hij woonde vlak in de buurt. Apelbergsgatan 10. Een huurappartement helemaal boven in het flatgebouw.'
Wallander stak zijn hand op om Martinson te onderbreken.
'Apelbergsgatan 10?'
'Ja.'
Wallander knikte langzaam. Hij herinnerde zich hoe hij een aantal jaren geleden, vlak na zijn scheiding van Mona, op een dansavond in Hotel Saltsjöbaden een vrouw had ontmoet. Wallander was erg aangeschoten geraakt. Hij was 's nachts met haar meegegaan en de volgende ochtend wakker geworden in een bed naast een vrouw die hij nauwelijks herkende toen hij nuchter was. Hij wist evenmin hoe ze heette. Hij had zich snel aangekleed, was vertrokken en had haar nooit meer ontmoet. Maar om de een of andere reden was hij er zeker van dat het adres Apelbergsgatan 10 was geweest.
'Is er iets bijzonders met dat adres?' vroeg Martinson.
'Ik hoorde gewoon niet wat je zei.'
Martinson keek hem verbaasd aan.
'Spreek ik dan zo onduidelijk?'
'Ga maar door.'
'Blijkbaar was hij alleenstaand. Gescheiden. Zijn ex-vrouw woont nog hier in de stad, maar de kinderen zitten verspreid. Zijn zoon van negentien studeert in Stockholm. Zijn dochter van zeventien werkt als kindermeisje bij een ambassadeur in Parijs. Zijn ex is natuurlijk op de hoogte gebracht van het overlijden van de man.'
'Wat voor werk deed hij?'
'Hij had kennelijk een eenmanszaak. Als ICT-consultant.'
'En hij was niet beroofd?'
'Nee. Maar hij had vlak voordat hij stierf wel een briefje met saldo-informatie uit de bankautomaat gehaald. Dat had hij nog in zijn hand toen we hem vonden.'
'Hij had dus geen geld opgenomen?'

'Niet volgens het briefje dat hij in zijn hand had.'
'Anders zou je natuurlijk kunnen denken dat iemand stond te wachten om te kunnen toeslaan nadat hij geld had opgenomen.'
'Aan die mogelijkheid heb ik gedacht. Maar hij heeft afgelopen donderdag voor het laatst geld opgenomen. Een klein bedrag.'

Martinson overhandigde Wallander een plastic zakje. Daar zat het bebloede papiertje in. Wallander zag dat de automaat het tijdstip van twee minuten over twaalf op het bonnetje had afgedrukt. Hij gaf het zakje terug aan Martinson.

'Wat zegt Nyberg?'
'Behalve de wond aan zijn hoofd is er niets wat op een misdrijf wijst. Waarschijnlijk heeft hij een hartinfarct gekregen waaraan hij is gestorven.'
'Misschien had hij erop gerekend dat er meer geld op de rekening zou staan', zei Wallander bedachtzaam.
'Waarom zou hij dat hebben gedacht?'

Wallander vroeg zich zelf ook af wat hij bedoelde. Opnieuw stond hij op.

'We wachten dus even af wat de artsen zeggen. Maar we gaan ervan uit dat er geen misdrijf is gepleegd. We leggen het op de stapel.'

Martinson stopte zijn papieren bij elkaar.

'Ik zal bellen met de advocaat die Hökberg toegewezen heeft gekregen. Je krijgt bericht wanneer hij hier kan zijn, zodat je met haar kunt praten.'

'Veel zin heb ik er niet in', antwoordde Wallander. 'Maar ik zal wel moeten.'

Martinson ging de kamer uit. Wallander liep naar de wc en bedacht dat de tijd gelukkig voorbij was dat hij steeds moest plassen omdat zijn bloedsuiker veel te hoog was.

Het volgende uur besteedde hij aan het doorwerken van het troosteloze dossier over de gesmokkelde sigaretten. Op de achtergrond maalde de hele tijd de gedachte door zijn hoofd aan de belofte die hij Ann-Britt Höglund had gedaan.

Om twee minuten over vier belde Martinson om te zeggen dat Sonja Hökberg en haar advocaat er waren.

'Wie is haar advocaat?' vroeg Wallander.

'Herman Lötberg.'

Wallander wist wie dat was. Een oudere man met wie het plezierig samenwerken was.

'Ik kom over vijf minuten', zei Wallander en hij verbrak de verbinding.

Hij ging weer voor het raam staan. De kauwen waren weg. Het waaide nu harder. Hij dacht aan Anette Fredman. Aan de jongen die op de grond had zitten spelen. Diens angstige blik. Hij schudde zijn hoofd en probeerde na te gaan welke inleidende vragen hij aan Sonja Hökberg zou stellen. In Martinsons ordner had hij kunnen lezen dat zij degene was geweest die achterin had gezeten en Lundberg met een hamer op zijn hoofd had geslagen. Diverse keren. Niet één keer. Alsof ze door een totaal onbeheersbare razernij was overvallen.

Wallander zocht naar een notitieblok en een pen. In de gang schoot hem te binnen dat hij zijn bril niet had. Hij liep weer terug. Toen was hij zover.

Er is maar één vraag, dacht hij op weg naar de verhoorkamer. Eén vraag waarop het antwoord belangrijk is.

Waarom hebben ze het gedaan?

Het antwoord dat het hun om geld te doen was, is niet voldoende.

Er moest een ander antwoord zijn, een antwoord dat dieper lag.

4

Sonja Hökberg zag er helemaal niet uit zoals Wallander zich had voorgesteld. Wat hij dan in gedachten had gehad, kon hij voor zichzelf ook niet helemaal achterhalen, maar het was in ieder geval niet de persoon die hij nu ontmoette. Sonja Hökberg zat op een stoel in de verhoorkamer. Ze was klein van stuk en leek dun, haast doorschijnend. Ze had halflang blond haar en blauwe ogen. Wallander kreeg het gevoel dat ze een zus had kunnen zijn van de jongen die op de verpakking stond van een bepaald soort broodbeleg. Een zusje van Kalle, dacht hij. Kinderlijk, vrolijk. Helemaal geen woesteling met een hamer verborgen onder de jas of in de handtas.

Wallander had de advocaat van het meisje in de gang al een hand gegeven.

'Ze is heel beheerst', zei deze. 'Maar ik ben er niet helemaal zeker van of ze wel beseft waarvan ze wordt verdacht.'

'Ze wordt niet verdacht. Ze heeft bekend', zei Martinson stellig.

'De hamer?' vroeg Wallander. 'Hebben we die gevonden?'

'Die had ze in haar kamer onder het bed gelegd. Ze had het bloed er niet eens afgeveegd. Maar het andere meisje heeft het mes wel weggegooid. Daar zoeken we nog naar.'

Martinson liep weg. Wallander stapte samen met de advocaat de kamer binnen. Het meisje keek hen nieuwsgierig aan. Ze leek helemaal niet nerveus. Wallander knikte en ging zitten. Er stond een bandrecorder op tafel. De advocaat ging zo zitten dat Sonja Hökberg hem kon zien. Wallander nam haar lange tijd op. Ze sloeg haar ogen niet neer.

'Hebt u ook kauwgum?' vroeg ze opeens.

Wallander schudde zijn hoofd. Hij keek naar Lötberg, die ook zijn hoofd schudde.

'We zullen zien of we dat straks kunnen regelen', zei Wallander, die de bandrecorder aanzette. 'Maar eerst moeten we met elkaar praten.'
'Ik heb al gezegd hoe het gegaan is. Waarom kan ik geen kauwgum krijgen? Ik kan het betalen. Ik zeg niets als ik geen kauwgum krijg.'
Wallander trok de telefoon naar zich toe en belde naar de receptie. Ebba kan dat vast wel regelen, dacht hij, maar toen een vreemde vrouwenstem antwoordde herinnerde hij zich weer dat Ebba niet meer bij hen werkte. Ze was met pensioen gegaan. Hoewel dat al meer dan een halfjaar geleden was, was Wallander er nog steeds niet aan gewend. De nieuwe receptioniste heette Irene en was in de dertig. Ze had vroeger als medisch secretaresse gewerkt en zich in korte tijd geliefd gemaakt op het politiebureau, maar Wallander miste Ebba.
'Ik heb kauwgum nodig', zei Wallander. 'Weet jij iemand die dat gebruikt?'
'Ik weet wel iemand', zei Irene. 'Ikzelf.'
Wallander legde de hoorn neer en liep naar de receptie.
'Is het voor dat meisje?' vroeg Irene.
'Goed gedacht', zei Wallander.
Hij keerde terug naar de verhoorkamer, gaf Sonja Hökberg een kauwgumpje en realiseerde zich dat hij was vergeten de bandrecorder af te zetten.
'Dan beginnen we', zei hij. 'Het is 6 oktober 1997, 16.15 uur. Sonja Hökberg wordt verhoord door Kurt Wallander.'
'Moet ik hetzelfde verhaal nog een keer vertellen?' vroeg het meisje.
'Ja. En je moet proberen zo duidelijk mogelijk in de microfoon te praten.'
'Ik heb toch alles al gezegd?'
'Het kan zijn dat ik nog wat verdere vragen heb.'
'Ik heb geen zin om alles nog een keer te vertellen.'
Even was Wallander van zijn stuk gebracht. Hij begreep haar totale gebrek aan ongerustheid en nervositeit niet.
'Je zult wel moeten', zei hij. 'Jou wordt een zeer gewelddadig

misdrijf ten laste gelegd. En je hebt bekend. Je wordt aangeklaagd voor zware geweldpleging. En omdat de taxichauffeur er erg slecht aan toe is, kan het nog erger worden.'

Lötberg keek met een afkeurende blik naar Wallander, maar hij zei niets.

Wallander begon bij het begin.

'Je heet dus Sonja Hökberg en bent geboren op 2 februari 1978.'

'Ik ben een waterman. Wat bent u?'

'Dat doet er niet toe. Je hoeft alleen maar te antwoorden op mijn vragen. Verder niets. Begrepen?'

'Ik ben verdomme niet achterlijk, hoor.'

'Je woont bij je ouders aan Trastvägen 12 hier in Ystad.'

'Ja.'

'Je hebt een jongere broer die Emil heet, geboren in 1982.'

'Die zou hier moeten zitten. Niet ik.'

Wallander keek haar vragend aan.

'Waarom?'

'We hebben steeds ruzie. Hij zit altijd aan mijn spullen. Hij zit in mijn laatjes te snuffelen.'

'Een jonger broertje of zusje kan zeker lastig zijn, maar ik geloof dat we dat hier voorlopig buiten beschouwing laten.'

Nog steeds even rustig, dacht Wallander. Hij merkte dat hij haar onbewogenheid niet prettig vond.

'Kun je vertellen wat er dinsdagavond is gebeurd?'

'Het is zo verdomd vervelend om alles twee keer te moeten vertellen.'

'Daar is niets aan te doen. Eva Persson en jij gingen dus uit?'

'In deze stad is niets te doen. Ik wou dat ik in Moskou woonde.'

Wallander keek haar verbouwereerd aan. Ook Lötberg leek verwonderd.

'Waarom in Moskou?'

'Ik heb ergens gelezen dat het daar spannend is. Daar gebeurt veel. Bent u wel eens in Moskou geweest?'

'Nee. Geef alleen antwoord op mijn vragen. Verder niets. Jullie gingen dus uit?'

'Dat weet u toch al?'
'Eva en jij zijn dus goede vriendinnen?'
'Anders waren we toch zeker niet uitgegaan? Denkt u dat ik met mensen omga die ik niet leuk vind?'

Dit was de eerste keer dat Wallander meende te voelen dat er een barstje in haar onverschillige houding zat. Haar kalmte begon over te gaan in ongeduld.

'Kennen jullie elkaar al lang?'
'Niet bijzonder.'
'Hoelang?'
'Een paar jaar.'
'Zij is vijf jaar jonger dan jij.'
'Ze kijkt tegen me op.'
'Wat bedoel je daarmee?'
'Dat zegt ze zelf. Dat ze tegen me opkijkt.'
'Waarom doet ze dat?'
'Dat moet u haar zelf maar vragen.'

Dat zal ik doen ook, dacht Wallander. Er zijn een heleboel dingen die ik haar zal vragen.

'Kun je nu vertellen wat er is gebeurd?'
'Jezus, zeg!'
'Je zult wel moeten, of je nou wilt of niet. Als het nodig is, kunnen we hier tot vanavond blijven zitten.'
'We gingen een pilsje drinken.'
'Eva Persson is toch pas veertien?'
'Ze ziet er ouder uit.'
'Wat gebeurde er daarna?'
'We namen nog een pilsje.'
'En daarna?'
'Lieten we een taxi komen. Dat weet u toch al? Waarom vraagt u dat?'
'Jullie hadden dus besloten om de taxichauffeur te overvallen?'
'We hadden geld nodig.'
'Waarvoor dan?'
'Niks in het bijzonder.'

'Jullie hadden geld nodig. Maar jullie hadden dat niet nodig voor iets in het bijzonder? Is dat juist?'
'Ja.'
Nee hoor, dat klopt niet, dacht Wallander snel. Er was hem een vage vlaag van onzekerheid bij haar opgevallen. Hij was meteen op zijn hoede.
'Maar mensen hebben toch altijd geld nodig voor bepaalde dingen?'
'Maar dat was niet zo.'
Dat was wel zo, dacht Wallander, maar hij besloot de vraag voorlopig te laten rusten.
'Hoe kwamen jullie op het idee om een taxichauffeur als slachtoffer uit te kiezen?'
'Daar hadden we het over gehad.'
'Toen jullie in die horecagelegenheid zaten?'
'Ja.'
'Jullie hadden het daar dus niet al eerder over gehad?'
'Waarom wel?'
Lötberg zat zijn handen te bekijken.
'Als ik probeer samen te vatten wat jij vertelt, dan besloten jullie pas om de taxichauffeur te overvallen toen jullie in die horecagelegenheid bier zaten te drinken. Wie kwam er op dat idee?'
'Ik.'
'En Eva had er geen bezwaar tegen?'
'Nee.'
Dit klopt niet, dacht Wallander. Ze liegt. Maar ze doet het goed.
'Jullie lieten een taxi komen en bleven vervolgens in het restaurant zitten tot die er was. Klopt dat?'
'Ja.'
'Maar waar haalden jullie die hamer vandaan? En dat mes? Als jullie dit niet hadden gepland?'
Sonja Hökberg keek Wallander aan. Ze sloeg haar ogen niet neer.
'Ik heb altijd een hamer in mijn tas zitten. Eva heeft een mes.'

'Waarom?'
'Je kunt nooit weten wat er gebeurt.'
'Wat bedoel je daarmee?'
'Er lopen zoveel gekken op straat. Je moet je kunnen verdedigen.'
'Dus je hebt altijd een hamer bij je?'
'Ja.'
'Heb je die al eens eerder gebruikt?'
De advocaat schrok op.
'Die vraag is nauwelijks relevant.'
'Wat betekent dat?' vroeg Sonja Hökberg.
'Nauwelijks relevant? Dat de vraag niet belangrijk is.'
'Ik wil wel antwoord geven. Ik heb hem nog nooit gebruikt. Maar Eva heeft wel een keer een vent een jaap in zijn arm gegeven. Toen hij aan haar zat.'
Er kwam een gedachte bij Wallander op. Hij week af van het tot nu toe ingeslagen spoor.
'Zijn jullie ook iemand tegengekomen in dat etablissement? Hadden jullie met iemand afgesproken?'
'Wie had dat moeten zijn?'
'Dat weet je zelf het beste.'
'Nee.'
'Er zaten daar bijvoorbeeld geen jongens met wie jullie hadden afgesproken?'
'Nee.'
'Je hebt dus geen vriendje?'
'Nee.'
Dat antwoord kwam te snel, dacht Wallander. Veel te snel. Hij nam er goed notitie van.
'De taxi kwam en jullie gingen naar buiten.'
'Ja.'
'Wat deden jullie toen?'
'Wat doe je meestal in een taxi? Je zegt waar je naartoe wilt.'
'En jullie zeiden dat jullie naar Rydsgård gebracht wilden worden? Waarom juist daarnaartoe?'
'Dat weet ik niet. Dat was gewoon toeval. We moesten toch wat zeggen?'

'Eva ging voorin zitten en jij achterin. Hadden jullie dat van tevoren afgesproken?'
'Dat was het plan.'
'Welk plan?'
'Dat we tegen die vent zouden zeggen dat hij moest stoppen, omdat Eva achterin wilde gaan zitten. En dan zouden we hem te grazen nemen.'
'Jullie hadden dus al van tevoren besloten dat jullie de wapens zouden gebruiken?'
'Niet als de chauffeur jonger was geweest.'
'Wat hadden jullie dan gedaan?'
'Dan zouden we hem hebben laten stoppen door onze rok op te trekken en hem een voorstel te doen.'
Wallander voelde dat het zweet hem was uitgebroken. Hij vond haar onbewogen doortraptheid pijnlijk.
'Wat voor soort voorstel?'
'Wat denkt u?'
'Jullie zouden dus proberen of je hem kon verleiden door te suggereren dat hij seks zou kunnen krijgen?'
'Verdomme, wat een taal.'
Lötberg boog zich snel voorover.
'Je hoeft niet zo te vloeken.'
Sonja Hökberg keek haar advocaat aan.
'Ik vloek gewoon zoveel als ik zelf wil.'
Lötberg trok zich terug. Wallander had besloten snel verder te gaan.
'Maar nu werd de taxi dus door een oudere man bestuurd. Jullie lieten hem stoppen. Wat gebeurde er toen?'
'Ik sloeg hem op zijn hoofd. Eva stak hem met een mes.'
'Hoe vaak heb je hem geslagen?'
'Ik weet het niet. Een paar keer. Ik heb het niet geteld.'
'Was je niet bang dat hij zou doodgaan?'
'We hadden toch geld nodig.'
'Dat vroeg ik niet. Ik vroeg of het je niet duidelijk was dat hij dood kon gaan.'
Sonja Hökberg haalde haar schouders op. Wallander wacht-

te, maar ze zei niets meer. Hij voelde dat hij het op dit moment niet kon opbrengen de vraag nog eens te herhalen.
'Je zegt dat jullie geld nodig hadden. Waarvoor dan?'
Nu zag hij het weer. Heel even een onzekere trek voordat ze antwoordde.
'Nergens speciaal voor, dat heb ik toch al gezegd.'
'Wat gebeurde er toen?'
'We pakten zijn portefeuille en zijn mobieltje en daarna gingen we naar huis.'
'Wat is er met de portefeuille gebeurd?'
'We hebben het geld gedeeld. Eva heeft hem weggegooid.'
Wallander bladerde in Martinsons papieren. Johan Lundberg had ongeveer zeshonderd kronen in zijn portefeuille gehad. Die was op aanwijzingen van Eva Persson in een vuilnisbak gevonden. Het mobieltje had Sonja Hökberg meegenomen. Dat hadden ze bij haar thuis aangetroffen.
Wallander zette de bandrecorder uit. Sonja Hökberg volgde zijn bewegingen.
'Kan ik nu naar huis?'
'Nee', zei Wallander. 'Je bent negentien jaar. Dat betekent dat je oud genoeg bent om voor straf in aanmerking te komen. Je hebt een ernstig delict gepleegd. Je blijft in hechtenis.'
'Wat houdt dat in?'
'Dat je hier zult moeten blijven.'
'Waarom?'
Wallander keek naar Lötberg. Vervolgens stond hij op.
'Ik denk dat je advocaat je dat wel kan uitleggen.'
Wallander verliet de kamer. Hij was misselijk. Het was geen aanstellerij van Sonja Hökberg geweest. Ze was werkelijk onaangedaan. Wallander liep naar de kamer van Martinson, die aan het telefoneren was maar naar zijn bezoekersstoel wees. Wallander ging zitten en wachtte. Hij voelde de plotselinge behoefte om te gaan roken. Dat gebeurde niet vaak, maar de ontmoeting met Sonja Hökberg was pijnlijk geweest.
Martinson beëindigde zijn gesprek.
'Hoe ging het?'

'Ze bekent natuurlijk alles. En ze is er gewoon ijskoud onder.'

'Eva Persson is net zo. En die is pas veertien.'

Wallander keek Martinson bijna smekend aan.

'Wat gebeurt er toch?'

'Ik weet het niet.'

Wallander voelde hoe ontdaan hij was.

'Dit zijn toch verdomme nog twee kinderen?'

'Ik weet het. Maar spijt lijken ze niet te hebben.'

Ze deden er het zwijgen toe. Heel even voelde Wallander zich helemaal leeg vanbinnen. Ten slotte doorbrak Martinson de bedrukte stemming.

'Snap je nou waarom ik er zo vaak over denk om te stoppen?'

Wallander kwam weer bij zijn positieven.

'Snap je nou waarom het zo belangrijk is dat je dat niet doet?'

Hij stond op en liep naar het raam.

'Hoe is het met Lundberg?'

'Nog steeds kritiek.'

'We moeten dit tot op de bodem uitzoeken. Ongeacht of hij sterft of niet. Ze hebben hem overvallen omdat ze ergens geld voor nodig hadden. Als er althans niet iets heel anders achter zit.'

'Wat zou dat moeten zijn?'

'Ik weet het niet. Het is gewoon een gevoel dat ik heb. Dat het misschien dieper gaat. Zonder dat we er nu al antwoord op kunnen geven wat dat is.'

'Het meest waarschijnlijk is toch dat ze een beetje dronken werden? En besloten dat ze geld nodig hadden? Zonder over de consequenties na te denken.'

'Waarom denk je dat?'

'Ik ben er in ieder geval zeker van dat het niet voortkwam uit een soort algemene behoefte.'

Wallander knikte.

'Daar kun je gelijk in hebben. Ik heb zelf ook in die richting zitten denken. Maar ik wil weten waarom ze het deden. Morgen

wil ik met Eva Persson praten. En met hun ouders. Hadden ze geen van beiden een vriendje?'
'Eva Persson zei dat ze er een had.'
'Maar Hökberg niet?'
'Nee.'
'Ik denk dat ze liegt. Ze heeft wel iemand. We moeten er achter komen wie dat is.'
Martinson noteerde het.
'Wie gaat dat doen? Jij of ik?'
Wallander bedacht zich geen moment.
'Ik. Ik wil weten wat er in dit land gaande is.'
'Ik ben alleen maar blij als ik het niet hoef te doen.'
'Je komt er niet helemaal onderuit. Jij niet, Hanson niet en Ann-Britt niet. We moeten zien uit te vinden wat er achter die geweldpleging zat. Het was een poging tot moord. En als Lundberg sterft, dan is het moord.'
Martinson wees naar de stapels papier op zijn bureau.
'Ik snap niet hoe ik alles wat hier ligt klaar moet krijgen. Ik heb hier onderzoeken liggen waaraan we twee jaar geleden al begonnen zijn. Soms heb ik gewoon zin om de hele handel naar de chef van de Rijkspolitie te sturen en hem te vragen om mij uit te leggen hoe ik dit allemaal voor elkaar moet krijgen.'
'Hij zal dat afdoen als gezeur en slechte planning. Wanneer het om de planning gaat, ben ik dat gedeeltelijk wel met hem eens.'
Martinson knikte.
'Soms helpt het om even te klagen.'
'Ik weet het', zei Wallander. 'Bij mij is het net zo. Het is langgeleden dat we al ons eigenlijke werk afkregen. Nu moeten we prioriteiten stellen. Ik zal met Lisa praten.'
Wallander was al bijna de kamer uit toen Martinson hem tegenhield.
'Ik moest gisteravond voordat ik in slaap viel aan iets denken. Wanneer heb jij voor het laatst aan schietoefeningen deelgenomen?'
Wallander dacht na.

'Bijna twee jaar geleden.'
'Bij mij is het al net zo erg. Hanson traint zelf. Die is immers lid van een schietvereniging. Hoe het met Ann-Britt zit weet ik niet. Behalve dan dat ze waarschijnlijk nog steeds bang is voor schieten na wat er een paar jaar geleden is gebeurd. Maar volgens de regels moet die training regelmatig gebeuren. Onder werktijd.'

'Ik heb er niet aan gedacht', zei Wallander. 'Maar dit is natuurlijk niet goed.'

'Ik betwijfel of ik de muur nog zou kunnen raken', zei Martinson.

'We hebben het te druk. We komen alleen toe aan de belangrijkste dingen. En zelfs dat niet altijd.'

'Zeg dat maar tegen Lisa', zei Martinson.

'Zij zal zich wel van het probleem bewust zijn', zei Wallander aarzelend. 'Maar de vraag is wat zij eraan kan doen.'

'Ik ben nog geen veertig', zei Martinson. 'Maar toch betrap ik me af en toe op de gedachte hoe goed het vroeger was. Althans dat het toen beter was. Niet die kolerezooi die het nu is.'

Wallander wist niet wat hij daarop moest zeggen. Martinsons gezeur kon soms vermoeiend zijn. Hij keerde terug naar zijn kamer. Het was halfzes. Hij ging voor het raam staan en keek de duisternis in. Hij dacht aan Sonja Hökberg en aan wat de reden was waarom die meisjes zo hard geld nodig hadden gehad. Of dat er iets anders achter zat. Vervolgens dook het gezicht van Anette Fredman op.

Hoewel er nog veel werk op hem lag te wachten voelde Wallander dat hij niet de puf had om nog veel langer te blijven. Hij pakte zijn jas en vertrok. De herfstwind sloeg hem in het gezicht. Toen hij zijn auto startte, klonk weer dat rare geluid. Hij draaide de parkeerplaats af en realiseerde zich dat hij boodschappen moest doen. Zijn koelkast was zo ongeveer leeg. Er lag in feite alleen een fles champagne in die hij aan een weddenschap met Hanson had overgehouden. Waar die weddenschap over ging, wist hij niet meer. Hij besloot om snel een kijkje te gaan nemen bij de bankautomaat waar gisteravond een man in elkaar was gezakt en was gestorven. Dan kon hij meteen van de gelegenheid gebruikmaken om bij een van de winkels in de buurt boodschappen te doen.

Toen hij zijn auto had geparkeerd en naar de bankautomaat liep, stond er een vrouw met een kinderwagen geld op te nemen. Het asfalt was hard en scherp. Wallander keek rond. Er waren geen woonhuizen in de buurt. Midden in de nacht zou de plek vast helemaal verlaten zijn. Ook al was er goede straatverlichting, dan nog zou een man die viel en misschien een kreet slaakte niet gehoord of gezien worden door omwonenden.

Wallander ging het dichtstbijzijnde warenhuis binnen en zocht de supermarktafdeling op. Zoals gewoonlijk werd hij overvallen door een gevoel van lamlendigheid toen hij beslissingen moest nemen. Hij vulde een mandje met van alles en nog wat, betaalde en reed naar huis. Het rare geluid van de motor leek de hele tijd erger te worden. Toen hij in zijn flat was, trok hij zijn donkere kostuum uit. Na te hebben gedoucht en te hebben geconstateerd dat de zeep bijna op was, bereidde hij een groentesoep. Tot zijn verwondering smaakte die lekker. Hij zette koffie en nam het kopje mee naar de woonkamer. Hij voelde dat hij moe was. Nadat hij wat tussen de verschillende televisiezenders had gezapt maar niets had gevonden wat hem interesseerde, trok hij de telefoon naar zich toe en toetste het nummer in van Linda in Stockholm. Samen met twee vriendinnen, van wie Wallander alleen de namen kende, woonde ze in een flat in de wijk Kungsholmen. Om aan geld te komen werkte ze af en toe als serveerster in een eetcafé. De laatste keer dat hij in Stockholm was geweest, had Wallander daar ook gegeten. Het eten was lekker geweest, maar hij had er zich over verbaasd dat ze die harde muziek kon verdragen.

Linda was nu zesentwintig jaar. Hij was nog steeds van mening dat ze goed contact hadden, maar vond het jammer dat ze zo ver weg woonde. Hij miste de regelmatige omgang.

Een antwoordapparaat sloeg aan. Noch Linda noch haar

vriendinnen waren thuis. Het bericht werd in het Engels herhaald. Wallander sprak zijn naam in en zei dat het niet dringend was.

Daarna bleef hij zitten. Zijn koffie was koud geworden.

Ik kan zo niet langer leven, dacht hij geïrriteerd. Ik ben bijna vijftig jaar, maar ik heb het gevoel dat ik stokoud ben en geen energie meer heb.

Vervolgens bedacht hij dat hij eigenlijk zijn avondwandeling moest maken. Hij zocht naar een goede reden om het niet te doen, maar uiteindelijk stond hij toch op, trok zijn sportschoenen aan en ging naar buiten.

Het was halfnegen toen hij terugkwam. De wandeling had de neerslachtigheid die hij daarvoor had gevoeld verdrongen.

De telefoon ging. Wallander dacht dat het Linda zou zijn, maar het was Martinson.

'Lundberg is dood. Ze hebben net gebeld.'

Wallander bleef zwijgend staan.

'Dat betekent dat Hökberg en Persson een moord hebben gepleegd', vervolgde Martinson.

'Ja', zei Wallander. 'Dat betekent ook dat wij een echt rottige zaak op onze nek hebben gekregen.'

Ze spraken de volgende ochtend om acht uur af.

Verder viel er niet zo veel meer te zeggen.

Wallander bleef op de bank zitten. Verstrooid keek hij naar het journaal. De koers van de dollar steeg. Het enige wat zijn belangstelling wekte was het verhaal over de aandelenfirma Trustor. Hoe eenvoudig het scheen te zijn om een bv leeg te halen. Zonder dat er in feite iemand ingreep voordat het te laat was.

Linda belde niet meer. Toen het elf uur was ging hij naar bed.

Het duurde lang voordat hij de slaap kon vatten.

5

Toen Wallander op dinsdagochtend 7 oktober even na zessen wakker werd, voelde hij dat hij moeite had met slikken. Hij zweette en begreep dat hij ziek begon te worden. Hij bleef in bed liggen en bedacht dat hij eigenlijk thuis moest blijven, maar de gedachte dat taxichauffeur Johan Lundberg de vorige dag was overleden aan de gevolgen van zware geweldpleging joeg hem er toch uit. Hij douchte, dronk een kop koffie en slikte een paar koortswerende tabletten. Hij stopte het potje in zijn zak. Voordat hij van huis vertrok, dwong hij zichzelf er ook toe een bord yoghurt te eten. De straatlantaarn voor het keukenraam ging heen en weer in de rukwinden. Het was bewolkt en slechts een paar graden boven nul. Wallander zocht in zijn kast een dikke trui. Daarna bleef hij met zijn hand op de telefoon staan, aarzelend of hij Linda zou bellen, maar hij besloot dat het nog te vroeg was. Toen hij in zijn auto was gestapt, herinnerde hij zich dat er op de keukentafel een briefje had gelegen. Hij had opgeschreven dat hij iets moest kopen, maar hij wist niet meer wat. Bij de gedachte om weer naar boven te moeten lopen om het briefje te gaan halen, zonk hem de moed al in de schoenen. In plaats daarvan besloot hij dat hij in de toekomst naar zijn eigen antwoordapparaat op het politiebureau zou bellen wanneer er iets was wat hij moest kopen. Dan zou hij zodra hij op zijn werk kwam kunnen horen waar hij achteraan moest gaan.

Hij legde het gebruikelijke traject naar het politiebureau af: via Österleden. Iedere keer werd hij weer geplaagd door een slecht geweten. Om zijn bloedsuiker laag te houden zou hij eigenlijk te voet moeten gaan. En hij was nou ook weer niet zo ziek dat hij de auto niet had kunnen laten staan.

Als ik een hond had gehad, dan was het nooit een probleem geweest, dacht hij. Maar ik heb geen hond. Een jaar geleden heb ik een kennel bij Sjöbo bezocht om naar een paar jonge labradors te kijken. Maar dat is op niets uitgelopen. Geen huis, geen hond en geen Baiba. Er is niks van terechtgekomen.

Hij parkeerde bij het politiebureau en stapte om zeven uur zijn kamer binnen. Net toen hij wilde gaan zitten schoot hem weer te binnen wat hij op het briefje had geschreven. Zeep. Hij schreef het in zijn notitieblok. De volgende minuten besteedde hij aan het overdenken van de gebeurtenissen. Er was een taxichauffeur vermoord. Ze hadden twee meisjes die hadden bekend, ze hadden een van de twee wapens die waren gebruikt. Een van de meisjes was minderjarig, tegen het andere was een aanklacht ingediend en zij zou in de loop van de dag worden voorgeleid.

De weerzin van de vorige dag keerde weer terug. De totaal gevoelloze kilte van Sonja Hökberg. Hij probeerde zichzelf ervan te overtuigen dat ze ondanks alles toch enig mededogen moest hebben, maar dat hij er niet in slaagde om dat te ontdekken. Echter tevergeefs. Zijn ervaring zei hem dat hij zich helaas niet vergiste. Wallander stond op, ging koffie halen in de kantine en liep daarna naar de kamer van Martinson die er 's ochtends ook altijd vroeg bij was. De deur van diens kamer stond open. Wallander vroeg zich af hoe Martinson kon werken zonder zijn deur ooit dicht te doen. Wallander voelde meestal een prangende behoefte om zijn deur dicht te houden, wilde hij zich kunnen concentreren.

Martinson knikte.

'Ik dacht al dat je zou komen', zei hij.

'Ik voel me niet zo lekker', antwoordde Wallander.

'Verkouden?'

'Ik krijg in oktober altijd keelpijn.'

Martinson, die zelf voortdurend bang was dat hij ziek zou worden, ging met zijn stoel een stukje achteruit.

'Je had toch best thuis kunnen blijven', zei hij. 'Die trieste geschiedenis met Lundberg is immers al opgelost.'

'Slechts gedeeltelijk', wierp Wallander tegen. 'We hebben geen motief. Dat het ze gewoon om geld te doen was, geloof ik

niet. Hebben jullie trouwens dat mes nog gevonden?'
'Daar is Nyberg mee bezig. Ik heb hem nog niet gesproken.'
'Bel hem op.'
Martinson vertrok zijn gezicht.
'Hij kan 's ochtends nogal chagrijnig zijn.'
'Dan bel ik hem wel.'
Wallander pakte Martinsons telefoon en probeerde het eerst bij Nyberg thuis. Na een poosje te hebben gewacht werd hij doorgeschakeld naar een mobiele telefoon. Nyberg nam op, maar de verbinding was slecht.
'Met Kurt. Ik vroeg me af of jullie dat mes al hadden gevonden.'
'Hoe moeten we verdomme iets vinden als het donker is?' antwoordde Nyberg korzelig.
'Ik dacht dat Eva Persson had verteld waar ze het had weggegooid?'
'Toch moeten we een paar honderd vierkante meter afzoeken. Ze beweerde dat het ergens bij Gamla Kyrkogården moest liggen.'
'Waarom nemen jullie haar dan niet mee daarnaartoe?'
'Als het daar ligt, dan vinden we het ook', zei Nyberg.
Het gesprek werd beëindigd.
'Ik heb slecht geslapen', zei Martinson. 'Mijn dochter Terese weet heel goed wie Eva Persson is. Ze zijn bijna even oud. Eva Persson heeft ook ouders. Wat maken die mensen nu door. Het schijnt dat Eva hun enige kind is.'
In stilte overpeinsden ze die woorden even. Toen begon Wallander te niezen. Hij verliet meteen de kamer. Hun gesprek bleef in het luchtledige hangen.

Om acht uur waren ze bijeen in een van de vergaderruimtes. Wallander ging zoals gewoonlijk aan het hoofd van de tafel zitten. Hanson en Ann-Britt Höglund waren er al. Martinson stond voor het raam te telefoneren. Omdat hij weinig zei en zachtjes praatte, wist iedereen dat hij zijn vrouw aan de lijn had. Wallander had zich al vaak afgevraagd hoe ze zo veel te bespreken konden hebben wanneer ze elkaar een uur geleden nog aan het ontbijt hadden gezien. Misschien dat Martinson de behoefte voelde om zijn ongerustheid te ventileren over het feit dat Kurt Wallanders verkoudheid ook hem zou treffen. Er hing een vermoeide en landerige sfeer. Lisa Holgersson kwam de kamer in. Martinson beëindigde zijn gesprek. Hanson stond op om de deur dicht te doen.

'Moet Nyberg er niet bij zijn?' vroeg hij.

'Hij zoekt naar het mes', antwoordde Wallander. 'We rekenen erop dat hij dat vindt.'

Daarna keek hij Lisa Holgersson aan. Ze knikte. Het woord was aan hem. Wallander vroeg zich heel even af hoe vaak hij deze situatie al had meegemaakt. Vroeg in de ochtend, omringd door collega's, een misdrijf dat moet worden opgelost. In de loop der jaren hadden ze een nieuw politiebureau gekregen, nieuwe meubels, andere gordijnen voor de ramen. De telefoons zagen er nu anders uit, evenals de overheadprojector. En niet in de laatste plaats: alles was geautomatiseerd. Toch was het alsof al deze mensen hier altijd al hadden gezeten. En hijzelf het langst.

Het woord was aan hem.

'Johan Lundberg is dus dood', begon hij. 'Als iemand dat nog niet wist.'

Hij wees naar een exemplaar van *Ystads Allehanda* dat op tafel lag. De moord op de taxichauffeur werd groot op de voorpagina vermeld.

Wallander ging verder.

'Dat betekent dus dat die twee meisjes Hökberg en Persson een moord hebben gepleegd. Een roofmoord. Iets anders kun je het niet noemen. Vooral Hökberg was er in haar verklaring erg duidelijk over. Ze hadden het gepland, ze hadden wapens bij zich. Ze zouden de taxichauffeur die door het lot op hun pad werd gebracht overvallen. Omdat Eva Persson minderjarig is, wordt zij niet alleen voor ons maar ook voor anderen een kwestie. De hamer hebben we, evenals Lundbergs lege portefeuille en mobiele telefoon. Het enige wat ontbreekt is het mes.

De meisjes ontkennen geen van beiden. Ze geven elkaar ook niet de schuld. Ik ga ervan uit dat we op z'n laatst morgen het dossier aan de officier van justitie kunnen overhandigen. Het forensisch onderzoek is natuurlijk nog niet afgerond, maar deze trieste geschiedenis kan wat ons betreft nu al worden afgesloten.'

Wallander zweeg. Niemand zei wat.

'Waarom hebben ze het gedaan?' vroeg Lisa Holgersson ten slotte. 'Het lijkt immers allemaal zo ongelooflijk zinloos.'

Wallander knikte. Hij had al gehoopt dat die vraag gesteld zou worden zodat hij het zelf niet zou hoeven te doen.

'Sonja Hökberg kwam heel stellig over', zei hij. 'Zowel toen Martinson haar verhoorde als toen ik het deed. "We hadden geld nodig." Verder niets.'

'Waarvoor dan?'

Die vraag kwam van Hanson.

'Dat weten we niet. Daar geven ze geen antwoord op. Als je Hökberg moet geloven, dan wisten ze dat zelf niet eens. Ze hadden geld nodig. Voor niets in het bijzonder. Gewoon: geld.'

Voordat hij verderging keek Wallander de tafel rond.

'Volgens mij is dat niet waar. Hökberg liegt in ieder geval. Daar ben ik van overtuigd. Eva Persson heb ik nog niet gesproken. Maar dat geld was ergens voor bestemd. Daar ben ik behoorlijk zeker van. Ik verdenk Eva Persson er verder van dat ze heeft gedaan wat Hökberg haar heeft opgedragen. Dat maakt haar schuld er niet minder om. Maar dat geeft wel een beeld van hun relatie.'

'Speelt dat een rol?' vroeg Ann-Britt Höglund. 'Of ze dat geld voor kleren of iets anders wilden gebruiken?'

'Eigenlijk niet. De officier van justitie zal hier meer dan genoeg aan hebben om Hökberg te laten veroordelen. Wat er met Eva Persson gebeurt, is zoals gezegd niet alleen een vraag voor ons.'

'Ze zijn niet eerder met ons in aanraking geweest', zei Martinson. 'Dat heb ik onderzocht. Ze hebben ook geen van beiden problemen op school.'

Wallander had opnieuw het gevoel dat ze misschien helemaal op het verkeerde spoor zaten. Of dat ze althans de mogelijkheid dat er een heel andere reden was voor de moord op Lundberg te vroeg afschreven. Omdat hij echter zijn gevoel nog steeds niet onder woorden wist te brengen zei hij niets. Er restte hun nog veel werk. Het kon best zijn dat behoefte aan geld de waarheid was. Maar het kon ook iets heel anders wezen. Ze moesten alle mogelijkheden openhouden.

De telefoon ging. Hanson nam op. Hij luisterde en legde toen weer neer.

'Dat was Nyberg. Ze hebben het mes gevonden.'

Wallander knikte en sloeg de ordner dicht die hij voor zich had liggen.

'We moeten natuurlijk met de ouders praten en ervoor zorgen dat er een behoorlijk antecedentenonderzoek plaatsvindt. Maar het stuk voor de officier van justitie kunnen we nu al meteen in elkaar zetten.'

Lisa Holgersson stak haar hand op.

'We moeten een persconferentie houden. De media hijgen in onze nek. Ondanks alles is het ongebruikelijk dat twee jonge meiden een dergelijk geweldsdelict plegen.'

Wallander keek naar Ann-Britt. Ze schudde haar hoofd. De laatste jaren had zij de persconferenties, waar Wallander zo'n hekel aan had, vaak van hem overgenomen, maar nu wilde ze niet. Wallander begreep haar wel.

'Ik zal daarvoor zorgen', zei hij. 'Is er al een tijdstip vastgesteld?'

'Mijn voorstel is om één uur.'

Wallander noteerde het.

Ze waren snel klaar met het overleg. De taken werden verdeeld. Iedereen deelde het gevoel dat het rechercheonderzoek snel moest worden afgerond. Het was een beklemmend misdrijf. Niemand wilde er dieper in graven dan noodzakelijk was. Wallander zou een bezoek aan de ouders van Sonja Hökberg brengen, Martinson en Ann-Britt Höglund zouden met Eva Persson en haar ouders gaan praten.

Ze verlieten de vergaderruimte. Wallander voelde dat zijn verkoudheid nu echt losbarstte. In het beste geval lukt het me om een journalist aan te steken, dacht hij terwijl hij in zijn zakken naar een papieren zakdoek zocht.

In de gang kwam hij Nyberg tegen, die laarzen en een dikke overall droeg. Zijn haren stonden recht overeind en hij was in een slecht humeur.

'Ik heb gehoord dat jullie het mes hebben gevonden', zei Wallander.

'De gemeente heeft blijkbaar geen geld meer om in het najaar de stad schoon te maken', antwoordde Nyberg. 'We hebben daar op de kop tussen de bladeren staan graven, maar we hebben het ten slotte gevonden.'

'Wat was het voor mes?'

'Een keukenmes. Behoorlijk lang. Ze moet met zo veel kracht hebben toegestoken dat de punt op een rib is afgebroken. Anderzijds was het een mes van behoorlijk slechte kwaliteit.'

Wallander schudde zijn hoofd.

'Dit geloof je toch gewoon niet', zei Nyberg. 'Is er dan helemaal geen respect meer voor een mensenleven? Hoeveel geld leverde hun dit nou op?'

'Dat weten we nog niet. Ongeveer zeshonderd kronen. Nauwelijks meer. Lundberg was net met zijn dienst begonnen. Hij nam nooit veel wisselgeld mee als hij aan het werk ging.'

Nyberg mompelde iets onverstaanbaars en verdween. Wallander keerde terug naar zijn kamer. Hij bleef besluiteloos zitten. Zijn keel deed pijn. Sonja Hökberg woonde in het westelijk deel van de stad. Hij noteerde het adres, stond op en pakte zijn jas. Toen hij op de gang stond, ging de telefoon. Hij liep weer naar binnen. Het was Linda. Op de achtergrond hoorde hij keukengeluiden.

'Ik heb vanochtend je bericht gehoord', zei ze.

'Vanochtend?'

'Ik heb vannacht niet thuis geslapen.'

Wallander was wijs genoeg om niet te vragen waar ze de

nacht had doorgebracht. Hij wist maar al te goed dat dat kon betekenen dat ze kwaad werd en gewoon de hoorn erop gooide.

'Het was niets belangrijks', zei hij. 'Ik wilde alleen horen hoe het met je gaat.'

'Goed. En met jou?'

'Een beetje verkouden. Maar verder gaat alles z'n gangetje. Ik wou je vragen of je niet gauw eens deze kant op komt.'

'Daar heb ik geen tijd voor.'

'Maar ik kan de reiskosten betalen.'

'Ik zeg toch dat ik geen tijd heb. Het gaat niet om het geld.'

Wallander besefte dat hij haar niet zou kunnen overhalen. Ze was net zo koppig als hijzelf.

'Hoe gaat het echt?' vroeg ze weer. 'Heb je helemaal geen contact meer met Baiba?'

'Dat is allang achter de rug. Dat moet je toch weten.'

'Het is niet goed voor je om zo rond te lopen.'

'Wat bedoel je daarmee?'

'Je weet wel wat ik bedoel. Je begint zelfs al klagerig te klinken. Dat was vroeger niet zo.'

'Ik zeur toch niet?'

'Zoals nu. Maar ik heb een voorstel. Ik vind dat je eens een relatiebemiddelingsbureau moet opzoeken.'

'Een relatiebemiddelingsbureau?'

'Om iemand te vinden. Anders word je alleen maar een zeurderige ouwe vent die zich afvraagt waarom ik 's nachts niet thuis slaap.'

Ze doorziet me helemaal, dacht Wallander. Helemaal.

'Je bedoelt dus dat ik een advertentie in een of ander blad moet zetten?'

'Ja. Of contact opnemen met een relatiebemiddelaar.'

'Dat zal ik nooit doen.'

'Waarom niet?'

'Ik geloof daar niet in.'

'Waarom niet?'

'Dat weet ik niet.'

'Het was maar een advies. Denk er eens over na. Nu moet ik aan het werk.'

'Waar zit je?'
'In het café. We gaan om tien uur open.'
Ze zei gedag en het gesprek was voorbij. Wallander vroeg zich af waar ze die nacht geslapen had. Een paar jaar geleden had Linda verkering gehad met een jongen uit Kenia die in Lund medicijnen studeerde, maar dat was uitgegaan. Sindsdien wist hij niet zoveel over haar vriendjes. Behalve dan dat ze op gezette tijden een nieuwe had. Hij voelde een steek van irritatie en jaloezie. Vervolgens ging hij de kamer uit. De gedachte om een contactadvertentie te plaatsen of zich bij een relatiebemiddelingsbureau aan te melden was wel eens bij hem opgekomen, maar hij had die altijd verworpen. Het was alsof hij zich dan tot iets zou verlagen waarvoor hij zichzelf te goed vond.

De rukwinden sloegen hem tegemoet. Hij stapte in zijn auto, startte de motor en luisterde naar het gepingel dat steeds erger werd. Daarna reed hij naar het rijtjeshuis waarin Sonja Hökberg met haar ouders woonde. In het rapport dat hij van Martinson had gekregen, had hij kunnen lezen dat de vader van Sonja 'een eigen bedrijf' had. Wat dat precies inhield, was niet duidelijk geworden. Wallander stapte uit. Het kleine tuintje zag er netjes uit. Hij belde aan. Na een ogenblik werd er opengedaan door een man. Wallander wist meteen dat hij hem eerder had ontmoet. Hij kon zich gezichten goed herinneren, maar hij wist niet waar of wanneer het was geweest. De man in de deuropening had Wallander ook meteen herkend.

'Ben jij het?' zei hij. 'Ik had al begrepen dat de politie zou komen, maar niet dat jij het zou zijn.'

Hij stapte opzij en Wallander ging naar binnen. Hij hoorde dat er ergens een televisie aanstond. Hij wist nog steeds niet wie de man was.

'Ik neem aan dat je mij herkent', zei Hökberg.

'Ja', antwoordde Wallander. 'Maar ik moet bekennen dat ik niet meer weet in welk verband we elkaar hebben ontmoet.'

'Erik Hökberg?'

Wallander pijnigde zijn hersens.

'En Sten Widén?'

Wallander wist het weer. Sten Widén, met zijn manege in Stjärnsund. En Erik. Heel lang geleden hadden ze alledrie een gezamenlijke passie voor opera gehad. Sten was er het meest in geïnteresseerd, maar Erik, die een jeugdvriend van Sten was, was er ook een paar keer bij geweest wanneer ze zich rond een grammofoon hadden verzameld om naar de opera's van Verdi te luisteren.

'Nu weet ik het weer', zei Wallander. 'Maar toen heette je toch geen Hökberg?'

'Ik heb de naam van mijn vrouw aangenomen. Destijds heette ik Erik Eriksson.'

Erik Hökberg was een grote man. De kleerhanger die hij Wallander aanreikte, leek klein in zijn hand. Wallander herinnerde zich hem als een magere man, maar nu had hij nogal wat overgewicht. Daarom had Wallander hem niet kunnen plaatsen.

Wallander hing zijn jas weg en volgde Hökberg naar de woonkamer. Daar stond een televisie, maar het geluid kwam van een ander toestel, in een andere kamer. Ze gingen zitten. Wallander voelde zich onzeker. Zijn boodschap was zo al moeilijk genoeg.

'Het is vreselijk, wat er is gebeurd', zei Hökberg. 'Ik begrijp natuurlijk niet wat er over haar gekomen is.'

'Is ze nooit eerder welddadig geweest?'

'Nooit.'

'Je vrouw. Is die thuis?'

Hökberg zat ineengezakt in een stoel. Achter het gezicht met de dikke wallen vermoedde Wallander een ander gezicht, het gezicht dat hij zich herinnerde uit een tijd die hem nu oneindig langgeleden voorkwam.

'Ze heeft Emil meegenomen en is naar haar zus in Höör gegaan. Ze kon het hier niet meer uithouden. Er bellen journalisten. Zonder ergens rekening mee te houden. Midden in de nacht, als hun dat uitkomt.'

'Ik moet eigenlijk wel met haar praten.'

'Dat begrijp ik. Ik heb al tegen haar gezegd dat de recherche zou langskomen.'

Wallander wist niet goed hoe hij verder moest gaan.

'Jullie zullen het hier wel over hebben gehad? Jij en je vrouw?'

'Ze begrijpt er net zomin wat van als ik. Het was een schok.'

'Je had dus goed contact met Sonja?'

'We hebben nooit problemen gehad.'

'En haar moeder?'

'Hetzelfde. Soms hadden ze wel eens ruzie. Maar dat ging over heel gewone dingen. In al die jaren dat ik haar ken, zijn er nooit problemen geweest.'

Wallander fronste zijn voorhoofd.

'Wat bedoel je daarmee?'

'Ik dacht dat je wel wist dat ze mijn stiefdochter is?'

Dat was niet gebleken uit het onderzoek. Als dat wel zo was geweest, zou Wallander het hebben geweten.

'Ruth en ik hebben samen Emil gekregen', vervolgde Hökberg. 'Sonja was ongeveer twee jaar toen ik in beeld kwam. Dat is nu in december zeventien jaar geleden. Ruth en ik hebben elkaar tijdens een kerstdiner ontmoet.'

'Wie is de echte vader van Sonja?'

'Die heette Rolf. Hij heeft zich nooit iets aan haar gelegen laten liggen. Ruth is niet met hem getrouwd geweest.'

'Weet je waar hij zich bevindt?'

'Hij is al een paar jaar dood. Hij heeft zich doodgedronken.'

Wallander had in zijn jas naar een pen gezocht. Hij had zich al gerealiseerd dat hij zowel zijn bril als zijn notitieblok was vergeten. Er lag een stapel tijdschriften op de glazen tafel.

'Mag ik hier een stukje afscheuren?'

'Kan de politie zich geen notitieblokken meer veroorloven?'

'Dat is een goeie vraag, maar in dit geval ben ik vergeten er eentje mee te nemen.'

Wallander nam een tijdschrift als onderlegger. Hij zag dat het een Engelstalig financieel blad was.

'Mag ik vragen wat voor werk je doet?'

Het antwoord kwam voor Wallander als een verrassing.

'Ik speculeer.'

'Waarmee dan?'
'Met aandelen. Opties. Valuta. Bovendien verdien ik wat geld met weddenschappen. Vooral met Engels cricket. Soms ook wat Amerikaans baseball.'
'Je gokt dus?'
'Niet op paarden. Ik doe niet eens aan de toto mee. Maar ik neem aan dat je kunt zeggen dat de beursmarkt ook een soort spel is.'
'Doe je dat vanuit je huis?'
Hökberg stond op en gaf Wallander een teken dat hij mee moest komen. Toen ze in de aangrenzende kamer kwamen, bleef Wallander op de drempel staan. Er stond niet één televisie aan, maar drie. Op de schermen fladderden cijferreeksen voorbij. Bovendien stond er een aantal computers en printers. Aan een muur hingen klokken die de tijd in verschillende werelddelen aangaven. Wallander had het gevoel dat hij in een vluchtleidingscentrum was binnengestapt.
'Er wordt altijd gezegd dat de nieuwe technologie de wereld kleiner heeft gemaakt', zei Hökberg. 'Daar kun je vraagtekens bij zetten. Maar dat mijn wereld groter is geworden, daar is geen twijfel over mogelijk. Vanuit dit slecht gebouwde rijtjeshuis aan de rand van Ystad kan ik op alle markten van de wereld meedoen. Ik kan verbinding maken met de wedkantoren in Londen of Rome. Ik kan een optie kopen op de beurs van Hongkong en Amerikaanse dollars verkopen in Jakarta.'
'Is dat echt zo eenvoudig?'
'Niet helemaal. Je hebt er vergunningen, contacten en kennis voor nodig. Maar in deze kamer bevind ik mij midden in de wereld. Op ieder moment. De kracht en de kwetsbaarheid gaan hand in hand.'
Ze keerden terug naar de woonkamer.
'Ik zou Sonja's kamer graag willen zien', zei Wallander.
Hökberg ging hem voor de trap op. Ze liepen langs een kamer waarvan Wallander aannam dat die van de jongen was die Emil heette. Hökberg wees op een deur.
'Ik wacht beneden', zei hij. 'Of heb je me nodig?'

'Nee, het is prima.'

Hökberg liep met zware stappen de trap af. Wallander duwde de deur open. De kamer had een schuin plafond met daarin een raam dat halfopen stond. Een dun gordijn bewoog zacht in de wind. Wallander bleef roerloos staan en keek langzaam rond. Hij wist uit ervaring dat de eerste indruk altijd belangrijk was. Latere waarnemingen konden een dramatiek ontsluieren die niet altijd direct zichtbaar was, maar de eerste indruk zou toch altijd de indruk zijn waarnaar hij terugkeerde.

In deze kamer woonde iemand. Die persoon zocht hij. Het bed was opgemaakt. Overal lagen roze en gebloemde kussens. Tegen de muur aan de korte kant van de kamer stond een hoge kast met een oneindige hoeveelheid teddyberen. Op de deur van de kast zat een spiegel, op de vloer lag een dik kleed. Onder het raam stond een bureau. Het blad was leeg. Wallander bleef lang in de deuropening staan om de kamer te bekijken. Hier woonde Sonja Hökberg. Hij liep de kamer in, knielde naast het bed en keek eronder. Het was er stoffig, maar op één plek had een voorwerp een afdruk in het stof achtergelaten. Wallander begon te rillen. Hij vermoedde dat daar de hamer had gelegen. Hij stond op en ging op het bed zitten. Dat was onverwacht hard. Vervolgens voelde hij aan zijn voorhoofd. Hij had waarschijnlijk weer koorts. Het potje met tabletten zat in zijn zak. Hij had nog steeds een rauw gevoel in zijn keel. Hij stond op en opende de laadjes van het bureau. Ze zaten niet op slot. Er was niet eens een sleutel. Wat hij zocht wist hij niet. Misschien een dagboek of een foto. Maar er lag niets in de lades dat zijn aandacht trok. Hij ging weer op het bed zitten. Dacht aan zijn ontmoeting met Sonja Hökberg.

Het gevoel was er meteen geweest. Al toen hij op de drempel van de kamer stond.

Er klopte iets niet. Sonja Hökberg en haar kamer pasten niet bij elkaar. Hij kon zich haar hier niet voorstellen, tussen al die roze beren. Toch was dit haar kamer. Hij probeerde te begrijpen wat dat kon betekenen. Wat sprak meer de waarheid? De Sonja Hökberg die hij op het politiebureau had ontmoet? Of de kamer die van haar was en waar ze een bloederige hamer onder het bed had verstopt?

Rydberg had hem jaren geleden geleerd om te luisteren. *Iedere kamer heeft zijn eigen ademhaling. Je moet luisteren. Een kamer vertelt vele geheimen over de persoon die erin woont.* In het begin had Wallander uiterst kritisch tegenover dit advies gestaan, maar naderhand had hij ingezien dat Rydberg hem iets essentieels had bijgebracht.

Wallander begon hoofdpijn te krijgen. Zijn slapen bonkten. Hij stond op en opende de deur van de kledingkast. Op de hangers hingen kleren, onder in de kast stonden alleen maar schoenen en er lag een kapotte beer. Aan de binnenkant van de deur hing een poster van een film. *The Devil's Advocate.* De hoofdrol werd gespeeld door Al Pacino. Wallander herinnerde zich hem van *The Godfather.* Hij deed de deur weer dicht en ging op de stoel bij het bureau zitten. Vanaf die plek kon hij de kamer vanuit een ander perspectief bekijken.

Er ontbreekt iets, dacht hij. Hij dacht aan Linda's kamer toen ze een tiener was. Natuurlijk hadden daar ook knuffels gelegen, maar er hingen vooral foto's van de aanbeden idolen. Dat konden telkens andere zijn, maar ze hingen er altijd, in welke hoedanigheid dan ook.

In Sonja Hökbergs kamer was niets. Ze was negentien jaar. Het enige wat ze had, was een filmposter aan de binnenkant van een kledingkast.

Wallander bleef nog een paar minuten zitten. Daarna verliet hij de kamer en liep de trap af. Erik Hökberg zat in de woonkamer op hem te wachten. Wallander vroeg om een glas water en nam zijn tabletten. Hökberg nam hem met een onderzoekende blik op.

'Heb je iets gevonden?'

'Ik wilde alleen even rondkijken.'

'Wat gaat er met haar gebeuren?'

Wallander schudde zijn hoofd.

'Ze is oud genoeg om voor straf in aanmerking te komen en ze heeft bekend. Dus krijgt ze het niet gemakkelijk.'

Hökberg zei niets. Wallander zag dat hij leed.

Wallander noteerde het telefoonnummer van Hökbergs schoonzuster in Höör.

Hij verliet het rijtjeshuis. De wind was aangewakkerd. De windvlagen kwamen en gingen. Wallander reed terug naar het politiebureau. Hij voelde zich niet lekker. Na de persconferentie zou hij direct naar huis gaan en in bed kruipen.

Toen hij bij de receptie kwam, wenkte Irene hem. Wallander zag dat ze bleek was.

'Wat is er gebeurd?' vroeg hij.

'Dat weet ik niet', zei ze. 'Maar iedereen zoekt je. En je had zoals gewoonlijk je telefoon niet bij je.'

'Wie zoekt me?'

'Iedereen.'

Wallander verloor zijn geduld.

'Wie iedereen? Wees eens wat exacter!'

'Martinson. Hanson.'

Wallander liep meteen door naar Martinsons kamer. Daar was Hanson ook.

'Wat is er gebeurd?' vroeg Wallander.

Martinson was degene die antwoord gaf.

'Sonja Hökberg is ontsnapt.'

Wallander staarde hem ongelovig aan.

'Ontsnapt?'

'Het is amper een uur geleden gebeurd. We hebben al het mogelijke personeel ingezet om haar op te sporen, maar ze is verdwenen.'

Wallander keek zijn collega's aan.

Vervolgens trok hij zijn jas uit en ging zitten.

6

Het duurde niet lang voordat Wallander begreep wat er was gebeurd.
Iemand had niet goed opgelet. Iemand had op uiterst flagrante wijze de dienstvoorschriften geschonden. Iemand was echter vooral vergeten dat Sonja Hökberg niet alleen een jong meisje was met een vertrouwenwekkend uiterlijk, maar ook dat ze enkele dagen geleden een brute moord had gepleegd.
Het verloop van de gebeurtenissen viel gemakkelijk te reconstrueren. Sonja Hökberg moest van de ene ruimte naar de andere worden overgebracht. Ze had een gesprek met haar advocaat gehad en zou naar de arrestantenafdeling teruggebracht worden. Toen ze zat te wachten, had ze gevraagd of ze naar het toilet mocht. Op het moment dat ze naar buiten kwam, had ze gezien dat de bewaker die met haar mee was gegaan met de rug naar haar toe stond te praten met iemand die zich in een kantoor bevond. Toen was ze de andere kant op gelopen. Niemand had geprobeerd haar tegen te houden. Ze was zo langs de receptie naar buiten gelopen. Niemand had haar gezien. Irene niet, niemand. Na ongeveer vijf minuten was de bewaker het toilet binnengegaan en tot de ontdekking gekomen dat Sonja Hökberg er niet meer was. Hij was toen teruggelopen naar de kamer waar ze haar advocaat had gesproken. Pas toen hij besefte dat ze daar niet naar was teruggekeerd, had hij alarm geslagen. Sonja Hökberg had inmiddels tien minuten de tijd gehad om te verdwijnen. En dat was voldoende.
Wallander kreunde in stilte. Zijn hoofdpijn keerde terug.
'Ik heb al het beschikbare personeel erop uitgestuurd', zei Martinson. 'En ik heb haar vader gebeld. Jij was net weg. Is er iets aan het licht gekomen waardoor jij je kunt voorstellen waar ze naartoe kan zijn?'

'Haar moeder bevindt zich bij een zus in Höör.'
Hij gaf Martinson het briefje met het telefoonnummer.
'Daar zal ze toch niet naartoe gaan', zei Hanson.
'Sonja Hökberg heeft een rijbewijs', zei Martinson met de hoorn van de telefoon aan zijn oor. 'Ze kan liften, ze kan een auto stelen.'
'We moeten nu eerst met Eva Persson praten', zei Wallander. 'En wel meteen. Het kan me niet schelen of ze minderjarig is. Ze moet nu vertellen wat ze weet.'

Hanson verliet de kamer. In de deuropening botste hij bijna tegen Lisa Holgersson op, die naar een vergadering buiten het politiebureau was geweest en net had gehoord dat Sonja Hökberg verdwenen was. Terwijl Martinson telefoneerde met Sonja's moeder in Höör, legde Wallander uit hoe de vlucht in zijn werk was gegaan.

'Dit kan toch zomaar niet', zei ze toen Wallander zweeg.

Lisa Holgersson was kwaad. Wallander vond dat goed. Hij dacht terug aan hun toenmalige hoofdcommissaris, Björk, die zich meteen zorgen zou hebben gemaakt of zijn eigen aanzien misschien geschaad werd.

'Dit kan niet,' zei Wallander, 'maar toch is het zo. Het belangrijkste is nu echter dat we haar te pakken krijgen. Daarna moeten we bekijken welke regels er zijn overtreden. En wie daarvoor ter verantwoording moet worden geroepen.'

'Denk jij dat er een risico is dat ze gewelddadig wordt?'

Wallander dacht na. Hij zag haar kamer voor zich. Met al die knuffels.

'We weten te weinig van haar af', zei hij. 'Maar helemaal uitgesloten is het niet.'

Martinson legde de hoorn neer.

'Ik heb haar moeder gesproken', zei hij. 'En de collega's in Höör. Ze weten wat er op het spel staat.'

'Ik denk dat niemand van ons dat weet', wierp Wallander tegen. 'Maar ik wil die meid zo snel mogelijk te pakken hebben.'

'Had ze de ontsnapping voorbereid?' vroeg Lisa Holgersson.

'Volgens de bewaker niet', zei Martinson. 'Ze heeft gewoon van de gelegenheid gebruikgemaakt toen die zich voordeed.'
'Het was vast wel gepland', zei Wallander. 'Ze zocht een gelegenheid. Ze wilde hier weg. Heeft er al iemand met haar advocaat gesproken? Kan hij ons niet helpen?'
'Volgens mij heeft daar nog niemand aan gedacht', zei Martinson. 'Hij is direct na zijn gesprek met haar hier weggereden.'
Wallander stond op.
'Ik ga met hem praten.'
'De persconferentie', zei Lisa Holgersson. 'Wat doen we daarmee?'
Wallander keek op zijn horloge. Twintig minuten over elf.
'Die gaat door volgens plan. Maar we moeten ze het nieuws geven. Ook al zouden we dat liever niet doen.'
'Ik moet daar wel bij zijn', zei Lisa Holgersson.
Wallander gaf geen antwoord. Hij liep naar zijn kamer. Zijn hoofd bonkte. Iedere keer dat hij slikte deed het pijn.
Ik zou eigenlijk in mijn bed moeten liggen, dacht hij. Niet achter tienermeisjes aanzitten die taxichauffeurs doodslaan.
In een van de lades van zijn bureau vond hij papieren zakdoekjes. Hij depte zich droog onder zijn overhemd. Hij had koorts en zweette. Vervolgens belde hij advocaat Lötberg om te vertellen wat er was gebeurd.
'Dat had ik niet verwacht', zei Lötberg toen Wallander uitgesproken was.
'Dit is helemaal niet goed', zei Wallander. 'Kun jij me helpen?'
'Ik geloof het niet. Ik heb met haar besproken wat er nu zou gebeuren. Dat ze geduld moest hebben.'
'En had ze dat?'
Lötberg dacht na voordat hij antwoord gaf.
'Eerlijk gezegd weet ik dat niet. Het is moeilijk om contact met haar te krijgen. Uiterlijk lijkt ze rustig. Maar hoe het vanbinnen zit, daar durf ik niets over te zeggen.'
'Heeft ze niets gezegd over een vriendje? Iemand die ze zou willen zien?'

'Nee.'
'Helemaal niemand?'
'Ze vroeg hoe het met Eva Persson ging.'
Wallander dacht na.
'Vroeg ze helemaal niet naar haar ouders?'
'Eigenlijk niet, nee.'
Wallander vond dat wonderlijk. Even vreemd als haar kamer was geweest. Het gevoel dat er iets geks was met Sonja Hökberg werd steeds sterker.
'Ik laat het natuurlijk weten als ze contact met me opneemt', zei Lötberg.
Ze beëindigden hun gesprek. Wallander zag nog steeds haar kamer voor zich. Het was een kinderkamer, dacht hij. Geen kamer voor een meisje van negentien. Het was een kamer voor een kind van tien. Ergens onderweg is de kamer blijven stilstaan, terwijl Sonja steeds ouder werd.
Hij kon zijn gedachtegang niet helemaal ontwarren, maar hij wist dat die belangrijk was.

Het kostte Martinson nog geen halfuur om ervoor te zorgen dat Eva Persson klaar was voor de ontmoeting met Wallander. Wallander was verbijsterd toen hij het meisje zag. Ze was klein van stuk en leek nauwelijks ouder dan twaalf jaar. Hij keek naar haar handen en kon zich niet voorstellen dat ze een mes had vastgehouden dat ze met kracht in de borst van een medemens had gestoken. Hij kwam er echter al gauw achter dat ze iets had wat hem aan Sonja Hökberg deed denken. Eerst lukte het hem niet goed om precies vast te stellen wat de overeenkomst was, maar later werd het hem duidelijk.
De ogen. Dezelfde onbewogenheid.
Martinson had hen alleen gelaten. Het liefst had Wallander gewild dat Ann-Britt Höglund ook bij het gesprek aanwezig was geweest, maar zij was ergens in de stad om te proberen de zoekactie naar Sonja Hökberg zo efficiënt mogelijk te laten verlopen.
Eva Perssons moeder had rode ogen. Wallander had meteen

medelijden met haar. De gedachte aan wat zij op dit moment doormaakte, deed hem pijn.

Hij ging recht op zijn doel af.

'Sonja is ervandoor gegaan. Nu wil ik jou vragen of je weet waar ze naartoe kan zijn gegaan. Ik wil dat je goed nadenkt. En ik wil dat je een eerlijk antwoord geeft. Heb je dat begrepen?'

Eva Persson knikte.

'Waar denk je dat ze gebleven is?'

'Ze zal wel naar huis zijn gegaan. Waar zou ze anders naartoe moeten?'

Wallander kon niet vaststellen of het meisje eerlijk of arrogant was. Hij besefte dat zijn hoofdpijn hem ook ongeduldig maakte.

'Als ze naar huis was gegaan, hadden we haar al opgepakt', zei hij met stemverheffing. De moeder kroop in elkaar op haar stoel.

'Ik weet niet waar ze is.'

Wallander sloeg een notitieblok open.

'Wie zijn haar vrienden? Met wie gaat ze altijd om? Kent ze iemand met een auto?'

'We trekken meestal met z'n tweeën op.'

'Ze zal toch wel andere vrienden hebben?'

'Kalle.'

'Hoe heet hij verder?'

'Rus.'

'Heet hij Kalle Rus?'

'Ja.'

'Ik wil geen woord horen dat niet waar is. Heb je dat begrepen?'

'Waarom schreeuwt u verdomme zo? Stomme klootzak. Zo heet hij. Kalle Rus.'

Wallander sprong bijna uit zijn vel. Hij vond het niet prettig om voor 'klootzak' te worden uitgescholden.

'Wie is dat?'

'Hij surft. Meestal zit hij in Australië, maar nu is hij thuis en werkt hij voor zijn vader.'

'Waar dan?'
'Ze hebben een ijzerwinkel.'
'Kalle is dus een van Sonja's vrienden?'
'Ze hebben verkering gehad.'

Wallander ging verder met zijn vragen, maar Eva Persson kon niemand anders bedenken met wie Sonja Hökberg misschien contact zou opnemen. Ze wist ook niet waar Sonja was gebleven. In een laatste poging iets te achterhalen wat als uitgangspunt kon dienen wendde Wallander zich tot Eva Perssons moeder.

'Ik kende haar niet', zei ze met zo'n zachte stem dat Wallander zich over de tafel heen moest buigen om te kunnen verstaan wat ze zei.

'U zult uw dochters beste vriendin toch wel hebben gekend?'

'Ik mocht haar niet.'

Eva Persson draaide zich bliksemsnel om en sloeg haar moeder in het gezicht. Het ging zo vlug dat Wallander te laat was om te reageren. De moeder begon te huilen. Eva Persson bleef slaan, ondertussen scheldwoorden uitkramend. Wallander werd in zijn hand gebeten, maar slaagde er met enige moeite in Eva Persson van haar moeder te scheiden.

'Haal dat wijf weg!' gilde ze. 'Ik wil haar niet zien!'

Op dat moment verloor Wallander volledig zijn zelfbeheersing. Hij gaf Eva Persson een stevige oorvijg. De klap kwam zo hard aan dat het meisje omviel. Met een pijnlijke hand wankelde Wallander de kamer uit. Lisa Holgersson, die gehaast door de gang aan kwam lopen, staarde hem verbijsterd aan.

'Wat gebeurt hier?'

Wallander gaf geen antwoord. Hij keek naar zijn hand. Die schrijnde nog na van de klap.

Wat ze geen van beiden in de gaten hadden, was dat er een journalist van een avondblad ruim op tijd was gekomen voor de persconferentie. In het tumult had hij zich met een discreet cameraatje ongezien naar het centrum van de gebeurtenissen weten te begeven. Hij maakte diverse foto's en gaf zijn ogen en oren goed de kost. In gedachten zag hij de kop al die boven het artikel zou verschijnen. Snel keerde hij terug naar de receptie.

Toen de persconferentie eindelijk begon, was dat met een halfuur vertraging. Tot op het laatste moment had Lisa Holgersson gehoopt dat een surveillancewagen Sonja Hökberg zou vinden. Wallander, die zich daarover geen illusies maakte, wilde zich aan de tijd houden. Deels omdat hij vond dat Lisa Holgersson zich vergiste, maar evenzeer vanwege zijn verkoudheid die nu in volle hevigheid leek te zijn losgebarsten.

Ten slotte slaagde hij erin haar ervan te overtuigen dat er geen reden was om langer te wachten. De journalisten zouden zich alleen maar gaan ergeren. Het zou toch al lastig genoeg worden.

'Wat wil je dat ik zeg?' vroeg ze voordat ze naar de grote vergaderruimte liepen waar de persconferentie zou worden gehouden.

'Niets', antwoordde Wallander. 'Ik doe het woord wel. Maar ik wil wel dat je erbij bent.'

Wallander liep naar het toilet en waste zijn gezicht met koud water. Toen hij vervolgens de vergaderruimte binnenkwam, schrok hij. Er waren meer journalisten dan hij verwacht had. Hij stapte het kleine podium op, op de voet gevolgd door zijn chef. Ze gingen zitten. Wallander overzag de groep. Een aantal gezichten herkende hij. Enkele journalisten kende hij bij naam, maar velen waren hem totaal onbekend.

Wat zeg ik nu? dacht hij. Ook al heb je dat wel besloten, uiteindelijk vertel je toch nooit precies de waarheid.

Lisa Holgersson heette de journalisten welkom en gaf het woord aan Wallander.

Ik haat dit, dacht hij gelaten. Ik heb er niet alleen een hekel aan. Ik haat deze ontmoetingen met de media. Ook al weet ik dat ze noodzakelijk zijn.

Hij telde in stilte tot drie voordat hij begon.

'Enkele dagen geleden werd hier in Ystad een taxichauffeur beroofd en mishandeld. Zoals u weet is hij inmiddels helaas aan zijn verwondingen overleden. Van twee mensen is komen vast te staan dat ze schuldig zijn aan het misdrijf. Ze hebben ook bekend. Omdat een van de daders minderjarig is, zullen we tijdens deze persconferentie de naam niet vrijgeven.'

Een van de journalisten stak zijn hand op.

'Waarom zegt u er niet bij dat de daders twee vrouwen zijn?'

'Daar kom ik zo op', zei Wallander. 'Als u even geduld wilt hebben.'

De journalist was jong en eigenwijs.

'De persconferentie zou om een uur beginnen. Het is al over halftwee. Houden jullie er geen rekening mee dat wij onze deadlines moeten halen?'

Wallander ging niet op die vraag in.

'Het is dus met andere woorden moord', vervolgde hij. 'Roofmoord. Er is geen reden om de waarheid te verzwijgen, namelijk dat het om een bijzonder gewelddadige moord ging. Daarom is het natuurlijk bevredigend dat we de toedracht snel hebben kunnen vaststellen.'

Daarna zette hij zich schrap. Het was alsof hij dook op een plek waarvan hij niet wist of hij daar misschien op een onzichtbare bodem zou stuiten.

'Helaas wordt de situatie bemoeilijkt door het feit dat een van de daders is ontsnapt. We hopen haar echter snel te kunnen aanhouden.'

Het werd stil in de zaal. Daarna werden de vragen van alle kanten tegelijk afgevuurd.

'Hoe heet de vrouw die is ontsnapt?'

Wallander keek Lisa Holgersson aan. Ze knikte.

'Sonja Hökberg.'

'Waaruit is ze ontsnapt?'

'Uit het politiebureau hier.'

'Hoe kon dat gebeuren?'

'We zijn volop bezig de zaak te onderzoeken.'

'Wat bedoelt u daarmee?'

'Net wat ik zeg. Dat we onderzoeken hoe Sonja Hökberg heeft kunnen ontsnappen.'

'Het is dus een gevaarlijke vrouw die is ontsnapt.'

Wallander aarzelde.

'Ja', antwoordde hij uiteindelijk. 'Maar zeker is dat niet.'

'Ze is gevaarlijk of ze is het niet. Wat is het nou?'

Wallander verloor zijn geduld. De hoeveelste keer dat vandaag al was, wist hij niet meer. Hij wilde dat hier allemaal zo snel mogelijk een eind aan kwam, zodat hij naar huis kon gaan en in bed kon kruipen.

'Volgende vraag.'

De journalist gaf zich niet gewonnen.

'Ik wil een fatsoenlijk antwoord. Is ze gevaarlijk of niet?'

'U hebt het antwoord gekregen dat ik kan geven. Volgende vraag.'

'Is ze gewapend?'

'Niet dat wij weten.'

'Hoe werd de taxichauffeur omgebracht?'

'Met een hamer en een mes.'

'Hebt u de moordwapens gevonden?'

'Ja.'

'Mogen we ze zien?'

'Nee.'

'Waarom niet?'

'Om onderzoekstechnische redenen. Volgende vraag.'

'Is er een landelijk arrestatiebevel uitgegaan?'

'Voorlopig is een regionaal arrestatiebevel voldoende. En dat is alles wat we op dit moment te zeggen hebben.'

Wallanders manier om aan te geven dat de persconferentie was afgelopen riep hevige protesten op. Wallander wist dat de journalisten nog een oneindig aantal meer of minder belangrijke vragen hadden, maar hij stond op en trok Lisa Holgersson bijna van haar stoel omhoog.

'Zo is het genoeg', siste hij.

'Zouden we niet nog even moeten blijven?'

'Dat moet jij dan maar doen. Ze weten nu wat ze moeten weten. De rest kunnen ze net zo goed zelf aanvullen.'

Televisie- en radiozenders wilden interviews maken. Wallander baande zich een weg door een woud van microfoons en camera's.

'Dit moet jij voor je rekening nemen', zei hij tegen Lisa. 'Of vraag Martinson. Ik moet nu naar huis.'

Ze waren inmiddels op de gang gekomen. Ze keek hem verbaasd aan.

'Ga je naar huis?'

'Als je wilt, mag je best even je hand op mijn voorhoofd leggen. Ik ben ziek. Ik heb koorts. Er zijn hier andere rechercheurs die Hökberg kunnen opsporen. En al die stomme vragen kunnen beantwoorden.'

Hij liet haar staan zonder op een reactie te wachten. Ik doe het fout, dacht hij. Ik zou eigenlijk moeten blijven om deze chaos te beteugelen, maar dat kan ik op dit moment niet opbrengen.

Toen hij op zijn kamer zijn jas had aangetrokken, trok een briefje op zijn bureau zijn aandacht. Het was Martinsons handschrift.

'De artsen zeggen dat Tynnes Falk een natuurlijke dood is gestorven. Niet door een misdrijf. We kunnen de zaak dus afschrijven.'

Het duurde een paar seconden voordat het tot Wallander doordrong dat het ging om de man die dood bij de bankautomaat in het winkelcentrum had gelegen.

Daar hoeven we dus gelukkig niets mee te doen, dacht hij.

Om te voorkomen dat hij journalisten tegen het lijf zou lopen, verliet hij het politiebureau via de garage. Het waaide nu hard. Met opgetrokken schouders liep hij tegen de wind in naar zijn auto. Toen hij wilde starten, gebeurde er niets. Hij probeerde het verschillende malen, maar de motor gaf totaal geen sjoege.

Hij maakte zijn veiligheidsriem weer los en stapte uit zonder de moeite te nemen de auto op slot te doen. Op weg naar huis herinnerde hij zich het boek dat hij beloofd had bij de boekhandel te zullen ophalen. Dat moest maar wachten. Alles moest wachten. Hij wilde nu alleen maar slapen.

Toen hij wakker werd, gebeurde dat alsof hij uit een droom sprong.

Hij was weer op de persconferentie geweest, maar die werd gehouden in het rijtjeshuis waarin Sonja Hökberg woonde. Wallander had geen enkele vraag van de journalisten kunnen beantwoorden. Opeens had hij helemaal achter in de zaal zijn vader ontdekt. Die zat ogenschijnlijk onbewogen tussen de televisiecamera's te schilderen aan een herfstlandschap, een steeds terugkerend motief.

Op dat moment werd Wallander wakker. Hij bleef stil liggen luisteren. De wind drukte tegen het raam. Hij keek opzij. De wekker op het nachtkastje stond op halfzeven. Hij had bijna vier uur geslapen. Hij probeerde te slikken. Zijn keel was nog steeds opgezwollen en rauw, maar de koorts was gezakt. Hij vermoedde dat ze Sonja Hökberg nog steeds niet hadden opgepakt. Dan zou er al iemand hebben gebeld. Hij stond op en liep naar de keuken. Daar lag het briefje dat hij zeep moest kopen. Hij schreef erbij dat hij een boek moest ophalen bij de boekhandel. Daarna zette hij thee. Hij zocht vergeefs naar een citroen. In de groentela lagen alleen maar een paar verkleurde tomaten en een halfverrotte komkommer die hij weggooide. Hij nam zijn kopje thee mee naar de woonkamer. Overal in de hoeken lag stof. Hij liep terug naar de keuken en schreef op dat hij nieuwe stofzuigerzakken moest kopen.

Eigenlijk zou hij gewoon een nieuwe stofzuiger moeten aanschaffen.

Hij trok de telefoon naar zich toe en belde naar het bureau. De enige die hij te pakken kon krijgen was Hanson.

'Hoe gaat het?'

Hanson klonk vermoeid.

'Ze is spoorloos verdwenen.'

'Niemand heeft haar gezien?'

'Niks. De chef van de Rijkspolitie heeft gebeld en zijn vraagtekens gezet bij wat er is gebeurd.'

'Dat zal best. Maar ik stel voor dat we ons daar op dit moment niks van aantrekken.'

'Ik hoorde dat je ziek was?'
'Morgen ben ik wel weer beter.'
Hanson vertelde hoe de opsporing was geregeld. Wallander had geen bezwaren. Er was een regionaal arrestatiebevel uitgegaan. Een landelijk arrestatiebevel was in voorbereiding. Hanson beloofde dat hij het zou laten weten als er iets gebeurde. Wallander beëindigde het gesprek en pakte de afstandsbediening. Hij zou eigenlijk naar het nieuws moeten kijken. Bij *Sydnytt* was de ontsnapping van Sonja Hökberg vast het grote item. Misschien vond men het ook wel de moeite waard om het als landelijk nieuws bekend te maken? Maar hij legde de afstandsbediening weer weg. In plaats daarvan zette hij een cd op met Verdi's *La Traviata*. Hij ging op de bank liggen en deed zijn ogen dicht. Dacht aan Eva Persson en haar moeder. De heftige uitbarsting van het meisje. En haar onbewogen blik. Toen ging de telefoon. Hij ging rechtop zitten, zette de muziek zachter en nam op.

'Kurt?'

Hij herkende de stem meteen. Het was Sten Widén. Van de weinige vrienden van Wallander was Sten de oudste.

'Dat is langgeleden.'

'Het is altijd langgeleden wanneer wij met elkaar praten. Hoe gaat het met je? Ik heb op het politiebureau iemand gesproken die zei dat je ziek was.'

'Keelpijn. Niks bijzonders.'

'Ik had gedacht dat we elkaar weer eens moesten zien.'

'Op dit moment is dat lastig. Je hebt misschien het nieuws gezien?'

'Ik kijk niet naar het nieuws en lees ook geen kranten. Behalve dan de uitslagen van de renbanen en het weer.'

'Er is bij ons iemand ontsnapt. Ik moet die persoon te pakken zien te krijgen. Daarna kunnen we elkaar zien.'

'Ik wilde afscheid nemen.'

Wallander voelde hoe zijn maag zich samenbalde. Was Sten ziek? Had hij zijn lever definitief kapotgedronken?

'Waarom? Hoezo afscheid?'

'Ik ben de manege aan het verkopen en vertrek.'

De laatste jaren had Sten Widén het er altijd over gehad dat hij wilde vertrekken. De manege die hij van zijn vader had overgenomen, werd steeds meer een triest blok aan zijn been dat niet uit kon. Wallander had avonden lang geluisterd naar Stens dromen dat hij een nieuw leven wilde beginnen voordat hij te oud was. Wallander had Widéns dromen nooit veel serieuzer genomen dan die van hemzelf. Maar kennelijk was dat een vergissing geweest. Wanneer Sten aangeschoten was, wat vaak het geval was, kon hij overdrijven, maar nu leek hij nuchter en vol energie. Zijn anders zo lijzige stem was veranderd.

'Meen je dat serieus?'

'Ja. Ik vertrek.'

'Waarheen?'

'Dat heb ik nog niet besloten. Maar wel binnenkort.'

Zijn maag ontspande zich weer. Nu voelde Wallander afgunst. De dromen van Sten Widén waren ondanks alles houdbaarder gebleken dan die van hemzelf.

'Zodra ik tijd heb, kom ik naar je toe. In het beste geval over een paar dagen.'

'Ik ben thuis.'

Toen het gesprek was afgelopen bleef Wallander lang roerloos zitten. Hij kon niet om zijn afgunst heen. Zijn eigen dromen dat hij zou stoppen bij de recherche leken hem oneindig ver weg. Wat Sten Widén nu deed, zou hij zelf nooit voor elkaar krijgen.

Hij dronk de rest van zijn thee op en nam het kopje mee naar de keuken. De thermometer buiten bij het raam stond op één graad boven nul. Het was koud voor begin oktober.

Hij liep terug naar de bank. De muziek stond zacht aan. Hij strekte zijn hand uit naar de afstandsbediening en richtte die op de muziekinstallatie.

Op hetzelfde moment viel de stroom uit.

Eerst dacht hij dat het een zekering was, maar toen hij op de tast naar het raam was gelopen, zag hij dat ook de straatlantaarns waren gedoofd.

Hij keerde in het donker terug naar de bank en wachtte.
Wat hij toen niet wist, was dat een groot gedeelte van Skåne in het donker was komen te zitten.

7

Olle Andersson sliep. De telefoon ging.
Toen hij het bedlampje probeerde aan te doen, deed het licht het niet. Toen wist hij waarom hij gebeld werd. Hij pakte de krachtige zaklantaarn die hij altijd bij zijn bed had staan en nam op. Zoals hij al had geraden werd hij gebeld vanuit de elektriciteitscentrale Sydkraft, die het hele etmaal bemand werd. Het was Rune Ågren die belde. Olle Andersson wist al dat Ågren die nacht van 8 oktober dienst had. Hij kwam uit Malmö en werkte al meer dan dertig jaar voor diverse elektriciteitscentrales. Volgend jaar zou hij met pensioen gaan. Ågren kwam meteen ter zake.
'Er is verminderde netspanning en stroomuitval in een kwart van Skåne.'
Olle Andersson was verbaasd. Ook al was het enkele dagen geleden harder gaan waaien, van storm kon je nauwelijks spreken.
'Joost mag weten wat er is gebeurd,' vervolgde Ågren, 'maar het transformatorstation bij Ystad is uitgevallen. Je moet als de bliksem je kleren aantrekken en erheen rijden.'
Olle Andersson wist dat er haast bij was. In het ingewikkelde netwerk waarmee de elektriciteit over steden en dorpen verdeeld werd, was juist het transformatorstation bij Ystad een knooppunt. Als daar iets gebeurde, kon dat ertoe leiden dat een groot deel van Skåne zonder stroom kwam te zitten. Er was altijd personeel dat dienst had, voor het geval er iets met het leidingennet gebeurde. Deze week was Olle Andersson verantwoordelijk voor het gebied Ystad.
'Ik sliep al', zei hij. 'Wanneer is de stroom uitgevallen?'
'Veertien minuten geleden. Het duurde even voordat we er achter kwamen wat er aan de hand was. Je moet opschieten. De

politie in Kristianstad heeft storingen aan haar noodaggregaten. Hun meldkamer is uitgevallen.'

Olle Andersson wist wat dat betekende. Hij legde de hoorn neer en begon zich aan te kleden. Zijn vrouw Berit was wakker geworden.

'Wat is er gebeurd?'

'Ik moet eruit. Het is donker in Skåne.'

'Waait het zo hard?'

'Nee. Het moet iets anders zijn. Ga jij maar slapen.'

Met de zaklantaarn in zijn hand liep hij de trap af. Hij woonde in Svarte. Het zou hem twintig minuten kosten om naar het transformatorstation te rijden. Terwijl hij zijn jas aantrok, vroeg hij zich af wat er was gebeurd.

Hij maakte zich ook zorgen dat het probleem zo gecompliceerd was dat hij dit niet zelf kon oplossen. Als de stroomuitval zo uitgebreid was, was het van belang om de netspanning zo snel mogelijk weer op niveau te krijgen.

Toen hij buiten kwam waaide het hard. Toch was hij er zeker van dat de wind niet de oorzaak van het defect was. Hij stapte in zijn auto, een rollende werkplaats, zette de portofoon aan en meldde zich bij Ågren.

'Ik ben onderweg.'

Het kostte hem negentien minuten om het transformatorstation te bereiken. Het landschap was geheel in het donker gehuld. Iedere keer dat de stroom uitviel en hij op weg was om de fout op te sporen, had hij dezelfde gedachte. Dat het nog maar honderd jaar geleden was dat deze compacte duisternis de natuurlijke omstandigheid vormde. Elektriciteit had alles veranderd. Er leefde tegenwoordig niemand meer die nog wist hoe het destijds was geweest. Hij dacht er echter ook altijd aan hoe kwetsbaar de samenleving was geworden. Als het tegenzat, kon een simpele fout in een van de belangrijkste knooppunten van de energievoorziening het halve land lamleggen.

'Ik ben er', rapporteerde hij aan Ågren.

'Schiet nou maar op.'

Het transformatorstation stond op een akker. Er stond een

hoge omheining omheen. Overal hingen borden dat de toegang verboden was en dat het levensgevaarlijk was om het terrein te betreden. Met opgetrokken schouders liep hij door de wind. In zijn hand hield hij zijn sleutelbossen. Hij had een bril opgezet die hij zelf had geconstrueerd. Er zaten geen glazen in, maar op de bovenrand van het montuur had hij twee kleine, maar sterke zaklampjes gemonteerd. Hij zocht naar de juiste sleutels. Toen hij bij het hek kwam, bleef hij abrupt staan. Het hek was opengebroken. Hij keek rond. Er stond geen auto, er was geen mens. Hij pakte zijn portofoon en riep Ågren op.

'Het hek is opengebroken', zei hij.

Door de wind kon Ågren hem moeilijk verstaan. Hij moest zijn woorden herhalen.

'Het ziet er verlaten uit', vervolgde hij. 'Ik ga naar binnen.'

Het was niet voor het eerst dat hij meemaakte dat een hek van een transformatorstation was opengebroken. Er werd altijd aangifte gedaan bij de politie. Soms slaagde de politie er ook in de daders te pakken. Vaak waren het jongelui die het uit pure baldadigheid hadden gedaan, maar ze hadden er ook wel eens over gesproken wat er zou kunnen gebeuren als iemand met opzet besloot het leidingennetwerk te saboteren. Zelf had hij in september nog deelgenomen aan een vergadering waarbij een van de technici van Sydkraft die verantwoordelijk waren voor de beveiliging had gesproken over het invoeren van geheel nieuwe beveiligingsprocedures.

Hij keek rond. Omdat hij zijn grote zaklamp in de hand had, waren er drie lichtpunten die het stalen skelet van het transformatorstation belichtten. Midden tussen de stalen torens stond een grijs huisje dat het hart van het geheel was. Daar zat een stalen deur in die je met twee verschillende sleutels moest openmaken en die je anders alleen met een krachtige springlading kon forceren. Hij had aan zijn sleutelbos de diverse sleutels met gekleurde stukjes tape gemarkeerd. De rode sleutel was van het hek. De gele en blauwe waren van de stalen deur. Hij keek rond. Alles was verlaten. Alleen de wind floot. Hij kwam in beweging. Na een paar passen bleef hij staan. Iets had zijn aandacht getrokken. Hij keek rond. Was er iets achter hem? Hij hoorde Ågrens rasperige stem in de portofoon die hij aan zijn jack had vastgehaakt. Hij gaf geen antwoord. Waardoor was hij blijven staan? Er was niets in de duisternis. In ieder geval niet iets wat hij kon zien. Maar hij rook wel wat. Dat zou wel van de akkers komen, dacht hij, een boer die mest had uitgereden. Hij liep verder naar het lage gebouw. De geur hing er nog. Opeens bleef hij staan. De stalen deur stond open. Hij deed een paar passen achteruit en pakte de portofoon.

'De deur staat open', zei hij. 'Hoor je me?'
'Ik hoor je. Hoe bedoel je dat de deur openstaat?'
'Net zoals ik het zeg.'
'Is er iemand?'
'Dat weet ik niet. Maar hij lijkt niet opengebroken.'
'Hoe kan hij dan open zijn?'
'Dat weet ik niet.'
De portofoon zweeg. Hij voelde zich opeens erg eenzaam. Ågrens stem klonk opnieuw.
'Bedoel je dat hij met sleutels is opengemaakt?'
'Daar lijkt het wel op. Bovendien ruikt het hier vreemd.'
'Je moet gaan kijken wat het is. Er is haast bij, hoor. De bazen zitten in mijn nek te hijgen. Ze bellen me suf en willen weten wat er aan de hand is.'

Olle Andersson haalde diep adem en liep naar de deur, trok die verder open en scheen naar binnen. Eerst begreep hij niet wat hij zag. De stank die hem tegemoet sloeg was afschuwelijk. Nu snapte hij echter wat er was gebeurd. Dat de stroom was uitgevallen en Skåne in deze oktobernacht daardoor in het duister was gelegd, kwam door het verkoolde lijk dat tussen de elektriciteitsleidingen lag. De stroomuitval was veroorzaakt door een mens.

Andersson struikelde bijna toen hij achterwaarts het huisje uitliep en Ågren opriep.

'Er ligt een lijk in het transformatorstation.'
Het duurde enkele seconden voordat Ågren antwoordde.

'Herhaal wat je zei.'

'Er ligt hier een verbrand lijk binnen. De kortsluiting in deze streek is veroorzaakt door een mens.'

'Is dat echt zo?'

'Je hoort toch wat ik zeg! Er moet iets mis zijn met de zekering.'

'Dan alarmeren we de politie. Blijf jij daar wachten. We moeten proberen of we het hele leidingennet vanaf hier kunnen omleiden.'

De radioverbinding werd verbroken. Andersson merkte dat hij trilde. Wat er was gebeurd was onbegrijpelijk. Waarom ging iemand een transformatorstation binnen om zelfmoord te plegen door krachtstroom door zijn lichaam te voeren? Dat was hetzelfde als op een elektrische stoel gaan zitten.

Hij was misselijk. Om niet over te geven liep hij terug naar zijn auto.

Er stonden stevige rukwinden. En het was nu ook gaan regenen.

Even na middernacht kwam de melding binnen op het verduisterde politiebureau van Ystad. De agent die het telefoontje van Sydkraft aannam, noteerde wat er werd verteld en maakte een snelle inschatting. Aangezien er sprake was van een dode belde hij Hanson, de dienstdoende rechercheur, die beloofde er meteen naartoe te zullen rijden. Hanson had een brandende kaars naast zijn telefoon staan. Het nummer van Martinson kende hij uit zijn hoofd. Het duurde lang voordat er werd opgenomen, omdat Martinson al sliep en niet had gemerkt dat de stroom was uitgevallen. Hij luisterde naar wat Hanson te zeggen had. Hij begreep meteen dat het ernstig was. Toen ze hun gesprek hadden beëindigd, ging Martinson op de tast met zijn vingers over zijn telefoontoestel om een nummer in te toetsen dat hij vanbuiten kende.

In afwachting van de terugkeer van de stroom, was Wallander op de bank in slaap gevallen, maar toen hij wakker werd van de telefoon was het nog steeds donker om hem heen. Toen hij

de hoorn wilde pakken, liet hij de telefoon op de grond vallen.
'Met Martinson. Hanson heeft gebeld.'
Wallander vermoedde meteen dat er iets ernstigs was gebeurd. Hij hield zijn adem in.
'Ze hebben een lijk gevonden in een van de installaties van Sydkraft vlak bij Ystad.'
'Is het daarom donker?'
'Dat weet ik niet. Maar ik vond dat ik je op de hoogte moest brengen. Ook al ben je ziek.'
Wallander slikte. Zijn keel zat nog steeds dicht, maar hij had geen koorts meer.
'Mijn auto doet het niet meer', zei hij. 'Je moet me ophalen.'
'Ik ben er over tien minuten.'
'Vijf', zei Wallander. 'Niet meer. Als de hele streek in het donker zit.'
In het donker kleedde hij zich aan en liep de trap af naar buiten. Het regende. Martinson kwam na zeven minuten. Ze reden door de verduisterde stad. Hanson stond te wachten bij een van de rotondes aan de uitvalsweg.
'Het is het transformatorstation even ten noorden van de vuilstortplaats', zei Martinson.
Wallander wist waar dat lag. Hij had een paar jaar geleden, toen Baiba op bezoek was, gewandeld in een stuk bos dat daar vlak in de buurt lag.
'Wat is er precies gebeurd?'
'Ik weet niet méér dan wat ik al heb verteld. We kregen een melding binnen van Sydkraft. Ze hebben dat lijk gevonden toen ze daar bezig waren om die stroomuitval te verhelpen.'
'Zit er een groot gebied zonder stroom?'
'Volgens Hanson zit ongeveer een kwart van Skåne in het donker.'
Wallander keek hem ongelovig aan. Het gebeurde haast nooit dat een stroomuitval zo wijdverbreid was. Het kwam wel eens voor wanneer er zware winterstormen waren. Of na de orkaan van najaar 1969. Maar niet wanneer het waaide zoals nu.

Ze verlieten de hoofdweg. Het was harder gaan regenen. Martinson had de ruitenwissers op de hoogste stand staan. Wallander had spijt dat hij geen regenjas had aangetrokken, en hij kon ook niet bij zijn rubberlaarzen komen. Die lagen in de achterbak van zijn auto, die bij het politiebureau stond.

Hanson remde af. In de duisternis schenen zaklampen. Wallander zag een man in een overall die hen wenkte.

'Dit is een hoogspanningsinstallatie', zei Martinson. 'Het zal geen fraaie aanblik zijn. Als het klopt dat iemand zich geëlektrocuteerd heeft.'

Ze stapten uit in de regen. Hierbuiten in het open veld waaide het harder. De man die hun tegemoetkwam, was van streek. Wallander twijfelde er niet meer aan dat er echt iets ernstigs was gebeurd.

'Daarbinnen is het', zei de man terwijl hij wees.

Wallander liep voorop. De regen die hem in het gezicht striemde, belemmerde hem het zicht. Martinson en Hanson liepen achter hem. De geschokte man liep naast hen.

'Daarbinnen', zei hij toen ze bij het transformatorhuis bleven staan.

'Is er nog iets wat onder stroom staat?' vroeg Wallander.

'Nee. Nu niet meer.'

Wallander pakte de zaklamp van Martinson en scheen naar binnen. Nu rook je iets. De stank van verbrand mensenvlees. Dat was een lucht waaraan hij nooit had kunnen wennen. Ook al had hij die vaak geroken bij branden waarbij mensen om het leven waren gekomen. Heel even schoot het door hem heen dat Hanson vast zou moeten overgeven. Die kon niet tegen de stank van lijken.

Het lichaam was verkoold. Het gezicht was weg. Hij had een beroet kadaver voor zich. Het lichaam lag ingeklemd tussen zekeringen en leidingen.

Wallander stapte opzij zodat Martinson kon kijken.

'Godverdomme', kreunde Martinson.

Wallander riep naar Hanson dat hij Nyberg moest bellen om te zeggen dat die met alles moest uitrukken.

'Ze moeten een aggregaat meenemen', zei hij. 'Als we hier tenminste licht willen hebben.'

Hij wendde zich tot Martinson.

'Hoe heet de man die het lichaam heeft ontdekt?'

'Olle Andersson.'

'Wat deed hij hier?'

'Sydkraft had hem hiernaartoe gestuurd. Ze hebben natuurlijk monteurs die vierentwintig uur per dag beschikbaar zijn.'

'Praat met hem. Kijk of je een tijdschema kunt ontdekken. Maar loop hier niet rond. Daarmee maak je Nyberg alleen maar woest.'

Martinson nam Andersson mee naar een van de auto's. Wallander was opeens alleen. Hij ging op zijn hurken zitten en scheen met zijn zaklamp op het lijk. Van de kleren was niets over. Wallander kreeg het gevoel alsof hij een mummie bekeek. Of een na duizend jaar ontdekt veenlijk. Maar dit was een modern transformatorstation. Hij probeerde na te denken. De stroom was rond een uur of elf uitgevallen. Nu was het bijna één uur. Als deze persoon de verduistering had veroorzaakt, dan was het ongeveer twee uur geleden gebeurd.

Wallander stond op. De zaklamp liet hij op de cementen vloer staan. Wat was er gebeurd? Iemand verschaft zich toegang tot een afgelegen transformatorstation en veroorzaakt een stroomuitval. Door zelfmoord te plegen. Wallander vertrok zijn gezicht. Zo simpel kon het niet zijn. De vragen stapelden zich nu al op. Hij boog zich voorover om de zaklamp te pakken en keek in de ruimte rond. Het enige wat hij nu kon doen was wachten op Nyberg.

Tegelijkertijd maakte hij zich zorgen over iets. Hij liet het schijnsel van de zaklamp over het verkoolde lichaam gaan. Waar het gevoel vandaan kwam wist hij niet. Het was echter alsof hij iets herkende wat er nu niet langer was, maar dat er eerst wel was geweest.

Hij liep het gebouwtje uit en bekeek de dikke stalen deur. Hij kon geen beschadigingen ontdekken. Er zaten twee grote sloten op. Hij liep dezelfde weg terug die hij was gekomen. Hij probeerde alleen daar te lopen waar nog geen eerdere sporen waren. Toen hij bij de omheining was, onderzocht hij het hek. Dat was opengebroken. Wat betekende dat? Een hek is opengebroken, een stalen deur is geopend zonder dat er schade aan is toegebracht. Martinson was in de auto van de monteur gaan zitten. Hanson zat in zijn eigen auto te bellen. Wallander schudde het regenwater van zich af en ging in Martinsons auto zitten. De motor draaide, de ruitenwissers stonden aan. Hij zette de verwarming wat hoger. Zijn keel deed pijn. Hij deed de radio aan, waarop midden in de nacht een extra nieuwsbulletin werd uitgezonden. Terwijl hij ernaar luisterde, werd de ernst van de situatie hem duidelijk.

Een kwart van Skåne zat zonder stroom. Van Trelleborg tot Kristianstad was het donker. Ziekenhuizen gebruikten hun noodaggregaten, maar verder was de stroomuitval totaal. Er werd een directeur van Sydkraft geïnterviewd, die wist te vertellen dat het defect inmiddels was opgespoord. Men rekende erop dat er binnen een halfuur weer stroom zou zijn. Ook al zou het voor bepaalde gebieden helaas nog wat langer kunnen duren.

Er zal over een halfuur heus nog geen stroom zijn, dacht Wallander. Hij vroeg zich ook af of de man die voor de radio geïnterviewd werd, wist wat er was gebeurd.

Lisa Holgersson moet op de hoogte worden gebracht, dacht hij. Hij pakte Martinsons mobiele telefoon en toetste het nummer in. Het duurde een poos voordat ze opnam.

'Met Wallander. Je hebt gemerkt dat het donker is?'
'Is de stroom uitgevallen? Ik slief.'
Wallander vertelde het belangrijkste. Ze was meteen klaarwakker.
'Wil je dat ik kom?'
'Ik denk dat je contact moet opnemen met Sydkraft. Zodat ze weten dat hun stroomuitval ook een rechercheonderzoek inhoudt.'
'Wat is er gebeurd? Is het zelfmoord?'
'Ik weet het niet.'

'Kan het sabotage zijn? Een terroristische aanslag?'
'Daar kan ik nog geen antwoord op geven. We kunnen niets uitsluiten.'
'Ik bel Sydkraft. Hou me op de hoogte.'
Wallander beëindigde het gesprek. Hanson kwam door de regen aan rennen. Wallander deed het portier open.
'Nyberg is onderweg. Hoe zag het er daarbinnen uit?'
'Er was niets meer van over. Het gezicht was weg.'
Hanson gaf geen antwoord. Hij verdween in de regen naar zijn eigen auto.

Twintig minuten later zag Wallander de lichten van Nybergs auto in zijn achteruitkijkspiegel naderen. Hij stapte uit om hem op te vangen. Nyberg zag er vermoeid uit.
'Wat is er gebeurd? Hanson was zoals gewoonlijk weer helemaal niet te volgen.'
'We hebben daarbinnen een dode. Geëlektrocuteerd. Er is niets van over.'
Nyberg keek rond.
'Dat is meestal zo wanneer je door hoogspanning wordt geëlektrocuteerd. Is het daarom overal donker?'
'Waarschijnlijk.'
'Betekent dit dat half Skåne nu op mij zit te wachten tot ik klaar ben? Om weer stroom te krijgen?'
'Daar kunnen we geen rekening mee houden. Maar ik geloof dat ze bezig zijn om de stroomtoevoer te herstellen. Alleen hier misschien niet.'
'We leven in een kwetsbare maatschappij', zei Nyberg, die meteen opdrachten begon te geven aan de technisch rechercheur die hij had meegenomen.
Datzelfde zei Erik Hökberg ook, dacht Wallander. Dat we in een kwetsbare maatschappij leven. Zijn computers zijn nu uit. Als hij daar 's nachts tenminste achter zit om geld te verdienen.
Nyberg werkte snel en efficiënt. Algauw stonden er schijnwerpers opgesteld die gekoppeld werden aan een stampend aggregaat. Martinson en Wallander waren in de auto gaan

zitten. Martinson zat in zijn aantekeningen te bladeren.
'Hij werd dus opgebeld door de productiechef, ene Ågren. Ze hadden de oorzaak van de stroomuitval hier gelokaliseerd. Andersson woont in Svarte. Het kostte hem twintig minuten om hiernaartoe te rijden. Hij ontdekte meteen dat het hek was opengebroken. De stalen deur was echter gewoon van het slot gedaan. Toen hij naar binnen keek, zag hij wat er was gebeurd.'
'Waren hem nog dingen opgevallen?'
'Er was hier niemand toen hij hier kwam en hij is ook niemand tegengekomen.'
Wallander dacht na.
'We moeten helderheid krijgen over die sleutels', zei hij.
Toen Wallander in Anderssons auto stapte, zat deze via de portofoon met Ågren te praten. Hij beëindigde zijn gesprek meteen.
'Ik begrijp dat u geschokt bent', zei Wallander.
'Ik heb nog nooit zoiets vreselijks gezien. Wat is er gebeurd?'
'Dat weten we niet. Toen u kwam was het hek dus opengebroken, maar de stalen deur stond zonder beschadigingen op een kier. Hoe verklaart u dat?'
'Dat kan ik helemaal niet verklaren.'
'Wie hebben hier nog meer sleutels van?'
'Een andere monteur. Hij heet Moberg en woont in Ystad. En op het hoofdkantoor zijn natuurlijk sleutels. Dat wordt zorgvuldig gecontroleerd.'
'Maar iemand heeft de deur dus van het slot gedaan?'
'Daar lijkt het wel op.'
'Ik neem aan dat dit sleutels zijn die niet gekopieerd kunnen worden?'
'De sloten worden geproduceerd in de Verenigde Staten. Je schijnt ze niet met valse sleutels te kunnen forceren.'
'Hoe heet Moberg van zijn voornaam?'
'Lars.'
'Kan iemand zijn vergeten de deur op slot te doen?'
Andersson schudde zijn hoofd.
'Dat zou ontslag betekenen. Er wordt streng gecontroleerd.

Dat heeft natuurlijk met de veiligheidsmaatregelen te maken. En die zijn de laatste jaren verscherpt.'

Wallander had voorlopig geen verdere vragen.

'Het is waarschijnlijk het beste dat u wacht', zei hij. 'Voor het geval we u nog meer vragen moeten stellen. Ik wil ook dat u Lars Moberg belt.'

'Waarom?'

'U kunt hem bijvoorbeeld vragen of hij wil controleren of hij zijn sleutels nog heeft. Die op deze deur passen.'

Wallander stapte uit de auto. Het regende nu minder. Het gesprek met Andersson had zijn zorgen vergroot. Het kon natuurlijk toeval zijn dat iemand die zelfmoord wilde plegen nou juist dit transformatorstation had gekozen, maar er was veel dat daartegen pleitte. Niet in de laatste plaats het feit dat de stalen deur met sleutels was opengemaakt. Wallander besefte dat dit in een geheel andere richting wees: dat iemand was vermoord. En vervolgens tussen leidingen waar stroom op stond was gegooid om te verhullen wat er in feite was gebeurd.

Wallander liep het schijnsel van de schijnwerpers in. De fotograaf was net klaar met zijn foto's en videofilm. Nyberg zat op zijn knieën naast het lijk. Hij mopperde geïrriteerd toen Wallander per ongeluk in het licht ging staan.

'Wat zei je?'

'Dat de dokter er ontzettend lang over doet om hier te komen. Ik moet het lijk verplaatsen om te zien of er iets achter ligt.'

'Wat denk jij dat er is gebeurd?'

'Je weet dat ik niet van raden hou.'

'Toch zijn we daar de hele tijd mee bezig. Wat denk je?'

Nyberg dacht na voordat hij antwoord gaf.

'Als iemand ervoor heeft gekozen om zich op deze manier van het leven te beroven is dat op zijn zachtst gezegd macaber. Als het moord is, is het natuurlijk uitermate bruut. Het is alsof je iemand in de elektrische stoel terechtstelt.'

Klopt helemaal, dacht Wallander. Dat brengt ons op de mogelijkheid dat iemand wraak heeft genomen. Door een ander in een wel heel bijzondere elektrische stoel te zetten.

Nyberg ging weer aan het werk. Een technisch rechercheur was begonnen het gebied binnen de omheining te onderzoeken. De dokter arriveerde. Het was een vrouw die Wallander al vaak had ontmoet. Ze heette Susanne Bexell en was niet erg spraakzaam. Ze ging meteen aan het werk. Nyberg haalde zijn thermoskan en schonk koffie in. Hij bood Wallander ook een beker aan, die dat niet afsloeg. Van slapen kwam deze nacht toch niets meer. Martinson dook naast hen op. Hij was nat en had het koud. Wallander gaf hem zijn koffiebeker.

'Ze hebben de stroom weer op gang gekregen', zei Martinson. 'Rond Ystad begint er weer elektriciteit te komen. Joost mag weten hoe ze dat aanpakken.'

'Heeft Andersson met zijn collega Moberg gepraat? Over de sleutels?'

Martinson ging informeren. Wallander zag dat Hanson roerloos achter het stuur van zijn auto zat. Hij liep naar hem toe en zei dat hij maar moest teruggaan naar het politiebureau. Ystad zat nog steeds in het donker. Daar kon hij zich nuttiger maken dan hier. Hanson knikte dankbaar en reed weg. Wallander liep naar de arts.

'Kun je al iets over hem zeggen?'

Susanne Bexell keek hem aan.

'In ieder geval wel dat jij je vergist. Het is geen man. Het is een vrouw.'

'Ben je daar zeker van?'

'Ja. Maar op andere vragen geef ik nog geen antwoord.'

'Toch heb ik nog een vraag. Was ze al dood toen ze hier belandde? Of is ze door de stroom gestorven?'

'Dat weet ik nog niet.'

Wallander draaide zich peinzend om. Hij was er de hele tijd van uitgegaan dat daar een man lag.

Op hetzelfde moment zag hij dat de technisch rechercheur die het terrein binnen de omheining onderzocht naar Nyberg toe liep met een voorwerp in zijn hand. Wallander ging erheen.

Het was een handtas.

Wallander staarde ernaar.
Eerst dacht hij dat hij zich vergiste.
Vervolgens wist hij met stellige zekerheid dat hij die eerder had gezien. Om precies te zijn: de vorige dag.
'Die vond ik aan de noordzijde van de omheining', zei de technicus, die Ek heette.
'Ligt er binnen een vrouw?' vroeg Nyberg verwonderd.
'Niet alleen dat', zei Wallander. 'We weten nu ook wie het is.'
De tas had pasgeleden in de verhoorkamer op tafel gestaan. Er zat een sluiting aan die aan een eikenblad deed denken.
Hij vergiste zich niet.
'Deze tas is van Sonja Hökberg', zei hij. 'Zij is het dus, die daar dood ligt.'
Het was tien minuten over twee. Het was weer gaan regenen.

8

Even na drieën deed in Ystad het licht het weer.

Wallander bevond zich toen nog steeds samen met de mensen van de technische recherche bij het transformatorstation. Hanson belde vanaf het politiebureau om het nieuws door te geven. Wallander kon ook zien hoe heel in de verte op de vlakte bij een stal de buitenverlichting aanging.

De dokter was klaar met haar werk, het lijk was afgevoerd en Nyberg kon het technisch onderzoek vervolgen. Hij had de hulp van Olle Andersson ingeroepen om zich het ingewikkelde transformatienetwerk in het gebouwtje te laten uitleggen. Tegelijkertijd werd er verder gegaan met het veiligstellen van eventuele sporen rond het omheinde gebied. Het regende nog steeds en dat bemoeilijkte het werk. Martinson was in de modder uitgegleden en had zijn elleboog opengehaald. Wallander had het zo koud dat hij rilde en hij verlangde naar zijn regenlaarzen.

Vlak nadat in Ystad de stroom was teruggekeerd, ging Wallander met Martinson in een van de politiewagens zitten. Daar maakten ze samen de balans op van wat ze tot nu toe wisten. Sonja Hökberg was ongeveer dertien uur voordat ze in het transformatorhuis stierf ontsnapt uit het politiebureau. Ze had hier te voet naartoe kunnen komen. Daar had ze voldoende tijd voor gehad. Maar dat leek Wallander en Martinson geen van beiden waarschijnlijk. Ondanks alles was de afstand vanaf Ystad acht kilometer.

'Iemand moet haar toch gezien hebben', zei Martinson. 'Onze auto's waren toch op zoek naar haar.'

'Dat moeten we voor de zekerheid controleren', zei Wallander. 'Dat een van de surveillancewagens dit traject echt heeft afgelegd zonder haar te zien.'

'Wat is het alternatief?'

'Dat iemand haar hiernaartoe heeft gebracht. Iemand die haar hier vervolgens heeft achtergelaten en met de auto is vertrokken.'

Beiden wisten wat dat betekende. De vraag hoe Sonja Hökberg was gestorven, was cruciaal. Had ze zelfmoord gepleegd of was ze vermoord?

'De sleutels', zei Wallander. 'Het hek was opengebroken. Maar de deur niet. Waarom?'

Zwijgend zochten ze naar een mogelijke verklaring.

'We moeten een lijst hebben van iedereen die de beschikking over die sleutels heeft', vervolgde Wallander. 'Ik wil dat elke sleutel verantwoord wordt. Wie ze heeft. En waar die mensen zich gisteravond laat bevonden.'

'Ik kan er maar moeilijk de logica van inzien', zei Martinson. 'Sonja Hökberg pleegt een moord. Daarna wordt ze zelf vermoord. Voor mij ligt een zelfmoord toch meer voor de hand.'

Wallander gaf geen antwoord. Er gingen allerlei gedachten door zijn hoofd. Hij slaagde er echter niet in daar een zinnig geheel van te maken. Keer op keer nam hij het gesprek met Sonja Hökberg door dat zijn eerste en laatste was geweest.

'Jij hebt eerst met haar gesproken', zei Wallander. 'Wat voor indruk maakte ze op jou?'

'Dezelfde als op jou. Dat ze geen spijt had. Ze had net zo goed een insect kunnen doodmaken als een oude taxichauffeur.'

'Dat pleit tegen zelfmoord. Waarom zou ze zelfmoord plegen als ze geen slecht geweten had?'

Martinson zette de ruitenwissers uit. Door de ruit vingen ze een glimp op van Olle Andersson, die roerloos in zijn auto zat, en daarachter Nyberg, die net bezig was om een schijnwerper te verplaatsen. Zijn bewegingen waren hoekig. Wallander begreep dat hij zowel boos als ongeduldig was.

'Zou het moord zijn? Wat pleit daarvoor?'

'Niets', antwoordde Wallander. 'Net zo weinig als voor het feit dat Sonja Hökberg zelfmoord zou plegen. We moeten beide mogelijkheden openhouden. Maar dat het een ongeluk zou zijn, kunnen we vergeten.'

Het gesprek bloedde dood. Na een poosje vroeg Wallander of Martinson ervoor wilde zorgen dat het rechercheteam de volgende ochtend om acht uur bijeenkwam. Daarna stapte hij uit de auto. Het was opgehouden met regenen. Hij voelde hoe moe hij was. En hoe koud hij het had. Zijn keel deed pijn. Hij liep naar Nyberg, die zijn werk in het transformatorhuis aan het afronden was.

'Heb je iets gevonden?'
'Nee.'
'Had Andersson ook ideeën?'
'Waarover? Over mijn manier van werken?'

Wallander telde in stilte tot tien voordat hij verderging. Nyberg was in een erg slecht humeur. Als hij geprikkeld raakte, viel er soms niet met hem te praten.

'Hij kan niet vaststellen wat er is gebeurd', zei Nyberg na een poosje. 'Het lichaam heeft de stroomuitval veroorzaakt. Maar was het een dood lichaam dat tussen de leidingen werd gegooid? Of was het een levend mens? Daar kunnen alleen de pathologen antwoord op geven. Als ze dat al kunnen.'

Wallander knikte. Hij keek op zijn horloge. Halfvier. Het had geen zin om nog langer te blijven.

'Ik ga nu weg. Maar om acht uur komen we bij elkaar.'

Nyberg mompelde iets onverstaanbaars. Wallander interpreteerde dat als een toezegging dat hij zou komen. Daarna keerde hij terug naar de auto waarin Martinson aantekeningen zat te maken.

'We gaan weg', zei hij. 'Je mag me thuis afzetten.'
'Wat mankeert er aan je auto?'
'De motor doet het niet.'

Zwijgend keerden ze terug naar Ystad. Toen Wallander in zijn flat was aangekomen, zette hij de warmwaterkraan van het bad open. Terwijl het bad volliep, nam hij zijn laatste pijnstillers in en noteerde ze op het groeiende lijstje dat op de keukentafel lag. Gelaten vroeg hij zich af wanneer hij tijd zou krijgen om naar de apotheek te gaan.

In het warme water ontdooide zijn lichaam. Enkele minuten soesde hij weg. Zijn hoofd was leeg. Daarna kwamen de beelden echter weer terug. Van Sonja Hökberg. En Eva Persson. In gedachten ging hij langzaam de gebeurtenissen af. Hij ging behoedzaam te werk om niets te vergeten. Er zat geen patroon in. Waarom was Johan Lundberg vermoord? Wat had Sonja Hökberg eigenlijk gedreven? En hoe was Eva Persson erbij betrokken geraakt? Hij was er zeker van dat het niet alleen maar om een plotseling opkomende behoefte aan geld ging. Het geld was ergens voor nodig. Als er niet iets heel anders achter zat.

In Sonja Hökbergs handtas die ze bij het transformatorstation hadden gevonden, had niet meer dan dertig kronen gezeten. Het geld van de roofoverval was door de politie in beslag genomen.

Ze ging ervandoor, dacht hij. Opeens krijgt ze de kans om te ontsnappen. Het is dan tien uur 's ochtends. Het kan allemaal niet zijn voorbereid. Ze verlaat het politiebureau en is daarna dertien uur zoek. Haar lichaam wordt acht kilometer van Ystad teruggevonden.

Hoe is ze daar gekomen? dacht hij. Ze kan zijn gaan liften. Maar ze kan ook contact hebben opgenomen met iemand die haar ophaalt. Maar wat gebeurt er dan? Vraagt ze of diegene haar naar de plaats wil brengen waar ze heeft besloten zelfmoord te plegen? Of wordt ze vermoord? Wie heeft de sleutels van de binnenste deur, maar niet van het hek?

Wallander stapte uit bad. Er zijn twee vragen, dacht hij. Twee vragen die op dit moment van cruciaal belang zijn en die in twee verschillende richtingen wijzen. Als ze heeft besloten zelfmoord te plegen, waarom kiest ze dan een transformatorstation? En hoe komt ze aan de sleutels? En als ze vermoord is: waarom is dat gebeurd?

Wallander kroop in bed. Het was halfvijf. De gedachten tolden door zijn hoofd. Hij besefte dat hij te moe was om te denken. Hij moest slapen. Voordat hij het licht uitdeed, zette hij de wekker. Hij schoof hem zo ver bij zich vandaan dat hij wel uit bed moest komen om hem uit te zetten.

Toen hij wakker werd, had hij het gevoel slechts enkele minuten te hebben geslapen. Hij probeerde te slikken. Zijn keel deed nog steeds pijn, maar minder erg dan de vorige dag. Hij voelde aan zijn voorhoofd. De koorts was weg. Daarentegen zat zijn neus dicht. Hij liep naar de badkamer om zijn neus te snuiten. Hij vermeed het in de spiegel te kijken. Zijn lijf deed zeer van vermoeidheid. Terwijl het koffiewater aan de kook raakte, keek hij uit het raam. Het waaide nog steeds, maar de regenwolken waren weg. Het was vijf graden boven nul. Hij vroeg zich vaag af wanneer hij tijd zou krijgen om zijn auto te laten repareren.

Om acht uur was iedereen verzameld in een van de vergaderruimtes van het politiebureau. Wallander bekeek de vermoeide gezichten van Martinson en Hanson en vroeg zich af hoe hij er zelf uitzag. Lisa Holgersson, die ook niet zo veel slaap had gehad, leek daarentegen onaangedaan. Zij opende de vergadering.

'Het moet ons duidelijk zijn dat de stroomuitval waarmee Skåne vannacht geconfronteerd werd, een van de ergste en omvangrijkste was tot nu toe. Dat toont de kwetsbaarheid aan. Wat er gebeurd is, zou eigenlijk niet mogelijk moeten zijn. Toch gebeurde het. De overheid, de elektriciteitsbedrijven en de bescherming burgerbevolking zullen zich er opnieuw over buigen hoe de beveiliging verbeterd kan worden. Dit wil ik even kwijt als inleiding.'

Ze knikte naar Wallander dat hij verder moest gaan. Hij gaf een samenvatting.

'Met andere woorden: we weten niet wat er is gebeurd', zei hij ten slotte. 'Of het een ongeluk was, zelfmoord of moord. Ook al kunnen we redelijkerwijs een ongeluk uitsluiten. Zij heeft alleen of samen met iemand het buitenste hek opengebroken. Verder hadden ze sleutels tot hun beschikking. Het is allemaal op zijn zachtst gezegd wonderlijk.'

Hij keek de tafel rond. Martinson kon melden dat hij een bevestiging had gekregen dat politiewagens diverse malen over de weg in kwestie waren gekomen toen ze op zoek waren naar Sonja Hökberg.

'Dat weten we dan ook weer', zei Wallander. 'Iemand heeft haar daarnaartoe gebracht. Waren er ook sporen van auto's?'

Hij had die vraag aan Nyberg gericht, die met rode ogen en zijn haren recht overeind aan de andere kant van de tafel zat. Wallander wist dat hij naar zijn pensionering verlangde.

'Afgezien van het bandenpatroon van onze eigen auto's en van de auto van monteur Andersson hebben we twee afwijkende sporen gevonden. Maar het heeft natuurlijk verdomd veel geregend vannacht. De afdrukken waren onduidelijk.'

'Er zijn dus twee andere auto's geweest?'

'Andersson meende dat de afdrukken van een van die twee auto's van de auto van zijn collega Moberg kon zijn. We zijn nog bezig dat uit te zoeken.'

'Dan blijft er dus een auto met een onbekende chauffeur over?'

'Ja.'

'Er kon natuurlijk niet worden vastgesteld wanneer die auto ter plekke arriveerde?'

Nyberg keek hem verbaasd aan.

'Hoe zou dat kunnen?'

'Ik heb groot vertrouwen in jouw kunnen. Dat weet je.'

'Er zijn anders grenzen, hoor.'

Ann-Britt Höglund had tot nu toe nog niets gezegd. Nu stak ze haar hand op.

'Kan het eigenlijk iets anders zijn dan moord?' vroeg ze. 'Het kost mij net zoveel moeite als jullie om te begrijpen waarom Sonja Hökberg zelfmoord zou plegen. En zelfs al had ze besloten er een eind aan te maken, dan nog zou ze er toch nooit voor kiezen om zichzelf te elektrocuteren?'

Wallander moest denken aan een gebeurtenis van enkele jaren geleden. Toen had een meisje uit Midden-Amerika zichzelf in een koolzaadveld in brand gestoken nadat ze benzine over zichzelf had gegoten. Dat behoorde tot zijn allerergste herinneringen. Hij was erbij geweest. Hij had het meisje in vlammen zien opgaan. En hij had niets kunnen doen.

'Vrouwen nemen tabletten', zei Ann-Britt. 'Ze schieten zichzelf zelden dood. En ze werpen zich toch ook niet tegen een leiding waar stroom op staat?'

'Ik denk dat je gelijk hebt', antwoordde Wallander. 'Maar toch moeten we afwachten wat de forensisch artsen zeggen. Wij die daar vannacht waren, konden niet vaststellen wat er is gebeurd.'

Meer vragen waren er niet.

'De sleutels', zei Wallander. 'Dat is het belangrijkste van alles. Controleren dat er geen zijn gestolen. Daarop moeten we ons als eerste richten. En dan loopt er ook nog een moordonderzoek. Sonja Hökberg is weliswaar dood, maar Eva Persson niet en ook al is zij minderjarig, het werk moet worden afgemaakt.'

Martinson nam het op zich achter de sleutels aan te gaan. Daarna ging ieder zijns weegs en Wallander liep naar zijn kamer. Onderweg haalde hij koffie. De telefoon ging. Het was Irene, de receptioniste.

'Je hebt bezoek', zei ze.
'Van wie dan?'
'Van een meneer Enander, een arts.'

Wallander dacht na, maar kon er niet opkomen wie dit kon zijn.

'Wat wil hij?'
'Met je praten.'
'Waarover?'
'Dat wil hij niet zeggen.'
'Stuur hem maar naar iemand anders.'
'Dat heb ik geprobeerd, maar hij wil met jou praten. En het is belangrijk.'

Wallander zuchtte.

'Ik kom wel', zei hij en hij legde de hoorn neer.

De man die bij de receptie op hem wachtte, was van middelbare leeftijd. Hij had kort stekelhaar en was gekleed in een trainingspak. Hij gaf Wallander een stevige handdruk en stelde zich voor als David Enander.

'Ik heb het erg druk', zei Wallander. 'Waar gaat het om?'

'Het duurt niet lang. Maar het is belangrijk.'

'De stroomuitval van vannacht heeft de boel overhoop gegooid. Ik heb tien minuten voor u. Wilt u een aangifte doen?'

'Ik wil alleen een misverstand uit de wereld helpen.'

Wallander wachtte op een vervolg. Dat kwam niet. Ze liepen naar zijn kamer. Toen Enander in de bezoekersstoel ging zitten, liet de ene armleuning los.

'Laat maar liggen', zei Wallander. 'Die stoel is kapot.'

David Enander draaide er niet omheen.

'Het gaat om Tynnes Falk, die een paar dagen geleden is overleden.'

'Wat ons betreft is die zaak afgedaan. Hij is een natuurlijke dood gestorven.'

'Dat is precies het misverstand dat ik wil rechtzetten', zei Enander, terwijl hij met zijn hand over zijn stekelhaar streek.

Wallander merkte dat de man die tegenover hem zat heel serieus was.

'Ik luister.'

David Enander nam de tijd. Hij koos zijn woorden zorgvuldig.

'Ik ben jarenlang Tynnes Falks arts geweest. In 1981 werd hij patiënt bij mij. Dat is dus meer dan vijftien jaar geleden. Hij bezocht mij destijds vanwege een allergische uitslag aan zijn handen. Ik werkte toen op de afdeling dermatologie in het ziekenhuis. In 1986 heb ik mijn eigen praktijk geopend, toen de Nieuwe Kliniek werd gevestigd. Tynnes Falk bleef patiënt bij mij. Hij was zelden of nooit ziek. De allergische problemen waren verdwenen, maar ik onderzocht hem regelmatig. Tynnes Falk was iemand die wilde weten hoe het met zijn gezondheid ging. Hij leidde ook een voorbeeldig leven en zorgde prima voor zichzelf. Hij at goed, sportte en leidde een geregeld bestaan.'

Wallander vroeg zich af waar Enander heen wilde. Hij voelde zijn ongeduld toenemen.

'Ik was op reis toen hij overleed', vervolgde Enander. 'Ik hoorde het pas toen ik thuiskwam.'

'Hoe hoorde u het?'

'Zijn ex-vrouw belde mij.'

Wallander knikte dat hij verder moest gaan met zijn verhaal.

'Ze zei dat de doodsoorzaak een krachtig hartinfarct zou zijn geweest.'

'Dat is ook wat ons is verteld.'

'Maar dat kan niet kloppen.'

Wallander trok zijn wenkbrauwen op.

'Waarom niet?'

'Dat is heel eenvoudig. Tien dagen geleden heb ik Falk nog uitgebreid medisch onderzocht. Zijn hart was in uitstekende staat. Hij had de conditie van een twintigjarige.'

Wallander dacht na.

'Wat wilt u eigenlijk zeggen? Dat de artsen een fout hebben gemaakt?'

'Ik ben me ervan bewust dat een hartinfarct in uitzonderlijke gevallen ook kan voorkomen bij volkomen gezonde mensen, maar in Falks geval ben ik niet bereid dat te geloven.'

'Waaraan zou hij dan moeten zijn overleden?'

'Dat weet ik niet. Maar ik wilde dit misverstand rechtzetten. Het was niet zijn hart.'

'Ik zal doorgeven wat u hebt gezegd', zei Wallander. 'Was er verder nog iets?'

'Er moet iets zijn gebeurd', zei Enander. 'Als ik het goed begrepen heb, had hij een wond aan zijn hoofd. Ik denk dat hij is overvallen. Is omgebracht.'

'Er is niets wat daarop wijst. Hij is niet beroofd.'

'Het was niet zijn hart', zei Enander met nadruk. 'Ik ben geen forensisch arts of lijkschouwer. Ik kan u niet vertellen waaraan hij is gestorven. Maar het was niet zijn hart. Daar ben ik zeker van.'

Wallander maakte een paar aantekeningen en noteerde Enanders adres en telefoonnummer. Daarna stond hij op. Het gesprek was ten einde. Hij had geen tijd meer.

Bij de receptie namen ze afscheid.

'Ik ben zeker van mijn zaak', zei Enander. 'Mijn patiënt Tynnes Falk is niet aan een hartkwaal overleden.'

Wallander keerde terug naar zijn kamer. Hij legde zijn aantekeningen over Tynnes Falk in een lade en gebruikte het volgende uur om een verslag te maken van de gebeurtenissen van de afgelopen nacht.

Een jaar geleden had Wallander een computer gekregen. Hij was een dag op cursus geweest, maar het had hem vervolgens veel tijd gekost om te leren enigszins met het apparaat overweg te kunnen. Tot een maand of wat geleden had hij er met afkeer naar gekeken, maar op een dag had hij zich opeens gerealiseerd dat zijn werk erdoor vergemakkelijkt werd. Zijn bureau lag niet meer bedolven onder de losse briefjes waarop hij allerlei gedachten en observaties neerkrabbelde. Met de computer had hij de boel beter onder controle gekregen. Hij tikte echter nog wel met twee vingers en maakte veel typefouten. Maar nu hoefde hij in ieder geval niet meer met Tipp-Ex over alle fouten heen te gaan. Dat alleen al was een opluchting.

Toen het elf uur was, kwam Martinson binnen met een lijst van mensen die sleutels hadden van het transformatorstation. Dat waren er vijf. Wallander keek de lijst door.

'Ze kunnen allemaal hun sleutels laten zien', zei Martinson. 'Niemand is ze kwijt geweest. Behalve Moberg is er de laatste dagen ook niemand bij het transformatorstation geweest. Moet ik gaan controleren wat hun bezigheden waren in de periode dat Sonja Hökberg weg was?'

'Daar wachten we mee', zei Wallander. 'Voordat de forensisch artsen hun zegje hebben gedaan, kunnen we niet veel meer doen dan wachten.'

'Wat doen we met Eva Persson?'

'Die moet grondig verhoord worden.'

'Zal ik dat doen?'

'Nee, dank je. Ik had gedacht om Ann-Britt dat te laten doen. Ik zal wel met haar praten.'

Even na twaalven had Wallander met haar de zaak-Lundberg doorgenomen. Zijn keel was nu veel minder pijnlijk. Hij was nog wel moe. Nadat hij vergeefs had geprobeerd zijn auto te starten belde hij de garage om te vragen of ze zijn auto wilden ophalen. Hij gaf de sleutels bij de receptie aan Irene af en liep naar het centrum van de stad om ergens te gaan lunchen. Aan tafels naast hem werd gepraat over de stroomuitval van de afgelopen nacht. Na de lunch liep hij naar de apotheek. Daar kocht hij zeep en pijnstillers. Hij was net op het politiebureau terug toen hij dacht aan het boek dat hij bij de boekhandel moest ophalen. Even overwoog hij terug te lopen, maar er stond veel wind, dus hij liet het erbij. Zijn auto stond niet meer op de parkeerplaats. Hij belde de chef van de werkplaats, maar ze hadden het mankement nog niet gevonden. Toen hij vroeg of het een dure reparatie zou worden, kreeg hij geen duidelijk antwoord. Hij beëindigde het gesprek en besloot dat het zo genoeg moest zijn. Hij zou een andere auto kopen.

Daarna bleef hij zitten. Hij was er opeens zeker van dat het geen toeval was dat Sonja Hökberg in dat transformatorstation was terechtgekomen. En dat het ook geen toeval was dat dit een van de kwetsbaarste punten van het hele elektriciteitsnet in Skåne was.

De sleutels, dacht hij. Iemand heeft haar meegenomen daarnaartoe. Iemand die de belangrijkste sleutels had.

De vraag was waarom het hek was opengebroken.

Hij pakte de lijst die Martinson hem eerder die dag had gegeven. Vijf mensen, vijf paar sleutels.

Olle Andersson, monteur.
Lars Moberg, monteur.
Hilding Olofsson, productiechef.
Artur Wahlund, beveiligingsbeambte.
Stefan Molin, technisch directeur.

De namen zeiden hem nog steeds net zo weinig als toen hij de lijst eerder die dag had bekeken. Hij belde Martinson, die meteen opnam.

'Die sleutelmannen', zei hij. 'Je hebt niet toevallig even onze grootste bestanden nagetrokken of we iets over hen hebben?'
'Had ik dat moeten doen?'
'Helemaal niet. Maar ik ben eraan gewend dat je grondig te werk gaat.'
'Ik kan het nu doen.'
'Laat nog maar even. Geen nieuws van de pathologen?'
'Ik betwijfel of ze vóór morgenochtend vroeg iets kunnen zeggen.'
'Trek dan toch de bestanden maar na op die namen. Als je tijd hebt.'

In tegenstelling tot Wallander hield Martinson van zijn computers. Als er op het politiebureau iemand problemen had met de nieuwe technologie dan ging hij of zij naar Martinson.

Wallander werkte het dossier over de moord op de taxichauffeur verder door. Toen het drie uur was, ging hij koffie halen. Hij was niet meer zo snotterig en zijn keel was weer normaal. Van Hanson hoorde hij dat Ann-Britt in gesprek was met Eva Persson. De zaak draait, dacht Wallander. Voor de verandering hebben we een keer tijd voor wat we moeten doen.

Hij had zich opnieuw over zijn papieren gebogen toen Lisa Holgersson in de deuropening opdook. Ze hield een avondkrant in haar hand. Aan haar gezicht kon Wallander meteen zien dat er iets was gebeurd.

'Heb je dit gezien?' vroeg ze terwijl ze hem de uitgevouwen krant aanreikte.

Wallander staarde naar de foto. Eva Persson lag op de vloer van de verhoorkamer. Het leek of ze was gevallen.

Toen hij de tekst las, voelde hij hoe zijn maag samenkromp.
Bekende rechercheur mishandelt tiener. Exclusieve foto's.

'Wie heeft die foto genomen?' vroeg Wallander achterdochtig. 'Daar was toch geen journalist?'
'Dat zal anders wel.'

Wallander herinnerde zich vaag dat de deur op een kier had gestaan en dat hij achter zich even een schaduw had ontwaard.

'Dat was vóór de persconferentie', zei Lisa Holgersson. 'Misschien dat er iemand vroeger was gekomen en onze gangen in is geslopen?'

Wallander was totaal uit het veld geslagen. In zijn dertig jaren bij de politie was hij vele malen bij vechtpartijen betrokken geweest. Maar dat was bij lastige arrestaties geweest. Tijdens een verhoor had hij nog nooit iemand aangevallen, hoe getergd hij ook was geweest.

Eénmaal was het gebeurd. En toen was er dus een fotograaf in de buurt geweest.

'Hier krijgen we trammelant mee', zei Lisa Holgersson. 'Waarom heb je niets gezegd?'

'Zij viel haar moeder aan. Ik heb haar een klap gegeven om de moeder te beschermen.'

'Dat blijkt niet uit de foto.'

'Toch is het zo.'

'Maar waarom heb je niets gezegd?'

Wallander wist niet wat hij daarop moest antwoorden.

'Ik hoop dat je begrijpt dat we hier een onderzoek naar moeten instellen?'

Wallander hoorde dat ze teleurgesteld klonk. Dat schokte hem. Ze gelooft me niet, dacht hij.

'Ben je van plan om mij op non-actief te stellen?'

'Nee. Maar ik wil weten wat er exact is gebeurd.'

'Dat heb ik al verteld.'

'Eva Persson zei tegen Ann-Britt iets anders. Dat jouw uitbarsting totaal ongemotiveerd was.'

'Dat liegt ze. Vraag het haar moeder.'

Lisa Holgerssons antwoord kwam aarzelend.

'Dat hebben we gedaan', zei ze. 'En zij ontkent dat haar dochter haar zou hebben geslagen.'

Wallander bleef zwijgend zitten. Ik hou ermee op, dacht hij. Ik hou op bij de politie. Ik ga weg. En ik kom nooit meer terug.

Lisa Holgersson wachtte. Maar Wallander zei niets.

Toen verliet ze de kamer.

9

Wallander verdween meteen uit het politiebureau.

Of het een vlucht was of gewoon een poging om tot rust te komen kon hij voor zichzelf niet goed uitmaken. Hij wist natuurlijk dat het gegaan was zoals hij had verteld. Lisa Holgersson had hem echter niet geloofd en daar was hij verontwaardigd over.

Toen hij het politiebureau uitkwam, vervloekte hij het feit dat hij geen auto had. Wanneer hij om de een of andere reden uit zijn doen was, pakte hij vaak de auto om wat rond te rijden totdat hij weer gekalmeerd was.

Hij liep naar de slijterij om een fles whisky te kopen. Vervolgens liep hij meteen door naar huis, trok de stekker van de telefoon eruit en ging aan de keukentafel zitten. Hij maakte de fles open en nam een paar grote slokken. Het smaakte niet lekker, maar hij vond dat hij het nodig had. Als er iets was wat hem altijd een machteloos gevoel gaf, dan waren het wel onterechte beschuldigingen. Lisa Holgersson had het niet rechtstreeks gezegd, maar haar argwaan was onmiskenbaar. Misschien had Hanson toch gewoon gelijk, dacht hij nijdig. Dat je nooit een wijf als chef moest hebben. Hij nam nog een slok. Hij voelde zich inmiddels iets beter. Hij had nu al spijt dat hij naar huis was gegaan. Dat zou op de een of andere manier kunnen worden uitgelegd als een schuldbekentenis. Hij stak de stekker van de telefoon weer in het contact. Met kinderlijk ongeduld ergerde hij zich er meteen aan dat er niemand belde. Hij toetste het nummer van het politiebureau in. Irene nam op.

'Ik wilde even zeggen dat ik naar huis ben gegaan', zei Wallander. 'Ik ben verkouden.'

'Hanson heeft naar je gevraagd. En Nyberg. En er is gebeld door verschillende kranten.'

'Wat wilden ze?'
'De kranten?'
'Hanson en Nyberg.'
'Dat hebben ze niet gezegd.'

Ze zal de krant wel voor zich hebben liggen, dacht Wallander. Zij en de rest. Op dit moment wordt er op het politiebureau van Ystad waarschijnlijk nergens anders over gepraat. Sommigen zullen bovendien leedvermaak voelen over het feit dat die klootzak van een Wallander op zijn donder krijgt.

Hij vroeg Irene of ze hem met Hanson wilde doorverbinden. Het duurde even voordat deze opnam. Wallander vermoedde dat hij over een van zijn ingewikkelde goksystemen gebogen zat. Zoals altijd zou Hanson daarmee zijn grote klapper maken. Maar uiteindelijk kwam het er altijd op neer dat hij ternauwernood quitte speelde. Hanson kwam aan de telefoon.

'Hoe gaat het met de paarden?' vroeg Wallander.

Dat was bedoeld om ontwapenend over te komen. Om te laten zien dat wat er in de krant stond hem niet van zijn stuk bracht.

'Welke paarden?'
'Gok je dan niet op paarden?'
'Op dit moment niet. Hoezo?'
'Ik probeerde maar een grapje te maken. Wat wou je?'
'Zit je op je kamer?'
'Ik ben thuis. Ik ben verkouden.'

'Ik wou je alleen zeggen dat ik heb doorgenomen hoe laat onze auto's over die weg zijn gekomen. Ik heb met de chauffeurs gepraat. Niemand heeft Sonja Hökberg gezien. Ze hebben dat traject vier keer afgelegd.'

'Dan weten we dat ze niet te voet is gegaan. Ze moet dus zijn opgehaald. Het eerste wat ze heeft gedaan nadat ze het politiebureau verlaat, is een telefoon zoeken. Of ze is naar iemands huis gegaan. Ik hoop dat het Ann-Britt duidelijk was dat ze daar bij Eva Persson naar moest vragen.'

'Naar wat?'

'Naar de andere vrienden van Sonja Hökberg. Wie haar gebracht kan hebben.'

'Heb je al met Ann-Britt gepraat?'
'Daar heb ik nog geen tijd voor gehad.'
Er ontstond een pauze. Wallander besloot zelf het initiatief te nemen.
'Dat was geen fraaie foto in de krant.'
'Nee.'
'Het is de vraag hoe een fotograaf onze kantoren heeft kunnen binnenkomen. Wanneer we een persconferentie houden, sluizen we ze immers als groep naar binnen.'
'Het is raar dat je geen fotoflits hebt opgemerkt.'
'Met die toestellen van tegenwoordig hoef je nauwelijks te flitsen.'
'Wat is er eigenlijk gebeurd?'
Wallander vertelde de waarheid. Hij gebruikte exact dezelfde woorden als die hij had gebezigd toen hij met Lisa Holgersson praatte. Hij zei niet meer en niet minder.
'En er is verder niemand getuige van geweest?' vroeg Hanson.
'Afgezien van de fotograaf was er niemand. Hij zal natuurlijk liegen. Anders heeft zijn foto immers geen waarde.'
'Je zult waarschijnlijk naar buiten moeten treden om te zeggen hoe het zit.'
'Dat doe ik nu toch.'
'Je moet met de krant praten.'
'Hoe zou dat dan volgens jou gaan? Een oude politieman tegenover een moeder en haar dochter? Dat is gedoemd te mislukken.'
'Je vergeet dat dat kind wel een moord heeft gepleegd.'
Wallander vroeg zich af of dat zou helpen. Een politieman die tot geweldpleging overging, was een ernstige zaak. Dat vond hij zelf ook. Dat de omstandigheden zeer bijzonder waren geweest, deed daar nauwelijks aan af.
'Ik zal erover nadenken', zei hij en hij vroeg of Hanson hem met Nyberg wilde doorverbinden.
Toen Nyberg aan de telefoon kwam, waren er minuten verstreken. Wallander had nog een paar slokken uit de whiskyfles

genomen. Hij begon zich aangeschoten te voelen. Maar wel wat opgeluchter.

'Met Nyberg.'

'Heb je de krant gezien?' vroeg Wallander.

'Welke krant?'

'De foto? Van Eva Persson?'

'Ik lees geen avondbladen, maar ik heb het gehoord. Maar als ik het goed begrepen heb, heeft zij haar moeder aangevallen.'

'Dat blijkt niet uit de foto.'

'Wat heeft dat ermee te maken?'

'Ik krijg hier problemen mee. Lisa gaat een onderzoek instellen.'

'Het is toch goed dat de waarheid dan aan het licht komt?'

'Het is alleen de vraag of de kranten die accepteren. Wie kan een oude politieman wat schelen als er een jonge frisse moordenares in de buurt is?'

Nyberg klonk verbaasd.

'Je hebt je toch nooit iets aangetrokken van wat er in de kranten staat?'

'Misschien niet. Maar er heeft ook nooit een foto in gestaan waaruit blijkt dat ik een jong meisje heb neergeslagen.'

'Ze heeft toch een moord gepleegd?'

'Ik vind het natuurlijk onaangenaam.'

'Het waait wel weer over. Ik wilde trouwens nog even bevestigen dat een van die bandafdrukken van de auto van Moberg afkomstig is. Dat betekent dat we alle afdrukken behalve één hebben kunnen thuisbrengen. Maar de banden van die onbekende auto zijn van een standaardtype.'

'Dan weten we dat ze er door iemand naartoe is gebracht. En dat diegene daarna is weggereden.'

'Er is nog iets', zei Nyberg. 'Haar handtas.'

'Wat is daarmee?'

'Ik heb me zitten afvragen waarom hij op die plek lag. Bij de omheining.'

'Die zal hij daar wel hebben neergegooid?'

'Maar waarom? Hij kan toch nauwelijks hebben gedacht dat we die niet zouden vinden?'

Wallander besefte dat Nyberg gelijk had. Wat hij zei was belangrijk.

'Je bedoelt: waarom nam hij die niet mee? Als hij hoopte dat het lichaam niet geïdentificeerd zou kunnen worden?'

'Ongeveer.'

'Wat zou het antwoord zijn?'

'Dat is jouw werk. Ik zeg gewoon wat ik zie. De tas lag vijftien meter van de ingang van het transformatorhuisje.'

'Verder nog iets?'

'Nee. We hebben geen andere sporen kunnen veiligstellen.'

Ze beëindigden het gesprek. Wallander pakte de whiskyfles, maar zette die meteen weer neer. Nu was het genoeg. Als hij bleef drinken zou hij een grens overschrijden. Dat wilde hij niet. Hij liep naar de woonkamer. Het voelde vreemd om midden op de dag thuis te zitten. Zou dat ook zo zijn wanneer hij ooit met pensioen ging? Hij rilde bij de gedachte. Hij ging voor het raam staan en keek uit over Mariagatan. Het schemerde al. Hij dacht aan de arts die hem had opgezocht en aan de man die dood bij de bankautomaat had gelegen. Hij besloot dat hij de volgende dag de patholoog-anatoom zou bellen om over Enanders bezoek te vertellen. Over het feit dat deze niet wilde accepteren dat een hartinfarct er de oorzaak van was geweest dat Falk was gestorven. Dat zou niets aan de zaak veranderen, maar hij zou de informatie in ieder geval doorgeven. Hij moest daar niet langer mee wachten.

Hij begon na te denken over wat Nyberg had gezegd over Sonja Hökbergs handtas. Je kon er eigenlijk maar één conclusie uit trekken. En die bracht opeens al zijn speurdersinstincten tot leven. Die tas was daar blijven liggen, omdat iemand wilde dat hij werd gevonden.

Wallander ging op de bank zitten en nam het in gedachten allemaal door. Een lichaam kan zo verbrand zijn dat het niet meer herkenbaar is, dacht hij. Vooral wanneer het wordt blootgesteld aan krachtige stroomstoten die niet meteen ophouden.

Iemand die op de elektrische stoel wordt terechtgesteld, wordt inwendig gekookt tot de dood erop volgt. Degene die Sonja Hökberg heeft omgebracht, wist dat het misschien moeilijk zou worden om haar te identificeren. Daarom liet hij haar tas achter.

Maar dat verklaarde nog niet waarom hij bij de omheining lag.

Wallander nam het allemaal nog een keer door. De vraag over de plaats van de tas bleef echter onbeantwoord. Hij liet de gedachte voorlopig voor wat ze was. Hij ging te snel. Eerst moesten ze de bevestiging hebben dat Sonja Hökberg inderdaad was vermoord.

Hij liep terug naar de keuken om koffie te zetten. De telefoon zweeg. Het was inmiddels vier uur. Hij ging met zijn kopje koffie aan tafel zitten en belde weer naar het bureau. Irene wist te vertellen dat de kranten en televisie bleven bellen, maar ze had zijn telefoonnummer niet gegeven. Sinds een paar jaar had hij een geheim nummer. Wallander bedacht opnieuw dat zijn afwezigheid zou worden uitgelegd alsof hij schuldig was, of althans gebukt ging onder wat er was gebeurd. Ik had moeten blijven, dacht hij, ik had met iedere journalist moeten praten om de waarheid te vertellen. Dat zowel Eva Persson als haar moeder heeft gelogen.

Zijn zwakte was voorbij. Hij voelde dat hij boos begon te worden. Hij vroeg aan Irene of ze hem wilde doorverbinden met Ann-Britt. Eigenlijk zou hij met Lisa Holgersson moeten beginnen en van zich af moeten bijten. Moeten zeggen dat hij haar argwaan niet accepteerde.

Voordat er werd opgenomen, legde hij de hoorn snel weer neer.

Op dit moment wilde hij niet met iemand van hen praten. In plaats daarvan toetste hij het nummer van Sten Widén in. Een meisje nam op. In de manege in Stjärnsund werkten de hele tijd andere paardenverzorgers. Wallander had vaak gedacht dat Sten de meisjes misschien lastigviel. Toen hij aan de telefoon kwam, had Wallander inmiddels bijna spijt dat hij had gebeld.

Maar eigenlijk kon hij er toch vrijwel zeker van zijn dat Sten Widén de foto in de krant niet had gezien.

'Ik was van plan naar je toe te komen,' zei Wallander, 'maar mijn auto doet het niet.'

'Als je wilt kan ik je ophalen.'

Ze spraken om zeven uur af. Wallander keek naar de whiskyfles, maar liet hem staan.

Er werd aangebeld. Hij schrok. Hij kreeg thuis zelden of nooit bezoek. Het zou wel een journalist zijn die achter zijn adres was gekomen. Hij zette de whiskyfles in een kast en deed open. Het was echter geen journalist, maar Ann-Britt Höglund.

'Stoor ik?'

Hij liet haar binnen en hield zijn gezicht afgewend zodat ze de dranklucht niet zou ruiken. Ze gingen in de woonkamer zitten.

'Ik ben verkouden', zei Wallander. 'Het lukt me niet om te werken.'

Ze knikte, maar ze geloofde hem vast niet. Daar had ze ook geen reden toe. Iedereen wist dat Wallander meestal werkte, ook al had hij koorts of pijn.

'Hoe is het met je?' vroeg ze.

Ik ben nou over mijn zwakte heen, dacht Wallander. Ook al zit die er nog wel. Diep vanbinnen. Maar ik ben niet van plan die te tonen.

'Als je de foto in de krant bedoelt, dan vind ik dat natuurlijk slecht. Hoe kan een fotograaf onopgemerkt tot onze verhoorkamers doordringen?'

'Lisa is erg bezorgd.'

'Ze zou moeten luisteren naar wat ik zeg', zei Wallander. 'Ze zou me moeten steunen. Niet meteen denken dat de krant gelijk heeft.'

'Maar dat die foto is genomen kun je toch nauwelijks ontkennen.'

'Dat doe ik ook niet. Ik heb haar een klap gegeven. Nadat zij haar moeder had aangevallen.'

'Je weet natuurlijk dat zij iets anders zeggen.'

'Ze liegen. Maar misschien geloof je hen?'
Ze schudde haar hoofd.
'Het is alleen de vraag hoe je kunt bewijzen dat ze liegen.'
'Wie zit hierachter?'
Haar antwoord kwam snel en resoluut.
'De moeder. Ik denk dat dat een sluwe vrouw is. Ze ziet dit als een kans om de aandacht af te leiden van wat het kind heeft gedaan. En nu Sonja Hökberg dood is, kunnen ze haar immers overal de schuld van geven.'
'Niet van dat bloederige mes.'
'Daarvan ook. Ook al werd dat dan via Eva gevonden, ze kan natuurlijk beweren dat het Sonja was die Lundberg heeft neergestoken.'

Wallander besefte dat Ann-Britt gelijk had. De doden konden niet praten. En er was een grote kleurenfoto waarop een rechercheur te zien was die een meisje had neergeslagen. De foto was onscherp. Maar niemand hoefde eraan te twijfelen wat hij voorstelde.

'De officier van justitie wil een snel onderzoek.'
'Wie is het?'
'Viktorsson.'

Wallander mocht hem niet. Hij was pas in augustus naar Ystad gekomen, maar Wallander had al een paar flinke aanvaringen met hem gehad.

'Het is hun woord tegenover het mijne.'
'Maar je hebt wel twéé tegenstanders.'
'Het rare is dat Eva Persson haar moeder niet mag', zei Wallander. 'Daar was geen twijfel over mogelijk toen ik het kind sprak.'
'Ze zal wel tot het inzicht zijn gekomen dat ze hoe dan ook slecht af is. Ook al is ze minderjarig en komt ze niet in de gevangenis. Dus sluit ze een tijdelijke vrede met haar moeder.'

Wallander voelde opeens dat hij het niet meer kon opbrengen nog langer over de zaak te praten. Althans op dit moment niet.

'Waarom ben je hier gekomen?'

'Ik hoorde dat je ziek was.'
'Maar ik lig niet op sterven. Ik ben er morgen weer. Vertel liever wat je gesprek met Eva Persson heeft opgeleverd.'
'Ze heeft haar verhaal gewijzigd.'
'Maar ze kan toch onmogelijk weten dat Sonja Hökberg dood is?'
'Dat is juist het vreemde.'
Het duurde even voordat tot Wallander doordrong wat Ann-Britt net had gezegd. Toen was het hem duidelijk. Hij keek haar aan.
'Jij denkt ergens aan?'
'Waarom verander je een verhaal? Je hebt een moord bekend die je samen met iemand anders hebt gepleegd. Alle onderdelen kloppen. Wat de een zegt, komt overeen met de woorden van de ander. Waarom trek je dat dan allemaal in?'
'Precies. Waarom? Maar misschien vooral: wanneer?'
'Daarom ben ik gekomen. Toen ik haar ging verhoren kon Eva Persson niet weten dat Sonja Hökberg dood was. Maar ze gooit haar bekentenis helemaal om. Nu heeft Sonja Hökberg het allemaal gedaan. Eva Persson is onschuldig. Ze wilden helemaal geen taxichauffeur beroven. Ze wilden niet naar Rydsgård. Sonja had voorgesteld dat ze naar een oom van haar zouden gaan die in Bjäresjö woont.'
'Bestaat die oom?'
'Ik heb hem gebeld. Hij beweert dat hij Sonja niet meer gezien heeft sinds ze een jaar of vijf, zes was.'
Wallander dacht na.
'Dan is er maar één verklaring', zei hij. 'Eva Persson zou haar bekentenis nooit hebben kunnen intrekken en een verhaal bij elkaar liegen als ze er niet zeker van was geweest dat Sonja haar niet kon tegenspreken.'
'Ik kan het ook niet op een andere manier verklaren. Ik vroeg haar natuurlijk waarom ze eerst iets heel anders heeft gezegd.'
'Wat antwoordde ze?'
'Dat ze niet wilde dat Sonja alle schuld kreeg.'
'Omdat ze vriendinnen waren?'

'Precies.'
Beiden wisten wat dat betekende. Er was maar één verklaring. Eva Persson wist dat Sonja Hökberg dood was.
'Wat denk jij?' vroeg Wallander.
'Dat er twee mogelijkheden zijn. Sonja kan Eva hebben gebeld nadat ze het bureau had verlaten. Ze kan hebben gezegd dat ze van plan was zelfmoord te plegen.'
Wallander schudde zijn hoofd.
'Dat klinkt niet geloofwaardig.'
'Dat vind ik ook niet. Ik denk niet dat ze Eva Persson heeft gebeld. Ze heeft iemand anders gebeld.'
'Die vervolgens Eva Persson heeft gebeld om te zeggen dat Sonja dood was?'
'Zo kan het gegaan zijn.'
'Dat zou betekenen dat Eva Persson weet door wie Sonja Hökberg is omgebracht. Als het althans moord was.'
'Kan het eigenlijk iets anders zijn?'
'Nauwelijks. Maar we moeten wachten op de uitlatingen van de patholoog-anatoom.'
'Ik heb geprobeerd haar een voorlopige uitspraak te ontlokken, maar kennelijk kost het tijd om met verbrande lichamen te werken.'
'Ik hoop dat het hun duidelijk is dat er haast bij is?'
'Is dat niet altijd zo?'
Ze keek op haar horloge en stond op.
'Ik moet naar huis, naar de kinderen.'
Wallander dacht dat hij eigenlijk iets zou moeten zeggen. Hij wist uit eigen ervaring hoe moeilijk het was om uit een huwelijk te stappen.
'Hoe gaat het met de scheiding?'
'Je hebt het zelf meegemaakt. Je weet dat het van begin tot eind een hel is.'
Wallander liet haar uit.
'Neem een whisky', zei ze. 'Misschien heb je dat nodig.'
'Dat heb ik al gedaan', antwoordde Wallander.

Om zeven uur hoorde Wallander beneden op straat geclaxonneer. Door het keukenraam zag hij Sten Widéns roestige bestelwagen. Wallander stopte de whiskyfles in een plastic zak en liep naar beneden.

Ze reden naar de manege. Zoals gewoonlijk wilde Wallander zijn bezoek beginnen met een rondje door de stal. Veel boxen stonden leeg. Een meisje van een jaar of zeventien was net bezig een zadel weg te hangen. Ze verdween en liet hen alleen. Wallander ging op een hooibaal zitten. Sten Widén stond tegen de muur geleund.

'Ik vertrek', zei hij. 'De manege is te koop.'

'Is er een koper, denk je?'

'Iemand die gek genoeg is om te denken dat het uit kan.'

'Krijg je een goeie prijs?'

'Nee, maar waarschijnlijk voldoende. Als ik zuinig ben, kan ik van de rente leven.'

Wallander wilde weten aan wat voor bedrag je dan moest denken, maar liet de vraag achterwege.

'Heb je al besloten waar je heen wilt?' vroeg hij in plaats daarvan.

'Eerst moet ik de boel verkopen. Daarna neem ik een beslissing.'

Wallander haalde de whiskyfles te voorschijn. Sten nam een slok.

'Jij zult je nooit kunnen redden zonder paarden', zei Wallander. 'Wat ga je doen?'

'Ik weet het niet.'

'Je zult je dooddrinken.'

'Of misschien juist niet. Misschien stop ik dan wel helemaal met drinken.'

Ze verlieten de stal en liepen over het erf naar het woonhuis. Het was een kille avond. Wallander voelde hoe zijn knagende jaloezie de kop weer opstak. Zijn oude vriend, officier van justitie Per Åkeson, bevond zich al jaren in Soedan. Wallander begon er steeds meer van overtuigd te raken dat hij nooit meer zou terugkomen. En nu ging Sten een dergelijke stap zetten.

Naar iets onbekends maar nieuws. Zelf stond hij in een avondkrant, die berichtte dat hij een veertienjarig meisje had neergeslagen.

Zweden is een land geworden dat veel mensen ontvluchten, dacht hij. Degenen die zich dat kunnen permitteren. En degenen die zich dat niet kunnen permitteren zijn op jacht naar geld om zich bij de schare emigranten te kunnen aansluiten.

Hoe is dat zo gekomen? Wat is er eigenlijk gebeurd?

Ze gingen zitten in de onopgeruimde woonkamer die ook als kantoor werd gebruikt. Sten Widén schonk een glas cognac voor zichzelf in.

'Ik heb erover zitten denken om toneelknecht te worden', zei hij.

'Wat bedoel je daarmee?'

'Precies wat ik zeg. Ik zou naar de Scala in Milaan kunnen gaan om daar werk als gordijnophaler te zoeken.'

'Gordijnen worden toch verdorie niet meer met de hand opgehaald?'

'Sommige coulissen worden vast nog wel met de hand bediend. Stel je voor dat je iedere avond achter het toneel bent. En het gezang hoort. Zonder daar een cent voor te hoeven betalen. Ik zou kunnen aanbieden om er gratis te gaan werken.'

'Is dat wat je hebt besloten?'

'Nee. Ik heb allerlei ideeën. Soms vraag ik me zelfs af of ik niet naar het noorden zal gaan, naar Norrland. Om me in een echt koude en ongezellige sneeuwhoop te begraven. Ik weet het nog niet. Ik weet alleen dat de manege verkocht wordt en dat ik vertrek. Maar wat ga jij doen?'

Wallander haalde zonder iets te zeggen zijn schouders op. Hij had te veel gedronken. Zijn hoofd begon zwaar te worden.

'Jij blijft achter mensen aan zitten die thuis alcohol stoken?'

Sten Widén sprak met spottende stem. Wallander werd kwaad.

'Moordenaars', antwoordde hij. 'Mensen die andere mensen doodslaan. Met een hamer op hun hoofd. Ik neem aan dat je over die taxichauffeur hebt gehoord?'

'Nee.'

'Twee jonge meisjes hebben een week geleden een taxichauffeur neergestoken en doodgeslagen. Die zit ik achterna. Niet mensen die thuis alcohol stoken.'

'Ik snap niet hoe je het volhoudt.'

'Ik ook niet. Maar iemand moet het doen en ik doe het waarschijnlijk beter dan anderen.'

Sten Widén keek hem glimlachend aan.

'Maak je niet zo druk. Ik geloof heus wel dat je een goeie rechercheur bent. Dat heb ik altijd gedacht. De vraag is alleen of je ooit nog aan iets anders toekomt in het leven.'

'Ik ben niet iemand die ertussenuit knijpt.'

'Zoals ik?'

Wallander gaf geen antwoord. Er was een kloof tussen hen ontstaan. Opeens wist hij niet zeker hoelang die er eigenlijk al was. Zonder dat ze het hadden gemerkt. In hun jeugd waren ze goede vrienden geweest. Vervolgens waren ze verschillende richtingen ingeslagen. Toen ze elkaar jaren later weer tegenkwamen, waren ze uitgegaan van de vriendschap die er ooit was geweest. Ze hadden zich echter niet gerealiseerd dat de omstandigheden totaal waren veranderd. Pas nu zag Wallander dat in. Sten Widén had zich dit waarschijnlijk ook gerealiseerd.

'Een van de meisjes die de taxichauffeur heeft vermoord, heeft een stiefvader', zei Wallander. 'Erik Hökberg.'

Sten Widén keek hem verbaasd aan.

'Serieus?'

'Serieus. En vermoedelijk is dit meisje nu zelf ook vermoord. Ik geloof niet dat ik tijd heb om te vertrekken. Ook al zou ik het hebben gewild.'

Hij stopte de whiskyfles terug in de plastic tas.

'Kun je een taxi voor me bellen?'

'Ga je nu al naar huis?'

'Ik geloof het wel.'

Even ging er een vlaag van teleurstelling over het gezicht van Sten Widén. Wallander had hetzelfde gevoel. Een vriendschap was ten einde. Of beter gezegd: ze waren eindelijk tot de ontdekking gekomen dat die allang voorbij was.

'Ik breng je naar huis.'

'Nee', zei Wallander. 'Je hebt gedronken.'

Sten Widén zei niets. Hij liep naar de telefoon om een taxi te laten komen.

'Over tien minuten is hij er.'

Ze liepen naar buiten. De herfstavond was helder en windstil.

'Wat dachten we eigenlijk?' zei Sten Widén opeens. 'Toen we nog jong waren?'

'Dat weet ik niet meer. Maar ik kijk ook niet zo vaak terug. Ik heb mijn handen vol aan wat er op dit moment gebeurt. En aan zorgen voor de toekomst.'

De taxi arriveerde.

'Schrijf me en laat het weten', zei Wallander. 'Wat het is geworden.'

'Dat zal ik doen.'

Wallander ging achterin zitten.

De auto reed door de duisternis naar Ystad.

Net toen Wallander zijn flat binnenstapte, ging de telefoon. Het was Ann-Britt.

'Ben je net thuis? Ik heb je een paar keer geprobeerd te bellen. Waarom heb je je mobieltje nooit aanstaan?'

'Wat is er gebeurd?'

'Ik heb opnieuw een poging ondernomen bij het Forensisch Instituut in Lund. Ik heb gesproken met de lijkschouwer. Hij wilde niets beloven, maar hij heeft wel iets gevonden. Sonja Hökberg had een fractuur aan haar achterhoofd.'

'Ze was dus dood toen ze de stroom door haar lichaam kreeg?'

'Misschien niet. Maar ze was bewusteloos.'

'Ze kan niet zichzelf hebben bezeerd?'

'Hij was er behoorlijk zeker van dat dit een klap was die ze zichzelf niet kan hebben toegebracht.'

'Dat weten we dan', zei Wallander. 'Dat ze vermoord is.'

'Wisten we dat niet aldoor al?'
'Nee', zei Wallander. 'We vermoedden het, maar tot nu wisten we het niet.'
Ergens op de achtergrond huilde een kind. Ze beëindigde snel het gesprek. Ze spraken af dat ze de volgende dag om acht uur overleg zouden hebben.
Wallander ging aan de keukentafel zitten. Hij dacht aan Sten Widén. En aan Sonja Hökberg. Maar vooral aan Eva Persson.
Zij moet het weten, dacht hij. Zij moet weten wie Sonja Hökberg heeft omgebracht.

10

Wallander werd donderdagochtend even na vijven abrupt wakker. Zodra hij zijn ogen in de duisternis opsloeg, wist hij wat hem had gewekt. Iets wat hij was vergeten: zijn belofte aan Ann-Britt. Dat hij die avond een voordracht zou houden voor een literaire vrouwenvereniging in Ystad over hoe het was om bij de politie te werken.

Hij bleef roerloos in het donker liggen. Het was hem helemaal ontschoten. Hij had niets voorbereid. Zelfs geen trefwoorden opgeschreven.

Hij voelde hoe de nervositeit hem op de maag sloeg. De vrouwen voor wie hij zijn praatje moest houden hadden natuurlijk de foto van Eva Persson gezien. Ann-Britt zou inmiddels ook wel hebben gebeld om door te geven dat hij en niet zijzelf zou komen.

Ik kan dit niet, dacht hij. Ze zullen alleen maar een bruut voor zich zien die vrouwen mishandelt. Niet degene die ik werkelijk ben. Wie dat ook mag zijn.

Hij bleef in bed liggen en probeerde een uitweg te verzinnen. De enige die misschien tijd had, was Hanson. Maar dat was onmogelijk. Ann-Britt had al aangegeven waarom. Als hij het ergens anders over moest hebben dan over paarden, kon Hanson dat niet goed onder woorden brengen. Hij leidde een mompelend leven. Alleen degenen die hem goed kenden, begrepen wat hij eigenlijk wilde zeggen.

Om halfzes stond Wallander op. Hij kwam er niet onderuit. Hij ging aan de keukentafel zitten en trok een blocnote naar zich toe. Bovenaan schreef hij 'Voordracht'. Hij vroeg zich af wat Rydberg, als die nog had geleefd, aan een groep vrouwen over zijn werk zou hebben verteld. Hij vermoedde echter dat Rydberg zich nooit zou hebben laten overhalen om een dergelijke voordracht te houden.

Toen het zes uur was, had hij nog steeds alleen dit ene woord op papier gezet. Hij stond op het punt om het op te geven, toen hij opeens bedacht hoe hij het zou kunnen aanpakken. Hij zou vertellen over wat ze op dit moment aan het doen waren. Het onderzoek naar de taximoord. Misschien kon hij zelfs beginnen met de begrafenis van Stefan Fredman? Enkele dagen uit het leven van een rechercheur? Gewoon zoals het was, zonder omhaal. Hij schreef enkele trefwoorden op. Hij zou de gebeurtenis met de fotograaf evenmin uit de weg gaan. Dat zouden ze misschien als een verdediging opvatten. Wat het natuurlijk ook was. Maar ondanks alles was hij wel degene die wist hoe het werkelijk zat.

Om kwart over zes legde hij zijn pen neer. Het gevoel van onlust over wat hem te wachten stond was niet verminderd, maar hij had nu tenminste niet langer het gevoel dat hij een willoos slachtoffer was. Toen hij zich aankleedde, controleerde hij of hij nog een schoon overhemd had dat hij die avond kon aantrekken. Helemaal achter in de kast vond hij er nog een. De rest lag op een grote hoop op de vloer. Het was een hele tijd geleden dat hij een was had gedraaid.

Tegen zevenen belde hij naar de garage om naar zijn auto te informeren. Het was een deprimerend gesprek. Ze overwogen blijkbaar of ze de hele motor eruit zouden halen. De chef van de werkplaats beloofde hem in de loop van de dag te laten weten wat dat ging kosten. De thermometer bij het raam stond op zeven graden boven nul. Een matige wind, wolken, maar geen regen. Wallander keek hoe een oude man zich langzaam over straat bewoog. Bij een prullenbak bleef hij staan om erin rond te graaien, maar zonder iets te vinden. Wallander dacht aan de vorige avond. Zijn jaloezie was nu verdwenen en had plaatsgemaakt voor een vage weemoed. Sten Widén zou uit zijn bestaan verdwijnen. Welke mensen waren er eigenlijk nog over die hem met zijn vroegere leven verbonden? Binnenkort was er helemaal niemand meer.

Hij dacht aan Mona, de moeder van Linda. Zij was ook vertrokken. Toen ze destijds had verteld dat ze van plan was bij hem weg te gaan, had hij zich geen raad geweten. Ook al had hij diep in zijn binnenste wel vermoed dat het eraan zat te komen. Ongeveer een jaar geleden was ze hertrouwd. Wallander had haar voor die tijd op gezette tijden geprobeerd over te halen bij hem terug te komen. Om opnieuw te beginnen. Nu hij daarop terugkeek, snapte hij zichzelf helemaal niet. Hij had niet opnieuw willen beginnen, maar hij kon niet tegen het alleen zijn. Met Mona had hij nooit meer kunnen samenleven. Hun scheiding was noodzakelijk geweest en veel te laat gekomen. Nu was ze hertrouwd met een consultant in het verzekeringswezen die golf speelde. Wallander had hem nooit ontmoet, ook al hadden ze elkaar wel eens aan de telefoon gehad. Linda was ook niet bijzonder dol op hem. Maar Mona leek het goed te hebben. Er was ook een huis ergens in Spanje. De man had blijkbaar geld, hetgeen Wallander nooit had gehad.

Hij liet zijn gedachten varen en verliet de flat. Op weg naar het bureau bleef hij nadenken over wat hij die avond zou vertellen. Een surveillancewagen ging naast hem rijden en de agent vroeg of hij soms een lift wilde, maar Wallander sloeg dat af. Hij gaf er de voorkeur aan te lopen.

Voor de ingang van het bureau stond een man. Toen Wallander naar binnen wilde gaan, wendde de man zich naar hem toe. Wallander herkende zijn gezicht, maar kon hem niet plaatsen.

'Kurt Wallander', zei de man. 'Hebt u even tijd?'

'Dat hangt ervan af. Wie bent u?'

'Harald Törngren.'

Wallander schudde zijn hoofd.

'Ik ben degene die de foto heeft genomen.'

Wallander realiseerde zich dat hij het gezicht van de man herkende van de laatste persconferentie.

'U bedoelt dat u degene was die stiekem de gang in is geslopen?'

Harald Törngren was een dertiger. Hij had een lang gezicht en kort haar. Hij glimlachte.

'Ik was eigenlijk op zoek naar een toilet en niemand hield mij tegen.'

'Wat wilt u?'
'Ik had gedacht dat u commentaar op de foto zou kunnen geven. Ik wil een interview met u.'
'U schrijft toch niet op wat ik zeg.'
'Hoe weet u dat?'
Wallander overwoog of hij Törngren zou vragen om op te hoepelen. Maar deze situatie hield ook een kans in.
'Ik wil er iemand bij hebben', zei hij. 'Iemand die luistert.'
Törngren bleef glimlachen.
'Een interviewgetuige?'
'Ik heb slechte ervaringen met journalisten.'
'U mag tien getuigen meenemen als u dat wilt.'
Wallander keek op zijn horloge. Het was vijf minuten voor halfacht.
'U krijgt een halfuur. Niet langer.'
'Wanneer?'
'Nu.'
Ze liepen naar binnen. Irene wist te vertellen dat Martinson al aanwezig was. Wallander verzocht Törngren om te wachten, terwijl hij naar Martinsons kamer liep. Die zat achter zijn computer te werken. Wallander legde snel uit wat er aan de hand was.
'Wil je dat ik een bandrecorder meeneem?'
'Dat je erbij bent is genoeg. En dat je je herinnert wat ik zeg.'
Martinson begon te aarzelen.
'Je weet niet wat hij je gaat vragen?'
'Nee. Maar ik weet wel wat er is gebeurd.'
'Als je maar niet opvliegend wordt.'
Wallander was verbaasd.
'Zeg ik dan dingen die ik niet zo bedoel?'
'Dat komt voor.'
Wallander besefte dat Martinson gelijk had.
'Ik zal eraan denken. Laten we gaan.'
Ze gingen in een van de kleinere vergaderruimtes zitten. Törngren zette zijn bandrecordertje op tafel. Martinson hield zich op de achtergrond.

'Ik heb gisteravond met de moeder van Eva Persson gesproken', zei Törngren. 'Ze hebben besloten een aanklacht tegen u in te dienen.'

'Waarvoor dan?'

'Geweldpleging. Wat is uw commentaar daarop?'

'Er was helemaal geen sprake van geweldpleging.'

'Daar denken zij anders over. Bovendien heb ik mijn foto.'

'Wilt u weten wat er is gebeurd?'

'Ik wil graag uw lezing horen.'

'Het is niet mijn lezing. Het is de waarheid.'

'Het is het ene woord tegen het andere.'

Wallander besefte in wat voor hopeloze situatie hij verzeild was geraakt en kreeg spijt, maar nu was het te laat. Hij zei waar het op stond. Eva Persson had plotseling haar moeder aangevallen. Wallander had geprobeerd tussenbeide te komen. Het meisje was wild geworden. Toen had hij haar een oorvijg gegeven.

'Zowel de moeder als de dochter ontkent dat het zo is gegaan.'

'Toch is dat wat er is gebeurd.'

'Lijkt het aannemelijk dat een meisje haar moeder slaat?'

'Eva Persson had net een bekentenis afgelegd voor moord. De situatie was gespannen. Dan kunnen er onverwachte dingen gebeuren.'

'Eva Persson heeft gisteren tegen mij gezegd dat ze onder druk is gezet om een bekentenis af te leggen.'

Wallander en Martinson staarden elkaar aan.

'Onder druk gezet?'

'Dat zei ze.'

'Wie zou haar dan onder druk hebben gezet?'

'De mensen die haar hebben verhoord.'

Nu werd Martinson boos.

'Dat is de goorste opmerking die ik ooit heb gehoord', zei hij. 'We gebruiken hier geen pressiemiddelen wanneer we mensen verhoren.'

'Dat zei ze. En nu heeft ze alles ingetrokken. Ze vindt dat ze onschuldig is.'

Wallander staarde Martinson aan, die nu niets meer zei. Wallander zelf was inmiddels helemaal rustig geworden.

'Het vooronderzoek is nog helemaal niet afgerond', zei hij. 'Eva Persson is in verband gebracht met een misdrijf. Als ze het zich in haar hoofd haalt om haar bekentenis in te trekken, verandert dat niets aan de zaak.'

'U vindt dus dat ze liegt?'

'Daar wil ik niet op antwoorden.'

'Waarom niet?'

'Dan zouden we uitspraken doen over lopende onderzoeken. En dat doen we niet.'

'Maar u beweert dat ze liegt?'

'Dat zijn uw woorden. Ik vertel alleen wat er in werkelijkheid is gebeurd.'

Wallander zag de koppen al voor zich, maar hij wist dat hij nu de juiste weg bewandelde. Dat Eva Persson en haar moeder blijk gaven van doortraptheid zou hun niet helpen. En ook niet dat ze misschien zouden worden geholpen door overdreven en sentimentele reportages in avondbladen.

'Het meisje is erg jong', zei Törngren. 'Ze beweert dat ze door haar oudere vriendin is meegesleurd in alle tragische dingen die gebeurd zijn. Lijkt dat niet het meest waarschijnlijk? Dat Eva Persson in feite de waarheid spreekt?'

Heel even overwoog Wallander of hij zou vertellen wat er met Sonja Hökberg was gebeurd. Dat was nog niet openbaar gemaakt. Hij kon dat echter niet doen. Toch had hij hierdoor een voorsprong.

'Wat bedoelt u met "het meest waarschijnlijk"?' vroeg hij.

'Dat het is zoals Eva Persson zegt. Dat haar oudere vriendin haar hiertoe heeft gebracht.'

'Niet u en uw krant leiden het onderzoek naar de moord op Lundberg. Dat doen wij. Als jullie je conclusies willen trekken en je oordelen willen geven, kan niemand dat natuurlijk verhinderen. De werkelijkheid zal uiteindelijk anders blijken te zijn. Maar daar zal natuurlijk niet zo veel ruimte voor in de krant worden vrijgemaakt.'

Wallander sloeg met zijn vlakke handen op tafel ten teken dat het interview voorbij was.

'Bedankt voor uw tijd', zei Törngren terwijl hij zijn bandrecorder inpakte.

'Martinson zal u uitlaten', zei Wallander terwijl hij opstond. Hij gaf de man geen hand, maar verliet gewoon de kamer. Toen hij zijn post ophaalde, probeerde hij te overdenken hoe het gesprek met Törngren nu eigenlijk was gegaan. Was er iets wat hij wel had moeten zeggen, maar niet had gedaan? Was er iets wat hij op een andere manier onder woorden had moeten brengen? Met de post onder zijn arm nam hij een kopje koffie mee naar zijn kamer. Hij besloot dat het gesprek met Törngren goed was geweest. Ook al kon hij natuurlijk geen antwoord geven op de vraag hoe het in de krant zou worden weergegeven. Hij ging aan tafel zitten en bladerde zijn post door. Er zat niets bij wat niet kon wachten. Toen schoot hem de dokter te binnen die hem de vorige dag had opgezocht. Wallander zocht in zijn bureaulade naar zijn aantekeningen en belde vervolgens naar het Forensisch Instituut in Lund. Hij had geluk en kreeg meteen de arts te pakken die hij moest hebben. Wallander vertelde in het kort over het bezoek van Enander. De patholoog luisterde en maakte notities van wat Wallander doorgaf. Nadat hij had beloofd dat hij zich bij Wallander zou melden indien de nieuwe informatie op wat voor manier dan ook invloed had op het al uitgevoerde pathologisch onderzoek, beëindigden ze het gesprek.

Toen het acht uur was, stond Wallander op om naar de vergaderruimte te gaan. Lisa Holgersson was er al, net als de officier van justitie, die Lennart Viktorsson heette. Wallander voelde de adrenaline toeschieten toen hij de officier zag. Velen zouden vast hun hoofd buigen als ze op de voorpagina van een avondkrant belandden. Wallander had zijn aanval van zwakte al gehad toen hij de vorige dag het politiebureau verliet. Nu was hij in een strijdlustige bui. Hij ging zitten en nam meteen het woord.

'Zoals iedereen weet, stond er gisteren in een avondblad een foto van Eva Persson nadat ik haar een oorvijg had gegeven. Ook al zegt zowel het meisje als haar moeder iets anders, het is zo dat ik tussenbeide kwam toen het kind haar moeder in het gezicht begon te slaan. Om haar tot bedaren te brengen gaf ik haar een oorvijg. Niet bijzonder hard, maar ze struikelde en viel. Dat heb ik ook gezegd tegen de journalist die erin geslaagd was hier binnen te sluipen. Ik heb hem vanochtend ontmoet. Martinson was erbij als getuige.'

Hij pauzeerde even en keek de tafel rond voordat hij met zijn verhaal verderging. Lisa Holgersson leek ontevreden. Hij vermoedde dat zij het onderwerp zelf ter sprake had willen brengen.

'Ik heb bericht gekregen dat er een intern onderzoek zal worden ingesteld naar de gebeurtenissen. Ik vind het best. Maar ik denk dat we nu moeten gaan praten over iets wat dringender is: de moord op Lundberg en wat er eigenlijk met Sonja Hökberg is gebeurd.'

Toen hij zweeg, nam Lisa Holgersson meteen het woord. Wallander vond de manier waarop ze keek niet prettig. Hij had nog steeds het gevoel dat ze hem in de kou liet staan.

'Het is natuurlijk zo dat je Eva Persson voorlopig niet verder mag verhoren', zei ze.

Wallander knikte.

'Dat snap ik zelfs.'

Eigenlijk had ik iets anders moeten zeggen, dacht hij. Dat het de eerste plicht van een hoofdcommissaris is om achter zijn of haar personeel te staan. Niet kritiekloos, niet tegen elke prijs, maar wel zolang het het ene woord tegen het andere is. Zij vindt het gemakkelijker om op een leugen te bouwen. In plaats van op een onplezierige waarheid te vertrouwen.

Viktorsson stak zijn hand op en onderbrak zijn gedachten.

'Ik zal dit interne onderzoek natuurlijk op de voet volgen. En wat Eva Persson betreft is het mogelijk dat we haar nieuwe uitlatingen heel serieus moeten nemen. Waarschijnlijk is het gegaan zoals zij zegt. Dat Sonja Hökberg in haar eentje de daad heeft gepland en uitgevoerd.'

Wallander kon zijn oren niet geloven. Hij keek de tafel rond en zocht steun bij zijn naaste collega's. Hanson, in zijn geruite flanellen overhemd, leek diep in gedachten verzonken. Martinson streek over zijn kin, Ann-Britt zat in elkaar gezakt in haar stoel. Niemand keek hem aan. Wat hij zag interpreteerde hij echter toch als steun.

'Eva Persson liegt', zei hij. 'Haar eerste uitlatingen waren de waarheid. We zullen er ook in slagen dat te bewijzen. Als we het hoofd erbij houden.'

Viktorsson wilde nog wat zeggen, maar Wallander liet hem er niet tussenkomen. Hij betwijfelde of iedereen al wist wat Ann-Britt hem gisteravond telefonisch had doorgegeven.

'Sonja Hökberg is vermoord', zei hij. 'De patholoog meldt dat er op haar achterhoofd verwondingen zijn aangetroffen als van een stevige klap. Dat kan dodelijk zijn geweest. Ze is er in ieder geval bewusteloos of versuft door geraakt. Vervolgens heeft iemand haar tussen de elektriciteitsleidingen geduwd. Maar dat ze is vermoord hoeven we dus niet langer te betwijfelen.'

Hij had gelijk. Dit kwam voor iedereen als een verrassing.

'Ik wil benadrukken dat het om het voorlopige oordeel van de patholoog gaat', vervolgde Wallander. 'Er kan dus nog meer komen. Maar nauwelijks minder.'

Niemand zei wat. Hij voelde dat hij nu het commando voerde. De foto in de krant tergde hem en gaf hem hernieuwde energie. Lisa Holgerssons openlijke wantrouwen vond hij echter het allerergste.

Hij ging verder en nam de situatie grondig door.

'Johan Lundberg wordt in zijn taxi vermoord. Oppervlakkig gezien lijkt het een roofmoord die snel gepland en uitgevoerd is. De meisjes zeggen dat ze geld nodig hadden. Maar niet voor een bepaald doel. Ze doen geen moeite om na hun daad te ontkomen. Wanneer we hen arresteren leggen ze allebei meteen een bekentenis af. Hun verhalen komen overeen en ze tonen geen spijt. Bovendien vinden we de moordwapens. Dan gaat Sonja Hökberg ervandoor. Dat moet een impulsieve daad zijn geweest. Dertien uur later wordt ze vermoord aangetroffen in een van de transformatorstations van Sydkraft. Het antwoord op de vraag hoe ze daar is gekomen, is van cruciaal belang. Waarom ze is vermoord weten we ook niet. Tegelijkertijd gebeurt er echter iets wat we als belangrijk moeten beschouwen. Eva Persson trekt haar bekentenis in. Ze schuift nu alle schuld op Sonja Hökberg. Ze geeft informatie die niet meer te controleren valt, omdat Sonja Hökberg nu dood is. De vraag is hoe Eva Persson dat wist. Beter gezegd: ze moet ervan hebben geweten. Maar de moord is nog niet openbaar gemaakt. Er is maar een heel beperkt aantal mensen van op de hoogte. En gisteren, toen Eva Persson haar verhaal wijzigde, wisten nog minder mensen het.'

Wallander zweeg. De aandacht in de kamer was verscherpt. Wallander had de cruciale vragen benoemd.

'Wat deed Sonja Hökberg toen ze het politiebureau verliet?' zei Hanson. 'Dat moeten we uitzoeken.'

'We weten dat ze niet te voet naar het transformatorstation is gegaan,' zei Wallander, 'ook al kunnen we dat niet voor honderd procent bewijzen. Maar we kunnen ervan uitgaan dat ze ernaartoe is gebracht.'

'Gaan we nou niet een beetje te snel?' vroeg Viktorsson. 'Ze kan toch ook al dood zijn geweest toen ze daar ter plekke aankwam.'

'Ik ben nog niet uitgesproken', antwoordde Wallander. 'Die mogelijkheid is er natuurlijk.'

'Is er iets wat daartegen pleit?'

'Nee.'

'Is het niet het meest waarschijnlijk dat Hökberg al dood was toen ze naar de plek werd gebracht? Wat pleit ervoor dat ze daar vrijwillig naartoe is gegaan?'

'Dat ze degene die haar bracht kende.'

Viktorsson schudde zijn hoofd.

'Waarom zou iemand naar een installatie van Sydkraft gaan die midden op een akker ligt? Regende het trouwens niet? Zegt ons dat niet dat ze waarschijnlijk ergens anders is omgebracht?'

'Nu vind ik dat jij te snel gaat', zei Wallander. 'We zijn bezig om de alternatieven die er zijn te benoemen. We maken geen keuze. Nog niet.'

'Wie heeft haar gebracht?' wierp Martinson ertussen. 'Als we dat weten, dan weten we wie haar heeft vermoord. Maar we weten niet waarom.'

'Dat komt later', zei Wallander. 'Mijn gedachte is dat Eva Persson nauwelijks van iemand anders kan hebben gehoord dat Sonja dood was dan van degene door wie Sonja is omgebracht. Of van iemand die wist wat er was gebeurd.'

Hij keek Lisa Holgersson aan.

'Dat betekent dat Eva Persson de sleutel tot het geheel is. Ze is minderjarig en ze liegt. Maar nu moet ze onder druk worden gezet. Ik wil weten hoe ze wist dat Sonja Hökberg dood was.'

Hij stond op.

'Omdat ik niet degene ben die met Eva Persson zal praten, ben ik van plan me intussen met andere dingen bezig te houden.'

Hij verliet snel de kamer, zeer tevreden over zijn aftocht. Het was een kinderlijke vertoning, dat wist hij wel. Maar als hij zich niet vergiste, dan zou deze effect sorteren. Hij nam aan dat Ann-Britt de verantwoordelijkheid voor een gesprek met Eva Persson zou krijgen. Ze wist welke vragen ze moest stellen. Haar hoefde hij niet voor te bereiden. Wallander pakte zijn jas. Hij zou in de tussentijd proberen een antwoord te krijgen op een andere zaak waarover hij piekerde. In het verlengde daarvan hoopte hij dat ze vanaf twee kanten konden vaststellen wie de persoon was die Sonja Hökberg had omgebracht. Voordat hij zijn kamer verliet, pakte hij twee foto's uit een van de onderzoeksordners en stopte die in zijn zak.

Hij liep naar het centrum. Er was iets vreemds aan het hele verhaal, dat hem zorgen bleef baren. Waarom was Sonja Hökberg omgebracht? Waarom was dat gebeurd op een manier waardoor een groot deel van Skåne in het donker kwam te zitten? Was dat echt toeval?

Hij stak Torget over en kwam in Hamngatan. Het restaurant

waar Sonja Hökberg en Eva Persson bier hadden gedronken was nog niet open. Hij gluurde door een raam naar binnen. Er was wel iemand. Iemand die hij kende. Hij klopte op de ruit. De man bleef doorgaan met zijn bezigheden achter de bar. Wallander klopte harder. De man keek naar het raam. Wallander wuifde en de man kwam dichterbij. Toen hij Wallander herkende, glimlachte hij en maakte hij de deur open.

'Het is nog geen negen uur 's ochtends,' zei hij, 'en je verlangt nu al naar een pizza?'

'Zoiets', zei Wallander. 'Een kop koffie is ook lekker. En ik moet met je praten.'

István Kecskeméti was in 1956 uit Hongarije naar Zweden gekomen. Hij had al jarenlang diverse restaurants in Ystad. Soms, wanneer Wallander het niet kon opbrengen om zelf te koken, ging hij bij István langs. Hij kon nogal praterig zijn, maar Wallander mocht hem graag. Bovendien wist hij nu dat Wallander aan diabetes leed.

István was alleen in het restaurantgedeelte. In de keuken hoorde je iemand vlees pletten. Om elf uur ging de zaak pas open voor de lunch. Wallander ging aan een tafel achter in het restaurant zitten. Terwijl hij zat te wachten tot István met de koffie zou komen, peinsde hij waar de twee meisjes die avond bier zouden hebben zitten drinken voordat ze een taxi bestelden. István zette twee kopjes op tafel.

'Je komt niet vaak', zei hij. 'En wanneer je komt zijn we gesloten. Dat betekent dat je iets anders wilt dan eten.'

István spreidde zijn armen uit en zuchtte.

'Iedereen wil hulp van István. We worden gebeld door sportverenigingen en hulporganisaties. En door iemand die een dierenkerkhof wil beginnen. Iedereen wil steun. Iedereen wil van István een donatie. In ruil daarvoor krijgt hij wat reclame. Maar hoe maak je op een hondenkerkhof reclame voor een pizzeria?'

Hij zuchtte en ging daarna verder.

'Misschien wil jij ook iets? Moet István ook doneren aan de Zweedse politie?'

'Nee, het is al voldoende als je antwoord geeft op een paar vragen', zei Wallander. 'Vorige week dinsdag. Was je toen hier?'
'Ik ben altijd hier. Maar vorige week dinsdag is een hele tijd geleden.'
Wallander legde de twee foto's op tafel. Het was schemerig in het restaurant.
'Kijk eens of je deze herkent.'
István nam de foto's mee naar de bar. Hij bestudeerde ze lang voordat hij terugkeerde.
'Ik geloof van wel.'
'Je hebt over de taximoord gehoord?'
'Vreselijk. Dat zoiets kan gebeuren. En dan ook nog door jongelui.'
Op hetzelfde moment ging hem een licht op.
'Waren dat deze twee?'
'Ja. En ze zijn die avond hier geweest. Het is belangrijk dat je daar goed over nadenkt. Waar ze zaten. Of ze ook gezelschap hadden.'
Wallander zag dat István echt wilde helpen. Hij deed zijn best. Wallander wachtte. István pakte de twee foto's en begon tussen de tafels door te lopen. Hij zocht zich een weg, langzaam, aarzelend. Hij zoekt naar zijn gasten, dacht Wallander. Hij doet precies hetzelfde als ik zou hebben gedaan. Het is alleen de vraag of hij zich hen nog herinnert.
István bleef staan. Bij een tafel aan het raam. Wallander stond op en liep erheen.
'Volgens mij zaten ze hier.'
'Ben je daar zeker van?'
'Tamelijk.'
'Wie zat waar?'
István twijfelde. Wallander wachtte terwijl István rond de tafel liep, één keer, twee keer, maar daarna bleef hij staan. Alsof hij twee menukaarten neerlegde, legde hij de foto's van Sonja Hökberg en Eva Persson neer.
'Weet je het zeker?'
'Ja.'

Wallander zag echter dat István zijn voorhoofd fronste. Hij peinsde nog steeds over iets.

'Er is die avond iets gebeurd', zei hij. 'Dat ik me hen nog herinner, komt omdat ik twijfelde of die ene echt achttien was.'

'Dat was ze niet', zei Wallander. 'Maar dat doet er niet toe.'

István riep iemand die Laila heette en zich in de keuken bevond. Een volumineuze buffetjuffrouw kwam aanwaggelen.

'Ga zitten', zei István wijzend. Het meisje had blond haar. Hij zette haar op Eva Perssons plaats.

'Wat is er aan hand?' vroeg het meisje dat Laila heette. Zelfs Wallander had moeite om haar Skånse dialect te verstaan.

'Ga maar gewoon zitten', zei István. 'Ga maar gewoon zitten.'

Wallander wachtte. Hij zag hoe István zijn best deed zich iets te herinneren.

'Er gebeurde die avond iets', zei hij opnieuw.

Toen schoot hem te binnen wat het was. Hij vroeg aan Laila of ze op de andere stoel wilde gaan zitten.

'Ze verwisselden van plaats', zei István. 'In de loop van de avond zijn ze van plaats verwisseld.'

Laila keerde terug naar de keuken. Wallander ging zitten op de plaats waar Sonja Hökberg het eerste gedeelte van de avond had gezeten. Vanaf zijn plek keek hij naar een muur en het raam dat uitzag op straat, maar de rest van het restaurant lag achter hem. Nadat hij van plaats was verwisseld, had hij de buitendeur in het zicht. Een pilaar en een ingebouwde tafel met banken schermde de rest van het restaurant af, zodat hij slechts één tafel kon zien. Een tafel voor twee personen.

'Zat er ook iemand aan die tafel?' vroeg hij wijzend. 'Kun je je ook herinneren of er iemand binnenkwam ongeveer toen de meisjes van plaats verwisselden?'

István dacht na.

'Ja', zei hij. 'Dat is inderdaad gebeurd. Er kwam iemand binnen die daar ging zitten. Maar of dat gebeurde toen de meisjes van plaats verwisselden, weet ik niet.'

Wallander merkte dat hij zijn adem inhield.

'Kun je hem beschrijven? Weet je wie het was?'

'Ik had hem nog nooit eerder gezien. Maar hij is gemakkelijk te beschrijven.'

'Waarom?'

'Omdat hij schuine ogen had.'

Wallander begreep het niet.

'Wat bedoel je daarmee?'

'Dat het een Chinees was. Of althans een Aziaat.'

Wallander dacht na. Hij kwam in de buurt van iets belangrijks.

'Bleef hij zitten nadat de meisjes met de taxi waren vertrokken?'

'Ja. Zeker nog een uur.'

'Hadden ze ook contact met elkaar?'

István schudde zijn hoofd.

'Dat weet ik niet. Ik heb het niet gemerkt. Maar het kan best.'

'Weet je nog hoe die man zijn rekening heeft betaald?'

'Ik geloof met een creditcard. Maar dat weet ik niet zeker.'

'Mooi', zei Wallander. 'Ik wil dat je die rekening opzoekt.'

'Die heb ik al verstuurd. Volgens mij was het American Express.'

'Dan moeten we jouw kopie opzoeken', zei Wallander.

Zijn koffie was koud geworden. Hij merkte dat hij haast had. Sonja Hökberg zag iemand op straat aankomen, dacht hij. Toen zijn ze van plaats verwisseld zodat zij hem kon zien. Het was een Aziaat.

'Wat zoek je eigenlijk?' vroeg István.

'Ik probeer in de eerste plaats te begrijpen wat er is gebeurd', antwoordde Wallander. 'Verder ben ik nog niet gekomen.'

Hij nam afscheid van István en verliet het restaurant.

Een man met schuine ogen, dacht hij.

Opeens kwam zijn onrust weer terug. Hij ging sneller lopen. Hij had haast.

11

Toen Wallander op het bureau arriveerde, was hij buiten adem. Hij had gerend, omdat hij wist dat Ann-Britt nu met Eva Persson in gesprek was. Het was belangrijk dat hij aan haar kon doorgeven wat hij in het restaurant van István ontdekt had en dat ze een antwoord kregen op de nieuwe vragen die waren opgekomen. Irene gaf hem een stapel briefjes met de namen van mensen die voor hem hadden gebeld, maar die stopte hij ongelezen in zijn zak. Hij belde naar de kamer waar Ann-Britt met Eva Persson zat.

'Ik ben bijna klaar', zei ze.

'Nee', zei Wallander. 'Er zijn nog wat vragen bijgekomen. Pauzeer maar even. Ik kom eraan.'

Ze begreep dat het belangrijk was en beloofde te doen wat hij zei. Wallander stond al ongeduldig op haar te wachten toen ze de gang op kwam. Hij wond er geen doekjes om en vertelde over de plaatsverwisseling in het restaurant en over de man die aan de enige tafel had gezeten die Sonja Hökberg had kunnen zien. Toen hij ophield, zag hij dat ze haar bedenkingen had.

'Een Aziaat?'

'Ja.'

'Denk je echt dat dit belangrijk is?'

'Sonja Hökberg verwisselde van plaats. Ze wilde oogcontact met hem. Dat moet iets te betekenen hebben.'

Ze haalde haar schouders op.

'Ik zal met haar praten. Maar wat wil je eigenlijk dat ik aan haar vraag?'

'Waarom ze van plaats zijn verwisseld. En wanneer. Kijk of ze liegt. Heeft ze de man die achter haar zat opgemerkt?'

'Het is heel moeilijk om überhaupt iets aan haar af te lezen.'

'Blijft ze bij haar verhaal?'

'Sonja Hökberg heeft Lundberg zowel geslagen als gestoken. Eva Persson wist van tevoren van niets.'
'Wat zegt ze als jij erop wijst dat ze al een bekentenis heeft afgelegd?'
'Ze zegt dat dat komt omdat ze bang was voor Sonja.'
'Waarom was ze bang?'
'Daar geeft ze geen antwoord op.'
'Wás ze bang?'
'Nee. Ze liegt.'
'Hoe reageerde ze toen ze te horen kreeg dat Sonja Hökberg dood is?'
'Ze zweeg. Maar het was een slechte stilte. Slecht gespeeld. Eigenlijk denk ik dat ze verbijsterd was.'
'Ze wist dus niets.'
'Ik denk het haast niet.'
Ann-Britt moest weer terug. Ze stond op. In de deuropening draaide ze zich om.
'Haar moeder heeft een advocaat voor haar geregeld. Hij heeft al een aanklacht tegen je opgesteld. Hij heet Klas Harrysson.'
Die naam zei Wallander niets.
'Een jonge, ambitieuze advocaat uit Malmö. Hij komt heel overtuigd van de overwinning over.'
Even werd Wallander overvallen door een grote vermoeidheid. Daarna keerde zijn nijdigheid weer terug. Het gevoel dat hem onrecht werd aangedaan.
'Heb je ook iets uit haar gekregen wat we nog niet wisten?'
'Eerlijk gezegd denk ik dat Eva Persson een beetje dom is. Maar ze blijft aan haar verhaal vasthouden. Aan de laatste versie. Daar is ze onverzettelijk in. Ze klinkt als een machine.'
Wallander schudde zijn hoofd.
'Die moord op Lundberg gaat dieper', zei hij. 'Daar ben ik van overtuigd.'
'Ik hoop dat je gelijk hebt. Dat ze niet alleen maar geld nodig hadden en toevallig een taxichauffeur hebben doodgeslagen.'
Ann-Britt ging terug naar Eva Persson en Wallander keerde

terug naar zijn kamer. Hij probeerde Martinson te bereiken, maar kon hem niet te pakken krijgen. Ook Hanson was er niet. Vervolgens bladerde hij de telefoonbriefjes door die hij van Irene had gekregen. De meeste mensen die voor hem hadden gebeld waren journalisten, maar er zat ook een bericht bij van de ex-vrouw van Tynnes Falk. Wallander legde dat briefje apart, belde Irene en vroeg haar om geen telefoongesprekken naar hem door te verbinden. Via de nummerinformatie kreeg hij American Express te pakken. Hij legde uit waarvoor hij belde en werd doorverbonden met ene Anita. Ze vroeg of ze hem ter controle mocht terugbellen. Wallander legde de hoorn neer en wachtte. Na enkele minuten bedacht hij dat hij Irene had gevraagd geen telefoontjes door te verbinden. Hij begon te vloeken en belde naar American Express terug. Ditmaal lukte het controletelefoontje wel. Wallander legde uit waarvoor hij belde en gaf haar alle informatie.

'U begrijpt dat dit enige tijd zal kosten?' vroeg Anita.

'Als u maar begrijpt dat het heel belangrijk is.'

'Ik zal doen wat ik kan.'

Ze beëindigden het gesprek. Wallander belde meteen naar zijn garage. Na enkele minuten kreeg hij de chef van de werkplaats aan de lijn. Wallander was bijna sprakeloos toen de man vertelde wat het ging kosten. Tegelijkertijd werd hem de belofte gedaan dat de auto de volgende dag al klaar zou zijn. Het waren de onderdelen die zo duur waren, niet het werkloon. Wallander beloofde dat hij de auto de volgende dag na twaalven zou ophalen.

Hij bleef een poosje werkloos zitten. In gedachten bevond hij zich in de kamer waar Ann-Britt in gesprek was met Eva Persson. Het ergerde hem dat hij daar zelf niet zat. Ann-Britt kon een beetje slap zijn wanneer het erom ging iemand tijdens een verhoor onder druk te zetten. Bovendien was hem onrecht aangedaan. En Lisa Holgersson had openlijk haar twijfel getoond. Dat kon hij haar niet vergeven. Om de wachttijd te verdrijven toetste hij het nummer in van de ex-vrouw van Tynnes Falk. Ze nam bijna meteen op.

'Mijn naam is Wallander. Spreek ik met Marianne Falk?'
'Wat goed dat u belt. Daar heb ik op gewacht.'
Ze had een heldere, prettige stem. Wallander bedacht dat ze precies zo klonk als Mona. Even ging er een vaag gevoel, misschien van verdriet, door hem heen.
'Heeft dokter Enander contact met u opgenomen?' vroeg ze.
'Ik heb hem gesproken.'
'Dan weet u dat Tynnes niet aan een hartinfarct is overleden.'
'Dat is misschien een wat al te gevaarlijke conclusie.'
'Waarom? Hij werd overvallen.'
Ze klonk zeer resoluut. Wallander voelde hoe zijn interesse opeens gewekt werd.
'Dat klinkt bijna alsof u daar niet verbaasd over was.'
'Waarover?'
'Dat hem iets is overkomen? Dat hij werd overvallen?'
'Dat ben ik ook niet. Tynnes had veel vijanden.'
Wallander trok een blocnote en een pen naar zich toe. Zijn bril had hij al op.
'Wat voor soort vijanden?'
'Dat weet ik niet. Maar hij maakte zich altijd zorgen.'
Wallander pijnigde zijn hersens op zoek naar iets wat in Martinsons rapport had gestaan.
'Hij was toch ICT-consultant, of niet?'
'Ja.'
'Dat klinkt niet bepaald als een gevaarlijke baan.'
'Dat hangt waarschijnlijk af van wat je doet.'
'En wat deed hij?'
'Dat weet ik niet.'
'Dat weet u niet?'
'Nee.'
'Maar toch denkt u dat hij werd overvallen?'
'Ik kende mijn man. Ook al konden we niet samenleven. Het laatste jaar maakte hij zich zorgen.'
'Maar hij heeft nooit gezegd waarover?'
'Tynnes maakte nergens onnodig woorden aan vuil.'
'U zei net dat hij veel vijanden had.'

'Dat waren zijn eigen woorden.'
'Wat voor vijanden?'
Het duurde even voordat ze antwoordde.
'Ik weet dat het gek klinkt', zei ze. 'Dat ik niet duidelijker kan zijn. Ook al hebben we zo lang samengewoond en hebben we twee kinderen.'
'Het woord "vijand" gebruik je niet zomaar.'
'Tynnes was veel op reis. Over de hele wereld. Hij heeft altijd veel gereisd. Welke mensen hij dan ontmoette, kan ik u niet zeggen. Maar soms kwam hij vrolijk thuis. Andere keren wanneer ik hem op Sturup ophaalde, was hij bezorgd.'
'Maar hij zal toch wel meer hebben gezegd? Waarom had hij vijanden? Wie waren dat?'
'Hij was zwijgzaam. Maar ik zag het aan hem. Zijn bezorgdheid.'
Wallander begon te denken dat de vrouw die hij aan de lijn had, overspannen was.
'Wilde u nog meer kwijt?'
'Het was geen hartinfarct. Ik wil dat de politie uitzoekt wat er eigenlijk is gebeurd.'
Voordat Wallander antwoord gaf, dacht hij na.
'Ik heb opgeschreven wat u hebt gezegd. Als het nodig is, zullen we weer contact met u opnemen.'
'Ik verwacht dat u uitzoekt wat er is gebeurd. We waren weliswaar gescheiden, Tynnes en ik, maar ik hield nog steeds van hem.'
Ze beëindigden hun gesprek. Wallander vroeg zich afwezig af of het ook zo was dat Mona nog steeds van hem hield. Al was ze dan hertrouwd met een ander. Hij betwijfelde het sterk. Hij vroeg zich ook af of Mona ooit van hem had gehouden. Geïrriteerd wuifde hij alle gedachten aan Mona weg en nam in plaats daarvan door wat Marianne Falk gezegd had. Haar bezorgdheid leek echt, maar wat ze had verteld wierp niet bepaald een helder licht op de zaak. Wie Tynnes Falk nou eigenlijk geweest was, bleef nog steeds heel onduidelijk. Wallander zocht Martinsons rapport op en toetste vervolgens het

nummer in van het Forensisch Instituut in Lund. Ondertussen hield hij zijn oren gespitst of hij Ann-Britt op de gang hoorde aankomen. Wat er in het gesprek met Eva Persson gebeurde, interesseerde hem pas echt. Tynnes Falk was aan een hartinfarct gestorven. Een ongeruste echtgenote die zich vijanden inbeeldde rondom haar overleden man veranderde daar niets aan. Hij sprak opnieuw met de arts die Tynnes Falk geobduceerd had en vertelde over het gesprek dat hij met Marianne Falk had gevoerd.

'Het is niet ongebruikelijk dat hartinfarcten uit het niets komen', zei de patholoog. 'De man die we hier hebben binnengekregen, is daaraan overleden. Dat heeft de obductie uitgewezen. Wat je eerder hebt verteld of wat je nu vertelt, verandert niets aan dat beeld.'

'En die wond aan zijn hoofd?'

'Die heeft hij opgelopen toen hij op het asfalt viel.'

Wallander bedankte hem en hing op. Even knaagde er iets in hem. Marianne Falk was ervan overtuigd geweest dat Tynnes Falk zich zorgen maakte.

Wallander sloeg Martinsons rapport dicht. Hij had geen tijd om te gaan zitten tobben over wat mensen zich allemaal in hun hoofd haalden.

Hij ging naar de kantine om koffie te halen. Het liep tegen halftwaalf. Martinson en Hanson waren nog steeds niet terug. Niemand wist waar ze zaten. Wallander liep terug naar zijn kamer. Opnieuw nam hij het stapeltje met berichten door van mensen die hadden gebeld. Anita van American Express liet nog niets van zich horen. Hij ging voor het raam staan en keek naar de watertoren. Er krasten een paar kraaien. Hij was ongeduldig en geïrriteerd. Het besluit van Sten Widén om zijn schepen achter zich te verbranden verontrustte hem. Het was alsof hijzelf de laatste plaats innam in een wedstrijd waarvan hij misschien niet had gedacht dat hij die kon winnen, maar waarin hij ook niet als laatste wilde eindigen. Het was een onduidelijke gedachte, maar hij wist wat hem stoorde. Het gevoel dat de tijd hem gewoon door de vingers glipte.

'Zo kan het niet langer met mij', zei hij hardop. 'Nu moet er iets gebeuren.'

'Tegen wie heb je het?'

Wallander draaide zich om. Martinson stond in de deuropening. Wallander had hem niet horen aankomen. Niemand op het bureau liep zo zacht als Martinson.

'Ik praat in mezelf', zei Wallander resoluut. 'Overkomt jou dat nooit?'

'Ik praat in mijn slaap, zegt mijn vrouw. Dat is misschien hetzelfde?'

'Wat kom je doen?'

'Ik heb in de computer een zoekopdracht ingevoerd met de namen van de mensen die een sleutel hebben van het transformatorstation. Geen van hen komt voor in onze bestanden.'

'Dat hadden we ook niet verwacht', zei Wallander.

'Ik probeer te begrijpen waarom het hek werd opengebroken', zei Martinson. 'Zoals ik ertegenaan kijk, zijn er maar twee mogelijkheden. Of de sleutel van het hek was weg. Of iemand wil het op iets laten lijken wat wij nu nog niet begrijpen.'

'Wat zou dat dan moeten zijn?'

'Vernielingen. Vandalisme. Weet ik veel.'

Wallander schudde zijn hoofd.

'De stalen deur was van het slot. Zoals ik het zie, is er nog een mogelijkheid: dat degene die het hek heeft opengebroken niet dezelfde was als degene die de stalen deur heeft geopend.'

Martinson begreep hem niet.

'Hoe verklaar je dat?'

'Ik verklaar het niet. Ik bied alleen een alternatief.'

Het gesprek bloedde dood. Martinson verdween. Het was inmiddels twaalf uur. Wallander bleef wachten. Om vijf voor halfeen kwam Ann-Britt.

'Je kunt niet van dat meisje Persson zeggen dat ze haast heeft', zei ze. 'Hoe kan een jong iemand zo langzaam praten?'

'Misschien was ze bang dat ze fouten zou maken', zei Wallander.

Ann-Britt was in zijn bezoekersstoel gaan zitten.

'Ik heb haar naar de dingen gevraagd die jij wilde weten', begon ze. 'Een Chinees had ze niet gezien.'

'Ik zei niet Chinees. Ik zei Aziaat.'

'Ze had in ieder geval niemand gezien. Ze waren van plaats verwisseld omdat Sonja beweerde dat het tochtte bij het raam.'

'Hoe reageerde ze op jouw vraag?'

Ann-Britt keek zorgelijk.

'Precies zoals jij al had voorspeld. Ze had die vraag niet verwacht. En haar antwoord was een pure leugen.'

Wallander sloeg met zijn vlakke hand op tafel.

'Dat weten we dan ook weer', zei hij. 'Er is een verband met die man die het restaurant binnenkwam.'

'Wat voor verband?'

'Dat weten we nog niet. Maar een gewone taximoord was het niet.'

'Ik snap gewoon niet hoe we verder moeten komen.'

Wallander vertelde over het telefoontje van American Express waarop hij zat te wachten.

'Dat levert ons een naam op', zei hij. 'En als we die naam hebben, dan hebben we een grote stap vooruit gezet. Ondertussen wil ik dat jij bij Eva Persson thuis op bezoek gaat. Ik wil dat je haar kamer bekijkt. En waar zit haar vader eigenlijk?'

Ann-Britt bladerde in haar paperassen.

'Hij heet Hugo Lövström. De ouders zijn niet getrouwd geweest.'

'Woont hij hier in de stad?'

'Hij schijnt in Växjö te wonen.'

'Wat bedoel je met "schijnt"?'

'Dat hij volgens zijn dochter een dakloze dronkelap is. Ze zit vol haat, dat kind. Of ze een grotere hekel aan haar vader heeft dan aan haar moeder is moeilijk te zeggen.'

'Hebben ze geen contact meer met elkaar?'

'Daar lijkt het niet op.'

Wallander dacht na.

'We krijgen geen voet aan de grond', zei hij. 'We moeten uitvinden wat hierachter zit. Maar misschien heb ik het mis.

Misschien vinden jonge mensen, en niet alleen jongens, vandaag de dag moord echt niets bijzonders. Dan geef ik me gewonnen. Maar zover ben ik nog niet. Er moet gewoonweg iets zijn wat hen heeft gedreven.'

'Misschien moeten we het als een driehoeksdrama zien', zei Ann-Britt.

'Hoe bedoel je?'

'Misschien moeten we Lundberg aan een nader onderzoek onderwerpen?'

'Waarom? Ze konden toch niet weten welke taxichauffeur ze zouden krijgen?'

'Daar heb je natuurlijk gelijk in.'

Wallander voelde dat ze ergens over nadacht. Hij wachtte af.

'Misschien kun je het omdraaien', zei ze peinzend. 'Als het nou toch eens een impulsieve daad was. Ze hadden een taxi laten komen. We kunnen misschien achterhalen waar ze naartoe wilden. Maar stel dat een van hen geïrriteerd raakte, of misschien allebei wel, wanneer ze tot de ontdekking komen dat het nou net Lundberg is die hen zal rijden.'

Wallander begreep wat ze bedoelde.

'Je hebt gelijk', zei hij. 'Die kans bestaat.'

'De meiden waren bewapend. Dat weten we. Met een hamer en een mes. Binnenkort behoort een of ander wapen in de tas of zak al bijna tot de standaarduitrusting van jongeren. De meiden zien dat Lundberg hen zal rijden. En ze brengen hem om. Zo kan het gegaan zijn. Ook al is het erg vergezocht.'

'Niet meer dan andere dingen', onderbrak Wallander haar. 'Laten we eens kijken of we al eerder met Lundberg te maken hebben gehad.'

Ann-Britt stond op om weg te gaan. Wallander pakte zijn notitieblok en probeerde een samenvatting te maken van wat Ann-Britt gezegd had. Het werd één uur, maar hij vond niet dat hij iets had bereikt. Hij merkte dat hij honger had en liep naar de kantine om te zien of er nog broodjes waren. Er lag niets meer. Hij haalde zijn jas en verliet het bureau. Ditmaal had hij zijn mobieltje meegenomen en hij instrueerde Irene om telefoontjes van American Express door te verbinden. Hij liep naar het lunchrestaurant dat het dichtst in de buurt lag. Hij merkte dat hij herkend werd. De foto in de krant was vast door veel inwoners van Ystad besproken. Dat stoorde hem en hij at snel. Net toen hij weer op straat stond, ging de telefoon. Het was Anita.

'We hebben hem gevonden', zei ze.

Vergeefs zocht Wallander naar een stuk papier en een pen om mee te schrijven.

'Kan ik u terugbellen?' zei hij. 'Over tien minuten?'

Ze gaf hem het nummer op waarop ze rechtstreeks te bereiken was. Wallander haastte zich naar zijn kantoor. Hij belde haar meteen.

'De kaart staat op naam van iemand die Fu Cheng heet.'

Wallander schreef het op.

'De kaart is uitgegeven in Hongkong', vervolgde ze. 'Hij heeft een adres in Kowloon.'

Wallander vroeg of ze dat wilde spellen.

'Er is alleen een probleem', zei ze. 'Het is een valse kaart.'

Wallander schrok op.

'Hij is dus geblokkeerd?'

'Het is nog erger. Hij is niet gestolen. Hij is helemaal vervalst. American Express heeft nooit een creditcard uitgegeven op naam van Fu Cheng.'

'Wat betekent dat?'

'In de eerste plaats dat het goed is dat dit zo snel ontdekt is. En dat de restauranthouder zijn geld helaas niet krijgt. Als hij hier niet tegen verzekerd is.'

'Het betekent dus dat er helemaal geen Fu Cheng bestaat?'

'Die zal er vast wel zijn. Maar zijn creditcard is vervalst. Op dezelfde manier als zijn adres.'

'Waarom zei u dat niet meteen?'

'Dat heb ik geprobeerd.'

Wallander bedankte haar voor haar hulp en beëindigde het gesprek. Een man die mogelijk uit Hongkong afkomstig was, dook met een valse creditcard op in Istváns restaurant in Ystad.

Hij had oogcontact gehad met Sonja Hökberg.
Wallander probeerde er een verband in te ontdekken dat hen verder kon helpen, maar hij vond niets. Er waren geen linken. Ik verbeeld het me misschien maar, dacht hij. Sonja Hökberg en Eva Persson zijn misschien de monsters van de nieuwe tijd; het leven van anderen laat hun totaal onverschillig.

Hij schrok van zijn eigen woordkeuze. Hij had hen monsters genoemd. Een meisje van negentien en eentje van veertien.

Hij schoof zijn papieren aan de kant. Het voorbereiden van de voordracht die hij had beloofd die avond te zullen houden, kon hij nu niet langer meer voor zich uit schuiven. Ook al had hij besloten dat hij gewoon rechttoe, rechtaan zou vertellen over het werk en het moordonderzoek waarbij hij nu betrokken was, toch moest hij de trefwoorden die hij had opgeschreven verder uitbouwen. Anders zou zijn nervositeit de overhand krijgen.

Hij begon te schrijven, maar had moeite om zich te concentreren. Sonja Hökbergs verkoolde lichaam dook op voor zijn geestesoog. Hij trok de telefoon naar zich toe om Martinson te bellen.

'Kijk eens of je iets over de vader van Eva Persson kunt vinden', zei hij. 'Hugo Lövström. Hij moet in Växjö zitten. Een dakloze alcoholist.'

'Dan is het vast gemakkelijker om er via een gesprek met de collega's in Växjö achter te komen waar hij zit', antwoordde Martinson. 'Ik ben trouwens bezig met Lundberg.'

'Heb je dat zelf bedacht?'

Wallander was verbaasd.

'Ann-Britt heeft het me gevraagd. Zij is naar Eva Perssons huis gegaan. Ik vraag me af wat ze daar denkt te vinden.'

'Ik heb nog een naam voor jouw computer', zei Wallander. 'Fu Cheng.'

'Wat zei je?'

Wallander spelde de naam.

'Wat is dat voor iemand?'

'Dat leg ik je later wel uit. We moeten vanmiddag eigenlijk

overleg hebben. Ik stel voor dat we om halfvijf bij elkaar komen. Heel kort.'

'Heet hij echt Fu Cheng?' vroeg Martinson argwanend.

Wallander gaf geen antwoord.

De rest van de middag gebruikte hij om te bedenken wat hij die avond zou vertellen. Het duurde niet lang of hij haatte wat hij voor zich had. Een jaar geleden had hij bij een bepaalde gelegenheid een bezoek gebracht aan de politieacademie en daar iets gehouden wat hij zelf beschouwde als een mislukte lezing over zijn ervaringen als rechercheur. Maar na afloop waren er allerlei leerlingen naar hem toegekomen om hem te bedanken. Waar ze hem nou eigenlijk voor bedankten, had hij echter nooit begrepen.

Toen het halfvijf was, gaf hij zijn voorbereidingen op. Hij zag wel wat ervan kwam. Hij pakte zijn paperassen bij elkaar en liep naar de vergaderkamer. Er was niemand. Hij probeerde in zijn hoofd een samenvatting te maken, maar zijn gedachten gingen alle kanten op.

Er zit geen samenhang in, dacht hij. De moord op Lundberg houdt geen verband met die twee meisjes. En dat houdt op zijn beurt weer geen verband met de dood van Sonja Hökberg in het transformatorstation. Dit hele onderzoek mist vaste grond. Ook al weten we wat er is gebeurd, we missen een groot en beslissend 'waarom'.

Hanson kwam samen met Martinson aanlopen, direct gevolgd door Ann-Britt. Wallander was blij dat Lisa Holgersson zich niet liet zien.

Het was een kort overleg. Ann-Britt had een bezoek gebracht aan Eva Perssons huis.

'Het leek allemaal normaal', zei ze. 'Een flat in Stödgatan. Mevrouw Persson werkt als kokkin in het ziekenhuis. De kamer van het meisje zag eruit zoals je zou kunnen verwachten.'

'Had ze ook posters aan de muur?' vroeg Wallander.

'Van popgroepen die ik niet ken', antwoordde Ann-Britt. 'Maar er was niets wat afwijkend leek. Waarom vraag je dat?'

Wallander gaf geen antwoord.

Het verslag van het gesprek met Eva Persson was al klaar. Ann-Britt deelde kopieën uit. Wallander vertelde over zijn bezoek aan István Kecskeméti, dat tot de ontdekking van de valse creditcard had geleid.

'We zullen die man vinden', zei hij ter afsluiting. 'Al was het maar om hem uit het onderzoek te kunnen elimineren.'

Ze gingen verder met het doornemen van de resultaten van het werk van die dag. Eerst was Martinson aan de beurt. Daarna Hanson, die had gesproken met Kalle Rus die als een van de vriendjes van Sonja Hökberg was aangewezen. Deze had echter niets te zeggen gehad. Behalve dan dat hij eigenlijk heel weinig wist over Sonja Hökberg.

'Hij zei dat ze zo mysterieus was', zei Hanson tot slot. 'Wat hij daar nou mee kan bedoelen.'

Na twintig minuten vatte Wallander de zaak kort samen.

'Lundberg wordt door een of door beide meisjes omgebracht', begon hij. 'Ze beweren dat het motief geld is. Geld in zijn algemeenheid. Maar ik geloof niet dat het zo eenvoudig is en daarom moeten we verder zoeken. Sonja Hökberg werd vermoord. Er moet tussen die gebeurtenissen een verband bestaan dat we nog niet ontdekt hebben. Een onbekende achtergrond. Daarom moeten we objectief verder werken. Maar sommige vragen zijn natuurlijk belangrijker dan andere. Wie heeft Sonja Hökberg naar het transformatorstation gebracht? Waarom werd ze doodgeslagen? We moeten ermee doorgaan alle mensen in hun kennissenkring in kaart te brengen. Ik denk dat dit langer gaat duren dan we gedacht hadden. Daarna kunnen we pas een volledig dekkende oplossing vinden.'

Toen het tegen vijven liep, was het overleg afgelopen. Ann-Britt wenste hem succes met zijn voordracht.

'Ze zullen me van vrouwenmishandeling betichten', klaagde Wallander.

'Dat denk ik niet. Je hebt altijd een goeie naam gehad.'

'Ik dacht dat ik die allang kapot had gemaakt.'

Wallander liep naar huis. Er was een brief gekomen van Per Åkeson uit Soedan. Hij legde hem op de keukentafel. Die brief moest maar wachten. Hij ging douchen en trok andere kleren aan. Om halfzeven verliet hij zijn woning en liep naar het adres waar hij al die onbekende vrouwen zou ontmoeten. Hij bleef in de duisternis naar de verlichte villa staan kijken, maar verzamelde uiteindelijk moed en stapte naar binnen.

Toen hij het huis weer verliet, was het na negenen. Hij merkte dat hij zweette. Hij had langer gesproken dan gepland. Na afloop waren er ook meer vragen geweest dan hij verwacht had. De vrouwen die bijeen waren gekomen, hadden hem echter geïnspireerd. De meesten waren van zijn eigen leeftijd en hij had zich gevleid gevoeld door hun aandacht. Hij had eigenlijk best zin gehad om nog wat langer te blijven.

Hij liep langzaam naar huis. Hij wist nauwelijks meer wat hij had verteld, maar ze hadden geluisterd. Dat was het belangrijkste.

Er was bovendien één vrouw van zijn eigen leeftijd geweest die hem vooral was opgevallen. Vlak voordat hij wegging, had hij een paar woorden met haar gewisseld. Ze had gezegd dat ze Solveig Gabrielsson heette. Wallander kon zijn gedachten maar moeilijk van haar losmaken.

Toen hij thuiskwam, schreef hij haar naam op de blocnote in de keuken. Waarom hij dat deed, wist hij niet.

De telefoon ging. Hij stond nog met zijn jas aan toen hij opnam.

Het was Martinson.

'Hoe ging je voordracht?' vroeg hij.

'Goed. Maar daar bel je me vast niet voor.'

Martinson aarzelde voordat hij verderging.

'Ik zit hier te werken', zei hij. 'Er is een telefoontje binnengekomen waarvan ik niet goed weet wat ik ermee aan moet. Van het Forensisch Instituut in Lund.'

Wallander hield zijn adem in.

'Tynnes Falk', vervolgde Martinson. 'Herinner je je die nog?'

'De man bij de bankautomaat. Natuurlijk herinner ik me hem nog.'

'Het schijnt dat zijn lichaam is verdwenen.'
Wallander fronste zijn voorhoofd.
'Een stoffelijk overschot kan toch alleen maar in een kist verdwijnen?'
'Dat zou je denken. Maar toch lijkt het erop dat iemand het lijk heeft gestolen.'
Wallander wist niet wat hij moest zeggen. Hij probeerde na te denken.
'Er is nog iets', zei Martinson. 'Het is niet alleen zo dat het lijk is verdwenen. Op de baar in de koelcel was ook iets teruggelegd.'
'Wat dan?'
'Een kapot relais.'
Wallander wist niet zeker of hij wel wist wat een relais eigenlijk was. Behalve dan dat het met elektriciteit te maken had.
'Het was geen gewoon relais,' vervolgde Martinson, 'maar een groot ding.'
Wallander voelde hoe zijn hart sneller begon te slaan. Hij vermoedde al wat het antwoord was.
'Een groot relais dat wordt gebruikt in...?'
'In transformatorstations. Zoals die waar we Sonja Hökbergs lichaam hebben gevonden.'
Wallander bleef heel even zwijgend staan.
Er was een verband opgetreden.
Maar niet van het soort dat hij had verwacht.

12

Martinson zat in de kantine te wachten.
Het was donderdagavond tien uur. Vanuit de meldkamer, waar alle nachtelijke telefoontjes binnenkwamen, hoorde je zacht een radio. Verder was het stil. Martinson dronk thee en at een beschuitje. Zonder zijn jas uit te trekken ging Wallander tegenover hem zitten.
'Hoe ging je lezing?'
'Dat heb je al gevraagd.'
'Vroeger vond ik het zelf leuk om in het openbaar te spreken, maar ik weet niet of ik het nu nog wel zou kunnen.'
'Vast veel beter dan ik. Maar als je het wilt weten: ik heb negentien vrouwen van middelbare leeftijd geteld die aandachtig zaten te luisteren. Weliswaar met een zeker onbehagen toen ik toekwam aan de meer bloederige kanten van ons maatschappelijk nuttige werk. Ze waren heel aardig en stelden hoffelijke en nietszeggende vragen die ik heb beantwoord op een manier die de chef van onze Rijkspolitie zeker zou hebben aangesproken. Is dat voldoende?'
Martinson knikte en veegde de beschuitkruimels van de tafel, waarna hij zijn notitieblok naar zich toe trok.
'Ik zal bij het begin beginnen. Om negen minuten voor negen ging hier in de meldkamer de telefoon. De dienstdoende agent verbindt het telefoontje naar mij door, omdat er geen auto hoeft uit te rukken en hij weet dat ik er nog ben. Als ik hier niet geweest was, hadden ze aan degene die opbelde gevraagd om zich morgen opnieuw te melden. De man die belde heette Pålsson. Sture Pålsson. Wat zijn functie nou precies is, is me niet duidelijk, maar hij heeft de leiding over het lijkenhuis bij het Forensisch Instituut in Lund. Waarschijnlijk heet dat trouwens geen lijkenhuis meer. Maar je weet wel wat ik bedoel. De

koelruimte waarin ze de lijken bewaren totdat die worden geobduceerd of door de begrafenisondernemer worden opgehaald. Rond acht uur viel hem op dat een van de koelvakken niet helemaal dicht zat. Toen hij de baar eruit trok, ontdekte hij dat het lichaam weg was en dat er een elektrisch relais voor in de plaats was gelegd. Hij belde toen met de portier die eerder die dag dienst had gehad. Iemand met de naam Lyth. Die wist zeker dat het lichaam er nog was toen hij om zes uur naar huis ging. Het lijk is dus ergens tussen zes en acht uur verdwenen. Het lijkenhuis heeft een achteruitgang. Pålsson bekijkt de deur en ontdekt dat het slot is kapotgebroken. Hij belt meteen de politie in Malmö. Het gaat allemaal heel vlug. Binnen een kwartier is er een surveillancewagen. Wanneer ze horen dat het verdwenen lijk uit Ystad afkomstig is en dat er pathologisch onderzoek op is verricht, zeggen ze tegen Pålsson dat hij contact met ons moet opnemen. En dat doet hij dus.'

Martinson legde zijn blocnote weg.

'Het is dus een zaak voor de collega's in Malmö', vervolgde hij. 'Om het lijk te zoeken. Maar je mag wel zeggen dat het iets is wat ons ook aangaat.'

Wallander dacht een poosje na. De hele situatie was uiterst merkwaardig. Maar ook onaangenaam. Hij voelde zijn bezorgdheid toenemen.

'We mogen ervan uitgaan dat de collega's in Malmö aan vingerafdrukken denken', zei hij. 'Ik weet niet onder wat voor misdrijf je het weghalen van een lijk moet rubriceren. Eigenmachtig optreden, misschien. Of grafschennis. Maar de kans bestaat dat de collega's het niet serieus nemen. Nyberg zal waarschijnlijk wel wat vingerafdrukken hebben veiliggesteld bij het transformatorstation?'

Martinson dacht na.

'Dat geloof ik wel. Wil je dat ik hem bel?'

'Niet nu. Maar het zou goed zijn als de collega's in Malmö naar vingerafdrukken op dat relais en in de koelcel zouden zoeken.'

'Nu meteen?'

'Dat is volgens mij het beste.'

Martinson ging bellen. Wallander haalde koffie en probeerde te begrijpen wat er was gebeurd. Er was een verband ontstaan, maar totaal niet zoals hij zich dat had voorgesteld. Het kon nog steeds een vreemd toeval zijn. Dat had hij wel vaker meegemaakt. Iets zei hem echter dat dat ditmaal niet het geval was. Iemand had in een lijkenhuis ingebroken om een lijk mee te nemen. In ruil daarvoor was een elektrisch relais achtergelaten. Wallander dacht aan iets wat Rydberg jaren geleden had gezegd, helemaal aan het begin van hun samenwerking. *Misdadigers laten vaak een bericht achter op de plaats van het delict. Soms bewust. Maar even zo vaak laten ze hun berichten bij vergissing achter.*

Dit is geen vergissing, dacht hij. Je loopt niet toevallig met een groot relais rond te sjouwen. Dat laat je niet uit vergeetachtigheid achter op een baar in een mortuarium. De bedoeling is dat het ontdekt wordt. En het is nauwelijks een bericht voor de pathologen. Het is een bericht voor ons.

De tweede vraag lag ook voor de hand. Waarom neem je een lijk mee? Het kwam weliswaar soms voor dat overledenen die lid waren geweest van een afwijkende, vreemde sekte werden ontvoerd, maar Tynnes Falk was waarschijnlijk geen lid geweest van zo'n beweging. Ook al kon je dat natuurlijk niet helemaal met zekerheid zeggen. Dan bleef er maar één verklaring over. Het lijk was weggehaald om iets te verbergen.

Martinson keerde terug.

'We hebben geluk gehad', zei hij. 'Het relais is in een plastic zak gestopt. Niet gewoon in een hoek gegooid.'

'Vingerafdrukken?'

'Daar zijn ze mee bezig.'

'Geen spoor van het lijk?'

'Nee.'

'Geen getuigen?'

'Voorzover ik weet niet.'

Wallander vertelde waaraan hij had zitten denken toen Martinson aan het telefoneren was. Martinson was het met zijn conclusies eens. Het relais was geen toeval. Het lichaam was meegenomen om iets te verbergen. Wallander vertelde ook over het bezoek van Enander en het gesprek met de ex-vrouw van Falk.

'Ik nam het niet helemaal serieus', gaf hij toe. 'Je moet toch op de pathologen kunnen vertrouwen.'

'Dat het lichaam van Tynnes Falk is weggehaald, hoeft nog niet te betekenen dat hij is vermoord.'

Wallander realiseerde zich dat Martinson natuurlijk gelijk kon hebben.

'Toch kan ik moeilijk een andere reden zien dan dat ze bang zijn dat de eigenlijke doodsoorzaak ontdekt wordt', zei hij.

'Misschien had hij iets geslikt?'

Wallander trok zijn wenkbrauwen op.

'Wat dan?'

'Diamanten. Narcotica. Weet ik veel.'

'Dat zou de patholoog hebben ontdekt.'

'Wat doen we dan?'

'Wie was Tynnes Falk?' zei Wallander. 'Omdat we de zaak hadden afgeschreven, hoefden we geen nader onderzoek naar hem en zijn leven in te stellen. Maar Enander heeft de moeite genomen hiernaartoe te komen om zijn vraagtekens bij de doodsoorzaak te zetten. Toen ik met Falks ex sprak, zei die dat hij zich zorgen had gemaakt. En dat hij veel vijanden had. Ze heeft trouwens überhaupt veel uitspraken gedaan. Die erop kunnen duiden dat het een complexe man was.'

Martinson vertrok zijn gezicht.

'Een ICT-consultant met vijanden?'

'Dat zei ze. En niemand van ons heeft nader met haar gesproken.'

Martinson had de onderzoeksordner meegenomen waarin de schamele feiten over Tynnes Falk zaten.

'We hebben niet met zijn kinderen gepraat', zei hij. 'We hebben met helemaal niemand gepraat. Omdat we dachten dat hij een natuurlijke dood gestorven was.'

'Dat denken we nog steeds', zei Wallander. 'Althans, dat is

even denkbaar als iets anders. Wat we wel moeten erkennen is dat er een verband bestaat tussen hem en Sonja Hökberg. Misschien ook met Eva Persson.'

'Waarom niet ook met Lundberg?'

'Dat is juist. Misschien ook met de taxichauffeur.'

'We kunnen er in ieder geval zeker van zijn dat Tynnes Falk dood was toen Sonja Hökberg werd omgebracht', zei Martinson. 'Hij kan haar dus niet hebben vermoord.'

'Als we denken dat Falk ondanks alles vermoord is, dan kan dat door dezelfde persoon zijn die Sonja Hökberg heeft omgebracht.'

Wallanders gevoel van onbehagen werd groter. Ze beroerden iets wat ze helemaal niet begrepen. Er zit meer achter, dacht hij opnieuw. We moeten dieper duiken.

Martinson geeuwde. Wallander wist dat hij rond deze tijd meestal al sliep.

'Het is de vraag of we erg veel verder kunnen komen', zei hij. 'Het is niet aan ons om agenten op pad te sturen achter een verdwenen lijk aan.'

'We zouden eigenlijk een kijkje moeten nemen in het appartement van Falk', zei Martinson, die een nieuwe geeuw onderdrukte. 'Hij woonde alleen. Daar zouden we mee moeten beginnen en daarna met zijn vrouw praten.'

'Zijn ex. Hij was gescheiden.'

Martinson stond op.

'Ik ga naar huis om te slapen. Hoe gaat het met je auto?'

'Die is morgen klaar.'

'Moet ik je thuis afzetten?'

'Ik blijf nog even zitten.'

Martinson bleef nog even bij de tafel dralen.

'Ik begrijp dat je verontwaardigd bent', zei hij. 'Over die foto in de krant.'

Wallander keek hem doordringend aan.

'Wat denk jij?'

'Waarover?'

'Ben ik schuldig of niet?'

'Dat je haar een oorvijg hebt gegeven, is natuurlijk duidelijk. Maar ik denk dat het zo is gegaan als jij zei. Dat zij eerst haar moeder heeft aangevallen.'
'Ik heb in ieder geval een besluit genomen', zei Wallander. 'Als ik een berisping krijg, dan stop ik.'
Hij was zelf verbaasd over zijn woorden. De gedachte dat hij ontslag zou nemen als het interne onderzoek ongunstig voor hem uitviel, was nog niet eerder bij hem opgekomen.
'Dan worden onze rollen omgedraaid', zei Martinson.
'Hoezo?'
'Dan ben ik degene die jou ervan moet overtuigen dat je moet blijven.'
'Dat lukt je niet.'
Martinson gaf geen antwoord. Hij pakte zijn ordner en ging weg. Wallander bleef zitten. Na een poosje kwamen er twee agenten die nachtdienst hadden de kantine binnen. Ze knikten naar hem. Verstrooid luisterde Wallander naar hun gesprek. Een van hen overwoog om in het voorjaar een nieuwe motorfiets aan te schaffen.
Toen ze hun koffie hadden ingeschonken, gingen ze de kantine uit. Wallander was weer alleen. Zonder dat het hem eigenlijk duidelijk was, begon in zijn hoofd een besluit te rijpen.
Hij keek op de klok. Bijna halftwaalf. Eigenlijk zou hij tot morgen moeten wachten, maar hij werd door onrust gedreven.
Tegen middernacht verliet hij het politiebureau.
In zijn zak had hij de lopers die hij altijd in de onderste lade van zijn bureau bewaarde.

Het kostte hem tien minuten om naar Apelbergsgatan te lopen. Er stond een matige wind en het was een paar graden boven nul. De hemel was bedekt met wolken. De stad leek verlaten. Een paar zware vrachtauto's passeerden hem op weg naar de veerboten naar Polen. Wallander bedacht dat Tynnes Falk precies om deze tijd rond middernacht was overleden. Dat had op het bloederige bonnetje uit de bankautomaat gestaan dat hij in zijn hand had gehad.

Wallander bleef in de schaduw staan en bekeek het flatgebouw op Apelbergsgatan 10. De bovenste verdieping was donker. Daar had Falk gewoond. De etage daaronder was ook donker. Maar op de etage daar weer onder brandde licht achter een raam. Wallander begon te rillen. Daar had hij een keer in de armen van een vreemde vrouw geslapen, zo dronken dat hij niet eens wist waar hij was.

Aarzelend voelde hij aan de lopers in zijn zak. Wat hij nu ging doen, was zowel illegaal als onnodig. Hij kon tot morgen wachten en dan de sleutels van het appartement regelen. Zijn onrust bleef hem echter opjagen. En die respecteerde hij. Die trad alleen op wanneer zijn intuïtie hem zei dat er haast bij iets was.

De portiek zat niet op slot. Hij had eraan gedacht een zaklamp van kantoor mee te nemen. Het trappenhuis was donker. Voordat hij voorzichtig de trappen op liep, luisterde hij of hij iets hoorde. Hij probeerde zich te herinneren hoe het was geweest toen hij hier destijds in gezelschap van de onbekende vrouw was, maar hij had er helemaal geen beelden meer van. Hij kwam op de bovenste etage. Daar waren twee deuren. Die van Falk zat rechts. Opnieuw luisterde hij. Hij legde zijn oor tegen de linkerdeur. Niets. Vervolgens klemde hij zijn zaklampje tussen zijn tanden en haalde zijn lopers te voorschijn. Als Falk een beveiligde deur had gehad, dan zou hij het nu al hebben moeten opgeven, maar er zat alleen een lipsslot op. Dat klopt niet met wat zijn vrouw zei, dacht Wallander. Dat Falk zich zorgen maakte, dat hij vijanden had. Dat moet inbeelding van haar zijn.

Het kostte hem meer tijd dan hij verwacht had om de deur open te maken. Misschien moest hij niet alleen met vuurwapens meer gaan oefenen. Hij merkte dat het zweet hem uitbrak. Hij had het gevoel dat zijn vingers klunzig bezig waren, niet gewend aan de lopers. Uiteindelijk slaagde hij er echter in het slot open te krijgen. Voorzichtig opende hij de deur en luisterde. Heel even meende hij iemand in het duister te horen ademen. Daarna was het weg. Hij stapte de hal binnen en deed de deur voorzichtig achter zich dicht.

Het eerste wat hem altijd opviel wanneer hij een vreemde woning binnenstapte, was de geur. Hier in de hal hing echter helemaal geen geur. Alsof het appartement pas was opgeleverd en nog niet bewoond werd. Hij nam notitie van het gevoel en begon voorzichtig met zijn zaklamp in zijn hand door de woning te lopen, er de hele tijd op bedacht dat er ondanks alles toch iemand was. Toen hij zeker wist dat hij alleen was, trok hij zijn schoenen uit, trok de gordijnen dicht en deed pas daarna een lamp aan.

Wallander bevond zich in de slaapkamer toen de telefoon ging. Hij schrok op. De telefoon bleef rinkelen. Hij hield zijn adem in. In de duisternis in de woonkamer sloeg een antwoordapparaat aan en hij haastte zich daarnaartoe, maar er werd geen bericht ingesproken. Ergens legde iemand de hoorn neer. Wie had er gebeld? Midden in de nacht, naar een dode?

Wallander liep naar het raam dat uitkeek op de straat. Hij gluurde voorzichtig door een spleet tussen de gordijnen. De straat was verlaten. Hij probeerde met zijn blik door de schaduwen heen te dringen, maar er was niemand.

Nadat hij op het bureau een lamp had aangedaan begon hij de woonkamer in zich op te nemen. Hij ging midden in de kamer staan om rond te kijken. Hier had een man gewoond met de naam Tynnes Falk, dacht hij. Het verhaal over hem begint met een schone woonkamer waarin alles keurig overkomt, zo ver van chaos verwijderd als je maar kunt komen. Leren meubels, schilderijen met maritieme motieven aan de muur. Tegen één wand een boekenkast.

Hij liep naar het bureau. Daarop stond een oud messing kompas. De groene onderlegger was leeg. Pennen lagen keurig op een rijtje naast een antieke olielamp van aardewerk.

Wallander liep door naar de keuken. Op het aanrecht stond een koffiekopje. Op het geruite tafelzeil op de keukentafel lag een blocnote. Wallander deed het licht in de keuken aan en las wat erop stond. 'Balkondeur'. Misschien lijken Tynnes Falk en ik wel op elkaar, dacht hij. We hebben allebei een blocnote in de keuken liggen. Hij liep terug naar de woonkamer en opende de balkondeur. Die ging moeilijk dicht. Tynnes Falk had dus geen tijd meer gekregen om daar iets aan te doen. Wallander liep door naar de slaapkamer. Het tweepersoonsbed was opgemaakt. Hij liet zich op zijn knieën zakken om eronder te kijken. Er stond een paar pantoffels. Hij opende de kleerkast en de lades van een kastje. Alles wat hij tegenkwam, was netjes. Hij keerde terug naar de woonkamer en het bureau. Onder het antwoordapparaat lag een instructieboekje. Hij had eraan gedacht een paar plastic handschoenen mee te nemen. Toen hij zeker wist dat hij het knipperende antwoordapparaat kon beluisteren zonder dat hij de mededelingen die erop stonden wiste, drukte hij op 'afspelen'.

Eerst was er iemand die Janne heette en vroeg hoe het met hem ging. Deze vermeldde het tijdstip waarop hij belde niet. Vervolgens kwamen er twee berichten waarbij het enige wat je hoorde iemands ademhaling was. Wallander had het gevoel dat het beide keren om dezelfde persoon ging. Het vierde bericht kwam van een kleermaker in Malmö die liet weten dat zijn broek klaar was. Wallander noteerde de naam van de kleermakerij. Vervolgens opnieuw een telefoontje van iemand die alleen maar ademde. Dat was het telefoontje van zojuist. Wallander beluisterde de band nog een keer en vroeg zich af of Nyberg en zijn technici konden achterhalen of de ademhaling alle drie de keren van dezelfde persoon afkomstig was.

Hij legde het instructieboekje terug. Er stonden drie foto's op het bureau. Twee daarvan stelden waarschijnlijk Falks kinderen voor. Een jongen en een meisje. De jongen zat glimlachend op een steen in een tropisch landschap. Hij moest een jaar of achttien zijn. Wallander draaide de foto om. 'Jan 1996, Amazonegebied'. Het was dus de zoon die op het antwoordapparaat stond. Het meisje was jonger. Zij zat op een bank omringd door duiven. Wallander draaide de foto om. 'Ina, Venetië 1995'. Op de derde foto stond een groep mannen voor een witte muur. De foto was onscherp. Wallander draaide hem om, maar er stond niets op geschreven. Hij trok de bovenste lade van het bureau open en vond een vergrootglas. Hij bestudeerde de gezichten van de mannen. Ze waren van verschillende leeftijden. Helemaal links op de foto stond een man met een Aziatisch uiterlijk. Wallander legde de foto weg en probeerde na te denken, maar hij kon er geen chocola van maken. Hij stak de foto in zijn binnenzak.

Vervolgens tilde hij de onderlegger op. Daar lag een recept dat uit een tijdschrift was geknipt. Voor visfondue. Hij begon de lades door te nemen. Overal dezelfde voorbeeldige orde. In de derde lade lag een dik boek. Wallander pakte het. Op het leren omslag stond met gouden letters dat het een logboek was. Wallander sloeg het open en begon bij de laatste bladzijde. Op zondag 5 oktober had Tynnes Falk zijn laatste aantekeningen gemaakt in wat kennelijk zijn dagboek was. Hij had opgeschreven dat de wind was gaan liggen en dat het drie graden boven nul was. Bovendien was de hemel helder. Hij had zijn appartement schoongemaakt. Daar had hij drie uur en vijfentwintig minuten over gedaan, wat tien minuten sneller was dan de vorige keer.

Wallander fronste zijn voorhoofd. De aantekeningen verwonderden hem.

Vervolgens las hij de laatste regel: *'s Avonds een korte wandeling.'*

Wallander was verbaasd. Het was enkele minuten na middernacht geweest toen Falk op 6 oktober bij de bankautomaat overleed. Betekende deze aantekening dat hij al eerder een avondwandeling had gemaakt? En er nu nog een maakte?

Wallander bladerde terug naar de aantekeningen van 4 oktober: *'Zaterdag 4 oktober 1997. De hele dag waren er rukwinden. Volgens het Meteorologisch Instituut stond er een windsnelheid van 8-10 meter per seconde. Uiteengerafelde wolken joegen langs de hemel. Om zes uur 's ochtends was het 7 graden. Om twee uur was de temperatuur opgelopen tot 8 graden. 's Avonds daalde ze tot 5 graden. De ruimte is vandaag leeg en verlaten. Geen berichten. C reageert niet op oproepen. Alles is rustig.'*

Wallander herlas die laatste zinnen. Hij begreep ze niet. Het was een mysterieuze boodschap, die hij niet kon duiden. Hij bladerde verder terug. Op iedere dag gaf Falk de heersende weersomstandigheden aan. Bovendien sprak hij over 'de ruimte'. Soms was die leeg. Soms ontving hij berichten. Maar wat voor soort berichten dat waren, kon Wallander er niet uit opmaken. Ten slotte sloeg hij het boek dicht.

Er was nog iets anders wat vreemd was. Nergens noemde de man die schreef namen van mensen. Zelfs niet van zijn kinderen.

Het logboek ging in zijn totaliteit over het weer en over uitgebleven of ontvangen berichten uit de ruimte. Daartussen noteerde hij op de minuut af hoelang hij over zijn zondagse schoonmaak deed.

Wallander legde het logboek terug in de lade.

Hij vroeg zich af of Tynnes Falk wel goed wijs was. De aantekeningen leken het werk van een manisch of verward persoon.

Wallander stond op liep weer naar het raam. De straat was nog steeds leeg. Het was al over enen.

Hij liep terug naar het bureau en ging verder met het doornemen van de lades. Tynnes Falk had een bv waarvan hij de enige aandeelhouder was. In een ordner kwam Wallander de oprichtingsakte tegen. Tynnes Falk hield zich bezig met het programmeren en het onderhoud van nieuwe computersystemen. Wat dat precies inhield, werd niet duidelijk, Wallander begreep het althans niet, maar het viel hem op dat Falk diverse banken en ook Sydkraft als klant had.

Nergens kwam hij iets tegen wat hem verraste.

Hij duwde de onderste lade dicht.

Tynnes Falk is iemand die geen sporen nalaat, dacht hij. Alles is voorbeeldig en onpersoonlijk, netjes schoon en weinig opwindend. Ik kan geen wijs uit hem worden.

Wallander stond op en bestudeerde de inhoud van de boekenkast. Het was een mengeling van bellettrie en non-fictie in het Zweeds, Engels en Duits. Er stond ook bijna een meter poëzie op een plank. Wallander trok er op goed geluk een boek uit. De bladzijden vielen open. Het boek was meerdere malen gelezen. Ergens anders kwam hij dikke pillen over kerkgeschiedenis en filosofie tegen, maar ook boeken over astronomie en de kunst van de zalmvangst. Hij liet de boekenkast voor wat die was en ging op zijn hurken voor de stereo-installatie zitten. Tynnes Falk had een zeer gevarieerde cd-verzameling. Er zaten opera's en cantates van Bach tussen, maar ook verzamel-cd's van Elvis Presley en Buddy Holly. En opgenomen geluiden uit de ruimte en van de bodem van de zee. In een rekje ernaast stond een aantal oude lp's. Wallander schudde verwonderd zijn hoofd. Daar zaten onder anderen Siw Malmkwist en de saxofonist John Coltrane tussen. Boven op de video lagen een paar koopvideo's. Eentje ging over beren in Alaska, een andere was uitgegeven door de NASA en vertelde over het Challengertijdperk in de Amerikaanse ruimtevaart. Tussen de stapel lag ook een pornofilm.

Wallander kwam overeind. Zijn knieën deden pijn. Hij schoot niet op. Een nader verband had hij niet gevonden. Toch was hij ervan overtuigd dat dit bestond.

Op de een of andere manier hield de moord op Sonja Hökberg verband met de dood van Tynnes Falk. En met het feit dat zijn lichaam nu verdwenen was.

Misschien bestond er ook een verband met Johan Lundberg?

Wallander haalde de foto te voorschijn die hij in zijn zak had gestopt. Hij zette hem terug. Hij wilde niet dat iemand van zijn nachtelijke bezoek zou weten. Als Falks ex-vrouw de sleutels had en hen later binnenliet, wilde hij niet dat ze zou ontdekken dat er iets weg was.

Wallander deed overal de lichten uit. Vervolgens schoof hij de gordijnen open. Hij luisterde, waarna hij voorzichtig de deur opendeed. De lopers hadden geen sporen nagelaten.

Buiten op straat bleef hij even stilstaan om rond te kijken. Er was niemand, de stad was stil. Hij begon in de richting van het centrum te lopen. Het was vijf minuten voor halftwee.

Hij merkte niet dat hij op een afstand geruisloos door een schaduw gevolgd werd.

13

Wallander werd wakker van de telefoon.
Hij werd uit zijn slaap gerukt alsof hij eigenlijk gewoon op het gerinkel had liggen wachten. Op het moment dat hij de hoorn greep, keek hij op de wekker. Kwart over vijf.
De stem aan de telefoon was onbekend.
'Spreek ik met Kurt Wallander?'
'Dat ben ik.'
'Mijn excuses dat ik u zo vroeg wakker maak.'
'Ik was al wakker.'
Waarom lieg je over zoiets, dacht Wallander. Wat is er nou voor schandelijks aan om nog te slapen wanneer het pas vijf uur is?
'Ik zou u graag een paar vragen willen stellen met betrekking tot die geweldpleging.'
Wallander was meteen klaarwakker. Hij ging rechtop in bed zitten. De man die belde, stelde zich voor en vertelde voor welke krant hij werkte. Wallander realiseerde zich dat hij die mogelijkheid meteen onder ogen had moeten zien. Dat een journalist hem 's ochtends vroeg zou bellen. Hij had niet moeten opnemen. Als een van zijn collega's hem snel moest hebben, zou die het opnieuw proberen op zijn mobiele telefoon. Hij was er tot dusver in geslaagd dat nummer geheim te houden voor buitenstaanders.
Maar nu was het te laat. Hij voelde zich gedwongen te antwoorden.
'Ik heb al uitgelegd dat het geen geweldpleging was.'
'U vindt dus dat een foto kan liegen?'
'Die vertelt niet het hele verhaal.'
'Kunt u dat dan vertellen?'
'Niet zolang er nog een onderzoek loopt.'

'Maar u moet toch wel iets kunnen zeggen?'
'Dat heb ik al gedaan. Het was geen geweldpleging.'
Vervolgens legde hij de hoorn neer en trok de stekker er snel uit. Hij zag de koppen al voor zich: 'Hoorn erop gegooid toen onze verslaggever belde. Rechercheur blijft koppig zwijgen.' Hij liet zich weer in de kussens zakken. De straatlantaarn voor het raam bewoog zachtjes in de wind. Het licht drong door de gordijnen heen en gleed over de muur heen en weer.

Voordat hij wakker was geworden, had hij iets gedroomd. De beelden keerden langzaam terug in zijn bewustzijn.

Het was de herfst van het vorige jaar, toen hij een reis had gemaakt naar de eilanden voor de kust van Östergötland. Hij was uitgenodigd om een man te bezoeken die daar woonde en het postverkeer van en naar de eilanden verzorgde. Ze hadden elkaar leren kennen tijdens een van de ergste onderzoeken waarbij Wallander ooit betrokken was geweest. Vol aarzeling had hij de uitnodiging geaccepteerd en was hij op bezoek gegaan. Op een vroege ochtend was hij aan land gezet op een van de eilandjes die het verst in zee lagen, waar de rotsen uit de zee opstaken als versteende dieren uit de oertijd. Hij had op het kale eilandje rondgelopen en een eigenaardig gevoel van helderheid en overzicht ervaren. Vaak was hij in gedachten teruggekeerd naar dat eenzame uur, toen de boot op zee op hem lag te wachten. Diverse malen had hij een grote behoefte gevoeld om wat hem die keer was overkomen ooit opnieuw te ervaren.

Die droom probeert mij iets te vertellen, dacht hij. De vraag is alleen wat.

Hij bleef tot kwart voor zes in bed liggen. Toen stopte hij de stekker van de telefoon er weer in. De thermometer buiten bij het raam stond op drie graden boven nul. Er stonden rukwinden. Terwijl hij zijn koffie dronk, nam hij opnieuw in gedachten door wat er was gebeurd. Tussen de overval op de taxichauffeur, de dood van Sonja Hökberg en de man wiens appartement hij de vorige avond had doorzocht, was een verband ontstaan dat hij niet had verwacht. Hij liep de gebeurtenissen nogmaals na. Wat zie ik over het hoofd? dacht hij. Er is een dieper liggende achtergrond die ik niet zie. Welke vragen zou ik eigenlijk moeten stellen?

Toen het zeven uur was, gaf hij het op. Het enige wat er was gebeurd, was dat hij had vastgesteld wat het belangrijkst van alles was: Eva Persson de waarheid laten vertellen. Waarom waren zij en Sonja Hökberg in het restaurant van plaats verwisseld? Wie was de man die was binnengekomen? Waarom hadden ze de taxichauffeur eigenlijk omgebracht? Hoe had Eva Persson kunnen weten dat Sonja Hökberg dood was? Dat waren de vier vragen waarmee hij moest beginnen.

Hij liep naar het politiebureau. Het was kouder dan hij had gedacht. Hij was er nog niet aan gewend dat het herfst was. Het speet hem dat hij geen warmere trui had aangetrokken. Terwijl hij liep, voelde hij dat zijn linkervoet nat werd. Hij bleef staan om zijn zool te bekijken en zag dat daar een gat in zat. Die ontdekking maakte hem furieus. Hij moest zich beheersen om zijn schoenen niet van zijn voeten te rukken en op blote voeten verder te lopen.

Dat is wat ik heb overgehouden, dacht hij. Na al die jaren bij de politie. Een paar kapotte schoenen.

Een man die hem op straat voorbijliep, keek hem vragend aan. Wallander besefte dat hij hardop had lopen praten.

Op het bureau aangekomen vroeg hij aan Irene wie er al waren. Martinson en Hanson waren ter plekke. Wallander vroeg of ze die naar zijn kamer wilde sturen, maar hij veranderde van gedachten en zei dat ze naar een van de vergaderkamers moesten komen. En als Ann-Britt Höglund arriveerde, moest ze haar ook die kant op sturen.

Martinson en Hanson stapten tegelijk de kamer binnen.

'Hoe ging je lezing?' vroeg Hanson.

'Daar hebben we het nou niet over', antwoordde Wallander

korzelig, maar hij had meteen spijt dat hij Hanson de dupe liet worden van zijn slechte humeur.

'Sorry, ik ben moe', zei hij.

'Wie is er verdomme niet moe?' zei Hanson. 'Vooral als je zulke dingen leest.'

Hij had een dagblad in zijn handen. Wallander besefte dat hij hem eigenlijk meteen moest onderbreken. Ze hadden geen tijd om zich bezig te houden met iets wat Hanson in de krant had gelezen. Hij zei echter niets, maar ging gewoon op zijn plaats aan tafel zitten.

'De minister van Justitie heeft uitlatingen gedaan', zei Hanson. '"Er is een noodzakelijke verandering van de activiteiten van de Rijkspolitie gaande. Deze hervormingen brengen grote inspanningen met zich mee, maar de politie is nu op de juiste weg."'

Verbitterd gooide Hanson de krant op tafel.

'De juiste weg? Wat bedoelt ze daar verdomme mee? We staan op een tweesprong te draaien zonder dat we weten welke richting we uit moeten. We krijgen voortdurend berichten over nieuwe prioriteiten. Op dit moment zijn dat geweldsdelicten, verkrachtingen, delicten waar kinderen bij zijn betrokken en fraude. Maar niemand weet waar de prioriteiten morgen liggen.'

'Dat is het probleem niet', wierp Martinson tegen. 'Alles verandert zo snel dat het moeilijk is om te zeggen wat op dit moment niet de prioriteit heeft. Maar omdat we ook voortdurend moeten bezuinigen, zouden ze ons er bij moeten vertellen welke terreinen we moeten laten liggen.'

'Ik weet het', zei Wallander. 'Maar ik weet ook dat wij hier in Ystad op dit moment veertienhonderdvijfenzestig onafgehandelde zaken hebben en ik wil er niet nog meer bij.'

Hij sloeg met zijn handpalmen op tafel ten teken dat het klaaguurtje voorbij was. Dat zowel Martinson als Hanson gelijk had, wist hij beter dan wie ook. Tegelijkertijd voelde hij vanbinnen de sterke wil om de tanden op elkaar te zetten en door te werken.

Misschien kwam dat omdat hij langzamerhand zo afgestompt was dat hij het niet langer kon opbrengen om te protesteren nu de voortdurende reorganisaties bij de politie elkaar steeds sneller opvolgden?

Ann-Britt Höglund deed de deur open.

'Wat waait het', zei ze terwijl ze haar jas uittrok.

'Het is herfst', zei Wallander. 'We gaan beginnen. Er is gisteravond iets gebeurd wat het onderzoek tamelijk ingrijpend verandert.'

Hij gaf Martinson een knikje en deze vertelde over het verdwenen lichaam van Tynnes Falk.

'Dat is in ieder geval wat nieuws', zei Hanson toen Martinson zweeg. 'Een verdwenen lijk hebben we geloof ik nog niet eerder meegemaakt. Ik herinner me wel een rubberen vlot. Maar geen dood lichaam.'

Wallander vertrok zijn gezicht. Ook hij wist nog hoe het rubberen vlot dat bij Mossby Strand was aangespoeld later onder nooit opgehelderde omstandigheden uit het politiebureau was verdwenen.

Ann-Britt keek hem aan.

'Er zou dus een verband moeten bestaan tussen die man die bij de bankautomaat overleed en de moord op Lundberg? Dat slaat toch nergens op.'

'Inderdaad', antwoordde Wallander. 'Maar we ontkomen er niet aan dat we nu ook vanuit die mogelijkheid moeten gaan werken. Ik denk dat we er ons ook bewust van moeten zijn dat dit niet gemakkelijk wordt. Wij meenden dat we een buitengewoon brute, maar niettemin opgeloste moord op een taxichauffeur hadden. Daarna zagen we dat in rook opgaan toen Sonja Hökberg wist te ontsnappen en vervolgens dood in dat transformatorstation werd aangetroffen. We wisten dat er bij een bankautomaat een man aan een hartinfarct was overleden, maar dat hebben we afgeschreven omdat niets op een misdrijf wees. Nog steeds kunnen we dat niet uitsluiten. Dan verdwijnt het lichaam. En heeft iemand een hoogspanningsrelais op de lege baar geplant.'

Wallander onderbrak zichzelf en dacht aan de vier vragen die hij die ochtend voor zichzelf geformuleerd had. Hij zag nu in dat ze eigenlijk op een heel andere plek moesten beginnen.
'Iemand breekt in een mortuarium in en ontvoert een lijk. Zeker kunnen we er niet van zijn, maar we kunnen raden dat dit komt omdat iemand iets wil verbergen. Tegelijkertijd wordt het relais achtergelaten. Dat is niet vergeten, dat is daar niet bij vergissing terechtgekomen. Degene die het lijk ontvoerde, wilde dat we het zouden vinden.'
'Wat op zijn beurt maar één ding kan betekenen', zei Ann-Britt.
Wallander knikte.
'Dat iemand wil dat we Sonja Hökberg met Tynnes Falk in verband brengen.'
'Kan het geen dwaalspoor zijn?' wierp Hanson tegen. 'Iemand die heeft gelezen over het meisje dat zich geëlektrocuteerd heeft?'
'Als ik de collega's in Malmö goed heb begrepen, was het een zwaar relais', zei Martinson. 'Het is niet echt een ding waarmee je in je tas loopt rond te sjouwen.'
'We moeten hier stapsgewijs mee aan de slag', onderbrak Wallander. 'Nyberg moet onderzoeken of het relais uit ons transformatorstation komt. Als dat zo is, is de zaak duidelijk.'
'Dat hoeft niet', zei Ann-Britt. 'Het kan een symbolisch spoor zijn.'
Wallander schudde zijn hoofd.
'Volgens mij is het zoals ik denk.'
Terwijl de anderen koffie gingen halen, belde Martinson Nyberg op. Wallander vertelde over de journalist die hem wakker had gebeld.
'Het waait wel weer over', zei Ann-Britt.
'Ik hoop dat je gelijk hebt, maar ik ben daar lang niet zeker van.'
Ze keerden terug naar de vergaderkamer.
'Twee dingen', zei Wallander. 'Eva Persson. Het doet er niet meer toe dat ze minderjarig is. Ze moet nu serieus aan de tand

worden gevoeld. Dat gaat Ann-Britt doen. Je weet welke vragen belangrijk zijn. En je geeft niet op voordat je serieuze antwoorden hebt gekregen in plaats van uitvluchten.'

Ze gingen nog een uur lang door met het organiseren van het recherchewerk. Wallander ontdekte opeens dat zijn verkoudheid al over was. Zijn energie begon weer terug te komen. Even na halftien zetten ze er een punt achter. Hanson en Ann-Britt verdwenen de gang op. Wallander en Martinson zouden een bezoek brengen aan het appartement van Tynnes Falk. Wallander was in de verleiding om te onthullen dat hij daar al geweest was, maar hij deed het niet. Het was altijd al zijn zwakte geweest dat hij zijn collega's soms niet vertelde over alle stappen die hij ondernam. Hij had echter langgeleden de hoop al laten varen dat hij ooit nog iets zou kunnen veranderen aan dit eigenaardige trekje van hem.

Terwijl Martinson aan de sleutels van Tynnes Falks appartement probeerde te komen, liep Wallander naar zijn eigen kamer met de krant die Hanson die ochtend op tafel had gesmeten. Hij bladerde hem door om te zien of er iets over hemzelf in stond. Het enige wat hij vond, was een klein berichtje over een rechercheur met een lange staat van dienst die verdacht werd van geweldpleging tegenover een minderjarige. Zijn naam stond er niet bij, maar zijn verontwaardiging keerde terug.

Hij wilde de krant net wegleggen toen zijn blik op een pagina met contactadvertenties viel. Verstrooid begon hij te lezen. Er stond een gescheiden vrouw bij die net vijftig was geworden en zich alleen voelde nu de kinderen volwassen waren. Ze noemde reizen en klassieke muziek als haar grootste hobby's. Wallander probeerde zich een beeld van haar te vormen, maar het enige gezicht dat hij zag behoorde toe aan een vrouw met de naam Erika. Haar had hij vorig jaar leren kennen, in een wegrestaurant in de buurt van Västervik. Af en toe dacht hij aan haar, eigenlijk zonder te weten waarom. Geïrriteerd gooide hij de krant in de prullenbak, maar vlak voordat Martinson de kamer binnenkwam, haalde hij hem er weer uit, scheurde de pagina eruit en stopte die in een bureaulade.

'Mevrouw Falk komt de sleutels brengen', zei Martinson. 'Gaan we er lopend naartoe of nemen we de auto?'

'We gaan met de auto. Ik heb een gat in mijn schoen.'

Martinson nam hem belangstellend op.

'Wat denk je dat de chef van de Rijkspolitie daarvan zou zeggen?'

'We hebben het systeem met wijkagenten al ingevoerd', antwoordde Wallander. 'Misschien zijn agenten op blote voeten de volgende stap.'

Ze verlieten het bureau en namen Martinsons auto.

'Hoe gaat het met je?' vroeg Martinson.

'Ik ben kwaad', antwoordde Wallander. 'Je denkt dat je eraan went, maar dat is niet zo. In al mijn jaren bij de politie ben ik bijna overal van beschuldigd. Behalve van luiheid misschien. Je denkt dat je op den duur wel een dikke huid krijgt, maar dat is niet zo. Althans niet op de manier die je misschien zou willen.'

'Meende je het, wat je gisteren zei?'

'Wat heb ik gezegd?'

'Dat je zou stoppen als je een berisping kreeg?'

'Ik weet het niet. Ik heb er op dit moment gewoon de puf niet voor om daarover na te denken.'

Martinson snapte dat Wallander er niet meer over wilde praten. Ze stopten bij Apelbergsgatan 10. Bij een auto stond een vrouw op hen te wachten.

'Marianne Falk', zei Martinson. 'Ze heeft na de scheiding haar mans naam gehouden.'

Martinson stond op het punt het portier te openen toen Wallander hem tegenhield.

'Weet ze wat er is gebeurd? Dat het lichaam weg is?'

'Iemand had er blijkbaar aan gedacht om haar daarvan op de hoogte te stellen.'

'Hoe kwam ze over toen jij met haar praatte? Was ze verbaasd dat je belde?'

Martinson dacht na voordat hij antwoord gaf.

'Ik geloof het niet.'

Ze stapten uit. De vrouw die in de wind stond te wachten was zeer goedgekleed. Ze was lang en slank en ze deed Wallander vaag aan Mona denken. Ze gaven elkaar een hand. Wallander kreeg het gevoel dat ze nerveus was. Meteen werd hij alert.

'Hebben ze het lichaam al gevonden? Hoe kan zoiets gebeuren?'

Wallander liet Martinson het woord doen.

'Het is natuurlijk te betreuren wanneer zoiets gebeurt.'

'"Te betreuren"? Het is schokkend. Waar hebben we eigenlijk politie voor?'

'Dat is een goeie vraag', onderbrak Wallander. 'Maar daar is dit niet het moment voor.'

Ze gingen het gebouw binnen en liepen de trappen op. Wallander voelde zich niet prettig. Had hij de vorige avond misschien toch iets vergeten?

Marianne Falk liep voorop. Toen ze op de bovenste verdieping kwam, bleef ze plotseling wijzend staan. Martinson stond vlak achter haar. Wallander schoof hem aan de kant. Toen zag hij het: de deur van het appartement stond open. Het slot dat hij de vorige avond zo moeilijk met zijn lopers open had gekregen zonder krassen na te laten, was met een groot breekijzer opengebroken. De deur stond op een kier. Hij luisterde. Martinson stond vlak achter hem. Geen van beiden droeg een wapen. Wallander aarzelde. Hij gaf een teken dat ze een verdieping naar beneden moesten gaan.

'Er kan iemand binnen zijn', zei hij met zachte stem. 'Het lijkt me het beste dat we versterkingen laten komen.'

Martinson pakte zijn telefoon.

'Ik wil dat u beneden in de auto wacht', zei Wallander tegen Marianne Falk.

'Wat is er gebeurd?'

'Doet u nu wat ik zeg. Wacht in de auto.'

Ze verdween naar beneden. Martinson was in gesprek met het bureau.

'Ze komen eraan.'

Onrustig wachtten ze in het trappenhuis. Uit de woning kwam geen geluid.

'Ik heb gezegd dat ze de sirenes niet moesten aanzetten', fluisterde Martinson.

Wallander knikte.

Nadat ze acht minuten gewacht hadden, kwam Hanson samen met drie andere agenten de trappen op. Hanson was bewapend. Wallander leende een pistool van een van de anderen.

'We gaan', zei hij.

Ze groepeerden zich in het trappenhuis en voor de deur. Wallander voelde dat zijn hand die het wapen vasthield trilde. Hij was bang. Net zo bang als altijd wanneer hij in een situatie belandde waarin onvoorziene dingen konden gebeuren. Hij zocht oogcontact met Hanson. Vervolgens duwde hij met de punt van zijn schoen de deur zachtjes open en schreeuwde naar binnen. Er kwam geen antwoord. Hij riep opnieuw. Toen de deur achter hem openging, schrok hij. Een oudere vrouw gluurde voorzichtig naar buiten. Martinson duwde haar terug in haar woning. Wallander riep voor de derde keer zonder antwoord te krijgen.

Toen gingen ze naar binnen.

Het appartement was leeg. Het was echter niet hetzelfde appartement als hij de vorige avond had bezocht, toen een van zijn eerste indrukken was geweest dat hier een pietluttige ordening heerste. Nu waren de lades eruit getrokken en lag de inhoud over de vloer verspreid. Schilderijen hingen scheef en de cd-verzameling lag over de grond gestrooid.

'Er is hier niemand', zei hij. 'Maar Nyberg en zijn technici moeten echt zo snel mogelijk komen. Ik wil niet dat iemand hier voor die tijd onnodig rondloopt.'

Hanson en de andere agenten verdwenen. Martinson ging met de buren praten. Wallander bleef een ogenblik doodstil in de deuropening van de woonkamer staan. Hoe vaak hij te maken had gehad met een woning waarin was ingebroken wist hij niet. Zonder dat hij kon zeggen waardoor het kwam, dacht hij dat het ditmaal anders was. Hij liet zijn blik door de kamer glijden. Er ontbrak iets. Hij zag niet wat het was. Langzaam herhaalde hij zijn zoektocht met zijn blik. Toen hij het bureau voor de tweede keer bekeek, ontdekte hij wat er weg was. Hij trok zijn schoenen uit en liep ernaartoe.

De foto was weg. De groepsfoto. De mannen, van wie eentje een Aziaat was geweest, die voor een witte muur in fel zonlicht hadden gestaan. Hij boog zich voorover en keek onder het bureau. Voorzichtig zocht hij tussen de paperassen die over de vloer verspreid lagen. De foto was weg.

Op hetzelfde moment drong tot hem door dat er ook iets anders weg was. Het logboek waarin hij de vorige avond had gebladerd.

Hij stapte achteruit en haalde diep adem. Iemand wist dat ik hier was, dacht hij. Iemand heeft mij zien komen en zien gaan.

Kwam het door dat instinctieve besef dat hij de vorige avond tot twee keer toe naar het raam was gelopen om de straat af te speuren? Er was iemand geweest die hij niet had ontdekt. Iemand die zich diep in de schaduwen had verborgen.

Zijn gedachten werden onderbroken door Martinson.

'De buurvrouw is een weduwe genaamd Håkansson. Ze heeft niets gehoord of gezien.'

Wallander dacht aan de keer dat hij de nacht dronken een verdieping lager had doorgebracht.

'Praat met iedereen die in deze flat woont. Misschien is er iemand iets opgevallen.'

'Kunnen we daar niet iemand anders op zetten? Ik heb behoorlijk veel te doen.'

'Het is belangrijk dat het grondig gedaan wordt', zei Wallander. 'En zo veel mensen wonen er hier trouwens niet.'

Martinson verdween. Wallander wachtte. Na twintig minuten dook er iemand van de technische recherche op.

'Nyberg komt eraan', zei hij. 'Maar hij was bij het transformatorstation bezig met iets wat blijkbaar belangrijk was.'

Wallander knikte.

'Het antwoordapparaat', zei hij toen. 'Ik wil alles weten over wat daarop staat.'

De man maakte een aantekening.

'Alles moet op video worden vastgelegd', zei Wallander. 'Ik wil dat dit appartement tot in de kleinste details wordt gedocumenteerd.'

'Zijn de mensen die hier wonen op reis?' vroeg de agent.

'Hier woonde de man die een paar dagen geleden bij de bankautomaat is overleden', antwoordde Wallander. 'Het is belangrijk dat dit technisch onderzoek grondig wordt verricht.'

Hij verliet de flat en ging naar buiten. Er waren nu helemaal geen wolken meer aan de hemel. Marianne Falk zat in haar auto te roken. Toen ze Wallander in de gaten kreeg, stapte ze uit.

'Wat is er gebeurd?'

'Een inbraak.'

'Dat iemand zo brutaal kan zijn om een appartement binnen te gaan van iemand die pas is overleden.'

'Ik weet dat u gescheiden bent,' zei Wallander, 'maar kende u zijn appartement?'

'We hadden een goede relatie. Ik heb hem hier vaak bezocht.'

'Ik zal u later vandaag vragen om hier terug te komen', zei Wallander. 'Wanneer de technici klaar zijn, wil ik dat u samen met mij door het appartement gaat. Misschien kunt u zien of er iets weg is.'

Haar antwoord kwam zeer resoluut.

'Dat denk ik niet.'

'Waarom niet?'

'Ik ben jaren met hem getrouwd geweest. In de eerste periode kende ik hem denk ik behoorlijk goed, maar later niet meer.'

'Wat is er gebeurd?'

'Niets. Maar hij veranderde.'

'Op wat voor manier?'

'Ik wist niet meer wat hij dacht.'

Wallander nam haar aandachtig op.

'Toch zou u moeten kunnen zien of er iets uit zijn woning weg is. U zei net dat u hem vaak bezocht.'

'Een schilderij of een lamp zou ik misschien missen, maar verder niets. Tynnes had een hoop geheimen.'
'Wat bedoelt u daarmee?'
'Daar kun je toch maar één ding mee bedoelen? Ik wist niet wat hij dacht en ook niet wat hij deed. Dat heb ik u tijdens ons telefoongesprek al geprobeerd uit te leggen.'

Wallander moest denken aan wat hij de vorige avond in het logboek gelezen had.

'Weet u ook of uw man een dagboek bijhield?'
'Ik weet zeker dat hij dat niet deed.'
'Ook nooit gedaan?'
'Nooit.'

Tot zover klopt het, dacht Wallander. Ze wist niet waar haar man mee bezig was. Althans niet dat hij een dagboek bijhield.

'Was uw man in de ruimte geïnteresseerd?'

Haar verwondering was totaal oprecht.

'Waarom zou hij daarin geïnteresseerd zijn?'
'Dat vroeg ik me gewoon af.'
'Toen we jong waren, stonden we misschien wel eens een keer naar de sterrenhemel te kijken. Maar daarna nooit meer.'

Wallander ging over op een ander gespreksonderwerp.

'U was van mening dat uw man veel vijanden had. En dat hij zich zorgen maakte.'
'Dat heeft hij tegen mij gezegd.'
'Wat zei hij daar verder nog over?'
'Dat mensen zoals hij vijanden hadden.'
'Was dat alles?'
'Ja.'
'"Mensen zoals hij"?'
'Ja.'
'Wat bedoelde hij daarmee?'
'Ik heb u al gezegd dat ik hem niet meer kende.'

Een auto remde af langs het trottoir en Nyberg stapte uit. Wallander besloot het gesprek voorlopig te beëindigen. Hij schreef haar telefoonnummer op en zei dat hij in de loop van de dag contact zou opnemen.

'Een laatste vraag. Kunt u een reden bedenken waarom iemand zijn dode lichaam zou willen ontvoeren?'
'Natuurlijk niet.'
Wallander knikte. Hij had op dat moment geen verdere vragen.

Toen ze in haar auto was gestapt en achteruit de straat op was gereden liep Nyberg naar hem toe.
'Wat is hier gebeurd?' vroeg hij.
'Een inbraak.'
'Hebben we daar op dit moment tijd voor?'
'Op de een of andere manier houdt het verband met de andere gebeurtenissen. Maar ik wil nu vooral weten wat je bij het transformatorstation hebt gevonden.'

Voordat Nyberg antwoord gaf, snoot hij zijn neus in zijn vuist.

'Je had gelijk. Toen de collega's uit Malmö met dat relais aankwamen, was de zaak duidelijk. De monteurs konden laten zien waar het had gezeten.'

Wallander voelde de spanning.
'Geen twijfel over mogelijk?'
'Absoluut niet.'

Nyberg verdween de portiek in. Wallander keek uit over de straat, in de richting van het winkelcentrum en de bankautomaat.

Het verband tussen Sonja Hökberg en Tynnes Falk was bevestigd. Wat dat betekende, begreep hij echter totaal niet.

Langzaam begon hij terug te lopen naar het politiebureau, maar na een paar meter voerde hij het tempo op.

Onrust dreef hem.

14

Na zijn terugkeer op het bureau probeerde Wallander provisorisch orde te scheppen in de wirwar aan details die zich had opgehoopt. De diverse gebeurtenissen bevonden zich in iets wat nog het meest op een vrije val leek. Ze botsten tegen elkaar op om meteen daarna weer in verschillende richtingen weggeslingerd te worden.

Rond een uur of elf ging hij naar het toilet om zijn gezicht met koud water te wassen. Ook dat was een gewoonte die Rydberg hem had bijgebracht.

Niets is beter wanneer je ongeduldig begint te worden. Niets beters dan koud water.

Hij liep door naar de kantine om koffie te halen. Zoals zo vaak was ook nu de koffieautomaat kapot. Martinson had een keer voorgesteld een smeekbede tot het grote publiek te richten om geld in te zamelen voor een nieuwe koffieautomaat. Met als argument dat fatsoenlijk politiewerk onmogelijk was zonder de garantie van koffie. Wallander bekeek het apparaat mismoedig en herinnerde zich dat hij ergens in zijn bureau een pot instantkoffie had staan. Hij keerde terug naar zijn kamer en begon de lades te doorzoeken. Uiteindelijk vond hij hem, helemaal achter in de onderste lade, tussen een schoenborstel en een paar oude kapotte handschoenen.

Vervolgens maakte hij een overzicht van de diverse gebeurtenissen. In de kantlijn noteerde hij een tijdschema. Aldoor probeerde hij in gedachten door de buitenkant heen tot de kern van de gebeurtenissen door te dringen. Hij was er inmiddels van overtuigd dat er meer achter zat. Daar moesten ze een vinger achter zien te krijgen.

Ten slotte zag hij iets voor zich dat op een boosaardig en onbegrijpelijk sprookje leek. Twee meisjes gaan op een avond naar een horecagelegenheid en drinken een biertje. Het ene meisje is zo jong dat haar überhaupt geen drank zou mogen worden geschonken. In de loop van de avond verwisselen ze een keer van plaats. Dat gebeurt op het moment dat een man met een Aziatisch uiterlijk het etablissement binnenkomt en aan een tafel gaat zitten. Deze man betaalt met een valse creditcard, op naam van Fu Cheng, woonachtig in Hongkong.

Enkele uren later laten de meisjes een taxi komen. Ze zeggen dat ze naar Rydsgård willen en slaan vervolgens de taxichauffeur dood. Ze beroven hem en gaan daarna allebei naar huis. Wanneer ze worden aangehouden, leggen ze meteen een bekentenis af. Beiden nemen de schuld op zich en geven als motief op dat ze geld nodig hebben. In een onbewaakt ogenblik ontsnapt de oudste van de twee uit het politiebureau. Later wordt ze geëlektrocuteerd teruggevonden in een transformatorstation bij Ystad. Naar alle waarschijnlijkheid is ze vermoord. Het transformatorstation is belangrijk voor de elektriciteitsvoorziening van een groot deel van Skåne. Wanneer Sonja Hökberg sterft, dompelt ze een groot deel van de provincie, van Trelleborg tot Kristianstad, in duisternis. Tegelijkertijd verandert het andere meisje haar verhaal. Zij trekt haar eerdere bekentenis in.

Parallel aan deze gebeurtenis is er een nevenintrige. De mogelijkheid bestaat dat deze nevenintrige eigenlijk cruciaal is, het middelpunt waar we naar op zoek zijn. Een alleenstaande ICT-consultant genaamd Tynnes Falk is op een zondag enkele uren bezig met het schoonmaken van zijn appartement en maakt vervolgens een of mogelijk twee avondwandelingen. Hij wordt in de loop van de nacht dood aangetroffen bij een bankautomaat in de buurt van zijn woning. Na een voorlopig onderzoek van de plek en nadat sectie is verricht komen alle vermoedens dat het om een misdrijf gaat te vervallen. Later wordt het lichaam uit het mortuarium ontvoerd en wordt er op de baar een relais teruggevonden dat afkomstig is uit het transformatorstation bij Ystad. In het appartement van de man wordt ingebroken, waarbij in ieder geval een dagboek en een foto worden ontvreemd.

Aan de periferie van deze gebeurtenissen, als een van de mannen op de foto en als gast in het restaurant, figureert een Aziatische man.

Wallander las door wat hij had opgeschreven. Hij wist natuurlijk dat het nog veel te vroeg was om zelfs maar voorlopige conclusies te trekken, maar toch deed hij dat. Terwijl hij met het dossier aan het werk was geweest, had hij opeens een nieuw idee gekregen.

Als Sonja Hökberg was vermoord moest dat zijn gebeurd omdat iemand wilde voorkomen dat zij ging praten. Tynnes Falks lichaam zou waarschijnlijk niet zijn ontvoerd als het niet was geweest om iets geheim te houden. Daar zat een gemeenschappelijke noemer. Twee gebeurtenissen waarbij het draaide om de behoefte om iets te verbergen.

Het is dus de vraag wat er verborgen moet worden, dacht Wallander. En door wie.

Hij zocht tastend zijn weg, langzaam en voorzichtig, alsof hij zich door een mijnenveld bewoog. Voortdurend zocht hij naar het middelpunt, maar zonder dat te kunnen vinden. Van Rydberg had hij geleerd dat het verloop van gebeurtenissen niet noodzakelijkerwijs chronologisch hoefde te worden uitgelegd. Het belangrijkste kon altijd zowel het eerst als het laatst gebeuren. Of ergens daartussenin.

Wallander wilde net zijn papieren aan de kant schuiven toen er opeens een gedachte bij hem postvatte. Eerst kon hij deze niet goed thuisbrengen, maar daarna wist hij het weer. Het was iets wat Erik Hökberg had gezegd. Over de kwetsbare samenleving. Hij trok zijn aantekeningen weer naar zich toe en begon opnieuw bij het begin. Wat gebeurde er als hij het transformatorstation in het middelpunt plaatste? Iemand had met behulp van een menselijk lichaam de stroom laten uitvallen in grote delen van Skåne. De stroomuitval was totaal geweest. Dat kon je uitleggen als sabotage, gepleegd door iemand die wist waar hij moest toeslaan. Waarom was dat relais eigenlijk op de baar geplaatst toen Tynnes Falks lichaam werd ontvoerd? De enige logische verklaring was dat het verband tussen Sonja Hökberg en Tynnes Falk volkomen duidelijk aan het licht moest komen. Maar wat hield dat verband eigenlijk in?

Geïrriteerd schoof Wallander zijn aantekeningen aan de kant. Het was te vroeg om te denken dat er een interpretatie mogelijk was. Ze moesten eerst nog verder zoeken, objectief en grondig.

Terwijl hij afwezig op zijn stoel heen en weer draaide, dronk hij zijn koffie op. Daarna pakte hij de uitgescheurde krantenpagina en ging verder met het lezen van de contactadvertenties. Hoe zou mijn eigen advertentie eruitzien? dacht hij. Wie zou er eigenlijk belangstelling hebben voor een vijftigjarige rechercheur die aan diabetes en een toenemende aversie tegen zijn werk lijdt? Die niet geïnteresseerd is in boswandelingen, avonden voor de open haard of zeilen?

Hij legde het stuk krant weg en begon te schrijven.

Het eerste advertentieconcept was gedeeltelijk leugenachtig: *'50-jarige rechercheur, gescheiden, volwassen dochter, wil de eenzaamheid doorbreken. Uiterlijk en leeftijd spelen geen rol. Maar je moet huiselijk zijn en van operamuziek houden. Reacties onder "Rechercheur 97".'*

Leugens, dacht hij. Het uiterlijk speelt een belangrijke rol. En ik ben er ook niet op uit om mijn eenzaamheid te doorbreken. Gemeenschap zoek ik. Dat is heel iets anders. Ik wil iemand om mee naar bed te gaan, iemand die er is wanneer ik dat wil. En iemand die mij met rust laat wanneer ik daar de voorkeur aan geef. Hij verscheurde het blad en begon opnieuw. Ditmaal werd de advertentie al te oprecht. *'50-jarige rechercheur, diabeet, gescheiden, volwassen dochter, zoekt iemand om mee samen te zijn wanneer hem dat uitkomt. De vrouw die ik zoek moet knap zijn, een goed figuur hebben en geïnteresseerd zijn in erotiek. Reacties onder "Oude hond".'*

Wie zou hierop ingaan? dacht hij. Dan was je vast niet helemaal goed snik.

Hij sloeg een nieuw blad op en begon weer opnieuw. Hij werd vrijwel meteen onderbroken doordat er op de deur werd geklopt. Het was al twaalf uur. Ann-Britt kwam binnen. Te laat besefte Wallander dat de contactadvertenties nog op zijn bureau lagen. Hij graaide de krantenpagina weg en stopte die in de prullenbak, maar vermoedde dat ze al gezien had wat er op zijn bureau had gelegen. Dat irriteerde hem.

Ik zal nooit een contactadvertentie zetten, dacht hij nijdig. Het gevaar bestaat dat iemand als Ann-Britt erop reageert.

Ze zag er moe uit.

'Ik ben net klaar met Eva Persson', zei ze terwijl ze zich liet neerploffen.

Wallander schoof alle gedachten aan contactadvertenties opzij.

'Hoe was ze?'

'Ze is bij haar verhaal gebleven. Ze houdt vol dat Sonja Hökberg Lundberg in haar eentje heeft geslagen en doodgestoken.'

'Ik vroeg hoe ze was.'

Ann-Britt dacht na voordat ze antwoord gaf.

'Ze was anders. Ze leek beter voorbereid.'

'Waar merkte je dat aan?'

'Ze praatte sneller. Bij veel van haar antwoorden had ik de indruk dat ze die van tevoren bedacht had. Pas toen ik vragen begon te stellen die ze niet had verwacht kwam die langzame onverschilligheid weer terug. Daar verschuilt ze zichzelf achter. Ze neemt de tijd om na te denken. Of ze bijzonder intelligent is weet ik niet, maar een warhoofd is ze niet. Ze houdt goed in de gaten welke leugens ze vertelt. Ik kon er haar niet één keer op betrappen dat ze zichzelf tegensprak, hoewel ik meer dan twee uur bij haar heb gezeten. Dat is vrij uitzonderlijk.'

Wallander trok zijn blocnote naar zich toe.

'We nemen nu alleen het belangrijkste door, jouw indrukken. De rest lees ik wel wanneer het verslag klaar is.'

'Voor mij is het dus volkomen duidelijk dat ze liegt. Ik begrijp eerlijk gezegd niet hoe iemand van veertien zo ongevoelig kan zijn.'

'Omdat ze een meisje is?'

'Zelfs voor jongens is het zeldzaam dat ze zo hard zijn.'

'Je bent er niet in geslaagd haar uit haar evenwicht te brengen?'
'Eigenlijk niet. Ze blijft volhouden dat ze er niet bij betrokken was. En dat ze bang was voor Sonja Hökberg. Ik heb geprobeerd uit haar te krijgen waarom ze bang was, maar dat lukte niet. Het enige wat ze zei, was dat Sonja ontzettend stoer was.'
'En daar had ze vast gelijk in.'
Ann-Britt bladerde in haar aantekeningen.
'Ze ontkent dat Sonja heeft gebeld nadat ze uit het politiebureau was ontsnapt. Er had ook niemand anders gebeld.'
'Wanneer had ze gehoord dat Sonja dood was?'
'Haar moeder was door Erik Hökberg opgebeld en die had het verteld.'
'Maar ze moet toch geschokt zijn door Sonja's dood?'
'Ze beweert van wel, maar ik heb er niets van gemerkt. Ook al was ze natuurlijk verbaasd. Ze had er helemaal geen verklaring voor waarom Sonja naar dat transformatorstation was gegaan. Ze kon zich ook niet voorstellen wie haar daarnaartoe had gebracht.'
Wallander stond op en ging voor het raam staan.
'Merkte je echt niets aan haar? Geen tekens van verdriet of pijn?'
'Het is zoals ik zei. Ze is beheerst en kil. Een heleboel antwoorden had ze van tevoren bedacht, andere waren pure leugens. Maar ik kreeg het gevoel dat ze helemaal niet verbaasd was over wat er was gebeurd. Ook al beweerde ze het tegendeel.'
Wallander werd getroffen door een gedachte die hem meteen belangrijk leek.
'Had je de indruk dat ze bang was dat haar ook iets kon overkomen?'
'Nee. Daar heb ik aan gedacht. Wat er met Sonja is gebeurd, is niet iets waar ze zelf bang voor is.'
Wallander keerde terug naar zijn bureau.
'Laten we aannemen dat dit klopt. Wat betekent dat?'
'Dat Eva Persson misschien gedeeltelijk de waarheid spreekt. Niet over de moord op Lundberg. Op dat punt ben ik over-

tuigd van haar medeplichtigheid. Maar dat ze misschien niet zo veel wist over waar Sonja Hökberg zich verder nog mee bezighield.'
'Wat zou dat moeten zijn?'
'Ik weet het niet.'
'Waarom waren ze van plaats verwisseld in het restaurant?'
'Omdat Sonja vond dat het tochtte. Dat blijft ze stug herhalen.'
'En de man achter hen?'
'Ze blijft erbij dat ze niemand heeft gezien. Het was haar ook niet opgevallen dat Sonja contact had gehad met iemand anders dan haarzelf.'
'Heeft ze niets gezien toen ze het restaurant verlieten?'
'Nee. Dat kan ook best kloppen. Volgens mij kun je er Eva Persson niet van beschuldigen dat ze de meest opmerkzame persoon in de wereld is.'
'Heb je haar gevraagd of ze Tynnes Falk kende?'
'Ze beweerde dat ze die naam nog nooit had gehoord.'
'Sprak ze de waarheid?'
Ann-Britts antwoord liet op zich wachten.
'Misschien was er bij haar een zekere aarzeling. Ik weet het eigenlijk niet.'
Ik had dat verhoor zelf moeten doen, dacht Wallander gelaten. Als Eva Persson had geaarzeld, dan had ik dat gezien.
Ann-Britt leek zijn gedachten te kunnen raden.
'Ik ben niet zo zeker als jij. Ik wou dat ik je een beter antwoord kon geven.'
'Vroeg of laat komen we er nog wel achter. Als de hoofdingang dicht is, moet je via de achterdeur zien binnen te komen.'
'Ik probeer het te begrijpen,' zei Ann-Britt, 'maar er zit totaal geen samenhang in.'
'Het zal tijd kosten', zei Wallander. 'Het is de vraag of we geen assistentie nodig hebben. We zijn met veel te weinig mensen. Ook al heeft dit natuurlijk onze prioriteit en laten we al het andere liggen.'
Ann-Britt keek hem verbaasd aan.

'Jij was anders altijd degene die zei dat we onze onderzoeken zelf moesten doen. Ben je van mening veranderd?'

'Misschien.'

'Is er iemand die weet wat die reorganisatie die nu gaande is, eigenlijk inhoudt? Ik in ieder geval niet.'

'Ondanks alles weten we wel iets', wierp Wallander tegen. 'Het politiedistrict Ystad bestaat niet meer. Tegenwoordig maken we deel uit van wat de politieregio Zuid-Skåne wordt genoemd.'

'Waarvan tweehonderdtwintig politie-eenheden deel uitmaken. Maar dat tegelijkertijd acht gemeentes omvat. Van Simrishamn tot Vellinge. Niemand weet hoe dat gaat functioneren. Of het überhaupt beter zal worden.'

'Dat kan me op dit moment niet schelen. Ik denk aan hoe we al het basiswerk in dit onderzoek voor elkaar moeten krijgen. Verder niets. Ik zal dat bij gelegenheid met Lisa opnemen. Als ze me tenminste niet schorst.'

'Eva Persson beweert trouwens nog steeds dat het was zoals zij en haar moeder hebben gezegd. Dat jij haar zonder reden hebt geslagen.'

'Dat zal best. Als ze over andere dingen liegt, dan liegt ze hier ook over.'

Wallander stond op. Ondertussen vertelde hij over de inbraak in het appartement van Tynnes Falk.

'Is het lijk boven water gekomen?'

'Voorzover ik weet niet.'

Ann-Britt bleef zitten.

'Begrijp jij hier iets van?'

'Niks', antwoordde Wallander. 'Maar ik maak me zorgen. Vergeet niet dat een groot deel van Skåne in het duister werd gelegd.'

Ze liepen samen door de gang. Hanson stak zijn hoofd om de deur van zijn kamer en deelde mee dat de politie in Växjö Eva Perssons vader had gelokaliseerd.

'Volgens hen woont hij in een bouwvallig krot ergens tussen Växjö en Vislanda. Ze willen weten wat wij willen weten.'

'Voorlopig niets', zei Wallander. 'Andere kwesties zijn belangrijker.'

Ze spraken af dat het rechercheteam om halftwee bijeen zou komen wanneer Martinson terug was. Wallander keerde terug naar zijn kamer en belde met de garage. Hij kon zijn auto meteen komen ophalen. Hij verliet het bureau en liep door Fridhemsgatan in de richting van Surbrunnsplan. Er stonden nog steeds rukwinden.

De chef van de werkplaats heette Holmlund en deed al jaren het onderhoud van Wallanders auto's. Hij was een groot liefhebber van motorfietsen, had geen tanden meer en sprak een bijna onverstaanbaar Skåns. Holmlund bleef er in al die jaren hetzelfde uitzien. Wallander kon nog steeds niet vaststellen of hij nou dichter in de buurt van de zestig dan van de vijftig zat.

'Het is een dure grap geworden', zei Holmlund, terwijl hij zijn tandeloze glimlach glimlachte. 'Maar het loont wel. Als je je auto zo snel mogelijk verkoopt.'

Wallander reed weg. De motor klonk weer normaal. De gedachte aan een nieuwe auto stemde hem goedgehumeurd. De vraag was nu of hij aan een Peugeot zou blijven vasthouden of een ander merk zou kiezen. Hij besloot dat hij Hanson om advies zou vragen; die wist even veel over auto's als over renpaarden.

Hij reed naar een snackbar aan Österleden om te eten. Hij probeerde wat te lezen in een tijdschrift, maar had moeite om zich te concentreren. Opeens kwam er een gedachte bij hem op. Hij had naar een middelpunt gezocht en verschillende wegen geprobeerd om daar te komen. De laatste was de stroomuitval geweest. Als wat er bij het transformatorstation was gebeurd niet alleen moord was, maar ook een kundige en van inzicht getuigende sabotage? Maar wat gebeurde er als je in plaats daarvan probeerde een middelpunt te zoeken door uit te gaan van de man die in het restaurant was opgedoken? Die ervoor gezorgd had dat Sonja Hökberg van plaats verwisselde? De man had een valse identiteit. Bovendien was de foto uit Tynnes Falks woning verdwenen. Wallander vervloekte zichzelf er nu om dat hij niet aan zijn aanvankelijke ingeving had vastgehouden en de foto had meegenomen. Dan had István de Aziaat misschien herkend.

Wallander legde zijn vork weg en belde Nyberg op zijn mobiele telefoon. Hij had het al bijna opgegeven, toen Nyberg uiteindelijk toch opnam.

'Een foto van een groep mannen', zei Wallander. 'Heb je iets dergelijks gevonden?'

'Ik zal eens even informeren.'

Wallander wachtte. Hij zat te prikken in de gebakken vis die nergens naar smaakte.

Nyberg kwam weer aan de telefoon.

'We hebben een foto waarop drie mannen staan met een aantal zalmen in hun hand. In 1983 in Noorwegen genomen.'

'Verder niets?'

'Nee. Hoe weet jij trouwens dat er zo'n foto moet zijn?'

Nyberg is niet dom, dacht Wallander. Hij had zich echter op deze vraag voorbereid.

'Dat weet ik niet, maar ik zoek foto's van de kennissenkring van Tynnes Falk.'

'We zijn hier zo klaar', zei Nyberg.

'Heb je iets gevonden?'

'Het lijkt een gewone inbraak. Misschien door drugsverslaafden.'

'Geen sporen?'

'We hebben wel wat vingerafdrukken. Maar die kunnen natuurlijk van Falk zelf zijn. Als we dat tenminste kunnen controleren nu het lichaam weg is.'

'Vroeg of laat vinden we hem.'

'Daar zou ik maar niet zo zeker van zijn. Als je een lijk steelt, doe je dat waarschijnlijk om geen andere reden dan dat je het wilt begraven.'

Wallander realiseerde zich dat Nyberg gelijk had. Tegelijkertijd frappeerde een andere gedachte hem. Nyberg was hem echter voor.

'Ik heb Martinson gesproken en gevraagd of hij Falks naam

in onze bestanden wilde natrekken. We konden immers niet uitsluiten dat hij daarin voorkwam.'

'En was dat ook zo?'

'Ja. Maar er waren geen vingerafdrukken.'

'Wat had hij gedaan?'

'Volgens Martinson had hij een boete gekregen voor vernieling.'

'Wat bedoelde hij daarmee?'

'Dat moet je hem zelf maar vragen', zei Nyberg korzelig.

Wallander beëindigde het gesprek. Het was tien minuten over een. Nadat hij had getankt keerde hij terug naar het politiebureau. Martinson arriveerde tegelijk met hem.

'Niemand heeft iets gezien of gehoord', zei Martinson terwijl ze de parkeerplaats overstaken. 'Ik heb iedereen gehad. Er wonen voornamelijk oudere mensen en die zijn overdag thuis. En er woont een fysiotherapeute van jouw leeftijd.'

Wallander gaf geen commentaar. In plaats daarvan begon hij te vertellen wat Nyberg gezegd had.

'Nyberg had het over vernieling?'

'De papieren liggen op mijn kamer. Het was iets met nertsen.'

Wallander keek hem vragend aan, maar hij zei niets.

Op Martinsons kamer las hij het uittreksel uit het register. In 1991 was Tynnes Falk door de politie gearresteerd, ten noorden van Sölvesborg. Een nertsenfokker had 's nachts ontdekt dat iemand bezig was om de kooien open te zetten. Hij had de politie gebeld, die met twee wagens was uitgerukt. Tynnes Falk was niet alleen geweest, maar hij was wel de enige die werd gearresteerd. Tijdens het verhoor had hij meteen bekend. Als motief had hij aangegeven dat hij tegen het doden van dieren was om er bont van te maken. Hij had echter ontkend dat hij lid was van een organisatie en hij had ook nooit de namen genoemd van degenen die in de duisternis hadden weten te ontkomen.

Wallander legde het papier weg.

'Ik dacht dat alleen jongeren zich met dat soort dingen

bezighielden? In 1991 was Tynnes Falk al over de veertig.'
'Eigenlijk zou je met hen moeten sympathiseren', zei Martinson. 'Mijn dochter is lid van de Veldbiologen.'
'Het maakt toch anders wel verschil of je vogels bestudeert of dat je bij nertsenfokkers de boel vernielt?'
'Er wordt hun respect voor dieren bijgebracht.'
Wallander wilde zich niet te veel verliezen in een discussie die hij waarschijnlijk binnen de kortste keren zou verliezen. Maar dat Tynnes Falk betrokken was geweest bij de vrijlating van nertsen vond hij verbluffend.

Even na halftwee kwamen ze bijeen. Het werd een kort overleg. Wallander was van plan geweest de uitkomst van zijn overdenkingen te presenteren, maar hij besloot te wachten. Het was te vroeg. Om kwart over twee stapten ze weer op. Hanson zou een gesprek hebben met de officier van justitie. Martinson verdween naar zijn computers en Ann-Britt zou een hernieuwd bezoek brengen aan de moeder van Eva Persson. Wallander liep naar zijn kamer en belde Marianne Falk. Er sloeg een antwoordapparaat aan, maar toen hij zijn naam noemde werd er toch opgenomen. Ze spraken af dat ze elkaar om drie uur in de flat aan Apelbergsgatan zouden zien. Toen Wallander daar ruim op tijd arriveerde, waren Nyberg en de technisch rechercheurs al vertrokken. In de straat stond een politiewagen geparkeerd. Toen Wallander de trap opliep, ging opeens de deur open van het appartement dat hij het liefst wilde vergeten. In de deuropening stond een vrouw die hij herkende. Of althans meende te herkennen.

'Ik zag je door het raam', zei ze glimlachend. 'Ik wilde je even gedag zeggen. Als je nog weet wie ik ben.'
'Zeker doe ik dat', antwoordde Wallander.
'Maar je hebt nooit meer wat van je laten horen, zoals je had beloofd.'
Wallander kon zich geen belofte herinneren, maar hij twijfelde er niet aan dat hij die wellicht had gedaan. Wanneer hij dronken genoeg was en zich voldoende tot een vrouw aange-

trokken voelde, was hij vrijwel tot elke belofte in staat.
'Er kwam iets tussen', zei hij. 'Je weet hoe dat gaat.'
'O ja?'
Wallander mompelde een onverstaanbaar antwoord.
'Ik kan je geen kopje koffie aanbieden?'
'Zoals je weet hebben we hierboven een inbraak. Ik heb er eigenlijk geen tijd voor.'
Ze wees naar haar deur.
'Ik heb jaren geleden al een veiligheidsdeur aangeschaft. Bijna iedereen hier in de flat heeft er een. Behalve Falk.'
'Kende je hem?'
'Hij was erg op zichzelf. We groetten elkaar in het trappenhuis, maar meer ook niet.'
Wallander kreeg meteen het gevoel dat ze misschien niet helemaal de waarheid sprak, maar hij nam niet de moeite om door te vragen. Hij wilde zo snel mogelijk wegwezen.
'Je mag me een volgende keer koffie aanbieden', zei hij.
'We zien wel.'
De deur ging dicht. Wallander merkte dat hij was beginnen te zweten. Hij haastte zich de laatste trap op. Ondertussen bedacht hij dat ze een belangrijke opmerking had gemaakt. De meeste mensen die in de flat woonden, hadden veiligheidsdeuren laten installeren. Maar Tynnes Falk niet, terwijl zijn vrouw had gezegd dat hij bang was en omringd werd door vijanden.
De deur was nog niet gerepareerd. Hij ging het appartement binnen. Nyberg en zijn technici hadden de rotzooi laten liggen zoals die lag.
Wallander ging op een stoel in de keuken zitten wachten. Het was heel stil in de flat. Hij keek op zijn horloge. Tien minuten voor drie. Hij meende dat hij haar al in het trappenhuis hoorde. Misschien was Tynnes Falk gewoon zuinig, dacht hij. Een veiligheidsdeur kost tussen de tien- en vijftienduizend kronen. Ik heb zelf reclamefolders in mijn brievenbus gehad. Maar het kan natuurlijk ook zijn dat Marianne Falk zich vergist. Dat er geen vijanden zijn.

Toch was Wallander daar niet zeker van. Hij moest denken aan de vreemde aantekeningen die hij in het logboek had gelezen. Tynnes Falks dode lichaam wordt uit een mortuarium ontvoerd. Ongeveer tegelijkertijd wordt er in zijn appartement ingebroken. Er worden in ieder geval een persoonlijk dagboek en een foto ontvreemd.

Het beeld was opeens heel duidelijk. Iemand wilde niet dat hij herkend werd of dat het logboek al te nauwkeurig zou worden onderzocht.

Opnieuw vervloekte Wallander het feit dat hij de foto niet had meegenomen. De aantekeningen in het logboek waren eigenaardig geweest, alsof ze door een verward iemand waren geschreven. Maar als hij de kans had gekregen om het boek nader te bestuderen, was er wellicht ook iets anders aan het licht gekomen.

De voetstappen op de trap waren nu dichterbij gekomen. De deur werd opengeduwd. Wallander stond op om naar haar toe te lopen. Hij verliet de keuken en liep naar de hal.

Instinctief voelde hij het gevaar en hij draaide zich om.

Het was echter al te laat. Een heftige knal echode door het appartement.

15

Wallander wierp zich opzij.
Pas later drong in volle ernst tot hem door dat die snelle beweging hem het leven had gered. Toen hadden Nyberg en zijn mensen de kogel die zich in de muur vlak naast de voordeur had geboord er al uit gepeuterd. Tijdens de reconstructie en vooral tijdens het onderzoek van Wallanders jas kon worden vastgesteld wat er was gebeurd. Wallander was naar de hal gelopen om Marianne Falk te ontvangen. Hij had naar de voordeur toegekeerd gestaan, maar instinctief gevoeld dat er achter hem iemand stond die een bedreiging vormde. Iemand anders dan Marianne Falk. Hij had een snelle beweging gemaakt en was tegelijkertijd over de rand van een kleedje gestruikeld. Dat was genoeg geweest om ervoor te zorgen dat de kogel die op borsthoogte op hem werd afgevuurd tussen zijn borstkas en zijn linkerarm door schampte. Zijn jas was nog net geraakt en de kogel had een klein, maar toch heel duidelijk spoor nagelaten.
Dezelfde avond zocht hij thuis naar een centimeter. Zijn jas had hij op het politiebureau achtergelaten voor nader onderzoek, maar hij nam de maat van de binnenkant van de mouw van zijn overhemd tot het punt waarvan hij dacht dat daar zijn hart begon. Hij stelde een afstand van zeven centimeter vast. Terwijl hij een glas whisky inschonk, trok hij de conclusie dat de rand van dat kleedje hem het leven had gered. Opnieuw moest hij denken aan hoe hij als jonge politieman in Malmö een messteek had opgelopen. Het lemmet was op acht centimeter van de rechterkant van zijn hart zijn borst binnengedrongen. Destijds had hij voor zichzelf een lijfspreuk geschapen. *Leven heeft zijn tijd, dood zijn ook.* Nu overviel hem het verontrustende gevoel dat de marge in die dertig jaar met

exact een centimeter was gekrompen.

Wat er eigenlijk was gebeurd, wie er op hem had geschoten, wist hij niet. Wallander had slechts een schaduw gezien. Een snel voorbij schietend wezen dat in de heftige knal en zijn eigen val tussen de jassen aan de kapstok van Tynnes Falk in rook opging.

Hij dacht dat hij geraakt was. Toen hij een gil hoorde, nog steeds met de echo van de knal dreunend in zijn oren, meende hij dat hij het zelf was die gilde, maar het was Marianne Falk, die door de vluchtende schaduw besprongen en opzij geduwd werd. Ook zij had niet gezien hoe die schaduw eruitzag. Toen Martinson met haar sprak, had ze gezegd dat ze altijd naar haar voeten keek wanneer ze een trap op liep. Ze had de knal gehoord, maar het gevoel gehad dat die van beneden kwam. Daarom was ze blijven staan en had ze zich omgedraaid. Vervolgens had ze in de gaten gekregen dat er iemand op haar af kwam. Maar toen ze zich weer had omgedraaid, had ze een klap in haar gezicht gekregen en was ze gevallen.

Het vreemdst van alles was echter dat de twee agenten die in de bewakingsauto voor het flatgebouw zaten, geen van beiden iets hadden gemerkt. De man die op Wallander had geschoten, moest het gebouw via de hoofdingang hebben verlaten. De deur naar de kelder zat op slot. De agenten hadden echter niemand het gebouw uit zien rennen. Ze hadden gezien dat Marianne Falk naar binnen ging. Daarna hadden ze de knal gehoord, maar niet meteen begrepen wat het was en ze hadden ook niemand uit de portiek naar buiten zien komen.

Onwillig accepteerde Martinson hun uitleg, maar hij liet wel de hele flat doorzoeken, dwong de geschrokken bejaarden en de iets rustiger fysiotherapeute om hun deuren te openen en gaf agenten de opdracht iedere kast te doorzoeken en onder elk bed te kijken. Nergens waren echter sporen te bekennen. Als de kogel die zich in de muur had geboord er niet was geweest, zou Wallander misschien zelf zijn gaan geloven dat hij het zich allemaal verbeeld had.

Maar hij wist het. En hij wist ook iets anders, iets wat hij voorlopig voor zichzelf besloot te houden. Hij had aan de rand van het kleedje op meer dan één manier zijn leven te danken. Niet alleen omdat hij gestruikeld was, maar ook omdat de man die vuurde er juist daardoor van overtuigd was geweest dat hij Wallander echt getroffen had. De kogel die Nyberg uit het beton groef, was van het type dat kraterachtige wonden sloeg als iemand erdoor werd geraakt. Toen Nyberg Wallander de kogel liet zien, kreeg hij de verklaring voor het feit dat de man die had geschoten slechts één schot had gelost. Hij was ervan overtuigd geweest dat dit dodelijk zou zijn.

Na de eerste verwarring was de jacht begonnen. Het trappenhuis was vol geweest met gewapende agenten met Martinson aan het hoofd, maar niemand wist naar wie ze zochten en noch Marianne Falk, noch Wallander kon ook maar de geringste aanzet van een signalement geven. Auto's joegen door de straten van Ystad, er werd regionaal alarm geslagen, maar iedereen wist natuurlijk op voorhand al dat er niemand zou worden gepakt. Martinson en Wallander hielden zich op in de keuken, terwijl Nyberg en zijn mensen sporen veiligstelden en de kapotte kogel uit de muur kerfden. Marianne Falk was naar huis gegaan om andere kleren aan te trekken. Wallander had zijn jas afgegeven. Hij had nog steeds pijn aan zijn oren van de klap. Lisa Holgersson arriveerde tegelijkertijd met Ann-Britt, en Wallander moest het verhaal nog een keer vertellen.

'De vraag is waarom hij schoot', zei Martinson. 'Er is hier al ingebroken. Nu komt er een gewapend persoon terug.'

'Wat we ons kunnen afvragen is natuurlijk of het dezelfde man is', zei Wallander. 'Waarom kwam hij terug? Ik kan geen andere reden ontdekken dan dat hij iets zoekt. Iets wat hij de eerste keer niet heeft kunnen meenemen.'

'Moet je niet nog een vraag stellen?' zei Ann-Britt. 'Op wie schoot hij?'

Bij Wallander was die vraag ook al opgekomen. Viel wat er was gebeurd te herleiden tot de nacht waarin hij in zijn eentje naar dit appartement was gegaan? Had hij gelijk gehad dat hij een paar keer naar het raam was gelopen om voorzichtig de duisternis in te speuren? Was er iemand geweest? Hij bedacht dat hij nu eigenlijk de waarheid moest vertellen, maar iets weerhield hem daar nog steeds van.

'Waarom zou iemand op mij schieten?' zei Wallander. 'Ik was toevallig hier toen de man terugkwam. We moeten ons de vraag stellen wat hij zoekt. Wat weer met zich meebrengt dat Marianne Falk eigenlijk zo snel mogelijk hier terug moet komen.'

Martinson verliet Apelbergsgatan samen met Lisa Holgersson. De technisch rechercheurs waren bezig met de afronding van hun werkzaamheden. Ann-Britt bleef samen met Wallander in de keuken zitten. Marianne Falk had gebeld en gezegd dat ze onderweg was.

'Hoe voel je je?' vroeg Ann-Britt.

'Klote. Dat weet je.'

Enkele jaren geleden was Ann-Britt Höglund op een akker even buiten Ystad neergeschoten. Dat was gedeeltelijk de schuld van Wallander geweest, omdat hij haar had laten komen zonder in de gaten te hebben dat de persoon die ze moesten oppakken het pistool had gevonden dat Hanson eerder had verloren. Ze was levensgevaarlijk gewond geraakt en het had lang geduurd voordat ze was teruggekeerd. Toen ze eenmaal weer aan het werk ging, was ze veranderd. Ze had Wallander vaak verteld over de angst die haar tot in haar dromen achtervolgde.

'Ik heb het er goed afgebracht', vervolgde Wallander. 'Ik ben ooit neergestoken, maar tot nu toe heb ik het er nog afgebracht zonder een kogel in mijn lijf.'

'Je zou eigenlijk met iemand moeten praten', zei ze. 'Er zijn praatgroepen.'

Wallander schudde ongeduldig zijn hoofd.

'Dat is niet nodig. En ik wil het er verder niet meer over hebben.'

'Ik snap niet dat je altijd zo tegendraads moet zijn. Je bent een goede rechercheur, maar jij bent ook maar een mens. Ook al verbeeld je je nog zoveel. Maar je kunt je vergissen.'

Wallander was verbaasd over haar uitbarsting. Ze had trouwens helemaal gelijk. Onder de politierol die hij iedere dag aannam, verborg zich iemand die hij bijna was vergeten.

'Je zou in ieder geval naar huis moeten gaan', zei ze ten slotte.

'Zou het daar beter van worden?'

Op dat moment kwam Marianne Falk het appartement binnen. Wallander rook een kans om van Ann-Britt en haar vervelende vragen af te komen.

'Ik praat het liefst zelf met haar', zei hij. 'Bedankt voor je hulp.'

'Welke hulp?'

Ann-Britt vertrok. Toen Wallander opstond, werd hij even door een duizeling overvallen.

'Wat is er nou eigenlijk gebeurd?' vroeg Marianne Falk.

Wallander zag dat op haar linkerwang een grote bult aan het ontstaan was.

'Ik kwam hier een paar minuten voor drie. Toen hoorde ik iemand bij de deur. Ik dacht dat u het was, maar dat was dus niet zo.'

'Wie was het?'

'Dat weet ik niet. Blijkbaar weet u het ook niet.'

'Ik kreeg niet de tijd om te zien hoe hij eruitzag.'

'Maar u bent er zeker van dat het een man was?'

Die vraag verraste haar en ze dacht na voordat ze antwoord gaf.

'Ja', zei ze toen. 'Het was een man.'

Wallander wist dat ze gelijk had. Zonder dat op enige manier te kunnen staven.

'Laten we in de woonkamer beginnen', zei hij. 'Ik wil dat u door de kamer loopt en kijkt of u kunt ontdekken of er ook iets weg is. Dan gaat u verder in de volgende kamer. Neem de tijd. U mag lades openen en achter gordijnen kijken.'

'Dat zou Tynnes nooit goed hebben gevonden. Hij was een man met veel geheimen.'

'We praten later wel', onderbrak Wallander haar. 'Begin maar in de woonkamer.'

Hij kon zien dat ze echt haar best deed. Vanuit de deuropening volgde hij haar met zijn blik. Hoe langer hij naar haar keek, hoe mooier hij haar vond. Hij vroeg zich af hoe hij een contactadvertentie zou moeten formuleren om haar daarop te laten reageren. Ze ging verder in de slaapkamer. Hij zocht voortdurend naar tekenen dat ze aarzelde. Dat ze misschien iets miste. Toen ze in de keuken terugkeerden, was er meer dan een halfuur verstreken.

'U hebt zijn kleerkasten niet opengemaakt', zei Wallander.

'Ik weet toch niet wat hij daarin heeft zitten. Hoe zou ik dan kunnen zeggen of er iets weg is?'

'Was er in de kamers iets wat u miste?'

'Nee, niets.'

'Hoe goed kende u zijn appartement eigenlijk?'

'We hebben hier nooit samen gewoond. Hij is hiernaartoe verhuisd toen we gingen scheiden. Soms belde hij. Een enkele keren aten we samen. De kinderen bezochten hem vaker dan ik.'

Wallander probeerde zich te herinneren wat Martinson had gezegd toen hij voor het eerst vertelde over de dode man bij de bankautomaat.

'Klopt het dat uw dochter in Parijs woont?'

'Ina is pas zeventien en werkt als kindermeisje bij de Deense ambassadeur. Ze wil Frans leren.'

'En uw zoon?'

'Jan? Die studeert in Stockholm. Hij is negentien.'

Wallander bracht het gesprek terug op het appartement.

'Denkt u dat u het zou hebben gemerkt als er iets weg was?'

'Alleen als het iets was wat ik eerder had gezien.'

Wallander knikte. Vervolgens verontschuldigde hij zich. Hij liep terug naar de woonkamer en pakte een van de drie porseleinen haantjes die in een vensterbank stonden. Toen hij in de keuken terugkwam, vroeg hij haar om de woonkamer nog een keer te bekijken.

Ze zag meteen dat er een haantje ontbrak. Wallander begreep dat ze niet verder zouden komen. Haar fotografisch geheugen was goed. Ook al kende ze de inhoud van de kleerkasten niet.

Ze gingen in de keuken zitten. Het liep tegen vijven. Het herfstdonker viel over de stad.

'Wat deed hij?' vroeg Wallander. 'Ik heb begrepen dat hij een eenmansbedrijf in de computerbranche had.'

'Hij was ICT-consultant.'

'Wat hield dat in?'

Ze keek hem vragend aan.

'Dit land wordt vandaag de dag door consultants bestuurd. Binnenkort zullen ook de partijleiders door consultants worden vervangen. Consultants zijn experts die veel verdienen, de wereld rond vliegen en met oplossingen komen. Als het slecht uitpakt, moeten ze ook de rol van zondebok op zich nemen. Maar voor dat ongemak krijgen ze behoorlijk goed betaald.'

'Uw man was dus consultant in de ICT-branche?'

'Ik zou het fijn vinden als u Tynnes niet "mijn man" zou willen noemen. Dat was hij niet meer.'

Wallander werd ongeduldig.

'Kunt u wat gedetailleerder vertellen over wat hij deed?'

'Hij was erg goed in het bouwen van allerlei interne besturingssystemen.'

'Wat hield dat in?'

Voor het eerst moest ze glimlachen.

'Ik geloof niet dat ik dat kan uitleggen als u niet eens over de meest elementaire kennis beschikt over hoe computers werken.'

Wallander besefte dat ze gelijk had.

'Wie waren zijn klanten?'

'Voorzover ik weet, werkte hij veel voor banken.'

'Een bank in het bijzonder?'

'Dat weet ik niet.'

'Wie zou dat wel weten?'

'Hij had natuurlijk een accountant.'

Wallander zocht in zijn zakken naar een papiertje waarop hij de naam kon noteren. Het enige wat hij vond, was de rekening van zijn garage.

'Hij heet Rolf Stenius en heeft een kantoor in Malmö. Ik heb geen adres of telefoonnummer.'

Wallander legde zijn pen neer. Even ging er een vermoeden door hem heen dat hij iets over het hoofd had gezien. Hij probeerde de gedachte vast te houden, maar slaagde daar niet in. Marianne Falk had een pakje sigaretten te voorschijn gehaald.

'Stoort het u als ik rook?'
'Helemaal niet.'

Ze pakte een schoteltje van het aanrecht en stak een sigaret op.

'Tynnes zou zich omdraaien in zijn graf. Hij haatte sigaretten. Tijdens heel ons huwelijk joeg hij mij de straat op als ik wilde roken. Nu kan ik in ieder geval een beetje wraak nemen.'

Wallander maakte van de gelegenheid gebruik om het gesprek een andere wending te geven.

'Toen we elkaar voor het eerst spraken, zei u dat hij vijanden had. En dat hij zich zorgen maakte.'

'Die indruk wekte hij.'

'U begrijpt natuurlijk wel dat dit heel belangrijk is.'

'Als ik meer wist, zou ik dat natuurlijk vertellen. Maar de waarheid is dat ik het niet weet.'

'Je kunt aan iemand zien of hij zich zorgen maakt. Maar kun je ook zien of hij vijanden heeft? Daar zal hij dan toch iets over hebben gezegd?'

Haar antwoord liet op zich wachten. Ze rookte en keek uit het raam. Het was donker. Wallander wachtte.

'Het begon een paar jaar geleden', zei ze. 'Ik merkte dat hij onrustig was. Maar ook opgewonden. Alsof hij manisch was. Daarna begon hij rare uitspraken te doen. Ik kwam hier wel eens koffiedrinken. Dan zei hij soms opeens: "Als de mensen het wisten, zouden ze me doodslaan." Of: "Je kunt nooit weten hoe dicht je belagers in de buurt zijn."'

'Zei hij dat echt?'
'Ja.'
'En hij noemde daar geen reden voor?'

'Nee.'
'Hebt u hem niet gevraagd wat hij bedoelde?'
'Dan stoof hij soms op en zei hij dat ik moest zwijgen.'
Wallander dacht even na voordat hij verderging.
'Laten we het eens over uw twee kinderen hebben.'
'Die weten natuurlijk dat hij dood is.'
'Denkt u dat een van hen hetzelfde heeft ervaren als u? Dat hij zich zorgen maakte? En het over vijanden had?'
'Dat betwijfel ik. Ze hadden heel weinig contact met elkaar. In de eerste plaats woonden ze bij mij. Bovendien vond Tynnes het waarschijnlijk niet zo heel erg leuk om ze al te vaak over de vloer te hebben. En dat zeg ik niet om hem zwart te maken. Zowel Jan als Ina kan dat bevestigen.'
'Hij zal toch ook vrienden hebben gehad?'
'Heel weinig. Naderhand heb ik beseft dat ik met een eenling getrouwd was.'
'Wie kende hem nog meer behalve u?'
'Ik weet dat hij omging met een vrouw die ook ICT-consultant is. Ze heet Siv Eriksson. Haar telefoonnummer heb ik niet, maar ze heeft een kantoor aan Skansgränd. Vlak bij Sjömansgatan. Ze hebben samen een aantal opdrachten uitgevoerd.'
Wallander maakte een aantekening. Marianne Falk doofde haar sigaret.
'Ik heb nog een laatste vraag', zei Wallander. 'Althans voor dit moment. Een aantal jaren geleden werd Tynnes door de politie opgepakt omdat hij nertsen had bevrijd. Hij kreeg een boete.'
Ze keek hem aan met een verbazing die echt leek.
'Daar heb ik nooit iets over gehoord.'
'Maar u kunt het wel begrijpen?'
'Dat hij nertsen heeft bevrijd? Waarom zou hij dat in vredesnaam gedaan hebben?'
'U weet niet of hij ook contacten onderhield met organisaties die zich met dergelijke dingen bezighielden?'
'Wat voor organisaties zouden dat dan moeten zijn?'

'Militante milieuorganisaties. Dierenvrienden.'
'Dat wil er bij mij haast niet in.'
Wallander knikte. Hij wist dat ze de waarheid sprak. Ze stond op.
'Ik zal opnieuw met u moeten praten', zei Wallander.
'Toen we gingen scheiden, heb ik van mijn ex-man een flinke alimentatie gekregen. Dat betekent dat ik niet hoef te doen waar ik de grootste hekel aan heb.'
'En dat is?'
'Werken. Ik breng mijn dagen door met het lezen van boeken. En het borduren van rozen op linnen kleedjes.'
Wallander vroeg zich af of ze hem voor de gek hield, maar hij zei niets. Hij liet haar uit. Ze bekeek het gat in de muur naast de deur.
'Beginnen inbrekers nu ook al te schieten op mensen?'
'Dat komt voor.'
Ze nam hem van het hoofd tot de voeten op.
'Maar u hebt geen wapen om u mee te verdedigen?'
'Nee.'
Ze schudde haar hoofd, gaf hem een hand en nam afscheid.
'Nog één ding', zei Wallander. 'Was Tynnes Falk geïnteresseerd in de ruimte?'
'Wat bedoelt u daarmee?'
'Ruimtevaartuigen, of astronomie.'
'Dat hebt u al gevraagd. Ik geef weer hetzelfde antwoord. Dat het heel weinig voorkwam dat hij zijn hoofd optilde om naar de hemel te kijken. Als hij dat deed, dan was het vast alleen maar om te controleren of de sterren er echt nog zaten. Hij was absoluut niet romantisch aangelegd.'
Ze bleef in het trappenhuis staan.
'Wie repareert die deur?'
'Is er geen huismeester?'
'Ik denk dat u dat aan iemand anders moet vragen.'
Marianne Falk liep de trap af. Wallander ging de woning weer binnen. Hij ging op de stoel in de keuken zitten. Op dezelfde plek waar hij het gevoel had gekregen dat hij iets over

het hoofd zag. Rydberg had hem geleerd om altijd goed te letten op je inwendige alarmbellen. In de technische en rationele wereld waarin agenten leefden, en moesten leven, had intuïtie toch haar bewezen en beslissende betekenis.

Hij bleef enkele minuten roerloos zitten. Toen wist hij het weer. Het ging er opnieuw om dat je de dingen moest omdraaien om ze in hun juiste perspectief te kunnen zien. Marianne Falk had niet kunnen vaststellen of er iets ontbrak. Betekende dat misschien dat de man die de inbraak had gepleegd en vervolgens op Wallander had geschoten, juist was gekomen om iets achter te laten? Wallander schudde zijn hoofd om zijn eigen gedachte. Hij wilde net opstaan toen hij schrok. Er had iemand op de deur geklopt. Wallander voelde zijn hart bonzen. Pas toen er opnieuw geklopt werd, realiseerde hij zich dat het waarschijnlijk niet iemand was die terugkeerde om te proberen hem te doden. Hij liep naar de hal en deed de deur open. Er stond een oudere man met een stok.

'Ik zoek meneer Falk', sprak hij resoluut. 'Ik heb een klacht.'

'Wie bent u?' vroeg Wallander.

'Ik ben Carl-Anders Setterkvist en ik ben de eigenaar van deze flat. Er zijn herhaaldelijk klachten geweest over lawaai en geren van militairen in het trappenhuis. Als meneer Falk er is, dan wil ik hem persoonlijk spreken.'

'Meneer Falk is dood', antwoordde Wallander, onnodig bruut.

Setterkvist keek hem vragend aan.

'Dood? Hoe bedoelt u?'

'Ik ben van de politie', zei Wallander. 'Van de recherche. Er is hier ingebroken. Tynnes Falk is dood. Hij is afgelopen maandagnacht gestorven. Het waren geen militairen die door het trappenhuis renden, maar politieagenten.'

Setterkvist leek even een inschatting te maken of Wallander de waarheid sprak of niet.

'Ik wil uw penning zien', zei hij resoluut.

'De penningen zijn jaren geleden al afgeschaft,' zei Wallander, 'maar u mag mijn legitimatie zien.'

Hij haalde die uit zijn zak. Setterkvist inspecteerde deze grondig.
Wallander vertelde in het kort wat er was gebeurd.
'Heel triest', zei Setterkvist. 'Hoe moet het nu met de appartementen?'
Wallander schrok op.
'De appartementen?'
'Ik heb altijd problemen wanneer er nieuwe huurders in komen. Je wilt natuurlijk graag weten wat voor mensen er intrekken. Vooral in een flat als deze, waar voornamelijk oudere mensen wonen.'
'Woont u hier zelf ook?'
Setterkvist was meteen op zijn teentjes getrapt.
'Ik woon in een villa buiten de stad.'
'Maar u zei "de appartementen"?'
'Wat had ik anders moeten zeggen?'
'Betekent dat dat Tynnes Falk meer dan één appartement huurt?'
Setterkvist gaf een teken met zijn stok dat hij binnen wilde komen. Wallander ging opzij.
'Ik wil u er wel aan herinneren dat hier is ingebroken en dat het nogal een bende is.'
'Bij mij is ook wel eens ingebroken', zei Setterkvist onaangedaan. 'Ik weet hoe het er dan kan uitzien.'
Wallander nam hem mee naar de keuken.
'Meneer Falk was een uitstekende huurder', zei Setterkvist. 'Nooit te laat met het betalen van de huur. Op mijn leeftijd verbaas je je nergens meer over, maar ik moet zeggen dat de klachten die ik de laatste dagen heb gekregen mij verbaasden. Daarom ben ik gekomen.'
'Hij had dus meer dan één appartement', herhaalde Wallander.
'Ik bezit een uitstekend oud pand aan Runnerströms Torg', zei Setterkvist. 'Daar huurde Falk een klein zolderappartement. Hij zei dat hij dat nodig had voor zijn werk.'
Dat kan het ontbreken van computers verklaren, dacht Wal-

lander. In dit appartement is er niet veel dat erop wijst dat hier bedrijfsactiviteiten plaatsvonden.

'Ik zou dat appartement willen bekijken', zei Wallander.

Setterkvist dacht even na. Vervolgens haalde hij de grootste sleutelbos te voorschijn die Wallander ooit had gezien. Setterkvist wist echter meteen welke sleutels hij moest hebben. Hij maakte ze van de bos los.

'U krijgt natuurlijk een ontvangstbewijs', zei Wallander.

Setterkvist schudde zijn hoofd.

'Je moet mensen kunnen vertrouwen', zei hij. 'Of beter gezegd: je moet op je eigen oordeel kunnen vertrouwen.'

Setterkvist beende weg. Wallander belde naar het bureau en vroeg om assistentie voor het verzegelen van de woning. Daarna ging hij rechtstreeks naar Runnerströms Torg. Het liep tegen zevenen. Er stonden nog steeds rukwinden. Wallander had het koud. De jas die hij van Martinson geleend had, was dun. Hij dacht aan het pistoolschot. Het was nog steeds onwerkelijk. Hij vroeg zich af hoe hij over enkele dagen zou reageren, wanneer in volle ernst tot hem was doorgedrongen hoe nabij de dood eigenlijk was geweest.

Het gebouw aan Runnerströms Torg was gebouwd in het begin van de twintigste eeuw en telde drie etages. Wallander ging aan de overkant staan om naar de dakramen van de zolderetage te kijken. Er brandden geen lichten. Voordat hij naar de ingang liep, keek hij rond. Er fietste een man langs. Daarna was hij alleen. Hij stak het plein over en opende de deur. Uit een appartement kwam muziek. Hij deed het licht in het trappenhuis aan. Toen hij op de bovenste verdieping kwam, was daar maar één deur. Een veiligheidsdeur zonder naambordje of brievenbus. Wallander luisterde. Alles was stil. Hij deed de deur van het slot. Hij bleef in de deuropening staan en luisterde of hij in het donker iets hoorde. Heel even meende hij dat hij binnen iemand hoorde ademen en hij maakte zich op om te vluchten, maar vervolgens realiseerde hij zich dat het verbeelding was. Hij deed het licht aan en duwde de deur achter zich dicht.

De kamer was groot, maar bijna helemaal leeg. Het enige wat er stond, waren een bureau en een stoel. Op het bureau stond een grote computer. Wallander liep ernaartoe. Naast de computer lag iets wat eruitzag als een plattegrond. Wallander deed de bureaulamp aan.

Na een poosje snapte hij wat het was.

De plattegrond stelde het transformatorstation voor waarin Sonja Hökberg dood was aangetroffen.

16

Wallander hield zijn adem in.
Hij zou het wel verkeerd zien. Die tekening stelde vast iets anders voor. Zijn twijfel verdween echter. Hij wist dat hij gelijk had. Voorzichtig legde hij het blad terug naast de grote computer met zijn donkere scherm. Hij zag zijn eigen gezicht weerspiegeld in het licht van de lamp. Op het bureau stond een telefoon. Hij zou eigenlijk iemand moeten bellen. Martinson of Ann-Britt. En Nyberg. Hij pakte de hoorn echter niet op. In plaats daarvan begon hij langzaam door de kamer te lopen. Hier heeft Tynnes Falk zitten werken, dacht hij. Achter een veiligheidsdeur die vast moeilijk te forceren blijkt als iemand dat probeert. Hier heeft hij zitten werken als ICT-consultant. Nog steeds heb ik geen idee wat zijn werk inhield. Op een avond ligt hij echter dood bij een bankautomaat. Zijn lichaam verdwijnt uit het mortuarium. En nu vind ik naast zijn computer een tekening van een transformatorstation.

Gedurende een duizelingwekkend moment meende Wallander een verklaring te zien, maar de wirwar aan details was te groot. Wallander liep door de kamer. Wat hebben we hier, dacht hij, en wat ontbreekt er? Een computer, een stoel, een bureau en een lamp. Er is een telefoon en een tekening. Maar geen boekenkasten. Geen ordners, geen boeken. Er ligt hier niet eens een pen.

Na een rondje door de kamer te hebben gelopen, keerde hij terug naar het bureau waar hij zijn hand om de lampenkap legde. Die draaide hij los en daarna bescheen hij langzaam de muren. Het licht van de lamp was sterk, maar hij kon geen bergplaatsen ontdekken. Hij ging op de stoel zitten. De stilte om hem heen was heel intens. De ramen en muren waren dik. Ook door de deur drong geen geluid binnen. Als hij Martinson bij zich had gehad, dan had hij hem gevraagd om de computer op te starten. Martinson zou dat geweldig hebben gevonden, maar Wallander zelf durfde er niet aan te komen. Opnieuw bedacht hij dat hij Martinson eigenlijk moest bellen. Maar hij aarzelde. Ik moet het bevatten, dacht hij. Dat is op dit moment het belangrijkste. In kortere tijd dan ik had durven hopen, heeft zich een groot aantal gebeurtenissen aaneengeregen. Het probleem is alleen dat ik niet in staat ben om te duiden wat ik zie.

Het liep inmiddels tegen achten. Uiteindelijk besloot hij Nyberg te bellen.

Er was niets aan te doen dat het avond was en dat Nyberg al een aantal etmalen vrijwel zonder te slapen aan het werk was. Velen zouden van mening zijn dat het onderzoek van het kantoor wel tot de volgende dag kon wachten, maar Wallander niet. Het gevoel dat er haast bij was, werd de hele tijd sterker. Hij belde Nyberg op zijn mobiele telefoon. Nyberg luisterde, maar gaf geen commentaar. Toen hij het adres had genoteerd, beëindigde Wallander het gesprek en liep naar beneden om hem op te wachten.

Nyberg kwam alleen met de auto. Wallander hielp hem bij het dragen van zijn koffers.

'Waar moet ik naar zoeken?' vroeg Nyberg toen ze in het appartement waren gekomen.

'Afdrukken. Verborgen plekken.'

'Dan roep ik voorlopig verder niemand op. Als foto's en een video-opname tenminste kunnen wachten?'

'Als dat morgen gebeurt, is het prima.'

Nyberg knikte en trok zijn schoenen uit. Uit een van zijn koffers haalde hij een paar speciaal vervaardigde plastic schoenen. Tot een jaar of wat geleden was Nyberg voortdurend ontevreden geweest over de voetbeschermers die hun ten dienste stonden. Ten slotte had hij zelf een model ontworpen en contact opgenomen met een producent. Wallander nam aan dat hij dat allemaal uit eigen zak betaald had.

'Ben jij goed in computers?' vroeg hij.

'Over hoe ze eigenlijk werken weet ik net zo weinig als wie

dan ook,' antwoordde Nyberg, 'maar ik kan hem wel aanzetten als je dat wilt.'

Wallander schudde zijn hoofd.

'Het is het veiligst als Martinson dat doet', zei hij. 'Hij zou het mij nooit vergeven als ik iemand anders aan een computer liet zitten.'

Vervolgens liet hij Nyberg het vel papier zien dat op het bureau lag. Nyberg zag meteen wat de tekening voorstelde. Vragend keek hij Wallander aan.

'Wat betekent dit? Heeft Falk dat meisje omgebracht?'

'Toen zij vermoord werd, was hij zelf al dood', antwoordde Wallander.

Nyberg knikte.

'Ik ben moe', zei hij. 'Ik haal de dagen, uren en gebeurtenissen door elkaar. Ik wacht nu alleen nog maar op mijn pensioen.'

Om de donder niet, dacht Wallander. Daar ben je bang voor.

Nyberg pakte een vergrootglas uit een van zijn koffers en ging aan het bureau zitten. Hij bestudeerde de tekening enkele minuten nauwkeurig. Wallander stond zwijgend te wachten.

'Dit is geen kopie', zei Nyberg ten slotte. 'Dit is een origineel.'

'Weet je het zeker?'

'Niet helemaal. Maar bijna honderd procent.'

'Dat zou dus betekenen dat iemand dit in een archief moet missen?'

'Ik weet niet of ik het goed begrepen heb,' zei Nyberg, 'maar ik heb wat gepraat met Andersson, die elektriciteitsmonteur. Over de beveiliging rond hoogspanningsleidingen. Het zou redelijkerwijs voor buitenstaanders onmogelijk moeten zijn om deze tekening te kopiëren. En nog lastiger om aan het origineel te komen.'

Wallander besefte dat Nyberg een belangrijke opmerking maakte. Als de tekening uit een archief was gestolen, kon dat nieuwe leidraden opleveren.

Nyberg stelde zijn werklicht op. Wallander besloot hem met rust te laten.

'Ik rij naar het politiebureau. Als je me nodig hebt, zit ik daar.'

Nyberg gaf geen antwoord. Hij was al aan het werk.

Toen Wallander beneden op straat kwam, merkte hij dat in zijn hoofd een ander besluit begon te rijpen. Hij zou niet naar het bureau rijden. Althans niet rechtstreeks. Marianne Falk had het gehad over een vrouw genaamd Siv Eriksson. Zij zou hem kunnen vertellen wat Tynnes Falk nou eigenlijk had gedaan als ICT-consultant en ze woonde vlak in de buurt. Daar had ze althans haar kantoor. Wallander liet zijn auto staan. Hij volgde Långgatan naar het centrum en toen hij bij Skansgränd was gekomen sloeg hij rechts af. De stad was verlaten. Twee keer bleef hij staan en draaide hij zich om, maar er was niemand achter hem. Er waren nog steeds rukwinden en hij had het koud. Onder het lopen dacht hij aan het pistoolschot. Hij vroeg zich af wanneer het echt tot hem zou doordringen dat het kantje boord was geweest. Hij vroeg zich ook af hoe hij dan zou reageren.

Toen hij bij het pand kwam dat Marianne Falk had aangeduid, zag hij meteen dat er een bord naast de deur hing. 'Sercon'. Siv Eriksson Consultancy, dacht hij.

Het kantoor was op de tweede verdieping gevestigd. Wallander belde aan bij de intercom en hoopte dat hij geluk had. Als het alleen maar een kantoor was, zou hij Siv Erikssons woonadres moeten opzoeken.

Er kwam vrijwel meteen een reactie. Wallander boog zich naar de intercom, noemde zijn naam en vertelde waarvoor hij kwam. De vrouw die op de bel had gereageerd zweeg, maar bij de deur klonk een zoemer. Wallander ging naar binnen.

Toen hij de trap opkwam, stond ze hem in de deuropening op te wachten. Hoewel hij door het licht uit de hal verblind werd, herkende hij haar meteen.

Hij had haar de vorige avond ontmoet, toen hij zijn voordracht hield. Hij had haar ook een hand gegeven, maar haar naam natuurlijk niet onthouden. Even ging het door zijn hoofd dat het vreemd was dat ze niet had gezegd dat ze met Falk had samengewerkt. Ze moest toch hebben geweten dat hij dood was.

Even voelde hij zich onzeker. Maar misschien wist ze toch nergens van? Misschien moest hij nu wel vertellen dat Falk overleden was?

'Het spijt me dat ik stoor', zei hij.

Ze liet hem binnen in de hal. Hij rook de geur van brandend hout. Nu kon hij haar goed opnemen. Ze was in de veertig, had halflang, donker haar en scherpe gelaatstrekken. De vorige avond was hij veel te nerveus geweest om serieus te bekijken hoe ze eruitzag. De vrouw die hij voor zich had, bracht hem echter in verlegenheid. Dat gebeurde alleen maar als hij een vrouw aantrekkelijk vond.

'Ik zal u uitleggen waarvoor ik kom', zei hij.

'Ik weet al dat Tynnes dood is. Marianne heeft me gebeld.'

Wallander vond dat ze er verdrietig uitzag. Zelf voelde hij zich opgelucht. Gedurende al zijn jaren bij de politie was hij aan het overbrengen van overlijdensberichten nooit gewend geraakt.

'Als collega's moet u elkaar goed gekend hebben', zei hij.

'Ja en nee', antwoordde ze. 'We waren goed bevriend. Zeer bevriend. Maar alleen waar het ons werk betrof.'

Wallander vroeg zich af of die vriendschap misschien nog verder was gegaan. Heel even voelde hij een vage steek van jaloezie.

'Ik neem aan dat het om iets belangrijks gaat, als de politie mij 's avonds opzoekt', zei ze terwijl ze Wallander een kleerhanger aanreikte.

Hij volgde haar naar een smaakvol gemeubileerde woonkamer. In de open haard brandde een vuur. Wallander kreeg het gevoel dat de meubels en schilderijen duur waren.

'Kan ik u iets aanbieden?'

Whisky, dacht Wallander. Die kan ik wel gebruiken.

'Dat is niet nodig', zei hij.

Hij ging in een hoek van een donkerblauwe bank zitten. Zij nam plaats in een fauteuil tegenover hem. Ze had mooie benen.

Hij voelde opeens dat ze merkte hoe hij keek.

'Ik kom net van het kantoor van Tynnes Falk', zei Wallander. 'Behalve een computer staat daar niets.'

'Tynnes was een asceet. Wanneer hij aan het werk was, wilde hij niets om zich heen hebben.'

'Daarom kom ik eigenlijk. Om te vragen wat hij deed. Of wat jullie deden.'

'We werkten samen. Maar niet altijd.'

'Laten we beginnen met wat hij deed wanneer hij alleen werkte.'

Wallander had spijt dat hij Martinson niet had gebeld. Er was een aanzienlijke kans dat hij antwoorden kreeg waar hij niets mee kon beginnen.

Het was natuurlijk nog niet te laat om contact met hem op te nemen, maar voor de derde keer die avond liet Wallander dat achterwege.

'Ik weet niet veel van computers', zei Wallander. 'Daarom moet u heel duidelijk zijn. Anders is de kans groot dat ik het niet snap.'

Ze nam hem glimlachend op.

'Dat verbaast me', zei ze. 'Toen ik gisteravond naar uw voordracht zat te luisteren, kreeg ik het gevoel dat computers tegenwoordig de trouwste bondgenoten van de politie zijn.'

'Dat geldt niet voor mij. Er zijn er onder ons ook nog steeds die hun tijd moeten besteden aan het praten met mensen. Niet alleen maar bestanden natrekken. Of e-mails versturen.'

Ze stond op, liep naar de haard en porde het vuur op. Wallander nam haar op. Toen ze zich omdraaide, keek hij snel naar zijn handen.

'Wat wilt u weten? En waarom wilt u het weten?'

Wallander besloot de tweede vraag het eerst te beantwoorden.

'We zijn er niet meer zeker van dat Tynnes Falk aan een of andere vorm van acute ziekte is overleden. Ook al zeiden de artsen in het begin dat het een hartinfarct was.'

'Een hartinfarct?'

Haar verbazing was volkomen oprecht. Wallander moest meteen denken aan de arts die hem had bezocht om bezwaar te maken.

'Het klinkt vreemd, dat er iets mis zou zijn met Tynnes' hart. Hij sportte heel veel.'

'Dat heb ik ook van anderen gehoord. Dat is ook de reden dat we het allemaal eens zijn gaan bekijken. De vraag is alleen wat het zou moeten zijn als we een acute aandoening uitsluiten. Een of andere vorm van geweldpleging ligt natuurlijk het meest voor de hand. Of een ongeluk. Dat hij is gestruikeld en toen met zijn hoofd zo ongelukkig is terechtgekomen dat hij daaraan is overleden.'

Ze schudde ongelovig haar hoofd.

'Tynnes zou nooit iemand bij zich in de buurt laten komen.'

'Wat bedoelt u daarmee?'

'Hij lette altijd goed op. Hij had het er vaak over dat hij zich op straat onveilig voelde. Dus daar was hij op voorbereid. En hij was heel snel. Hij had ook een Aziatische vechtsport geleerd waarvan ik de naam ben vergeten.'

'Hij sloeg bakstenen met de hand doormidden?'

'Zoiets.'

'U denkt dus dat het een ongeluk was?'

'Daar ga ik van uit.'

Wallander knikte zwijgend, waarna hij verderging.

'Er zijn ook andere redenen dat ik gekomen ben. Maar daar kan ik op dit moment helaas niet op ingaan.'

Ze had een glas rode wijn ingeschonken. Voorzichtig zette ze dat op de armleuning.

'U begrijpt natuurlijk wel dat ik nieuwsgierig word?'

'Toch kan ik niets zeggen.'

Leugens, dacht Wallander. Er staat mij niets in de weg om beduidend meer te vertellen. Ik zit hier gewoon interessant te doen.

Ze onderbrak zijn gedachten.

'Wat wilt u weten?'

'Wat deed hij?'

'Hij was een uitstekende systeeminnovator.'
Wallander stak zijn hand op.
'Hier houdt het al op. Wat houdt dat in?'
'Hij ontwierp computerprogramma's voor allerlei bedrijven. Of hij verbeterde en paste de bestaande programma's aan. Als ik zeg dat hij daar goed in was, dan meen ik dat ook. Hij heeft diverse aanbiedingen gehad voor hooggekwalificeerde opdrachten in Azië en de Verenigde Staten. Maar hij is er nooit op ingegaan. Ook al had hij er veel geld mee kunnen verdienen.'
'Waarom ging hij er niet op in?'
Ze keek opeens bezorgd.
'Dat weet ik eigenlijk niet.'
'Maar jullie hadden het er wel over?'
'Hij vertelde over de aanbiedingen die hij had gekregen. En wat voor salaris er werd geboden. Ik zou meteen ja hebben gezegd. Maar hij niet.'
'Maar hij zei niet waarom?'
'Hij wilde niet. Hij vond dat hij het niet hoefde te doen.'
'Hij beschikte dus over voldoende geld?'
'Dat geloof ik toch niet. Het kwam wel eens voor dat hij geld van mij moest lenen.'
Wallander fronste zijn voorhoofd. Iets zei hem dat ze in de buurt van iets belangrijks kwamen.
'Verder zei hij niets?'
'Nee. Hij vond dat hij het niet hoefde te doen. Zo zat dat gewoon. Als ik probeerde door te vragen kapte hij dat af. Hij kon soms fel zijn. Hij bepaalde waar de grens liep. Niet ik.'
Maar wat deed hij dan wel? dacht Wallander snel. Wat zat er eigenlijk achter wanneer hij opdrachten niet aannam?
'Wat was voor jullie bepalend om een opdracht samen uit te voeren?'
Haar antwoord verraste hem.
'Hoe saai het was.'
'Dat begrijp ik niet.'
'Er zijn altijd onderdelen van een klus die saai zijn. Tynnes kon heel ongeduldig zijn. Hij liet mij de saaie dingen doen.

Dan kon hij zich bezighouden met de moeilijke en spannende dingen. Het liefst iets heel nieuws. Wat nog nooit iemand bedacht had.'

'En daar nam u genoegen mee?'

'Je moet je beperkingen kennen. Voor mij was het niet zo saai. Ik beschik helemaal niet over zijn talenten.'

'Hoe hebben jullie elkaar leren kennen?'

'Tot mijn dertigste was ik huisvrouw. Toen ben ik gescheiden en heb ik een opleiding gevolgd. Tynnes hield een keer een lezing. Ik vond hem interessant. Ik heb hem gevraagd of hij mij ook kon gebruiken. Eerst zei hij van niet, maar een jaar later belde hij op. Onze eerste klus samen was een beveiligingssysteem voor een bank.'

'Wat hield dat in?'

'Tegenwoordig worden bedragen met een duizelingwekkende snelheid tussen rekeningen heen en weer gesluisd. Tussen personen en bedrijven, tussen banken in verschillende landen. Er zijn altijd mensen die in dergelijke systemen willen inbreken. De enige manier om dat tegen te gaan, is om voortdurend vóór te blijven. Dat is een strijd die onafgebroken gevoerd wordt.'

'Dat klinkt zeer geavanceerd.'

'Dat is het ook.'

'Tegelijkertijd moet ik erkennen dat het vreemd klinkt. Dat een ICT-consultant in Ystad in zijn eentje zulke ingewikkelde opdrachten kan uitvoeren.'

'Een van de grote voordelen van de nieuwe technologie is dat je je midden in de wereld bevindt ongeacht waar je toevallig woont. Tynnes voerde overleg met bedrijven, producenten van componenten en andere programmeurs over de hele wereld.'

'Vanuit zijn kantoor hier in Ystad?'

'Ja.'

Wallander wist niet zeker hoe hij verder zou gaan. Hij had nog steeds het gevoel niet echt te begrijpen wat Tynnes Falk had gedaan, maar hij besefte ook dat het zinloos was om te proberen dieper door te dringen in de wereld van de automatisering zonder Martinsons aanwezigheid. Ze moesten bovendien zo snel mogelijk contact opnemen met de ICT-afdeling van de Rijksrecherche.

Wallander besloot op een ander onderwerp over te stappen.

'Had hij vijanden?'

Hij nam haar op toen hij die vraag stelde, maar hij kon niets anders ontdekken dan verbazing.

'Voorzover ik weet niet.'

'Hebt u de laatste tijd ook iets bijzonders aan hem gemerkt?'

Ze dacht na voordat ze antwoord gaf.

'Hij was net als anders.'

'Hoe was hij dan?'

'Grillig. En hij werkte altijd veel.'

'Waar zagen jullie elkaar?'

'Hier. Nooit op zijn kantoor.'

'Waarom niet?'

'Als ik eerlijk ben, geloof ik dat hij een beetje smetvrees had. Bovendien had hij er een hekel aan dat iemand zijn vloer vies maakte. Volgens mij leed hij aan een schoonmaakmanie.'

'Ik krijg de indruk dat Tynnes Falk een nogal gecompliceerde persoonlijkheid was.'

'Als je er eenmaal aan gewend was geraakt niet. Hij was zoals mannen meestal zijn.'

Wallander nam haar belangstellend op.

'En hoe zijn mannen meestal?'

Ze glimlachte.

'Is dat een privé-vraag of heeft het met Tynnes Falk te maken?'

'Ik stel geen privé-vragen.'

Ze heeft me door, dacht Wallander. Maar daar is niets aan te doen.

'Mannen zijn soms kinderachtig en ijdel. Ook al houden ze stug het tegendeel vol.'

'Dat klinkt heel algemeen.'

'Ik meen wat ik zeg.'

'En zo was Tynnes Falk ook?'

'Ja. Maar niet alleen dat. Hij kon ook gul zijn. Hij betaalde me beter dan hij hoefde te doen. Maar op zijn humeur kon je geen peil trekken.'

'Hij was getrouwd geweest en had kinderen.'

'Over zijn gezin hadden we het nooit. Het heeft zeker een jaar geduurd voordat ik doorhad dat hij inderdaad getrouwd was geweest en twee kinderen had.'

'Had hij buiten zijn werk om ook hobby's?'

'Niet dat ik weet.'

'Niets?'

'Nee.'

'Maar hij zal toch wel vrienden hebben gehad?'

'Met de vrienden die hij had, communiceerde hij per computer. Ik heb in de vier jaar dat wij elkaar kenden, nooit gezien dat hij ook maar een ansichtkaart ontving.'

'Hoe kunt u dat weten? Als u hem nooit bezocht?'

Ze deed net of ze applaudisseerde.

'Dat is een goeie vraag. Zijn post kwam op mijn adres binnen. Het probleem was alleen dat er nooit iets kwam.'

'Helemaal niets?'

'U moet mijn antwoord letterlijk nemen. In al die jaren is er nooit één brief voor hem gekomen. Geen factuur. Niets.'

Wallander fronste zijn voorhoofd.

'Dat wil er bij mij moeilijk in. De post komt op uw adres binnen. Maar in al die jaren komt er niets?'

'Een enkele keer kwam er wel eens reclame voor Tynnes binnen die op zijn naam gesteld was, maar dat was dan ook alles.'

'Hij moet dus een ander postadres hebben gehad?'

'Waarschijnlijk wel. Maar ik ken het niet.'

Wallander dacht aan de twee appartementen van Falk. Op het adres aan Runnerströms Torg was niets te vinden geweest. Maar hij kon zich ook niet herinneren dat hij op Apelbergsgatan post had gezien.

'Dit moeten we uitzoeken', zei Wallander. 'Hij maakt ontegenzeglijk een zeer geheimzinnige indruk.'

'Sommige mensen houden er misschien niet van om post te

krijgen. Terwijl anderen het geweldig vinden om de brievenbus te horen klepperen.'

Wallander had opeens geen vragen meer. Tynnes Falk leek een mysterie. Ik ga te snel, dacht hij. Eerst moeten we kijken wat er in zijn computer zit. Als hij al een leven had, dan zullen we het daar vermoedelijk kunnen vinden.

Siv Eriksson schonk haar wijnglas bij en vroeg of hij van gedachten was veranderd. Wallander schudde zijn hoofd.

'U zei dat u goed bevriend was. Maar als ik het goed begrijp, was hij eigenlijk met niemand goed bevriend. Sprak hij echt nooit over zijn vrouw en kinderen?'

'Nee.'

'Wat zei hij als hij dat een enkele keer wel deed?'

'Dat waren alleen maar plotselinge en onverwachte opmerkingen. We waren bijvoorbeeld bezig met een opdracht en dan zei hij dat zijn dochter jarig was. Maar het had geen zin om verder te vragen. Dan kapte hij het af.'

'Bent u wel eens bij hem thuis geweest?'

'Nooit.'

Haar antwoord kwam snel en resoluut. Een beetje te snel. En een beetje te resoluut, dacht Wallander. Het is de vraag of er ondanks alles misschien niet toch iets meer is geweest tussen Tynnes Falk en zijn assistente.

Wallander zag dat het al negen uur was. Het vuur in de open haard begon uit te doven.

'Ik neem aan dat er de laatste dagen ook geen post voor hem is gekomen?'

'Niets.'

'Wat denkt u dat er is gebeurd?'

'Ik weet het niet. Ik had gedacht dat Tynnes oud zou worden. Dat was in ieder geval wel zijn streven. Het moet een ongeluk zijn geweest.'

'Hij kan geen ziekte hebben gehad waarvan u niet op de hoogte was?'

'Ja, natuurlijk, maar dat kan ik moeilijk geloven.'

Wallander overwoog of hij haar zou vertellen dat het lichaam van Tynnes Falk verdwenen was. Hij besloot echter om dat voorlopig niet te doen. In plaats daarvan sloeg hij een andere weg in.

'Er lag een tekening van een transformatorstation op zijn kantoor. Kent u die?'

'Ik weet nauwelijks wat dat is.'

'Een van de installaties van Sydkraft vlak bij Ystad.'

Ze dacht na.

'Ik weet dat hij opdrachten voor Sydkraft uitvoerde,' zei ze toen, 'maar daar ben ik nooit bij betrokken geweest.'

Er was een gedachte bij Wallander opgekomen.

'Ik wil dat u een lijst opstelt van de projecten waaraan u hebt samengewerkt', zei hij. 'En van de projecten die hij alleen deed.'

'Tot hoever terug?'

'Het laatste jaar. Begin daar maar mee.'

'Tynnes kan natuurlijk opdrachten hebben gehad waarvan ik niet wist.'

'Ik ga nog praten met zijn accountant', zei Wallander. 'Hij moet facturen hebben gestuurd naar zijn opdrachtgevers. Maar toch wil ik graag die lijst hebben.'

'Nu?

'Morgen is ook goed.'

Ze stond op en porde het vuur op. In gedachten probeerde Wallander snel een contactadvertentie op te stellen waarop Siv Eriksson zou reageren. Ze ging weer in haar fauteuil zitten.

'Hebt u honger?'

'Nee. Ik ga zo weg.'

'Het lijkt me niet dat mijn antwoorden u verder hebben geholpen.'

'Ik weet nu meer over Tynnes Falk dan toen ik kwam. Voor recherchewerk moet je geduld kunnen opbrengen.'

Hij bedacht dat hij meteen moest vertrekken. Hij had geen verdere vragen meer. Hij stond op.

'U hoort nog weer van mij', zei hij. 'Maar ik zou het dus fijn vinden om die lijst morgen te krijgen. U kunt hem naar mij faxen op het politiebureau.'

'Mag het ook per e-mail?'
'Dat mag vast wel. Maar ik weet niet hoe dat moet of wat het politiebureau voor nummer of adres heeft.'
'Dat zoek ik wel uit.'
Ze liep met hem mee naar de hal. Wallander trok zijn jas aan.
'Heeft Tynnes Falk het wel eens met u over nertsen gehad?' vroeg hij.
'Waarom in vredesnaam?'
'Ik vroeg het me gewoon af.'
Ze deed de voordeur open. Wallander had heel sterk het gevoel dat hij het liefst van alles was gebleven. Dat knaagde aan hem.
'U hebt een goede lezing gehouden,' zei ze, 'maar u was wel ontzettend nerveus.'
'Soms word je dat', antwoordde Wallander. 'Wanneer je in je eentje bent overgeleverd aan zo veel vrouwen.'
Ze namen afscheid. Wallander liep de straat op. Net toen hij de deur van de portiek achter zich dichttrok, ging zijn mobiele telefoon. Het was Nyberg.
'Waar zit je?'
'In de buurt. Hoezo?'
'Ik denk dat je maar beter hiernaartoe kunt komen.'
Nyberg verbrak de verbinding. Wallander voelde dat zijn hart sneller begon te slaan. Nyberg belde alleen wanneer het belangrijk was.
Er was dus iets gebeurd.

17

Het kostte Wallander minder dan vijf minuten om terug te keren naar het huis aan Runnerströms Torg. Toen hij bij het pand aankwam, stond Nyberg in de deuropening te roken. Pas toen realiseerde Wallander zich in alle ernst hoe moe Nyberg was. Hij rookte alleen wanneer hij zo hard gewerkt had dat hij er bijna flauw van viel. Wallander wist nog wanneer dat voor het laatst was gebeurd. Een paar jaar geleden, tijdens het moeizame moordonderzoek dat was geëindigd met de aanhouding van Stefan Fredman. Nyberg had op een steiger bij een meer gestaan, waaruit ze juist een lijk hadden opgedregd. Opeens was hij voorover gevallen. Wallander had gemeend dat Nyberg een hartinfarct kreeg en doodging, maar na enkele seconden had hij zijn ogen weer opgeslagen. Hij had om een sigaret gevraagd en die vervolgens zwijgend opgerookt. Daarna was hij met het onderzoek van de plaats van het delict verdergegaan zonder een woord te zeggen.

Nyberg trapte zijn sigaret uit en maakte met zijn hoofd een beweging naar Wallander dat hij hem moest volgen.

'Ik ben begonnen met het bekijken van de muren', zei Nyberg. 'Er klopte iets niet. Dat is soms zo met oude huizen. Dan zijn ze verbouwd en dan klopt daardoor het oorspronkelijke bouwkundige ontwerp van de architect niet meer. Maar hoe dan ook, ik ben begonnen met meten. En toen ontdekte ik dit.'

Nyberg leidde Wallander naar een van de korte zijden van de kamer. Daar zat een hoek die uitstak, alsof er een oud rookkanaal liep.

'Ik heb het aan alle kanten beklopt', vervolgde Nyberg. 'Het klonk hol. En toen vond ik dit.'

Nyberg wees op de plint langs de vloer. Wallander ging op

zijn hurken zitten. De plint was met een onzichtbare naad in tweeën gedeeld. Hij zag ook een spleet in de muur die met plakband en een dun verflaagje gecamoufleerd werd.

'Heb je gezien wat erachter zit?'

'Ik wilde op jou wachten.'

Wallander knikte. Nyberg trok het plakband er voorzichtig af. Er zat een lage deur, van ongeveer anderhalve meter hoog. Hij stapte opzij. Wallander duwde de deur open. Die liep geruisloos. Nyberg scheen met een zaklamp over zijn schouder.

De verborgen kamer was groter dan Wallander had verwacht. Hij vroeg zich af of Setterkvist ervan op de hoogte was. Hij nam de zaklamp van Nyberg over en scheen rond. Al snel had hij de lichtschakelaar gevonden.

De kamer was misschien acht vierkante meter groot. Er zaten geen ramen in, maar er was wel een ventilatiekanaal. Afgezien van een tafel die op een altaar leek, was de kamer leeg. Op de tafel stonden twee kandelaars. Op een foto die achter de kaarsen aan de muur hing, was Tynnes Falk afgebeeld. Wallander kreeg het gevoel dat de foto ook in deze kamer gemaakt was. Wallander vroeg Nyberg de zaklamp vast te houden terwijl hij de foto bestudeerde. Tynnes Falk keek recht in de camera. Zijn gezicht stond ernstig.

'Wat heeft hij in zijn hand?' vroeg Nyberg.

Wallander zette zijn bril op en bekeek toen de foto van dichterbij.

'Ik weet niet wat jij denkt,' zei hij terwijl hij zijn rug rechtte, 'maar volgens mij houdt hij een afstandsbediening in zijn hand.'

Hij liet Nyberg kijken. Die kwam algauw tot dezelfde conclusie. Tynnes Falk had inderdaad een gewone afstandsbediening in zijn hand.

'Vraag me niet om uit te leggen wat ik zie', zei Wallander. 'Ik snap er net zomin wat van als jij.'

'Aanbad hij zichzelf?' zei Nyberg niet-begrijpend. 'Was die man gek?'

'Ik weet het niet', antwoordde Wallander.

Ze verlieten het altaar en keken in de kamer rond. Verder was er niets. Alleen dit altaartje. Wallander trok een paar plastic handschoenen aan die Nyberg had gepakt, waarna hij voorzichtig de foto van de muur haalde en de achterkant bekeek. Er stond niets op. Hij gaf de foto aan Nyberg.

'Jij moet hem verder bekijken.'

'Misschien is dit een kamer die deel uitmaakt van een systeem', zei Nyberg aarzelend. 'Als Chinese dozen. Als we één verborgen kamer vinden, vinden we er misschien meer.'

Samen doorzochten ze de kamer, maar de muren waren stevig. Er was niet nog een verborgen deur.

Ze keerden terug naar de grotere kamer.

'Heb je nog iets anders gevonden?' vroeg Wallander.

'Niets. Het is alsof hier pas nog is schoongemaakt.'

'Tynnes Falk was een propere man', zei Wallander. Hij moest denken aan wat er in het logboek had gestaan en wat Siv Eriksson had verteld.

'Ik geloof niet dat ik vanavond nog veel kan doen', zei Nyberg. 'Maar we gaan hier morgenochtend vroeg natuurlijk verder.'

'Dan halen we Martinson erbij', zei Wallander. 'Ik wil weten wat er in die computer zit.'

Wallander hielp Nyberg met het inpakken van zijn spullen.

'Hoe kan iemand zichzelf nou verdomme aanbidden?' zei Nyberg verontwaardigd toen ze klaar waren en wilden weggaan.

'Daar zijn veel voorbeelden van', antwoordde Wallander.

'Over een paar jaar maak ik dit allemaal niet meer mee', zei Nyberg. 'Gekken die altaren oprichten om zichzelf te aanbidden.'

Ze laadden de koffers in Nybergs auto. De wind was aangewakkerd. Wallander knikte en keek Nyberg na. Het liep inmiddels tegen halfelf. Hij had honger. De gedachte om naar huis te rijden en te gaan koken, stond hem tegen. Hij stapte in zijn auto en reed naar de snackbar aan Malmövägen die open was. Een paar jongens waren bezig met een flipperkast. Wallander had zin om hen te vragen niet zoveel lawaai te maken, maar hij zei niets. Voorzichtig wierp hij een blik op de voorpagina's van de kranten. Niets over hemzelf. Hij durfde ze echter niet open te slaan. Hij wilde niet kijken. Er stond vast iets in. Misschien was de fotograaf erin geslaagd om meer dan die ene foto te nemen? Misschien had de moeder van Eva Persson nieuwe uitlatingen gedaan met nieuwe leugens.

Hij nam de worstjes en de aardappelpuree mee naar zijn auto. Al bij de eerste hap knoeide hij mosterd over Martinsons jas. Zijn eerste impuls was om het portier te openen en alles naar buiten te smijten. Hij kalmeerde echter.

Toen hij klaar was met eten, kon hij niet besluiten of hij naar huis zou rijden of naar het bureau zou gaan. Eigenlijk moest hij nu slapen. Zijn onrust verliet hem echter niet. Hij reed naar het bureau. Er was niemand in de kantine. De koffieautomaat was gerepareerd, maar iemand had er een boos briefje aan gehangen dat je niet te hard aan de hendels mocht trekken.

Welke hendels? dacht Wallander gelaten. Het enige wat ik doe, is mijn kopje eronder zetten en op een knop drukken. Hendels heb ik nooit gezien. Hij nam zijn koffie mee. De gang lag er verlaten bij. Hoeveel eenzame avonden hij in al die jaren op zijn kamer had doorgebracht, wist hij niet.

Ooit, toen hij nog met Mona getrouwd was en Linda nog klein was, was Mona woedend naar hem toegekomen om te zeggen dat hij nu moest kiezen tussen zijn werk en zijn gezin. Hij was toen meteen met haar meegegaan naar huis. Maar hij had dat ook vele malen niet gedaan.

Hij nam Martinsons jas mee naar de toiletten en probeerde hem schoon te maken. Dat lukte niet. Hij keerde terug naar zijn kamer en pakte een blocnote. Het volgende halfuur besteedde hij aan het maken van een verslag van zijn gesprek met Siv Eriksson. Toen hij klaar was, geeuwde hij lang en omstandig. Het was halftwaalf. Eigenlijk zou hij naar huis moeten gaan. Als hij zijn werk wilde volhouden moest hij slapen. Hij dwong zichzelf echter om door te lezen wat hij had opgeschreven. Daarna bleef hij zitten. Hij piekerde over de vreemde persoonlijkheid van Tynnes Falk. Over de geheime kamer waarin een altaar stond met Falks eigen gezicht als godsbeeld. En over het feit dat niemand wist waar hij zijn post liet komen. Siv Eriksson had ook iets gezegd dat zich in zijn geheugen had gegrift, realiseerde hij zich.

Tynnes Falk was niet ingegaan op de aanlokkelijke aanbiedingen die hij had gekregen. Omdat hij al voldoende bezat.

Hij keek op zijn horloge. Twintig voor twaalf. Het was laat om te bellen, maar iets zei hem dat Marianne Falk nog niet sliep. Hij bladerde door zijn paperassen totdat hij haar telefoonnummer had gevonden. Toen de telefoon vijf keer was overgegaan en hij op het punt stond te accepteren dat ze sliep, werd er opgenomen. Wallander noemde zijn naam en verontschuldigde zich voor het feit dat hij zo laat belde.

'Ik ga nooit vóór enen naar bed', zei Marianne Falk. 'Maar er belt natuurlijk bijna nooit iemand rond middernacht op.'

'Ik heb een vraag', zei Wallander. 'Heeft Tynnes Falk een testament laten opmaken?'

'Voorzover ik weet niet.'

'Kan het zijn dat er een testament is zonder dat u daarvan op de hoogte bent?'

'Natuurlijk. Maar dat geloof ik niet.'

'Waarom niet?'

'Toen we gingen scheiden, hebben we een boedelverdeling gemaakt die enorm in mijn voordeel uitpakte. Ik had bijna het gevoel dat het een voorschot was op een erfenis waarop ik nooit recht zou hebben. Onze kinderen zijn natuurlijk automatisch zijn erfgenaam.'

'Dat wilde ik u gewoon even vragen.'

'Is zijn lichaam al gevonden?'

'Nog niet.'

'En de man die heeft geschoten?'

'Die ook nog niet. Het probleem is dat we geen signalement hebben. We weten niet eens zeker of het wel een man was. Ook al denken u en ik dat allebei.'

'Het spijt me dat ik geen beter antwoord kon geven.'

'We zullen natuurlijk uitzoeken of er niet toch een testament is.'
'Ik heb veel geld gekregen', zei ze opeens. 'Miljoenen. De kinderen zullen er ook wel op rekenen dat ze een heleboel krijgen.'
'Tynnes was dus rijk?'
'Voor mij kwam het als een volslagen verrassing dat hij mij zo veel kon geven toen we gingen scheiden.'
'Hoe verklaarde hij het dat hij zo'n groot vermogen had?'
'Hij zei dat hij een paar lucratieve opdrachten in de Verenigde Staten had gehad. Maar dat was natuurlijk niet waar.'
'Waarom niet?'
'Hij is nooit in de Verenigde Staten geweest.'
'Hoe weet u dat?'
'Ik heb zijn paspoort een keer gezien. Er zaten geen visa in. Geen stempels.'
Toch kan hij best zaken hebben gedaan met de Verenigde Staten, dacht Wallander. Erik Hökberg zit in zijn woning geld in verre landen te verdienen. Dat kan ook best voor Tynnes Falk opgaan.
Wallander verontschuldigde zich nog een keer en beëindigde het gesprek. Hij geeuwde. Het was nu twee minuten voor middernacht. Hij trok zijn jas aan en deed het licht uit. Toen hij bij de receptie kwam, stak een van de agenten die nachtdienst had zijn hoofd om de deur van de meldkamer.
'Ik geloof dat ik iets voor je heb', zei hij.
Wallander kneep stevig zijn ogen dicht en hoopte dat er niet iets was gebeurd wat hem de hele nacht uit zijn slaap zou houden. Hij ging de meldkamer binnen. De agent stak hem de hoorn van de telefoon toe.
'Blijkbaar heeft iemand een lijk gevonden', zei hij.
Niet wéér, dacht Wallander. Dat kunnen we niet hebben. Niet nu.
Hij pakte de hoorn aan.
'Met Kurt Wallander. Wat is er gebeurd?'
De man die aan de lijn was, was erg van streek. Hij gilde.

Wallander hield de hoorn een stukje bij zijn oor vandaan.

'Spreek langzaam', zei Wallander. 'Rustig en langzaam. Anders kunnen we niets doen.'

'Ik ben Nils Jönsson. Er ligt hier een dode man op straat.'

'Waar ergens?'

'In Ystad. Ik struikelde over hem. Hij is naakt en hij is dood. Het ziet er afschuwelijk uit. Dit wil je niet meemaken. Ik heb het aan mijn hart.'

'Langzaam', herhaalde Wallander. 'Langzaam en rustig. U zegt dat er een dode, naakte man op straat ligt?'

'Hoort u niet wat ik zeg?'

'Jawel, ik hoor u. Welke straat?'

'Ik weet verdomme niet hoe die parkeerplaats heet.'

Wallander schudde zijn hoofd.

'Hebt u het over een parkeerplaats? Niet over een straat?'

'Het is geloof ik een soort mengeling.'

'Waar is het ergens?'

'Ik ben gewoon op doorreis vanuit Trelleborg. Ik moet naar Kristianstad. Ik wilde tanken. En toen lag hij daar.'

'Hebt u het over een benzinestation? Waar belt u vandaan?'

'Ik zit in mijn auto.'

Wallander begon te hopen dat de man dronken was. Dat het allemaal verbeelding was. De man was echter oprecht geschokt.

'Als u door het raam van uw auto naar buiten kijkt, wat ziet u dan?'

'Een of ander warenhuis.'

'Staat er ook een naam op?'

'Dat zie ik niet. Maar ik ben bij de invalsweg de stad binnengereden.'

'Welke invalsweg?'

'Naar Ystad natuurlijk.'

'Maar komend vanuit de richting van Trelleborg?'

'Vanuit Malmö. Ik heb de grote weg genomen.'

Heel langzaam was er uit Wallanders onderbewuste een gedachte bovengekomen, maar hij kon nog steeds moeilijk geloven dat die waar kon zijn.

'Ziet u vanuit uw auto ook een bankautomaat?' vroeg hij.
'Dat is de plek waar hij ligt. Op het asfalt.'
Wallander hield zijn adem in. Toen de man bleef praten, gaf hij de hoorn aan de agent, die nieuwsgierig had meegeluisterd.
'Het is dezelfde plek als waar we Tynnes Falk hebben gevonden', zei Wallander. 'De vraag is nu of we hem nog een keer hebben gevonden.'
'Uitrukken met groot materieel dus?'
Wallander schudde zijn hoofd.
'Bel Martinson. Maak hem wakker. En Nyberg. Maar die zal nog wel niet slapen. Hoeveel auto's zijn er op dit moment aan het surveilleren?'
'Twee. Eentje zit in Hedeskoga om te bemiddelen bij een familieruzie. Een verjaardagsfeest dat uit de hand gelopen is.'
'En de andere?'
'Die is in de stad.'
'Ze moeten zo snel mogelijk naar de parkeerplaats aan Missunnavägen. Ik ga er op eigen gelegenheid naartoe.'
Wallander verliet het politiebureau. Hij had het koud in de te dunne jas. Tijdens het autoritje, dat maar een paar minuten duurde, vroeg hij zich af wat hem te wachten stond. Maar in zijn hart wist hij het eigenlijk al zeker. Het was Tynnes Falk, die was teruggekeerd naar de plaats waar hij dood was gevonden.

Wallander en de opgeroepen surveillancewagen arriveerden bijna tegelijkertijd. Wallander zag een man uit een rode Volvo springen en met zijn armen zwaaien. Nils Jönsson uit Trelleborg. Op weg naar Kristianstad. Wallander stapte uit. De man kwam hem roepend en wijzend tegemoet. Wallander rook dat hij een slechte adem had.
'Wacht hier', snauwde hij.
Vervolgens liep hij in de richting van de bankautomaat.
De man die op het asfalt lag, was naakt. En het was Tynnes Falk. Hij lag op zijn buik met zijn handen onder zich. Zijn hoofd was naar links gedraaid. Wallander zei tegen de politieagenten dat ze de boel moesten afzetten. Hij vroeg hen ook om

alle gegevens van Nils Jönsson te noteren. Dat kon hij zelf niet opbrengen. Nils Jönsson had vast ook niets belangrijks te vertellen. Degene of degenen die het dode lichaam hier hadden neergelegd hadden vast een moment gekozen waarop niemand zag wat ze deden. Maar de winkels hadden nachtwakers in dienst. Toen Tynnes Falk de eerste keer werd gevonden, was het een nachtwaker geweest die alarm had geslagen.

Wallander had nog nooit zoiets meegemaakt. Een sterfgeval dat zich herhaalde. Een lijk dat terugkeerde.

Hij snapte er niets van. Langzaam liep hij rond het lichaam, alsof hij verwachtte dat Tynnes Falk opeens zou opstaan.

Eigenlijk ligt hier een godsbeeld, dacht hij.

Je aanbad jezelf. En volgens Siv Eriksson was je van plan heel oud te worden. Maar je hebt niet eens zolang geleefd als ik.

Nyberg kwam aanrijden. Hij bleef lang naar het lichaam staren. Daarna keek hij Wallander aan.

'Hij was toch dood? Hoe komt het dan dat hij nu hier weer ligt? Wil hij soms hier bij de bankautomaat begraven worden?'

Wallander gaf geen antwoord. Hij wist niet wat hij moest zeggen. Hij zag dat Martinson afremde achter een van de politiewagens en liep naar hem toe.

Martinson stapte uit, gekleed in een trainingspak. Met een blik van afkeuring keek hij naar de vlek op de jas die Wallander aanhad. Hij zei echter niets.

'Wat is er gebeurd?'

'Tynnes Falk is teruggekeerd.'

'Is dit een grap?'

'Ik spreek meestal de waarheid. Tynnes Falk ligt op de plek waar hij is gestorven.'

Ze liepen in de richting van de bankautomaat. Nyberg was aan het telefoneren. Hij was bezig een van zijn technici wakker te maken. Wallander vroeg zich somber af of hij Nyberg weer van uitputting zou zien flauwvallen.

'Eén ding is belangrijk', zei Wallander. 'Ik wil dat je je probeert te herinneren of hij ook zo lag toen jullie hem de eerste keer vonden.'

Martinson knikte en liep langzaam rond het lichaam. Wallander wist dat Martinson een goed geheugen had, maar deze schudde zijn hoofd.

'Hij lag wat verder weg van de automaat. En zijn ene been lag gebogen.'

'Weet je het zeker?'

'Ja.'

Wallander dacht na.

'Eigenlijk hoeven we niet op een dokter te wachten', zei hij na een poosje. 'De man is bijna een week geleden doodverklaard. Ik denk dat we het lichaam wel mogen omdraaien zonder dat we van grove nalatigheid worden beticht.'

Martinson twijfelde. Wallander was echter vastbesloten. Hij zag geen reden om te wachten. Nadat Nyberg een paar foto's had genomen, draaiden ze het lichaam om. Martinson deinsde terug. Het duurde een paar seconden voordat Wallander zag waarom. Aan iedere hand ontbrak een vinger. Aan de rechterhand de wijsvinger, aan de linker de middelvinger. Hij kwam overeind.

'Met wat voor mensen hebben we eigenlijk te maken?' steunde Martinson. 'Lijkenschenders?'

'Ik weet het niet. Maar dit heeft natuurlijk wel iets te betekenen. Net als het feit dat iemand de moeite heeft genomen het lijk te ontvoeren. En het daarna hier terug te leggen.'

Martinson zag bleek. Wallander nam hem even apart.

'We moeten die nachtwaker te pakken zien te krijgen die hem de eerste keer vond', zei hij. 'We moeten ook hun werkschema's zien. Wanneer komen ze langs deze plek? Dan zullen we kunnen vaststellen wanneer hij hier is beland.'

'Wie heeft hem ditmaal gevonden?'

'Ene Nils Jönsson uit Trelleborg.'

'Wilde hij geld opnemen?'

'Hij beweert dat hij moest tanken. Bovendien heeft hij het aan zijn hart.'

'Het zou mooi zijn als hij niet hier ter plekke dood bleef', zei Martinson. 'Ik geloof niet dat ik dat erbij kan hebben.'

Wallander ging met de agent praten die de gegevens van Nils Jönsson had opgenomen. Zoals Wallander al had voorzien was hem verder niets bijzonders opgevallen.

'Wat moeten we met hem doen?'

'Stuur hem maar weg. We hebben hem niet meer nodig.'

Wallander hoorde hoe Nils Jönsson met gierende banden vertrok. Hij vroeg zich afwezig af of de man ooit in Kristianstad zou arriveren. Of dat zijn hart het onderweg zou begeven.

Martinson had inmiddels met de bewakingsfirma gesproken.

'Er is hier om elf uur iemand langsgekomen', zei hij.

Het was nu halfeen. Wallander herinnerde zich dat de melding om twaalf uur was binnengekomen. Nils Jönsson had gezegd dat het ongeveer kwart voor twaalf was geweest toen hij het lijk had ontdekt. Dat kon kloppen.

'Het lichaam heeft hier hoogstens een uur gelegen', zei Wallander. 'En ik heb het stellige gevoel dat degenen die hem hier hebben neergelegd, wisten wanneer de nachtwakers passeerden.'

'"Degenen"?'

'Het moeten er meer dan één zijn geweest', zei Wallander. 'Daar ben ik van overtuigd.'

'Hoeveel kans denk je dat er is dat we getuigen zullen vinden?'

'Weinig. Er woont hier niemand die iets door het raam kan hebben gezien. En wie houdt er zich hier zo laat op de avond nog buiten op?'

'Mensen die hun hond uitlaten.'

'Misschien.'

'Ze kunnen een auto hebben gezien. Iets ongewoons. Eigenaars van honden zijn gewoontemensen die het liefst iedere dag op dezelfde tijd hetzelfde rondje maken. Die merken het vast als ze op een avond iets afwijkends zien.'

Wallander was het daar mee eens. Het kon het proberen waard zijn.

'We zetten hier morgenavond iemand neer', zei hij. 'Om eventuele hondeneigenaars aan te houden. Of hardlopers.'

'Hanson is gek op honden', zei Martinson.

Dat ben ik ook, dacht Wallander. Maar ik ben toch blij als ik hier morgenavond niet hoef rond te lopen.

Bij de afzettingen remde een auto af. Een jongeman in een trainingspak dat leek op dat van Martinson stapte uit. Wallander vroeg zich af of hij langzamerhand omringd raakte door een voetbalploeg.

'De nachtwaker', zei Martinson. 'Van de nacht van zondag op maandag. Vanavond was hij vrij.'

Hij liep naar hem toe om met hem te praten. Wallander keerde terug naar het dode lichaam.

'Iemand heeft hem twee vingers afgesneden', zei Nyberg. 'Het wordt steeds erger.'

Wallander knikte.

'Ik weet dat je geen arts bent, maar je gebruikte het woord "snijden"?'

'Dit zijn zuivere snijvlakken. Het kan natuurlijk ook een krachtige tang zijn geweest. Dat moet de dokter maar beslissen. Ze komt eraan.'

'Susanne Bexell?'

'Ik weet het niet.'

Na een halfuur kwam ze. En het was Bexell. Wallander legde uit wat er was gebeurd. Tegelijkertijd arriveerde de agent met de hond, waar Nyberg achteraan had gebeld. Die moesten naar de vingers zoeken.

'Ik weet eigenlijk niet wat ik hier doe', zei de dokter toen Wallander zweeg. 'Dood is hij toch al.'

'Ik wil dat je naar zijn handen kijkt. Er zijn twee vingers afgesneden.'

Nyberg had weer een sigaret opgestoken. Wallander verwonderde zich erover dat hij zichzelf niet vermoeider voelde dan hij deed. De hond was samen met zijn geleider gaan zoeken. Wallander herinnerde zich vaag een andere hond die ooit een zwarte vinger had gevonden. Hoelang geleden was dat? Hij wist het niet meer. Het kon vijf jaar geleden zijn, maar ook tien.

De arts werkte snel.

'Ik denk dat iemand ze er met een tang heeft afgeknepen', zei ze. 'Maar of dat hier is gebeurd of ergens anders, kan ik niet zeggen.'

'Hier is het niet gebeurd', zei Nyberg resoluut.

Niemand sprak hem tegen. Er was echter ook niemand die vroeg hoe hij zo zeker van zijn zaak kon zijn.

De dokter was klaar. De lijkwagen was gekomen. Het lichaam kon worden afgevoerd.

'Ik wil liever niet dat de pathologen hem weer kwijtraken', zei Wallander. 'Het zou goed zijn als de man nu begraven kon worden.'

De dokter en de lijkwagen vertrokken. De hond had het ook opgegeven.

'Een paar vingers had hij wel gevonden', zei de hondengeleider. 'Die mist hij niet.'

'Toch vind ik dat we morgen dit hele gebied moeten uitkammen', zei Wallander, terwijl hij dacht aan de handtas van Sonja Hökberg. 'Degene die de vingers eraf heeft geknepen, kan ze een stuk verderop hebben weggegooid. Om het ons een beetje moeilijker te maken.'

Het was kwart voor twee. De nachtwaker was naar huis gegaan.

'Hij dacht het ook', zei Martinson. 'Het lichaam lag anders dan de vorige keer.'

'Dat kan ten minste twee dingen betekenen', zei Wallander. 'Of ze vonden het niet belangrijk om het lichaam precies zo neer te leggen als de vorige keer. Of ze wisten gewoon niet hoe het toen lag.'

'Maar waarom? Waarom moest dat lichaam weer terug hiernaartoe?'

'Dat weet ik niet. Het heeft nu trouwens ook niet zo veel zin meer om hier te blijven. We moeten slapen.'

Nyberg was voor de tweede keer die avond bezig zijn koffers in te pakken. De plek zou afgezet blijven tot de volgende dag.

'We zien elkaar morgen om acht uur', zei Wallander.

Daarna ging ieder zijns weegs.

Wallander reed naar huis en zette thee. Hij dronk een half kopje leeg en ging toen naar bed. Hij had pijn in zijn rug en benen. Buiten voor het raam zwaaide de straatlantaarn heen en weer.

Precies toen hij op het punt stond in slaap te vallen, werd hij weer naar de oppervlakte gerukt. Eerst wist hij niet waardoor zijn aandacht was gewekt. Hij luisterde. Daarna besefte hij echter dat het van binnenuit kwam.

Er was iets met die afgeknipte vingers.

Hij ging rechtop in bed zitten. Het was twintig minuten over twee.

Ik wil het nu weten, dacht hij. Ik wil niet tot morgen wachten.

Hij stapte uit bed en liep naar de keuken. De telefoongids lag op tafel.

In minder dan een minuut had hij het nummer gevonden dat hij zocht.

18

Siv Eriksson sliep.
Wallander hoopte dat hij haar niet losrukte uit dromen die ze niet wilde verlaten. Pas toen de telefoon elf keer was overgegaan, nam ze op.
'U spreekt met Kurt Wallander.'
'Met wie?'
'Ik heb u gisteravond bezocht.'
Ze leek langzaam wakker te worden.
'O, de politie. Hoe laat is het?'
'Halfdrie. Ik zou niet hebben gebeld als het niet belangrijk was.'
'Is er iets gebeurd?'
'We hebben het lichaam gevonden.'
Hij hoorde een schurend geluid. Ze zou wel rechtop in bed zijn gaan zitten, dacht hij.
'Zeg dat nog eens.'
'We hebben het lichaam van Tynnes Falk gevonden.'
Op hetzelfde moment realiseerde Wallander zich dat ze niet wist dat het lichaam ontvoerd was geweest. Hij was zo moe dat hij vergeten was dat hij haar dat tijdens zijn bezoek niet had verteld.
Hij vertelde het nu. En zij luisterde zonder hem te onderbreken.
'Moet ik dit geloven?' vroeg ze toen hij zweeg.
'Ik besef dat het raar klinkt, maar het is ongelogen waar.'
'Wie doet er nou zoiets? En waarom?'
'Dat vragen wij ons ook af.'
'En jullie hebben zijn lichaam dus op dezelfde plek teruggevonden als waar hij stierf?'
'Ja.'

'Goeie genade!'
Hij hoorde haar een zucht slaken.
'Maar hoe is hij daar dan terechtgekomen?'
'Dat weten we nog niet. Maar nu bel ik omdat ik iets anders moet weten.'
'Bent u van plan hiernaartoe te komen?'
'We kunnen het wel telefonisch doen.'
'Wat wilt u weten? Slaapt u nooit?'
'Soms is het een beetje hectisch. De vraag die ik u ga stellen komt misschien vreemd over.'
'Ik vind u helemaal vreemd overkomen. Net zo vreemd als wat u vertelt. Sorry dat ik zo eerlijk ben, zo midden in de nacht.'
Wallander raakte van zijn stuk.
'Ik begrijp geloof ik niet goed wat u bedoelt.'
Ze schoot in de lach.
'U hoeft het niet zo serieus op te nemen. Maar mensen die een drankje afslaan hoewel je aan alle kanten kunt zien dat ze dorst hebben, vind ik vreemd. Net zo vreemd als dat ze iets te eten afslaan, hoewel je van verre al kunt zien dat ze honger hebben.'
'Ik had heus geen honger of dorst. Als u mij bedoelt.'
'Wie zou ik anders bedoelen?'
Wallander vroeg zich af waarom hij niet gewoon de waarheid zei. Waar was hij eigenlijk bang voor? Hij betwijfelde ook of ze hem wel geloofde.
'Heb ik u nu gekwetst?'
'Helemaal niet', antwoordde hij. 'Maar mag ik nu mijn vraag stellen?'
'Ik ben er klaar voor.'
'Kunt u ook vertellen hoe het eruitzag als Tynnes Falk het toetsenbord van zijn computer gebruikte?'
'Was dat uw vraag?'
'Ja. En ik wil graag een antwoord.'
'Het zal er toch wel heel gewoon hebben uitgezien?'
'Mensen typen op verschillende manieren. Agenten worden meestal voorgesteld als figuren die langzaam met twee vingers

op een oude schrijfmachine zitten te tikken.'
'O, nou snap ik wat u bedoelt.'
'Typte hij met tien vingers?'
'Maar heel weinig mensen die met computers werken doen dat.'
'Hij typte dus slechts met bepaalde vingers?'
'Ja.'
Wallander hield zijn adem in. Nu kwam het eropaan of hij gelijk had of niet.
'Welke vingers gebruikte hij?'
'Ik moet even nadenken. Zodat ik het niet verkeerd zeg.'
Wallander wachtte met spanning af.
'Hij typte met zijn wijsvingers', zei ze.
Wallander voelde de teleurstelling opkomen.
'Weet u dat absoluut zeker?'
'Eigenlijk niet.'
'Het is belangrijk dat het antwoord juist is.'
'Ik probeer hem mij voor de geest te halen.'
'Neem de tijd.'
Ze was nu wakker. Hij begreep dat ze haar best deed.
'Ik wil zo dadelijk terugbellen', zei ze. 'Ik twijfel een beetje. Ik denk dat het gemakkelijker gaat als ik achter mijn eigen computer ga zitten. Dan helpt mijn geheugen me misschien een handje.'
Wallander gaf haar zijn telefoonnummer.
Vervolgens ging hij aan de keukentafel zitten wachten. Hij had een zeurende hoofdpijn. De volgende avond moest hij vroeg naar bed gaan om eens een hele nacht te slapen, dacht hij, wat er ook gebeurde. Afwezig vroeg hij zich af hoe het met Nyberg was. Of hij sliep, of dat hij lag te woelen.
Tien minuten later belde ze hem terug. Wallander schrok op van de telefoon. De angst dat het misschien een journalist was, kwam weer terug. Maar het was te vroeg. Journalisten belden zelden voor halfvijf 's ochtends. Hij nam op. Ze ging recht op de man af.
'De rechterwijsvinger en de linkermiddelvinger.'

Wallander voelde de spanning.

'Weet u dat zeker?'

'Ja. Het is hoogst ongebruikelijk om met die vingers een toetsenbord te bedienen. Maar zo typte hij.'

'Mooi', zei Wallander. 'Dat antwoord is belangrijk.'

'Maar was het ook het juiste?'

'Het bevestigt een vermoeden', zei Wallander.

'U zult wel begrijpen dat ik ontzettend nieuwsgierig word?'

Wallander overwoog of hij haar over de afgeknipte vingers zou vertellen, maar hij besloot het niet te doen.

'Helaas kan ik niet meer zeggen. In ieder geval op dit moment niet. Later misschien.'

'Wat is er eigenlijk gebeurd?'

'Dat proberen we uit te zoeken', zei Wallander. 'Vergeet de lijst waar ik om heb gevraagd niet. Welterusten.'

'Welterusten.'

Wallander stond op en liep naar het raam. De temperatuur was een paar graden gestegen. Zeven graden boven nul. Er stonden nog steeds rukwinden. Bovendien was het gaan motregenen. Het was vier minuten voor drie. Wallander ging weer naar bed. De afgeknipte vingers bleven nog lang voor zijn ogen dansen voordat hij erin slaagde de slaap te vatten.

*

De man die in de schaduw van Runnerströms Torg stond te wachten, telde langzaam hoe vaak hij in- en uitademde. Dat had hij als kind geleerd. Dat ademhalen en geduld hebben bij elkaar hoorden. Een mens moest weten wanneer wachten het belangrijkste was.

Luisteren naar zijn eigen ademhaling was ook een manier om de nervositeit die hij voelde te beteugelen. Er waren te veel onvoorziene gebeurtenissen geweest. Hij wist dat je je niet overal tegen kon wapenen, maar dat Tynnes Falk was gestorven betekende een fikse streep door de rekening. Nu waren ze bezig de situatie te herzien. Weldra zouden ze alles weer onder controle hebben. De tijd begon te dringen. Maar als er verder geen onvoorziene omstandigheden waren, zouden ze zich aan het geplande tijdschema kunnen houden.

Hij dacht aan de man die zich ergens ver weg in de tropische duisternis bevond. Degene die alles in de hand had. De man die hij nooit had ontmoet, maar die hij zowel respecteerde als vreesde.

Er mocht niets misgaan.

Dat zou hij nooit tolereren.

Maar er kon ook niets misgaan. Niemand kon binnendringen in de computer die in wezen het brein was. Zijn ongerustheid was ongefundeerd. Een gebrek aan zelfbeheersing.

Dat hij er niet in was geslaagd de rechercheur dood te schieten die Falks appartement was binnengegaan, was een vergissing. Maar de veiligheid werd daarmee niet in gevaar gebracht. Waarschijnlijk wist de rechercheur niets. Ook al konden ze daar niet helemaal zeker van zijn.

Falk had zelf die woorden geuit: niets is ooit zeker. Nu was hij dood. Zijn dood had hem in het gelijk gesteld. Niets was echt helemaal zeker.

Ze moesten voorzichtig zijn. De man die nu in zijn eentje alle besluiten moest nemen, had hem gezegd om af te wachten. Als er opnieuw een aanslag op de rechercheur werd gepleegd en hij werd gedood, zou dat onnodige beroering teweegbrengen. Er was ook niets wat erop wees dat de politie ook maar een flauw vermoeden had van wat er werkelijk gaande was.

Hij was de flat aan Apelbergsgatan in de gaten blijven houden. Toen de rechercheur het gebouw had verlaten, was hij hem naar Runnerströms Torg gevolgd. Het was zoals hij al had verwacht. Het geheime kantoor was ontdekt. Later was er nog iemand naartoe gekomen. Een man met koffers. De rechercheur had daarop het pand verlaten om na een uur terug te keren. Voor middernacht hadden ze daarop Falks kantoor definitief verlaten.

Hij was blijven wachten en had geduldig naar zijn ademhaling geluisterd. Nu was het drie uur 's nachts en de straat lag er verlaten bij. Hij had het koud in de kille wind. Dat er nu nog iemand zou komen, leek hem onwaarschijnlijk. Voorzichtig maakte hij zich los uit de schaduwen en stak het plein over. Hij deed de deur van de portiek van het slot en rende met geruisloze stappen naar de bovenste verdieping. Toen hij de deur van het slot deed, droeg hij handschoenen. Hij ging naar binnen, deed zijn zaklamp aan en bescheen de muren. Ze hadden de deur naar de binnenkamer ontdekt. Dat had hij wel verwacht. Zonder goed te weten waarom had hij respect gekregen voor de rechercheur die hij in de flat was tegengekomen. Hij had heel snel gereageerd, ook al was hij niet jong meer. Ook dat was iets wat hij al vroeg in zijn leven had geleerd. Een tegenstander onderschatten was een even grote doodzonde als gierigheid.

Met zijn zaklamp bescheen hij de computer. Daarna zette hij hem aan. Het scherm ging aan. Hij zocht de file op die liet zien wanneer de computer voor het laatst in gebruik was geweest. Dat was zes dagen geleden. De rechercheurs hadden hem dus niet eens opgestart.

Toch was het te vroeg om je zeker te voelen. Het kon een kwestie van tijd zijn. Of misschien waren ze van plan er een specialist naar te laten kijken. Zijn nervositeit keerde terug. Maar in zijn hart wist hij dat ze de codes nooit zouden kunnen breken. Ook al waren ze er duizend jaar mee bezig. Ze zouden daarin alleen kunnen slagen als een van de rechercheurs over een extreme intuïtie beschikte. Of over een scherpzinnigheid die alles oversteeg waarover hij ooit had gehoord. Maar dat was niet echt waarschijnlijk. Vooral niet omdat ze niet wisten wat ze zochten. En ze zouden zich nog niet eens in hun wildste fantasieën kunnen voorstellen welke krachten er in die computer opgeslagen lagen, erop wachtend om te worden ontketend.

Hij verliet het appartement even stil als hij gekomen was. Daarna verdween hij weer in de schaduwen.

*

Wallander werd wakker met het gevoel dat hij zich had verslapen. Toen hij op de wekker keek, zag hij echter dat het vijf over zes was. Hij had drie uur geslapen. Hij liet zich terugvallen op zijn kussen. Zijn hoofd deed zeer van het slaaptekort. Nog tien minuten, dacht hij. Of zeven. Ik red het niet om nu al op te staan.

Hij stapte echter meteen uit bed en wankelde naar de badkamer. Zijn ogen waren bloeddoorlopen. Hij ging onder de douche staan en leunde zwaar als een paard tegen de muur. Langzaam werd hij wakker.

Om vijf voor zeven remde hij af op de parkeerplaats bij het politiebureau. De motregen van de afgelopen nacht hield nog steeds aan. Hanson was die ochtend ongebruikelijk vroeg. Hij stond bij de receptie in een krant te bladeren. Bovendien droeg hij een kostuum en een stropdas. Meestal verscheen hij in een verkreukelde manchester broek en een ongestreken overhemd.

'Ben je jarig?' vroeg Wallander verwonderd.

Hanson schudde zijn hoofd.

'Ik keek onlangs eens in de spiegel. Dat was geen fraai gezicht. Ik dacht: ik kan in ieder geval een poging doen om me te verbeteren. Bovendien is het vandaag zaterdag. Daarna zien we wel weer verder.'

Ze liepen samen naar de kantine en de verplichte kopjes koffie. Wallander vertelde over de gebeurtenissen van de afgelopen nacht.

'Dat is toch belachelijk', zei Hanson toen Wallander zweeg. 'Waarom leg je in godsnaam een dode man terug op straat?'

'In onze salarisgroep worden we geacht dat uit te zoeken', zei Wallander. 'En jij moet vanavond trouwens op zoek naar honden.'

'Hoe bedoel je?'

'Eigenlijk was het Martinsons idee. Het kan zijn dat iemand die gisteravond zijn hond uitliet misschien iets is opgevallen bij Missunnavägen. Nu hadden we gedacht dat jij daar zou kunnen gaan staan om eventuele eigenaars van honden aan te houden. Om met ze te praten.'

'Waarom ik?'

'Jij houdt toch van honden? Of niet?'

'Ik had eigenlijk plannen om vanavond uit te gaan. Het is zaterdag vandaag, weet je nog.'

'Je kunt het allebei doen. Als je er tegen elven bent, is dat ruimschoots op tijd.'

Hanson knikte. Ook al was Wallander nooit bijzonder gesteld geweest op zijn collega, over diens bereidwilligheid om mee te werken als het er echt op aan kwam kon hij niet klagen.

'Acht uur', zei Wallander. 'In de vergaderkamer. We moeten alles wat er is gebeurd doornemen. Grondig.'

'Ik heb het gevoel dat we niets anders doen. Maar we schieten er niet veel mee op.'

Wallander ging achter zijn bureau zitten, maar na een poosje schoof hij zijn blocnote aan de kant. Hij wist niet meer wat hij moest schrijven. Hij kon zich niet herinneren dat het hem ooit eerder zo totaal had ontbroken aan ideeën voor hoe het rechercheonderzoek moest worden opgezet. Ze hadden een dode taxichauffeur en een even dode moordenaar. Ze hadden een man die bij een bankautomaat was overleden, een lijk dat verdween om later te worden teruggevonden bij diezelfde bankautomaat. Met twee ontbrekende vingers, precies de vingers die hij gebruikte wanneer hij achter zijn computer zat te werken. Verder hadden ze een omvangrijke stroomuitval in Skåne en een vreemd verband tussen al deze sterfgevallen en gebeurtenissen. Toch zat er helemaal geen samenhang in. Daar kwam nog bij dat Wallander door iemand was beschoten. Dat dit bedoeld zou zijn als een met opzet verkeerd gericht schot om hem bang te maken, was een illusie. Het was de bedoeling geweest dat hij zou sterven.

Het slaat allemaal nergens op, dacht Wallander. Ik weet niet wat het begin of het einde is. En waarom deze mensen sterven, weet ik al helemaal niet. Er moet toch ergens een motief zijn.

Hij stond op en liep met zijn koffiemok in de hand naar het raam.

Wat zou Rydberg hebben gedaan? dacht hij. Zou hij adviezen hebben gehad? Hoe zou hij het hebben aangepakt? Of zou hij hetzelfde verloren gevoel hebben gehad als ik?

Voor de verandering kreeg hij geen antwoord. Rydberg zweeg.

Het was inmiddels halfacht. Wallander ging weer zitten. Hij moest het overleg van het rechercheteam voorbereiden. Ondanks alles was hij degene die de zaak moest aanjagen. In een poging de gebeurtenissen vanuit een nieuw perspectief te bekijken, keerde hij op zijn schreden terug. Welke gebeurtenissen lagen er aan de basis? Welke kon je beschouwen als mogelijke bijkomstigheden? Het was alsof hij een planeetsysteem ontwierp waarbij diverse satellieten in verschillende banen rond een kern draaiden. Hij vond echter geen kern. Er was alleen een groot zwart gat.

Ergens is er altijd een hoofdpersoon, dacht hij. Niet alle rollen zijn even belangrijk. Sommigen van degenen die zijn gestorven hebben een minder grote rol gespeeld. Maar wie is eigenlijk wie? En in welk spel? Waar gaat het allemaal om?

Hij was weer terug bij zijn uitgangspunt. Het enige waarvan hij zich helemaal zeker meende te kunnen voelen, was dat de moordaanslag op hem geen centraal punt was. En het leek hem ook niet logisch dat de moord op de taxichauffeur het uitgangspunt vormde voor de overige gebeurtenissen.

Dan bleef alleen Tynnes Falk nog over. Tussen hem en Sonja Hökberg bestond een verband. Een ontbrekend relais en een tekening van een transformatorstation. Daar moesten ze zich aan vasthouden. Dat verband was broos en onbegrijpelijk. Maar het was er wel.

Hij schoof zijn blocnote weg. Ik weet niet wat ik zie, dacht hij gelaten.

Hij bleef nog een paar minuten zitten. Op de gang hoorde hij Ann-Britt lachen. Dat was langgeleden. Hij pakte zijn paperassen en ordners bij elkaar en liep naar de vergaderkamer.

Die zaterdagochtend namen ze de zaak zo grondig door dat het hun bijna drie uur kostte. De vermoeide en landerige stemming rond de tafel verdween langzaam.

Tegen halfnegen kwam Nyberg de kamer binnen. Zonder een woord te zeggen ging hij aan het uiteinde van de tafel zitten. Wallander keek hem aan. Hij schudde zijn hoofd. Hij had niets te melden wat niet kon wachten.

Ze probeerden allerlei begaanbare paden, verschillende richtingen, maar de basis bleef wankel.

'Is iemand bezig ons op een dwaalspoor te brengen?' vroeg Ann-Britt toen ze even pauzeerden om de benen te strekken en de kamer te laten doortochten. 'Misschien is het in wezen allemaal heel eenvoudig? Als we het motief maar vinden.'

'Welk motief?' zei Martinson. 'Iemand die een taxichauffeur berooft, kan toch haast niet hetzelfde motief hebben als iemand die een meisje elektrocuteert en een groot deel van Skåne in het duister legt. Bovendien weten we niet eens of Tynnes Falk echt werd doodgeslagen. Mijn idee is nog steeds dat hij een natuurlijke dood is gestorven. Of dat het een ongeluk was.'

'Eigenlijk zou het eenvoudiger zijn geweest als hij vermoord was', zei Wallander. 'Dan zouden we niet langer in onzekerheid hoeven te verkeren over het feit of dit echt een onafgebroken keten van criminele gebeurtenissen is.'

Ze hadden de ramen gesloten en waren weer gaan zitten.

'Het ergste is toch dat er iemand op jou heeft geschoten', zei Ann-Britt. 'Want het komt uiteindelijk heel weinig voor dat een inbreker bereid is iemand neer te schieten die zijn pad kruist.'

'Ik weet niet of dat erger is dan de rest', wierp Wallander tegen. 'Maar het leert ons in ieder geval wel dat de mensen die hierachter zitten heel meedogenloos zijn. Ongeacht wat ze willen bereiken.'

Ze bleven het dossier van alle kanten bekijken. Wallander zei niet veel, maar hij luisterde zeer aandachtig. Het was vaak gebeurd dat een weerbarstig onderzoek naar een misdrijf opeens een wending nam door enkele spontane woorden, in een bijzin of als toevallig commentaar. Ze zochten naar ingangen en uitgangen, en vooral ook naar een middelpunt. Een kern die geplaatst kon worden op de plek waar nu een groot zwart gat zat. Dat was taai en vermoeiend, één lange uitgestrekte moeizame weg. Maar een andere weg om te bewandelen was er niet.

Het laatste uur liepen ze alle punten na. Ieder van hen werkte zijn lijstje af en gaf aan welke taken die wachtten prioriteit hadden. Tegen elven besefte Wallander dat de rek er bij hen vrijwel uit was.

'Dit gaat tijd kosten', zei hij. 'Het kan zijn dat we meer mensen nodig hebben. Ik zal dat in ieder geval met Lisa bespreken. Maar op dit moment heeft het niet zoveel zin meer dat we hier nog langer blijven zitten. Een vrij weekend zit er voor niemand van ons in. We moeten doorploeteren.'

Hanson verdween om te praten met de officier van justitie, die wilde weten hoe de stand van zaken was. Wallander had Martinson al eerder, tijdens een pauze, gevraagd om na afloop van het overleg met hem mee te gaan naar Falks appartement aan Runnerströms Torg. Martinson liep naar zijn kantoor om eerst naar huis te bellen. Nyberg zat aan het uiteinde van de tafel met zijn handen in zijn haar. Daarna stond hij zonder een woord te zeggen op en liep weg. Alleen Ann-Britt zat er nu nog. Wallander besefte dat ze hem onder vier ogen wilde spreken. Hij deed de deur dicht.

'Ik heb ergens aan zitten denken', begon ze. 'Die man die schoot.'

'Wat is er met hem?'

'Hij heeft je gezien. En hij schoot zonder te aarzelen.'

'Ik wil daar liever niet te veel aan denken.'

'Dat zou jij misschien wel moeten doen.'

Wallander nam haar aandachtig op.

'Hoe moet ik dat uitleggen?'

'Ik vind gewoon dat je een beetje voorzichtig zou moeten zijn. Het kan natuurlijk zijn dat hij verrast werd. Maar je kunt niet helemaal uitsluiten dat hij misschien denkt dat jij iets weet. En dat hij het opnieuw zal proberen.'

Wallander verbaasde zich erover dat die gedachte nog niet bij hemzelf was opgekomen. Hij werd meteen bang.

'Ik wil je geen angst aanjagen', zei ze. 'Maar ik moet het wel zeggen.'
Hij knikte.
'Ik zal eraan denken. De vraag is alleen wat hij denkt dat ik weet.'
'Misschien heeft hij zelfs gelijk? Dat je iets hebt gezien waarvan je je niet bewust bent?'
Bij Wallander was een andere gedachte opgekomen.
'Misschien moeten we Apelbergsgatan en Runnerströms Torg laten bewaken. Niet met surveillancewagens, maar heel discreet. Gewoon voor de zekerheid.'
Ze was het met hem eens en ging weg om het te regelen. Wallander bleef alleen achter met zijn angst. Hij dacht aan Linda. Daarna trok hij zijn schouders op en liep naar de receptie om daar op Martinson te wachten.

Om twaalf uur stapten ze het appartement aan Runnerströms Torg binnen. Hoewel Martinson meteen belangstelling toonde voor de computer wilde Wallander hem eerst de binnenkamer laten zien waar het altaar stond.
'De elektronische ruimte brengt mensen het hoofd op hol', zei Martinson hoofdschuddend. 'Ik word misselijk van heel dit vestingachtige appartement.'
Wallander gaf geen antwoord. Hij moest denken aan wat Martinson had gezegd. Aan een woord dat hij had gebruikt. 'De ruimte.' Hetzelfde woord dat Tynnes Falk in zijn logboek had gebruikt.
De ruimte die zweeg. Geen berichten van 'de vrienden'.
Wat zijn dat voor berichten? dacht Wallander. Hij zou er veel voor over hebben gehad om dat nu te weten.
Martinson had zijn jas uitgetrokken en was achter de computer gaan zitten. Wallander stond schuin achter hem.
'Er zitten een aantal ultramoderne programma's op', zei Martinson nadat hij hem had aangezet. 'En deze computer is waarschijnlijk vreselijk snel. Ik weet niet zeker of ik hier wel mee overweg kan.'

'Ik wil in ieder geval dat je het probeert. Als het niet lukt, moeten we de computerexperts van de Rijksrecherche erbij halen.'

Martinson gaf geen antwoord. Zwijgend bekeek hij de computer. Daarna stond hij op om de achterkant te onderzoeken. Wallander volgde hem met zijn blik. Martinson ging weer zitten. Het scherm was nu aan. Een groot aantal symbolen vloog voorbij. Ten slotte bleef er een sterrenhemel op het scherm achter.

Weer die ruimte, dacht Wallander. Tynnes Falk is wel consequent.

'Het lijkt alsof hij automatisch contact zoekt met een server zodra je hem aanzet. Wil je dat ik uitleg wat ik aan het doen ben?' vroeg Martinson.

'Ik snap er toch niets van.'

Martinson drukte op een toets om de inhoud van de harde schijf te openen. Er doken een aantal gecodeerde bestandsnamen op. Wallander zette zijn bril op en boog zich over Martinsons schouder, maar het enige wat hij zag waren cijfer- en lettercombinaties. Martinson klikte op de combinatie links bovenaan en probeerde dit bestand te openen. Hij dubbelklikte op start, maar schrok vervolgens op.

'Wat gebeurt er?'

Martinson wees rechts op het scherm. Daar was een klein lichtpuntje gaan knipperen.

'Ik weet niet of ik gelijk heb,' zei Martinson langzaam, 'maar ik denk dat iemand zojuist heeft gemerkt dat we geprobeerd hebben een bestand te openen zonder dat we daar toestemming voor hebben.'

'Hoe kan dat dan?'

'Deze computer is toch verbonden met andere computers.'

'En daar zou dan nu iemand hebben gezien dat wij deze op gang proberen te krijgen?'

'Zoiets, ja.'

'Waar zit die persoon?'

'Overal', zei Martinson. 'Hij kan op een afgelegen boerderij in Californië zitten. Of op een eiland voor de kust van Australië. Maar hij kan zich ook in het appartement recht onder ons bevinden.'

Wallander schudde ongelovig zijn hoofd.

'Dat is moeilijk te begrijpen', zei hij.

'Een computer en internet maken dat je midden in de wereld bent, waar je ook zit.'

'Krijg jij die bestanden open, denk je?'

Martinson begon verschillende opdrachten in te typen. Wallander wachtte. Na ongeveer tien minuten schoof Martinson zijn stoel achteruit.

'Alles is beveiligd', zei hij. 'Elke ingang is door ingewikkelde codes beveiligd. En daar zit dan weer een beveiligingssysteem achter.'

'Dat betekent dus dat je het opgeeft.'

Martinson glimlachte.

'Nog niet', antwoordde hij. 'Nog niet helemaal.'

Hij bleef het toetsenbord bewerken, maar slaakte vrijwel meteen een kreet.

'Wat is er?' vroeg Wallander.

Martinson keek vragend naar het scherm.

'Ik weet het niet helemaal zeker, maar ik denk dat er een paar uur geleden nog iemand in deze computer is geweest.'

'Hoe kun je dat zien?'

'Ik denk niet dat het veel zin heeft als ik je dat probeer uit te leggen.'

'Weet je het zeker?'

'Nog niet helemaal.'

Wallander wachtte terwijl Martinson doorwerkte. Na tien minuten stond Martinson op.

'Ik had gelijk', zei hij. 'Er is gisteren iemand met deze computer bezig geweest. Of vannacht.'

'Weet je het zeker?'

'Ja.'

Ze keken elkaar aan.

'Dat betekent dus dat er behalve Falk nog iemand toegang

heeft tot wat er in de computer ligt opgeslagen.'
'En hij heeft ook niet ingebroken', zei Martinson.
Wallander knikte zwijgend.
'Hoe moeten we dat uitleggen?' vroeg Martinson.
'Ik weet het niet', antwoordde Wallander. 'Daar is het te vroeg voor.'
Martinson ging weer achter de computer zitten. Het werk ging door.

Om halfvijf pauzeerden ze. Martinson nodigde Wallander uit om met hem mee naar huis te gaan en daar te eten. Tegen halfzeven waren ze weer terug. Wallander besefte dat zijn aanwezigheid totaal overbodig was, maar toch wilde hij Martinson niet alleen laten.
Martinson gaf het pas om tien uur op.
'Ik kom er niet doorheen', zei hij. 'Ik heb nog nooit van m'n leven zulke beveiligingssystemen gezien. Hier liggen duizenden kilometers elektronisch prikkeldraad. *Firewalls* die niet te nemen zijn.'
'Dat weten we dan ook weer', zei Wallander. 'Dan moeten we ons tot de Rijksrecherche wenden.'
'Misschien', zei Martinson aarzelend.
'Wat is het alternatief?'
'We hebben wel een alternatief', zei Martinson. 'Een jongeman die Robert Modin heet. Hij woont in Löderup. Niet zo ver bij het huis vandaan waar je vader heeft gewoond.'
'Wie is hij?'
'Een gewone jongeman van negentien jaar. Volgens mij is hij een paar weken geleden uit de gevangenis gekomen.'
Wallander keek Martinson vragend aan.
'Waarom zou hij een alternatief zijn?'
'Omdat hij er vorig jaar in is geslaagd in de supercomputer van het Pentagon binnen te dringen. Hij wordt in Europa als een van de beste hackers beschouwd.'
Wallander had zijn twijfels. Niettemin vond hij Martinsons idee wel aanlokkelijk. Hij hoefde er niet lang over na te denken.

'Haal hem', zei hij. 'Dan ga ik ondertussen kijken hoe het met Hanson en zijn honden gaat.'

Martinson reed naar Löderup.

Wallander keek in het donker om zich heen. Een paar blokken verderop stond een auto geparkeerd. Hij stak zijn hand groetend op.

Toen moest hij denken aan wat Ann-Britt had gezegd. Dat hij voorzichtig moest zijn.

Hij keek nog een keer rond. Vervolgens liep hij naar Missunnavägen.

De motregen was opgehouden.

19

Hanson had zijn auto geparkeerd bij het gebouw van de belastingdienst.
Wallander zag hem van een afstand. Hij stond onder een straatlantaarn een tijdschrift te lezen. Overduidelijk een rechercheur, dacht Wallander. Niemand hoeft eraan te twijfelen of hij met een opdracht bezig is, ook al is niet duidelijk wat hij aan het doen is. Maar hij heeft zich te dun aangekleed. Afgezien van de gouden regel dat je levend moet thuiskomen van je werk, is er voor een politieman niets belangrijker dan je warm te kleden wanneer je met rechercheren buiten de deur bezig bent.
Hanson leek verdiept in zijn tijdschrift. Hij merkte Wallander pas op toen die vlak bij hem stond. Wallander zag nog net dat het een blad over de drafsport was.
'Ik had je niet horen aankomen', zei Hanson. 'Ik vraag me af of mijn gehoor begint te verslechteren.'
'Hoe gaat het met de paarden?'
'Net als de meeste mensen hou ik me vast aan illusies. Dat het me op een dag lukt om als enige het rijtje goed te hebben. Maar die paarden lopen verdomme nooit zoals ze moeten. Dat gebeurt nooit.'
'En hoe gaat het met de honden?'
'Ik ben er net. Tot nu toe is er nog niemand langsgekomen.'
Wallander keek rond.
'Toen ik in deze stad kwam, was het hier nog een open vlakte', zei hij. 'Er stond nog niets van wat er nu staat.'
'Svedberg had het daar vaak over', zei Hanson. 'Hoe de stad veranderde. Maar hij was hier natuurlijk geboren.'
Zwijgend overpeinsden ze hun dode collega. In zijn herinnering meende Wallander Martinson nog achter zich te kunnen horen kreunen op het moment waarop ze Svedberg doodge-

schoten aantroffen op de vloer van zijn woonkamer.

'Hij zou binnenkort vijftig zijn geworden', zei Hanson. 'Wanneer word jij dat?'

'Volgende maand.'

'Ik hoop dat ik een uitnodiging krijg.'

'Waarvoor? Ik ga geen feest geven.'

Ze liepen nu langs de straat. Wallander vertelde over Martinsons hardnekkige pogingen om in Tynnes Falks computer binnen te dringen. Ze waren bij de bankautomaat aangekomen en bleven daar staan.

'Je went snel aan die dingen', zei Hanson. 'Ik kan me nauwelijks meer herinneren hoe het was voordat die automaten er waren. En ik snap nog minder hoe ze eigenlijk werken. Soms stel ik me voor dat er daarbinnen een bankmannetje zit. Een oud mannetje dat biljetten telt en controleert of het allemaal wel goed gaat.'

Wallander dacht aan de woorden van Erik Hökberg. Over hoe kwetsbaar de samenleving was geworden. De stroomuitval van enkele nachten geleden had zijn uitspraak bevestigd.

Ze liepen terug naar de auto van Hanson. Nog steeds zagen ze geen mensen die 's avonds hun hond uitlieten.

'Ik ga weer. Hoe was je etentje?'

'Ik ben niet gegaan. Wat heeft het voor zin om te gaan eten als je er geen glaasje bij mag drinken?'

'Je had toch kunnen vragen of iemand je met een auto wilde oppikken?'

Hanson keek Wallander oplettend aan.

'Jij vindt dus dat ik hier met een dranklucht mensen moet gaan staan aanspreken?'

'Eén glas', zei Wallander. 'Ik zeg niet dat je dronken moest worden.'

Wallander wilde net weggaan toen hij zich herinnerde dat Hanson eerder die dag een gesprek met de officier van justitie had gehad.

'Had Viktorsson nog wat te melden?'

'Eigenlijk niet.'

'Maar hij zal toch wel iets hebben gezegd?'
'Op dit moment zag hij geen redenen om het onderzoek in een bepaalde richting te focussen. We moeten het in de breedte blijven zoeken. Onbevooroordeeld.'
'De politie rechercheert altijd onbevooroordeeld', zei Wallander. 'Dat zou hij toch moeten weten.'
'Dat waren in ieder geval zijn woorden.'
'Verder nog wat?'
'Nee.'

Wallander kreeg opeens het gevoel dat Hanson een ontwijkend antwoord gaf. Alsof er iets was waarmee hij niet voor de dag wilde komen. Hij wachtte, maar Hanson zweeg.

'Ik denk dat je het om halfeen wel kunt opgeven', zei Wallander. 'Ik ga nu. Tot morgen.'
'Ik had warmere kleren aan moeten trekken. Het is koud.'
'Het is herfst', zei Wallander. 'Binnenkort begint de winter.'

Hij liep terug in de richting van het centrum. Hoe meer hij erover nadacht, hoe zekerder hij er van was dat Hanson iets had verzwegen. Toen hij bij Runnerströms Torg was aangekomen, besefte hij dat er maar één mogelijkheid was. Viktorsson had een opmerking over hem gemaakt. Over de vermeende mishandeling. Over het interne onderzoek dat gaande was.

Het irriteerde Wallander dat Hanson niets had gezegd, maar het verbaasde hem niet. Hanson streefde er in zijn leven voortdurend naar iedereen te vriend te houden. Wallander voelde ondertussen hoe moe hij was. Gedeprimeerd misschien.

Hij keek om zich heen. De anonieme auto van de politie stond er nog. Verder was de straat leeg. Hij deed het portier van zijn eigen auto van het slot en stapte in. Net toen hij de motor wilde starten, ging zijn telefoon. Hij haalde hem uit zijn zak. Het was Martinson.

'Waar zit je?' vroeg Wallander.
'Ik ben naar huis gegaan.'
'Waarom? Kon je Molin niet te pakken krijgen?'
'Modin. Robert Modin. Ik begon opeens een beetje te aarzelen.'

'Waarover?'

'Je weet hoe het is. Volgens de regels mogen we niet zomaar gebruikmaken van buitenstaanders. En Modin is wel veroordeeld tot gevangenisstraf. Ook al kreeg hij maar een maand.'

Wallander realiseerde zich dat Martinson koudwatervrees had gekregen. Dat was al eerder gebeurd. Enkele malen had dat tot botsingen tussen hen geleid. Wallander vond dat Martinson soms te voorzichtig was. Hij gebruikte niet het woord laf, hoewel hij dat diep in zijn hart wel vond.

'Eigenlijk moet de officier ons hier eerst toestemming voor geven', vervolgde Martinson. 'We moeten er althans met Lisa over praten.'

'Je weet dat ik de verantwoordelijkheid neem', zei Wallander.

'Maar toch.'

Wallander besefte dat Martinson zijn besluit al had genomen.

'Je kunt me in ieder geval Modins adres geven', zei hij. 'Dan ontsla ik jou van iedere verantwoordelijkheid.'

'Zouden we niet moeten wachten?'

'Nee', antwoordde Wallander. 'De tijd glipt ons door de vingers. Ik wil weten wat er in die computer zit.'

'Als je wilt weten wat ik persoonlijk vind, dan is dat dat jij zou moeten slapen. Heb je al in de spiegel gekeken hoe je eruitziet?'

'Ja, ik weet het', zei Wallander. 'Geef me dat adres nou maar.'

Hij zocht naar een pen in het handschoenenvakje dat vol papier en opgevouwen papieren bordjes van allerlei snackbars zat. Wallander noteerde wat Martinson zei op de achterkant van een benzinebon.

'Het is al bijna middernacht', zei Martinson.

'Ja, ik weet het', antwoordde Wallander. 'Tot morgen.'

Wallander beëindigde het gesprek en legde zijn telefoon op de stoel naast hem. Maar in plaats van weg te rijden bleef hij zitten. Martinson had gelijk. Wat hij nu bovenal nodig had was slaap. Wat had het eigenlijk voor zin om naar Löderup te rijden? Robert Modin lag waarschijnlijk te slapen. Het moet maar wachten tot morgen, dacht hij.

Vervolgens reed hij Ystad uit, in oostelijke richting, naar Löderup.

Hij reed hard om zich af te reageren. Omdat hij zijn eigen besluiten niet eens meer kon naleven.

Het papiertje met het adres lag op de zitting van de stoel naast zijn telefoon, maar toen Martinson had verteld waar Modin woonde, wist Wallander al waar het was. Het lag maar een paar kilometer van het huis waarin zijn vader had gewoond. Wallander vermoedde bovendien dat hij Robert Modins vader al eens ontmoet had. Zonder dat hij diens naam toen had onthouden. Hij draaide het raampje naar beneden en liet de koele lucht over zijn gezicht stromen. Op dit moment ergerde hij zich zowel aan Hanson als aan Martinson. Kruipers zijn het, dacht hij nijdig. Zowel voor zichzelf als voor hun chef.

Het was kwart over twaalf toen hij van de hoofdweg afsloeg. Het risico was natuurlijk groot dat hij bij een huis aankwam waar de lichten gedoofd waren en iedereen sliep. Zijn nijdigheid en irritatie hadden echter de vermoeidheid uit zijn lichaam verdreven. Hij wilde Robert Modin ontmoeten. En hij wilde hem meenemen naar Runnerströms Torg.

Hij kwam aan bij een woonboerderij met een grote tuin. In het licht van de koplampen zag Wallander een eenzaam paard dat roerloos in een weitje stond. Het huis was wit. Een jeep en een kleinere auto stonden ervoor geparkeerd. Achter verschillende ramen op de benedenverdieping brandde licht.

Wallander stopte, zette de motor af en stapte uit. Op hetzelfde moment ging het licht bij de voordeur aan. Een man kwam naar buiten. Wallander herkende hem. Hij had gelijk gehad. Ze hadden elkaar ooit eerder ontmoet.

Wallander liep naar hem toe en gaf hem een hand. De man was in de zestig, mager en hij had een kromme rug. Zijn handen duidden er echter niet op dat hij een boer was.

'Ik ken u wel', zei Modin. 'Uw vader woonde hier in de buurt.'

'We hebben elkaar eerder ontmoet,' zei Wallander, 'maar ik kan me niet meer precies herinneren bij welke gelegenheid.'

'Uw vader zwierf rond over een akker', zei Modin. 'Met een koffer in zijn hand.'

Nu wist Wallander het weer. Zijn vader was een keer plotseling in de war geraakt en had toen besloten dat hij op reis zou gaan naar Italië. Hij had zijn koffer gepakt en was op pad gegaan. Modin had hem ontdekt toen hij in de klei rondstapte en had het politiebureau gebeld.

'Ik geloof niet dat we elkaar na zijn overlijden nog ontmoet hebben', zei Modin. 'En het huis is verkocht.'

'Gertrud is verhuisd naar een zuster van haar in Svarte. Ik weet niet eens meer wie het huis gekocht heeft.'

'Een of andere vent uit het noorden die beweert dat hij zakenman is. Maar ik verdenk hem ervan dat hij eigenlijk thuis alcohol stookt.'

Wallander zag het voor zich. Hoe het oude atelier van zijn vader in een alcoholstokerij was veranderd.

'Ik neem aan dat u voor Robert komt', onderbrak Modin zijn gedachten. 'Ik dacht dat hij al genoeg geboet had?'

'Dat heeft hij vast', zei Wallander. 'Maar u hebt gelijk dat ik voor hem kom.'

'Wat heeft hij nu weer gedaan?'

Wallander voelde de pijn in de stem van de vader.

'Niets. Het is juist zo dat hij ons een beetje kan helpen.'

Modin was verbaasd, maar ook opgelucht. Hij knikte in de richting van de deur. Wallander volgde hem naar binnen.

'Mijn vrouw slaapt al', zei Modin. 'Ze gebruikt oordopjes.'

Opeens schoot het Wallander te binnen dat Modin landmeter was. Hij had geen idee hoe het kwam dat hij dat wist.

'Is Robert thuis?'

'Hij is samen met een paar vrienden naar een feest, maar hij heeft zijn mobieltje bij zich.'

Modin liet Wallander de woonkamer ingaan.

Hij schrok op. Boven de bank hing een van de schilderijen die zijn vader had gemaakt. Een landschap zonder auerhaan.

'Die heb ik van hem gekregen', zei Modin. 'Wanneer het erg sneeuwde, maakte ik zijn uitrit altijd sneeuwvrij. Ik ging ook wel eens bij hem langs om even een praatje te maken. Het was een bijzondere man, op zijn manier.'

'Dat kun je rustig zeggen', zei Wallander.

'Ik mocht hem graag. Mensen zoals hij zijn er niet zo veel meer.'

'Hij was niet altijd de gemakkelijkste', zei Wallander. 'Maar ik mis hem natuurlijk wel. En dat type oude mannen wordt steeds zeldzamer. Op een dag zullen er helemaal geen meer zijn.'

'Wie is er nou wel gemakkelijk?' zei Modin. 'Bent u dat wel? Ik niet echt. Vraag het maar aan mijn vrouw.'

Wallander ging op de bank zitten. Modin begon zijn pijp schoon te maken.

'Robert is een goeie jongen', zei hij. 'Ik vond het een strenge straf. Ook al was het maar een maand. Het was immers allemaal maar een spelletje.'

'Ik weet eigenlijk niet wat er is gebeurd', zei Wallander. 'Behalve dan dat hij erin geslaagd is binnen te dringen in de computers van het Pentagon.'

'Hij is goed met die computers', zei Modin. 'Het eerste apparaat kocht hij toen hij negen was. Met geld dat hij had verdiend met aardbeien plukken. Sindsdien gaat hij helemaal in de computerwereld op. Maar zolang hij op school zijn best deed, vond ik het niet erg. Hoewel mijn vrouw ertegen was. En zij vindt nu natuurlijk dat ze gelijk heeft gekregen.'

Wallander kreeg het gevoel dat Modin een erg eenzaam mens was. Hij had echter geen tijd voor conversatie, hoe graag hij dat ook had gewild.

'Ik moet Robert dus spreken', zei hij. 'Het kan zijn dat zijn computerkennis ons van pas komt.'

Modin nam een trekje aan zijn pijp.

'Mag ik vragen hoe?'

'Ik kan alleen zeggen dat het om een ingewikkeld computerprobleem gaat.'

Modin knikte en stond op.

'Ik zal niet verder vragen.'

Hij verdween naar de hal. Wallander hoorde dat hij iemand opbelde. Wallander draaide zich om en bekeek het landschap dat zijn vader had geschilderd.

Waar zijn de Zijderidders gebleven? dacht hij. De opkopers die in hun glanzende patserige auto's kwamen om pa's schilderijen tegen afbraakprijzen te kopen? Waar zijn ze gebleven? In hun blitse pakken en met hun poenerige manieren? Misschien is er een kerkhof waar alleen Zijderidders worden begraven? Samen met hun dikke portefeuilles en glanzende auto's?

Modin keerde terug.

'De knul komt eraan', zei hij. 'Hij zit in Skillinge. Dat duurt even.'

'Wat hebt u tegen hem gezegd?'

'De waarheid. Er is niets aan de hand, maar de politie heeft je hulp nodig.'

Modin ging weer zitten. Zijn pijp was uitgegaan.

'Het zal wel belangrijk zijn, anders kwam u niet midden in de nacht.'

'Er zijn dingen die niet kunnen wachten.'

Modin begreep dat Wallander er niet over wilde praten.

'Kan ik u iets aanbieden?'

'Koffie zou lekker zijn.'

'Midden in de nacht?'

'Ik was van plan om nog een paar uur te werken. Maar doe geen moeite.'

'Natuurlijk krijgt u koffie', zei Modin.

Ze zaten in de keuken toen er een auto het erf op kwam. De voordeur ging open en Robert Modin stapte naar binnen.

Wallander vond dat hij eruitzag als een jongen van dertien. Hij had kort haar, een rond brilletje en hij was klein. Hij zou vast ieder jaar meer op zijn vader gaan lijken. Hij droeg een spijkerbroek, een overhemd en een leren jack. Wallander stond op en gaf hem een hand.

'Sorry dat ik je midden in een feestje heb gestoord.'
'We zouden toch net weggaan.'
Modin stond in de deuropening van de woonkamer.
'Ik zal jullie alleen laten', zei hij en hij verdween.
'Ben je moe?' vroeg Wallander.
'Niet speciaal.'
'Ik had gedacht dat we naar Ystad zouden rijden.'
'Waarom?'
'Ik wil dat je ergens naar kijkt. Ik leg het onderweg wel uit.'
De jongen was op zijn hoede. Wallander probeerde te glimlachen.

'Je hoeft je geen zorgen te maken.'
'Ik zet even een andere bril op', zei Robert Modin.
Hij liep de trap op naar boven. Wallander liep naar de woonkamer om Modin voor de koffie te bedanken.
'Ik zal ervoor zorgen dat hij veilig thuiskomt. Maar ik ben van plan hem mee te nemen naar Ystad.'
Modin keek opeens weer bezorgd.
'Hij heeft toch echt niets gedaan, hè?'
'Op mijn woord. Het is zoals ik eerder al heb gezegd.'
Robert Modin kwam weer terug. Om twintig over een verlieten ze het huis. De jongen ging naast Wallander in de auto zitten. Hij legde Wallanders telefoon weg.
'Er heeft iemand gebeld', zei hij.
Wallander bekeek het bericht. Het was Hanson. Ik had mijn telefoon mee naar binnen moeten nemen, dacht Wallander.
Hij toetste het nummer in. Het duurde even voordat Hanson opnam.
'Heb ik je wakker gemaakt?'
'Natuurlijk heb je me wakker gemaakt. Wat dacht je dan? Het is halftwee. Ik ben tot halfeen gebleven. Toen was ik zo moe dat ik bijna omviel.'
'Je had gebeld?'
'Ik had beet.'
Wallander ging rechtop achter het stuur zitten.
'Wat?'

'Een vrouw met een herdershond. Als ik haar goed begrepen heb, dan heeft ze Tynnes Falk gezien op de avond dat hij stierf.'
'Mooi. Was haar nog iets opgevallen?'
'Ze had een goed geheugen. Alma Högström. Gepensioneerd tandarts. Ze zei dat ze Tynnes Falk vaak 's avonds zag. Hij was blijkbaar iemand die van wandelen hield.'
'En op de avond dat het lichaam terugkwam?'
'Ze dacht dat ze een bestelwagen had gezien. Als de tijden kloppen, dan zou dat om halftwaalf moeten zijn geweest. De wagen stond geparkeerd voor de bankautomaat. Het was haar opgevallen, omdat hij tussen twee parkeervakken in stond.'
'Heeft ze ook mensen gezien?'
'Ze meende dat ze een man had gezien.'
'Meende?'
'Ze wist het niet zeker.'
'Kan ze die auto identificeren?'
'Ik heb haar gevraagd om morgenochtend naar het bureau te komen.'
'Mooi', zei Wallander. 'Dit kan best iets opleveren.'
'Waar zit jij? Thuis?'
'Niet helemaal', antwoordde Wallander. 'Tot morgen.'

Het was twee uur toen Wallander zijn auto voor het pand aan Runnerströms Torg parkeerde. Op dezelfde plek waar de vorige auto had gestaan stond nu een andere auto om de boel in de gaten te houden. Wallander keek om zich heen. Als er iets gebeurde, liep Robert Modin misschien ook gevaar. De straat was echter verlaten. Het motregende ook niet meer.

Op weg naar Ystad had Wallander de zaak uitgelegd. Hij wilde simpelweg dat Robert zou proberen in Falks computer door te dringen.

'Ik weet dat je daar goed in bent', zei hij. 'Dat van het Pentagon kan mij verder niets schelen. Waar het mij om gaat, is dat jij verstand hebt van computers.'

'Ik had eigenlijk niet gepakt moeten worden', zei Robert opeens in de duisternis. 'Dat was mijn fout.'

'Waarom?'
'Ik had de sporen niet netjes toegedekt.'
'Wat bedoel je daarmee?'
'Als je binnendringt in een beveiligd gebied laat je een spoor na. Alsof je een hek openknipt. Wanneer je naar buiten gaat, moet je het hek repareren. Dat heb ik onvoldoende gedaan. Daarom konden ze me traceren.'
'Er zaten dus mensen in het Pentagon die erin slaagden uit te knobbelen dat er in het kleine Löderup iemand zat die op bezoek was geweest?'
'Ze konden niet weten wie ik was of hoe ik heette, maar ze konden wel zien dat het mijn computer was.'
Wallander probeerde zich te herinneren of hij over deze zaak gehoord had. Dat moest haast wel, omdat Löderup tot het vroegere politiedistrict Ystad behoorde. Zijn geheugen liet hem echter in de steek.
'Door wie werd je gepakt?'
'Er kwamen twee agenten van de Rijksrecherche in Stockholm.'
'En wat gebeurde er toen?'
'Ik werd verhoord door mensen uit de Verenigde Staten.'
'Verhoord?'
'Ze wilden weten hoe ik het voor elkaar had gekregen. Ik heb de waarheid verteld.'
'En toen?'
'Toen werd ik veroordeeld.'
Wallander had nog meer vragen, maar de jongen die naast hem zat leek niet veel zin te hebben daar verder op in te gaan.
Ze liepen door de portiek naar binnen en gingen de trap op. Wallander merkte dat hij voortdurend op zijn hoede was. Voordat hij de beveiligde deur van het slot deed, stond hij stil om te luisteren. Robert Modin nam hem vanachter zijn bril op, maar zei niets.
Ze gingen naar binnen. Wallander deed het licht aan en wees naar de computer. Hij knikte naar de bureaustoel. Robert ging zitten en zette zonder te aarzelen de computer aan. De sym-

bolen flikkerden voorbij. Wallander hield zich op de achtergrond. Robert ging tastend met zijn vingers over het toetsenbord, alsof hij zich voorbereidde op een pianoconcert. Hij zat met zijn gezicht vlak bij het scherm, alsof hij met zijn ogen iets zocht wat Wallander niet kon zien.

Toen begon hij toetsen in te drukken.

Dat kostte hem ruim een minuut. Daarna zette hij de computer opeens uit en draaide zich naar Wallander toe.

'Zoiets heb ik nog nooit gezien', zei hij eenvoudigweg. 'Hier kom ik niet in.'

Wallander voelde de teleurstelling. Zowel bij zichzelf als bij Robert Modin.

'Weet je het zeker?'

De jongen schudde zijn hoofd.

'Dan moet ik eerst slapen', zei hij resoluut. 'En de tijd hebben.'

Het drong nu pas in volle hevigheid tot Wallander door hoe zinloos het was geweest om Robert Modin midden in de nacht op te halen. Martinson had natuurlijk gelijk gehad. Hij gaf ook voor zichzelf toe, zij het schoorvoetend, dat toen Martinson begon te aarzelen hijzelf juist koppiger was geworden.

'Heb je morgen tijd?' vroeg Wallander.

'De hele dag.'

Wallander deed het licht uit en de deur op slot. Daarna liep hij met Robert naar de agent in burger die in de auto zat te wachten. Hij vroeg of die wilde regelen dat een surveillancewagen de jongen naar huis bracht. Ze spraken af dat iemand hem om twaalf uur zou komen ophalen. Wanneer hij uitgeslapen was.

Wallander reed naar Mariagatan. Het liep tegen drieën toen hij tussen de lakens kroop. Weldra sliep hij in. Met het vaste voornemen om de volgende dag niet voor elf uur op het bureau te verschijnen.

*

De vrouw was op vrijdag, tegen enen, op het politiebureau gekomen. Bescheiden had ze om een plattegrond van Ystad gevraagd. Het meisje dat haar te woord stond, had haar doorverwezen naar de vvv of de boekhandel. De vrouw had haar vriendelijk bedankt. Daarna had ze gevraagd of ze van het toilet gebruik mocht maken. Het meisje had haar het toilet voor bezoekers gewezen. De vrouw had de deur op slot gedraaid en het raam geopend. Daarna had ze het weer dichtgedaan. De haken had ze echter niet vastgezet, maar met plakband gecamoufleerd. De schoonmaakster die op vrijdagavond kwam, had niets gemerkt.

In de nacht van zondag op maandag gleed even na vieren de schaduw van een man langs een van de buitenmuren van het politiebureau. Hij verdween door het raam naar binnen. De gangen lagen er verlaten bij. Uit de meldkamer hoorde je het geluid van een eenzame radio. De man had een plattegrond in zijn hand. Die was uit de computer van een architectenkantoor gelicht. Hij wist precies waar hij moest zijn.

Hij duwde de deur van Wallanders kamer open. Op een eenzame kleerhanger hing een jas met een grote, gele vlek.

De man liep naar de computer die in de kamer stond. Even nam hij die in stilte op voordat hij hem aanzette.

Wat hij te doen had, kostte hem twintig minuten. Maar het risico dat iemand zo vroeg de kamer binnen zou komen, was vrijwel te verwaarlozen. Het was erg gemakkelijk geweest om in Wallanders computer te komen en al zijn documenten en mailtjes te kopiëren.

Toen de man klaar was, deed hij het licht uit en opende hij de deur voorzichtig op een kier. De gang was leeg.

Vervolgens verdween hij geruisloos langs dezelfde weg als hij gekomen was.

20

Op zondagochtend 12 oktober werd Wallander om negen uur wakker. Hoewel hij slechts zes uur geslapen had, voelde hij zich uitgerust. Voordat hij naar het bureau ging, maakte hij een wandeling van een halfuur. Het was een heldere, mooie herfstdag. De temperatuur was gestegen tot negen graden. Om kwart over tien stapte hij het politiebureau binnen. Voordat hij naar zijn kamer liep, stak hij zijn hoofd om de deur van de meldkamer om te vragen hoe de nacht was geweest. Afgezien van een inbraak in de Sankta Mariakerk, waarbij de dieven voor het alarm op de vlucht waren geslagen, was het buitengewoon rustig geweest. De agenten in burger die Apelbergsgatan en Runnerströms Torg in de gaten hielden, was ook niets opgevallen wat de moeite van het noteren waard was.

Wallander vroeg aan de dienstdoende brigadier wie van zijn collega's er waren.

'Martinson is er. Hanson moest iemand ophalen. Ann-Britt heb ik niet gezien.'

'Ik ben er', hoorde Wallander haar stem achter zich.

'Heb ik iets gemist?' vervolgde ze.

'Nee', antwoordde Wallander. 'Maar laten we even naar mijn kamer gaan.'

'Ik ga even mijn jas weghangen.'

Wallander legde aan de brigadier uit dat hij iemand nodig had die naar Löderup kon rijden om Robert Modin om twaalf uur op te halen. Hij vertelde hoe je daar moest komen.

'Het moet met een gewone personenauto gebeuren', zei hij. 'Dat is belangrijk.'

Enkele minuten later kwam Ann-Britt zijn kamer binnen. Ze zag er minder moe uit dan ze de afgelopen dagen had gedaan. Hij bedacht dat hij eigenlijk moest vragen hoe het thuis was, maar zoals gewoonlijk wist hij niet goed of dit wel het juiste moment was. In plaats daarvan vertelde hij dat Hanson eraan kwam met een getuige. En over de jongeman in Löderup die hen misschien kon helpen om binnen te komen in de computer van Tynnes Falk.

'Ik herinner me hem', zei ze toen Wallander zweeg.

'Hij beweerde dat er mensen van de Rijksrecherche hiernaartoe zijn gekomen. Waarom was dat?'

'Waarschijnlijk omdat ze in Stockholm nerveus werden. De Zweedse overheid zal er wel niet mee te koop willen lopen dat een Zweedse burger achter zijn computer de geheimen van de Amerikaanse defensie zit te lezen.'

'Toch is het gek dat zelfs ik er niet over heb horen praten.'

'Misschien was je toen op vakantie?'

'Toch is het gek.'

'Ik geloof niet dat er hier veel belangrijks gebeurt waar jij niet van op de hoogte bent.'

Wallander moest denken aan het gevoel dat hij de vorige avond had gehad. Dat Hanson iets voor hem achterhield. Hij stond op het punt er haar naar te vragen, maar liet het achterwege. Hij maakte zich geen illusies. Op dit moment werd hij door een jong meisje, gesteund door haar moeder, beschuldigd van mishandeling. Politiemensen hielden elkaar altijd de hand boven het hoofd, maar als er anderzijds een keer een collega was die zichzelf in de nesten had gewerkt, was iedereen er soms ook als de kippen bij om diegene te laten vallen.

'Jij denkt dus dat de oplossing in die computer zit?' vroeg ze.

'Ik denk niks. Maar we moeten uitzoeken waar Falk nou eigenlijk mee bezig was. Wie was hij? Het lijkt tegenwoordig wel of mensen elektronische identiteiten krijgen.'

Daarna vertelde hij over de vrouw met wie Hanson nu naar het bureau onderweg was.

'Dat is dan waarschijnlijk de eerste die echt iets heeft gezien', zei Ann-Britt.

'Als het gunstig uitpakt.'

Ze stond tegen de deurpost geleund. Dat was een gewoonte die ze de laatste tijd had aangenomen. Voorheen was ze altijd in de stoel gaan zitten wanneer ze in zijn kamer kwam.

'Ik heb gisteravond geprobeerd eens wat dingen op een rijtje te zetten', vervolgde ze. 'Ik zat naar de televisie te kijken. Naar een of ander amusementsprogramma. Maar ik kon me niet concentreren. De kinderen sliepen al.'

'En je man?'

'Mijn ex-man. Die zit in Jemen. Geloof ik. Maar ik heb in ieder geval de tv uitgezet en ben in de keuken gaan zitten, met een glas wijn. Ik heb geprobeerd alles wat er gebeurd is door te nemen. Zo eenvoudig mogelijk. Zonder irrelevante details.'

'Dat is een onmogelijke opdracht', wierp Wallander tegen. 'Zolang je niet weet wat irrelevant is en wat niet.'

'Jij hebt mij geleerd dat je op de tast je weg moet zien te vinden. Wat belangrijk is en wat minder belangrijk.'

'Welke conclusie heb je getrokken?'

'Dat we sommige dingen toch als een feit kunnen beschouwen. In de eerste plaats dat we het verband tussen Tynnes Falk en Sonja Hökberg niet hoeven te betwijfelen. Het relais is cruciaal. Tegelijkertijd is er iets in alle tijdschema's wat wijst op een mogelijkheid waar we nog niet voldoende bij hebben stilgestaan.'

'En dat is?'

'Dat Tynnes Falk en Sonja Hökberg misschien niet rechtstreeks met elkaar te maken hebben gehad.'

Wallander begreep haar gedachte. Hij besefte dat wat ze zei belangrijk kon zijn.

'Jij bedoelt dus dat de verbinding tussen hen een indirecte is. Via iemand anders?'

'Misschien ligt het motief heel ergens anders. Omdat Tynnes Falk al dood was toen Sonja Hökberg geëlektrocuteerd werd. Maar dezelfde persoon die haar heeft omgebracht, kan het lichaam van Tynnes Falk hebben verplaatst.'

'Toch weten we nog steeds niet waar we naar zoeken', zei Wallander. 'Er is geen verbindend motief. Geen gemene deler.

Behalve dan dat het voor iedereen even donker werd toen de stroom uitviel.'

'En was het toeval of niet dat de stroom precies uitviel bij het transformatorstation dat het gevoeligst is?'

Wallander wees op een kaart die achter hem aan de muur hing.

'Het ligt het dichtst bij Ystad in de buurt', zei hij. 'En het was van hieruit dat Sonja Hökberg vertrok.'

'Maar we zijn het er over eens dat ze met iemand contact moet hebben opgenomen. Die er daarna voor koos haar daarnaartoe te brengen.'

'Als ze dat niet zelf vroeg', zei Wallander zachtjes. 'Dat kan namelijk best.'

Zwijgend bekeken ze de kaart.

'Ik vraag me af of je eigenlijk niet met Lundberg zou moeten beginnen', zei Ann-Britt peinzend. 'De taxichauffeur.'

'Hebben we iets over hem gevonden?'

'Hij komt niet voor in onze bestanden. Ik heb bovendien met een paar collega's van hem gepraat. En met zijn weduwe. Niemand zegt een kwaad woord over hem. Een man die op zijn taxi reed en zijn vrije tijd aan zijn gezin besteedde. Een mooie en normale Zweedse levensloop die een wreed einde krijgt. Toen ik gisteren in de keuken zat, kwam opeens de gedachte bij me op dat het bijna té mooi was. Er was geen vlekje op zijn blazoen. Als jij er niets op tegen hebt, ben ik van plan om nog wat verder in Lundbergs leven te wroeten.'

'Ik vind dat je daar goed aan doet. We moeten verder boren tot de kern, tot het oergesteente dat misschien ergens ligt. Had hij kinderen?'

'Twee zoons. Een van de twee woont in Malmö. De andere woont hier nog in de stad. Ik was eigenlijk van plan om vandaag een poging te wagen ze te pakken te krijgen.'

'Doe dat. Al was het maar omdat het goed zou zijn als we voor eens en altijd konden vaststellen dat het echt om een gewone roofmoord ging.'

'Hebben we vandaag nog overleg?'

'In dat geval laat ik het nog weten.'
Ze verdween. Wallander dacht na over wat ze had gezegd. Vervolgens liep hij naar de kantine om koffie te halen. Op een tafel lag een ochtendblad. Hij nam het mee naar zijn kamer en bladerde het verstrooid door. Opeens was er iets wat zijn aandacht trok. Een relatiebemiddelingsbureau liet middels een advertentie weten hoe goed het was en welke diensten het verleende. Fantasieloos genoeg noemde het zichzelf 'Date-hit'. Wallander las de advertentie door. Zonder zich te bedenken zette hij zijn computer aan om zelf een advertentie in elkaar te zetten. Hij wist dat als hij het nu niet deed, het er nooit van zou komen. Er hoefde immers ook niemand van te weten. Hij kon anoniem blijven zolang hij zelf wilde. De reacties die hij eventueel kreeg, zouden naar zijn huisadres worden doorgestuurd zonder dat de afzender erbij stond. Hij probeerde zo eenvoudig mogelijk te schrijven. *'Politieman, 50 jaar, gescheiden, 1 kind, zoekt kennismaking. Geen huwelijk. Maar liefde.'* Hij ondertekende het niet met 'Oude hond', maar met 'Labrador'. Hij printte de tekst en sloeg het bestand op in zijn computer. In de bovenste lade van zijn bureau lagen enveloppen en postzegels. Hij schreef het adres op de envelop en plakte hem dicht. Daarna stopte hij hem in de zak van zijn jas. Toen hij klaar was, kon hij er niet omheen dat hij best een zekere opwinding voelde. Maar hij kreeg vast geen reacties. Of het zouden reacties zijn die hij liever meteen verscheurde. Spannend vond hij het echter wel. Dat kon hij niet ontkennen.

Opeens stond Hanson in de deuropening.

'Ze is er', zei hij. 'Alma Högström, gepensioneerd tandarts. Onze getuige.'

Wallander stond op en volgde Hanson naar een van de kleinere vergaderkamers. Op de grond naast de stoel waarop de vrouw zat, lag een herdershond die zijn omgeving met een waakzame blik opnam. Wallander gaf de vrouw een hand. Hij kreeg het gevoel dat ze mooie kleren had aangetrokken voor haar bezoek aan het politiebureau.

'Ik ben blij dat u de tijd hebt willen nemen om hiernaartoe te komen,' zei hij, 'hoewel het zondag is.'

Ondertussen vroeg hij zich af hoe het toch kwam dat hij zich na al die jaren bij de politie nog steeds zo stijf uitdrukte.

'Als de politie iemands observaties goed kan gebruiken, dan moet je natuurlijk je burgerlijke plicht doen.'

Ze drukt zich nog erger uit dan ik, dacht Wallander gelaten. Het is alsof je zit te luisteren naar replieken uit een oude film.

Ze namen langzaam door wat zij had gezien. Wallander liet Hanson de vragen stellen en maakte zelf aantekeningen. Alma Högström had alles nog goed op een rijtje en gaf heldere antwoorden. Als ze twijfelde, dan zei ze dat. Misschien was het belangrijkste nog wel dat ze duidelijk wist hoe laat het bij diverse gelegenheden geweest was.

Ze had om halftwaalf een donkere bestelwagen gezien. Dat ze dat zo zeker wist, kwam gewoon omdat ze vlak daarvoor een blik op haar horloge had geworpen.

'Dat is een oude gewoonte', klaagde ze. 'Daar kom ik niet meer vanaf. Je had een patiënt onder verdoving in de stoel zitten en de wachtkamer zat vol. Je kwam altijd tijd tekort.'

Hanson probeerde haar te laten verklaren wat voor type bestelwagen het geweest kon zijn. Hij had een ordner meegenomen die hij een paar jaar geleden zelf had samengesteld, met verschillende automodellen en een kleurenwaaier die hij bij een verfzaak had gekregen. Tegenwoordig hadden ze dat natuurlijk ook allemaal in de computer zitten, maar net als Wallander kostte het Hanson moeite om zijn oude ingesleten gewoontes overboord te zetten.

Ten langen leste concludeerden ze dat het waarschijnlijk om een Mercedesbusje ging. En dat dit zwart of donkerblauw was geweest.

Op het kenteken had ze niet gelet. Ook niet of er iemand voorin had gezeten. Ze had echter wel een schim achter het busje gezien.

'Eigenlijk was ik dat niet,' zei ze, 'maar mijn hond, Integer. Hij spitste zijn oren en keek naar de auto.'

'Het is moeilijk om een schim te beschrijven', zei Hanson.

'Maar zou u toch willen proberen iets meer te zeggen. Was het bijvoorbeeld een man of een vrouw?'

Voordat ze antwoord gaf, dacht ze lang na.

'De schim droeg in ieder geval geen rok', zei ze. 'En ik denk eigenlijk dat het een man was. Maar zeker ben ik er niet van.'

'Hebt u iets gehoord?' wierp Wallander ertussen. 'Waren er geluiden?'

'Nee. Maar volgens mij reden er op dat moment een paar auto's over de hoofdweg voorbij.'

Hanson ging verder.

'Wat gebeurde er daarna?'

'Ik heb mijn gewone rondje gelopen.'

Hanson vouwde een stadsplattegrond uit. Zij wees de weg aan.

'U bent dus nog een keer langs de plek gekomen? En de wagen was toen weg?'

'Ja.'

'Hoe laat was het toen?'

'Het zal ongeveer tien over twaalf geweest zijn.'

'Hoe weet u dat?'

'Ik kwam om vijf voor halfeen thuis. Vanaf die winkels doe ik er ongeveer een kwartier over om thuis te komen.'

Ze wees aan waar ze woonde. Wallander en Hanson waren het erover eens. Die tijd kon kloppen.

'Maar u zag niets op het asfalt liggen', zei Hanson. 'En de hond reageerde ook niet?'

'Nee.'

'Is dat niet een beetje vreemd?' vroeg Hanson aan Wallander.

'Het lichaam heeft natuurlijk in de koelcel gelegen', zei Wallander. 'Misschien dat het dan geen geur meer verspreidt. Dat kunnen we aan Nyberg vragen. Of aan iemand van onze eigen hondengeleiders.'

'Ik ben blij dat ik niets heb gezien', zei Alma Högström resoluut. 'Je moet er toch niet aan denken. Dat mensen midden in de nacht met een lijk aan komen rijden.'

Hanson vroeg of ze andere mensen had gezien toen ze langs

de bankautomaat kwam. Ze was echter alleen geweest.

Ze stapten nu over op de keren dat ze Tynnes Falk eerder was tegengekomen.

Wallander had opeens een dringende vraag.

'Wist u dat de man die u altijd tegenkwam Falk heette?'

Haar antwoord verraste hem.

'Hij is ooit patiënt bij mij geweest. Hij had een goed gebit. Hij is maar een paar keer geweest. Maar ik kan goed namen en gezichten onthouden.'

'Hij ging dus 's avonds altijd wandelen?' zei Hanson.

'Ik kwam hem een paar keer in de week tegen.'

'Had hij wel eens iemand bij zich?'

'Nooit. Hij was altijd alleen.'

'Praatte u met elkaar?'

'Ik deed wel eens een poging hem te groeten, maar hij leek met rust te willen worden gelaten.'

Hanson had geen verdere vragen meer. Hij keek Wallander aan, die doorging.

'Is u iets aan hem opgevallen dat de laatste tijd anders was?'

'Wat had dat moeten zijn?'

Wallander was zelf ook niet zeker van zijn vraag.

'Leek hij bang? Keek hij om zich heen?'

Ze dacht lang na voordat ze antwoordde.

'Als er al een verschil was, dan zou je eigenlijk moeten zeggen dat het juist het tegenovergestelde was.'

'Tegenovergesteld aan wat?'

'Aan angst. Hij leek de laatste tijd in een goed humeur en vol energie. Daarvoor had ik vaak het gevoel dat hij zich somber en misschien een beetje moedeloos bewoog.'

Wallander fronste zijn voorhoofd.

'Bent u daar zeker van?'

'Hoe kun je zeker zijn van wat er in een ander omgaat? Ik zeg gewoon wat ik denk.'

Wallander knikte.

'Dan willen wij u graag hartelijk bedanken', zei hij. 'Misschien komen we nog bij u terug. Mocht u nog iets te binnen schieten, dan willen we natuurlijk graag dat u dat meteen laat weten.'

Hanson liet haar uit. Wallander bleef zitten. Hij dacht aan haar laatste woorden. Dat Tynnes Falk de laatste tijd van zijn leven in een buitengewoon goed humeur leek. Wallander schudde zijn hoofd. Hij vond dat er steeds minder samenhang in alles zat.

Hanson keerde terug.

'Heb ik dat echt goed gehoord? Heette die hond "Integer"?'

'Ja.'

'Wat een naam.'

'Ik weet het niet. Een integere hond. Ik heb ze wel erger gehoord.'

'Maar je kunt een hond toch niet de naam "Integer" geven?'

'Zij heeft dat blijkbaar wel gedaan. En dat kun je niet echt als een onrechtmatige daad beschouwen.'

Hanson schudde zijn hoofd.

'Een zwart of blauw Mercedesbusje', zei hij toen. 'Ik neem aan dat we moeten gaan zoeken naar auto's die als gestolen zijn opgegeven.'

Wallander knikte.

'Informeer bij een van de hondengeleiders ook naar dat met die geur. Maar we hebben nu in ieder geval een bepaald tijdpunt dat ons houvast biedt. En dat is al heel wat in de situatie zoals die nu is.'

Wallander keerde terug naar zijn kamer. Het was kwart voor twaalf. Hij belde naar de kamer van Martinson en vertelde wat er die nacht gebeurd was. Martinson luisterde zonder een woord te zeggen. Wallander ergerde zich daaraan, maar hield zich in. Hij vroeg aan Martinson of die Robert Modin op Runnerströms Torg wilde opwachten. Wallander zou naar de receptie komen met de sleutels van het appartement.

'Misschien is het wel leerzaam', zei Martinson. 'Om te zien hoe een meester over *firewalls* klimt.'

'Ik kan je verzekeren dat het nog steeds mijn verantwoordelijkheid is', zei Wallander. 'Maar ik wil niet dat hij daar alleen is.'

Martinson merkte Wallanders voorzichtige ironie meteen op. Hij schoot in de verdediging.

'Niet iedereen is zoals jij', zei hij. 'Dat we de hand lichten met onze dienstvoorschriften.'

'Ik weet het', antwoordde Wallander geduldig. 'Je hebt natuurlijk helemaal gelijk. Maar toch ben ik niet van plan om naar de officier of naar Lisa te stappen om toestemming te vragen.'

Martinson ging de deur uit. Wallander voelde dat hij honger had. Hij liep in het mooie herfstweer de stad in om te gaan lunchen bij de pizzeria van István. Die had het erg druk. Aan het bespreken van Fu Cheng en diens valse creditcard kwamen ze niet toe. Op de terugweg bleef Wallander bij een brievenbus staan om de brief aan het relatiebemiddelingsbureau te posten. Daarna vervolgde hij zijn weg naar het politiebureau in de stellige overtuiging dat hij geen enkele reactie zou krijgen.

Hij was net weer op zijn kamer toen de telefoon ging. Het was Nyberg. Wallander liep door de gang terug. Nyberg had zijn kamer een verdieping lager. Toen Wallander binnenkwam, zag hij dat de hamer en het mes die bij de roofmoord op Lundberg gebruikt waren voor Nyberg op zijn bureau lagen.

'Vandaag ben ik veertig jaar bij de politie', zei Nyberg nijdig. 'Ik ben op een maandagochtend begonnen, maar wanneer ik mijn zinloze jubileum vier, is het natuurlijk zondag.'

'Als het je allemaal zo de keel uithangt, snap ik niet dat je niet meteen opstapt', brieste Wallander.

Het verbaasde hem dat hij in een slecht humeur was geraakt. Hij was nog nooit eerder tegen Nyberg uitgevallen. Hij was juist altijd voorzichtig wanneer hij deze goede, maar opvliegende technisch rechercheur benaderde.

Nyberg leek het hem echter niet kwalijk te nemen. Hij nam Wallander met een nieuwsgierige blik op.

'Ik dacht dat ik hier de enige was met een slecht humeur', zei hij.

'Ik bedoelde het niet zo', mompelde Wallander.

Nyberg werd boos.

'Je bedoelde het verdomme natuurlijk wel zo. Ik snap niet dat mensen zo bang zijn om te laten zien in welk humeur ze zijn. En je hebt natuurlijk gelijk. Ik zit hier te zeuren.'

'Misschien is dat uiteindelijk het enige wat overblijft', zei Wallander zachtjes.

Nyberg trok de plastic zak met het mes nijdig naar zich toe.

'Ik heb bericht gekregen over de vingerafdrukken', zei hij. 'Er staan twee verschillende op.'

Wallanders belangstelling was meteen gewekt.

'Van Eva Persson en Sonja Hökberg?'

'Van allebei.'

'Wat dus kan betekenen dat Persson op dat punt niet liegt?'

'Het is in ieder geval een mogelijkheid.'

'Je bedoelt dat ondanks alles Hökberg het geweld heeft gepleegd?'

'Ik bedoel niets. Ik zeg het gewoon zoals het is. Die kans bestaat.'

'Hoe staat het met de hamer?'

'Daar staan alleen de vingerafdrukken van Hökberg op. Verder van niemand.'

Wallander knikte.

'Dat weten we dan ook weer.'

'We weten nog meer', vervolgde Nyberg terwijl hij tussen alle papieren waarmee zijn bureau bedekt was zat te bladeren. 'De forensisch artsen overtreffen zichzelf soms. Ze menen met aan zekerheid grenzende waarschijnlijkheid te kunnen concluderen dat er bij toerbeurt geweld is gebruikt. Eerst met de hamer. Toen met het mes.'

'Niet andersom?'

'Nee. En ook niet tegelijkertijd.'

'Hoe kunnen ze dat uitknobbelen?'

'Dat weet ik bij benadering, maar ik geloof niet dat ik jou dat echt kan uitleggen.'

'Dit betekent dat Hökberg op een ander wapen kan zijn overgestapt?'

'Ik denk in ieder geval dat het zo gegaan is. Eva Persson had misschien het mes in haar tas. Toen Hökberg dat wilde hebben, heeft ze het haar gegeven.'

'Zoals in een operatiekamer', zei Wallander niet op zijn gemak. 'De chirurg die om verschillende instrumenten vraagt.'

Zwijgend zaten ze een poosje die onaangename vergelijking te overpeinzen. Nyberg was de eerste die de stilte verbrak.

'Er is nog iets. Ik heb over die tas zitten nadenken. Bij dat transformatorstation. Die daar helemaal verkeerd lag.'

Wallander wachtte op een vervolg. Ook al was Nyberg vooral een goede en grondige technisch rechercheur, af en toe gaf hij ook blijk van een onverwacht combinatievermogen.

'Ik ben ernaartoe gereden', zei hij. 'Ik heb de tas meegenomen en die vanaf verschillende punten geprobeerd naar de omheining te gooien. Maar zo ver kwam hij niet.'

'Waarom niet?'

'Je weet nog wel hoe het er daar uitzag. Hoogspanningsmasten, prikkeldraad en hoge betonnen funderingen. De tas bleef steeds ergens achter haken. Ik heb het vijfentwintig keer geprobeerd. En het is me één keer gelukt.'

'Dat betekent dus dat iemand de moeite heeft genomen om met die tas naar de omheining toe te lopen?'

'Zo kan het gegaan zijn. De vraag is alleen waarom.'

'Heb jij een idee?'

'Het meest voor de hand liggend is natuurlijk dat die tas daar is neergelegd omdat men wilde dat hij werd teruggevonden. Maar misschien niet meteen.'

'Iemand wilde dus dat het lichaam geïdentificeerd zou worden, maar niet direct?'

'Die conclusie heb ik ook getrokken. Maar ik heb iets ontdekt. Precies waar de tas lag, is het licht extra fel. Een van de schijnwerpers is precies gericht op het punt waar de tas lag.'

Wallander had al zo'n vermoeden waar Nyberg naartoe wilde, maar hij zei niets.

'Ik bedoel alleen maar, misschien lag hij daar omdat iemand in het licht was gaan staan om die tas te doorzoeken.'

'En misschien heeft diegene ook wat gevonden?'

'Dat waren mijn gedachten. Maar het is natuurlijk aan jou om conclusies te trekken.'

Wallander stond op.

'Goed', zei hij. 'Het kan best dat jij het helemaal bij het rechte eind hebt.'

Wallander liep de trap op en ging naar de kamer van Ann-Britt. Ze zat over een stapel papieren gebogen.

'De moeder van Sonja Hökberg', zei hij. 'Ik wil dat je contact met haar opneemt en vraagt of ze weet wat haar dochter altijd in haar handtas had.'

Wallander vertelde over Nybergs idee. Ann-Britt knikte en begon naar het telefoonnummer te zoeken.

Wallander wachtte daar niet op. Hij voelde zich rusteloos en liep terug naar zijn kamer. Hij vroeg zich af hoeveel kilometers hij in al die jaren in de gang had afgelegd. Toen hoorde hij in zijn kamer de telefoon gaan. Hij haastte zich ernaartoe. Het was Martinson.

'Ik geloof dat het tijd wordt dat jij hiernaartoe komt.'

'Waarom?'

'Die jongen van Modin doet z'n werk erg goed.'

'Wat is er gebeurd?'

'Wat we hoopten. We zijn binnengedrongen. De computer heeft zijn poorten opengezet.'

Wallander hing op.

Nu gaan we eindelijk doorbreken, dacht hij. Het heeft tijd gekost, maar uiteindelijk is het gelukt.

Hij pakte zijn jas en verliet het politiebureau.

Het was kwart voor twee. Zondag 12 oktober.

II

DE FIREWALL

21

Carter werd bij het krieken van de dag wakker doordat de airconditioning opeens ophield. Hij lag roerloos onder zijn laken te luisteren naar de duisternis. De krekels tsjirpten. Ergens in de verte blafte een hond. De stroom was weer uitgevallen. Dat gebeurde hier in Luanda om de andere nacht. De bandieten van Savimbi zochten continu naar mogelijkheden om de elektriciteitsvoorziening van de hoofdstad lam te leggen. En dan deed de airconditioning het niet meer. Carter lag stil onder het laken. Binnen enkele minuten zou het verstikkend heet worden in de kamer. De vraag was echter of hij het kon opbrengen om naar de kamer naast de keuken te lopen om het noodaggregaat aan te zetten. Hij wist ook niet wat eigenlijk het ergste was: het lawaai van het aggregaat of de warmte die snel drukkend werd in de slaapkamer.

Hij draaide zijn hoofd opzij om op de wekker te kijken. Kwart over vijf. Buiten hoorde hij een van de nachtwakers snurken. Dat zou José wel zijn. Maar zolang de andere bewaker, Roberto, wakker bleef, maakte dat niet zoveel uit. Hij verlegde zijn hoofd en voelde de kolf van het pistool dat hij altijd onder zijn kussen had liggen. Als je alle nachtwakers en sloten gehad had, was dat ten slotte de enige zekerheid die hij had. Voor het geval een van de talloze rovers die zich in de duisternis verborgen, besloot om toe te slaan. Hij had er alle begrip voor dat ze hem te pakken probeerden te krijgen. Hij was blank, hij was welgesteld. In een arm en uitgemergeld land als Angola lag criminaliteit voor de hand. Als hij een van de armen was geweest, had hij zichzelf zeker beroofd.

Opeens sloeg de airconditioning weer aan. Het gebeurde wel vaker dat de onderbrekingen kort duurden. Dan kwam het niet door de bandieten, maar was er een technisch probleem. De leidingen waren oud. De Portugezen hadden die in de koloniale tijd aangelegd. Hoeveel jaren er sindsdien waren verstreken zonder dat er onderhoud was gepleegd, wist hij niet.

Carter bleef in het donker wakker liggen. Hij realiseerde zich dat hij binnenkort zestig werd. Gezien het leven dat hij geleid had, was het eigenlijk vreemd dat hij zo oud was geworden. Het was een veelbewogen en gevarieerd leven geweest. Maar ook gevaarlijk.

Hij sloeg het laken terug en liet de koele lucht op zijn huid komen. Hij hield er niet van om zo vroeg in de ochtend wakker te worden. Tijdens de uren vóór zonsopgang was hij het kwetsbaarst. Dan was hij alleen met de duisternis en al zijn herinneringen. Het gebeurde wel dat hij zich opwond en tekeerging over al het onrecht dat hem was aangedaan. Pas wanneer hij zijn gedachten concentreerde op de wraak die zou komen, kalmeerde hij weer. Maar dan waren er meestal al uren verstreken. Dan stond de zon al boven de horizon. De nachtwakers waren beginnen te praten en weldra zouden de hangsloten rammelen wanneer Celina ze van het slot deed om de keuken in te kunnen gaan en zijn ontbijt klaar te maken.

Hij trok het laken weer op. Toen zijn neus begon te kriebelen, wist hij dat hij zo moest niezen. Hij had een hekel aan niezen. Hij verafschuwde zijn allergieën. Ze vormden een zwak punt dat hij verachtte. Vooral het feit dat hij te pas en te onpas moest niezen. Het was wel voorgekomen dat hij een betoog moest onderbreken, omdat het niezen het hem onmogelijk maakte om door te gaan.

Soms kreeg hij uitslag en jeuk. Of zijn ogen begonnen te tranen.

Hij trok het laken op tot over zijn mond. Ditmaal was hij de winnaar. De aandrang om te niezen verdween. Hij bleef liggen denken aan de jaren die waren verstreken. Aan alles wat er was gebeurd en maakte dat hij nu in een bed in een huis in Luanda, de hoofdstad van Angola, lag.

Het was meer dan dertig jaar geleden dat hij als jong econoom bij de Wereldbank in Washington begon. Destijds was hij vol vertrouwen geweest in de mogelijkheden van de bank om bij te dragen aan het verbeteren van de wereld. Of die althans rechtvaardiger te maken. De grote leningen die in de arme landen nodig waren en die afzonderlijke landen of particuliere banken niet alleen konden opbrengen, waren de aanleiding voor de oprichting van de Wereldbank tijdens een vergadering in Bretton Woods. Ook al hadden veel van zijn vrienden aan de universiteit in Californië beweerd dat hij een verkeerde keuze maakte, dat er in de burelen van de Wereldbank geen verstandige oplossingen voor de financiële problemen van de wereld werden bedacht, hij had aan zijn besluit vastgehouden. Hij was er niet minder radicaal om. Hij had in dezelfde demonstraties meegelopen, vooral tegen de oorlog in Vietnam. Hij was er echter nooit van overtuigd geraakt dat burgerlijke ongehoorzaamheid op zichzelf tot een betere wereld zou leiden. Hij geloofde ook niet in de kleine en te beperkte socialistische partijen. Hij was tot de conclusie gekomen dat hij binnen de bestaande structuren invloed moest uitoefenen. Als je de macht wilde verstoren, moest je in haar buurt blijven.

Bovendien bewaarde hij een geheim. Vanwege dat geheim had hij de Columbia-universiteit in New York verlaten en was hij naar Californïe gegaan. Hij was een jaar in Vietnam geweest. En hij had dat fijn gevonden. Hij had onderdeel uitgemaakt van een gevechtseenheid die zich bijna de hele tijd had bevonden in An Khe, langs de belangrijke weg die vanaf Qui Nhon naar het westen leidde. Hij wist dat hij in dat jaar verscheidene vijandige soldaten had omgebracht en het was hem ook duidelijk dat hij daar eigenlijk nooit spijt van had gehad. Terwijl zijn kameraden zich aan drugs te buiten gingen, had hij zijn discipline als soldaat behouden. Hij was er ook van overtuigd geweest dat hij zou overleven. Hij zou nooit in een lijkenzak over zee worden teruggestuurd. Destijds, gedurende de drukkend hete nachten, ergens op patrouille in het oerwoud, was hij tot zijn overtuiging gekomen. Je moest je aan de kant van de macht scharen, in de buurt van de macht, om haar te kunnen verstoren. En nu hij in de dageraad in Angola lag te wachten, overviel hem af en toe hetzelfde gevoel. Dat hij zich opnieuw in een drukkend heet oerwoud bevond en dat hij dertig jaar geleden gelijk had gehad.

Omdat hij al tijdig had ingezien dat er bij de Wereldbank weldra een post als landenmanager in Angola zou vrijkomen was hij meteen Portugees gaan leren. Zijn carrière was snel en kaarsrecht geweest. Zijn bazen hadden zijn capaciteiten gezien. Hoewel er veel sollicitanten waren die beter, of althans breder, gekwalificeerd waren dan hij, had hij zonder dat er discussie over was geweest de gewenste positie als manager in Luanda gekregen.

Hij kwam voor het eerst in Afrika. Betrad voor het eerst serieus een arm en vernield land op het zuidelijk halfrond. Zijn tijd als soldaat in Vietnam telde hij niet mee. Daar was hij een onwelkome vijand geweest. In Angola was hij welkom. De eerste tijd had hij gebruikt om te luisteren. Om te zien en te leren kennen. Hij had zich verbaasd over de blijdschap en de waardigheid die ondanks alles zo sterk leefden in die grote ellende.

Het had hem vervolgens twee jaar gekost om te beseffen dat het helemaal verkeerd was waar de Wereldbank mee bezig was. In plaats van het land bij zijn zelfstandigheid te steunen en de wederopbouw na het oorlogsgeweld gemakkelijker te maken, droeg de bank er eigenlijk alleen maar toe bij degenen die al rijk waren nog rijker te maken. Hij merkte hoe hij door zijn machtspositie voortdurend door onderdanige en voorzichtige mensen tegemoet werd getreden. Achter alle radicale woorden ontmoette hij corruptie, lafheid en slecht gemaskeerd eigenbelang. Er waren ook anderen, onafhankelijke intellectuelen, een enkele minister, die hetzelfde zagen als hij. Maar die bevonden zich altijd in een nadelige positie. Behalve hij was er niemand die naar hen luisterde.

Ten slotte kon hij het niet meer verdragen. Hij had zijn bazen geprobeerd duidelijk te maken dat de strategieën van de Wereldbank helemaal verkeerd waren. Hoewel hij keer op keer de Atlantische Oceaan overstak in een poging het hoofdkantoor te beïnvloeden vond hij geen gehoor. Hij schreef talloze serieuze nota's, maar hij werd nooit met iets anders dan welwillende onverschilligheid bejegend. Tijdens een van zijn vergaderingen bekroop hem voor het eerst het gevoel dat men hem een lastpost begon te vinden. Iemand die langzamerhand buiten het kader viel. Op een avond sprak hij met zijn oudste mentor, een financieel analist genaamd Whitfield, die hem vanaf zijn studiejaren gevolgd had en hem ook had aangenomen. Ze hadden in een klein restaurant in Georgetown afgesproken en Carter had hem recht op de man af gevraagd of hij bezig was zichzelf onmogelijk te maken. Was er werkelijk niemand die begreep dat hij gelijk had en de bank ongelijk? Whitfield had de waarheid gezegd, dat die vraag verkeerd geformuleerd was. Of Carter gelijk of ongelijk had, deed er niet zoveel toe. De bank had een *policy* bepaald. Of die nou fout was of niet, die moest gevolgd worden.

In de nacht daarna vloog Carter terug naar Luanda. Tijdens de reis in zijn comfortabele stoel in de eersteklas rijpte in zijn hoofd een schokkend besluit.

Het kostte hem vervolgens een aantal slapeloze nachten om erachter te komen wat hij nu eigenlijk wilde.

Dat was ook het moment waarop hij de man leerde kennen die hem ervan zou overtuigen dat hij gelijk had.

Carter had naderhand gedacht dat het belangrijkste in een mensenleven altijd een vreemde combinatie is van bewuste beslissingen en toeval. De vrouwen van wie hij had gehouden, waren ook op de eigenaardigste manieren op zijn pad gekomen. En ze hadden hem ook op dezelfde manier weer verlaten.

Het was een avond in maart in het midden van de jaren zeventig. Toen hij een uitweg zocht uit zijn dilemma zat hij midden in een periode van slapeloosheid. Op een avond voelde hij zich rusteloos en hij besloot naar een van de restaurants te gaan die aan de havenboulevard in Luanda lagen. Het restaurant heette Metropol. Hij ging er vaak naartoe, omdat hij daar nauwelijks het risico liep een van de overige bankemployés tegen het lijf te lopen. Of überhaupt mensen die tot de elite van het land behoorden. In Metropol werd hij meestal met rust gelaten. Aan een tafel naast hem had een man gezeten die erg slecht Portugees sprak. Aangezien de ober geen Engels sprak, had Carter geholpen met tolken.

Daarna waren de man en hij in gesprek geraakt. Het bleek een Zweed te zijn en hij was in Luanda om een consultancy-opdracht uit te voeren voor de openbare sector, die erg verwaarloosd was. Wat het nou precies was aan de man wat zijn belangstelling wekte, kon Carter niet zeggen. Normaal gesproken was hij iemand die mensen op afstand hield, maar deze man had iets wat meteen zijn aandacht trok. Carter was een achterdochtig persoon. Hij ging ervan uit dat de mensen die hij tegenkwam vijanden waren.

Ze hadden nog niet veel woorden gewisseld of Carter begreep dat de man die aan de tafel naast hem zat en na een tijdje naar zijn tafel verhuisde erg intelligent was. Bovendien was hij geen beperkte technicus met exclusieve, eigenaardige hobby's, maar bleek hij belezen te zijn en goed op de hoogte van zowel de Angolese koloniale geschiedenis als de complexe politieke situatie waarin het land zich op dat moment bevond.

De man heette Tynnes Falk. Dat had hij verteld toen laat in de nacht hun wegen zich scheidden. Ze waren de laatste gasten. Aan de bar zat een eenzame ober half te slapen. Voor het restaurant stonden hun chauffeurs te wachten. Falk logeerde in Hotel Luanda en ze spraken af dat ze elkaar de volgende avond weer zouden zien.

Falk was drie maanden in Luanda gebleven. Tegen het einde van die periode had Carter hem een nieuwe consultancy-opdracht aangeboden. Eigenlijk was dat alleen maar een excuus om Falk de mogelijkheid te bieden terug te komen zodat ze hun gesprekken konden voortzetten.

Falk was twee maanden later teruggekeerd. Hij had toen pas verteld dat hij ongetrouwd was. Carter was ook nooit getrouwd geweest, maar hij had met veel verschillende vrouwen geleefd en hij had vier kinderen: drie dochters en een zoon, die hij bijna nooit zag. In Luanda had hij twee zwarte minnaressen, die hij afwisselend bezocht. De een was docente aan de universiteit, de ander een gescheiden ministersvrouw. Zoals gewoonlijk hield hij zijn betrekkingen geheim voor iedereen, behalve voor zijn bedienden. Hij had ook nooit verhoudingen met vrouwen die voor de Wereldbank werkten. Omdat Falk een grote eenzaamheid uitstraalde, hielp Carter hem aan geschikt vrouwelijk gezelschap in de vorm van een vrouw die Rosa heette en de dochter was van een Portugese zakenman en diens zwarte dienstmeid.

Falk begon het toen steeds meer naar zijn zin te krijgen in Afrika. Carter had hem aan een huis aan Luanda's mooie baai geholpen, met een tuin en uitzicht op zee. Hij had bovendien een contract getekend waardoor Falk een erg hoge vergoeding kreeg voor het minimale werk dat hij verrichtte.

Ze bleven hun gesprekken voortzetten. Waar ze ook over spraken in de lange, hete nachten, algauw ontdekten ze dat hun politieke en morele opvattingen heel dicht bij elkaar lagen. Voor het eerst in zijn leven had Carter iemand gevonden die hij in vertrouwen kon nemen. En dat gold ook voor Falk. Ze luisterden naar elkaar met toenemende belangstelling en verbijstering toen ze ontdekten dat ze er soortgelijke meningen op na hielden. Niet alleen het feit dat ze in hun radicale houding teleurgesteld waren verbond hen, maar ook dat ze zich geen van beiden in een passieve en naar binnen gekeerde verbittering hadden laten wegzakken. Tot het moment waarop ze door het toeval werden samengebracht, hadden ze beiden afzonderlijk een uitweg gezocht. Nu konden ze dat samen doen. Ze formuleerden enkele simpele voorwaarden waarover ze het op een vanzelfsprekende wijze, zonder moeite, eens konden zijn. Wat restte er nog nu de ideologieën waren afgedankt? In dit onvoorstelbare gewemel van mensen en ideeën, in een wereld die hun steeds gecorrumpeerder voorkwam? Hoe kon je eigenlijk een betere wereld opbouwen? Kon dat überhaupt, zolang de oude fundamenten er nog lagen? Geleidelijk beseften ze, en misschien versterkten ze elkaar wel in dat idee, dat er nauwelijks een nieuwe en betere wereld kon ontstaan als niet aan één absolute voorwaarde was voldaan. Dat alles eerst werd afgebroken.

Tijdens hun nachtelijke gesprekken begon het plan vorm te krijgen. Ze zochten langzaam naar een punt waarop ze hun kennis en ervaringen konden bundelen. Carter had met toenemende fascinatie geluisterd naar de verbijsterende dingen die Falk wist te vertellen over de elektronische wereld waarin hij leefde en werkte. Door Falk had hij begrepen dat er eigenlijk niets onmogelijk was. Degenen die de elektronische communicatiemiddelen beheersten, waren degenen die de werkelijke macht hadden. Vooral toen Falk vertelde over de oorlogen die in de toekomst zouden worden uitgevochten, luisterde Carter met al zijn zintuigen op scherp. Wat de tank had betekend voor de Eerste Wereldoorlog en de atoombom voor de Tweede zou de nieuwe informatietechnologie betekenen voor de conflicten die in een nabije toekomst lagen te wachten. Dan zouden tijdbommen die uit niets anders bestonden dan voorgeprogrammeerde computervirussen worden binnengesmokkeld in het wapenarsenaal van een beoogde vijand. Elektronische impulsen zouden de aandelenmarkten en telecommunicatiesystemen van een vijand uitschakelen. De nieuwe technologie zou betekenen dat de strijd om de toekomst niet eens op de meest verfijnde slagvelden zou worden uitgevochten, maar achter het toetsenbord en in laboratoria. De tijd van met kernwapens uitgeruste onderzeeërs was weldra voorbij. De echte bedreigingen lagen nu in de glasvezelkabels die als steeds hechtere spinnenwebben rond de aardbol werden gespannen.

Tijdens de warme Afrikaanse nachten begon het grote plan langzaam vorm te krijgen. Vanaf het begin waren ze vastbesloten de tijd te nemen. Zich niet te overhaasten. Op een dag zou de tijd rijp zijn. En dan waren zij klaar.

Ze vulden elkaar ook aan. Carter had contacten. Hij wist hoe de Wereldbank werkte. Hij kende de financiële systemen tot in detail en wist hoe kwetsbaar de wereldwijde economie eigenlijk was. Wat volgens velen de kracht was, dat alle economieën van de wereld steeds meer met elkaar vervlochten raakten, zou in haar tegendeel kunnen worden veranderd. Falk was de technicus die kon uitdenken hoe allerlei ideeën in praktijk moesten worden gebracht.

Maandenlang zaten ze bijna iedere avond hun grote plan bij te slijpen. Daarna hadden ze meer dan twintig jaar regelmatig contact met elkaar. Vanaf het begin was het hun duidelijk dat de tijd nog niet rijp was. Maar op een dag zou het zover zijn en dan zouden ze toeslaan. Op de dag waarop de elektronische middelen er waren en de internationale financiële wereld zo stevig vervlochten was dat de knoop slechts met één klap kon worden ontward, was het zover.

Carters gedachten werden ruw verstoord. Instinctief greep hij naar het pistool onder zijn hoofdkussen. Maar het was slechts Celina, die bezig was met de hangsloten bij de keukeningang. Geïrriteerd bedacht hij dat hij haar eigenlijk moest ontslaan. Ze maakte te veel lawaai wanneer ze zijn ontbijt klaarmaakte. Bovendien kreeg hij zijn eieren nooit zoals hij ze hebben wilde. Celina was lelijk, dik en dom. Ze kon niet schrijven of lezen en had negen kinderen. En een man die meestal onder een boom zat te praten, wanneer hij niet dronken was.

Ooit had Carter gedacht dat deze mensen de nieuwe wereld zouden scheppen. Daar geloofde hij nu niet meer in. Dan kon je die dus net zo goed afbreken. In stukken slaan.

De zon had zich al boven de horizon verheven. Carter bleef nog een poosje onder het laken liggen. Hij dacht aan wat er was gebeurd. Dat Tynnes Falk nu dood was. Wat niet mocht gebeuren, was toch gebeurd. Ze hadden in hun plan altijd rekening gehouden met de gedachte dat het onverwachte, datgene waarover je geen controle kon uitoefenen, zou kunnen gebeuren. Dat hadden ze in hun calculaties meegenomen, ze hadden verdedigingssystemen ingebouwd en alternatieve oplossingen bedacht. Maar ze hadden nooit kunnen denken dat een van hen zelf getroffen zou worden. Dat een van hen zou sterven, een totaal zinloze en ongeplande dood. Toch was juist dat gebeurd. Toen Carter het telefoontje uit Zweden kreeg, had hij eerst niet willen geloven dat het waar was. Uiteindelijk moest hij het onder ogen zien. Zijn vriend was dood. Tynnes Falk was er niet meer. Dat deed hem pijn en verstoorde al hun plannen. En het was op het slechtst denkbare moment gebeurd, vlak voordat ze eindelijk zouden toeslaan. Nu was hij de enige die het grote moment zou mogen meemaken. Het leven bestond echter niet uitsluitend uit bewuste beslissingen en grondige plannen. Er zaten ook toevalligheden in.

In zijn hoofd had de grote operatie al een naam gekregen: 'Jakobs Moeras'.

Hij wist nog hoe Falk tijdens een van de heel weinige gelegenheden dat hij te veel wijn had gedronken opeens over zijn jeugd begon te vertellen. Hoe hij op een boerderij was opgegroeid waar zijn vader een soort opzichter was. Zoiets als een voorman op een van de vroegere Portugese plantages in Angola. Daar, naast een bospartij, was een moeras geweest. De planten die er groeiden waren volgens Falk wild, chaotisch en mooi. Bij dat moeras had hij als kind gespeeld, de waterjuffers zien vliegen, en er enkele van de mooiste momenten van zijn leven meegemaakt. Waarom de plek Jakobs Moeras werd genoemd wist hij ook. Langgeleden had er zich 's nachts een keer iemand die Jakob heette uit liefdesverdriet verdronken.

Voor Falk had dat moeras een andere betekenis gekregen toen hij volwassen werd. Vooral nadat hij Carter had leren kennen en ze zich ervan bewust waren geworden dat ze een enorme ervaring van wat het leven eigenlijk inhield deelden. Nu stond het moeras symbool voor de chaotische wereld waarin ze leefden, waarin jezelf verdrinken uiteindelijk het enige was wat je kon doen. Of er althans voor zorgen dat anderen verdwenen.

Jakobs Moeras. Dat was een goede naam. Voorzover de operatie tenminste een naam nodig had. Ze zou echter een lofrede op Falk worden. Een herdenking waarvan alleen Carter zelf de betekenis begreep.

Hij bleef nog een poosje in bed aan Falk liggen denken, maar toen hij merkte dat hij sentimenteel begon te worden stond hij meteen op, ging douchen en liep de trap af naar de keuken om te ontbijten.

De rest van de ochtend wilde hij in zijn woonkamer doorbrengen. Hij luisterde naar enkele strijkkwartetten van Beethoven totdat hij het gerammel van Celina in de keuken niet meer kon verdragen. Toen reed hij naar het strand om een wandeling te maken. Naast hem of vlak achter hem liep zijn chauffeur, die Alfredo heette en tevens zijn lijfwacht was. Iedere keer dat Carter door Luanda reed en het verval, de vuilnishopen, de armoede en de ellende zag, was dat voor hem een bevestiging dat wat hij deed juist was. Falk had hem bijna tot het einde vergezeld, maar nu moest hij het karwei alleen afmaken.

Hij liep langs de zee en keek naar de verweerde stad. Hij voelde een grote kalmte. Wat er ook uit de as oprees nadat hij binnenkort de boel in brand had gestoken, het kon haast niet anders of het zou een verandering ten goede zijn.

Even voor elven was hij weer terug in zijn villa. Celina was naar huis gegaan. Hij dronk een kop koffie en een glas water. Vervolgens ging hij naar zijn werkkamer op de eerste verdieping. Het uitzicht op zee was verrukkelijk, maar hij deed de gordijnen dicht. De Afrikaanse schemering beviel hem het beste. Of de zachte gordijnen die zijn gevoelige ogen tegen de zon beschermden. Hij zette zijn computer aan en begon bijna gedachteloos alle routines te doorlopen.

Ergens in de elektronische wereld tikte een onzichtbare klok. Die had Falk voor hem gemaakt aan de hand van zijn instructies. Nu was het zondag 12 oktober, nog maar acht dagen te gaan voor het zover was.

Om kwart over elf was hij klaar met zijn controles.

Hij wilde de computer net uitzetten toen hij verstijfde. In een hoek van het scherm was opeens een lichtpuntje gaan knipperen. De impuls was regelmatig: tweemaal kort, eenmaal lang, tweemaal kort. Hij pakte de handleiding die Falk had uitgewerkt en zocht de juiste code op.

Eerst meende hij dat hij het verkeerd zag, maar toen besefte hij dat het geen vergissing was. Iemand was zojuist door de buitenste laag heen gedrongen van het beveiligingssysteem van Falks computer in Zweden. In het stadje Ystad, waarvan Carter alleen foto's had gezien.

Hij staarde naar het scherm en kon zijn ogen niet geloven. Falk had gegarandeerd dat niemand door de beveiligingssystemen heen kon dringen.

Toch was iemand daar blijkbaar in geslaagd.

Het zweet brak Carter uit. Hij maande zichzelf tot kalmte. Falk had een aantal beveiligingsfuncties geactiveerd. De binnenste kern in Falks systeem, de onzichtbare en microscopisch fijne computerbommen, zaten verborgen achter een vesting en *firewalls* die niemand kon afbreken.

Toch probeerde iemand dat.

Carter dacht na over de situatie. Na Falks dood had hij onmiddellijk iemand naar Ystad gestuurd die toezicht moest houden en moest rapporteren. Er waren enkele ongelukkige, hinderlijke momenten geweest. Tot nu toe had Carter echter gedacht dat alles onder controle was. Omdat hij zo snel en zonder aarzeling had gereageerd.

Hij besloot dat alles nog steeds onder controle was, maar toch was er iemand in Falks computer doorgedrongen, of had dat althans geprobeerd. Dat viel niet te ontkennen. Dat was iets vervelends waartegen meteen maatregelen moesten worden genomen.

Carter dacht intensief na. Wie kon het zijn? Hij kon zich moeilijk voorstellen dat het een van de politiemensen was die volgens de rapportages die hij had gekregen ogenschijnlijk ongecoördineerd bezig waren met het onderzoek naar Falks dood en een aantal andere gebeurtenissen.

Maar wie was het dan?

Een antwoord vond hij niet, hoewel hij achter zijn computer bleef zitten tot de schemering over Luanda inviel. Toen hij ten slotte opstond, was hij nog steeds kalm.

Maar er was iets gebeurd en hij moest erachter zien te komen wat dat was, zodat hij zo snel mogelijk passende maatregelen kon treffen.

Tegen middernacht keerde hij terug naar zijn computer.
Hij voelde dat hij Falk meer dan ooit miste.
Vervolgens stuurde hij zijn bericht cyberspace in.
Na ongeveer een minuut kreeg hij antwoord.

*

Wallander was naast Martinson gaan staan. Robert Modin zat achter de computer. Het scherm was vol cijfers die in een razend tempo en in wisselende kolommen voorbijschoten. Daarna werd het helemaal stil. Enkele enen en nullen blonken op. Vervolgens werd het zwart. Robert Modin keek Martinson aan, die knikte. Hij bleef zijn eigen commando's intoetsen. Nieuwe cijferzwermen vlogen voorbij. Daarna hielden ze plotseling op. Martinson en Wallander bogen zich allebei naar voren.

'Ik weet helemaal niet wat dit is', zei Robert Modin. 'Ik heb nog nooit zoiets gezien.'

'Kunnen het niet gewoon een soort berekeningen zijn?' vroeg Martinson.

Robert Modin schudde zijn hoofd.

'Dat denk ik niet. Het ziet eruit als een cijfersysteem dat wacht op een vervolgopdracht.'

Nu was het Martinsons beurt om zijn hoofd te schudden.

'Kun je uitleggen wat je bedoelt?' vroeg Martinson.

'Een berekening kan het nauwelijks zijn. Er wordt niets berekend. De cijfers verwijzen bovendien alleen maar naar zichzelf. Ik vind dat het eerder op een geheimschrift lijkt.'

Wallander merkte dat hij ontevreden was. Wat hij precies verwacht had wist hij niet goed, maar dit niet echt. Een zwerm zinloze cijfers.

'Zijn ze na de Tweede Wereldoorlog niet opgehouden met geheimschrift?' vroeg hij, maar hij kreeg geen antwoord.

Ze bleven naar de cijfers staren.

'Het heeft iets met het getal twintig te maken', zei Robert Modin opeens.

Martinson boog zich weer naar voren, maar Wallander bleef rechtop staan. Hij begon pijn in zijn rug te krijgen. Robert Modin wees en legde uit. Martinson luisterde belangstellend, terwijl Wallander zijn gedachten in andere richtingen liet gaan.

'Kan het iets met het jaar 2000 te maken hebben?' vroeg Martinson. 'Is het niet zo dat er dan in de wereld chaos zal ontstaan omdat computers op tilt slaan?'

'Het is niet tweeduizend', zei Robert Modin koppig. 'Het is het getal twintig. Bovendien slaat een computer niet op tilt. Dat doen de mensen.'

'Over acht dagen', zei Wallander peinzend. Zonder dat hij eigenlijk wist waarom.

Robert Modin en Martinson bleven discussiëren. Nieuwe cijfers doken op. Wallander leerde nu redelijk gedetailleerd wat een modem eigenlijk was. Hij had altijd alleen maar geweten dat het iets was wat een computer met de rest van de wereld verbond via telefoonlijnen. Hij begon ongeduldig te worden. Tegelijkertijd wist hij dat Robert Modins bezigheden van dit moment belangrijk konden zijn.

Zijn mobieltje begon te rinkelen in zijn zak. Hij liep de kamer uit om het telefoontje te beantwoorden. Het was Ann-Britt.

'Ik heb misschien iets gevonden', zei ze.

Wallander liep door naar het trappenhuis.

'Wat dan?'

'Ik zei toch dat ik van plan was nog wat meer in Lundbergs leven te graven', vervolgde ze. 'Ik was in de eerste plaats van plan met zijn twee zoons te praten. De oudste heet Carl-Einar Lundberg. Ik had opeens het gevoel dat ik die naam vaker had gezien. Ik kon me alleen niet herinneren wanneer of in welke context.'

De naam zei Wallander niets.

'Ik heb eerst de bestanden in de computer nagetrokken.'

'Ik dacht dat alleen Martinson dat kon?'

'Het is eerder zo dat jij de enige bent die het niet kan.'

'Wat heb je gevonden?'

'Ik had beet. Carl-Einar Lundberg moest een aantal jaren geleden voorkomen in een rechtszaak. Volgens mij was dat toen jij een hele tijd in de ziektewet zat.'

'Wat had hij gedaan?'

'Blijkbaar niets, want hij werd vrijgesproken. Maar hij was beschuldigd van verkrachting.'

Wallander dacht na.

'Wie weet', zei hij toen. 'Het is in ieder geval de moeite van het onderzoeken waard. Maar ik kan dit toch nauwelijks in verband brengen met het andere. Al helemaal niet met Falk. En ook niet met Sonja Hökberg.'

'Toch denk ik dat ik er nog even mee doorga', zei Ann-Britt. 'Zoals we hebben afgesproken.'

Ze beëindigden het gesprek. Wallander keerde terug naar de andere twee.

We schieten helemaal niet op, dacht hij in een plotselinge aanval van gelatenheid. We weten immers niet eens wat we zoeken. We bevinden ons in één grote leegte.

22

Na zessen had Robert Modin het helemaal gehad. Hij klaagde ook over hoofdpijn.

Opgeven deed hij het echter niet. Met samengeknepen ogen nam hij Martinson en Wallander door zijn bril op en zei dat hij de volgende dag maar al te graag wilde doorgaan.

'Maar ik heb tijd nodig om na te denken', legde hij uit. 'Ik moet een strategie uitdenken. En een paar vrienden consulteren.'

Martinson zorgde ervoor dat Robert Modin naar Löderup werd gebracht.

'Wat bedoelde hij eigenlijk?' vroeg Wallander toen Martinson en hij op het bureau waren teruggekeerd.

'Dat hij tijd nodig heeft om een strategie uit te denken net zoals wij doen', antwoordde Martinson. 'Wij lossen problemen op. Dat is toch ook de reden dat Robert Modin ons helpt?'

'Hij klonk als een oude dokter die een patiënt met rare symptomen op zijn dak heeft gekregen. Hij zei dat hij een paar vrienden zou consulteren.'

'Dat betekent vast alleen maar dat hij andere hackers belt. Of met ze chat. Die vergelijking met een dokter en vreemde symptomen klopt eigenlijk wel.'

Martinson leek zich erover heen te hebben gezet dat ze geen toestemming hadden gevraagd om van Robert Modins diensten gebruik te maken. Wallander vond het beter het onderwerp niet meer onnodig aan te roeren.

Ann-Britt en Hanson waren allebei op het bureau. Verder heerste er een bedrieglijke zondagsrust. Heel even dacht Wallander aan de stapel onderzoeken die maar groeide. Vervolgens riep hij iedereen bijeen voor een kort overleg. Althans symbolisch waren ze bezig een arbeidsweek af te sluiten. Ze hadden

nog veel voor zich liggen dat onzeker was.
'Ik heb met een van de hondengeleiders gepraat', zei Hanson. 'Met Norberg. Hij is trouwens bezig met een nieuwe hond. Hercules wordt te oud.'
'Is die hond nog niet dood?' vroeg Martinson verwonderd. 'Ik heb het gevoel dat die hier al die jaren al is.'
'Nu is hij blijkbaar op. De hond begint blind te worden.'
Martinson liet een droog lachje horen.
'Dat zou iets zijn om over te schrijven', zei hij. 'De blinde opsporingshonden van de politie.'
Wallander vond het helemaal niet leuk. Hij kon niet ontkennen dat hij de oude politiehond zou missen. Misschien nog wel meer dan dat hij bepaalde collega's zou missen.
'Ik heb zitten nadenken over die namen van honden', vervolgde Hanson. 'Ik kan misschien nog net begrijpen dat je een reu Hercules noemt. Maar Integer?'
'We hebben toch helemaal geen politiehond die zo heet?' vroeg Martinson verbaasd.
Wallander liet zijn handpalmen met een plof op tafel neerkomen. Dat was het meest autoritaire gebaar dat hij op dat moment kon opbrengen.
'We houden er nou over op. Wat heeft Norberg gezegd?'
'Dat het best zo zou kunnen zijn dat voorwerpen of lichamen die bevroren zijn of zijn geweest geen geur meer verspreiden. Wanneer het in de winter erg koud is, hebben honden soms moeite om lijken te vinden.'
Wallander ging snel verder.
'En het busje? De Mercedes? Ben je daar al achteraan geweest?'
'Er is een paar weken geleden een zwart Mercedesbusje gestolen in Ånge.'
Wallander pijnigde zijn hersens.
'Waar ligt Ånge?'
'In de buurt van Luleå', zei Martinson met stelligheid.
'Helemaal niet', antwoordde Hanson. 'Sundsvall. Of daar in ieder geval vlakbij.'

Ann-Britt stond op en liep naar de kaart die aan de muur hing. Hanson had gelijk.

'Het zou hem natuurlijk kunnen zijn', vervolgde Hanson. 'Zweden is een klein land.'

'Toch lijkt het me niet echt waarschijnlijk', zei Wallander. 'Maar er kunnen meer auto's gestolen zijn, waarvan we de aangiftes hier niet hebben binnengekregen. We moeten die zaak in de gaten houden.'

Daarna luisterden ze naar Ann-Britt.

'Lundberg heeft twee zoons die totaal verschillend lijken te zijn. Degene die in Malmö woont, Nils-Emil, werkt als conciërge op een school. Hem heb ik telefonisch te pakken proberen te krijgen. Zijn vrouw zei dat hij met een groep mensen voor een oriëntatieloop aan het trainen was. Ze was erg spraakzaam. Zijn vaders dood had hem erg aangegrepen. Als ik het goed heb begrepen is Nils-Emil belijdend christen. Het lijkt er dus op dat de jongere broer, Carl-Einar, voor ons interessant is. Er is in 1993 een aanklacht tegen hem ingediend wegens verkrachting van een meisje hier in de stad. Ze heet Englund. Ze hebben hem echter niet kunnen veroordelen.'

'Ik herinner me dat nog', zei Martinson. 'Dat was een akelige geschiedenis.'

Wallander wist alleen nog dat hij in die periode op de stranden van Skagen in Denemarken had rondgelopen. Vervolgens was er een advocaat vermoord en was hij tot zijn eigen stomme verbazing weer in dienst getreden.

'Was jij verantwoordelijk voor dat onderzoek?' vroeg Wallander.

Martinson vertrok zijn gezicht.

'Nee, Svedberg.'

Het werd stil in de kamer. Ze dachten allemaal een moment aan hun overleden collega.

'Ik heb nog geen tijd gehad om alle papieren door te nemen,' vervolgde Ann-Britt, 'dus ik weet niet waarom hij niet veroordeeld werd.'

'Er is helemaal niemand veroordeeld', zei Martinson. 'De

dader ging vrijuit. Een andere verdachte hebben we nooit gevonden. Het staat me nog behoorlijk goed bij dat Svedberg ervan overtuigd was dat Lundberg het toch had gedaan. Maar het is niet bij me opgekomen dat dat Johan Lundbergs zoon kon zijn.'

'Laten we aannemen dat hij het was', zei Wallander. 'Op wat voor manier zou dat de roofmoord op zijn vader eigenlijk aannemelijk moeten maken? Of dat Sonja Hökberg wordt geëlektrocuteerd? Of dat de vingers van Tynnes Falk er worden afgehakt?'

'Het was een brute verkrachting', zei Ann-Britt. 'Je moet je in ieder geval een man voorstellen die niet bepaald gauw ergens voor terugdeinst. Dat meisje Englund heeft lang in het ziekenhuis gelegen. Ze had ernstige verwondingen opgelopen. Zowel aan haar hoofd als op andere plaatsen.'

'We moeten hem natuurlijk verder onder de loep nemen,' zei Wallander, 'maar ik kan me nauwelijks voorstellen dat hij met de zaak te maken heeft. Hier zit iets anders achter. Ook al kunnen we niet zeggen wat.'

Dit bood een duidelijke overstap naar Robert Modin en de computer van Falk. Hanson en Ann-Britt leken zich geen van beiden druk te maken over het feit dat ze de hulp hadden ingeroepen van iemand die eerder veroordeeld was voor een zeer gecompliceerde computerinbraak.

'Ik begrijp dit niet goed', zei Hanson toen Wallander er het zwijgen toe deed. 'Wat denk jij eigenlijk in die computer te vinden? Een bekentenis? Een overzicht van wat er is gebeurd? En waarom?'

'Ik weet niet of er überhaupt iets te vinden is', zei Wallander simpelweg. 'Maar we moeten erachter zien te komen waar Falk zich eigenlijk mee bezighield. Zoals we ook in kaart moeten brengen wie hij was. En ik vind dat we vooral in zijn verleden moeten duiken. Ik heb de indruk dat het een nogal eigenaardige man was.'

Hanson leek nog steeds te betwijfelen of het zin had zo veel tijd aan Falks computer te besteden, maar hij zei niets. Wallander realiseerde zich dat hij het overleg nu zo snel mogelijk moest beëindigen. Iedereen was moe. Ze waren aan rust toe.

'We gaan gewoon op dezelfde voet verder', vervolgde hij. 'In de breedte en in de diepte. We moeten de diverse gebeurtenissen isoleren en daarna op elkaar afstemmen en kijken of we ook nieuwe gemene delers kunnen vinden. We moeten meer weten over Sonja Hökberg. Wie was ze eigenlijk? Ze heeft in het buitenland gewerkt, ze heeft van alles gedaan. We weten te weinig.'

Hij onderbrak zichzelf en wendde zich tot Ann-Britt.

'Hoe is het met haar handtas afgelopen?' vroeg hij.

'Dat vergat ik nog te vertellen,' zei ze verontschuldigend, 'maar haar moeder dacht dat er misschien een boekje met telefoonnummers weg was.'

'Misschien?'

'Ik geloof haar wel. Sonja Hökberg liet blijkbaar niemand anders dan Eva Persson toe. En zelfs haar misschien niet. Sonja's moeder dacht dat Sonja een zwart notitieboekje had waarin ze telefoonnummers noteerde. Dat zou dan weg zijn. Maar zeker weten deed ze het dus niet.'

'Als dat klopt, is dat belangrijke informatie. Maar Eva Persson zou dat moeten weten.'

Wallander dacht even na voordat hij verderging.

'Ik denk dat we de zaak een beetje moeten omgooien. Vanaf nu wil ik dat Ann-Britt zich uitsluitend op Sonja Hökberg en Eva Persson concentreert. Ergens moet er op de achtergrond bij Sonja Hökberg een vriendje te vinden zijn. Iemand die haar de stad uit kan hebben gebracht. Ik wil ook dat je onderzoek doet naar haar en haar verleden. Wie was ze eigenlijk? Martinson gaat door met het in een goed humeur houden van Robert Modin. Iemand anders moet Lundbergs zoon bekijken. Ikzelf bijvoorbeeld. En ik zal proberen Falk wat beter in kaart te brengen. Hanson blijft de hele zaak coördineren. Jij houdt Viktorsson op de hoogte en vormt de achterhoede, probeert getuigen op te sporen en verklaringen te vinden voor hoe een lijk uit het Forensisch Instituut in Lund kan verdwijnen. Bovendien moet er iemand naar Växjö rijden om met Eva Perssons vader te praten. Dan hebben we dat tenminste ook gehad.'

Voordat hij het overleg afsloot, keek hij rond.

'Dit gaat tijd kosten. Maar vroeg of laat moeten we iets vinden wat wijst op die vreemde gemene deler die ondanks alles bestaat.'

'Vergeten we niet iets?' vroeg Martinson toen Wallander zweeg. 'Dat er iemand op jou geschoten heeft?'

'Nee, dat zijn we niet vergeten,' zei Wallander, 'en dat schot duidt op de ernst van deze hele zaak. Dat er waarschijnlijk iets achter zit wat misschien aanzienlijk gecompliceerder blijkt te zijn dan we ons kunnen voorstellen.'

'Of misschien is het wel heel eenvoudig', wierp Hanson tegen. 'Ook al zijn we nu nog niet goed in staat dat te zien.'

Ze beëindigden het overleg. Wallander voelde de behoefte het bureau zo snel mogelijk te verlaten. Het was halfacht. Hoewel hij die dag erg weinig gegeten had, had hij geen honger. Hij reed naar huis. De wind was gaan liggen. De temperatuur was nog steeds ongewijzigd. Voordat hij de deur van de portiek van het slot deed en naar binnen ging, keek hij rond.

Het volgende uur besteedde hij aan het provisorisch schoonmaken van zijn flat en het verzamelen van de vuile was. Af en toe stopte hij even om een blik op het journaal te werpen. Eén onderwerp trok zijn aandacht. Er werd een Amerikaanse kolonel geïnterviewd over de vraag hoe toekomstige oorlogen er zouden uitzien. Dan zouden de meeste dingen via computers worden geregeld. De tijd van de troepenmachten zou snel voorbij zijn. Of althans aanzienlijk in betekenis verminderen.

Opeens kreeg Wallander een idee. Omdat het nog geen halftien was, zocht hij een telefoonnummer op en ging in de keuken bellen.

Erik Hökberg nam bijna meteen op.

'Hoe loopt het?' vroeg hij. 'Wij leven hier in een huis van verdriet. En we willen gauw weten wat er eigenlijk met Sonja gebeurd is.'

'We doen ons uiterste best.'
'Maar leidt het ook ergens toe? Wie heeft haar vermoord?'
'Dat weten we nog niet.'
'Ik kan me niet voorstellen dat het zo moeilijk is om iemand te vinden die een arm kind in een transformatorstation geëlektrocuteerd heeft.'

Wallander ging daar niet op in.
'Ik bel je omdat ik een vraag heb. Kon Sonja met een computer overweg?'

Er volgde een heel stellig antwoord.
'Natuurlijk kon ze dat. Alle jongelui kunnen dat tegenwoordig toch?'
'Had ze belangstelling voor computers?'
'Ze surfte op internet. Daar was ze goed in. Maar niet zo goed als Emil.'

Wallander kon geen verdere vragen meer bedenken. Hij voelde zich hulpeloos. Eigenlijk had Martinson de vragen moeten stellen.

'Je zult vast hebben zitten nadenken', zei hij. 'Over wat er is gebeurd. Je zult je wel hebben afgevraagd hoe het is gekomen dat Sonja die taxichauffeur heeft vermoord. En waarom ze zelf werd vermoord.'

Toen Erik Hökberg antwoordde, stokte zijn stem.
'Ik ga steeds naar haar kamer', zei hij. 'Dan zit ik daar rond te kijken. En ik begrijp er niets van.'
'Hoe zou jij Sonja willen beschrijven?'
'Ze was sterk en eigenzinnig. Geen gemakkelijke tante. Ze zou zich goed hebben gered in het leven. Hoe zeg je dat ook alweer? Dat ze capaciteiten had? Die had ze. Zonder twijfel.'

Wallander dacht aan haar kamer, die niet meegegroeid was. De kamer van een klein meisje. Niet de persoon die haar stiefvader nu beschreef.

'Had ze geen vriendje?' vroeg Wallander.
'Voorzover ik weet niet.'
'Is dat niet een beetje vreemd?'
'Waarom?'

'Ze was immers al negentien. En ze zag er goed uit.'
'Ze nam in ieder geval niemand mee naar huis.'
'Belde er nooit iemand?'
'Ze had haar eigen telefoon. Die vroeg ze toen ze achttien werd. En die telefoon ging vaak. Maar wie er dan belden, weet ik natuurlijk niet.'
'Had ze ook een antwoordapparaat?'
'Dat heb ik beluisterd. Daar stond niets op.'
'Als daar een bericht op binnenkomt, wil ik het graag beluisteren.'

Wallander moest opeens aan de poster denken die aan de binnenkant van haar kleerkast zat. Behalve haar kleren het enige dat verried dat het een tienerkamer was. De kamer van een bijna volwassen vrouw. Hij pijnigde zijn hersens op zoek naar de naam van de film: *The Devil's Advocate*.

'Rechercheur Höglund zal contact met jullie opnemen', zei hij. 'Ze zal veel vragen stellen. En als jullie echt willen dat we ontdekken wat er met Sonja is gebeurd, moeten jullie ons zo goed mogelijk helpen.'

'Krijg je de antwoorden die je hebben wilt dan niet?'

Erik Hökberg klonk opeens agressief. Wallander begreep hem wel.

'Jullie helpen ons uitstekend', antwoordde hij. 'En ik zal je nu verder met rust laten.'

Hij legde de hoorn neer. De gedachte aan de filmposter in de kast liet hem niet los en hij bleef zitten. Hij keek op zijn horloge. Halftien. Hij toetste het nummer in van het eetcafé in Stockholm waar Linda werkte. Een gejaagde man nam op en antwoordde in gebroken Zweeds. Hij zei dat hij Linda zou halen. Minuten verstreken voordat ze de hoorn opnam. Toen ze hoorde wie er aan de lijn was, werd ze meteen boos.

'Je weet toch dat je niet om deze tijd moet bellen; dan is het hier hartstikke druk. Iedereen wordt pissig.'

'Ik weet het', zei Wallander verontschuldigend. 'Eén vraagje maar.'

'Als het snel gaat.'

'Het gaat snel. Heb jij een film gezien die *The Devil's Advocate* heet? Met Al Pacino?'

'Bel je me op om me lastig te vallen met een vraag over een film?'

'Ik heb geen andere vragen.'

'Ik leg nu neer.'

Nu was het Wallander die nijdig werd.

'Je kunt toch wel antwoord geven op die vraag? Heb je die film gezien?'

'Ja, die heb ik gezien', snauwde ze.

'Waar gaat hij over?'

'God allemachtig!'

'Gaat hij over God?'

'Min of meer. Het gaat over een advocaat die eigenlijk de duivel is.'

'Is dat alles?'

'Is dat niet genoeg? Waarom wil je dat weten? Heb je nachtmerries?'

'Ik ben bezig met een moordzaak. Waarom heeft een meisje van negentien deze filmposter aan de muur hangen?'

'Waarschijnlijk omdat ze Al Pacino een knappe vent vindt. Of misschien houdt ze van de duivel. Hoe moet ik dat verdomme weten?'

'Is dat gevloek nodig?'

'Ja.'

'Gaat hij verder nog ergens over?'

'Waarom huur je die film niet bij de videotheek? Hij is vast op video verschenen.'

Wallander voelde zich belachelijk. Dat hij daar niet aan gedacht had. Hij had naar een van de videotheken in de stad kunnen gaan om de film te huren in plaats van Linda te irriteren.

'Het spijt me dat ik je heb gestoord', zei hij.

Haar boosheid was overgewaaid.

'Maakt niet uit. Maar ik moet nou ophangen.'

'Ik weet het. Dag.'

Hij legde neer. Meteen ging de telefoon opnieuw. Met grote aarzeling nam hij op. Het kon een journalist zijn. En als er iets was wat hij er nu niet bij kon hebben, dan waren het de media.

Eerst herkende hij de stem niet. Daarna drong tot hem door dat het Siv Eriksson was.

'Ik hoop dat ik niet stoor', zei ze.

'Helemaal niet.'

'Ik heb zitten nadenken. Ik heb geprobeerd iets te vinden wat je kan helpen.'

Nodig me thuis uit, dacht Wallander. Als je me echt wilt helpen. Ik heb honger en dorst. Ik wil niet langer in deze verrekte flat zitten.

'Is je iets te binnen geschoten?' vroeg hij vervolgens zo formeel mogelijk.

'Helaas niet. Ik neem aan dat zijn vrouw degene is die hem het beste kent. Of zijn kinderen.'

'Als ik je goed begrepen heb, had hij veel uiteenlopende opdrachten. Zowel hier in Zweden als in het buitenland. Hij was goed in zijn werk en hij werd vaak benaderd. Heeft hij nooit iets over zijn werk gezegd dat je verbaasde? Iets onverwachts?'

'Hij zei altijd heel weinig. Hij was voorzichtig met woorden. Hij was overal voorzichtig mee.'

'Kun je dat wat nader toelichten?'

'Soms had ik het gevoel dat hij zich heel ergens anders bevond. Dan zaten we over een probleem te praten en hij luisterde en gaf ook antwoord, maar toch was het net of hij er niet bij was.'

'Waar was hij dan?'

'Dat weet ik niet. Hij was erg mysterieus. Dat besef ik nu pas. Ik dacht altijd dat hij verlegen was. Of afwezig. Maar dat denk ik niet meer. Je indruk van iemand verandert wanneer hij dood is.'

Heel even dacht Wallander aan zijn eigen vader. Hij vond echter niet dat zijn vader na diens dood anders op hem overkwam dan hij tijdens zijn leven had gedaan.

'En je hebt geen idee waar hij eigenlijk aan zat te denken?' vervolgde hij.

'Eigenlijk niet.'

Haar antwoord maakte op Wallander een wat zweverige indruk. Hij wachtte op een vervolg.

'Ik heb eigenlijk maar één herinnering die op de een of andere manier afwijkt. En dat is niet veel. Als je nagaat dat we elkaar toch al enkele jaren kenden.'

'Vertel.'

'Het was twee jaar geleden. In oktober of begin november. Hij kwam hier op een avond en hij was enorm overstuur. Het lukte hem niet dat verborgen te houden. We hadden een opdracht waar veel haast bij was. Ik geloof dat het iets was voor het kadaster. Ik vroeg natuurlijk wat er was gebeurd. Hij vertelde dat hij er getuige van was geweest dat een paar jongelui ruzie hadden zitten maken met een oudere man die blijkbaar een beetje aangeschoten was. Toen de man zich probeerde te verweren, hadden ze hem neergeslagen. En hem geschopt terwijl hij op het trottoir lag.'

'Was dat alles?'

'Is dat niet genoeg?'

Wallander dacht na. Iemand die het slachtoffer was geworden van geweld had aan Tynnes Falk een reactie ontlokt. Maar wat dat betekende, was hem niet meteen duidelijk. In ieder geval niet in relatie tot het onderzoek.

'Greep hij niet in?'

'Nee. Hij was alleen geschokt.'

'Wat zei hij?'

'Dat het een chaos was. Dat de wereld een chaos was. Dat het nauwelijks de moeite meer loonde.'

'Wat loonde de moeite niet meer?'

'Dat weet ik niet. Ik kreeg het gevoel dat de mens zelf op de een of andere manier de moeite niet meer waard was. Als het dierlijke de overhand nam. Toen ik vragen probeerde te stellen kapte hij de boel af. We zijn er nooit meer op teruggekomen.'

'Hoe interpreteerde jij zijn verontwaardiging?'

'Als vrij vanzelfsprekend. Zou jij niet op dezelfde manier hebben gereageerd?'

Misschien, dacht Wallander. Maar de vraag is of ik daaruit de conclusie zou hebben getrokken dat de wereld een chaos is.

'Je weet natuurlijk niet wie die jongelui waren? Of de dronken man?'

'Hoe zou ik dat in vredesnaam moeten weten?'

'Ik ben rechercheur. Ik stel vragen.'

'Het spijt me dat ik je verder niet kan helpen.'

Wallander voelde dat hij zin had om haar nog aan de lijn te houden, maar dat zou ze natuurlijk meteen in de gaten hebben.

'Het is goed dat je hebt gebeld', zei hij slechts. 'Laat het weten als je nog iets te binnen schiet. Ik zal je vast morgen zelf nog bellen.'

'Ik ben bezig met programmeerwerk voor een restaurantketen. Ik ben de hele dag op kantoor.'

'Wat gaat er nu met je opdrachten gebeuren?'

'Dat weet ik niet. Ik kan alleen maar hopen dat ik een voldoende goede naam heb opgebouwd om zonder Tynnes te overleven. Anders moet ik iets nieuws verzinnen.'

'Wat dan?'

Ze schoot in de lach.

'Heb je dat antwoord nodig voor je onderzoek?'

'Ik was gewoon nieuwsgierig.'

'Misschien trek ik de wereld wel in.'

Iedereen gaat op reis, dacht Wallander. Ten slotte blijf ik als enige in dit land achter samen met het geboefte.

'Die gedachte is ook wel eens bij mij opgekomen', zei Wallander. 'Maar net als iedereen ben ik gebonden.'

'Ik ben niet gebonden', zei ze vrolijk. 'Je beslist zelf.'

Toen het gesprek beëindigd was, dacht Wallander over haar woorden na. 'Je beslist zelf.' Natuurlijk had ze gelijk. Zoals ook Per Åkeson en Sten Widén gelijk hadden.

Opeens was hij tevreden dat hij naar het relatiebemiddelingsbureau had geschreven. Ook al rekende hij niet echt op reacties, hij had toch iets ondernomen.

Hij trok zijn jas aan en liep naar de videotheek aan Stora Östergatan, maar toen hij daar aankwam bleek de winkel op zondag al om negen uur te sluiten. Hij liep door naar Torget en bleef af en toe voor etalages staan.

Waar het gevoel vandaan kwam wist hij niet, maar opeens draaide hij zich snel om. Afgezien van een paar jongelui en een nachtwaker was de straat leeg. Opnieuw moest hij denken aan wat Ann-Britt gezegd had. Dat hij voorzichtig moest zijn.

Ik verbeeld het me, dacht hij. Niemand is zo stom twee keer op rij dezelfde agent te belagen.

Bij Torget sloeg hij Hamngatan in en daarna liep hij langs Österleden naar huis. Het was kil. Hij voelde dat hij in beweging moest blijven.

Om kwart over tien was hij in Mariagatan terug. Hij vond nog een laatste biertje in de koelkast en maakte een paar boterhammen klaar. Daarna ging hij voor de televisie zitten kijken naar een praatprogramma over de Zweedse economie. Het enige wat hij ervan meende te begrijpen was dat die tegelijkertijd goed en slecht was. Hij voelde hoe hij begon weg te doezelen en hij keek er al naar uit om eindelijk een nacht ongestoord te kunnen slapen.

Het onderzoek liet hem even met rust.

Om halftwaalf ging hij naar bed en deed het licht uit.

Hij was net in slaap gevallen toen de telefoon ging. Het geluid echode door de duisternis.

Hij telde tot negen voordat het ophield. Vervolgens trok hij de stekker eruit en wachtte. Als het iemand van het bureau was, zou die het nu proberen op zijn mobiele telefoon. Hij hoopte dat dit niet het geval was.

Het mobieltje, dat op zijn nachtkastje lag, begon te rinkelen. Het was een nachtelijke surveillant die Apelbergsgatan in de gaten hield. De agent heette Elofsson.

'Ik weet niet of het belangrijk is,' zei hij, 'maar het afgelopen uur is hier al een aantal keren een auto gepasseerd.'

'Hebben jullie de chauffeur kunnen zien?'

'Daarom bel ik juist. Je hebt immers instructies gegeven.'

Wallander wachtte gespannen af.

'Het zou een Chinees kunnen zijn', vervolgde Elofsson.

'Maar dat is natuurlijk moeilijk vast te stellen.'

Wallander bedacht zich geen moment. Zijn nachtrust was toch al verstoord.

'Ik kom eraan', zei hij.

Hij zette de telefoon uit en keek op de wekker.

Het was even na middernacht.

23

Wallander sloeg af van Malmövägen.
Hij reed Apelbergsgatan voorbij en parkeerde op Jörgen Krabbes Väg. Daarvandaan kostte het hem een kleine vijf minuten om naar het flatgebouw te lopen waarin Falk had gewoond. Het was nu windstil. Er waren geen wolken aan de lucht en Wallander voelde dat het geleidelijk kouder begon te worden. Oktober was in Skåne altijd een maand die niet goed wist wat hij wilde.

De auto waarin Elofsson en zijn collega zaten te wachten, stond schuin tegenover Falks flat geparkeerd. Toen Wallander dichterbij kwam, ging het achterportier open en hij stapte in. Het rook naar koffie. Hij dacht aan al die nachten waarin hij zelf tijdens allerlei troosteloze rechercheeropdrachten in auto's had zitten vechten tegen zijn slaap of op straat kou had staan lijden.

Ze begroetten elkaar. Elofssons collega was nog maar een halfjaar in Ystad. Zijn naam was El Sayed en hij was van Tunesische origine. Hij was de eerste politieagent met een allochtone achtergrond die van de politieacademie naar Ystad was gekomen. Wallander had zich zorgen gemaakt dat El Sayed kwaadwillig en bevooroordeeld zou worden bejegend. Hij maakte zich er geen illusies over hoe veel collega's aankeken tegen het feit dat ze een kleurling als collega kregen. Het was inderdaad gegaan zoals hij voorzien had. Geniepige opmerkingen. Wallander had geen idee hoeveel El Sayed daar zelf van had meegekregen en wat hij verwacht had. Wallander had zich soms ook schuldig gevoeld dat hij hem niet een keer thuis had uitgenodigd. Hij kende verder ook niemand die dat gedaan had. Niettemin was de jongeman met zijn vriendelijke glimlach er redelijk in geslaagd een deel van de gemeenschap te worden. Ook al had dat tijd gekost. Kurt Wallander vroeg zich soms af wat er gebeurd zou zijn als El Sayed op de opmerkingen was ingegaan in plaats van steeds vriendelijk te blijven kijken.

'Hij kwam uit noordelijke richting', zei Elofsson. 'Vanaf Malmö. Drie keer.'

'Wanneer was de laatste keer dat hij langskwam?'

'Vlak voordat ik je belde. Ik heb het eerst op je gewone telefoon geprobeerd. Je was zeker diep in slaap?'

Wallander gaf geen antwoord.

'Vertel me wat er is gebeurd.'

'Je weet hoe dat gaat. Pas wanneer iemand voor de tweede keer langskomt, valt het je op.'

'Wat voor auto was het?'

'Een donkerblauwe Mazda.'

'Ging hij ook zachter rijden toen hij hier langskwam?'

'De eerste keer weet ik niet. Maar de tweede keer zeker.'

El Sayed mengde zich in het gesprek.

'Hij ging de eerste keer al zachter rijden.'

Wallander merkte dat Elofsson geïrriteerd raakte. Elofsson vond het niet prettig dat de man die naast hem zat meer had gezien dan hijzelf.

'Maar hij is niet gestopt?'

'Nee.'

'Heeft hij jullie gezien?'

'De eerste keer denk ik niet. De tweede keer waarschijnlijk wel.'

'Wat gebeurde er daarna?'

'Na twintig minuten kwam hij weer terug. Maar toen remde hij niet af.'

'Dan wilde hij waarschijnlijk alleen maar controleren of jullie er nog waren. Konden jullie ook zien of er meer dan één persoon in de auto zat?'

'Daar hebben we het over gehad. Zeker weten doen we het natuurlijk niet, maar we denken dat er maar één in zat.'

'Hebben jullie gepraat met de collega's op Runnerströms Torg?'

'Hun is de auto niet opgevallen.'

Dat verbaasde Wallander. Als iemand langs de flat van Falk was gereden, zou hij eigenlijk ook belangstelling moeten hebben voor Falks kantoor.

Hij dacht na. De enige verklaring die hij kon bedenken was dat de persoon die in de auto zat niet op de hoogte was van het bestaan van het kantoor. Als de agenten in de auto tenminste niet hadden zitten slapen. Die mogelijkheid wilde Wallander niet helemaal uitsluiten.

Elofsson draaide zich naar achteren en gaf Wallander een briefje met het kenteken van de auto.

'Ik neem aan dat jullie zelf al hebben geprobeerd om de auto na te trekken?'

'Het schijnt dat er bij de computercentrale iets mis is. We kregen bericht dat we moesten wachten.'

Wallander hield het briefje op naar het raam zodat het licht van de straatlantaarn erop scheen. MLR331. Hij prentte de cijfers in zijn hoofd.

'Wanneer verwachten ze dat de computers het weer doen?'

'Dat wisten ze niet.'

'Ze zullen toch wel iets hebben gezegd?'

'Misschien morgen.'

'Wat bedoelen ze daarmee?'

'Dat ze ze morgen misschien weer aan de praat hebben.'

Wallander schudde zijn hoofd.

'We moeten dit zo snel mogelijk weten. Wanneer komt jullie aflossing?'

'Om zes uur.'

'Voordat jullie naar huis gaan om te slapen wil ik dat jullie een verslag schrijven en dat in het postvakje van Hanson of Martinson leggen. Dan kunnen die er verder achteraan gaan.'

'Wat doen we als hij terugkomt?'

'Dat doet hij niet', zei Wallander. 'Niet zolang hij weet dat jullie hier zijn.'

'Moeten we ingrijpen? Als het toch mocht gebeuren?'

'Nee. Het is geen overtreding om met een auto door Apelbergsgatan te rijden.'

Wallander bleef nog een paar minuten in de auto zitten.
'Als hij weer opduikt, wil ik dat jullie het laten weten', zei hij.
'Bel me op mijn mobiele telefoon.'
Hij wenste hun succes en liep terug naar Jörgen Krabbes Väg. Vervolgens reed hij naar Runnerströms Torg. Zo erg als hij het zich had voorgesteld was het niet. Slechts een van de twee agenten sliep. Een blauwe Mazda was hun niet opgevallen.

'Blijf opletten', maande Wallander hen en hij gaf hun het kenteken door.

Toen hij terugliep naar zijn auto voelde hij opeens dat hij de sleutels van Setterkvist in zijn zak had. Eigenlijk had Martinson die nodig wanneer hij met Robert Modin verder aan de slag ging met Falks computer. Zonder goed te weten waarom deed hij de deur van de portiek van het slot en liep naar het zolderappartement. Voordat hij opendeed, luisterde hij met zijn oor tegen de deur. Toen hij de kamer binnenging en het licht aandeed, keek hij eerst rond, zoals hij de eerste keer ook had gedaan. Was er iets wat hem toen niet was opgevallen? Iets wat zowel hem als Nyberg was ontgaan? Hij vond niets. Hij ging in de stoel zitten en keek naar het donkere scherm.

Robert Modin had gesproken over een cijfercombinatie: twintig. Wallander had meteen begrepen dat de jongen echt iets had gezien. In wat voor Martinson en hemzelf niet meer dan een verwarrend scherm vol cijfers was, had Robert Modin een patroon weten te ontdekken. Het enige wat hij zelf kon bedenken was dat het over precies een week 20 oktober was. Een twee en een nul waren bovendien de eerste cijfers van het naderende jaar 2000. Maar de vraag was in wezen nog steeds onbeantwoord. Wat betekende dat? En had het überhaupt enige betekenis voor het onderzoek?

Tijdens heel zijn schooltijd was Wallander uiterst zwak in wiskunde geweest. Van de vele vakken waarin hij vanwege luiheid slecht was geweest, spande wiskunde de kroon. In wezen had hij nooit gesnapt hoe hij moest rekenen, ook al had hij het geprobeerd. Cijfers en getallen waren een wereld waarin hij nooit had weten door te dringen.

Plotseling ging de telefoon die naast de computer stond.

Wallander schrok. Het geluid echode door de kamer. Hij staarde naar het zwarte toestel. Toen de bel voor de zevende keer was gegaan, nam hij de hoorn op en drukte die tegen zijn oor.

Het ruiste. Alsof hij verbinding had met een plaats heel ver weg. Waar iemand was.

Wallander zei hallo. Eén keer, twee keer. Maar het enige wat hij kon horen was de ademhaling van iemand ergens in die ruisende verte.

Vervolgens hoorde hij een klik en werd de verbinding verbroken. Wallander legde de hoorn weer neer. Hij voelde dat hij hartkloppingen had gekregen. Datzelfde geruis had hij een keer eerder gehoord. Toen hij Falks antwoordapparaat in Apelbergsgatan had beluisterd.

Er is daar iemand, dacht hij. Iemand die belt om met Falk te praten. Maar Falk is dood. Hij is er niet meer.

Opeens realiseerde hij zich dat er in feite nog een andere mogelijkheid bestond: dat iemand belde om met hem te praten. Was er iemand die had gezien dat hij Falks kantoor was binnengegaan?

Hij herinnerde zich dat hij eerder die avond plotseling op straat was blijven stilstaan. Alsof er iemand achter hem had gelopen.

Zijn onrust keerde weer terug. Tot nu toe was hij erin geslaagd de schim die hem nog maar een paar dagen geleden had beschoten te verdringen. De woorden van Ann-Britt echoden door zijn hoofd. Hij moest voorzichtig zijn.

Hij stond op en liep naar de deur om te luisteren, maar alles was stil.

Hij keerde terug naar de bureaustoel. Zonder goed te weten waarom tilde hij het toetsenbord op.

Er lag een ansichtkaart onder.

Hij richtte de lamp er goed op en zette zijn bril op. Het was een oude kaart, de kleuren waren verbleekt. Er stond een boulevard op afgebeeld. Palmen, een uitgestrekte kade. Een haven met vissersbootjes. En daarachter een rij flats. Hij draaide de kaart om. Die was geadresseerd aan Tynnes Falk, Apelbergsgatan. Dat betekende dat Siv Eriksson niet al zijn post had ontvangen. Had ze hem voorgelogen? Of wist ze niet dat Falk toch thuis post ontving? De tekst was kort. Zo kort als maar kon. Er stond slechts één letter op. 'C'. Wallander probeerde het poststempel te ontcijferen. De postzegel was er bijna helemaal afgesleten. Hij kon nog een L en een D onderscheiden. Dat betekende dat twee van de resterende letters waarschijnlijk klinkers waren. Maar hij kon niet vaststellen welke. Ook de datum was onleesbaar. Er stond geen gedrukte tekst op de achterkant van de kaart waaruit je kon afleiden om welke plaats het ging. Afgezien van het adres en de letter C was er niets anders dan een vlek die het halve adres besloeg. Alsof iemand een sinaasappel had zitten pellen terwijl hij de kaart schreef. Of las. Wallander probeerde de L en de D met andere letters te combineren, maar dat leverde geen resultaat op. Opnieuw bestudeerde hij de voorkant. Op de afbeelding waren mensen te zien. Als kleine stipjes. Je kon hun huidkleur echter onmogelijk onderscheiden. Wallander dacht aan enkele jaren geleden toen hij een keer een ongelukkige en chaotische reis naar het Caribisch gebied had gemaakt. De palmen waren er, maar de stad op de achtergrond was hem onbekend.

En dan had je die letter. Dezelfde eenzame C die ook in Falks logboek voorkwam. Een naam. Tynnes Falk had geweten wie de afzender was en hij had de kaart bewaard. In deze lege kamer, waarin behalve de computer alleen maar een tekening van een transformatorstation had gelegen, had hij een ansichtkaart neergelegd. Een groet van Curt of Conrad. Wallander stopte de kaart in zijn jaszak. Vervolgens probeerde hij onder de computer zelf te kijken. Daar lag niets. Hij tilde het telefoontoestel op. Niets.

Hij bleef nog enkele minuten zitten, maar stond toen op, deed het licht uit en ging weg.

Toen hij in Mariagatan terug was, was hij erg moe. Toch kon hij het niet laten een vergrootglas te pakken en aan de keuken-

tafel te gaan zitten om de ansichtkaart nog een keer te bestuderen. Maar hij vond niets wat hij niet al had gezien.
Tegen tweeën ging hij naar bed.
Hij sliep meteen in.

Op maandagochtend was Wallander slechts kort op het politiebureau. Hij gaf Martinson de sleutelbos en vertelde over de auto die de afgelopen nacht was gesignaleerd. Het verslag en het kenteken lagen al op Martinsons bureau. Wallander zei niets over de ansichtkaart. Niet omdat hij dat geheim wilde houden, maar omdat hij haast had. Hij wilde niet in onnodige discussies verstrikt raken. Voordat hij het bureau verliet, pleegde hij twee telefoontjes. Het ene was naar Siv Eriksson. Hij vroeg of het getal twintig haar iets zei. Bovendien wilde hij weten of zij zich kon herinneren of Falk ooit iemand had genoemd van wie de voor- of achternaam met een C begon. Ze kon hem niet meteen antwoord geven, maar ze beloofde erover te zullen nadenken. Daarna had hij verteld over de ansichtkaart die hij in het huis aan Runnerströms Torg had gevonden, maar die aan de woning van Falk aan Apelbergsgatan was geadresseerd. Haar verbazing was zo groot geweest dat hij niet de behoefte voelde eraan te twijfelen of die wel echt was. Ze had Falk geloofd toen hij had gezegd dat hij al zijn post op haar adres liet komen. Niettemin hadden enkele mensen, onder wie degene die zich slechts 'C' noemde, gebruikgemaakt van Apelbergsgatan. En daar was ze niet van op de hoogte.

Wallander vertelde wat er op de kaart stond afgebeeld. Noch het motief noch de twee letters die hij had weten te onderscheiden, zeiden haar echter iets.

'Misschien had hij toch meerdere adressen', suggereerde ze.

Wallander proefde teleurstelling in haar stem. Alsof Falk haar had bedrogen.

'We zullen het onderzoeken', antwoordde hij. 'Je hebt misschien wel gelijk.'

Ze had de lijst waar Wallander om gevraagd had niet vergeten. Die zou ze in de loop van de dag op het politiebureau afgeven.

Toen het gesprek voorbij was, merkte Wallander dat haar stem hem blij had gemaakt. Hij verloor zich echter niet in oppervlakkige humeurbespiegelingen, maar pleegde meteen het volgende telefoontje. Naar Marianne Falk. Zijn bericht was heel kort. Hij zou over een halfuur bij haar thuis zijn.

Vervolgens bladerde hij snel alle paperassen door die op zijn bureau lagen. Er zat veel bij waar hij meteen iets aan moest doen, maar hij had geen tijd. De berg zou nog wel aangroeien. Vóór halfnegen was hij de deur alweer uit, zonder te zeggen waar hij naartoe ging.

De eerstvolgende uren zat hij bij Marianne Falk op de bank te praten over de man met wie zij getrouwd was geweest. Wallander begon bij het begin. Wanneer hadden ze elkaar ontmoet? Wat was er gebeurd? Hoe was hij destijds? Marianne Falk bleek een vrouw te zijn met een goed geheugen. Het gebeurde zeer zelden dat ze hakkelde of naar een antwoord moest zoeken. Wallander had eraan gedacht een notitieblok mee te nemen, maar hij maakte geen aantekeningen. Heel weinig van wat ze die ochtend vertelde zou om nader onderzoek vragen. Toch bevond hij zich pas aan het begin, waarbij hij probeerde een overzicht te krijgen van Tynnes Falks persoonlijke geschiedenis.

Volgens Marianne Falk was hij opgegroeid op een boerderij bij Linköping waar zijn vader opzichter was. Hij was enig kind. Na zijn eindexamen in Linköping had hij zijn militaire dienstplicht vervuld bij het pantserregiment in Skövde, waarna hij was gaan studeren aan de universiteit van Uppsala. In het begin was hij waarschijnlijk een tikje in verwarring geweest en had hij niet goed kunnen kiezen. Voorzover zij wist, had hij rechten en literatuurgeschiedenis gestudeerd. Maar al na een jaar was hij naar Stockholm verhuisd waar hij aan de Economische Hogeschool was begonnen. In die tijd, op een bal van de studentenvereniging, hadden ze elkaar ontmoet.

'Tynnes danste niet,' had ze gezegd, 'maar hij was wel aanwezig. Iemand stelde ons aan elkaar voor. Ik weet nog dat ik hem eerst saai vond. Het was echt geen liefde op het eerste gezicht. Althans niet van mijn kant. Een paar dagen later belde hij me op. Ik wist niet eens hoe hij aan mijn telefoonnummer kwam. Hij wilde me weer zien, maar niet om te wandelen of naar de bioscoop te gaan. Hij deed me een verbazingwekkend voorstel.'

'Wat wilde hij dan?'

'Hij stelde voor dat we naar Bromma zouden gaan om naar de vliegtuigen te kijken.'

'Waarom dat?'

'Hij hield van vliegtuigen. We gingen ernaartoe. Hij wist allerlei dingen over de toestellen die daar stonden. Of die landden en vertrokken. Ik vond hem wel een beetje apart. Het was misschien niet helemaal zoals ik me had voorgesteld dat ik de man van mijn leven zou ontmoeten.'

Ze hadden elkaar in 1972 ontmoet. Wallander begreep dat Tynnes zeer volhardend was geweest, terwijl Marianne zich beduidend afwachtender had opgesteld. Daar was ze eerlijk in op een manier die Wallander een beetje verbaasde.

'Hij deed nooit toenaderingspogingen', zei ze. 'Ik geloof dat het drie maanden duurde voordat hij überhaupt op het idee kwam dat hij mij misschien zou moeten kussen. Als hij dat toen niet had gedaan, dan was ik het vast beu geworden en had ik het uitgemaakt. Dat voelde hij waarschijnlijk wel aan. En toen kwam die kus.'

In die periode, tussen 1973 en 1977, had ze zelf een opleiding tot verpleegster gevolgd. Eigenlijk was het haar droom geweest om journaliste te worden, maar ze werd niet toegelaten op de School voor de Journalistiek. Haar ouders woonden in Spånga bij Stockholm, waar haar vader een kleine garage had.

'Tynnes sprak nooit over zijn ouders', zei ze. 'Ik moest de woorden uit hem trekken als ik iets over zijn jeugd wilde weten. Ik wist nauwelijks of ze nog leefden. Het enige wat zeker was, was dat hij geen broers of zussen had. Zelf had ik er vijf. Het duurde eindeloos voor ik hem zover had dat hij met mij mee naar huis ging om kennis te maken met mijn ouders. Hij was

ontzettend verlegen. Of zo deed hij zich althans voor.'
'Wat bedoelt u daarmee?'
'Tynnes had veel zelfvertrouwen. Ik denk eigenlijk dat hij een enorme verachting koesterde voor grote delen van de mensheid. Ook al beweerde hij het tegenovergestelde.'
'Op wat voor manier?'
'Wanneer ik eraan terugdenk, komt onze relatie mij natuurlijk heel vreemd voor. Hij had een kamer, die hij huurde aan Odenplan. Zelf bleef ik bij mijn ouders wonen. Ik had niet veel geld en was bang om een te grote studiebeurs te nemen. Maar het kwam niet eens bij Tynnes op om voor te stellen samen woonruimte te huren. We zagen elkaar drie of vier avonden in de week. Wat hij behalve studeren en naar vliegtuigen kijken deed, wist ik eigenlijk nauwelijks. Tot op de dag dat ik me dat serieus begon af te vragen.'

Het was een donderdagmiddag, herinnerde ze zich. Misschien in april of hoogstens begin mei, ongeveer een halfjaar nadat ze elkaar hadden leren kennen. Die dag hadden ze toevallig niet met elkaar afgesproken. Tynnes had gezegd dat hij een belangrijk college had dat hij niet mocht missen. Zij had wat boodschappen voor haar moeder gedaan. Toen ze in Stockholm op weg naar het centraal station juist Drottninggatan wilde oversteken, moest ze even wachten omdat er een protestdemonstratie langskwam. Het was een manifestatie voor de derde wereld. De leuzen en spandoeken gingen over de Wereldbank en over de Portugese koloniale oorlogen. Zelf was ze nooit erg in politiek geïnteresseerd geweest. Ze kwam uit een stabiel sociaal-democratisch nest. Zij werd niet meegesleurd door de aanzwellende linkse golf. Tynnes had evenmin blijk gegeven van iets anders dan een algemeen radicalisme. Wat ze ook aan hem vroeg, hij gaf altijd stellige antwoorden. Hij had ook een beetje de neiging om met zijn theoretische politieke kennis te koop te lopen. Toch kon ze haar ogen niet geloven toen ze hem opeens in de protestmars ontdekte. Hij droeg een bord waarop stond 'Viva Cabral'. Ze wist er later achter te komen dat Amílcar Cabral de leider van de bevrijdingsbeweging in Guinee-Bissau was. Daar in Drottninggatan was ze zo verrast geweest dat ze een paar stappen achteruit had gedaan. Hij had haar niet gezien.

Nadien had ze hem ernaar gevraagd. Toen hij zich realiseerde dat zij tussen de mensen op het trottoir had gestaan maar dat hij haar niet had ontdekt, was hij razend geworden. Dat was de eerste keer geweest dat hij een woede-uitbarsting kreeg. Hij was echter weldra gekalmeerd. Waarom hij zo kwaad was geworden had ze nooit begrepen. Maar vanaf die dag had ze beseft dat Tynnes Falk veel geheimen voor haar had.

'Ik heb het in juni uitgemaakt', zei ze. 'Niet omdat ik iemand anders had leren kennen. Ik geloofde er gewoon niet meer in. En zijn uitbarsting van destijds speelde ook mee.'

'Hoe reageerde hij toen u het uitmaakte?'

'Ik weet het niet.'

'U weet het niet?'

'We hadden afgesproken bij een café in Kungsträdgården. Ik zei waar het op stond. Dat ik een punt achter onze relatie wilde zetten. Die had toch geen toekomst. Hij luisterde. Daarna stond hij op en liep hij weg.'

'Was dat alles?'

'Hij zei geen woord. Ik weet nog dat zijn gezicht totaal uitdrukkingloos was. Toen ik uitgesproken was, ging hij weg. Maar hij legde wel geld voor de koffie op tafel.'

'Wat gebeurde er daarna?'

'Ik heb hem jaren niet meer gezien.'

'Hoelang?'

'Vier jaar.'

'Wat deed hij in die tijd?'

'Dat weet ik niet zeker.'

Wallanders verwondering was merkbaar toegenomen.

'U bedoelt dat hij vier jaar lang spoorloos verdwenen was? Zonder dat u wist waar hij zat of wat hij deed?'

'Ik begrijp dat u dat moeilijk kunt geloven, maar het is zoals ik zeg. Een week na onze afspraak in Kungsträdgården bedacht ik dat ik toch even iets van me moest laten horen. Toen bleek dat hij zijn kamer had opgezegd zonder een adres achter te laten. Weer een paar weken later slaagde ik erin zijn ouders op de boerderij bij Linköping op te sporen, maar die wisten ook niet waar hij zat. Hij was vier jaar lang verdwenen zonder dat ik een woord van hem hoorde. Hij was opgehouden met zijn studie. Niemand wist iets. Totdat hij weer boven water kwam.'

'Wanneer gebeurde dat?'

'Dat weet ik nog precies. Dat was op 2 augustus 1977. Ik had mijn diploma gehaald en was net aan mijn eerste baan als verpleegster begonnen. In het Sabbatsbergsziekenhuis. Opeens stond hij bij de ingang van het ziekenhuis. Hij had bloemen bij zich. En hij glimlachte. Ik had in de vier jaar daarvoor een mislukte relatie gehad. Toen hij daar stond, was ik blij hem te zien. Ik zat denk ik in een beetje verwarrende en eenzame periode van mijn leven. Mijn moeder was ook net gestorven.'

'Jullie kregen dus weer verkering?'

'Hij vond dat we moesten trouwen. Dat zei hij al na een paar dagen.'

'Maar hij moet toch hebben verteld waar hij al die jaren mee bezig was geweest?'

'Eigenlijk niet. Hij zei dat hij mij niets over mijn leven zou vragen als ik hem niets over het zijne vroeg. We moesten net doen of die vier jaar er niet waren geweest.'

Wallander nam haar nieuwsgierig op.

'Was hij ook veranderd?'

'Afgezien van het feit dat hij bruin was niet.'

'U bedoelt gebruind door de zon?'

'Ja. Maar verder was hij niet veranderd. Door een toeval kwam ik erachter waar hij die vier jaar gezeten had.'

Op dat punt in het gesprek rinkelde Wallanders mobiele telefoon. Hij aarzelde of hij zou opnemen. Ten slotte haalde hij de telefoon toch uit zijn zak. Het was Hanson.

'Martinson heeft die auto van vannacht aan mij overgedragen. De computers doen het niet. Maar dit kenteken staat als gestolen geregistreerd.'

'De auto of de nummerplaten?'

'De nummerplaten. Van een Volvo die vorige week nog op Nobeltorget in Malmö stond geparkeerd.'

'Dat weten we dan ook weer', zei Wallander. 'Elofsson en El Sayed hadden gelijk. Die auto is inderdaad langsgekomen om de boel in de gaten te houden.'

'Ik weet niet goed wat ik hier verder mee moet.'

'Praat met de collega's in Malmö. Ik wil dat we een regionaal opsporingsbericht voor die auto laten uitgaan.'

'Waar wordt de chauffeur van verdacht?'

Wallander dacht na.

'Enerzijds van betrokkenheid bij de moord op Sonja Hökberg. Anderzijds weet hij misschien ook iets over het schot dat op mij is afgevuurd.'

'Was hij de schutter?'

'Hij kan getuige zijn geweest', antwoordde Wallander ontwijkend.

'Waar zit jij nu?'

'Ik zit bij Marianne Falk thuis. We spreken elkaar straks wel.'

Zij schonk koffie uit een mooie blauw-witte kan. Wallander herinnerde zich dat ze bij hem thuis vroeger ook een dergelijke kan hadden gehad.

'Vertel eens over dat toeval', zei hij toen ze weer was gaan zitten.

'Het was ongeveer een maand nadat Tynnes weer boven water was gekomen. Hij had een auto gekocht en kwam me daar altijd mee ophalen. Een van de artsen op de afdeling waar ik werkte, zag hem een keer toen hij mij kwam halen. De dag daarna vroeg hij mij of hij het goed had gezien. Of de man met wie ik verkering had Tynnes Falk was. Toen ik dat bevestigde, zei hij dat hij hem het jaar daarvoor had ontmoet. Maar niet zomaar ergens. In Afrika namelijk.'

'Waar in Afrika?'

'In Angola. Die arts had daar vrijwilligerswerk gedaan. Vlak nadat het land zich had losgemaakt van Portugal. Hij was een keer een andere Zweed tegen het lijf gelopen. Laat in de nacht in een restaurant. Ze hadden allebei aan een eigen tafel gezeten, maar toen Tynnes wilde betalen had hij zijn Zweedse paspoort gepakt, waar hij zijn geld in had gestoken. De arts had hem aangesproken. Tynnes had hem een hand gegeven en zich voorgesteld, maar verder niet veel gezegd. De arts herinnerde zich hem nog. Vooral omdat hij het vreemd vond dat Tynnes zo afwijzend was. Alsof hij eigenlijk niet als Zweed geïdentificeerd wilde worden.'

'U zult hem toen toch gevraagd hebben wat hij daar had gedaan?'

'Vaak heb ik gedacht dat ik dat moest doen. Dat ik erachter moest komen waarmee hij zich bezig had gehouden. Waarom hij juist toen was vertrokken. Maar het was alsof we elkaar de belofte hadden gedaan om niet in die vier jaar te gaan snuffelen. Ik probeerde er dus via andere kanalen achter te komen.'

'Welke kanalen?'

'Ik heb naar diverse organisaties gebeld die hulpverleners in Afrika hadden zitten. Maar pas toen ik met het Instituut voor Ontwikkelingssamenwerking sprak, had ik beet. Tynnes was echt voor een periode van twee maanden in Angola geweest. Om te helpen bij het installeren van een aantal zendmasten.'

'Maar hij was vier jaar weg', zei Wallander. 'U hebt het over twee maanden.'

Ze bleef doodstil zitten, verzonken in gedachten die Wallander niet wilde verstoren.

'We gingen trouwen en kregen kinderen. Behalve die ontmoeting in Luanda wist ik niets over wat hij die jaren gedaan had. En ik vroeg er ook niet naar. Pas nu hij dood is en we al zolang gescheiden zijn, ben ik er ten slotte achter gekomen.'

Ze stond op en ging de kamer uit. Toen ze terugkeerde, had ze een pakje in haar handen. Iets wat met een aan stukken gescheurd zeildoek omwikkeld was. Ze legde het voor Wallander op tafel.

'Toen hij stierf, ben ik naar de kelder gegaan. Ik wist dat hij daar een stalen koffer had staan. Die zat op slot, maar ik heb hem opengebroken. Afgezien hiervan lag er verder niets dan stof.'

Ze knikte dat hij het pakje moest openmaken. Wallander maakte het doek open. Er zat een fotoalbum in bruin leer in. Op de voorkant stond met potlood geschreven 'Angola 1973-1977'.

'Ik heb de foto's bekeken', zei ze. 'Wat die eigenlijk vertellen weet ik niet. Maar ik heb er wel uit begrepen dat Tynnes niet alleen maar voor die periode van twee maanden waarin hij als consultant voor het Instituut voor Ontwikkelingssamenwerking werkte in Angola heeft gezeten. Hij is daar vermoedelijk vier jaar geweest.'

Wallander had het album nog niet opengeslagen. Er was opeens een idee bij hem opgekomen.

'Mijn kennis is gering. Ik weet niet eens hoe de hoofdstad van Angola heet.'

'Luanda.'

Wallander knikte. In zijn jaszak had hij nog steeds de ansichtkaart die hij onder het toetsenbord had gevonden. Waarop hij een L en een D had onderscheiden.

De kaart was uit Luanda verzonden. Wat is daar gebeurd? dacht hij.

En wie is de man of de vrouw van wie de naam met een C begint?

Hij veegde zijn handen af aan een servet.

Vervolgens boog hij zich voorover om het album te openen.

24

Op de eerste foto stonden de verwrongen resten afgebeeld van een uitgebrande bus. Die lag op zijn zijkant naast de weg, die rood gekleurd was van het zand en misschien ook van bloed. De foto was van een afstand genomen. De bus zag eruit als het kadaver van een dier. Naast de ingeplakte foto had iemand met potlood geschreven: 'Ten noordoosten van Huambo 1975'. Onder de foto zat dezelfde soort geelachtige vlek als op de ansichtkaart. Wallander sloeg de bladzijde om. Een groep zwarte vrouwen verzameld bij een poel. Een geblakerd en verdroogd landschap. Er stonden geen schaduwen op de afbeelding. De zon moest recht aan de hemel hebben gestaan toen de foto werd genomen. Geen van de vrouwen keek naar de fotograaf. Het water in de poel stond heel laag.

Wallander bekeek de foto. Tynnes Falk, als hij althans de maker ervan was, had besloten een foto van deze vrouwen te nemen. Maar eigenlijk vormde de bijna verdroogde poel het middelpunt van de afbeelding. Dat was wat hij wilde laten zien. Vrouwen die bijna zonder water zaten. Wallander bladerde verder. Marianne Falk zat zwijgend tegenover hem. Wallander hoorde ergens in de kamer een klok tikken. Er volgden nog een paar foto's van een uitgedroogd landschap. Een dorp met lage ronde hutten. Kinderen en honden. Voortdurend die rode aarde, die op de foto leek op te stuiven. Geen mensen die in de lens keken.

Opeens waren de dorpen weg. Nu was het een slagveld. Of de resten van een slagveld. De vegetatie was dichter, groener. Een helikopter lag op zijn zij als een reusachtig insect waar iemand op had getrapt. Verlaten kanonnen waarvan de loop naar een onzichtbare vijand wees. Op de foto's stonden alleen deze wapens. Geen mensen, levend noch dood. Een datum en een plaatsnaam, maar nooit iets anders. Vervolgens twee bladzijden met zendmasten. Enkele foto's waren onscherp.

Dan was er opeens een groepsfoto. Wallander trachtte de gezichten te onderscheiden van de negen mannen die stonden opgesteld voor iets wat leek op een bunker. Negen mannen, een jongen en een geit. De geit leek van rechts het beeld te zijn binnengelopen. Op het moment dat de foto genomen werd, was een van de mannen bezig de geit weg te jagen. De jongen keek recht in de camera. Hij lachte. Zeven van de mannen waren zwart, de rest was blank. De zwarten keken vrolijk, de blanken serieus. Wallander draaide het album om en vroeg Marianne Falk of zij iemand van de blanke mannen herkende. Ze schudde haar hoofd. Naast de foto stond een onleesbare plaatsnaam en een datum: januari 1976. Falk moest zijn zendmasten toen allang hebben geïnstalleerd. Misschien was hij teruggekomen om te kijken of ze nog overeind stonden. Hij was teruggekeerd naar Angola. Of misschien had hij het land nooit verlaten? Er was niets wat weersprak dat hij daar aldoor was gebleven. Wat op dat moment zijn opdracht was, was onbekend. Niemand wist waarvan hij leefde. Wallander bladerde verder. Foto's van Luanda. Nu was het een maand later, februari 1976. Iemand hield in een stadion een toespraak. Mensen met rode vaandels. En vlaggen. Wallander nam aan dat de mensen met de Angolese vlag zwaaiden. Falk leek nog steeds geen belangstelling te hebben voor afzonderlijke mensen. Hier was het een mensenmenigte. De foto was van zo'n grote afstand genomen dat er nauwelijks afzonderlijke individuen te onderscheiden waren. Maar toch moest Falk dat stadion hebben bezocht. Misschien op de nationale feestdag? Waarop de zelfstandigheid van het jonge Angola werd gevierd? Waarom had Falk deze foto's genomen? Slecht geschoten, altijd van een te grote afstand. Wat wilde hij eigenlijk vastleggen?

Daarna volgden er enkele bladzijden met stadsbeelden. 'Luanda april 1976'. Wallander sloeg de bladzijden sneller om.

Toen stopte hij.

Eén foto was anders dan de rest. Het was een oude foto. Een

zwartwitfoto. Een groep ernstig kijkende Europeanen had zich opgemaakt om te worden gefotografeerd. De vrouwen zaten, de mannen stonden. De foto dateerde uit de negentiende eeuw. Op de achtergrond een groot huis, een landhuis. Je zag ook zwarte bedienden in witte kleren. Een van hen lachte, maar de mensen op de voorgrond keken ernstig. Naast de foto stond geschreven: 'Schotse missionarissen, Angola 1894'.

Wallander vroeg zich af waarom die foto ertussen zat. Een uitgebrande bus, verlaten slagvelden, vrouwen die bijna geen water meer hebben, zendmasten, en ten slotte een foto van missionarissen.

Het heden keerde weer terug, de periode waarin Falk zich absoluut in Angola bevond. En voor het eerst stonden er mensen van dichtbij op de foto. Mensen die het middelpunt vormden. Ergens werd een feest gehouden. De foto's waren met een flitser genomen. Alleen blanken. Door het flitslicht waren hun ogen rood als van dieren. Glazen en flessen. Marianne Falk boog zich over de tafel naar voren en wees een man aan die een glas in zijn hand hield. Hij werd omringd door tamelijk jonge mannen. De meesten brachten een toast uit en riepen onbekende woorden naar de fotograaf. Tynnes Falk zat er echter zwijgend bij. Het was zijn gezicht dat ze aanwees. Hij zweeg en keek ernstig. Hij was mager en droeg een wit overhemd dat hij tot en met de boord had dichtgeknoopt. De andere mannen waren halfnaakt, roodaangelopen en ze zweetten. Wallander vroeg opnieuw of Marianne gezichten herkende. Ze schudde echter haar hoofd.

Ergens was hier iemand wiens naam met een C begon. Falk was in Angola gebleven. Falk was in de steek gelaten door de vrouw van wie hij hield. Of was hij eigenlijk degene die haar had verlaten? Vervolgens nam hij werk aan op een plek zo ver mogelijk van huis. Misschien om te vergeten. Of om zijn tijd af te wachten. Er gebeurde iets waardoor hij bleef.

Wallander bladerde weer verder. Tynnes Falk bij een witte kerk. Hij keek naar de fotograaf. Nu glimlachte hij. Voor het eerst glimlachte hij. Bovendien had hij de boord van zijn overhemd open. Wie stond er achter de camera? Was dat misschien C?

De volgende bladzijde. Falk was zelf weer de fotograaf. Wallander boog zich dichter naar de foto toe. Voor het eerst was daar een gezicht dat terugkeerde. De man stond vrij dicht bij de camera. Hij was lang en mager en gebruind door de zon. Een resolute blik. Kortgeknipt haar. Het kon een Noord-Europeaan zijn. Misschien een Duitser. Of een Rus. Daarna begon Wallander de achtergrond te bestuderen. De foto was buitenshuis genomen. Helemaal op de achtergrond van de foto meende hij bergruggen met een dichte, groene vegetatie te kunnen onderscheiden. Maar dichterbij, vlak achter de man, stond iets wat in er in eerste instantie uitzag als een grote machine. Wallander vond dat de constructie iets bekends had, maar pas toen hij de foto van wat grotere afstand bekeek, zag hij wat het was. Een transformatorstation. Hoogspanningsdraden.

Hier is opeens een verband, dacht hij. Wat dat betekent weet ik niet. Maar als Falk deze foto heeft genomen, dan heeft hij een man gefotografeerd die naast een transformatorstation staat. Dat wel wat weg heeft van het transformatorstation waar Sonja Hökberg is gestorven.

Langzaam bladerde hij verder, alsof hij hoopte de oplossing hier te zullen vinden. Dat dit fotoalbum uiteindelijk het ware verhaal zou blijken te bevatten over alles wat er was gebeurd. Maar vervolgens keek een olifant hem aan. En lagen er een paar leeuwen te doezelen naast de weg. Falk zat in een auto toen hij die foto nam. Ernaast stond geschreven: 'Het Krugerpark, augustus 1976'. Het zou nog een jaar duren voordat hij naar Zweden terugkeerde en bij de ingang van het Sabbatsbergsziekenhuis op Marianne stond te wachten. Zijn vierjarige afwezigheid zat er nog niet op. Leeuwen die doezelden. Falk die was verdwenen. Wallander wist dat het Krugerpark in Zuid-Afrika lag. Hij wist dat van die keer, enkele jaren geleden, toen er een vrouwelijke makelaar was vermoord en hijzelf betrokken raakte bij een onderzoek dat naar Zuid-Afrika voerde. Hij had er lang aan getwijfeld of hij erin zou slagen het gecompliceerde onderzoek tot een goed einde te brengen.

Falk had Angola dus verlaten. Hij zat door het opengedraaide raam in een auto dieren te fotograferen. Er volgden acht pagina's met dieren en vogels. Onder andere een oneindige hoeveelheid geeuwende nijlpaarden. Toeristische herinneringen. Een geïnspireerde fotograaf was Falk meestal niet. Pas toen de dierenfoto's ophielden, stopte Wallander weer. Falk was naar Angola teruggekeerd. 'Luanda, september 1976'. Daar was de magere man weer. Met de resolute blik en het kortgeknipte haar. Hij zat op een bank aan de haven. Voor de verandering was Falk erin geslaagd een foto te componeren die echt geslaagd was. Daarna was het afgelopen. Het album zat niet vol. Er volgde een aantal lege bladzijden. Er waren geen foto's uitgescheurd, geen teksten doorgehaald. De laatste foto was van de man, die op een bank over de zee zat uit te kijken. Op de achtergrond hetzelfde stadsbeeld als dat op de ansichtkaart.

Wallander leunde achterover in zijn stoel. Marianne Falk nam hem met een onderzoekende blik op.

'Ik weet niet wat die foto's eigenlijk vertellen', zei hij. 'Maar ik moet dit album meenemen. Misschien moeten we bepaalde foto's vergroten.'

Ze liep met hem mee naar de hal.

'Waarom denkt u dat het belangrijk is wat hij destijds heeft gedaan? Dat is al zo lang geleden.'

'Er is iets gebeurd', antwoordde Wallander. 'Ik weet niet wat. Maar er is iets gebeurd wat hem zijn leven lang is bijgebleven.'

'Wat zou dat moeten zijn?'

'Ik weet het niet.'

'Wie heeft dat schot in zijn flat afgevuurd?'

'Dat weten we niet. We weten niet wie het was of wat hij daar deed.'

Hij had zijn jas aangetrokken en gaf haar een hand.

'Als u wilt, kunnen we een bewijsje sturen dat we deze foto's hebben meegenomen.'

'Dat is niet nodig.'

Wallander deed de deur open.
'Nog één ding', zei ze.
Wallander keek haar afwachtend aan. Hij zag dat ze erg onzeker was.
'Misschien willen agenten alleen maar feiten', zei ze aarzelend. 'Waar ik aan zit te denken, is ook voor mijzelf nog heel onduidelijk.'
'Op dit moment kan alles belangrijk zijn.'
'Ik heb lang met Tynnes samengeleefd', zei ze. 'En ik dacht natuurlijk dat ik hem kende. Wat hij had gedaan in de jaren dat hij weg was, wist ik niet, maar dat was iets wat er ook niet toe deed. Omdat hij zo gelijkmatig van humeur was en mij en de kinderen zo goed behandelde, kon me dat niet schelen.'
Ze zweeg abrupt. Wallander wachtte.
'Maar soms had ik het gevoel dat ik met een fanaticus was getrouwd', vervolgde ze. 'Een gespleten persoonlijkheid.'
'Een fanaticus?'
'Soms kon hij blijk geven van zulke rare ideeën.'
'Waarover?'
'Over het leven. Over de mensen. Over de wereld. Over alles eigenlijk. Soms barstte hij in heftige aanklachten uit. Die tegen niemand gericht waren. Het was alsof hij berichten het luchtledige in stuurde.'
'Legde hij dat niet uit?'
'Het beangstigde me. Ik durfde er niet naar te vragen. Dan was het alsof hij van haat vervuld was. Bovendien waren die uitbarstingen weer net zo snel voorbij als dat ze waren gekomen. Ik kreeg dan het gevoel dat hij zich had versproken. Althans dat hij dat zelf zo voelde. Er kwam iets aan de oppervlakte wat hij het liefst verborgen wilde houden.'
Wallander dacht na.
'U blijft volhouden dat hij nooit politiek geëngageerd is geweest?'
'Hij verachtte politici. Volgens mij ging hij nooit stemmen.'
'Hij onderhield ook geen relaties met andere bewegingen?'
'Nee.'

'Waren er ook mensen tegen wie hij opkeek?'
'Niet dat ik weet.'
Opeens veranderde ze van gedachten.
'Ik geloof trouwens dat hij wel een soort liefde voor Stalin koesterde.'
Wallander fronste zijn voorhoofd.
'Waarom was dat?'
'Ik weet het niet. Maar hij heeft verscheidene keren gezegd dat Stalin de onbeperkte macht had. Of beter gezegd: dat hij die had gegrepen om onbeperkt te kunnen heersen.'
'Drukte hij dat zo uit?'
'Ja.'
'En hij verklaarde zich niet nader?'
'Nee.'
Wallander knikte.
'Als u nog meer te binnen schiet, moet u het me meteen laten weten.'
Ze beloofde dat te zullen doen. De deur ging dicht.

Wallander stapte in zijn auto. Het fotoalbum lag op de stoel naast hem. Een man had voor een transformatorstation gestaan. In het verre Angola, twintig jaar geleden.

Kon het dezelfde man zijn die de ansichtkaart had verstuurd? Was hij het die een naam had die begon met de letter C?

Wallander schudde zijn hoofd. Hij begreep het niet.

Gedreven door een onduidelijke impuls reed hij de stad uit naar de plaats waar ze Sonja Hökbergs dode lichaam hadden gevonden. Het was er verlaten. Het hek zat dicht. Wallander keek rond. Bruine akkers, in de verte krassende kraaien. Tynnes Falk lag dood bij een bankautomaat. Hij had niet zelf Sonja Hökberg kunnen ombrengen. Er waren andere, nog onzichtbare verbindingen die zich tussen de verschillende gebeurtenissen vertakten als een netwerk.

Hij dacht aan de afgesneden typevingers van Falk. Iemand wilde iets verborgen houden. Bij Sonja Hökberg hetzelfde. Een andere logische verklaring was er niet. Zij was omgebracht zodat ze niet kon praten.

Wallander rilde. Het was een kille dag. Hij liep terug naar zijn auto en draaide de verwarming omhoog. Vervolgens reed hij terug naar Ystad. Net toen hij bij de rotonde bij de afslag naar de stad was, ging zijn telefoon. Hij stopte langs de kant van de weg. Het was Martinson.

'We zijn bezig', zei hij.

'Hoe gaat het?'

'Die cijfers zijn net een blinde muur. Modin probeert erdoorheen te kijken. Wat hij precies aan het doen is, kan ik niet zeggen.'

'We moeten proberen geduld te hebben.'

'Ik neem aan dat de politie zijn lunch betaalt?'

'Neem de bonnetjes mee', zei Wallander. 'En geef die maar aan mij.'

'Ik vraag me af of we eigenlijk niet toch contact op moeten nemen met de Rijksrecherche en hun computerexperts. Wat hebben we er eigenlijk aan dat we dat voor ons uitschuiven?'

Martinson had natuurlijk gelijk, dacht Wallander. Maar hij wilde wachten, Robert Modin nog wat tijd geven.

'Dat zullen we doen', antwoordde hij. 'Maar we wachten nog heel even af.'

Wallander reed door naar het politiebureau. Irene vertelde hem dat Gertrud had gebeld. Wallander liep naar zijn kamer en belde haar meteen. Af en toe ging hij op zondag bij haar langs, maar dat gebeurde niet vaak. Hij had steeds een slecht geweten. Gertrud was namelijk wel degene die zich tijdens diens laatste jaren over zijn moeilijke vader had ontfermd. Zonder haar was hij vast niet zo oud geworden als hij uiteindelijk werd. Maar nu zijn vader er niet meer was, hadden ze niets meer om over te praten.

Gertruds zuster nam op. Zij kon erg praatgraag zijn en had overal wel een mening over. Wallander probeerde het kort te houden. Ze ging Gertrud halen. Het duurde een eeuwigheid voordat die aan de telefoon kwam.

Er was echter niets gebeurd. Wallander had zich voor niets ongerust gemaakt.

'Ik wilde gewoon even weten hoe het met je was', zei Gertrud.

'Ik heb het heel druk. Maar verder is het goed.'

'Het is langgeleden dat je bij me op bezoek bent geweest.'

'Ik weet het. Zodra ik weer tijd krijg, kom ik.'

'Op een dag kan het te laat zijn', zei ze. 'Op mijn leeftijd weet je nooit hoelang je leeft.'

Gertrud was nauwelijks zestig. Wallander besefte echter dat ze op zijn vader begon te lijken. Dezelfde emotionele chantage.

'Ik kom', zei hij vriendelijk. 'Zodra ik kan.'

Vervolgens verontschuldigde hij zich door te zeggen dat er mensen op hem zaten te wachten voor een belangrijke bespreking. Maar toen het gesprek afgelopen was, ging hij naar de kantine om koffie te halen. Daar liep hij Nyberg tegen het lijf die een heel bijzondere kruidenthee dronk waar moeilijk aan te komen was. Voor de verandering leek Nyberg uitgerust. Hij had zelfs zijn haar gekamd, dat meestal alle kanten uitstak.

'We hebben geen vingers gevonden', zei Nyberg. 'De honden zijn aan het zoeken geweest. Maar we hebben de andere vingerafdrukken die we in zijn flat hebben gevonden in de bestanden nagetrokken. Vingerafdrukken die van Falk moeten zijn.'

'Hebben jullie iets gevonden?'

'Hij komt niet in de Zweedse bestanden voor.'

Wallander hoefde maar heel kort na te denken om een beslissing te nemen.

'Stuur ze door naar Interpol. Weet je trouwens of Angola daar ook bij is aangesloten?'

'Hoe moet ik dat weten?'

'Ik vroeg het me gewoon af.'

Nyberg pakte zijn kopje en vertrok. Wallander ontvreemdde een paar beschuitjes uit Martinsons privé-trommel en liep naar zijn kamer. Het was twaalf uur. De ochtend was snel voorbij gegaan. Het fotoalbum lag voor hem. Hij wist niet goed hoe hij het verder zou aanpakken. Over Falk wist hij nu meer dan een paar uur geleden, maar er was eigenlijk niets wat hem dichter bij een verklaring voor de mysterieuze koppeling met Sonja Hökberg had gebracht.

Hij trok de telefoon naar zich toe en belde naar de kamer van Ann-Britt. Er werd niet opgenomen. Ook Hanson was niet op zijn kamer. En Martinson was met Robert Modin bezig. Hij probeerde te bedenken wat Rydberg zou hebben gedaan. Ditmaal slaagde hij er beter in om diens stems te horen. Rydberg zou hebben nagedacht. Op het verzamelen van feiten na was dat het belangrijkste wat een rechercheur kon doen. Wallander legde zijn benen op zijn bureau en deed zijn ogen dicht. Opnieuw nam hij in gedachten alles door wat er was gebeurd. De hele tijd probeerde hij zijn innerlijke blik gericht te houden op de achteruitkijkspiegel die op de een of andere vreemde manier alles herleidde tot Angola, twintig jaar geleden. Hij probeerde nogmaals op allerlei manieren op zijn schreden terug te keren en de gebeurtenissen vanuit diverse uitgangspunten te bekijken. De dood van Lundberg. De dood van Sonja Hökberg. Maar ook het feit dat de stroom was uitgevallen.

Toen hij zijn ogen weer opende, was dat met hetzelfde gevoel als enkele dagen eerder. Dat de oplossing er was, vlak voor zijn neus. Zonder dat hij die zag.

Hij werd in zijn gedachten onderbroken doordat de telefoon ging. Het was Irene. Siv Eriksson stond bij de receptie. Hij sprong op uit zijn stoel, streek met zijn vingers door zijn haar en liep naar de receptie om haar te ontvangen. Ze was werkelijk een heel aantrekkelijke vrouw. Hij had besloten haar te vragen mee te gaan naar zijn kamer, maar ze had geen tijd. Ze gaf hem een envelop.

'Hier is de lijst die je wilde hebben.'
'Ik hoop dat het niet te veel werk was.'
'Het ging wel. Maar ik heb er natuurlijk wel werk aan gehad.'
Het kopje koffie dat hij haar aanbood, sloeg ze af.
'Tynnes heeft wat losse eindjes nagelaten', verklaarde ze. 'Die probeer ik nu te ontwarren.'
'Maar je weet niet zeker of hij ook andere opdrachten had?'
'Volgens mij had hij die niet. De laatste tijd sloeg hij veel opdrachten af. Dat weet ik, omdat hij mij meestal vroeg om de verzoeken te beantwoorden.'

'Hoe interpreteerde je dat?'
'Ik dacht dat hij misschien tijd nodig had om een beetje op adem te komen.'
'Was dat al eerder voorgekomen? Dat hij meerdere opdrachten afsloeg?'
'Nu je het zegt: ik geloof het eigenlijk niet. Dit was eigenlijk de eerste keer.'
'En hij zei niet waarom?'
'Nee.'

Wallander had verder geen vragen. Siv Eriksson verdween door de uitgang. Er stond een taxi op haar te wachten. Toen de chauffeur het portier voor haar openhield, zag Wallander dat hij een zwarte rouwband droeg.

Hij liep terug naar zijn kamer en opende de envelop. De lijst was lang. Veel van de bedrijven waarvoor Falk en Siv Eriksson opdrachten hadden uitgevoerd kende hij niet. Met één uitzondering waren ze allemaal in Skåne gevestigd. Er was één bedrijf bij met een adres in Denemarken. Wallander meende uit de naam te kunnen opmaken dat daar hijskranen werden gemaakt. Tussen alle onbekende ondernemingen zaten er echter ook een paar die hij kon thuisbrengen, onder andere een aantal banken. Sydkraft of een ander energiebedrijf stond echter niet op de lijst. Wallander schoof het overzicht aan de kant en verzonk in gedachten.

Tynnes Falk was dood gevonden bij een bankautomaat. Hij was er 's avonds op uit gegaan om een wandeling te maken. Een vrouw met een hond had hem gezien. Hij was bij een bankautomaat blijven staan en had er een bonnetje met saldo-informatie uitgehaald, maar hij had geen geld opgenomen. En daarna was hij dood neergevallen. Wallander kreeg opeens het gevoel dat hij iets over het hoofd zag. Als Falk geen hartaanval had gekregen of was overvallen, wat kon het dan zijn?

Na nog een poosje te hebben zitten peinzen, belde hij de vestiging van Nordbanken in Ystad. Wallander had enkele keren een lening moeten sluiten toen hij zijn oude auto voor een nieuwe inruilde. Hij had toen een van de bankemployés leren kennen, ene Winberg. Hij vroeg of hij hem kon spreken. Toen het meisje van de telefooncentrale antwoordde dat meneer Winberg in gesprek was, bedankte hij haar en legde neer. Hij verliet het politiebureau en liep naar het bankfiliaal. Winberg was in gesprek met een klant. Hij knikte naar Wallander dat hij maar even moest gaan zitten.

Na vijf minuten was Winberg klaar.

'Ik verwachtte u al', zei Winberg. 'Is het weer tijd voor een nieuwe auto?'

Wallander bleef zich verbazen over de jeugdige leeftijd van bankemployés. De eerste keer dat hij een lening aanging, had hij zich afgevraagd of Winberg, die zelf toestemming mocht geven voor de lening, al de leeftijd had bereikt waarop hij mocht autorijden.

'Ik kom voor iets heel anders. Een dienstkwestie. Mijn auto moet nog maar even wachten.'

De glimlach van Winberg verdween. Wallander zag dat hij nerveus werd.

'Is hier op de bank iets gebeurd?'

'Dan was ik wel naar een van uw directeuren gegaan. Wat ik nodig heb is informatie. Over jullie bankautomaten.'

'Om veiligheidsredenen kan ik natuurlijk niet veel zeggen.'

Wallander bedacht dat Winberg zich net zo houterig uitdrukte als hijzelf vaak deed.

'Mijn vragen zijn meer technisch van aard. De eerste is heel simpel. Hoe vaak gebeurt het dat een bankautomaat een fout maakt bij de registratie van een geldopname of wanneer er een briefje met saldo-informatie door de gleuf naar buiten wordt gestuurd?'

'Heel zelden. Maar daar heb ik natuurlijk geen cijfers over.'

'Voor mij betekent "heel zelden" dat het in feite nooit voorkomt.'

Winberg knikte.

'Voor mij ook.'

'En er bestaat ook geen kans dat bijvoorbeeld de tijdvermelding op het transactiebonnetje niet klopt?'

'Daar heb ik nooit over gehoord. Waarschijnlijk zal dat wel voorkomen. Maar vaak kan het niet zijn. Wanneer het om de geldstromen gaat, moet de betrouwbaarheid natuurlijk heel groot zijn.'

'Je kunt dus op bankautomaten vertrouwen?'

'Bent u ergens het slachtoffer van geworden?'

'Nee. Maar ik had een antwoord op deze vragen nodig.'

Winberg trok een bureaulade open en zocht naar iets. Vervolgens legde hij een spotprent op zijn bureau waarop een man stond afgebeeld die langzaam door een bankautomaat werd ingeslikt.

'Zo erg als dit is het dus niet', glimlachte hij. 'Maar het is een goeie tekening. En de computers van de bank zijn natuurlijk even kwetsbaar als alle andere computers.'

Daar heb je het weer, dacht Wallander. Dat gepraat over kwetsbaarheid. Hij bekeek de tekening en vond ook dat die goed was.

'Nordbanken heeft een klant die Tynnes Falk heet', vervolgde hij. 'Ik heb een overzicht van alle transacties op zijn rekening van het afgelopen jaar nodig. Met inbegrip van zijn geldopnames uit bankautomaten.'

'Dan moet u zich tot een hogere instantie wenden', zei Winberg. 'Over het bankgeheim kan ik geen beslissingen nemen.'

'Wie moet ik hebben?'

'Waarschijnlijk kunt u het beste praten met Martin Olsson. Hij zit één verdieping hoger.'

'Kunt u nagaan of hij op dit moment beschikbaar is?'

Winberg verdween. Wallander bereidde zich erop voor dat hij nu door een lange, vervelende bureaucratische procedure heen moest.

Maar toen Winberg hem naar de eerste etage had geleid, trof hij een bankdirecteur, eveneens verbazingwekkend jong, die hem beloofde te zullen helpen. Het enige wat nodig was, was een formeel verzoek van de politie. Toen hij hoorde dat de rekeninghouder was overleden, zei hij dat er ook nog een andere

mogelijkheid bestond. De weduwe kon een verzoek indienen.
'Hij was gescheiden', zei Wallander.
'Dan is een papier van de politie genoeg', zei Martin Olsson. 'Ik zal ervoor zorgen dat het snel gaat.'
Wallander bedankte hem en ging weer naar Winberg. Hij had nog een vraag.
'Kunt u ook in uw bestand nakijken of Tynnes Falk hier een bankkluis had?'
'Eigenlijk weet ik niet of dat mag', antwoordde Winberg aarzelend.
'Uw directeur heeft het groene licht gegeven', loog Wallander.
Winberg verdween. Na een paar minuten was hij terug.
'We hebben hier geen bankkluis op naam van Tynnes Falk.'
Wallander stond op. Daarna ging hij weer zitten. Nu hij er toch was, kon hij net zo goed meteen een lening regelen voor de auto die hij binnenkort zou moeten aanschaffen.
'Laten we het meteen maar over die auto hebben', zei hij. 'U hebt gelijk. Ik moet binnenkort mijn auto inruilen.'
'Hoeveel hebt u nodig?'
Wallander maakte een snelle berekening. Andere schulden had hij niet.
'Honderdduizend kronen', zei hij. 'Als dat kan.'
'Geen probleem', zei Winberg, die meteen een formulier pakte.

Om halftwee was alles afgerond. Winberg had zelf zijn fiat aan de lening gegeven, zonder dat hij daarvoor toestemming van hogerhand nodig had. Wallander verliet de bank met het twijfelachtige gevoel dat hij opeens rijk was. Toen hij langs de boekhandel aan het plein liep, dacht hij er opeens aan dat daar een boek over meubelrestauratie lag dat hij dagen geleden al had moeten ophalen. Hij bedacht ook dat zijn portemonnee leeg was. Hij keerde om en liep terug naar de bankautomaat bij het postkantoor waar hij in de rij op zijn beurt ging staan wachten. Er waren vier mensen voor hem. Een vrouw met een kinderwagen, twee tienermeisjes en een oudere man. Afwezig nam Wallander waar hoe de vrouw haar pasje in de automaat stopte, haar geld kreeg en vervolgens het bonnetje. Hij begon aan Tynnes Falk te denken. Hij zag hoe de twee tienermeisjes allebei honderd kronen opnamen en vervolgens het bedrag dat op het bonnetje stond vermeld druk begonnen te bespreken. De oudere man keek eerst rond voordat hij zijn pasje invoerde en zijn pincode intoetste. Hij nam vijfhonderd kronen op en stopte de transactiebon ongelezen in zijn zak. Nu was Wallander aan de beurt. Hij nam duizend kronen op en las vervolgens wat er op de bon stond. Alles leek te kloppen. Het bedrag, evenals de datum en het tijdstip. Hij verkreukelde het bonnetje en gooide het in een afvalbak. Opeens bleef hij staan. Hij dacht aan de stroomuitval die een groot deel van Skåne in het duister had gelegd. Iemand had geweten waar een van de zwakke punten van de elektriciteitsvoorziening zat. Hoe ver de techniek ook ontwikkeld was, dergelijke zwakke punten waren er altijd. Fragiele tourniquets, waar allerlei stromen die altijd als vanzelfsprekend werden beschouwd opeens tegengehouden konden worden. Hij dacht aan de tekening die vlak naast de computer op Falks bureau had gelegen. Die had daar niet zomaar gelegen. Net zomin als het toeval was dat er op zijn baar een relais was teruggevonden.

Het was een spontaan besef. Het betekende niets nieuws. Maar opeens realiseerde hij zich ten volle iets wat eerder zweverig en onduidelijk was geweest.

Geen van de gebeurtenissen was toeval. De tekening had daar gelegen omdat Tynnes Falk die had gebruikt. Dat betekende weer dat het geen toeval was dat Sonja Hökberg precies in het transformatorstation was omgebracht.

Het was een soort offer, dacht hij. In de verborgen kamer van Tynnes Falk bevond zich een altaar. Met Falks eigen gezicht als het godsbeeld dat aanbeden moest worden. Sonja Hökberg was niet zomaar omgebracht. Op de een of andere manier was ze ook geofferd. Zodat de kwetsbaarheid en het zwakke punt zouden worden ontdekt. Men had een kap over

Skåne getrokken en alles tot stilstand gebracht.

Die gedachte deed hem rillen. Het gevoel dat hij en zijn collega's nog steeds in een leegte rondtastten, was heel sterk. Hij bekeek de mensen die naar de bankautomaat kwamen. Als je de elektriciteitsvoorziening kunt lamleggen, dan kun je vast ook een bankautomaat lamleggen, dacht hij. En God weet wat je verder nog kon stoppen, omleiden of afsluiten. Verkeerstorens en treinwissels, water en elektriciteit. Dat kon allemaal gebeuren. Op één voorwaarde: dat je het zwakke punt kende. Waarop de kwetsbaarheid verandert van risicomoment in realiteit.

Hij liep verder. De boekhandel liet hij verder voor wat die was. Hij keerde terug naar het politiebureau. Irene wilde met hem praten, maar hij wuifde afwerend. Hij gooide zijn jas in de bezoekersstoel en terwijl hij ging zitten, trok hij zijn notitieblok naar zich toe. Tijdens enkele intense minuten nam hij opnieuw door wat er allemaal gebeurd was. Ditmaal probeerde hij de gebeurtenissen vanuit een geheel nieuw perspectief te analyseren. Was er ondanks alles iets wat er op kon duiden dat er een vorm van weldoordachte en bewust geplande sabotage onder de oppervlakte verborgen lag? Was sabotage de basis waar hij naar op zoek was? Hij dacht opnieuw aan de keer dat Falk was gearresteerd voor het loslaten van nertsen. Zat er onder die gebeurtenis iets veel groters verborgen? Was dat een vooroefening voor iets wat later zou komen?

Toen hij zijn pen neergooide en achterover leunde in zijn stoel was hij helemaal niet zeker dat hij nu het punt had gevonden waarop ze een doorbraak konden forceren en vaart in het onderzoek konden brengen. Maar hij zag in ieder geval een denkbare mogelijkheid. Ook al viel de moord op Lundberg er in deze uitleg helemaal buiten. Toch begon het daar, dacht hij. Kan het zo zijn dat er iets begon te gebeuren dat niet te overzien was? Iets wat helemaal niet gepland was? Maar waartegen vervolgens meteen maatregelen moesten worden getroffen? We vermoeden nu al, of geloven althans, dat Sonja Hökberg werd omgebracht om te voorkomen dat ze iets zou verraden. En waarom sneed men bij Falk twee vingers af? Om iets te verbergen.

Toen realiseerde hij zich dat er nog een andere mogelijkheid was. Als de gedachte dat Sonja Hökberg opgeofferd was juist was, kon er ook een ritueel element zitten in het feit dat van Falk de vingers waarmee hij typte waren afgesneden.

Daar ging Wallander weer mee aan de slag. Opnieuw de feiten langslopen. Maar nu probeerde hij nog verder te kijken. Wat gebeurde er als de moord op Lundberg eigenlijk niet thuishoorde bij wat er later was gebeurd? Als de dood van Lundberg in wezen een vergissing was geweest?

Na nog een halfuur begon hij te wanhopen. Het was te vroeg. Er zat geen samenhang in.

Toch was het alsof hij wel wat verder was gekomen. Hij besefte dat er meer manieren waren waarop de gebeurtenissen en hun onderlinge relatie konden worden geïnterpreteerd dan hij tot nu toe had aangenomen.

Hij was net opgestaan om naar het toilet te gaan toen Ann-Britt op de deur klopte.

Ze wond er geen doekjes om.

'Je had gelijk', zei ze. 'Sonja Hökberg had inderdaad een vriendje.'

'Hoe heet hij?'

'Hoe hij heet weet ik. Maar niet waar hij is.'

'Waarom niet?'

'Het ziet ernaar uit dat hij is verdwenen.'

Wallander keek haar aan. Het toiletbezoek liet hij voor wat het was en hij ging weer zitten.

Het was kwart voor drie 's middags.

25

Later zou Wallander altijd blijven denken dat hij een van de grootste fouten van zijn leven had begaan toen hij die middag zat te luisteren naar wat Ann-Britt te zeggen had. Toen zij vertelde over haar ontdekking dat Sonja Hökberg toch een vriendje had gehad, had hij eigenlijk meteen moeten snappen dat er een luchtje aan het verhaal zat. Ann-Britt had niet een hele waarheid boven tafel weten te krijgen, maar slechts een halve. En zoals hij natuurlijk wist, hadden halve waarheden de neiging in hele leugens te veranderen. Hij zag dus niet wat hij eigenlijk had moeten zien. Hij zag iets anders. Wat hem slechts gedeeltelijk op het juiste spoor zette.

Het werd een dure vergissing. Op duistere momenten dacht Wallander dat deze ertoe had bijgedragen dat iemand het leven had verloren. En het had er ook toe kunnen leiden dat een andere ramp werkelijkheid was geworden.

Ann-Britt was op maandagochtend 13 oktober aan de slag gegaan met haar opdracht om het vriendje op te sporen dat zich waarschijnlijk ergens in Sonja Hökbergs leven had bevonden. Eerst had ze de zaak opnieuw bij Eva Persson aangekaart. Er was nog steeds verwarring over hoe Eva Persson tijdens het voor-arrest eigenlijk moest worden vastgehouden. De officier van justitie en de sociale instanties waren het er nu echter over eens dat het meisje voorlopig in haar eigen huis mocht blijven en daar zou worden bewaakt. De gebeurtenis in de verhoorkamer, waarvan de fotograaf die ongelukkige foto had gemaakt, vormde daarvoor nog een extra reden. Als Eva Persson op het politiebureau of in een ander arrestantenlokaal zou worden vastgehouden, zou dat althans in bepaalde kringen tot een storm van protest leiden. Ann-Britt had dus bij haar thuis met haar gesproken. Ze had Eva Persson, die nu wat minder kil en afwijzend overkwam, duidelijk gemaakt dat ze niets te vrezen had wanneer ze de waarheid vertelde. Maar Eva had koppig volgehouden dat ze niets wist van een vriendje. Alleen met Kalle Rus had Sonja vroeger verkering gehad. Ann-Britt wist nog steeds niet of Eva Persson de waarheid sprak. Het lukte haar echter niet om meer uit het meisje te krijgen, en ze had het opgegeven. Voordat ze wegging, had ze ook nog een poosje onder vier ogen met Eva Perssons moeder gepraat. Ze hadden in de keuken gestaan met de deur dicht. Omdat de moeder zo zachtjes was blijven praten dat ze nauwelijks te verstaan was, had Ann-Britt aangenomen dat Eva aan de deur stond te luisteren. Eva Perssons moeder had echter niets van een vriendje geweten. En het was allemaal Sonja Hökbergs schuld. Zij had die arme taxichauffeur vermoord. Haar dochter Eva was onschuldig. En ze was bovendien ook nog het slachtoffer geworden van mishandeling door die vreselijke rechercheur die Wallander heette.

Ann-Britt had het gesprek nogal abrupt afgebroken en daarna het huis verlaten. Ze zag al voor zich hoe de moeder waarschijnlijk meteen door haar dochter aan een kruisverhoor zou worden onderworpen. Wat was er in de keuken eigenlijk besproken?

Ann-Britt was rechtstreeks naar de ijzerwinkel gereden waar Kalle Rus werkte. Ze waren naar het magazijn gelopen en hadden daar tussen de pakjes spijkers en de motorzagen staan praten over wat er was gebeurd. In tegenstelling tot Eva Persson, die bijna voortdurend leek te liegen, antwoordde Kalle Rus eenvoudig en openhartig op haar vragen. Ze had het gevoel gekregen dat hij nog steeds veel van Sonja hield, ook al hadden ze dan al meer dan een jaar geen verkering meer. Hij miste haar, had verdriet over haar dood en was ook bang geworden door wat er was gebeurd. Over haar leven nadat ze uit elkaar waren gegaan wist hij echter niet veel. Je kwam je kennissen niet vaak tegen, ook al was Ystad een klein stadje. Bovendien ging Kalle Rus in het weekend altijd in Malmö uit. Daar had hij nu ook een nieuwe vriendin.

'Maar ik geloof wel dat er een vriendje was', had hij opeens gezegd. 'Dat Sonja verkering had met een jongen.'

Kalle Rus wist niet veel over zijn rivaal, eigenlijk helemaal niets. Behalve dan dat hij Jonas Landahl heette en alleen woonde in een vrijstaand huis in Snapphanegatan. Het huisnummer wist hij niet, maar het moest op de hoek zijn met Friskyttegatan, vanaf het centrum gerekend aan de linkerkant. Waar Jonas Landahl van leefde of wat hij deed, wist hij ook niet.

Ann-Britt reed er direct naartoe. Het eerste huis aan de linkerkant was een mooie, moderne villa. Ze ging het hek door en belde aan. Het huis had op haar meteen een verlaten indruk gemaakt. Waarom ze dat gevoel had gekregen wist ze niet. Er werd niet opengedaan. Ze had een paar keer aangebeld en was er toen omheen gelopen. Ze had op de achterdeur gebonsd en door verschillende ramen naar binnen proberen te gluren. Toen ze weer aan de voorkant kwam, had er een man in een ochtendjas en hoge laarzen voor het hek gestaan. Dat was een raar gezicht, een man op straat in een ochtendjas op deze kille herfstochtend. Hij had uitgelegd dat hij in het huis ertegenover woonde en dat hij haar had zien aankomen. Vervolgens had hij zich voorgesteld als Yngve. Zonder achternaam, alleen Yngve.

'Er is niemand thuis', zei hij met stelligheid. 'Zelfs de jongen is er niet.'

Het gesprek bij het hek was kort geweest, maar had wel wat opgeleverd. Yngve was een man die zijn buren blijkbaar continu in de gaten hield. En hij had haar meteen laten weten dat hij vóór zijn pensioen, enkele jaren geleden, beveiligingsbeambte in de zorgsector in Malmö was geweest. Het gezin Landahl was een stelletje vreemde vogels dat zich met hun zoon een tiental jaren geleden in het buurtje had gevestigd. Ze hadden het huis gekocht van een ingenieur bij de gemeente die naar Karlstad was verhuisd. Wat meneer Landahl precies deed, wist Yngve niet. Toen ze hier waren komen wonen, hadden ze niet eens de moeite genomen om zich aan hun buren voor te stellen. Ze hadden hun meubels en hun zoon binnengezet en de deuren achter zich dichtgedaan. Ze lieten zich überhaupt weinig zien.

De jongen, die toen ze in de buurt kwamen wonen niet ouder dan een jaar of twaalf, dertien was geweest, werd vaak alleen gelaten. De ouders maakten vaak lange reizen, Joost mocht weten waarheen. Af en toe kwamen ze opeens terug, maar ze waren ook zo weer verdwenen. En de jongen was alleen. Hij groette vriendelijk, maar bleef op zichzelf. Hij deed de boodschappen die hij nodig had, haalde de post uit de bus en ging 's avonds veel te laat naar bed. In een van de huizen in de buurt woonde een lerares van de school waarop hij zat. Zij wist te vertellen dat hij zich goed kon redden. Zo was het gebleven. De jongen groeide op en de ouders bleven vertrekken naar hun onbekende bestemmingen. Een tijd lang had een gerucht de ronde gedaan over een grote totowinst, of misschien was het de lotto geweest. Een baan leken ze geen van beiden te hebben. Maar aan geld was blijkbaar geen gebrek. Midden september waren ze voor het laatst gesignaleerd. Daarna was de jongen, die inmiddels volwassen was, weer alleen geweest. Een paar dagen geleden was er echter een taxi gekomen om hem op te halen.

'Het huis staat dus leeg?' had ze gevraagd.

'Er is niemand.'

'Wanneer kwam die taxi hem halen?'

'Vorige week woensdag. In de middag.'

Ann-Britt zag voor zich hoe de gepensioneerde Yngve in zijn keuken de bezigheden van zijn buren zat te volgen. Als je niet naar een trein kunt zitten kijken, dan kun je of tegen de muur aan kijken of je buren in de gaten houden, dacht ze.

'Weet u nog welk taxibedrijf het was?'

'Nee.'

Fout, dacht ze. Dat weet je best. Misschien zelfs het automerk en het kentekennummer. Maar je wilt niet dat ik in de gaten krijg wat ik allang doorheb. Dat je je buren bespioneert.

Daarna had ze nog maar één vraag.

'Ik zou het fijn vinden als u het ons meedeelt wanneer hij weer opduikt.'

'Wat heeft hij op zijn kerfstok?'

'Absoluut niets. We moeten alleen met hem praten.'

'Waarover dan?'

Zijn nieuwsgierigheid kende blijkbaar geen grenzen. Ze schudde haar hoofd. Hij vroeg het niet opnieuw, maar ze zag dat hij geïrriteerd was. Alsof ze op de een of andere manier niet collegiaal was.

Terug op het bureau had ze geluk. Het kostte haar minder dan vijftien minuten om het taxibedrijf en de chauffeur die naar Snapphanegatan was gereden te traceren. Hij kwam naar het politiebureau en zij ging bij hem in de auto zitten om met hem te praten. De man heette Östberg en was in de dertig. Om zijn arm droeg hij een rouwband. Naderhand realiseerde ze zich dat dit natuurlijk te maken had met wat er met Lundberg was gebeurd.

Ze vroeg hem naar zijn rit. Hij had een goed geheugen.

'Ik kreeg die rit vlak voor tweeën. De naam was Jonas.'

'Geen achternaam?'

'Ik dacht dat het een achternaam was. Tegenwoordig hebben de mensen de vreemdste namen.'

'En het ging om één passagier?'

'Een jongeman. Vriendelijk.'

'Had hij veel bagage?'

'Een kleine koffer op wieltjes. Verder niets.'

'Waar moest hij naartoe?'

'Naar de veerboot.'

'Ging hij naar Polen?'

'Gaan er dan andere veerboten?'

'Wat voor indruk maakte hij op u?'

'Geen enkele, maar hij was zoals ik al zei vriendelijk.'

'Hij kwam niet nerveus over?'

'Nee.'

'Zei hij ook iets?'

'Hij zat stil achterin uit het raam te kijken. Hij heeft me een fooi gegeven, weet ik nog.'

Meer kon Östberg zich niet herinneren. Ann-Britt bedankte hem voor de moeite. Daarna besloot ze een huiszoekingsbevel voor het huis aan Snapphanegatan te vragen. Ze had met de officier van justitie gepraat en die had haar de noodzakelijke toestemming gegeven.

Ze wilde er net naartoe gaan toen ze een telefoontje kreeg van de crèche waarop haar jongste kind zat. Ze was ernaartoe gereden. Het kind moest overgeven en de volgende uren had ze thuis doorgebracht. De misselijkheid was echter ineens overgegaan. Haar godsgeschenk van een buurvrouw, die haar als het even kon uit de brand hielp door op de kinderen te passen, was beschikbaar geweest. En net toen ze op het bureau terugkeerde, was ook Wallander teruggekeerd.

'Hebben we ook sleutels?' vroeg hij.
'Ik wilde een slotenmaker meenemen.'
'Om de donder niet. Waren het beveiligde deuren?'
'Er zaten gewone lipssloten op.'
'Die krijg ik vast zelf wel open.'
'Je moet wel weten dat een man in een ochtendjas en groene laarzen al onze activiteiten van achter zijn keukenraam in de gaten houdt.'

'Dan moet jij maar naar hem toe gaan om met hem te praten. Verzin maar een mooi samenzweringstheorietje. Dat we dankzij zijn oplettendheid de hulp hebben gekregen die we nodig hadden. Maar dat hij ons ook moet blijven helpen door in de gaten te houden dat we vrij spel hebben. En natuurlijk geen woord mag zeggen tegen mensen die vragen waar we mee bezig zijn. Als er één nieuwsgierige buurman is, dan zijn er misschien meer.'

Ann-Britt barstte in lachen uit.
'Daar trapt hij wel in. Zo'n type is het precies.'

Ze reden met haar auto naar Snapphanegatan. Zoals gewoonlijk vond hij dat ze grillig en slecht reed. Hij was van plan geweest te vertellen over het foto-album waaraan hij zijn ochtend had besteed, maar hij kon zich nergens anders op concentreren dan op de hoop dat ze niet met iemand in botsing zouden komen.

Terwijl Wallander met de buitendeur aan de slag ging, verdween Ann-Britt om met de buurman te praten. Net als op haar maakte het huis ook op hem meteen een verlaten indruk. Hij had het slot van de buitendeur net opengekregen toen zij terugkwam.

'De man in de ochtendjas maakt nu deel uit van het speurdersteam', zei ze.

'Je hebt toch niet gezegd dat we de jongen zoeken in verband met de moord op Sonja Hökberg?'

'Waar zie je me eigenlijk voor aan?'

'Ik heb een heel hoge dunk van je.'

Wallander opende de deur. Ze stapten naar binnen en deden de deur weer achter zich dicht.

'Is hier iemand?' riep Wallander.

De woorden doofden uit in de stilte. Er kwam geen antwoord.

Ze liepen langzaam maar doelbewust door het huis. Het viel hun op dat alles schoon was en op zijn plaats stond. Ook al was de jongen vlug vertrokken, er waren geen sporen van haast. Het was er keurig netjes. De meubels en schilderijen maakten een wat onpersoonlijke indruk. Alsof alles tegelijkertijd was gekocht en neergezet om een aantal lege kamers te vullen. Op een plank stonden een paar foto's van twee jonge mensen met een pasgeboren kind. Verder waren er geen persoonlijke snuisterijen. Op een tafel stond een telefoon met een knipperend antwoordapparaat. Wallander drukte op de knop. Een computerfirma uit Lund liet weten dat het bestelde modem was binnengekomen. Verder was er een telefoontje van iemand die het verkeerde nummer had gebeld. En iemand die zijn naam niet noemde.

Daarna kwam datgene waarop Wallander diep in zijn hart had gehoopt.

De stem van Sonja Hökberg.

Wallander herkende die meteen. Bij Ann-Britt duurde het een paar seconden voordat ze doorhad wie het was.

'Ik bel nog terug. Het is belangrijk. Ik bel nog terug.'

Daarna had ze opgehangen.

Wallander slaagde erin de knop te vinden waarmee alle berichten nogmaals beluisterd konden worden. Ze luisterden opnieuw.

'Dat weten we dan ook weer', zei Wallander. 'Sonja heeft echt contact gehad met de jongen die hier woonde. En ze noemde zelfs haar naam niet.'
'Kan dit het gesprek zijn waarnaar we op zoek zijn? Nadat ze was ontsnapt?'
'Waarschijnlijk.'
Wallander liep via de keuken en de bijkeuken naar de garage, waarvan hij de deur opende. Er stond een auto. Een donkerblauwe Golf.
'Bel Nyberg', zei Wallander. 'Ik wil dat deze auto grondig onderzocht wordt.'
'Is ze in deze auto haar dood tegemoet gereden?'
'Dat kunnen we in ieder geval niet uitsluiten.'
Ann-Britt begon Nyberg telefonisch op te sporen. Wallander liep ondertussen door naar de bovenverdieping. Daar waren vier slaapkamers, waarvan er slechts twee in gebruik waren geweest. De kamer van de ouders en van de zoon. Wallander deed de deur van de kleerkast in de ouderlijke slaapkamer open. De kleren hingen netjes op een rij. Hij hoorde Ann-Britts voetstappen op de trap.
'Nyberg komt eraan.'
Daarna begon ook zij de diverse kledingstukken te bekijken.
'Ze hebben een goede smaak', zei ze. 'En geen gebrek aan geld.'
Wallander had achter in de kast een hondenriem en een leren zweepje gevonden.
'Ze hielden misschien ook wel van dingen die een tikje afwijkend zijn', zei hij peinzend.
'Dat schijnt tegenwoordig in de mode te zijn', zei Ann-Britt opgewekt. 'Je schijnt beter te neuken als je een plastic zak over je kop trekt en een beetje met de dood flirt.'
Wallander schrok van haar woordkeuze. Hij geneerde zich een beetje, maar zei natuurlijk niets.
Ze liepen verder naar de kamer van de jongen. Die was onverwacht Spartaans. Kale muren, een bed. Een groot bureau met een computer.

'We zullen vragen of Martinson hiernaar kijkt', zei Wallander.

'Ik wil hem anders wel even opstarten?'

'Daar wachten we mee.'

Ze keerden terug naar de benedenverdieping. Wallander zat in de papieren in een keukenlade te bladeren totdat hij vond wat hij zocht.

'Ik weet niet of het je is opgevallen,' zei hij, 'maar er hing geen naambordje bij de buitendeur. Wat tamelijk ongewoon is. Maar hier zijn in ieder geval een paar reclamebrochures die zijn geadresseerd aan Harald Landahl, de vader van Jonas.'

'Moeten we hem laten opsporen? Dat wil zeggen: de jongen.'

'Nog even niet. We moeten eerst wat meer weten.'

'Heeft hij haar vermoord?'

'Dat is niet zeker. Maar zijn vertrek lijkt nogal overhaast. Dat zou er op kunnen duiden dat hij probeert te ontkomen.'

Ze wachtten op de komst van Nyberg. In de tussentijd namen ze de lades en kasten door. Ann-Britt vond een aantal foto's waarop een pasgebouwd huis op Corsica stond afgebeeld.

'Zouden die ouders daarnaartoe zijn?'

'Dat is niet onmogelijk.'

'Je kunt je afvragen hoe ze aan hun geld komen.'

'Voorlopig zijn wij in de zoon geïnteresseerd.'

Er werd aangebeld. Nyberg en zijn technici stonden voor de deur. Wallander liep met hen mee naar de garage.

'Vingerafdrukken', zei hij. 'Die eventueel ook al elders zijn aangetroffen. Bijvoorbeeld op de handtas van Sonja Hökberg. Maar ook in de flat van Tynnes Falk. Of op Runnerströms Torg. Maar je moet vooral kijken of je sporen kunt vinden die erop duiden dat de auto bij het transformatorstation is geweest. En dat Sonja Hökberg erin heeft gezeten.'

'Dan beginnen we met de banden', zei Nyberg. 'Dat gaat het snelst. Zoals je weet was er een spoor dat we niet hebben kunnen thuisbrengen.'

Wallander wachtte. Het kostte Nyberg minder dan tien

minuten om hem het antwoord te geven waarop hij had gehoopt.

'Die afdrukken kloppen wel', zei Nyberg, nadat hij ze had vergeleken met de foto's die bij het transformatorstation waren genomen.

'Ben je daar absoluut zeker van?'

'Natuurlijk niet. Er zijn duizenden banden die vrijwel identiek zijn. Maar zoals je hier aan het linkerachterwiel ziet, zit in deze iets te weinig lucht. Bovendien is hij aan de binnenkant versleten, omdat de wielen niet goed uitgelijnd zijn. Dat verhoogt de kans dat dit de juiste auto is aanzienlijk.'

'Met andere woorden: je weet het zeker?'

'Zo zeker als je maar zijn kunt.'

Wallander verliet de garage. Ann-Britt was binnen in de woonkamer bezig. Hij bleef in de keuken staan. Doe ik het goed? dacht hij. Of zou ik nu eigenlijk meteen een arrestatiebevel moeten laten uitgaan? Gedreven door een plotselinge onrust keerde hij terug naar de bovenverdieping. Hij ging op de bureaustoel van de jongen zitten en keek om zich heen. Vervolgens stond hij op om de kleerkast open te doen. Er was niets wat zijn aandacht trok. Hij ging op zijn tenen staan en voelde op de bovenste planken. Niets. Hij keerde terug naar de bureaustoel. Daar had je de computer. In een opwelling tilde hij het toetsenbord op. Er lag niets onder. Hij dacht na, maar liep toen naar de overloop om Ann-Britt te roepen. Samen gingen ze de kamer weer in. Wallander wees naar de computer.

'Wil je dat ik hem aanzet?'

Hij knikte.

'We hoeven dus niet op Martinson te wachten?'

Er zat onmiskenbaar een vleugje ironie in haar stem. Misschien dat hij haar daarstraks gekwetst had. Maar dat kon hem op dit moment niet schelen. Hoe vaak in al zijn jaren bij de politie had hij zichzelf niet beledigd gevoeld? Door collega's, door criminelen, door officieren van justitie en journalisten, en niet in de laatste plaats door wat 'het publiek' werd genoemd.

Ze ging aan het bureau zitten en zette de computer aan. Er

klonk een ratelend geluid. Daarna ging het scherm aan. Ze opende de harde schijf. Allerlei iconen kwamen te voorschijn.

'Wat moet ik zoeken?'

'Ik weet het niet.'

Op goed geluk klikte ze een icoon aan. In tegenstelling tot de computer van Falk bood deze geen weerstand. Het probleem was alleen dat het bestand dat geopend werd leeg was.

Wallander zette zijn bril op en boog zich over haar schouder.

'Probeer die map "correspondentie" eens te openen', zei hij.

Ze klikte de icoon aan. Opnieuw gebeurde hetzelfde. Er was niets.

'Wat betekent dat?' vroeg hij.

'Dat het leeg is', zei ze.

'Of leeggemaakt. Ga verder.'

Ze klikte de ene icoon na de andere aan, maar steeds met hetzelfde resultaat.

'Het is een beetje raar', zei ze. 'Er staat helemaal niets in deze computer.'

Wallander keek rond of hij ook diskettes zag of nog een harde schijf, maar hij vond niets.

Ann-Britt ging naar het icoontje dat aangaf dat daar de informatie zat over de inhoud van de computer.

'Er is hier voor het laatst op 9 oktober iets gebeurd', zei ze.

'Dat was afgelopen donderdag.'

Ze keken elkaar vragend aan.

'De dag nadat hij naar Polen was vertrokken?'

'Als onze privé-speurder van een buurman tenminste gelijk heeft. Wat ik overigens wel geloof.'

Wallander ging op het bed zitten.

'Leg het mij eens uit.'

'Voorzover ik het snap, kan dit maar twee dingen betekenen. Of hij is teruggekomen. Of iemand anders is hier geweest.'

'Degene die hier is geweest kan dus de computer hebben leeggemaakt?'

'Zonder problemen. Er zit geen beveiliging op.'

Wallander probeerde het beetje computerkennis en de weinige termen die hij had opgedaan te gebruiken.

'Kan dat betekenen dat het wachtwoord dat hier eventueel op zat, ook is verwijderd?'

'Degene die de computer aanzette, kon natuurlijk ook het wachtwoord wissen.'

'En de computer legen?'

'Misschien zijn er sporen van', zei ze.

'Wat bedoel je daarmee?'

'Dat is iets wat Martinson mij heeft uitgelegd.'

'Leg het mij dan ook uit!'

'Als je je de computer voorstelt als een huis waaruit de meubels zijn weggehaald, dan kunnen er vaak nog sporen zitten. Stoelpoten die het parket hebben bekrast. Of het hout is vergeeld of donkerder geworden op plekken waar de zon niet kon komen.'

'Als je een schilderij weghaalt dat lang aan een muur heeft gehangen, kun je dat zien', zei Wallander. 'Bedoel je het zo?'

'Martinson had het over de keldergewelven van de computer. Ergens zijn nog overblijfselen van wat er ooit is geweest. Voordat de harde schijf totaal vernietigd wordt, verdwijnt er eigenlijk niets helemaal. Je kunt dingen reconstrueren die eigenlijk niet zouden moeten zijn overgebleven. Dingen die zijn gewist, maar die er toch nog zijn.'

Wallander schudde zijn hoofd.

'Ik begrijp het zonder het te begrijpen', zei hij. 'Wat me op dit moment vooral interesseert, is dat iemand de negende oktober nog in deze computer is geweest.'

Ann-Britt had zich weer naar de computer gedraaid.

'Laat ik voor de zekerheid nog even de spelletjes controleren', zei ze.

Ze klikte op de iconen die ze tot nu toe nog niet had aangeraakt.

'Hier is een spel waar ik nog nooit van heb gehoord', mompelde ze. '"Jakobs Moeras".'

Ze klikte het icoontje aan, maar schudde vervolgens haar hoofd.

'Hier is echt niets. Je kunt je afvragen waarom de iconen er nog steeds zitten.'

Ze begonnen de kamer te doorzoeken naar diskettes, maar die waren er niet. Wallander was er intuïtief van overtuigd dat het feit dat de computer op 9 oktober nog gebruikt was cruciaal kon zijn voor het onderzoek. Iemand had de computer geleegd. Of dat Jonas Landahl zelf was of iemand anders wist hij niet.

Ten slotte gaven ze het op. Wallander liep naar de garage en vroeg aan Nyberg of hij het huis wilde napluizen op diskettes. Dat was zijn belangrijkste taak, nadat het onderzoek van de auto was afgerond.

Toen hij in de keuken kwam, was Ann-Britt telefonisch met Martinson in gesprek. Ze gaf hem de hoorn.

'Hoe gaat het?'

'Robert Modin is een zeer energiek mannetje', zei Martinson. 'Als lunch schoof hij een of andere rare hartige taart naar binnen, maar nog voordat ik aan de koffie toe was, wilde hij alweer aan de slag.'

'Levert dat resultaat op?'

'Hij blijft volhouden dat het getal twintig belangrijk is. Dat komt op diverse manieren weer terug. Maar hij kan nog steeds niet door de muur komen.'

'Wat bedoel je daarmee?'

'Zo zegt hij dat zelf. Hij komt niet door de beveiliging heen. Maar hij beweert dat hij er zeker van is dat het om twee woorden gaat. Of een combinatie van een getal en een woord. Hoe hij dat nou kan weten.'

Wallander vertelde in het kort waar hij zich bevond en wat er was gebeurd. Toen hij het gesprek had beëindigd verzocht hij Ann-Britt om weer naar de buurman te gaan. Was hij absoluut zeker van de datum? Had hij op donderdag 9 oktober misschien iemand anders in de buurt van het huis gezien?

Ze vertrok. Wallander was op de bank gaan zitten om na te denken. Toen zij twintig minuten later terugkeerde, hadden zijn gedachten niets nieuws opgeleverd.

'Hij maakt aantekeningen', zei ze. 'Het is eigenlijk ongelooflijk. Is dat je voorland wanneer je met pensioen gaat? Maar hij is hoe dan ook heel zeker van zijn zaak. De jongen is op woensdag vertrokken.'

'En de negende?'

'Er is niemand bij het huis geweest. Maar hij geeft natuurlijk toe dat hij niet iedere minuut voor het keukenraam doorbrengt.'

'Dat weten we dan ook weer', zei Wallander. 'Het kan de jongen zijn geweest. Maar het kan ook iemand anders zijn geweest. Het enige wat we nu bevestigd hebben weten te krijgen, is dat het allemaal nog steeds vaag en onduidelijk is.'

Het was inmiddels vijf uur. Ann-Britt vertrok om haar kinderen op te halen. Ze bood aan om 's avonds terug te komen, maar Wallander zei dat ze maar even moest afwachten. Als er iets acuuts gebeurde, zou hij haar wel bellen.

Hij keerde voor de derde keer naar de kamer van de jongen terug. Hij liet zich op zijn knieën zakken en keek onder het bed. Dat had Ann-Britt ook al gedaan, maar hij wilde met eigen ogen zien dat daar niets lag.

Vervolgens ging hij op het bed liggen.

Stel je voor dat hij iets belangrijks in de kamer vergeet, dacht Wallander. Iets wat hij 's ochtends zodra hij wakker wordt het eerst wil zien. Wallander liet zijn blik langs de muren glijden. Niets. Hij wilde net weer overeind komen toen hij zag dat een boekenkast die naast de kleerkast stond overhelde. Dat was heel duidelijk te zien wanneer je op het bed lag. Hij kwam overeind. Nu zag je het niet meer. Hij liep naar de kast en ging op zijn hurken zitten. De planken rustten telkens op twee nauwelijks zichtbare spieën. Met een hand voelde hij achter de planken. De ruimte was nauwelijks groter dan drie centimeter, maar hij voelde meteen dat er iets achter de onderste plank zat. Hij peuterde het voorwerp los. Toen hij het te voorschijn trok, wist hij al wat het was. Een diskette. Nog voordat hij bij het bureau was, had hij op zijn telefoon al een nummer ingetoetst. Martinson nam meteen op. Wallander gaf aan hem door waar hij zich precies bevond en Martinson noteerde het adres. Robert

Modin zou even alleen bij Falks computer blijven.

Na een kwartiertje was Martinson er. Hij zette de computer aan en duwde de diskette erin. Toen die op het scherm verscheen, boog Wallander zich naar voren om de naam te lezen. 'Jakobs Moeras'. Hij herinnerde zich vaag dat Ann-Britt had gezegd dat het een spel was. Hij voelde meteen teleurstelling. Martinson opende de diskette. Er stond slechts één bestand op. Dat was voor het laatst op 29 september gewijzigd. Martinson klikte verder.

Met verbazing lazen ze de tekst die op het scherm verscheen.

De nertsen moeten worden bevrijd.

'Wat betekent dat?' vroeg Martinson.

'Ik weet het niet', antwoordde Wallander. 'Maar er komt nu wel een verband tot stand. Ditmaal tussen Jonas Landahl en Tynnes Falk.'

Martinson keek hem niet-begrijpend aan.

'Je bent waarschijnlijk vergeten', vervolgde Wallander, 'dat Falk een aantal jaren geleden tot een boete is veroordeeld omdat hij aan een actie tegen een nertsenfokkerij had deelgenomen.'

Nu wist Martinson het weer.

'Ik vraag me af of Jonas Landahl soms een van degenen was die er toen in zijn geslaagd om te ontkomen. Die de politie nooit te pakken heeft gekregen.'

Martinson had nog steeds zijn vraagtekens.

'Gaat dit dan om nertsen?'

'Nee', zei Wallander. 'Vast niet. Maar ik geloof dat we er het verstandigst aan doen om Jonas Landahl zo snel mogelijk te pakken te krijgen.'

26

Vroeg in de ochtend van dinsdag 14 oktober werd Carter in Luanda gedwongen een belangrijke beslissing te nemen. Hij had in de duisternis zijn ogen opgeslagen en geluisterd naar het gesuis van de airconditioning. Zijn gehoor had hem meteen verteld dat het weldra tijd was om de ventilator in het apparaat schoon te maken. Een kleine dissonant vermengde zich met het bruisen van de koude lucht die de slaapkamer in werd geblazen. Hij was opgestaan, had zijn slippers uitgeschud omdat daar een insect in kon zitten, zijn ochtendjas aangetrokken en was de trap afgegaan, naar de keuken. Door de van tralies voorziene ramen had hij gezien hoe een van de nachtwachten, waarschijnlijk was het José, diep in slaap was, achterover gezakt op de oude, kapotte klapstoel. Maar Roberto had roerloos bij het hek gestaan, speurend in de nacht, verstard in een onbekende gedachte. Weldra zou hij een van de grote bezems pakken en aan de voorkant van het huis beginnen met vegen. Dat was een geluid dat Carter altijd een groot gevoel van geborgenheid gaf. Iemand die dag na dag dezelfde handeling herhaalde, had iets tijdloos en geruststellends. Roberto en zijn bezem waren een symbool voor het leven wanneer dat op zijn best was. Zonder verrassingen of stress. Alleen een aantal herhaalde, ritmische bewegingen wanneer de bezem zand, gruis en afgevallen takken wegveegde. Carter pakte een fles met gekookt water die 's nachts in de koelkast had gestaan. Hij dronk met langzame slokken twee grote glazen. Daarna liep hij weer naar boven en ging achter zijn computer zitten. Die stond altijd aan. Hij was gekoppeld aan een sterk noodaggregaat met een stabilisator die de voortdurend wisselende netspanning egaliseerde.

Hij zag meteen dat er een e-mail was binnengekomen van Fu Cheng. Hij haalde het bericht op en las het zorgvuldig.

Daarna bleef hij zitten.

Het was niet goed. Het was helemaal niet goed, wat Cheng had geschreven. Hij had alle opdrachten die Carter hem had gegeven uitgevoerd, maar blijkbaar waren de agenten nog steeds bezig om te proberen in Falks computer door te dringen. Carter was niet bang dat ze echt in de programma's zouden komen. Mochten ze daar tegen de verwachtingen in in slagen, dan zouden ze toch niet begrijpen wat ze zagen. En nog minder in staat zijn daar tegenmaatregelen tegen te nemen. Maar in het bericht dat vannacht was binnengekomen vertelde Cheng dat hij iets anders had gemerkt wat verontrustend was. De politie had kennelijk een jongeman opgetrommeld die hen hielp.

Van jongemannen met brillen die achter computers zaten werd Carter nerveus. Met Falk had hij diverse keren gesproken over deze genieën van de nieuwe tijd. Die in geheime netwerken wisten door te dringen en de meest gecompliceerde elektronische programma's wisten te lezen en te duiden.

Nu deelde Cheng mee dat hij vermoedde dat deze jongeman, die blijkbaar Modin heette, zo'n genie was. Cheng wees er in zijn bericht op dat Zweedse hackers diverse malen in de defensiesystemen van buitenlandse naties hadden ingebroken.

Hij kon dus een van de gevaarlijke ketters zijn, dacht Carter. De ketters van onze tijd. Die de elektronica en haar geheimen niet met rust willen laten. In vroegere tijden zou iemand als Modin tot de brandstapel zijn veroordeeld.

Carter vond het niet prettig, zoals hij veel andere dingen die de laatste tijd gebeurd waren ook niet prettig vond. Falk was te vroeg gestorven en had hem alleen gelaten met alle overwegingen en beslissingen. Carter was meteen gedwongen geweest om in hun omgeving schoonmaak te houden. Veel tijd om na te denken was er niet geweest. Hoewel hij geen enkel besluit had genomen zonder eerst het logicaprogramma dat hij van de Harvard-universiteit had gestolen te consulteren en het programma te vragen een evaluatie te maken van de maatregelen die hij had besloten te treffen, was dat blijkbaar niet genoeg geweest. Het was een vergissing geweest Falks lichaam te ontvoeren. Misschien hadden ze die jonge vrouw ook niet hoeven ombrengen? Maar anders was ze misschien gaan praten. Niemand wist het. En de politie leek het niet op te geven.

Carter had dat al eerder meegemaakt. Hoe iemand koppig een spoor volgde. Van een gewond roofdier dat zich ergens in de bush verstopte.

Een paar dagen geleden was hij al tot de ontdekking gekomen dat de rechercheur die Wallander heette het geheel leidde. Chengs analyses waren heel helder. Daarom hadden ze ook besloten dat ze Wallander zouden uitschakelen. Dat was echter mislukt. En de man leek even koppig door te gaan met zijn speurderswerk.

Carter stond op en liep naar het raam. De stad was nog niet ontwaakt. De Afrikaanse nacht was vol geuren. Cheng is betrouwbaar, dacht hij. Hij had het soort oosterse, vurige fanatisme waarvan Carter en Falk ooit hadden besloten dat ze dat misschien nodig hadden. Maar de vraag was of dat voldoende was.

Hij ging achter zijn computer zitten en begon te typen. Het logicaprogramma moest hem adviseren. Het kostte hem een klein uur om alle gegevens in te voeren, te definiëren wat naar zijn idee de alternatieven waren en vervolgens aan de computer te vragen een prognose te maken. Het programma was in de goede betekenis van het woord onmenselijk. Het kende geen aarzeling en ook geen andere gevoelens die het vizier en de richting vertroebelden.

Het antwoord kwam al na enkele seconden.

Er bestond geen twijfel over. Carter had het zwakke punt dat ze bij Wallander hadden ontdekt ingevoerd. Een zwak punt dat tegelijkertijd een mogelijkheid bood. Een mogelijkheid om hem serieus te treffen.

Alle mensen hebben hun geheimen, dacht Carter. Zo ook deze man die Wallander heet. Geheimen en zwakke punten.

Hij begon weer te typen. De dageraad was aangebroken en toen hij klaar was, was Celina al een hele tijd lawaai aan het maken in de keuken. Hij las wat hij had geschreven drie keer door voordat hij tevreden was. Vervolgens drukte hij op 'verzenden' en zijn bericht verdween in de elektronische ruimte.

Wie de vergelijking voor het eerst had gemaakt wist Carter niet meer, maar waarschijnlijk was het Falk. Die had gezegd dat zij een nieuw soort astronauten waren. Die rondzweefden in de nieuwe ruimtes die hen begonnen te omgeven. 'Vrienden in de ruimte', had hij gezegd. 'Dat zijn wij.'

Carter liep de trap af naar de keuken om te ontbijten. Iedere ochtend nam hij Celina stiekem op om te zien of ze misschien ook weer zwanger was. Hij had besloten haar te ontslaan als dat weer gebeurde. Hij gaf haar het lijstje dat hij de vorige avond gemaakt had. Zij zou naar de markt gaan om boodschappen te doen. Om er zeker van te zijn dat ze echt begreep wat hij had opgeschreven, moest ze het hardop voorlezen. Hij gaf haar geld en ging vervolgens de twee deuren aan de voorkant van het huis van het slot doen. Hij had geteld dat het om in totaal zestien verschillende sloten ging die iedere ochtend geopend moesten worden.

Celina verliet het huis. De stad was ontwaakt. Maar het huis dat ooit door een Portugese arts was gebouwd had dikke muren. Carter keerde terug naar de eerste verdieping met het gevoel door stilte omringd te zijn. De stilte die er altijd was, midden in het Afrikaanse lawaai. Het scherm knipperde. Hij had berichten uit de ruimte gekregen. Hij ging zitten en las wat er was binnengekomen.

Het was het antwoord waarop hij had gehoopt. Binnen een etmaal zouden ze gebruik gaan maken van het zwakke punt dat ze bij de rechercheur die Wallander heette hadden ontdekt.

Hij zat lang naar het scherm te kijken. Toen dat uitdoofde, stond hij op om zich aan te kleden.

Het was nu nog een kleine week voordat de elektronische golf over de wereld zou beginnen te rollen.

*

Op die maandagavond, even na zevenen, was het alsof Wallander en Martinson allebei tegelijk geen puf meer hadden. Ze hadden inmiddels het huis aan Snapphanegatan verlaten en waren naar het politiebureau teruggekeerd. Nyberg was nog met een andere technicus bezig in de garage. Hij werkte in zijn gewone tempo, nauwkeurig maar ook met een soort stille woede, die hij heel zelden toonde. Wallander vergeleek Nyberg in gedachten wel eens met een wandelend explosief, dat om allerlei redenen niet tot ontploffing was gekomen.

Ze hadden geprobeerd te begrijpen wat er was gebeurd. Was Jonas Landahl zelf teruggekeerd om zijn computer te legen? Waarom had hij zijn diskette dan niet meegenomen, als hij om wat voor reden dan ook wilde verbergen wat er in de computer zat? Of had hij gedacht dat op de diskette ook alles gewist was? Maar waarom had hij dan de moeite genomen om die terug te stoppen in de verborgen ruimte achter de overhellende boekenkast? Er waren veel vragen, sommige eenvoudig, maar echt goede antwoorden hadden ze niet. Martinson lanceerde voorzichtig de theorie dat de onbegrijpelijke mededeling – de nertsen moeten worden bevrijd – eigenlijk bewust gepland was. Zodat zij die zouden vinden en misschien de verkeerde kant op zouden gaan kijken. Maar wat was eigenlijk de verkeerde kant? dacht Wallander gelaten. Wanneer er geen goede kant was? Ze hadden ook diepgaand besproken of ze niet eigenlijk diezelfde avond al een arrestatiebericht voor Landahl moesten laten uitgaan. Wallander aarzelde echter. Ze hadden geen echte reden. Althans niet voordat Nyberg de auto had uitgekamd. Martinson was het daar niet mee eens, en het was ongeveer op dat moment, toen ze niet tot een gemeenschappelijk standpunt konden komen, dat ze allebei tegelijkertijd een enorme vermoeidheid voelden. Of was het eigenlijk weerzin? Wallander voelde wroeging dat hij er niet in was geslaagd het onderzoek een zinnige kant op te sturen. Hij vermoedde dat Martinson het daar stilzwijgend mee eens was. Op weg naar het bureau waren ze langs Runnerströms Torg gereden. Wallander had in de auto gewacht terwijl Martinson naar Robert Modin liep om te zeggen dat het voor vandaag genoeg was. Ze waren samen naar beneden gekomen en algauw arriveerde de auto die Modin naar huis zou brengen. Martinson vertelde dat Modin helemaal niet naar huis had gewild. Hij was het liefst de hele nacht voor zijn elektronische mysteriën blijven zitten. Hij zat nog steeds vast, vertelde Martinson, maar hij bleef even stug volhouden dat het getal twintig belangrijk was.

Eenmaal op het bureau had Martinson in zijn computer de naam Jonas Landahl nagetrokken in hun bestanden. Hij had vragen ingevoerd over de verschillende groeperingen die in de bestanden voorkwamen. Groeperingen die zich bezighielden met actievoeren tegen de bonthandel en graag nertsen bij allerlei fokkerijen losheten. De computer had echter geantwoord met *access denied.* Toen had hij hem uitgezet. Even later was hij in de gang Wallander tegengekomen, die daar met een lusteloze blik rondhing en koude koffie in een plastic beker in zijn hand had.

Ze hadden besloten er voor die dag een punt achter te zetten en naar huis te gaan. Wallander was nog even in de kantine blijven zitten, te moe om te denken, te moe om naar huis te gaan. Het laatste wat hij deed, was proberen uit te zoeken waar Hanson mee bezig was. Uiteindelijk wist iemand hem te vertellen dat deze vermoedelijk in de loop van de middag naar Växjö was gereden. Daarna had Wallander Nyberg gebeld, maar die had niets nieuws te vertellen. De technici waren nog steeds met de auto bezig.

Wallander was op weg naar huis bij een kruidenier gestopt om boodschappen te doen. Toen hij wilde betalen kwam hij erachter dat hij zijn portemonnee op zijn bureau had laten liggen. De winkelbediende kende hem echter en gaf hem krediet. Het eerste wat Wallander deed toen hij thuiskwam, was met grote letters op een briefje schrijven dat hij de volgende dag moest betalen. Dat briefje legde hij op de deurmat voor de voordeur in de hal. Vervolgens had hij een spaghettimaaltijd bereid die hij voor de televisie opat. Voor de verandering was hij er een keer in geslaagd echt lekker te koken. Hij zapte wat heen en weer en besloot ten slotte naar een film te kijken, maar hij viel midden in het verhaal en het lukte hem niet zich erop te concentreren. Het schoot hem weer te binnen dat hij eigenlijk een andere film moest bekijken. Een film met Al Pacino. Om elf uur was hij naar bed gegaan en had de stekker van de telefoon eruit getrokken. De straatlantaarn stond roerloos voor het raam. Weldra sliep hij.

Op dinsdagochtend werd hij tegen zessen uitgerust wakker. Hij had die nacht over zijn vader gedroomd. En over Sten Widén. Ze hadden zich in een vreemd stenen landschap bevonden. In zijn droom was Wallander voortdurend bang geweest dat hij hen uit het zicht zou verliezen. Zelfs mij lukt het om die droom te duiden, dacht hij. Ik ben nog steeds zo bang als een klein kind om in de steek te worden gelaten.

De telefoon ging. Het was Nyberg. Zoals gewoonlijk ging hij recht op de man af. Op welk tijdstip hij ook belde, hij ging er altijd van uit dat degene die hij wilde spreken wakker was. Terwijl hij zelf af en toe net zo gemakkelijk klaagde over mensen die op de meest onmogelijke momenten allerlei vragen aan hem stelden.

'Ik ben net teruggegaan naar de garage in Snapphanegatan', begon hij. 'En ik heb in de zitting van de achterbank iets gevonden wat ik gisteren over het hoofd heb gezien.'

'Wat was dat?'

'Kauwgum. Spearmint. Met citroensmaak.'

'Zat dat vastgeplakt op de achterbank?'

'Het was niet eens uit de verpakking gehaald. Als het vastgeplakt had gezeten, had ik het gisteren wel ontdekt.'

Wallander was opgestaan en stond met blote voeten op de koude vloer.

'Mooi', zei hij. 'We spreken elkaar straks.'

Een halfuur later had hij zich gedoucht en aangekleed. Zijn ochtendkoffie moest maar wachten tot op het bureau. Toen hij op straat kwam, was het windstil. Hij had besloten die ochtend te gaan lopen, maar veranderde van gedachten en nam de auto.

Van zijn slechte geweten trok hij zich niets aan. Het eerste wat hij op het politiebureau deed was Irene zoeken, maar die was er nog niet. Ebba zou er al zijn geweest, dacht Wallander. Ook al begon zij nooit vóór zeven uur. Maar zij zou intuïtief hebben aangevoeld dat ik haar meteen moest spreken. Hij realiseerde zich echter dat dit onrechtvaardig was ten opzichte van Irene. Niemand kon met Ebba worden vergeleken. Hij ging in de kantine een kop koffie halen. Die dag zou er een grote verkeerscontrole worden gehouden. Wallander wisselde een paar woorden met een van de verkeersagenten, die erover klaagde dat steeds meer mensen te hard reden en een te hoog alcoholpercentage in hun bloed hadden. Zonder ook maar over een rijbewijs te beschikken. Wallander luisterde verstrooid. Hij vond dat het korps altijd al een klagende en zeurende meute was geweest en keerde terug naar de receptie. Irene was net bezig haar jas weg te hangen.

'Weet jij nog dat ik een paar dagen geleden een kauwgumpje van je leende?'

'Kauwgum leen je niet echt. Die heb ik jou gegeven. Of dat meisje.'

'Wat voor smaak was het?'

'Gewone Spearmint.'

Wallander knikte.

'Was dat alles?' vroeg Irene verwonderd.

'Is het niet genoeg?'

Hij liep naar zijn kamer met de koffie klotsend in de mok. Hij wilde nu snel zijn gedachtespoor volgen. Hij belde Ann-Britt thuis op. Toen ze opnam, hoorde hij op de achtergrond gillende kinderen.

'Ik wil dat je mij een dienst bewijst', zei hij. 'Ik wil dat je aan Eva Persson vraagt of ze ook voorkeur voor een bepaalde smaak kauwgum heeft. Bovendien wil ik dat je uitzoekt of ze ook kauwgum aan Sonja gaf.'

'Waarom is dat belangrijk?'

'Dat leg ik wel uit wanneer je hier bent.'

Tien minuten later belde ze terug. Nog steeds was het onrustig op de achtergrond.

'Ik heb haar moeder gesproken. Zij beweert dat haar dochter zo nu en dan een andere kauwgum gebruikt', zei ze. 'Ik kan me nauwelijks voorstellen dat ze over zoiets liegt.'

'Ze houdt dus bij wat voor kauwgum Eva gebruikt?'

'Moeders weten vaak een hoop over hun dochters', antwoordde ze.

'Of helemaal niets?'

'Precies.'

'En Sonja?'

'Ik denk dat we ervan uit kunnen gaan dat Eva Persson haar vaak kauwgum gaf.'

Wallander klakte met zijn tong.

'Waarom is dat kauwgum in vredesnaam belangrijk?' vroeg Ann-Britt.

'Dat hoor je wel wanneer je komt.'

'Het is hier een grote bende', zei ze. 'Om de een of andere vreemde reden zijn de dinsdagochtenden altijd het ergst.'

Wallander hing op. Alle ochtenden zijn het ergst, dacht hij. Zonder uitzondering. In ieder geval de keren dat je om vijf uur wakker wordt en niet meer in slaap kunt komen. Daarna liep hij naar Martinsons kamer. Daar was niemand. Hij zou zich wel weer samen met Modin op Runnerströms Torg bevinden. Ook Hanson was nog niet teruggekeerd van zijn waarschijnlijk totaal overbodige reis naar Växjö.

Wallander ging op zijn kamer zitten en probeerde op eigen houtje de boel op een rijtje te zetten. Er was nauwelijks twijfel over mogelijk dat Sonja Hökberg haar laatste rit had gemaakt in de blauwe auto die in de garage in Snapphanegatan stond. Jonas Landahl had haar naar het transformatorstation gereden waar ze was omgebracht, waarna hij met de veerboot naar Polen was vertrokken.

Er waren hiaten en gebreken. Jonas Landahl hoefde niet degene te zijn die de auto had bestuurd. Ook hoefde het absoluut niet zo te zijn dat hij de moordenaar van Sonja was. Maar hij was een serieuze verdachte. Ze moesten hem in ieder geval in de kraag grijpen om hem te kunnen verhoren.

De computer was een beduidend groter probleem. Als Jonas Landahl niet zelf de inhoud had gewist, moest iemand anders dat hebben gedaan. Bovendien spookte de reservediskette nog rond, die achter de overhellende boekenkast verborgen had gezeten.

Wallander probeerde een zinnige verklaring te bedenken. Na enkele minuten realiseerde hij zich dat er in feite nog een andere mogelijkheid bestond. Dat Jonas Landahl zelf de inhoud had gewist, maar dat er bij een latere gelegenheid nog iemand was gekomen om te controleren of hij dat ook echt gedaan had.

Wallander sloeg zijn notitieblok open en zocht een pen. Vervolgens schreef hij een rijtje namen op. Hij zette ze in de provisorische chronologische volgorde waarin ze voor het eerst waren opgetreden.

Lundberg, Sonja en Eva.
Tynnes Falk.
Jonas Landahl.

Tussen hen allen was een verband ontstaan, maar er was nog steeds geen begrijpelijk motief voor de verschillende misdrijven. We zijn nog steeds op zoek naar wat hier echt achter zit, dacht Wallander. Dat hebben we nog niet gevonden.

Zijn gedachten werden onderbroken door Martinson die in de deuropening opdook.

'Robert Modin is al aan het werk', zei hij. 'Hij wilde om zes uur worden opgehaald. Vandaag heeft hij ook zelf eten meegenomen. Vreemde theesoorten en nog vreemdere beschuiten. Biodynamisch gekweekt op Bornholm. Bovendien had hij een walkman bij zich. Hij zei dat hij het beste kan werken met muziek. Ik heb zijn cassettebandjes bekeken. Ik heb opgeschreven wat hij bij zich had.'

Martinson pakte een briefje uit zijn zak.

'De *Messias* van Händel en het *Requiem* van Verdi. Zegt jou dat wat?'

'Dat zegt mij dat Robert Modin een uitstekende smaak voor muziek heeft.'

Wallander vertelde over de telefoontjes van Nyberg en Ann-

Britt. Dat ze er nu behoorlijk zeker van konden zijn dat Sonja in de auto had gezeten.
'Het hoeft niet haar laatste rit te zijn geweest', zei Martinson.
'Daar gaan we voorlopig wel van uit. En dat motiveren we door het feit dat Landahl daarna hals over kop is vertrokken.'
'We laten dus een arrestatiebevel uitgaan?'
'Ja. Jij moet met de officier praten.'
Martinson vertrok zijn gezicht.
'Kan Hanson dat niet doen?'
'Die is er nog niet.'
'Waar zit hij dan, verdomme?'
'Iemand beweerde dat hij naar Växjö was gegaan.'
'Waarom?'
'Eva Perssons vader schijnt in die contreien zijn dagen als alcoholist te slijten.'
'Is het echt belangrijk? Om met die man te praten?'
Wallander haalde zijn schouders op.
'Ik kan niet voortdurend alle prioriteiten bepalen.'
Martinson was opgestaan.
'Ik zal wel met Viktorsson praten. En ik zal zien wat ik over Landahl boven water kan krijgen. Als de computers het tenminste doen.'
Wallander hield hem tegen.
'Wat weten we eigenlijk over die groeperingen? Onder andere die mensen die zich "veganisten" noemen. En je hebt ook nog andere groepen.'
'Hanson beweert dat het een soort veredelde motorbende is. Omdat ze vaak inbreken in laboratoria waar dierproeven worden gedaan.'
'Volgens mij doet hij ze daarmee geen recht.'
'Wie heeft Hanson er ooit op kunnen betrappen dat hij mensen recht doet?'
'Ik dacht dat het toch tamelijk onbloederige groeperingen waren. Geweldloze burgerlijke ongehoorzaamheid.'
'Dat is meestal ook zo.'
'Maar Falk was erbij betrokken.'

'Niets zegt dat hij vermoord is. Vergeet dat niet.'
'Maar Sonja Hökberg wel. En Lundberg.'
'Dat zegt eigenlijk alleen maar dat we geen idee hebben wat er allemaal achter zit.'
'Zal Robert Modin slagen?'
'Het is moeilijk om daar een antwoord op te geven. Maar ik hoop het natuurlijk wel.'
'En hij blijft dus volhouden dat het getal twintig belangrijk is?'
'Ja. Daar is hij zeker van. Ik begrijp maar de helft van wat hij uitlegt, maar hij zegt het met grote stelligheid.'
Wallander wierp een blik in zijn agenda.
'Vandaag is het 14 oktober. Over ongeveer een week is het de twintigste.'
'Als het althans om dat getal twintig gaat. Dat weten we niet.'
Er kwam een vraag bij Wallander boven.
'Hebben we nog iets gehoord van Sydkraft? Die zullen wel een onderzoek hebben ingesteld. Hoe heeft die inbraak kunnen plaatsvinden? Waarom was het hek kapot maar de deur niet?'
'Daar houdt Hanson zich mee bezig. Maar Sydkraft schijnt het enorm hoog op te nemen. Hanson denkt dat er veel koppen gaan rollen.'
'De vraag is of wíj het hoog genoeg hebben opgenomen', zei Wallander peinzend. 'Hoe kon Falk aan die tekening komen? En waarom?'
'Het is allemaal erg duister', klaagde Martinson. 'Natuurlijk kun je de mogelijkheid van sabotage niet uitsluiten. Misschien is de stap van het bevrijden van nertsen naar het in het duister leggen van hele landsdelen niet zo groot. Althans niet als je fanatiek genoeg bent.'
Wallander voelde hoe de onrust weer toesloeg.
'Ik ben ergens bang voor', zei hij. 'Dat getal twintig. Stel dat dat toch op 20 oktober duidt. Wat gaat er dan gebeuren?'
'Ik deel jouw angst', antwoordde Martinson. 'Maar ik heb er ook geen antwoord op.'

'Het is de vraag of we eigenlijk niet met Sydkraft moeten overleggen. Al was het maar om te zeggen dat zij misschien moeten checken hoe het met hun eigen beveiliging gesteld is.'

Martinson knikte aarzelend.

'Je kunt het ook op een andere manier bekijken. Eerst waren het nertsen. Daarna was het een transformatorstation. Wat komt er hierna?'

Ze konden er geen van beiden een antwoord op geven.

Martinson verliet de kamer. Wallander besteedde de volgende uren aan het doornemen van alle stapels paperassen die op zijn bureau lagen. Hij was voortdurend op zoek naar iets wat hij eerder over het hoofd had gezien, maar hij vond niets anders dan een bevestiging van het feit dat ze nog steeds in het duister tastten.

Laat in de middag kwam het rechercheteam bijeen. Martinson had met Viktorsson gesproken. Er was nu een nationaal en een internationaal arrestatiebevel voor Jonas Landahl uitgegaan. De Poolse politie had bovendien heel snel gereageerd op een telex. Landahl was inderdaad het land binnengekomen op de dag dat hij door de buurman voor het laatst in Snapphanegatan was gesignaleerd. De Poolse politie had echter niet kunnen ontdekken of hij het land ook weer had verlaten. Toch betwijfelde Wallander of Landahl echt in Polen zat. Iets zei hem dat dit niet het geval was. Ann-Britt had voorafgaand aan het overleg een gesprek met Eva Persson over de kauwgum gehad. Zij had bevestigd dat Sonja wel eens kauwgum met citroensmaak had, maar ze wist niet meer wanneer dat voor het laatst was geweest. Nyberg had de auto uitgekamd en een aantal plastic zakjes met vezels en haartjes doorgestuurd voor nader onderzoek. Pas wanneer dat klaar was, zouden ze er absoluut zeker van kunnen zijn dat Sonja Hökberg echt in Landahls auto had gezeten. Precies over dat punt was er even een felle discussie tussen Martinson en Ann-Britt. Als Sonja Hökberg en Jonas Landahl echt verkering hadden gehad, was het niet meer dan natuurlijk dat ze ook in zijn auto had gezeten. Ook al kon je vaststellen dat dit het geval was geweest, dan nog was dat geen bewijs dat ze op de laatste dag van haar leven in die auto had gezeten.

Wallander stelde zich tijdens de woordenwisseling terughoudend op. Geen van beiden had gelijk. En ze waren allebei moe. Het meningsverschil bloedde ten slotte vanzelf dood. Hanson had inderdaad een geheel zinloze autorit naar Växjö gemaakt. Bovendien was hij fout gereden en had hij dat veel te laat ontdekt. Eva Perssons vader woonde in een onwaarschijnlijke bouwval buiten Vislanda. Toen Hanson er uiteindelijk in was geslaagd het juiste adres te vinden was de man behoorlijk dronken geweest. Hij had geen informatie kunnen geven waar ze iets aan hadden. Bovendien was hij iedere keer dat de naam van zijn dochter en de toekomst die haar wachtte genoemd werden in tranen uitgebarsten. Hanson was zo snel mogelijk weer vertrokken.

Er was ook geen Mercedesbus opgedoken die de wagen kon zijn die zij zochten. Verder had Wallander een fax ontvangen van American Express in Hongkong, waarin een hoofdcommissaris genaamd Wang liet weten dat er op het aangegeven adres geen Fu Cheng woonachtig was. Terwijl zij in overleg zaten, was Robert Modin nog steeds in gevecht met de computer van Falk. Na een lange, en in de ogen van Wallander totaal overbodige discussie, besloten ze nog een dag te wachten voordat ze contact opnamen met de ICT-afdeling van de Rijksrecherche.

Om zes uur had iedereen het gehad. Wallander zag een aantal vermoeide en landerige gezichten om zich heen. Hij wist dat een punt erachter zetten het enige was wat ze konden doen. Ze spraken echter af dat ze de volgende dag om acht uur weer overleg zouden hebben. Wallander ging verder met zijn werk, maar om halfnegen reed ook hij naar huis. Hij at het restant van de spaghettimaaltijd op en ging met een boek op bed liggen. Het ging over de Napoleontische oorlogen en was dodelijk saai. Al snel sliep hij in met het boek op zijn gezicht.

De telefoon ging. Eerst wist hij niet waar hij zich bevond of hoe laat het was. Hij nam op. Er werd gebeld vanuit het politiebureau.

'We hebben een melding gekregen vanaf een van de veerboten die onderweg zijn naar Ystad', zei de dienstdoende agent.

'Wat is er gebeurd?'

'Blijkbaar hadden ze een storing aan een van de propellerassen. Toen ze de storing gingen lokaliseren ontdekten ze de reden.'

'En dat was?'

'Ze hebben in de machinekamer een lijk gevonden.'

Wallander hield zijn adem in.

'Waar ligt die veerboot?'

'Met een paar minuten is hij in de haven.'

'Ik kom eraan.'

'Moet ik nog meer mensen bellen?'

Wallander dacht na.

'Martinson en Hanson. En Nyberg. We zien elkaar bij de terminal.'

'Verder nog iemand?'

'Ik wil dat je Lisa Holgersson op de hoogte brengt.'

'Die zit voor een politieconferentie in Kopenhagen.'

'Dat kan me niet schelen. Bel haar.'

'Wat moet ik zeggen?'

'Dat een van moord verdachte man vanuit Polen op weg is naar huis. Maar dat hij helaas dood is.'

Ze beëindigden hun gesprek. Wallander wist dat hij nu niet langer hoefde te piekeren over de vraag waar Jonas Landahl was gebleven.

Twintig minuten later hadden ze zich bij de terminal verzameld en stonden ze te wachten totdat de grote veerboot aan de kade was afgemeerd.

27

Toen Wallander de ladder naar de machinekamer afdaalde, had hij het gevoel dat hem een inferno te wachten stond. Ook al lag het vaartuig nu stil aan de kade en was het enige wat je kon horen een gesuis, de hel lag daarbeneden in de diepte op hem te wachten. Ze waren opgevangen door een geschokte eerste stuurman en twee lijkbleke machinisten. Wallander had begrepen dat het lichaam dat beneden in het met olie vermengde water lag bijna onherkenbaar verminkt was. Iemand, misschien Martinson, had hem verteld dat er een patholoog onderweg was. Een brandweerwagen met reddingspersoneel was ook naar de terminal gekomen.

Toch moest Wallander als eerste naar beneden. Martinson wilde liever niet en Hanson was er nog niet. Wallander vroeg aan Martinson of hij zich een beeld wilde proberen te vormen van wat er eigenlijk gebeurd was. Zodra Hanson arriveerde, moest hij meehelpen.

Daarna ging Wallander naar beneden, op de voet gevolgd door Nyberg. Ze daalden de ladder af. De machinist die het lijk ontdekt had, kreeg opdracht met hen mee te gaan. Vanaf het onderste platform leidde hij hen naar het achterschip. Wallander was verbaasd dat de machinekamer zo groot was. De machinist bleef bij de laatste ladder staan en wees in de diepte. Wallander klom naar beneden. Toen ze allebei op de ladder stonden, trapte Nyberg op zijn hand. Wallander vloekte van de pijn en liet bijna los, maar slaagde erin zich op de ladder staande te houden. Toen kwamen ze beneden, en daar, onder een van de twee grote, van olie glanzende propellerassen, lag het lichaam.

De machinist had niet overdreven. Wallander kreeg het gevoel dat het eigenlijk geen mens was, waar hij naar stond te kijken. Het was net of iemand een pas geslacht beest op de bodem van het vaartuig had gesmeten. Ergens achter hem steunde Nyberg. Wallander meende te verstaan dat hij siste dat hij meteen met pensioen wilde of iets dergelijks. Zelf was Wallander er verbaasd over dat hij niet eens misselijk begon te worden. Tijdens zijn leven bij de politie had hij al heel wat aanblikken moeten verdragen. Van stoffelijke overschotten na hevige autobotsingen. Of van mensen die eindeloos lang dood in hun woning hadden gelegen. Dit was echter een van de ergste dingen die hij had meegemaakt. Aan de muur van de kamer met de overhellende boekenkast had een foto van Jonas Landahl gehangen. Een jongeman met een alledaags voorkomen. Nu probeerde Wallander vast te stellen of het was zoals hij vanaf het moment dat de telefoon ging had gedacht. Waren het de overblijfselen van Landahl die daar in de olie lagen? Het gezicht was bijna helemaal weggevaagd. Er was alleen nog een bloederige klomp zonder echte gelaatstrekken over.

De jongen op de foto had blond haar. En op het hoofd dat daar beneden voor hem lag, bijna afgesneden van de rest van het lichaam, zaten nog enkele plukken haar die er niet waren afgerukt en ook niet in olie waren gedrenkt. Ze waren blond. Wallander wist het zeker, zonder dat hij dat kon bewijzen. Hij ging opzij om Nyberg te laten kijken. Op dat moment kwam de dokter, Susanne Bexell, de trap af, vergezeld van twee brandweerlieden.

'Hoe is hij hier verdomme beland?' vroeg Nyberg.

Hoewel de machines nu slechts stationair draaiden, moest hij schreeuwen om zich verstaanbaar te maken. Wallander schudde zijn hoofd zonder iets te zeggen. Hij voelde dat hij weer naar boven wilde, zo snel mogelijk weg uit deze hel. Om helder te kunnen denken. Hij liet Nyberg, de dokter en de brandweerlieden achter en klom de ladders op. Hij liep naar het dek en haalde een paar keer diep adem. Opeens dook Martinson op aan zijn zijde.

'Hoe was het?'
'Erger dan je je kunt voorstellen.'
'Was het Landahl?'

Die mogelijkheid hadden ze onderling niet genoemd, maar Martinson had dus meteen dezelfde gedachte gehad als hij. Sonja Hökberg in het transformatorstation had geleid tot een stroomuitval. Landahl was gestorven in de diepte van de machinekamer van een veerboot naar Polen.

'Dat was niet te zien', zei Wallander. 'Maar we kunnen ervan uitgaan dat het Jonas Landahl is.'

Hij probeerde zich te vermannen en tot georganiseerd recherchewerk over te gaan. Martinson had uitgezocht dat de veerboot pas de volgende ochtend weer zou vertrekken. Vóór die tijd zouden zij het technisch onderzoek hebben afgerond en het lichaam hebben afgevoerd.

'Ik heb om een passagierslijst gevraagd', zei Martinson. 'Daar stond vandaag in ieder geval geen Jonas Landahl op.'

'Hij is het', zei Wallander resoluut. 'Of hij nou op de lijst staat of niet.'

'Ik dacht dat er na de ramp met de Estonia strenge eisen waren gesteld, zodat je op ieder gewenst moment het aantal passagiers en hun namen te weten moest kunnen komen?'

'Hij kan toch onder een andere naam aan boord zijn gegaan?' zei Wallander. 'Maar we moeten een uitdraai van die passagierslijst hebben. En van de namen van alle bemanningsleden. Dan moeten we kijken of er misschien een naam opduikt die we herkennen. Of die op een of andere manier met Landahl in verband te brengen is.'

'Jij sluit een ongeluk dus geheel uit?'

'Ja', zei Wallander. 'Wat er met Sonja Hökberg is gebeurd was geen ongeluk en dat is dit evenmin. En dezelfde mensen zijn erbij betrokken.'

Hij vroeg of Hanson er al was. Martinson zei dat die het machinepersoneel ondervroeg.

Ze verlieten het dek en gingen naar binnen. De veerboot leek verlaten. Een paar eenzame schoonmakers waren bezig met de grote trap die de verschillende dekken met elkaar verbond. Wallander voerde Martinson het lege restaurant binnen. Er was geen mens, maar in de keuken hoorde hij lawaai. Door de ramen zagen ze de lichten van de binnenstad van Ystad.

'Kijk eens of je een paar koppen koffie kunt versieren', zei Wallander. 'We moeten praten.'

Martinson verdween in de richting van de keuken. Wallander ging aan een tafel zitten. Wat betekende het dat Jonas Landahl dood was? Langzaam begon hij de twee provisorische theorieën uit te bouwen die hij aan Martinson wilde voorleggen.

Opeens dook er iemand in een uniformjasje naast hem op.

'Waarom hebt u het vaartuig niet verlaten?'

Wallander keek de man aan, die een grote baard had en een rood aangelopen gezicht. Op zijn schouders droeg hij een paar gele strepen. Een veerboot naar Polen is groot, dacht hij. Niet iedereen hoeft te hebben gehoord wat er in de machinekamer is gebeurd.

'Ik ben van de recherche', zei Wallander. 'Wie bent u?'

'Ik ben de derde stuurman op dit schip.'

'Dat is mooi', zei Wallander. 'Ga maar met uw kapitein of uw eerste stuurman praten, dan hoort u wel waarom ik hier ben.'

De man leek te aarzelen, maar besloot toen dat Wallander waarschijnlijk de waarheid sprak en geen passagier was die was blijven hangen. Hij verdween. Martinson kwam door de klapdeuren te voorschijn met een dienblad.

'Ze zaten te eten', zei hij toen hij was gaan zitten. 'Ze hadden nog helemaal niet gehoord wat er gebeurd is. Maar dat de veerboot tijdens een deel van de reis op halve kracht had gevaren, hadden ze natuurlijk wel gemerkt.'

'Er kwam net een stuurman langs', zei Wallander. 'Hij wist ook van niets.'

'Hebben we geen fout gemaakt?' vroeg Martinson.

'Hoezo?'

'Hadden we eigenlijk iedereen niet moeten verbieden het schip te verlaten? Zodat we de namen hadden kunnen controleren en de auto's hadden kunnen onderzoeken?'

Wallander besefte dat Martinson gelijk had, maar het zou

een grote operatie zijn geworden waaraan veel mankracht te pas was gekomen. Wallander betwijfelde of dat echt resultaat zou hebben opgeleverd.

'Misschien' zei hij slechts. 'Maar daar valt nou niks meer aan te veranderen.'

'Toen ik jong was, droomde ik van de zee', zei Martinson.
'Ik ook', antwoordde Wallander. 'Doet niet iedereen dat?'
Vervolgens ging hij recht op de man af.

'We moeten een werkhypothese opstellen', begon hij. 'We hadden net het idee gekregen dat Landahl degene was die Sonja Hökberg naar het transformatorstation had gebracht en haar vervolgens had omgebracht. En dat hij daarom was vertrokken. Gevlucht uit Snapphanegatan. Nu is hij zelf vermoord. De vraag is in hoeverre dat het plaatje verandert.'

'Jij sluit dus uit dat het een ongeluk was?'
'Jij niet dan?'

Martinson roerde in zijn kopje.

'Zoals ik ertegenaan kijk, kun je twee denkbare hoofdtheorieën opstellen', vervolgde Wallander. 'De ene is dat Jonas Landahl Sonja Hökberg echt heeft omgebracht. Om redenen die ons onbekend zijn. Maar waarvan wij vermoeden dat ze met de kwestie van het zwijgen te maken hebben. Zij weet iets waarvan Landahl niet wil dat ze daarmee naar buiten komt. Vervolgens vertrekt Landahl. Of hij in paniek raakt of doelbewust handelt, kunnen we niet vaststellen. En vervolgens wordt hij zelf omgebracht. Als wraak. Of omdat Landahl op zijn beurt opeens gevaarlijk is geworden voor iemand die de sporen wil uitwissen.'

Wallander pauzeerde even, maar Martinson zei niets. Wallander ging verder.

'De tweede mogelijkheid is dat het heel anders is gegaan. Dat een onbekende zowel Sonja Hökberg als nu Landahl heeft vermoord.'

'Hoe verklaart dat het feit dat Landahl zo snel is vertrokken?'
'Hij beseft wat er met Sonja is gebeurd en wordt bang. Hij gaat ervandoor. Maar iemand haalt hem in.'

Martinson knikte. Wallander voelde dat ze nu op hetzelfde spoor zaten.

'Sabotage en dood', zei Martinson. 'Op Hökberg wordt krachtstroom gezet en daardoor komt Skåne in het duister te zitten. Vervolgens wordt Landahl tussen de propellerassen gesmeten.'

'Je weet waarover we het eerder hebben gehad', zei Wallander. 'Eerst waren het nertsen die uit hun kooien werden bevrijd. Daarna kwam de stroomuitval. Nu een veerboot. Wat komt er hierna?'

Martinson schudde gelaten zijn hoofd.

'Toch is het absurd', zei hij. 'Dat van die nertsen kan ik nog begrijpen. Een club tegenstanders van bont die tot de aanval overgaat. Ik kan ook die stroomuitval begrijpen. Dat ze willen laten zien hoe kwetsbaar de maatschappij is. Maar wat willen ze bewijzen door er in de machinekamer van een veerboot een zooitje van te maken?'

'Het is net een dominospel. Als er één steentje valt, beginnen ze allemaal te vallen. Je krijgt een kettingreactie. Het steentje dat gevallen is, is Falk.'

'Hoe pas je de moord op Lundberg in dit plaatje in?'

'Het probleem is juist dat ik dat er niet in krijg. En dan begin ik me af te vragen of er niet nog een mogelijkheid is.'

'Dat Lundberg gewoon niet met de rest te maken heeft?'

Wallander knikte. Martinson kon een snelle denker zijn als hij wilde.

'We hebben het eerder meegemaakt', zei Wallander. 'Dat twee gebeurtenissen heel toevallig in elkaar haakten. Dat ze met elkaar botsten, zagen we toen ook niet. We dachten dat ze met elkaar te maken hadden, terwijl het gewoon puur toeval was.'

'Jij vindt dus dat we de onderzoeken moeten splitsen? Maar Sonja Hökberg speelt toch een hoofdrol in beide voorstellingen?'

'Dat is nou net de vraag', zei Wallander. 'Stel dat het niet zo is. Dat het precies omgekeerd is. Dat haar rol misschien beduidend kleiner is dan wij tot nu toe aannemen.'

Op dat moment kwam Hanson het restaurant binnen. Hij keek jaloers naar hun koffiekopjes. Hij was vergezeld van een grijze man met een vriendelijk gezicht en een hele rij strepen op zijn schouders. Wallander stond op en werd voorgesteld aan kapitein Sund. Tot Wallanders verwondering sprak Sund een taal die hij herkende als het dialect uit de provincie Dalsland.

'Vreselijk', zei Sund.

'Niemand heeft iets gezien', zei Hanson. 'Op de een of andere manier moet Landahl toch in de machinekamer zijn gekomen.'

'Er zijn dus geen getuigen?'

'Ik heb gepraat met de twee machinisten die dienst hadden tijdens de reis uit Polen. Maar die hebben niets gemerkt.'

'Zitten de deuren van de machinekamer op slot?' vroeg Wallander.

'Dat laten de veiligheidsvoorschriften niet toe. Maar er hangen natuurlijk bordjes met "Verboden toegang". Iedereen die in de machinekamer werkt, moet meteen actie ondernemen zodra een onbevoegde binnenkomt. Het gebeurt natuurlijk wel eens dat de een of andere passagier die iets te veel heeft ingenomen binnen komt tuimelen, maar ik had nooit gedacht dat er zoiets als dit zou kunnen gebeuren.'

'Ik neem aan dat de boot nu leeg is', zei Wallander. 'Er is toevallig geen auto achtergebleven?'

Sund had een portofoon in zijn hand. Hij nam contact op met het autodek. Toen hij antwoord kreeg, hoorde je gekras en geknetter.

'Alle voertuigen zijn weg', zei hij. 'Het autodek is leeg.'

'Hoe zit het met de hutten? Er is toevallig geen achtergebleven koffer gevonden?'

Sund liep weg om een antwoord op Wallanders vraag te zoeken. Hanson ging zitten. Het viel Wallander op dat hij buitengewoon zorgvuldig te werk was gegaan toen hij informatie inwon over wat er precies was gebeurd.

Toen de veerboot Swinoujscie verliet, was de berekende vaartijd naar Ystad ongeveer zeven uur. Wallander vroeg of de machinisten ook hadden kunnen inschatten wanneer het lichaam tussen de propellerassen was terechtgekomen. Kon dat gebeurd zijn terwijl de boot nog in Polen lag? Of was dat gebeurd vlak voordat ze de eerste aanwijzing kregen dat er iets mis was? Hanson had die vraag al aan de machinisten gesteld. De antwoorden die hij had gekregen kwamen met elkaar overeen. Het lichaam had daar terecht kunnen komen toen de veerboot nog in Polen lag.

Verder viel er niet veel meer te zeggen. Niemand had iets gezien. Niemand had Landahl opgemerkt. Er waren zo'n honderd passagiers aan boord geweest, voornamelijk Poolse vrachtwagenchauffeurs. Verder een delegatie uit de Zweedse cementindustrie die in Polen was geweest om over investeringen te praten.

'We moeten weten of Landahl iemand bij zich had', zei Wallander toen Hanson zweeg. 'Dat is het belangrijkste. We hebben dus een foto van Landahl nodig. Iemand moet morgen met de veerboot naar Polen heen en weer varen. Om aan de werknemers hier de foto te laten zien en te kijken of iemand Landahl herkent.'

'Ik hoop dat ik dat niet hoef te doen', zei Hanson. 'Ik word snel zeeziek.'

'Zoek maar iemand anders', zei Wallander. 'Neem een slotensmid mee en ga naar Snapphanegatan. Haal die foto van de jongen. Check daarna bij die figuur die in die ijzerwinkel werkt of het een foto is die een beetje lijkt.'

'Die vent die Rus heet?'

'Precies. Hij zal zijn rivaal toch wel eens hebben gezien.'

'De veerboot vertrekt morgenochtend om zes uur.'

'Je moet het nu vanavond regelen', zei Wallander resoluut.

Hanson wilde net weggaan toen er bij Wallander een andere vraag opkwam.

'Was er vanavond ook een Aziaat aan boord?'

Ze liepen de passagierslijst van Martinson na, maar een Aziatische naam kwam daar niet op voor.

'Dat moet degene die morgen naar Polen reist ook vragen',

zei Wallander. 'Of er een passagier was met een Aziatisch uiterlijk.'

Hanson verdween. Wallander en Martinson bleven zitten. Na een poosje kwam Susanne Bexell bij hen zitten. Ze was heel bleek.

'Ik heb nog nooit zoiets gezien', zei ze. 'Eerst hebben we een meisje dat wordt geëlektrocuteerd in een hoogspanningsinstallatie. En nu dit.'

'Kun je ervan uitgaan dat het om een jongere man gaat?' vroeg Wallander.

'Dat kan.'

'Maar je kunt ons natuurlijk geen doodsoorzaak geven? Of een tijdstip?'

'Je hebt zelf gezien hoe het er daarbeneden uitzag. Die jongen was toch compleet vermalen. Een van de brandweerlieden moest overgeven. Dat begrijp ik maar al te goed.'

'Is Nyberg er nog?'

'Ik geloof het wel.'

Susanne Bexell vertrok. Kapitein Sund was nog niet teruggekeerd. Martinsons mobiele telefoon ging. Het was Lisa Holgersson, die belde vanuit Kopenhagen. Martinson wilde de telefoon aan Wallander geven, maar die schudde afwerend zijn hoofd.

'Praat jij maar met haar.'

'Wat moet ik zeggen?'

'Zoals het is. Wat anders?'

Wallander stond op en begon door het verlaten restaurant te ijsberen. Landahls dood had een weg afgesloten die begaanbaar had geleken. Wat hem echter nog het meest verontrustte, was dat het misschien allemaal te voorkomen was geweest. Als Landahl niet was gevlucht omdat hij een moord had gepleegd, maar omdat iemand anders een moord had gepleegd. En hij bang was geworden.

Wallander maakte zichzelf verwijten. Hij had slordig gedacht, was blijven hangen bij het meest voor de hand liggende motief. Terwijl hij eigenlijk alternatieve theorieën had moeten opstellen. Nu was Landahl dood. Misschien was dat onvermijdelijk geweest? Wallander was daar echter niet zeker van.

Martinson had zijn gesprek beëindigd. Wallander keerde terug naar de tafel.

'Volgens mij was ze niet helemaal nuchter meer', zei Martinson.

'Ze is op een feest met korpschefs', zei Wallander. 'Maar nou weet ze tenminste waar wij ons vanavond mee bezighouden.'

Kapitein Sund kwam het restaurant binnen.

'Het blijkt dat er een koffer in een hut is achtergebleven.'

Wallander en Martinson stonden tegelijk op. Ze volgden de kapitein door een wirwar van gangen naar een hut waar een vrouw in het uniform van de rederij op hen wachtte. Het was een Poolse en ze sprak slecht Zweeds.

'Volgens de passagierslijst was deze hut geboekt op naam van ene Jonasson.'

Wallander en Martinson keken elkaar aan.

'Is er iemand die een signalement van hem kan geven?'

De kapitein bleek de Poolse taal bijna even goed machtig te zijn als zijn eigen dialect. De vrouw luisterde en schudde vervolgens haar hoofd.

'Had hij die hut in zijn eentje gehuurd?'

'Ja.'

Wallander stapte naar binnen. Het was een kleine hut zonder raam. Wallander rilde bij de gedachte een stormachtige nacht opgesloten in zo'n hut te moeten doorbrengen. Op de ingebouwde kooi stond een koffer met wieltjes. Martinson gaf Wallander een paar plastic handschoenen. Daarna maakte deze de koffer open. Die was leeg. Tien minuten lang zochten ze vergeefs de hut door.

'Nyberg moet hier maar een blik op werpen', zei Wallander toen ze de hoop hadden opgegeven iets te zullen vinden. 'En de taxichauffeur die Landahl naar de veerboot bracht. Misschien dat hij die koffer herkent.'

Wallander liep de gang op. Martinson sprak met de kapitein af dat de hut niet mocht worden schoongemaakt. Wallander bekeek de deuren van de hutten ernaast. Voor beide deuren lagen bundels met handdoeken en lakens. De hutten hadden de nummers 309 en 311.

'Probeer eens uit te zoeken wie er in die hutten zaten', zei hij. 'Misschien dat ze iets hebben gehoord. Of misschien hebben ze iemand de hut zien binnengaan of uitkomen.'

Martinson maakte aantekeningen en ging daarna praten met de Poolse vrouw. Wallander was vaak jaloers dat Martinson zo goed Engels sprak. Zelf vond hij dat hij die taal erg slecht sprak. Tijdens gemeenschappelijke reizen had Linda hem vaak zitten plagen met zijn slechte uitspraak. Kapitein Sund liep met Wallander mee de trappen op.

Het liep inmiddels tegen middernacht.

'Ik kan u na deze beproeving niet toevallig een slaapmutsje aanbieden?' vroeg Sund.

'Helaas niet', zei Wallander.

Sunds portofoon begon te kraken. Hij luisterde en verontschuldigde zich toen. Wallander vond het niet erg om alleen gelaten te worden. Zijn geweten speelde op. Had Landahl misschien nog geleefd als hij zelf anders had geredeneerd? Hij wist dat er geen antwoord was. Alleen de desolate aanklacht die hij tegen zichzelf richtte en waartegen hij geen verweer had.

Twintig minuten later kwam Martinson.

'Hut 309 was verhuurd aan een Noor genaamd Larsen. Hij zit nu waarschijnlijk in een auto op weg naar Noorwegen. Maar ik heb zijn telefoonnummer. Hij woont in de stad Moss. Maar hut 311 was verhuurd aan een echtpaar uit Ystad. Meneer en mevrouw Tomander.'

'Ga morgen met hen praten', zei Wallander. 'Misschien levert dat wat op.'

'Ik kwam net Nyberg tegen op de trap. Hij zat tot aan zijn buik onder de olie. Maar wanneer hij een schone overall had aangetrokken, zou hij de hut bekijken.'

'Het is de vraag of we veel verder komen', zei Wallander.

Ze liepen samen door de verlaten terminal. Op enkele banken lagen een aantal jonge mannen te slapen. De loketten voor de kaartverkoop waren gesloten. Toen ze bij Wallanders auto kwamen, scheidden hun wegen zich.

'We moeten morgen alles vanaf het begin doornemen', zei Wallander. 'Om acht uur.'

Martinson nam hem nieuwsgierig op.

'Je lijkt je zorgen te maken?'

'Dat is ook zo. Dat doe ik altijd wanneer ik niet begrijp wat er gebeurt.'

'Hoe gaat het met het interne onderzoek?'

'Ik heb er niks meer van gehoord. Er bellen ook geen journalisten. Maar dat komt misschien omdat ik de stekker van de telefoon er meestal uit heb.'

'Het is ongelukkig wanneer zoiets gebeurt', zei Martinson.

Wallander hoorde iets dubbelzinnigs in de woorden van Martinson. Hij was meteen op zijn hoede.

'Wat bedoel je daarmee?'

'Zijn we daar niet altijd bang voor? Dat we onze zelfbeheersing verliezen? En mensen gaan slaan?'

'Ik heb haar een oorvijg gegeven. Om haar moeder te beschermen.'

'Ja', zei Martinson. 'Maar toch.'

Hij gelooft mij niet, dacht Wallander toen hij in zijn auto was gestapt. Misschien doet niemand dat.

Het besef kwam als een schok. Dit was hem nog nooit eerder gebeurd. Dat hij zich door zijn naaste collega's verraden of althans in de steek gelaten voelde. Hij bleef in zijn auto zitten, maar startte de motor niet. Opeens overheerste dit gevoel al het andere. Het verdrong zelfs het beeld van de jongeman die onder de propelleras vermorzeld was.

Voor de tweede keer deze week voelde hij zich gekwetst en verbitterd. Ik hou ermee op, dacht hij. Ik lever mijn ontslagaanvraag in. Dan zoeken ze het verder zelf maar uit met dit verrekte onderzoek.

Toen hij thuiskwam, was hij nog steeds ontdaan. In gedachten voerde hij een verhit gesprek met Martinson.

Het duurde lang voordat hij in slaap viel.

Op woensdagochtend kwamen ze om acht uur bijeen. Viktorsson was er ook bij. En Nyberg, die nog steeds olie aan zijn vingers had. Wallander was in een iets mildere stemming wakker geworden dan waarin hij in slaap was gevallen. Hij kon nu niet stoppen. Hij kon nu ook geen confrontatie met Martinson aangaan. Het interne onderzoek moest eerst maar eens uitwijzen wat er nu eigenlijk in de verhoorkamer was gebeurd. Daarna zou hij een geschikte gelegenheid kiezen om zijn collega's te vertellen wat hij van hun wantrouwen jegens hem vond.

Ze namen de gebeurtenissen van de vorige avond grondig door. Martinson had al met meneer Tomander gesproken. Noch hij, noch zijn vrouw had in de hut naast hen iets gehoord. De man die Larsen heette en in Moss woonde, was nog niet thuis gearriveerd. Een vrouw die mevrouw Larsen moest zijn, had echter gezegd dat ze haar man in de loop van de ochtend verwachtte.

Daarna ontvouwde Wallander de twee theorieën die hij tijdens zijn gesprek met Martinson had ontwikkeld. Niemand had daar eigenlijk iets tegen in te brengen. Het overleg van het rechercheteam gebeurde langzaam en methodisch. Maar onder de oppervlakte voelde Wallander dat iedereen haast had om weer met zijn of haar eigen afzonderlijke taken aan de slag te gaan.

Toen ze het overleg beëindigden, had Wallander besloten dat hij zich volledig op Tynnes Falk zou concentreren. Hij was er nu meer dan ooit van overtuigd dat het met hem allemaal begon. Het onderzoek naar hoe de moord op de taxichauffeur met de overige gebeurtenissen samenhing, moesten ze voorlopig maar even op zijn beloop laten. De vraag die Wallander zich stelde, was heel eenvoudig. Wat voor duistere krachten waren er in werking getreden toen Falk tijdens zijn avondwandeling overleed? Precies op het moment dat hij een bonnetje uit een bankautomaat kreeg? Was het überhaupt een natuurlijke doodsoorzaak? Hij belde het Forensisch Instituut in Lund en gaf zich niet gewonnen voordat hij de arts kon spreken die de obductie had verricht. Kon Falk ondanks alles toch aan een vorm van geweld zijn overleden? Waren werkelijk alle mogelijkheden onderzocht? Hij belde ook Enander, de arts die hem op het politiebureau had opgezocht. De meningen over wat er mogelijk gebeurd was en wat überhaupt als doodsoorzaak ondenkbaar was, waren verdeeld. Maar toen het middag werd en Wallander zo'n honger had dat zijn maag begon te knorren, meende hij toch te begrijpen dat Falk aan een natuurlijke doodsoorzaak was overleden. Er was geen misdrijf gepleegd. Die natuurlijke dood vlak bij een bankautomaat had echter allerlei processen in gang gezet.

Hij trok een notitieblok naar zich toe en begon te schrijven.
Falk.
Nertsen.
Angola.
Hij keek naar wat hij had geschreven en voegde er nog een regel aan toe:
twintig.
Hij staarde naar de woorden, die zich in zichzelf leken te keren. Wat was het dat hij niet wist te ontdekken? Om zijn ergernis en ongeduld tegen te gaan en even op andere gedachten te komen verliet hij het bureau om een wandeling te maken. Bij een pizzeria stopte hij om wat te eten. Vervolgens keerde hij weer terug naar zijn kamer. Om vijf uur gaf hij het bijna op. Het lukte hem op geen enkele wijze om te zien wat er achter de gebeurtenissen zat, om de motieven en de tekens te herkennen die ze zo nodig hadden. Hij kon er geen vinger achter krijgen.

Hij had net koffie gehaald toen de telefoon ging. Het was Martinson.

'Ik zit op Runnerströms Torg', zei hij. 'Het is gebeurd.'
'Wat?'
'Robert Modin is doorgedrongen. Hij zit in Falks computer. En er gebeuren hier rare dingen op het scherm.'

Wallander gooide de hoorn erop.

Eindelijk, dacht hij. Nu zijn we erdoorheen.

28

Toen Wallander op Runnerströms Torg aankwam en zijn auto op slot deed, had hij eigenlijk om zich heen moeten kijken. Als hij dat had gedaan, dan had hij misschien een zweem van de schim gezien die verderop in de straat snel dieper in de duisternis verdween en had hij begrepen dat er niet alleen iemand was die hen in de gaten hield, maar dat deze persoon ook steeds op de hoogte was van waar ze zich bevonden, wat ze deden en bijna van wat ze dachten. De auto's die Apelbergsgatan en Runnerströms Torg de hele tijd bewaakten, hadden in het geheel niet kunnen verhinderen dat zich daar iemand in de schaduwen bevond.

Wallander keek echter niet om. Hij deed gewoon het portier op slot en stak snel de straat over naar de woning waar volgens Martinson rare dingen in de computer gebeurden. Toen Wallander binnenkwam, zaten Robert Modin en Martinson allebei geconcentreerd naar het scherm te staren. Tot zijn verbazing zag Wallander dat Martinson een ding had meegenomen dat op een uitklapbare jachtstoel leek. En er stonden nu ook twee laptops in de kamer. Modin en Martinson mompelden en wezen. Wallander kreeg het gevoel dat hij een kamer betrad waarin een uiterst gecompliceerde elektronische operatie gaande was. Of misschien was het een soort religieus ritueel? Hij dacht aan het altaar waaraan Falk zichzelf had aanbeden. Wallander groette, maar hij kreeg geen antwoord.

Het scherm zag er nu anders uit. De ongecontroleerde cijferreeksen die eerst over het scherm waren gevlogen om vervolgens in een onbekende ruimte te verdwijnen, waren nu verdwenen. Ze keken weliswaar nog steeds naar cijfers, maar die stonden nu stil. Robert Modin had zijn koptelefoon afgezet. Zijn vingers wandelden tussen de drie verschillende toetsenborden heen en weer. Zijn handen werkten ongelooflijk snel, alsof hij een virtuoos was die drie instrumenten tegelijk kon bespelen. Wallander wachtte af. Martinson had een notitieblok in zijn hand. Af en toe vroeg Modin hem iets op te schrijven. En Martinson deed dat. Modin was degene die de baas was in de kamer. Daar was geen twijfel over mogelijk. Na ongeveer tien minuten was het alsof het opeens tot hen doordrong dat Wallander er echt was. Het getik op de toetsen hield op.

'Wat is er gebeurd?' vroeg hij. 'En waarom gebruiken jullie verschillende computers?'

'Als je niet over de berg kunt komen, moet je eromheen lopen', zei Robert Modin. Hij had het zweet op zijn gezicht staan, maar hij keek blij. Een jongeman die erin was geslaagd een deur te openen die gesloten was geweest.

'Het is beter wanneer Robert het uitlegt', zei Martinson.

'De code om toegang te krijgen heb ik niet kunnen breken', zei de jongen. 'Maar ik heb mijn eigen computers meegenomen en mezelf aan die van Falk gekoppeld. Zo kon ik via de achterdeur binnenkomen.'

Het gesprek werd Wallander nu al te abstract. Dat computers ramen hadden wist hij, maar niet dat er ook deuren waren.

'Ik heb aan de voorkant aangeklopt', vervolgde Modin. 'Maar eigenlijk ben ik bezig geweest om me aan de achterkant in te graven.'

'Hoe gaat dat dan?'

'Dat is een beetje moeilijk uit te leggen. Bovendien is het een soort beroepsgeheim.'

'Laat dan maar zitten. Wat hebben jullie gevonden?'

Nu nam Martinson het over.

'Falk had natuurlijk een internetaansluiting. In een bestand dat gek genoeg "Jakobs Moeras" wordt genoemd, staat een rij telefoonnummers in een specifieke volgorde. Dat dachten we althans. Maar nu blijkt dat het geen telefoonnummers zijn, maar codes. Twee groepen. Een woord en een cijfercombinatie. We proberen nu uit te vogelen wat dat is.'

'Eigenlijk zijn het zowel telefoonnummers als codes', voegde

Modin eraan toe. 'Bovendien zijn hier een heleboel cijfergroepen opgeslagen die in wezen gecodeerde namen zijn van allerlei instanties. En die lijken overal te zitten. In de Verenigde Staten, Azië en Europa. Er zit ook iets in Brazilië bij. En in Nigeria.'
'Wat voor soort instanties?'
'Daar proberen we nu achter te komen', zei Martinson. 'Maar we hebben er een gevonden die Robert herkende. Toen we dat ontdekten, heb ik jou gebeld.'
'Welke is dat dan?'
'Het Pentagon', antwoordde Modin.
Wallander kon niet vaststellen of in Modins stem iets triomfantelijks doorklonk of dat hij bang was.
'Wat betekent dit allemaal?'
'Dat weten we nog niet', antwoordde Martinson. 'Maar dat er in deze computer heel belangrijke en misschien verboden informatie ligt opgeslagen, daar kunnen we van uitgaan. Dat kan er dus op duiden dat Falk toegang had tot al deze instanties.'
'Ik heb het gevoel dat er aan deze computer net zo iemand als ik heeft gezeten', zei Modin plotseling.
'Zou Falk ook in andere computersystemen hebben ingebroken?'
'Daar lijkt het wel op.'
Wallander begreep er steeds minder van, maar vanbinnen voelde hij dat zijn onrust weer de kop begon op te steken.
'Waar kan dat voor worden gebruikt?' vroeg hij. 'Zien jullie hier ook de bedoeling van in?'
'Dat is nog te vroeg', zei Martinson. 'Eerst moeten we vaststellen welke instanties dit eigenlijk zijn. Dan wordt het beeld misschien helderder. Maar dat kost tijd. Het is allemaal gecompliceerd. Juist met het oog op het feit dat buitenstaanders niet binnen mogen komen om te zien wat hier te vinden is.'
Hij stond op uit zijn vouwstoel.
'Ik moet een uurtje naar huis', zei hij. 'Terese is vandaag jarig. Maar ik kom terug.'
Hij gaf Wallander zijn notitieblok.

'Feliciteer haar van me', zei Wallander. 'Hoe oud wordt ze?'
'Zestien.'
Wallander kon zich haar nog als kind herinneren. Toen ze vijf werd, was hij nog bij Martinson thuis geweest om taart te eten. Hij bedacht dat ze twee jaar ouder was dan Eva Persson.
Martinson vertrok, maar kwam weer terug.
'Ik ben vergeten om te vertellen dat ik met Larsen uit Moss heb gepraat', zei hij.
Het duurde een paar tellen voordat Wallander weer wist wie dat was.
'Hij had iemand in de hut naast zich gehoord', vervolgde Martinson. 'De wanden zijn dun. Maar hij had niemand gezien. Hij was moe en had de hele weg vanaf Polen liggen slapen.'
'Wat voor geluid had hij gehoord?'
'Dat heb ik hem ook gevraagd. Maar het was niet iets wat erop wees dat er een ruzie gaande was.'
'Had hij ook stemmen gehoord?'
'Ja. Maar hij kon niet zeggen hoeveel mensen er binnen aanwezig waren.'
'Mensen praten niet vaak in zichzelf', zei Wallander. 'Dit duidt erop dat er toch minstens twee personen in die hut waren.'
'Ik heb hem gevraagd contact op te nemen als hem nog iets te binnen schiet.'
Martinson verdween weer. Wallander ging voorzichtig in de vouwstoel zitten. Robert Modin werkte verder. Wallander besefte dat het zinloos was vragen te stellen. Naarmate computers steeds meer de besturingssystemen in de samenleving overnamen, zou de behoefte aan een heel ander soort politieagenten toenemen. Daar was zeker al een begin mee gemaakt, al was het nog een druppel op een gloeiende plaat. De criminelen hadden zoals gewoonlijk een voorsprong. De georganiseerde misdaad in de Verenigde Staten had al in een vroeg stadium ingezien waarvoor de elektronica gebruikt kon worden. Ook al had men het nog niet kunnen bewijzen, er werd beweerd dat de grote

drugskartels in Zuid-Amerika al toegang hadden tot satellietverbindingen. Daarmee konden ze zich onder andere op de hoogte houden van de Amerikaanse grenscontroles en de vliegtuigen die het luchtruim bewaakten. En ze maakten natuurlijk gebruik van het mobiele telefoonnetwerk. Vaak werd er maar één telefoontje gepleegd vanaf een mobiel nummer voordat het werd opgeheven. En dat alles om het onmogelijk te maken om de beller te lokaliseren.

Robert Modin drukte op een toets en leunde achterover in zijn stoel. Het modem dat naast de computer stond, begon te knipperen.

'Wat doe je nu?' vroeg Wallander.

'Ik probeer een e-mail te versturen om te zien waar die terechtkomt. Maar die verstuur ik vanaf mijn eigen computer.'

'Maar je zit het adres toch op Falks computer in te tikken?'

'Ik heb ze aan elkaar gekoppeld.'

Op het scherm begon iets te knipperen. Robert Modin sprong op in zijn stoel en boog zich over naar het scherm. Daarna begon hij weer te typen. Wallander wachtte af.

Opeens verdween alles van het scherm. Heel even werd het helemaal zwart. Daarna zwermden de cijferreeksen weer voorbij. Robert Modin fronste zijn voorhoofd.

'Wat gebeurt er nu?'

'Ik weet het eigenlijk niet. Maar de toegang werd me geweigerd. Ik moet mijn sporen uitwissen. Dat kost een paar minuten.'

Het getik ging door. Wallander wachtte, steeds ongeduldiger.

'Nog een keer', mompelde Modin.

Daarna gebeurde er iets waarvan Robert Modin in zijn stoel opveerde. Lange tijd bestudeerde hij het scherm.

'De Wereldbank', zei hij toen.

'Wat bedoel je daarmee?'

'Dat een van die instanties waarvan er een code in deze computer zit de Wereldbank is. Als ik het allemaal goed begrijp, is het een onderafdeling die zich bezighoudt met een of

andere vorm van wereldwijde accountancy.'
'Dan hebben we dus het Pentagon en de Wereldbank', zei Wallander. 'Niet bepaald kleine jongens.'
'Ik geloof dat het tijd wordt voor een kleine conferentie', zei Modin. 'Ik denk dat ik mijn vrienden eens om advies ga vragen. Die heb ik gevraagd *stand-by* te staan.'
'Waar zitten die?'
'Eentje woont er in de buurt van Rättvik. De andere in Californië.'

Het drong in volle ernst tot Wallander door dat ze nu eigenlijk contact moesten opnemen met de computerdeskundigen van de Rijksrecherche. Met een gevoel van onbehagen kon hij zich ook de problemen voorstellen die hem nu wachtten. Illusies hoefde hij zich niet te maken. Hij zou heel forse kritiek krijgen vanwege het feit dat hij Modin had ingezet. Ook al waren diens vaardigheden dan groot.

Terwijl Modin met zijn vrienden communiceerde, ijsbeerde Wallander door de kamer. Hij dacht aan Jonas Landahl die dood onder in een veerboot had gelegen. Aan Sonja Hökbergs verkoolde lichaam. En aan dat rare kantoor aan Runnerströms Torg waar hij zich op dit moment bevond. Hij voelde ook een knagende onrust dat hij zich helemaal op de verkeerde weg bevond. Het aansturen van het rechercheteam was zijn taak. Hij vond niet dat hij daar nog langer toe in staat was. En hij had bovendien het gevoel dat zijn collega's hem waren gaan wantrouwen. Misschien ging het niet alleen om de vraag wat er eigenlijk in de verhoorkamer gebeurd was toen hij Eva Persson een oorvijg had gegeven en er een fotograaf met zijn neus bovenop stond? Misschien hadden ze het er achter zijn rug om ook wel over dat hij het niet langer kon bijbenen? Dat het misschien tijd werd dat Martinson de leider van het recherchewerk werd wanneer ze zware misdrijven moesten oplossen?

Hij was gekwetst en voelde zelfmedelijden, maar er stroomde ook een gevoel van nijdigheid door hem heen. Zo gemakkelijk zou hij het niet opgeven. Bovendien had hij geen Soedan waar hij een nieuw leven kon beginnen. Hij had ook geen manege die hij kon verkopen. Zijn voorland was een tamelijk mager staatspensioen.

Het getyp achter hem was opgehouden. Modin was opgestaan om zich uit te rekken.

'Ik heb honger', zei hij.

'Wat hadden je vrienden te vertellen?'

'We hebben een denkpauze van een uur ingelast. Daarna praten we verder.'

Wallander had zelf ook honger. Hij stelde een pizza voor. Modin leek bijna beledigd door dat voorstel.

'Ik eet nooit pizza', zei hij. 'Dat is ongezond.'

'Wat eet je dan?'

'Vezels.'

'Verder niets?'

'Eieren in wijnazijn zijn ook wel lekker.'

Wallander vroeg zich af welk restaurant in Ystad een menu te bieden had dat Robert Modin zou aanspreken. Hij betwijfelde of dat überhaupt bestond.

Modin keek in zijn plastic tassen met eten die op de grond stonden. Daarvan leek niets hem op dit moment te lokken.

'Een gewone salade is desnoods ook wel goed', zei hij.

Ze verlieten het pand. Wallander vroeg aan Modin of hij het korte stukje naar het centrum met de auto wilde gaan, maar hij gaf de voorkeur aan lopen. De onopvallende politiewagen stond op zijn plaats.

'Ik vraag me af waar die op zitten te wachten', zei Modin toen ze de auto gepasseerd waren.

'Dat is een goeie vraag', antwoordde Wallander.

Ze bleven staan bij de enige *saladbar* die Wallander in Ystad kende. Wallander at met smaak. Robert Modin onderzocht echter zorgvuldig ieder slablad en alle groente voordat hij iets in zijn mond stopte. Wallander had ook nog nooit iemand zo langzaam zien kauwen.

'Je bent wel voorzichtig met eten', zei hij.

'Ik wil een helder hoofd houden', antwoordde Modin.

En een schoon gat, dacht Wallander spottend. Eigenlijk zo'n

beetje hetzelfde als waar ik mee bezig ben.'

Wallander probeerde tijdens de maaltijd een gesprek met Modin te voeren, maar hij kreeg slechts korte antwoorden. Wallander besefte naderhand dat Modin nog steeds in beslag werd genomen door de cijferreeksen en geheimen van Falks computer.

Tegen zevenen waren ze weer op Runnerströms Torg. Martinson was nog steeds niet teruggekomen. Robert Modin ging zitten om het gesprek met zijn adviseurs in Dalarna en Californië te hervatten. Wallander stelde zich voor dat die er net zo uitzagen als de jongen die naast hem zat.

'Niemand heeft me getraceerd', zei Modin, nadat hij een paar ingewikkelde manoeuvres op het toetsenbord had uitgehaald.

'Hoe kun je dat zien?'

'Ik zie het.'

Wallander installeerde zich op de klapstoel. Het is net of ik deelneem aan een jacht, dacht hij. Wij jagen op elektronische elanden. Ergens zitten ze. Maar uit welke richting ze eventueel zullen opduiken weten we niet.

Zijn mobieltje ging. Modin schrok op.

'Ik haat mobiele telefoons', zei hij stellig.

Wallander liep naar de overloop. Het was Ann-Britt. Wallander vertelde waar hij zat en wat ze tot nu toe aan Falks computer hadden weten te ontfutselen.

'De Wereldbank en het Pentagon', zei ze. 'Twee van de absolute machtscentra in deze wereld.'

'Wat het Pentagon is weet ik natuurlijk. Maar wat de Wereldbank doet weet ik niet zo precies. Ook al heeft Linda het er wel eens over gehad. In zeer negatieve bewoordingen.'

'De bank der banken. Die leningen uitkeert aan vooral arme landen. Maar die ook andere economieën ondersteunt. Er is veel kritiek op. Vooral ook omdat ze vaak absurde eisen stelt aan de leners voordat ze hun kredieten krijgen.'

'Hoe weet je dat allemaal?'

'Wanneer mijn ex voor zijn werk op pad was, kwam hij vaak

in aanraking met de Wereldbank. Hij heeft me dat verteld.'
'We weten nog steeds niet wat het betekent', zei Wallander. 'Het is allemaal erg onduidelijk. Maar waarom bel je?'
'Ik vond dat ik nog een keer met die Rus moest praten. Hij is immers degene die ons op het spoor van Landahl heeft gezet. Ik begin er trouwens steeds meer van overtuigd te raken dat Eva Persson eigenlijk heel weinig wist over de door haar zo bewonderde Sonja Hökberg. Dat ze liegt weten we, maar waarschijnlijk vertelt ze over heel wat dingen ook de waarheid.'
'Wat zei hij? Heette hij geen Kalle van zijn voornaam?'
'Kalle Rus. Ik wilde hem vragen waarom Sonja en hij het hadden uitgemaakt. Die vraag had hij waarschijnlijk niet verwacht. Hij draalde nogal met zijn antwoord, maar ik hield voet bij stuk. En toen gebeurde er iets merkwaardigs. Hij zei dat hij het met haar had uitgemaakt, omdat ze nooit wilde.'
'Wat wilde?'
'Wat denk je? Vrijen natuurlijk.'
'Zei hij dat echt?'
'Toen hij eenmaal begon, was het hek van de dam. Hij had haar ontmoet en haar meteen leuk gevonden. Maar na verloop van tijd was gebleken dat ze totaal geen belangstelling had voor enige seksuele activiteit. En uiteindelijk was hij dat beu geworden. Maar het gaat natuurlijk om de reden daarvoor.'
'En wat was dat?'
'Ze had verteld dat ze enkele jaren geleden verkracht was. En onder de gevolgen van die ervaring leed ze nog steeds.'
'Was Sonja Hökberg verkracht?'
'Volgens hem, ja. Ik ben eens even in de bestanden gedoken. Oude onderzoeken. Maar Sonja Hökberg komt daar helemaal niet in voor.'
'En het is hier in Ystad gebeurd?'
'Ja. Maar ik ben natuurlijk ook aan iets heel anders gaan denken.'
Wallander wist wat ze bedoelde.
'De zoon van Lundberg. Carl-Einar?'
'Precies. Het is natuurlijk een riskante gedachte, maar hele-

maal onmogelijk is het toch niet.'
'Hoe zie jij dit?'
'Ik denk als volgt: Carl-Einar Lundberg is als verdachte betrokken geweest bij een verkrachtingszaak. Hij is vrijgesproken. Maar er is veel wat ervoor pleit dat hij toch de dader was. Waarom zou hij hetzelfde dan niet al eerder hebben gedaan? Alleen stapte Sonja Hökberg niet naar de politie.'
'Waarom heeft ze dat niet gedaan?'
'Er zijn allerlei redenen waarom vrouwen geen aangifte doen wanneer ze verkracht zijn. Dat moet jij toch weten.'
'Je hebt dus min of meer een conclusie getrokken?'
'Zeer provisorisch.'
'Toch wil ik horen wat je denkt.'
'Nou wordt het lastig. Eén denkbare reden is vergezocht, dat geef ik onmiddellijk toe. Maar Carl-Einar was wel de zoon van Lundberg senior.'
'Zou ze wraak hebben genomen op de vader van haar verkrachter?'
'Dat levert in ieder geval een motief op. Bovendien weten we immers iets heel belangrijks over Sonja Hökberg.'
'Wat?'
'Dat ze koppig is. Jij zei toch dat haar stiefvader dat had gezegd. En dat ze heel sterk was.'
'Toch komt dit me niet logisch voor. Die meiden konden immers niet weten dat het nou net Lundberg zou zijn die met de taxi kwam. En hoe wist zij dat hij de vader van Carl-Einar was?'
'Ystad is klein. Bovendien weten we niet hoe Sonja Hökberg reageerde. Misschien was ze wel helemaal bezeten van de gedachte aan wraak. Een verkrachting pakt vrouwen die er het slachtoffer van zijn heel hard aan. Er zijn er waarschijnlijk veel die het hoofd in de schoot leggen. Maar er zijn ook voorbeelden van vrouwen die bezeten raken van de gedachte aan wraak.'
Wallander dacht even na voordat hij verderging.
'Met een van hen zijn we zelf in aanraking gekomen.'
'Jij denkt aan Yvonne Ander?'

Wallander knikte. 'Wie anders?'

In gedachten keerde Wallander terug naar de gebeurtenissen van enkele jaren geleden, waarbij een alleenstaande vrouw een aantal gewelddadige moorden had gepleegd, bijna executies, op verschillende mannen die zich aan vrouwen hadden vergrepen. Tijdens dat onderzoek had Ann-Britt zwaar schietletsel opgelopen.

Wallander besefte dat er een kans bestond dat Ann-Britt toch iets op het spoor was gekomen dat van cruciaal belang kon blijken te zijn. Bovendien viel dit samen met zijn eigen gedachten dat de moord op Lundberg zich ergens in een soort periferie bevond en dat Falk het middelpunt vormde. Falk met zijn logboek en zijn computer.

'Toch moet als de donder worden uitgezocht of Eva Persson hier misschien iets van af wist', zei hij.

'Dat is ook mijn idee. En dan moet ook uitgezocht worden of Sonja Hökberg ooit onder de blauwe plekken is thuisgekomen. De verkrachting waarvan Carl-Einar Lundberg werd verdacht was bijzonder gewelddadig.'

'Je hebt gelijk.'

'Ik ga ermee aan de slag.'

'Daarna gaan we om de tafel zitten om alle feiten tegen deze hypothese af te zetten.'

Ann-Britt beloofde van zich te zullen laten horen zodra ze meer wist. Wallander stopte zijn mobieltje in zijn jaszak en bleef in het donkere trappenhuis staan. Langzaam worstelde een gedachte zich in zijn hoofd naar boven. Ze zochten naar een middelpunt, een as waaromheen de gebeurtenissen draaiden. Tussen alle alternatieve ingangen die Wallander probeerde te vinden was er misschien nog een mogelijkheid. Waarom was Sonja Hökberg eigenlijk uit het politiebureau weggelopen? Op die vraag waren ze niet echt diep ingegaan. Ze waren blijven stilstaan bij de gedachte die het meest voor de hand lag. Dat ze weg wilde, haar schuld wilde ontlopen. Haar bekentenis hadden ze al. Nu realiseerde Wallander zich dat er ook nog een andere mogelijkheid was. Dat Sonja Hökberg ervandoor was gegaan omdat ze nog iets te verbergen had. De vraag was alleen wat. Instinctief had Wallander het gevoel dat hij door de gedachte die hij zojuist onder woorden had gebracht in de buurt van iets belangrijks kwam. Ergens in zijn achterhoofd had hij ook nog iets anders waarnaar hij nu op zoek was. Nog een verbindingsstuk.

Opeens wist hij wat dat was. Sonja Hökberg was er misschien vandoor gegaan in de ijdele hoop te kunnen ontsnappen. Zover kon hun inschatting juist zijn. Maar buiten bevond zich iemand anders, die zich zorgen maakte dat ze niet alleen de moord op de taxichauffeur had bekend, maar nog meer had verteld. Wat over heel iets anders ging dan over wraak na een verkrachting.

Daar zit in feite samenhang in, dacht Wallander. Zo past ook Lundberg in dit hele plaatje. Zo is er een logische verklaring voor wat er is gebeurd. Iets moet verborgen worden gehouden. Iets waarvan vermoed wordt dat Sonja Hökberg het misschien aan ons heeft verteld. Of misschien nog gaat vertellen. Ze wordt omgebracht om de stilte te bewaren. En degene die haar ombrengt, wordt op zijn beurt omgebracht. Precies zoals Robert Modin daarbinnen zijn sporen zit uit te wissen zijn er ook andere bezems die de sporen van Falks dood proberen uit te wissen.

Wat is er in Luanda gebeurd? dacht hij opnieuw. Wie is de persoon die achter de letter C schuilgaat? Wat betekent het getal twintig? Wat zit er eigenlijk in die computer verborgen?

Hij voelde dat Ann-Britts ontdekking hem uit zijn eerdere sombere stemming had gehaald. Met hernieuwde energie keerde hij terug naar Robert Modin.

Een kwartier later kwam Martinson terug. Hij bracht gedetailleerd verslag uit van de heerlijke taart die hij zojuist had gegeten. Wallander luisterde ongeduldig. Daarna vroeg hij Robert Modin om te vertellen wat ze tijdens Martinsons afwezigheid hadden ontdekt.

'De Wereldbank? Wat had Falk daarmee te maken?'

'Dat is nou precies waar we achter moeten zien te komen.'

Martinson trok zijn jas uit, bemachtigde de klapstoel en

spuugde symbolisch in zijn handen. Wallander gaf hem een samenvatting van zijn gesprek met Ann-Britt. Wallander zag dat Martinson meteen de ernst hiervan inzag.

'Dat levert ons in ieder geval een ingang op', zei hij toen Wallander klaar was.

'Dat levert ons nog méér op', zei Wallander. 'Op deze manier begint er namelijk enige logica te ontstaan.'

'Ik geloof dat ik nog nooit zoiets heb meegemaakt', zei Martinson peinzend. 'Maar toch zitten er nog grote gaten in het net. We hebben nog steeds geen zinnige verklaring voor hoe het relais op de baar van Falk is terechtgekomen. We weten ook niet waarom het lichaam werd ontvoerd. Het hoofdmotief kan gewoon niet zijn geweest dat ze de vingers waarmee hij typte eraf wilden snijden.'

'Die gaten zal ik kleiner proberen te maken', zei Wallander. 'Ik ga nou weg en zal proberen een samenvatting te maken. Maar meld het meteen als zich iets voordoet.'

'We gaan tot tien uur door', zei Robert Modin opeens. 'Daarna moet ik slapen.'

Toen Wallander beneden op straat stond, wist hij heel even niet wat hij moest doen. Zou hij het echt nog kunnen opbrengen er een paar uur aan vast te plakken? Of kon hij beter naar huis gaan?

Hij besloot beide te doen. Het werk kon hij op dit moment net zo goed aan zijn keukentafel verrichten. Wat hij vooral nodig had, was tijd om goed tot zich te laten doordringen wat de consequenties waren van wat Ann-Britt had verteld. Hij stapte in zijn auto en reed naar huis.

Na lang zoeken slaagde hij erin helemaal achter in zijn voorraadkast een zakje tomatensoep te vinden. Hij volgde de instructies nauwkeurig op, maar er zat nauwelijks smaak aan de soep. Nadat hij er te veel tabasco in had gedaan was hij weer veel te scherp. Hij dwong zichzelf ertoe de helft op te eten en gooide de rest weg. Daarna zette hij een pot sterke koffie en spreidde zijn papieren voor zich uit op de keukentafel. Opnieuw begon hij langzaam alle gebeurtenissen die elkaar op allerlei manieren raakten door te nemen. Hij keerde iedere steen om, liep over het terrein heen en weer en probeerde voortdurend te luisteren naar wat zijn eigen intuïtie hem zei. De theorie van Ann-Britt rustte als een onzichtbaar raster op zijn gedachten. Er werd niet gebeld, niemand stoorde hem. Toen het elf uur was, stond hij op en rekte zich uit.

Er zijn hiaten, dacht hij, maar de vraag is of Ann-Britt niet toch een spoor aan het licht heeft gebracht dat ons verder kan helpen.

Tegen middernacht ging hij naar bed. Weldra sliep hij.

Klokslag tien uur had Robert Modin gezegd dat het nu genoeg was. Ze hadden zijn computers ingepakt en Martinson had hem daarna zelf naar Löderup gebracht. Ze hadden afgesproken dat iemand Modin de volgende ochtend om acht uur zou ophalen. Martinson reed daarna rechtstreeks naar huis. In de koelkast stond een stukje taart op hem te wachten.

Robert Modin ging echter niet naar bed. Hij wist dat hij eigenlijk niet zou moeten doen wat hij van plan was. De herinnering aan wat er was gebeurd toen hij de elektronische *firewalls* van het Pentagon had weten te forceren zat nog vers in zijn geheugen. Maar de verleiding was te groot. Bovendien had hij ervan geleerd. Ditmaal zou hij voorzichtig zijn. Nooit vergeten na je aanvallen de sporen uit te wissen.

Zijn ouders waren al naar bed gegaan. In Löderup heerste stilte. Martinson had helemaal niet gemerkt dat Modin een gedeelte van Falks computerbestanden dat hij had weten te openen naar zijn eigen computer had gekopieerd. Nu koppelde hij zijn twee computers weer aan elkaar en begon het dossier opnieuw door te nemen. Hij zocht naar nieuwe openingen. Nieuwe barsten in de elektronische *firewalls*.

*

In de loop van de avond was regenachtig weer over Luanda getrokken.

Carter had de tijd doorgebracht met het lezen van een rapport waarin het optreden van het Internationaal Monetair Fonds in enkele Oost-Afrikaanse landen kritisch werd bekeken. De kritiek was hard en goed verwoord. Carter had het zelf nauwelijks beter kunnen opschrijven. Maar tegelijkertijd werd hij opnieuw in zijn overtuiging bevestigd. Er waren geen uitwegen meer. Met de huidige financiële systemen in de wereld zou er niets serieus kunnen veranderen.

Toen hij het rapport had weggelegd, ging hij voor het raam staan om naar de langs de hemel schietende bliksemschichten te kijken. De nachtwachten hurkten buiten in de duisternis onder hun provisorische regenkappen.

Hij stond op het punt om naar bed te gaan toen hij in een impuls naar zijn werkkamer liep. De airconditioning ruiste.

Op zijn computerscherm zag hij meteen dat iemand bezig was in de server door te dringen. Maar er was iets veranderd. Hij ging achter zijn computer zitten. Na een poosje zag hij wat het was.

Iemand was opeens onvoorzichtig geworden.

Carter veegde zijn handen af aan een zakdoek.

Daarna begon hij te jagen op de persoon die dreigde het geheim te onthullen.

29

Donderdagochtend bleef Wallander tot een uur of tien thuis. Hij was vroeg wakker geworden en voelde zich uitgeslapen. De blijdschap over het feit dat hij een hele nacht ongestoord had geslapen was zo groot dat hij er meteen een slecht geweten van kreeg. Hij had eigenlijk moeten werken. Hij had het liefst om vijf uur moeten opstaan om de ochtenduren nuttig te besteden. Vaak had hij zich afgevraagd waar die houding ten opzichte van werken vandaan kwam. Zijn moeder was huisvrouw geweest en had er nooit over geklaagd dat ze niet buitenshuis kon werken. Wallander kon zich althans niet herinneren dat hij haar daar ooit over had gehoord.

Zijn vader had werkelijk nooit iets ondernomen waar hij geen zin in had. Wanneer er een enkele keer een bestelling kwam voor een grote partij schilderijen toonde hij zich vaak geërgerd over het feit dat hij niet in zijn eigen tempo kon werken. Later, nadat een van de mannen in de zijden kostuums was gekomen om de partij op te halen, ging alles meteen weer zijn normale gangetje. Hij ging weliswaar altijd vroeg in de ochtend naar zijn atelier, bleef daar tot laat in de avond en liet zich alleen bij de maaltijden zien, maar Wallander, die verscheidene keren stiekem door een raam had staan gluren, had ontdekt dat zijn vader niet altijd voor zijn schildersezel zat. Soms lag hij ook op een vieze matras in een hoek te slapen of te lezen. Of hij zat aan de wiebelige tafel patience te spelen. Wat de houding ten aanzien van werken betrof, kostte het Wallander moeite om een directe verwantschap tussen hemzelf en een van zijn ouders vast te stellen. Uiterlijk gezien ging hij wel steeds meer op zijn vader lijken. Maar zijn eigen innerlijke beweegredenen waren een aantal boze en voortdurend ontevreden furiën.

Tegen acht uur had hij naar het bureau gebeld. De enige die hij te pakken kon krijgen was Hanson. Wallander had meteen in de gaten dat alle leden van het rechercheteam met allerlei taken bezig waren. Hij had toen besloten dat hun overleg tot 's middags moest wachten. Vervolgens was hij naar de gemeenschappelijke wasruimte in de kelder van zijn flat gegaan die, zo ontdekte hij tot zijn verbazing, niet bezet was en waar de komende uren ook niemand stond ingeroosterd. Hij had meteen zijn naam genoteerd en was naar zijn flat teruggekeerd om de eerste was te halen.

Toen hij de wasmachine had aangezet en voor de tweede keer de trap naar zijn flat op liep, lag de brief op de vloer van de hal. Er stond geen afzender op. Zijn naam en adres waren met de hand geschreven. Hij had de envelop op de keukentafel gelegd in de veronderstelling dat het om een uitnodiging ging of om een of andere leerling van een school die wilde corresponderen met iemand van de politie. Het kwam wel vaker voor dat hij handgeschreven brieven ontving. Hij had het beddengoed op het balkon uitgehangen. Het was opnieuw kouder geworden, maar het vroor niet. Er stond een matige wind. Een dun wolkendek hing aan de hemel. Pas later, bij het tweede kopje koffie van die dag, had hij de envelop opengemaakt. Toen zag hij dat er een ander soort brief in de envelop zat. Zonder afzender. Hij vouwde hem open en begon te lezen. Eerst snapte hij er niets van, maar daarna realiseerde hij zich dat hij een reactie had gekregen op de advertentie die hij naar Date-hit had gestuurd. Hij legde de brief weg, liep een rondje rond de tafel en las hem opnieuw.

De vrouw die schreef heette Elvira Lindfeldt. In gedachten besloot hij meteen dat hij haar Elvira Madigan zou noemen als hij aan haar dacht. Ze had geen foto meegestuurd, maar Wallander besloot ook meteen dat ze heel mooi was. Ze had een duidelijk en krachtig handschrift. Geen krullen en tierelantijnen. Date-hit had zijn advertentie naar haar toegestuurd. Ze had die gelezen, belangstelling gekregen en nog diezelfde dag gereageerd. Zelf was ze 39 jaar, ook gescheiden en ze woonde in

Malmö. Ze werkte bij het expeditiebedrijf Heinemann & Nagel. Onder aan de brief had ze haar telefoonnummer vermeld en ze hoopte dat het niet lang zou duren voordat ze elkaar zouden kunnen ontmoeten. Wallander voelde zich net een hongerige wolf die er eindelijk in was geslaagd een prooi te verschalken. Hij wilde meteen bellen, maar kwam tot bezinning en besloot toen de brief weg te gooien. Die afspraak zou mislukken. Ze zou vast teleurgesteld zijn, omdat ze zich hem anders had voorgesteld.

Bovendien had hij geen tijd. Hij bevond zich midden in een moordonderzoek dat tot de meest gecompliceerde behoorde waarvoor hij ooit verantwoordelijk was geweest. Hij liep nog een paar rondjes rond de tafel. Daarna zag hij in hoe zinloos het was geweest dat hij naar Date-hit had geschreven. Hij nam de brief op, verscheurde hem en gooide de stukken in de prullenbak. Daarna pakte hij de draad weer op van alle gedachten die hij de vorige avond gehad had, nadat Ann-Britt hem had gebeld. Voordat hij naar het politiebureau reed, haalde hij de was uit de machine en stopte hij er een nieuwe in. Toen hij op het bureau aankwam, was het eerste wat hij deed voor zichzelf opschrijven dat hij uiterlijk om twaalf uur de was uit de machine en de droger moest halen. Op de gang kwam hij Nyberg tegen, die met een plastic zak in zijn hand ergens naartoe op weg was.

'Vandaag komen er een heleboel resultaten aan het licht', zei hij. 'We hebben onder andere in de bestanden een hoop vingerafdrukken kriskras nagetrokken om te zien of ze op meer dan één plek voorkomen.'

'Wat was er nou eigenlijk gebeurd in de machinekamer van die veerboot?'

'Ik benijd die patholoog niet echt. Dat lichaam was natuurlijk zo vermorzeld dat er geen heel bot meer in te vinden kan zijn geweest. Je hebt het zelf gezien.'

'Sonja Hökberg was dood of bewusteloos toen ze in het transformatorstation terechtkwam', zei Wallander. 'Het is de vraag of dat met Jonas Landahl ook het geval was. Als die het althans was.'

'Hij was het', zei Nyberg snel.
'Dat is dus bevestigd?'
'Blijkbaar was het mogelijk om hem aan de hand van een rare moedervlek op zijn ene enkel te identificeren.'
'Wie heeft ervoor gezorgd dat dat gebeurde?'
'Ik geloof Ann-Britt. Ik heb in ieder geval met haar gepraat.'
'Er is dus geen twijfel over mogelijk dat hij het is?'
'Voorzover ik het begrijp niet. Ze zijn er blijkbaar ook in geslaagd zijn ouders op te sporen.'
'Dat weten we dan', zei Wallander. 'Eerst Sonja Hökberg. En daarna haar vriendje.'
Nyberg keek verbaasd.
'Ik meende dat jullie dachten dat hij degene was die haar had omgebracht? Dat zou dan toch op zelfmoord moeten duiden? Ook al is het natuurlijk een waanzinnige manier om jezelf van het leven te beroven.'
'Er zijn misschien andere mogelijkheden', zei Wallander. 'Maar het is op dit moment het belangrijkste om te weten dat hij het inderdaad was.'

Wallander liep naar zijn kamer. Net toen hij zijn jas had uitgetrokken en spijt had gekregen van het feit dat hij de brief van Elvira Lindfeldt had weggegooid ging de telefoon. Het was Lisa Holgersson. Ze wilde hem meteen spreken. Vol boze voorgevoelens liep hij naar haar kamer. Gewoonlijk vond Wallander het prettig om met haar te praten, maar sinds ze een week geleden openlijk haar wantrouwen ten opzichte van hem had geuit, probeerde hij haar uit de weg te gaan. De sfeer die er normaal tussen hen hing, wilde dan ook niet komen. Lisa zat achter haar bureau. Haar anders zo open glimlach was nauwelijks aanwezig en bovendien geforceerd. Wallander ging zitten. Door boos te worden bereidde hij zich erop voor dat hij tegengas zou moeten geven, ongeacht wat er nu ging komen.

'Ik zal er geen doekjes om winden', begon ze. 'Het interne onderzoek naar wat er eigenlijk is gebeurd tussen jou, Eva Persson en haar moeder is nu gestart.'

'Wie is daarvoor verantwoordelijk?'

'Er is een man uit Hässleholm gekomen.'
'Een man uit Hässleholm? Dat klinkt als de titel van een tv-serie.'
'Hij is rechercheur. Verder is er aangifte tegen je gedaan bij de ombudsman van justitie. En niet alleen tegen jou. Ook tegen mij.'
'Jij hebt haar toch geen oorvijg gegeven?'
'Ik ben verantwoordelijk voor wat hier gebeurt.'
'Wie heeft er aangifte gedaan?'
'Eva Perssons advocaat. Klas Harrysson.'
'Dat weet ik dan ook weer', zei Wallander terwijl hij opstond. Hij was nu flink boos. Bovendien begon zijn energie van vanochtend weg te ebben. Dat wilde hij niet.
'Ik ben nog niet helemaal klaar.'
'We zijn verantwoordelijk voor een gecompliceerd moordonderzoek.'
'Ik heb vanochtend met Hanson gesproken. Ik weet wat er gebeurt.'
Daar heeft hij tegen mij niets over gezegd, dacht Wallander. Opnieuw kreeg hij het gevoel dat zijn collega's achter zijn rug om bezig waren of niet de waarheid spraken.
Wallander plofte weer neer.
'De situatie is moeilijk', zei ze.
'Eigenlijk niet', wierp Wallander ertussen. 'Wat daar in die kamer tussen Eva Persson, haar moeder en mij is gebeurd, is precies zo gegaan als ik vanaf het begin al heb gezegd. Ik heb aan mijn verhaal geen woord veranderd. Je moet toch aan mij kunnen zien dat ik niet begin te zweten, niet nerveus word of zelfs van streek raak. Wat mij kwaad maakt, is dat jij mij niet gelooft.'
'Wat wil je dat ik doe?'
'Ik wil dat je mij gelooft.'
'Maar dat meisje en haar moeder zeggen iets anders. En die zijn met z'n tweeën.'
'Ook al waren ze met z'n duizenden. Je zou me moeten geloven. Bovendien hebben ze hun redenen om te liegen.'

'Die heb jij ook.'
'Is dat zo?'
'Als je haar zonder aanleiding geslagen hebt wel.'
Voor de tweede keer stond Wallander op. Ditmaal heftiger.
'Op dat laatste wat je zei ga ik niet eens in. Dat zie ik als een pure belediging.'
Ze wilde protesteren, maar hij onderbrak haar.
'Had je verder nog wat?'
'Ik ben nog steeds niet klaar.'
Wallander bleef staan. Het was nu hard tegen hard. Hij was niet van plan zich hierbij neer te leggen, maar wilde zo snel mogelijk de kamer uit.
'De situatie is zo ernstig dat ik maatregelen moet nemen', zei ze. 'Terwijl het interne onderzoek gaande is, ben jij geschorst.'
Wallander hoorde wat ze zei. En hij begreep het. Zowel de nu overleden Svedberg als Hanson waren beiden een keer korte tijd geschorst geweest gedurende de periode dat er een intern onderzoek naar vermeende overtredingen had plaatsgevonden. In Hansons geval was Wallander ervan overtuigd geweest dat de aanklachten vals waren. In Svedbergs geval had hij meer aarzelingen gehad. Later bleek dat die aanklacht gemotiveerd was geweest. Maar in geen van beide gevallen was hij het met Björk, hun toenmalige hoofdcommissaris, eens geweest dat het juist was om twee collega's het werken te beletten. Het was niet Björks taak hen schuldig te verklaren nog voordat het onderzoek überhaupt was afgesloten.
Opeens was al zijn nijdigheid verdwenen. Hij was nu heel kalm.
'Je doet maar wat je niet laten kunt', zei hij. 'Maar als je me schorst, dan neem ik met onmiddellijke ingang ontslag.'
'Dat zie ik als een dreigement.'
'Dat zie je verdomme maar zoals je wilt. Maar zo is het. En ik zal die ontslagaanvraag niet intrekken wanneer jullie tot de conclusie komen dat zij hebben gelogen en dat ik de waarheid spreek.'
'Die foto is een complicerende factor.'

'In plaats van naar Eva Persson en haar moeder te luisteren zouden jij en de man uit Hässleholm eens moeten onderzoeken of die vent die die foto heeft gemaakt niet iets onwettigs heeft gedaan toen hij hier door onze gangen rondsloop.'

'Ik zou willen dat je je iets coöperatiever opstelde. In plaats van te dreigen met ontslag.'

'Ik zit nou al jaren bij de politie', zei Wallander. 'En ik weet wel zo veel van het korps dat wat jij nu tegen mij zegt niet nodig is. Hogerop zit iemand die nerveus is geworden van een foto in een avondblad en nu moet er blijkbaar een voorbeeld worden gesteld. En jij kiest ervoor om daar niet tegen in het geweer te komen.'

'Zo zit het helemaal niet', antwoordde ze.

'Jij weet net zo goed als ik dat het precies zo is als ik zeg. Wanneer wilde je me schorsen? Nu? Op het moment dat ik deze kamer verlaat?'

'De man uit Hässleholm gaat er snel mee aan de slag. Omdat we ons midden in een moeilijk moordonderzoek bevinden was ik van plan het op te schuiven.'

'Waarom? Geef Martinson de verantwoordelijkheid. Dat kan hij prima aan.'

'Ik was van plan om deze week alles bij het oude te laten.'

'Nee', zei Wallander. 'Er is helemaal niets bij het oude. Of je schorst me nu. Of je schorst me helemaal niet.'

'Ik snap niet waarom je dreigementen tegen mij uit. Ik dacht dat we een goeie relatie hadden.'

'Dat dacht ik ook. Maar daar heb ik me blijkbaar in vergist.'

Het werd stil.

'Ik wacht', zei Wallander. 'Ben ik geschorst of niet?'

'Je bent niet geschorst', zei ze. 'In ieder geval nu niet.'

Wallander verliet haar kamer. Toen hij buiten op de gang stond, voelde hij dat hij nat van het zweet was. Hij liep terug naar zijn eigen kamer, deed de deur dicht en draaide die op slot. Nu pas kwam de verontwaardiging. Hij kon net zo goed meteen zijn ontslagbrief schrijven, zijn kamer ontruimen en het politiebureau voorgoed verlaten. Het overleg van het rechercheteam van die middag moest maar zonder hem plaatsvinden. Hij zou er nooit meer aan deelnemen.

Toch was er iets in hem wat daartegen in opstand kwam. Als hij nu wegging, zou dat worden uitgelegd als een schuldbekentenis. Wat er eventueel uit het interne onderzoek zou komen zou dan minder belangrijk zijn. Hij zou als schuldig worden beschouwd.

Langzaam rijpte er een besluit. Hij zou voorlopig blijven, maar hij zou zijn collega's vanmiddag tijdens het overleg wel op de hoogte brengen. Het belangrijkste was toch dat hij tegenover Lisa Holgersson van zich af had gebeten. Hij was niet van plan te buigen, te bukken, om genade te smeken.

Geleidelijk keerde zijn innerlijke rust weer. Hij zette de deur demonstratief wijd open en ging weer aan het werk. Toen het twaalf uur was reed hij naar huis, leegde de wasmachine en hing zijn overhemden in de droogkast. In zijn flat haalde hij de stukken van de verscheurde brief uit de prullenbak. Waarom hij dat deed, wist hij niet goed. Maar Elvira Lindfeldt was in ieder geval geen politieagente.

Hij ging in het restaurant van István lunchen en praatte een tijdje met een van de weinige vrienden van zijn vader die nog leefden, een gepensioneerde verfhandelaar die altijd voor de doeken, penselen en verf had gezorgd die zijn vader nodig had. Even na enen verliet hij het restaurant om terug te gaan naar het bureau.

Hij voelde een zekere spanning toen hij door de glazen deuren naar binnen stapte. Lisa Holgersson kon op haar besluit zijn teruggekomen. Misschien was ze geïrriteerd geraakt en had ze nu besloten dat hij met onmiddellijke ingang geschorst werd. De vraag was hoe hij dan zelf zou reageren. Diep in zijn hart wist hij dat het een afschuwelijke gedachte was om ontslag aan te vragen. Aan hoe zijn leven er daarna uit zou komen te zien durfde hij niet eens te denken. Toen hij op zijn kamer kwam, lagen daar echter alleen maar een paar briefjes dat er mensen hadden gebeld, en die konden wachten. Er lag geen briefje dat Lisa Holgersson hem wilde spreken. Wallander slaakte een zucht van verlichting, althans voor het moment, en belde daarna Martinson. Die antwoordde vanaf Runnerströms Torg.

'Het gaat langzaam maar zeker', zei Martinson. 'Hij is erin geslaagd nog twee codes te breken.'

Wallander kon papieren horen ritselen. Daarna was Martinson weer aan de lijn.

'De ene heeft ons geleid naar wat een beursmakelaar in Seoel lijkt te zijn, en de andere naar een Engelse firma die Lonrho heet. Ik heb iemand van Fraude in Stockholm gebeld. Iemand die veel weet over buitenlandse bedrijven. Hij wist te vertellen dat Lonrho zijn wortels in Afrika heeft. Ze hielden zich blijkbaar bezig met veel illegale dingen in Zuid-Rhodesië toen er tegen dat land nog sancties van kracht waren.'

'Maar hoe moeten we dit uitleggen?' onderbrak Wallander zijn uitleg. 'Een beursmakelaar in Korea? En dat andere bedrijf, hoe heette het ook weer? Wat betekent dat?'

'Dat vraag ik me ook af. Maar Robert Modin zegt dat er minstens tachtig verschillende vertakkingen in het net zitten. Misschien moeten we nog heel even wachten voordat we iets ontdekken wat het allemaal met elkaar verbindt.'

'Maar als je nu al hardop denkt? Wat zie je dan?'

Martinson schoot in de lach.

'Geld. Dat zie ik.'

'En verder?'

'Is dat niet voldoende? De Wereldbank, Koreaanse beursmakelaars en bedrijven met wortels in Afrika hebben in ieder geval dat gemeen: geld.'

Wallander was het met hem eens.

'Wie weet', zei hij. 'Misschien speelt de bankautomaat waar Falk stierf nog wel de hoofdrol in dit geheel.'

Martinson lachte. Wallander stelde voor dat ze elkaar om drie uur zouden zien.

Na het gesprek bleef Wallander zitten. Hij dacht aan Elvira Lindfeldt. Probeerde zich voor te stellen hoe ze eruitzag. Baiba dook echter op in zijn gedachten. En Mona. Hij meende ook een andere vrouw te ontwaren, iemand die hij vorig jaar in het voorbijgaan had getroffen. In een wegrestaurant in de buurt van Västervik.

Hij werd onderbroken doordat Hanson opeens in de deuropening stond. Wallander schrok op, alsof de ander zijn gedachten had kunnen lezen.

'De sleutels', zei Hanson. 'Die zijn er.'

Wallander keek hem niet-begrijpend aan, maar hij zei niets. Hij besefte dat hij eigenlijk moest weten wat Hanson bedoelde.

'Ik heb een brief gekregen van Sydkraft', vervolgde Hanson. 'De mensen die de beschikking hebben over sleutels van het transformatorstation konden die ook laten zien.'

'Mooi', zei Wallander. 'Alles wat we van ons lijstje kunnen schrappen maakt de zaak gemakkelijker.'

'Maar een Mercedesbusje heb ik niet kunnen opsporen.'

Wallander wipte heen en weer op zijn stoel.

'Laat dat wat mij betreft voorlopig maar rusten. We moeten op een gegeven moment die auto wel identificeren, maar nu zijn andere dingen belangrijker.'

Hanson knikte en streepte iets door op zijn notitieblok. Wallander zei dat ze om drie uur overleg zouden hebben. Hanson vertrok.

De gedachten aan Elvira Lindfeldt verdwenen. Wallander boog zich over zijn papieren en dacht ondertussen na over wat Martinson had verteld. De telefoon ging. Het was Viktorsson, die wilde weten hoe het ging.

'Ik dacht dat Hanson jou steeds op de hoogte hield?'

'Niettemin heb jij de leiding over het recherchewerk.'

Viktorssons opmerking verwonderde Wallander. Hij was er zeker van geweest dat Lisa Holgerssons woorden juist het resultaat waren van beraadslagingen met Viktorsson. Wallander had het stellige gevoel dat de officier van justitie geen toneel speelde. Hij beschouwde Wallander echt als degene die de leiding had over het werk van het rechercheteam. Dat stemde hem onmiddellijk vriendelijk ten opzichte van Viktorsson.

'Ik kom morgenochtend even bij je langs.'

'Om halfnegen heb ik tijd.'

Wallander maakte een aantekening.
'Maar hoe is het op dit moment?'
'Het gaat moeizaam', zei Wallander.
'Weten we al iets meer over wat er op de veerboot is gebeurd?'
'We weten dat de dode Jonas Landahl is. En we hebben een verband tussen hem en Sonja Hökberg kunnen vaststellen.'
'Hanson dacht dat het waarschijnlijk was dat Landahl Hökberg had omgebracht. Maar daar kon hij niet echt zinnige redenen voor geven.'
'Die komen morgen', antwoordde Wallander ontwijkend.
'Dat hoop ik. Mijn indruk is dat jullie in een kringetje ronddraaien.'
'Wil je onze instructies veranderen?'
'Nee. Maar ik wil een grondige uiteenzetting.'

Na het telefoontje besteedde Wallander nog een halfuur aan het voorbereiden van het overleg. Om twintig voor drie ging hij koffie halen. De automaat was weer stukgegaan. Wallander dacht aan de woorden van Erik Hökberg over de kwetsbare maatschappij waarin ze leefden. Dat leidde bij hem tot een nieuwe gedachte. Hij besloot Hökberg meteen te bellen voordat het overleg begon. Met het lege koffiekopje in zijn hand keerde hij terug naar zijn kamer. Hökberg nam direct op. Wallander gaf een voorzichtige samenvatting van wat er was gebeurd sinds de laatste keer dat ze elkaar hadden gesproken. Hij vroeg ook of Erik Hökberg de naam Jonas Landahl eerder had gehoord. Hökberg antwoordde daarop met een resolute ontkenning. Dat verbaasde Wallander.

'Weet je het echt zeker?'
'Die naam komt zo weinig voor dat ik hem wel onthouden zou hebben. Was hij degene die Sonja heeft vermoord?'
'Dat weten we niet. Maar ze kenden elkaar. We denken eigenlijk dat ze een relatie hebben gehad.'

Wallander overwoog of hij over de verkrachting zou beginnen, maar dit was niet het juiste moment. Dat kon hij niet over de telefoon doen. In plaats daarvan ging hij over op de vraag die de reden was geweest voor zijn telefoontje.

'Toen ik bij jou thuis was, heb je verteld over alle zaken die je thuis achter je computer kunt doen. Ik kreeg de indruk dat er eigenlijk geen grenzen zijn.'

'Als je aansluiting kunt krijgen bij de grote databases overal in de wereld, dan bevind je je altijd in het middelpunt. Dichtbij het centrum. Het maakt niet uit waar je woont.'

'Dat betekent dat je bijvoorbeeld zaken kunt doen met een beursmakelaar in Seoel als je daar zin in hebt.'

'In principe wel, ja.'

'Wat moet je weten om dat te kunnen doen?'

'In de eerste plaats moet ik weten wat zijn e-mailadres is. Verder moeten de betalingsvoorwaarden geregeld zijn. Ze moeten mij kunnen identificeren, en vice versa. Maar verder zijn er eigenlijk geen problemen. Althans geen technische.'

'Wat bedoel je daarmee?'

'Dat er in ieder land natuurlijk wetgeving bestaat met betrekking tot de beurshandel. Daar moet je van op de hoogte zijn. Als je tenminste geen duistere bedoelingen hebt.'

'Omdat er zo veel geld in omloop is, zal het wel heel goed beveiligd zijn?'

'Dat is inderdaad zo.'

'Kun je daar volgens jou onmogelijk doorheen breken?'

'Ik ben niet de juiste man om daar een antwoord op te geven. Ik weet er te weinig van. Maar jij als politieman zou toch moeten weten dat je in feite alles kunt doen. Als je maar sterk genoeg bent. Wat zeggen ze ook alweer? Dat als iemand de president van de Verenigde Staten wil vermoorden, hij dat ook kan. Maar waarom stel je al die vragen eigenlijk?'

'Toen ik jou ontmoette, had ik de indruk dat je erg goed op de hoogte bent van deze dingen.'

'Dat lijkt alleen maar zo. De wereld van de automatisering is zo gecompliceerd en ontwikkelt zich zo snel dat ik betwijfel of iemand eigenlijk wel echt begrijpt wat er allemaal gebeurt. En er dan ook nog controle over heeft.'

Wallander beloofde later die dag of de volgende ochtend

opnieuw contact te zullen opnemen. Daarna liep hij naar de vergaderruimte. Hanson en Nyberg waren er al. Ze hadden het over de koffieautomaat die steeds vaker stukging. Wallander knikte hen toe en ging zitten. Ann-Britt en Martinson arriveerden samen. Wallander had nog niet besloten of hij aan het begin of aan het eind van het overleg zou vertellen over zijn gesprek bij Lisa Holgersson. Hij besloot te wachten. Ondanks alles zat hij hier met zijn hardwerkende collega's om vaart te zetten achter een gecompliceerd moordonderzoek. Hij wilde hen niet meer belasten dan absoluut noodzakelijk was.

Ze begonnen met het doornemen van de gebeurtenissen rond de dood van Jonas Landahl. Er waren opvallend weinig getuigenverklaringen waaraan ze houvast hadden. Niemand leek iets te hebben gezien. Noch met betrekking tot Jonas Landahls bewegingen aan boord van de veerboot, noch over hoe hij in de machinekamer was gekomen. Ann-Britt had een verslag gekregen van de politieman die met de boot was meegereisd naar Polen. Een serveerster in het restaurant had gemeend Landahl van de foto te herkennen. Als ze het zich goed herinnerde, was hij precies op het moment dat ze opengingen een broodje komen eten. Maar dat was ook alles.

'Het is allemaal heel vreemd', zei Wallander. 'Niemand heeft hem gezien, noch toen hij betaalde voor zijn hut, noch toen hij aan boord rondliep. Niemand heeft hem de machinekamer zien binnenkomen. Op mij komt die leegte absurd over.'

'Hij moet in gezelschap van iemand zijn geweest', zei Ann-Britt. 'Voordat ik hiernaartoe kwam, heb ik voor de zekerheid ook nog met een van de machinisten gepraat. Hij meende dat het onmogelijk was dat Landahl zich vrijwillig door die propelleras had laten vermorzelen.'

'Daar is hij dus toe gedwongen', zei Wallander. 'Dat betekent dat er iemand bij betrokken is. Omdat we ons niet echt kunnen voorstellen dat een van de mensen die in de machinekamer werkt daaraan schuldig zou zijn, is het een buitenstaander. Die door niemand is opgemerkt toen hij samen met Landahl arriveerde of toen hij vertrok. Dat betekent dat we eigenlijk nog een conclusie kunnen trekken. Landahl ging vrijwillig mee. Hij werd niet gedwongen. Dan zou iemand het hebben gemerkt. Bovendien zou het onmogelijk zijn geweest Landahl tegen zijn wil langs die smalle ladders naar beneden te slepen.'

Twee uur lang waren ze bezig het hele onderzoek door te nemen, het van alle kanten belichtend. Toen Wallander zijn gedachten presenteerde die gebaseerd waren op Ann-Britts overwegingen, raakte de discussie af en toe verhit. Niemand kon echter ontkennen dat dit spoor, dat mogelijk naar Carl-Einar Lundberg en vervolgens verder naar zijn vader kon leiden, misschien een opening bood. Wallander benadrukte echter dat Tynnes Falk de sleutel tot alle gebeurtenissen vormde, ook al kon hij daarvoor niet echt heel veel concrete argumenten aanvoeren. Niettemin wist hij dat hij gelijk had. Toen het zes uur was, vond hij het welletjes. De vermoeidheid begon zich te verspreiden, de pauzes om even een frisse neus te halen volgden elkaar steeds sneller op. Wallander besloot toen ook om maar helemaal niet meer over zijn gesprek met Lisa Holgersson te beginnen. Hij kon er gewoonweg de puf niet meer voor opbrengen.

Martinson verdween naar Runnerströms Torg waar Robert Modin in zijn eentje zat te werken. Volgens Hanson zouden ze eigenlijk aan de leiding van de Rijkspolitie moeten voorstellen de jongeman bij gelegenheid een of andere medaille toe te kennen. Of althans een vergoeding voor zijn werk. Nyberg bleef aan tafel zitten en geeuwde. Wallander zag dat er nog steeds olie aan zijn vingers zat. Wallander bleef nog een paar minuten met Ann-Britt en Hanson op de gang staan. Ze namen door wat er nu als eerste moest gebeuren en verdeelden enkele taken. Vervolgens liep Wallander naar zijn kamer en deed de deur dicht.

Hij bleef een hele tijd naar de telefoon zitten kijken zonder zijn aarzeling te kunnen begrijpen, maar ten slotte pakte hij de hoorn toch op en toetste het nummer in van Elvira Lindfeldt in Malmö.

Nadat de bel zeven keer was overgegaan werd er opgenomen.
'Met Lindfeldt.'
Wallander legde snel neer. Hij vloekte. Daarna wachtte hij een paar minuten en koos het nummer toen opnieuw. Nu nam ze meteen op. Hij vond direct dat ze een prettige stem had.
Wallander stelde zich voor. Ze spraken over koetjes en kalfjes. Blijkbaar waaide het in Malmö harder dan in Ystad. Elvira Lindfeldt klaagde dat veel van haar collega's verkouden waren. Wallander was het met haar eens. De herfst was vervelend. Zelf had hij ook net keelpijn gehad.
'Het zou leuk zijn om elkaar te ontmoeten', zei ze.
'Eigenlijk geloof ik niet zo erg in relatiebemiddeling', zei Wallander en hij kon zijn tong wel afbijten.
'Waarom zou die manier slechter zijn dan een andere?' zei ze. 'Als je volwassen bent, dan ben je volwassen.'
Daarna zei ze nog iets. Iets wat Wallander verwonderde.
Ze vroeg hem wat hij vanavond deed. Of ze elkaar niet ergens in Malmö konden ontmoeten.
Dat kan niet, dacht Wallander. Ik heb hier veel te veel werk liggen. Dit gaat te snel.
Vervolgens zei hij ja.
Ze spraken af dat ze elkaar om halfnegen zouden zien in de bar van Hotel Savoy.
'We hebben geen bloemen in de hand', zei ze lachend. 'Ik denk dat we elkaar wel zullen herkennen.'
Ze beëindigden het gesprek.
Wallander vroeg zich af waaraan hij was begonnen. Niettemin voelde hij de spanning.
Het was inmiddels halfzeven. Hij realiseerde zich dat hij moest voortmaken.

30

Om drie minuten voor halfnegen parkeerde Wallander bij hotel Savoy in Malmö. Hij had veel te hard gereden. Hij had er veel te lang over gedaan om te bedenken wat hij eigenlijk zou aantrekken. Misschien verwacht ze wel een man in uniform, had hij gedacht. Zoals jonge cadetten in vroegere tijden populaire cavaliers waren. Maar zijn uniform trok hij natuurlijk niet aan. Uit de mand met gewassen kleren viste hij een schoon maar verkreukeld overhemd. Vervolgens kon hij niet kiezen welke stropdas hij zou nemen. Ten slotte besloot hij helemaal geen stropdas te dragen. Maar zijn schoenen waren niet gepoetst en daar moest wel iets aan gedaan worden. De uitkomst van dit alles was dat hij Mariagatan veel te laat verliet.

Bovendien had hij ook nog een telefoontje van Hanson gekregen dat op het verkeerde moment kwam. Deze vroeg of hij wist waar Nyberg zat. Wallander kon er geen wijs uit worden waarom het zo belangrijk was dat Hanson Nyberg te pakken kreeg. Hij had zo bits geantwoord dat Hanson had gevraagd of hij soms haast had. Dat had hij bevestigd en hij had zo geheimzinnig gedaan dat Hanson niet verder durfde te vragen. Toen hij eindelijk klaar was om te vertrekken ging de telefoon opnieuw. Hij stond al met zijn hand op de deurkruk en was eerst niet van plan geweest om op te nemen, maar had dat toch gedaan. Het was Linda. Ze had weinig te doen in het eetcafé, haar baas was op vakantie, dus ze had een keer tijd en gelegenheid om hem te bellen. Wallander stond in de verleiding om haar te vertellen waar hij naartoe ging. Linda was immers degene die hem het idee aan de hand had gedaan waartegen hij zich aanvankelijk zo koppig had verzet. Ze had meteen gemerkt dat hij haast had. Wallander wist uit ervaring dat het bijna onmogelijk was om haar voor de gek te houden, maar toch zei hij zo resoluut mogelijk dat hij in verband met zijn werk direct weg moest. Ze spraken af dat ze de volgende avond weer zou bellen. Toen Wallander eenmaal in zijn auto zat en Ystad al achter zich had gelaten, ontdekte hij dat het benzinelampje knipperde. Hij dacht dat er nog wel voldoende in de tank moest zitten om Malmö te bereiken, maar toch durfde hij niet het risico te nemen dat hij zou stranden. Vloekend sloeg hij af bij een benzinestation in de buurt van Skurup, zich ondertussen afvragend of hij nog wel op tijd zou komen. Waarom dat eigenlijk zo belangrijk was, kon hij voor zichzelf niet echt vaststellen. Maar hij kon zich nog goed herinneren dat toen Mona en hij elkaar pas kenden zij een keer tien minuten op hem had zitten wachten en daarna was weggegaan.

Nu was hij dan echter in Malmö. In de achteruitkijkspiegel wierp hij een blik op zijn gezicht. Hij was afgevallen. De contouren van zijn gezicht waren nu scherper dan een paar jaar geleden. Dat hij steeds meer op zijn vader begon te lijken wist de vrouw die hij zo dadelijk zou ontmoeten niet. Hij sloot zijn ogen en haalde diep adem. Hij drukte alle verwachtingen de kop in. Ook al werd hij zelf niet teleurgesteld, zij zou het zeker zijn. Ze zouden elkaar binnen in de bar ontmoeten, een poosje praten en dan was het voorbij. Vóór middernacht lag hij weer in zijn bed in Mariagatan. Wanneer hij de volgende dag wakker werd, was hij haar vergeten. Dan zou bovendien bevestigd zijn wat hij de hele tijd al vermoedde. Dat er door de inspanningen van een relatiebemiddelingsbureau niet iemand op zijn weg zou komen die bij hem paste.

Hij was dus op tijd in Malmö gearriveerd, maar nu bleef hij in zijn auto zitten totdat het twintig voor negen was. Toen stapte hij uit, haalde opnieuw diep adem en stak de straat over.

Ze kregen elkaar meteen in het oog. Zij zat aan een tafel helemaal in de hoek. Afgezien van een paar mannen die aan de bar een biertje zaten te drinken waren er niet veel gasten. En zij was de enige vrouw in het etablissement die alleen was. Wallander ving haar blik. Ze glimlachte en stond op. Wallander vond haar heel lang. Ze was gekleed in een donkerblauw mantelpakje. De rok kwam tot vlak boven haar knieën. Ze had mooie benen.

'Ben ik bij de juiste?' vroeg hij terwijl hij zijn hand uitstrekte.
'Als jij Kurt Wallander bent, ben ik Elvira.'
'Lindfeldt.'
'Elvira Lindfeldt.'

Hij ging aan tafel zitten, tegenover haar.
'Ik rook niet,' zei ze, 'maar ik drink wel.'
'Net als ik', zei Wallander. 'Maar ik moet nog rijden. Dus ik moet het doen met een mineraalwater.'

Eigenlijk had hij zin in een glas wijn. Of in een paar glazen. Maar jaren geleden had hij een keer tijdens een etentje, ook in Malmö, veel te veel gedronken. Hij had met Mona afgesproken, ze waren toen al gescheiden, maar hij had haar gesmeekt om bij hem terug te komen. Ze had geweigerd en toen ze wegging, had hij gezien dat er een man in een auto op haar zat te wachten. Zelf had hij in zijn auto geslapen en was 's ochtends naar huis gereden, maar toen was hij tijdens zijn slingerende rit aangehouden door zijn collega's Peters en Norén. Ze hadden niets gezegd, maar hij was zo dronken geweest dat hij daarmee ontslag had geriskeerd. Wanneer Wallander de balans van zijn privé-leven opmaakte, behoorde deze gebeurtenis tot zijn ergste herinneringen. Zoiets wilde hij niet nog eens meemaken.

De ober kwam naar hun tafel. Elvira Lindfeldt leegde het laatste restje van haar glas witte wijn en vroeg om een nieuw.

Wallander voelde zich onzeker. Omdat hij zich sinds zijn vroegste tienerjaren verbeeldde dat hij er en profil beter uitzag dan van voren draaide hij zijn stoel zo bij dat hij zijdelings tegenover haar kwam te zitten.

'Heb je te weinig ruimte voor je benen?' vroeg ze. 'Ik kan de tafel wel wat naar me toe trekken.'

'Dat is helemaal niet nodig', zei Wallander. 'Ik zit goed.'

Wat moet ik nou verdomme zeggen, dacht hij. Dat ik vanaf het moment dat ik de deur binnenstapte van haar hield? Of beter gezegd: toen ik haar brief ontving?

'Heb je dit al eerder gedaan?' vroeg ze.
'Nooit. Ik heb lang geaarzeld.'
'Ik wel', zei ze opgewekt. 'Maar het is nooit wat geworden.'
Wallander merkte dat ze erg direct was. In tegenstelling tot hemzelf. Hij maakte zich op dit moment vooral zorgen over zijn profiel.
'Waarom werd het niets?' vroeg hij.
'De verkeerde persoon. De verkeerde humor. De verkeerde houding. De verkeerde verwachtingen. De verkeerde eigenzinnigheid. Een verkeerde dronk. Er kan van alles verkeerd gaan.'
'Misschien heb je aan mij ook al een paar fouten ontdekt?'
'Je ziet er in ieder geval vriendelijk uit', zei ze.
'Het gebeurt niet vaak dat iemand mij als de lachende politieman ziet', zei hij. 'Maar misschien ook niet als de gemene.'

Op hetzelfde moment dacht hij aan de foto die in de krant had gestaan. Die onthullende foto van de boosaardige politieman uit Ystad. Die hulpelozen en minderjarigen sloeg. Hij vroeg zich af of zij die foto had gezien.

Tijdens de uren dat ze samen in een hoek van de bar aan tafel zaten, maakte ze echter geen opmerkingen over de foto. Wallander begon naderhand te geloven dat ze die niet had gezien; misschien was zij wel zo iemand die zelden of nooit een avondblad opensloeg. Wallander zat met zijn mineraalwater te verlangen naar iets sterkers. Zij dronk wijn tijdens hun gesprek. Ze vroeg hoe het eigenlijk was om bij de politie te werken. Toen hij antwoordde, probeerde Wallander de waarheid zo min mogelijk geweld aan te doen, maar hij merkte dat hij af en toe de moeilijke kanten van het werk aandikte. Alsof hij eigenlijk geheel ten onrechte naar begrip verlangde.

Haar vragen waren echter doordacht. Soms ook onverwacht. Hij moest zijn best doen om haar antwoorden te geven die echt inhoud hadden.

In de loop van de avond vertelde ze ook over haar eigen werk. Het expeditiebedrijf waar zij werkte, verzorgde onder andere de verhuizingen van Zweedse missionarissen die de wereld in trokken of naar huis terugkeerden. Later besefte hij dat ze een grote verantwoordelijkheid droeg, dat ze een baas had die meestal op reis was. Het was duidelijk dat ze het op haar werk naar de zin had.

De tijd vloog om. Het was over elven toen Wallander opeens merkte dat hij over zijn mislukte huwelijk met Mona zat te vertellen. Dat hij veel te laat ontdekt had wat er gaande was. Hoewel Mona hem vele malen had gewaarschuwd en hij zelf even zo vaak had beloofd dat hij zou veranderen. Op een dag was het echter allemaal voorbij. Een terugweg was er niet. En ook geen gemeenschappelijke toekomst. Alleen Linda was er nog. En een aantal willekeurige en deels pijnlijke herinneringen die hij nog steeds niet had verwerkt. Elvira luisterde aandachtig, serieus, maar ook bemoedigend.

'En daarna?' vroeg ze toen hij zweeg. 'Als ik je goed begrepen heb, ben je al heel wat jaren gescheiden.'

'Er zijn lange periodes geweest dat het een armzalig leven was', zei hij. 'Ooit was er een vrouw in Letland, in Riga. Ze heette Baiba. Toen koesterde ik hoop en een tijd lang dacht ik dat zij die hoop ook deelde. Maar uiteindelijk ging het niet.'

'Waarom niet?'

'Zij wilde in Riga blijven. En ik wilde dat ze hiernaartoe kwam. Ik had grootse plannen gemaakt. Een huis op het platteland. Een hond. Een ander leven.'

'Misschien waren die plannen te groot', zei ze peinzend. 'Dat straft zichzelf.'

Wallander kreeg het gevoel dat hij te veel had gezegd. Dat hij zichzelf had blootgegeven. En misschien Mona en Baiba ook. De vrouw die schuin tegenover hem zat, boezemde hem echter groot vertrouwen in.

Daarna vertelde ze over zichzelf. Een verhaal dat eigenlijk niet bijzonder veel van dat van Wallander afweek. In haar geval ging het om twee mislukte huwelijken, met een kind in het eerste en een kind in het tweede. Zonder dat ze het met zo veel woorden zei, vermoedde Wallander dat haar eerste man haar geslagen had, misschien niet vaak, maar vaak genoeg om het uiteindelijk onverdraaglijk te maken. Haar tweede man was een Argentijn geweest. Ze vertelde met veel inlevingsvermogen maar ook zelfspot hoe de passie haar eerst op het juiste spoor, maar vervolgens op een dwaalspoor had gebracht.

'Twee jaar geleden is hij verdwenen', zei ze ten slotte. 'Hij heeft nog iets van zich laten horen uit Barcelona, waar hij zonder geld zat. Ik heb hem geholpen, zodat hij tenminste naar Argentinië kon terugkeren. Ik heb nou al een jaar niets meer van hem gehoord. En zijn dochter stelt natuurlijk vragen.'

'Hoe oud zijn jouw kinderen?'

'Alexandra is negentien, Tobias eenentwintig.'

Om halftwaalf vroegen ze om de rekening. Wallander wilde betalen, maar Elvira stond erop het bedrag te delen.

'Morgen is het vrijdag', zei Wallander toen ze op straat stonden.

'Ik ben eigenlijk nog nooit in Ystad geweest', zei ze.

Wallander was van plan geweest om te vragen of hij haar mocht bellen. Nu werd alles anders. Hij wist eigenlijk niet wat hij voelde, maar zij had kennelijk niet meteen gebreken aan hem ontdekt. Dat was voorlopig meer dan voldoende.

'Ik heb een auto', zei ze. 'Maar ik kan ook de trein pakken. Als je tijd hebt?'

'Ik zit midden in een gecompliceerd moordonderzoek', antwoordde hij. 'Maar ook politiemensen hebben af en toe rust nodig.'

Zij woonde in een van Malmö's villawijken, in de richting van Jägersro. Wallander bood aan haar naar huis te brengen, maar zij wilde een stuk lopen. En daarna een taxi nemen.

'Ik maak lange wandelingen', zei ze. 'Aan hardlopen heb ik een hekel.'

'Ik ook', zei Wallander.

Maar over de reden daarvoor, zijn diabetes, zweeg hij.

Ze gaven elkaar een hand en namen afscheid.

'Het was leuk om je te ontmoeten', zei ze.

'Ja', antwoordde Wallander. 'Dat vond ik ook.'

Hij zag haar rond de hoek van het hotel verdwijnen. Daarna

liep hij naar zijn auto om terug te rijden naar Ystad. Onderweg stopte hij om in het handschoenenvakje een cassettebandje te zoeken. Hij vond een bandje met Jussi Björling. Terwijl hij doorreed, vulde de muziek de auto. Toen hij de afslag naar Stjärnsund, waar Sten Widén zijn manege had, passeerde, besefte hij dat de jaloezie die hij eerst gevoeld had niet zo heftig meer was.

Het was halfeen toen hij zijn auto parkeerde. In zijn flat gekomen ging hij op de bank zitten. Het was heel lang geleden dat hij zich zo blij had gevoeld als vanavond. De laatste keer dat dat gebeurd was, moest zijn geweest toen hij echt besefte dat Baiba de gevoelens die hij voor haar koesterde ook beantwoordde.

Toen hij uiteindelijk naar bed ging, sliep hij in zonder aan het onderzoek te denken.

Voor het eerst moest dat wachten.

Op vrijdagochtend stapte Wallander bruisend van energie het politiebureau binnen. Het eerste wat hij deed, was de bewaking van Apelbergsgatan opheffen. Het pand aan Runnerströms Torg moest echter wel bewaakt blijven. Daarna liep hij naar de kamer van Martinson. Daar was niemand. Ook Hanson was er nog niet. Maar Ann-Britt liep hij wel in de gang tegen het lijf. Ze keek vermoeider en chagrijniger dan ze in lange tijd gedaan had. Hij vond dat hij eigenlijk iets bemoedigends tegen haar moest zeggen, maar hij kon niets bedenken wat niet te gemaakt klonk.

'Het telefoonboekje', zei ze. 'Dat Sonja Hökberg altijd in haar tas had. Dat is en blijft weg.'

'Weten we zeker dat ze er een had?'

'Eva Persson heeft dat bevestigd. Een donkerblauw boekje met een elastiek eromheen.'

'Dan kunnen we er dus van uitgaan dat degene die haar heeft omgebracht en haar tas heeft weggegooid dat heeft meegenomen.'

'Daar lijkt het wel op.'

'De vraag is alleen welke telefoonnummers daarin stonden. Welke namen.'

Ze haalde haar schouders op. Wallander nam haar nauwlettend op.

'Hoe gaat het eigenlijk met je?'

'Het is zoals het is', antwoordde ze. 'Maar vaak is het slechter dan je verdient.'

Daarna liep ze door naar haar kamer en deed de deur achter zich dicht. Wallander aarzelde, maar hij liep toch naar haar kamer en klopte aan. Toen hij haar hoorde antwoorden deed hij de deur open en stapte naar binnen.

'Er is meer te bespreken', zei hij.

'Dat weet ik. Sorry.'

'Niet nodig. Je hebt het zelf al gezegd. Vaak gaat het slechter dan je verdient.'

Hij ging in haar bezoekersstoel zitten. Zoals gewoonlijk was alles in haar kamer perfect op orde.

'Dat met die verkrachting moeten we uitzoeken', zei Wallander. 'En ik heb ook nog niet met de moeder van Sonja Hökberg gesproken.'

'Dat is een gecompliceerde vrouw', zei Ann-Britt. 'Natuurlijk heeft ze verdriet om haar dochter, maar ik heb tegelijkertijd het gevoel dat ze bang voor haar was.'

'Waarom?'

'Het is gewoon een gevoel. Ik weet niet waarom.'

'En haar broer? Erik?'

'Emil. Die komt heel robuust over. Maar natuurlijk is hij geschokt.'

'Om halfnegen heb ik een gesprek met Viktorsson', vervolgde Wallander. 'Maar daarna wil ik naar hen toe rijden. Ik neem aan dat zij uit Höör is teruggekeerd?'

'Ze zijn de begrafenis aan het regelen. Het is allemaal nogal gruwelijk.'

Wallander stond op.

'Als je wilt praten moet je het zeggen.'

Ze schudde haar hoofd.

'Nu niet.'

In de deuropening keerde hij zich om.

'Wat gaat er eigenlijk met Eva Persson gebeuren?' vroeg hij.

'Ik weet het niet.'

'Ook al krijgt Sonja Hökberg de schuld, dan nog is haar leven kapot.'

Ann-Britt vertrok haar gezicht.

'Ik weet niet of je gelijk hebt. Eva Persson lijkt zo iemand die alles van zich af laat glijden. Hoe je zo kunt worden is mij een raadsel.'

Zwijgend overpeinsde Wallander haar woorden. Wat hij op dit moment niet begreep, zou hij later misschien wel begrijpen.

'Heb jij Martinson al gezien?' vervolgde hij.

'Die kwam ik tegen toen ik binnenkwam.'

'Hij zat niet op zijn kamer.'

'Ik heb gezien dat hij bij Lisa naar binnen ging.'

'Die is er toch nog nooit zo vroeg?'

'Ze hadden overleg.'

Iets in haar stem maakte dat Wallander bleef staan. Ze keek hem aan en leek te aarzelen. Daarna gebaarde ze dat hij de deur moest sluiten en moest binnenkomen.

'Een overleg waarover dan?'

'Soms verbaas je me', zei ze. 'Jij ziet alles en hoort alles. Je bent een goede rechercheur die weet hoe hij zijn collega's moet motiveren. Maar tegelijkertijd is het net alsof je helemaal niets in de gaten hebt.'

Wallander voelde een steek door zijn buik gaan. Hij zei niets. Wachtte alleen maar op het vervolg.

'Je spreekt altijd lovend over Martinson. En hij volgt jou op de voet. Jullie kunnen goed samenwerken.'

'Ik ben altijd bang dat hij er genoeg van krijgt en ontslag neemt.'

'Dat doet hij niet.'

'Dat zegt hij tegen mij in ieder geval wel. Bovendien is hij inderdaad een goede rechercheur.'

Ze keek hem strak aan.

'Ik zou dit eigenlijk niet moeten zeggen, maar ik doe het toch. Je vertrouwt hem te veel.'
'Hoe bedoel je?'
'Ik bedoel alleen maar dat hij dingen achter je rug om doet. Wat denk je dat hij daarbinnen bij Lisa zit te doen? Ze praten erover dat het misschien tijd wordt om hier bepaalde veranderingen door te voeren. Waar jij dan de dupe van wordt en die de weg vrijmaken voor Martinson.'
Wallander kon zijn oren nauwelijks geloven.
'Hoe doet hij dan dingen achter mijn rug om?'
Geïrriteerd gooide ze een briefopener neer.
'Het heeft even geduurd voordat ik er zelf achter kwam, maar Martinson is een intrigant. Hij is handig en sluw. Hij gaat bij Lisa klagen hoe jij dit onderzoek doet.'
'Vindt hij dan dat ik het niet goed doe?'
'Zo onomwonden drukt hij zich niet uit. Hij geeft alleen een vage ontevredenheid weer. Zwakke leiding, vreemde prioriteiten. Bovendien is hij meteen aan Lisa gaan vertellen dat jij de hulp van Robert Modin wilde inroepen.'
Wallander was verbijsterd.
'Ik kan gewoon niet geloven wat je zegt.'
'Dat zou je wel moeten doen. Maar ik hoop wel dat je er rekening mee houdt dat ik je dit in vertrouwen vertel.'
Wallander knikte. De pijn in zijn buik was erger geworden.
'Ik vind dat je dit moet weten. Dat is alles.'
Wallander keek haar aan.
'Misschien vind jij wel hetzelfde?'
'Dan had ik het wel gezegd. Tegen jou. Rechtstreeks.'
'En Hanson? En Nyberg?'
'Dit is Martinsons zaak. Van niemand anders. Hij is op jacht naar de troon.'
'Maar hij heeft toch keer op keer met klem verzekerd dat hij niet eens weet of hij wel bij de politie wil blijven?'
'Jij hebt het er vaak over dat je verder moet kijken dan je neus lang is om te zien of er meer achter zit. Maar bij Martinson kijk je nooit verder dan je neus lang is. Ik wel. En wat ik zie, vind ik niet prettig.'

Wallander voelde zich verlamd. De blijdschap die hij had gevoeld toen hij wakker werd, was verdwenen. Geleidelijk begon er een woede in hem op te komen.

'Ik zal hem wel krijgen', zei hij. 'Ik zal hem wel krijgen, nu meteen.'

'Dat zou onverstandig zijn.'

'Hoe kan ik nou met zo iemand verder werken?'

'Dat weet ik niet. Maar je moet een andere gelegenheid kiezen. Als je hem nu aanvalt, geef je hem daarmee alleen maar nieuwe argumenten. Dat je uit je evenwicht bent. Dat de oorvijg die je Eva Persson hebt gegeven geen toeval was.'

'Je weet misschien ook dat Lisa erover denkt om mij te schorsen?'

'Dat komt niet van Lisa', zei ze verbeten. 'Dat is een voorstel van Martinson.'

'Hoe weet je dat allemaal?'

'Hij heeft een zwak punt', zei ze. 'Hij vertrouwt mij. Hij denkt dat ik het met hem eens ben. Hoewel ik hem heb gezegd dat hij ermee moet ophouden dingen achter jouw rug om te doen.'

Wallander was weer opgestaan.

'Val hem nog niet aan, wacht daarmee', herhaalde ze. 'Probeer in plaats daarvan in je achterhoofd te houden dat je een voorsprong hebt nu ik je dit heb verteld. Maak daar gebruik van wanneer de tijd er rijp voor is.'

Wallander besefte dat ze gelijk had.

Hij liep meteen door naar zijn kamer. Zijn verontwaardiging had ook een element van verdriet in zich. Van iemand anders had hij dit misschien verwacht, maar niet van Martinson. Niet van Martinson.

Zijn gedachten werden onderbroken doordat de telefoon ging. Het was Viktorsson, die zich afvroeg waar hij bleef. Wallander liep naar de andere kant van het gebouw, waar de officier van justitie was gevestigd. Hij was bang dat hij Martinson in de gang zou tegenkomen, maar die zou waarschijnlijk al wel bij Robert Modin op Runnerströms Torg zitten.

Het gesprek met Viktorsson duurde niet lang. Wallander dwong zichzelf ertoe helemaal niet meer te denken aan wat Ann-Britt had gezegd en hij gaf een korte, maar nauwkeurige samenvatting van het onderzoek, hoe de stand van zaken was en welke richtlijnen hun goed leken om te volgen. Viktorsson stelde een paar korte vragen, maar verder had hij geen commentaar.

'Begrijp ik je goed wanneer ik zeg dat er geen directe verdachten zijn?'

'Ja.'

'Wat denken jullie eigenlijk te kunnen vinden in Falks computer?'

'Dat weet ik niet. Maar alles wijst erop dat we daar althans een vorm van een motief kunnen ontdekken.'

'Heeft Falk de wet overtreden?'

'Niet dat wij weten.'

Viktorsson krabde zich op zijn voorhoofd.

'Hebben jullie echt genoeg verstand van zulke dingen? Moeten we de experts van de Rijksrecherche er niet bij halen?'

'We hebben al een lokale expert aan het werk, maar we hebben besloten Stockholm op de hoogte te brengen.'

'Doe dat zo snel mogelijk. Anders worden ze daar maar chagrijnig. Wat voor lokale expert hebben jullie gevonden?'

'Hij heet Robert Modin.'

'En die heeft verstand van zulke dingen?'

'Meer dan menigeen.'

Wallander realiseerde zich dat hij net een grote fout had gemaakt. Hij had aan Viktorsson gewoon de waarheid moeten vertellen. Dat Robert Modin voor *hacking* was veroordeeld. Maar nu was het te laat. Wallander had besloten het onderzoek te beschermen in plaats van zichzelf. Hij had de eerste stap gezet op een trap die misschien rechtstreeks naar een persoonlijke ramp kon leiden. Als hij niet al eerder het risico had genomen geschorst te worden, dan deed hij dat nu zeker. En hij zou Martinson alle argumenten in handen spelen die deze nu misschien nog miste om hem te vermorzelen.

'Je bent er natuurlijk van op de hoogte gebracht dat er een intern onderzoek is ingesteld naar die vervelende geschiedenis in de verhoorkamer', zei Viktorsson opeens. 'Er zijn aangiftes tegen je gedaan bij de ombudsman van justitie en er ligt een schriftelijke aanklacht.'

'Die foto geeft de context niet goed weer', antwoordde Wallander. 'Ik heb de moeder beschermd. Wat ze ook zegt.'

Viktorsson gaf geen antwoord.

Wie gelooft me nog, dacht Wallander. Behalve ikzelf?

Wallander verliet het politiebureau. Het was inmiddels negen uur. Hij reed rechtstreeks naar het huis van de familie Hökberg. Hij had van tevoren niet gebeld om zijn komst aan te kondigen. Het belangrijkste was om weg te komen uit de gangen waar hij het risico liep Martinson tegen het lijf te lopen. Vroeg of laat zou dat gebeuren, maar het was nog te vroeg. Hij vertrouwde er nog niet op dat hij zichzelf dan zou kunnen beheersen.

Wallander was net uit zijn auto gestapt toen zijn mobiele telefoon ging. Het was Siv Eriksson.

'Ik hoop dat ik niet stoor', zei ze.

'Nee, hoor.'

'Ik bel omdat ik met je moet praten.'

'Momenteel heb ik het een beetje druk.'

'Het kan niet wachten.'

Het drong opeens tot Wallander door dat ze ontdaan klonk. Hij drukte zijn toestel steviger tegen zijn oor en draaide zich met zijn rug naar de wind.

'Is er iets gebeurd?'

'Ik wil er niet over de telefoon over praten. Ik wil liever dat je hiernaartoe komt.'

Wallander begreep dat ze het serieus meende. Hij beloofde meteen te zullen komen. Het gesprek met de moeder van Sonja Hökberg moest maar wachten. Hij reed terug naar het centrum en parkeerde in Lurendrejargränd. Er was een oostenwind opgestoken die koude windstoten met zich meebracht. Wallander belde aan. De deur ging open. Ze stond hem op te wachten. Hij zag meteen dat ze bang was. Toen ze in de woonkamer waren gekomen stak ze met trillende handen een sigaret op.

'Wat is er gebeurd?' vroeg Wallander.

Het duurde even voordat ze de sigaret wist aan te krijgen. Ze inhaleerde en drukte hem daarna meteen weer uit.

'Mijn oude moeder leeft nog', begon ze. 'Ze woont in Simrishamn. Gisteren ben ik naar haar toe gegaan. Het werd zo laat dat ik ben blijven slapen. Toen ik vanochtend terugkeerde, ontdekte ik wat er was gebeurd.'

Ze onderbrak zichzelf en stond snel op van de bank. Wallander volgde haar naar haar werkkamer. Ze wees op haar computer.

'Ik ging zitten om aan het werk te gaan, maar toen ik mijn computer aanzette gebeurde er niets. Eerst dacht ik dat de stekker van het scherm er gewoon uit lag, maar daarna zag ik wat er was gebeurd.'

Ze wees op het scherm.

'Ik weet niet of ik het echt begrijp', zei Wallander.

'Iemand heeft mijn computer leeggehaald. De harde schijf is leeg. Maar dat is nog niet eens het ergste.'

Ze liep naar een archiefkast en deed de deuren open.

'Al mijn diskettes zijn weg. Er is niets meer. Niets. Ik had nog een harde schijf. Die is ook verdwenen.'

Wallander keek rond in de kamer.

'Er is hier dus vannacht ingebroken?'

'Maar er zijn toch geen sporen? En wie wist er nou dat ik juist vannacht weg zou zijn?'

Wallander dacht na.

'Je hebt geen raam open laten staan? Er zitten geen sporen op de buitendeur?'

'Nee. Daar heb ik al naar gekeken.'

'En alleen jij hebt sleutels van deze woning?'

Haar antwoord liet even op zich wachten.

'Ja en nee', zei ze toen. 'Tynnes had ook een stel sleutels.'

'Waarom had hij die?'

'Voor het geval er iets zou gebeuren. Als ik weg was. Maar hij heeft ze nooit gebruikt.'

Wallander knikte. Hij begreep dat ze van streek was. Iemand had sleutels gebruikt om binnen te komen. En de man die die sleutels had, was dood.

'Weet je waar hij ze bewaarde?'

'Hij zei dat hij ze in zijn appartement aan Apelbergsgatan zou leggen.'

Wallander knikte. Hij dacht aan de man die op hem had geschoten. En die daarna was verdwenen.

Misschien dat hij er nu eindelijk achter was gekomen waar die man in het appartement naar had gezocht?

Een stel sleutels van Siv Erikssons woning.

31

Voor het eerst sinds het onderzoek was gestart meende Wallander dat hij een volledig helder verband zag. Nadat hij de buitendeur en de ramen van de woning had onderzocht was hij ervan overtuigd dat Siv Eriksson gelijk had. Degene die haar computer had leeggemaakt had sleutels gebruikt om binnen te komen. Er was ook een andere conclusie die hij meteen durfde te trekken. Siv Eriksson was op de een of andere manier geschaduwd. Degene die de beschikking over de sleutels had, had het juiste moment afgewacht om toe te slaan. Opnieuw bespeurde Wallander de contouren van de schim die in Falks appartement langs hem heen was gevlogen nadat het schot was gelost. Hij dacht echter ook aan de woorden van Ann-Britt dat hij zelf voorzichtig moest zijn. Opnieuw werd hij nerveus.

Ze keerden terug naar de woonkamer. Siv Eriksson was nog steeds van streek en stak de ene sigaret na de andere op. Wallander besloot te wachten met bellen naar Nyberg. Eerst wilde hij iets anders uitzoeken. Hij ging tegenover haar op de bank zitten.

'Heb je enig idee wie dit gedaan kan hebben?'

'Nee. Het is volkomen onbegrijpelijk.'

'Jouw computers zijn vast kostbaar. Maar daar heeft de dief zich niets aan gelegen laten liggen. Hij kwam voor de inhoud.'

'Alles is weg', herhaalde ze. 'Echt alles. De hele basis voor mijn levensonderhoud. Zoals ik al zei, had ik alles ook op een extra harde schijf. Maar die is ook weg.'

'Had je geen wachtwoord? Om dit te voorkomen?'

'Natuurlijk had ik dat.'

'Maar dat kende de dief dus?'

'Op de een of andere manier moet hij dat hebben gebroken.'

'Hetgeen betekent dat het niet om een gewone kruimeldief

gaat. Maar om iemand die verstand heeft van computers.'

Nu snapte ze waar hij heen wilde. Begreep ze waar hij een verklaring voor zocht.

'Zover had ik eigenlijk nog niet gedacht. Ik was veel te geschokt.'

'Dat is logisch. Wat was je wachtwoord?'

'"Koekje". Zo noemden ze me toen ik klein was.'

'Was er iemand die dat wist?'

'Nee.'

'Ook Tynnes Falk niet?'

'Nee.'

'Weet je dat echt zeker?'

'Ja.'

'Had je het ergens genoteerd?'

Ze dacht na voordat ze antwoord gaf.

'Ik had het niet op papier staan. Dat weet ik zeker.'

Wallander vermoedde dat dit van absoluut beslissende betekenis kon zijn. Hij vroeg voorzichtig verder.

'Welke mensen wisten dat je als kind die bijnaam had?'

'Mijn moeder. Maar die is bijna dement.'

'Verder niemand?'

'Ik heb een vriendin die in Oostenrijk woont. Zij wist ervan.'

'Correspondeerde je met haar?'

'Ja, maar de laatste jaren mailden we vooral met elkaar.'

'En onder die e-mails zette je dan je bijnaam?'

'Ja.'

Wallander dacht na.

'Ik weet niet hoe dat gaat,' zei hij, 'maar ik neem aan dat die e-mails in je computer opgeslagen liggen?'

'Ja.'

'Iemand die daar toegang toe had, kon dus die e-mails vinden en je bijnaam zien. En kon dus vermoeden dat dat je wachtwoord was?'

'Dat is onmogelijk! Iemand moet eerst het wachtwoord weten om erin te kunnen komen en mijn mail te lezen. Niet andersom.'

'Dat is precies waar ik aan zit te denken', zei Wallander. 'Als iemand in jouw computer is binnengekomen en er de informatie heeft uitgehaald.'

Ze schudde haar hoofd.

'Waarom zou iemand dat doen?'

'Daar kun jij alleen een antwoord op geven. En zoals je zult begrijpen is dat een heel belangrijke vraag. Wat zat er in je computer dat iemand heel graag wilde hebben?'

'Ik werkte nooit aan opdrachten waar geheimhouding voor gold.'

'Het is belangrijk dat je goed nadenkt.'

'Je hoeft me niet te herinneren aan wat ik al weet.'

Wallander wachtte af. Hij zag dat ze echt haar best deed om na te denken.

'Er zat niets in', zei ze.

'Kan er toch iets geweest zijn waarvan je zelf niet wist dat het gevoelig was?'

'Wat zou dat hebben moeten zijn?'

'Jij bent de enige die dat weet.'

Ze was zeer resoluut toen ze antwoordde.

'Ik heb er altijd een eer in gesteld om mijn leven op orde te houden', zei ze. 'Dat gold ook voor mijn computer. Ik ruimde vaak op. En ik werkte nooit aan heel specialistische opdrachten. Dat heb ik al verteld.'

Wallander dacht opnieuw na voordat hij verder ging.

'Laten we het over Tynnes Falk hebben', zei hij toen. 'Jullie werkten samen. Maar jullie waren ook vaak afzonderlijk met dingen bezig. Het kwam nooit voor dat hij jouw computer gebruikte?'

'Waarom zou hij dat doen?'

'Ik moet die vraag stellen. Kan hij dat hebben gedaan zonder dat jij het wist? Hij had immers wel de sleutels van jouw woning.'

'Dat zou ik hebben gemerkt.'

'Hoe dan?'

'Op verschillende manieren. Ik weet niet hoe goed jij bent ingevoerd in de techniek?'

'Niet zo. Maar we gaan ervan uit dat Falk heel handig was. Dat heb je zelf gezegd. Betekent dat niet dat hij er ook voor kan hebben gezorgd dat hij geen sporen naliet? De vraag is altijd wie het handigst is. Degene die de sporen volgt. Of degene die zijn eigen sporen uitwist.'

'Toch begrijp ik niet waarom hij dat zou hebben gedaan.'

'Misschien wilde hij iets verbergen. De koekoek legt zijn eieren in de nesten van andere vogels.'

'Maar waarom?'

'Daar kunnen we geen antwoord op geven. Maar iemand kan wel hebben gedácht dat hij dat deed. En na Tynnes' dood willen ze controleren of er niet iets in jouw computer zit wat je vroeg of laat zou kunnen ontdekken.'

'Wie wil dat?'

'Dat vraag ik me ook af.'

Zo moet het gegaan zijn, dacht Wallander. Een andere logische verklaring is er gewoon niet. Falk is dood. En om de een of andere heel dringende reden wordt er nou rondgejaagd om grote schoonmaak te houden. Iets moet tegen elke prijs verborgen blijven.

Die woorden herhaalde hij in gedachten. *Iets moet tegen elke prijs verborgen blijven.* Daar zat hem nou net de kneep. Als ze dat vraagstuk oplosten, zou alles duidelijk zijn.

Wallander voelde dat er haast bij was.

'Had Falk het met jou wel eens over het getal twintig?' vroeg hij.

'Hoezo?'

'Geef alsjeblieft gewoon antwoord op mijn vraag.'

'Niet dat ik me kan herinneren.'

Wallander belde Nyberg, maar die nam niet op. Daarna belde hij Irene om te vragen of zij Nyberg voor hem wilde opsporen.

Siv Eriksson liep met hem mee naar de hal.

'Er komen mensen van de technische recherche hiernaartoe', zei Wallander. 'Ik zou je dankbaar zijn als je in je werkkamer overal af zou willen blijven. Er kunnen vingerafdrukken zijn.'

'Ik weet niet wat ik moet doen', zei ze hulpeloos. 'Alles is weg. Heel mijn professionele leven is zomaar verdwenen.'
Wallander kon haar niet troosten. Opnieuw dacht hij aan wat Erik Hökberg had gezegd over kwetsbaarheid.
'Weet je ook of Tynnes Falk godsdienstig was?' vroeg hij.
Haar verwondering was onmiskenbaar.
'Hij heeft nooit iets gezegd wat daar op wees.'
Wallander had verder geen vragen meer. Hij beloofde dat hij opnieuw van zich zou laten horen. Toen hij buitenkwam, bleef hij staan. Martinson was degene met wie hij vooral contact moest hebben. De vraag was of hij Ann-Britts raad zou opvolgen of dat hij hem nu al zou confronteren met wat hij had gehoord. Even overviel hem een groot gevoel van moedeloosheid. Het verraad was zo groot en zo onverwacht. Hij kon nog steeds moeilijk geloven dat het waar was. Diep in zijn hart was hij er echter van overtuigd.

Het was nog geen elf uur. Hij besloot met Martinson te wachten. In het beste geval zou zijn verontwaardiging nog wat bekoelen en hij helderder kunnen oordelen. Eerst zou hij teruggaan naar de familie Hökberg. Opeens schoot hem iets te binnen wat hij was vergeten en dat in zekere zin met zijn vorige bezoek aan Hökberg te maken had. Hij zette zijn auto bij de videotheek die eerder gesloten was geweest. Ditmaal slaagde hij er wel in om de film met Al Pacino die hij wilde bekijken te bemachtigen. Hij reed door naar het huis van Hökberg en parkeerde. Precies op het moment dat hij wilde aanbellen ging de voordeur open.

'Ik zag je al aankomen', zei Erik Hökberg. 'Je was hier een uur geleden ook al, maar toen ben je niet binnengekomen.'
'Er kwam iets tussen waar ik mee aan de slag moest.'
Ze gingen naar binnen. Er heerste stilte in huis.
'Eigenlijk ben ik gekomen om met je vrouw te praten.'
'Ze ligt boven te rusten. Of te huilen. Of allebei.'
Wallander zag dat Erik Hökberg grauw van vermoeidheid was. Zijn ogen waren bloeddoorlopen.
'Onze zoon is weer naar school gegaan. Dat is voor hem het beste.'

'We weten nog steeds niet wie Sonja heeft vermoord', zei Wallander. 'Maar we zijn hoopvol gestemd dat we de dader zullen grijpen.'

'Ik dacht dat ik een tegenstander van de doodstraf was,' zei Erik Hökberg, 'maar nu weet ik het niet meer. Beloof me alleen dat degene die het gedaan heeft niet bij mij in de buurt komt. Want dan sta ik niet voor mezelf in.'

Wallander beloofde het. Erik Hökberg ging de trap op. Terwijl hij wachtte, liep Wallander in de woonkamer rond. De stilte was drukkend. Het duurde bijna een kwartier voordat hij voetstappen op de trap hoorde. Erik Hökberg kwam alleen naar beneden.

'Ze is heel moe', zei hij. 'Maar ze komt er zo aan.'

'Het spijt me dat dit gesprek niet kan wachten.'

'Dat begrijpen mijn vrouw en ik allebei.'

Zwijgend wachtten ze. Opeens was ze er, gekleed in het zwart, op blote voeten. Naast haar man was ze klein. Wallander gaf haar een hand en condoleerde haar. Ze wankelde even en ging zitten. Ze deed Wallander op de een of andere manier aan Anette Fredman denken. Weer stond hij tegenover een moeder die haar kind had verloren. Toen hij haar zag, vroeg hij zich af hoe vaak hij zich al in deze situatie had bevonden. Hij was gedwongen vragen te stellen, terwijl dat in feite hetzelfde was als pijnlijke wonden openrijten.

En nu was het eigenlijk nog erger dan anders. Niet alleen omdat Sonja Hökberg dood was, maar ook omdat hij nu vragen moest stellen over een gewelddadige gebeurtenis waarvan ze langgeleden misschien het slachtoffer was geworden.

Hij zocht naar een manier om te beginnen.

'Om de dader die Sonja van het leven heeft beroofd te kunnen grijpen moeten we terug in de tijd. Er is een gebeurtenis waarover ik meer moet weten. Waarschijnlijk bent u de enige die een antwoord kan geven op de vraag wat er toen eigenlijk gebeurd is.'

Zowel Hökberg als zijn vrouw luisterden aandachtig.

'Laten we drie jaar teruggaan in de tijd', vervolgde Wallander. 'Ergens in 1994 of 1995. Kunt u zich herinneren of er in die tijd iets onverwachts met Sonja is gebeurd?'

De vrouw in het zwart praatte heel zachtjes. Wallander moest zich voorover buigen om haar te kunnen verstaan.

'Wat had dat moeten zijn?'

'Is ze ooit thuisgekomen dat het leek of ze een ongeluk had gehad? Had ze blauwe plekken?'

'Ze heeft een keer haar voet gebroken.'

'Verstuikt', zei Erik Hökberg. 'Ze heeft haar voet niet gebroken. Ze heeft hem verstuikt.'

'Ik dacht eigenlijk meer aan blauwe plekken in het gezicht. Of op andere delen van haar lichaam?'

Ruth Hökberg gaf een onverwacht antwoord.

'Mijn dochter vertoonde zich aan niemand hier in huis naakt.'

'Het zou ook kunnen zijn dat ze van streek was. Of gedeprimeerd.'

'Ze had een erg wisselvallig humeur.'

'U kunt zich dus geen bijzondere gebeurtenis herinneren?'

'Ik begrijp niet waarom u die vragen stelt.'

'Dat moet hij wel doen', zei Erik Hökberg. 'Dat is zijn werk.'

Wallander aanvaardde deze hulp dankbaar.

'Ik kan me niet herinneren dat ze ooit met blauwe plekken is thuisgekomen.'

Wallander besefte dat hij er nu niet langer in een kringetje omheen kon draaien.

'Wij hebben informatie gekregen dat Sonja in deze periode een keer verkracht is. Maar dat ze nooit aangifte heeft gedaan.'

De vrouw in de stoel schrok op.

'Dat is niet waar.'

'Heeft ze er ooit over gepraat?'

'Dat ze verkracht is? Nooit.'

Ze barstte in een hulpeloze lach uit.

'Wie beweert er zoiets? Het is een leugen. Niets anders dan een leugen.'

Wallander had het gevoel gekregen dat ze toch iets wist. Of

iets had vermoed toen het gebeurde. De tegenwerpingen die ze maakte waren te zwaar aangezet.

'Desondanks is er veel wat erop wijst dat deze verkrachting echt heeft plaatsgevonden.'

'Wie beweert dit? Wie liegt er over Sonja?'

'Ik kan helaas niet onthullen wie de bron is.'

'Waarom niet?'

Erik Hökbergs vraag klonk als een zweepslag. Wallander vermoedde een onderdrukte agressie die opeens aan de oppervlakte kwam.

'Om onderzoekstechnische redenen.'

'Wat betekent dat?'

'Dat ik voorlopig van oordeel ben dat degene die deze informatie heeft verstrekt beschermd moet worden.'

'Wie beschermt mijn dochter?' gilde de vrouw. 'Zij is dood. Er is niemand die haar beschermt.'

Wallander voelde dat hij de greep op het gesprek begon te verliezen. Hij had spijt dat hij Ann-Britt dit niet had laten doen. Erik Hökberg kalmeerde zijn vrouw die was beginnen te huilen. Wallander vond de hele situatie verschrikkelijk.

Na een poosje kon hij doorgaan met zijn vragen.

'Ze heeft het er dus nooit over gehad dat ze verkracht is?'

'Nooit.'

'En niemand heeft iets bijzonders aan haar gemerkt?'

'Je kreeg vaak geen hoogte van haar.'

'Hoezo?'

'Ze was erg op zichzelf. Vaak boos. Maar dat hoort misschien bij de leeftijd.'

'Maar jullie moesten het dan ontgelden?'

'Vooral haar jongere broer.'

Wallander moest denken aan het enige gesprek dat hij zelf met Sonja Hökberg gevoerd had. Hoe ze zich toen had beklaagd over haar broer die altijd aan haar spullen zat.

'Laten we teruggaan naar de jaren 1994 en 1995', zei Wallander. 'Ze was in Engeland geweest en keerde terug. Jullie is niet opgevallen dat er opeens iets gebeurde?'

Erik Hökberg stond zo abrupt op dat zijn stoel omviel.
'Ze is een keer op een nacht bloedend uit neus en mond thuisgekomen. Dat was in februari 1995. We hebben haar gevraagd wat er was gebeurd, maar ze wilde niets zeggen. Haar kleren waren vies en ze was in shock. Ze heeft ons nooit verteld wat er is gebeurd. Ze zei dat ze was gevallen en zich pijn had gedaan. Maar dat was natuurlijk een leugen. Dat begrijp ik nu wel. Nou jij hier komt vertellen dat ze verkracht is. Ik snap niet waarom we daarover moeten liegen?'

De vrouw in het zwart was weer beginnen te huilen. Ze probeerde iets te zeggen, maar Wallander kon het niet verstaan. Erik Hökberg gebaarde naar hem dat hij mee moest komen naar de werkkamer.

'Meer is er nu niet uit haar te krijgen.'
'De vragen die ik nog heb, kan ik net zo goed aan jou stellen.'
'Weten jullie wie haar verkracht heeft?'
'Nee.'
'Maar jullie verdenken wel iemand?'
'Ja. Maar als je een naam wilt weten, krijg je geen antwoord.'
'Was dat ook degene die haar heeft vermoord?'
'Waarschijnlijk niet. Maar dit kan wel meehelpen aan een beter begrip van de gebeurtenissen.'

Erik Hökberg zweeg even.
'Het was eind februari', zei hij toen. 'Op een dag met sneeuw. 's Avonds was de grond wit. En zij kwam bloedend thuis. De volgende ochtend kon je de bloedsporen nog in de sneeuw zien.'

Opeens was het alsof hij werd overvallen door dezelfde hulpeloosheid als de vrouw in het zwart die in de woonkamer zat te huilen.

'Ik wil dat jullie degene die dit gedaan heeft grijpen. Zo iemand moet zijn straf krijgen.'
'We doen wat we kunnen', antwoordde Wallander. 'We zullen de dader pakken, maar daar hebben we wel hulp bij nodig.'
'Je moet mijn vrouw begrijpen', zei Hökberg. 'Ze heeft haar

dochter verloren. Hoe kan ze de gedachte verdragen dat Sonja al eerder het slachtoffer is geworden van zo'n brute verkrachting?'

Wallander begreep hem maar al te goed.

'Eind februari 1995. Zijn er nog andere dingen die jij je herinnert? Had ze toen een vriendje?'

'We wisten nooit waar ze zich mee bezighield.'

'Stopten er auto's voor jullie huis? Heb je nooit een man in haar gezelschap gezien?'

In Hökbergs ogen blonk een gevaarlijk licht.

'Een man? Zonet had je het nog over een "vriendje"?'

'Ik bedoel hetzelfde.'

'Het was dus een volwassen man die haar heeft verkracht?'

'Ik heb al gezegd dat ik je geen antwoorden kan geven.'

Hökberg hief afwerend zijn handen op.

'Ik heb alles verteld wat ik weet. Nu moet ik eigenlijk weer naar mijn vrouw toe.'

'Voordat ik jullie alleen laat, wil ik Sonja's kamer graag nog een keer zien.'

'Die is nog net zoals de vorige keer. We hebben er niets aan veranderd.'

Hökberg verdween naar de woonkamer. Wallander liep de trap op. Toen hij in Sonja's kamer was gekomen werd hij weer door hetzelfde gevoel overvallen als de eerste keer. Dit was niet de kamer van een bijna volwassen vrouw. Hij deed de deur van de kleerkast open. De poster hing er nog. *The Devil's Advocate*. Wie is 'de duivel'? dacht hij. Tynnes Falk aanbad zijn eigen gezicht als een god. En hier zit de duivel aan de binnenkant van de kastdeur van Sonja Hökberg. Wallander had echter nooit van het bestaan van een groep jonge satanisten in Ystad gehoord.

Hij deed de kastdeur weer dicht. Meer was er niet te zien. Hij wilde net weggaan toen er in de deuropening een jongen opdook.

'Wat doet u hier?' vroeg hij.

Wallander stelde zich voor. De jongen nam hem met een afkeurende blik op.

'Als u van de politie bent, dan kunt u toch zeker degene wel pakken die mijn zus heeft vermoord?'
'Daar zijn we mee bezig', antwoordde Wallander.
De jongen verroerde zich niet. Wallander kon niet vaststellen of hij bang was of alleen maar afwachtend.
'Jij bent toch Emil?'
De jongen gaf geen antwoord.
'Je zult wel veel van je zus hebben gehouden?'
'Soms.'
'Alleen soms?'
'Is dat niet genoeg? Moet je steeds van mensen houden?'
'Nee. Dat hoeft niet.'
Wallander glimlachte. De jongen beantwoordde zijn glimlach niet.
'Ik denk dat ik wel weet wanneer je wel een keer van haar hebt gehouden', zei Wallander.
'Wanneer dan?'
'Een paar jaar geleden. Toen ze een keer bloedend thuiskwam.'
De jongen schrok op.
'Hoe weet u dat?'
'Ik ben van de politie', zei Wallander. 'Ik hoor dat te weten. Heeft ze jou ooit verteld wat er was gebeurd?'
'Nee. Maar iemand had haar geslagen.'
'Hoe weet jij dat als ze niets heeft verteld?'
'Dat zeg ik niet.'
Wallander dacht goed na voordat hij doorging met zijn vragen. Als hij te snel ging, zou de jongen zich misschien helemaal afsluiten.
'Je vroeg me net waarom we degene die jouw zus heeft vermoord nog niet hebben gepakt. Om dat te kunnen doen hebben we hulp nodig. Het beste wat jij nu kunt doen, is aan mij vertellen hoe je wist dat iemand haar had geslagen.'
'Ze had een tekening gemaakt.'
'Tekende ze?'
'Daar was ze goed in. Maar dat liet ze nooit aan iemand zien.

Ze maakte tekeningen en daarna verscheurde ze wat ze gemaakt had. Maar ik ging soms naar haar kamer wanneer ze niet thuis was.'
'En toen heb je iets gevonden?'
'Ze had getekend wat er was gebeurd.'
'Zei ze dat?'
'Waarom zou ze anders een vent hebben getekend die haar in het gezicht sloeg?'
'Je hebt die tekening niet toevallig bewaard?'
De jongen gaf geen antwoord. Hij verdween. Na een paar minuten keerde hij terug. Hij had een potloodtekening in zijn hand.
'Die wil ik terug hebben.'
'Ik beloof je dat je hem terugkrijgt.'
Wallander nam de tekening mee naar het raam. De afbeelding trof hem meteen onaangenaam, maar hij kon ook zien dat Sonja Hökberg echt talent voor tekenen had gehad. Hij herkende haar gezicht. De tekening werd echter gedomineerd door een man die boven haar uit torende. Een vuistslag trof Sonja's neus. Wallander bekeek het gezicht van de man. Als dat net zo goed was weergegeven als ze zichzelf had getekend dan zou het mogelijk moeten zijn om hem te identificeren. De man droeg ook iets om zijn rechterpols dat Wallanders aandacht trok. Eerst meende hij dat het een soort armband was, maar daarna zag hij dat het om een tatoeage ging.
Wallander kreeg opeens haast.
'Het is goed dat je die tekening hebt bewaard', zei hij tegen de jongen. 'En ik beloof dat je hem terugkrijgt.'
De jongen liep met hem mee naar beneden. Wallander had de tekening voorzichtig opgevouwen en in zijn jaszak gestopt. Vanuit de woonkamer was nog steeds gesnik te horen.
'Blijft ze dit nou steeds doen?' vroeg de jongen.
Wallander kreeg een brok in zijn keel.
'Het kost tijd', zei hij. 'Maar het gaat voorbij. Ooit.'
Wallander ging niet naar binnen om afscheid te nemen van Hökberg en zijn vrouw. Hij streek de jongen snel over het

hoofd en deed de voordeur heel voorzichtig achter zich dicht. De wind was toegenomen. Het was ook gaan regenen. Hij reed rechtstreeks naar het bureau en ging op zoek naar Ann-Britt. Ze was niet op haar kamer. Wallander probeerde haar op haar mobieltje te bereiken, maar ze nam niet op. Ten slotte wist Irene hem te vertellen dat ze snel naar huis had gemoeten. Een van haar kinderen was ziek geworden. Wallander aarzelde niet. Hij stapte opnieuw in zijn auto en reed naar het huis aan Rotfruktsgatan waar ze woonde. Het was harder gaan regenen. Hij hield zijn handen boven zijn jaszak om te voorkomen dat de tekening nat werd. Ann-Britt deed open met een kind op haar arm.

'Ik zou je niet hebben gestoord als het niet belangrijk was', zei hij.

'Het geeft niet. Ze heeft gewoon een beetje koorts. En mijn gezegende buurvrouw kan pas over een paar uur op haar komen passen.'

Wallander ging naar binnen. Het was langgeleden dat hij bij haar op bezoek was geweest. Toen hij de woonkamer binnenstapte, zag hij dat er een paar Japanse houten maskers van de muur verdwenen waren. Ze volgde zijn blik.

'Hij heeft zijn souvenirs meegenomen', zei ze.

'Woont hij nog in de stad?'

'Hij is naar Malmö verhuisd.'

'Blijf jij in dit huis wonen?'

'Ik weet niet of ik me dat kan permitteren.'

Het meisje op haar arm was bijna in slaap gevallen. Ann-Britt legde haar voorzichtig op de bank.

'Ik ben van plan je zo dadelijk een tekening te laten zien', zei Wallander. 'Maar eerst wil ik je een vraag stellen over Carl-Einar Lundberg. Je hebt hem niet ontmoet. Maar je hebt wel foto's van hem gezien. En oude processen-verbaal gelezen. Kun je je ook herinneren of er ergens stond dat hij een tatoeage op zijn rechterpols had?'

Over het antwoord hoefde ze niet lang na te denken.

'Hij had een tatoeage van een slang.'

Wallander sloeg met zijn vlakke hand op tafel. Het kind schrok op en begon te huilen, maar sukkelde weer in slaap. Eindelijk hadden ze iets steekhoudends gevonden. Hij legde de tekening voor haar op tafel.

'Dit is Carl-Einar Lundberg. Geen twijfel over mogelijk. Ook al heb ik hem niet in het echt gezien. Hoe ben je hieraan gekomen?'

Wallander vertelde over Emil. En over Sonja Hökbergs tot nu toe onbekende talent voor tekenen.

'We zullen hem waarschijnlijk niet voor het gerecht kunnen slepen,' zei Wallander, 'maar dat is misschien op dit moment ook niet het belangrijkste. Maar we hebben wel het bewijs in handen gekregen dat jij gelijk had. Jouw theorie klopt. Het is geen vooronderstelling meer.'

'Toch kan ik moeilijk geloven dat ze daarom zijn vader heeft vermoord.'

'Misschien zijn er dingen die nog steeds verborgen zijn. Maar nu kunnen we Lundberg onder druk zetten. En we gaan ervan uit dat ze echt wraak heeft genomen op de vader. Eva Persson spreekt misschien toch de waarheid. Sonja Hökberg was degene die zowel de messteken als de slagen heeft toegediend. Dat Eva Persson zo verschrikkelijk koel is, is een vraagstuk waar we later maar over moeten piekeren.'

Ze overpeinsden de nieuwe ontwikkeling. Ten slotte verbrak Wallander de stilte.

'Iemand maakte zich zorgen dat Sonja Hökberg iets wist wat ze aan ons zou kunnen vertellen. Vanaf nu zijn drie vragen beslissend: wat wist ze? Op welke manier had dat met Tynnes Falk te maken? En wie werd er bang?'

Het meisje dat op de bank lag, begon te jammeren. Wallander stond op.

'Heb je Martinson al gesproken?' vroeg ze.

'Nee. Maar dat ga ik nu doen. En ik ben van plan jouw advies op te volgen. Ik zal niets zeggen.'

Wallander verliet het huis en haastte zich naar zijn auto.

In de stromende regen reed hij naar Runnerströms Torg. Hij bleef lang in zijn auto zitten om moed te verzamelen. Daarna liep hij naar boven om met Martinson te praten.

32

Martinson ontving Wallander met zijn breedste glimlach.
'Ik heb geprobeerd je te bellen', zei hij. 'Er is hier van alles gaande.'
Wallander had de deur van het kantoor geopend waar Modin en Martinson met gespannen lichamen over Falks computer zaten gebogen. Het liefst had hij Martinson een klap op zijn bek gegeven. En hem daarna zijn samenzweerdersmentaliteit en valsheid voor de voeten geworpen. Maar Martinson glimlachte en leidde meteen de aandacht af naar het nieuws dat hij had. Wallander besefte dat hij zich daarover eigenlijk opgelucht voelde. Dat gaf hem een adempauze. De tijd kwam heus nog wel dat het alleen om hem, Martinson en hun onvermijdelijke afrekening ging. Toen hij de glimlachende Martinson zag, was bij Wallander ook heel even de mogelijkheid van vrijspraak opgekomen. Misschien had Ann-Britt de situatie toch verkeerd beoordeeld? Martinson kon legitieme redenen hebben gehad om naar Lisa Holgerssons kamer te gaan. Misschien had ze ook Martinsons soms lompe manier van uitdrukken verkeerd geïnterpreteerd.
Diep in zijn hart wist hij echter dat dit niet waar was. Ann-Britt had niet overdreven. Ze had gewoon de waarheid gezegd omdat ze zelf verontwaardigd was.
Tegelijkertijd realiseerde Wallander zich dat dit de nooduitgang was die hij op dit moment nodig had. De afrekening zou op een dag onvermijdelijk zijn. Wanneer die niet langer kon of hoefde te worden opgeschoven.
Wallander liep naar het bureau om Robert Modin te begroeten.
'Wat is er gebeurd?' vroeg hij.
'Robert is bezig om de elektronische loopgraven op te rollen',

zei Martinson tevreden. 'We dringen dieper en dieper door in Falks vreemde, maar fascinerende wereld.'

Martinson bood Wallander de klapstoel aan, maar hij gaf er de voorkeur aan te blijven staan. Martinson zat in zijn aantekeningen te bladeren, terwijl Robert Modin iets uit een plastic fles dronk wat op wortelsap leek.

'We zijn erin geslaagd nog vier instellingen die in Falks netwerk zitten te identificeren. De eerste is de nationale bank van Indonesië. Robert wordt voortdurend afgewezen wanneer hij de identiteit bevestigd probeert te krijgen, maar toch weten we dat het de nationale bank in Jakarta is. Vraag me niet om uit te leggen hoe. Robert is een tovenaarsleerling wanneer het erom gaat omwegen te vinden.'

Martinson bladerde verder.

'Dan hebben we een bank in Liechtenstein, de Lyders Privatbank. Maar daarna wordt het moeilijker. Als we het allemaal goed hebben begrepen, zijn twee van de gecodeerde identiteiten die we hebben weten te ontcijferen een Frans telecombedrijf en verder een commercieel satellietbedrijf in Atlanta.'

Wallander fronste zijn voorhoofd.

'Maar wat betekent dat?'

'Onze eerdere gedachte dat het op de een of andere manier om geld gaat, blijft redelijk overeind. Maar wat dat Franse telecombedrijf en de satellieten in Atlanta ermee te maken hebben, is natuurlijk moeilijk te zeggen.'

'Er is hier niets aan het toeval overgelaten', zei Robert Modin opeens.

Wallander wendde zich tot hem.

'Kun je mij dat op een begrijpelijke manier uitleggen?'

'Alle mensen richten hun boekenkasten op hun eigen manier in. Of hun ordners met papieren. Na verloop van tijd leer je ook patronen ontdekken in een computer. De man die alles wat we hier vinden geordend heeft, was erg nauwkeurig. Het is netjes en mooi opgeruimd. Geen overbodigheden. Ook geen conventionele alfabetische of numerieke volgordes.'

Wallander onderbrak hem.

'Dat moet je me eens duidelijker uitleggen.'

'De meest gebruikelijke manier waarop mensen hun leven ordenen is op alfabetische of numerieke volgorde. Eerst A, dan B, dan C. De een komt voor de twee en de vijf komt voor de zeven. Dat heb je hier niet.'

'Wat heb je dan wel?'

'Iets anders. Iets wat mij zegt dat een alfabetische of numerieke volgorde er niet toe doet.'

Wallander meende nu te begrijpen wat Modin bedoelde.

'Er is dus een ander patroon?'

Modin knikte en wees op het scherm. Wallander en Martinson bogen zich voorover.

'Er zijn twee componenten die de hele tijd opduiken', vervolgde Modin. 'De eerste die ik ontdekte was het getal twintig. Ik heb geprobeerd om te kijken wat er gebeurt als je daar een paar nullen aan toevoegt. Of de cijfers omwisselt. Dan gebeurt er iets interessants.'

Hij wees op het scherm: een twee en een nul.

'Moet je kijken wat er nu gebeurt.'

Modin tikte iets in. De cijfers werden gemarkeerd. En verdwenen.

'Het zijn net schuwe dieren die wegrennen om zich te verstoppen', zei Modin. 'Alsof je met een krachtige lamp op ze schijnt. Dan vliegen ze de duisternis weer in. Maar wanneer ik ze met rust laat, komen ze weer te voorschijn. Op dezelfde plek.'

'Hoe interpreteer je dat?'

'Dat ze op de een of andere manier belangrijk zijn. Maar er is nog een component die zich op dezelfde manier gedraagt.'

Modin wees weer naar het scherm. Ditmaal was het een lettercombinatie: JM.

'Die gedragen zich net zo', zei hij. 'Als je ze wilt aaien rennen ze weg om zich te verstoppen.'

Walllander knikte. Tot zo ver kon hij het volgen.

'Die twee duiken de hele tijd op', zei Martinson. 'Iedere keer dat wij erin slagen om een nieuw instituut te identificeren, zijn ze er. Maar Robert heeft nog iets anders ontdekt, en dan wordt het echt interessant.'

Wallander liet hen even wachten om zijn brillenglazen te kunnen schoonmaken.

'Ze verstoppen zich als je ze probeert aan te raken', zei Modin. 'Maar als je ze met rust laat, dan ontdek je dat ze zich verplaatsen.'

Hij begon weer te wijzen.

'De eerste code die we hebben gebroken, kwam in Falks ordening als eerste. Dan zitten deze nachtdieren hier bovenaan in de eerste kolom.'

'Nachtdieren?'

'We hebben ze een naam gegeven', zei Martinson. 'Wij vonden "nachtdieren" wel passen.'

'Ga door.'

'De tweede identiteit die we boven water hebben weten te krijgen, ligt één stapje lager in de tweede kolom. Dan hebben ze zich naar rechts verplaatst en een stapje naar beneden. Als je zo verder door de lijst gaat, dan zie je dat ze zich heel regelmatig bewegen. Doelbewust zou je kunnen zeggen. Ze zijn op weg naar de rechterbenedenhoek.'

Wallander rechtte zijn rug.

'Maar hierdoor weten we toch nog niet waar het allemaal om draait?'

'We zijn nog niet klaar', zei Martinson. 'Nu wordt het namelijk echt interessant. En eng.'

'Ik heb opeens een tijdklok gevonden', zei Modin. 'Deze dieren zijn sinds gisteren in beweging gekomen. Dat betekent dat er hierbinnen ergens een onzichtbaar uurwerk ligt te tikken. Ik heb voor de lol een berekening gemaakt. Als je ervan uitgaat dat de linkerbovenhoek de nul vertegenwoordigt en dat er samen vierenzeventig identiteiten in het netwerk zitten en dat het getal twintig een datum voorstelt, bijvoorbeeld 20 oktober, dan zie je opeens het volgende.'

Modin typte iets in, zodat er een nieuwe tekst op het scherm verscheen. Wallander las de naam van het satellietbedrijf in Atlanta. Modin wees op de twee componenten.

'Deze staat op de vierde plaats van onderen', zei hij. 'En

vandaag is het voorzover ik weet vrijdag 17 oktober.'

Wallander knikte langzaam.

'Je bedoelt dat de ontknoping aanstaande maandag is? Dat die dieren dan het einde van hun tocht hebben bereikt? Zijn aangekomen op het punt dat "twintig" wordt genoemd?'

'Dat is in ieder geval denkbaar.'

'Maar die andere component dan? "JM"? Hoe definiëren we die? Twintig is een datum. Maar wat betekent "JM"?'

Daar kon niemand een antwoord op geven. Wallander ging verder.

'Maandag 20 oktober. Wat gebeurt er dan?'

'Ik weet het niet', zei Modin simpelweg. 'Maar het is overduidelijk dat er een soort proces gaande is. Er wordt afgeteld.'

'Misschien moet je gewoon de stekker eruit trekken', zei Wallander.

'Omdat wij aan een terminal zitten, helpt dat niet', wierp Martinson tegen. 'We kunnen het netwerk ook niet zien. We weten dus ook niet of er één of meerdere servers zijn die ons met informatie voeden.'

'Laten we eens aannemen dat iemand van plan is een soort bom tot ontploffing te brengen', zei Wallander. 'Waarvandaan wordt die verstuurd? Als het niet hiervandaan is?'

'Ergens anders. Dit hoeft niet eens een controlestation te zijn.'

Wallander dacht na.

'Dat betekent dat we iets beginnen te begrijpen. Maar we weten helemaal niet wat we begrijpen.'

Martinson knikte.

'Met andere woorden: we moeten uitzoeken wat voor verband er bestaat tussen die banken en die telecommunicatiebedrijven. En dan proberen een gemene deler te vinden.'

'Dat hoeft niet 20 oktober te zijn', zei Modin. 'Het kan natuurlijk ook iets anders zijn. Het was maar een suggestie.'

Wallander kreeg opeens het gevoel dat ze helemaal op de verkeerde weg zaten.

Misschien was het idee dat de oplossing in Falks computer

verborgen zat helemaal verkeerd? Ze wisten inmiddels dat Sonja Hökberg verkracht was. De moord op Lundberg kon een misplaatste en wanhopige wraak zijn. En het kon nog steeds zo zijn dat Tynnes Falk een natuurlijke dood was gestorven. Voor al het andere wat er was gebeurd, inclusief de dood van Landahl, bestonden misschien verklaringen die nu nog niet bekend waren, maar die op een later tijdstip volkomen logisch konden blijken te zijn.

Wallander voelde zich onzeker. Zijn twijfel was heel groot.

'We moeten dit opnieuw doornemen', zei hij. 'Van begin tot eind.'

Martinson keek hem verbijsterd aan.

'Moeten we dit onderbreken?'

'We moeten hier vanaf de bodem ons licht opnieuw over laten schijnen. Er zijn dingen gebeurd die jij nog niet weet.'

Ze liepen naar het trappenhuis. Wallander gaf een samenvatting van wat er over Carl-Einar Lundberg aan het licht was gekomen. Hij merkte dat hij zich nu onzeker voelde in Martinsons gezelschap, maar probeerde dat zo goed mogelijk verborgen te houden.

'We moeten Sonja Hökberg dus een beetje aan de kant schuiven', zei hij ten slotte. 'Ik neig er steeds meer toe dat iemand bang was dat zij misschien iets wist over iemand anders.'

'Hoe verklaar je Landahls dood dan?'

'Ze hadden verkering gehad. Het zou kunnen dat Landahl op de hoogte was van iets wat Sonja Hökberg misschien wist. En op de een of andere manier heeft dat met Falk te maken.'

Hij vertelde wat er bij Siv Eriksson was gebeurd.

'Dat kan ook gekoppeld worden aan de rest', zei Martinson.

'Maar dat verklaart nog niet het relais. Dat verklaart niet waarom Falks lichaam werd ontvoerd. En dat verklaart ook niet waarom Hökberg en Landahl vermoord werden. In een transformatorstation en op de bodem van een veerboot. Het heeft allemaal iets wanhopigs. Iets wanhopigs, maar tegelijkertijd iets kils en berekenends. Iets voorzichtigs, maar tegelijkertijd iets meedogenloos. Wat voor mensen gedragen zich zo?'

Martinson dacht na.

'Fanatici', zei hij. 'Mensen die van hun eigen gelijk overtuigd zijn. Die de beheersing over hun eigen opvattingen kwijt zijn. Sektariërs.'

Wallander wees naar het kantoor van Falk.

'Daarbinnen bevindt zich een altaar waar iemand zichzelf aanbad. We hebben het er ook over gehad dat er trekjes van een offerritueel in Sonja Hökbergs dood zaten.'

'Dat brengt ons toch terug bij de inhoud van de computer', zei Martinson. 'Er is een proces gaande. Vroeg of laat gaat er iets gebeuren.'

'Robert Modin doet prima werk', zei Wallander. 'Maar nu is de tijd gekomen om contact op te nemen met de Rijksrecherche. We kunnen niet het risico nemen dat er maandag iets gebeurt wat iemand van hen al analyserend had kunnen ontdekken.'

'We moeten Robert Modin dus buitenspel zetten?'

'Dat lijkt me het beste. Ik wil dat jij meteen contact met Stockholm opneemt. Eigenlijk moet er vandaag nog iemand komen.'

'Maar het is vrijdag.'

'Dat is dan jammer. Op maandag is het namelijk wel de twintigste.'

Ze gingen weer naar binnen. Wallander vertelde Modin dat hij geweldig werk had verricht, maar dat hij niet langer nodig was. Wallander zag dat Modin teleurgesteld was. Hij zei echter niets. In plaats daarvan begon hij meteen zijn werk af te ronden.

Wallander en Martinson keerden hem de rug toe. Zachtjes bespraken ze hoe ze Modin zouden betalen voor zijn werk. Wallander beloofde dat hij dat zou regelen.

Geen van beiden zag dat Modin ondertussen snel het beschikbare materiaal naar zijn eigen computer kopieerde.

In de regen gingen ze uiteen. Martinson zou Modin naar huis brengen.

Wallander gaf Modin een hand en bedankte hem.

Vervolgens reed hij naar het bureau. Allerlei gedachten maalden door zijn hoofd. Die avond zou Elvira Lindfeldt uit Malmö op bezoek komen. Dat gaf hem zowel een blij als nerveus gevoel. Maar voor het zover was, moesten ze het onderzoeksdossier nog een keer doornemen. Door de verkrachting waren de omstandigheden drastisch veranderd.

Toen Wallander de receptie binnenstapte, stond er een man op die op een bank had zitten wachten. Hij liep naar Wallander toe en stelde zich voor als Rolf Stenius. Wallander herkende de naam, maar pas toen Stenius vertelde dat hij de accountant van Tynnes Falk was wist hij het weer.

'Ik had natuurlijk van tevoren moeten bellen,' zei Stenius, 'maar ik moest toch voor een afspraak in Ystad zijn. Die afspraak is trouwens niet doorgegaan.'

'Het is helaas een ongelukkig moment', zei Wallander. 'Maar ik kan wel heel even tijd voor u vrijmaken.'

Ze gingen op zijn kamer zitten. Rolf Stenius was een tamelijk magere man van zijn eigen leeftijd met dun haar. Wallander had ergens op een briefje zien staan dat Hanson contact met hem had gehad. Stenius haalde een plastic mapje met papieren uit zijn aktetas.

'Toen er door jullie contact met mij werd opgenomen had ik natuurlijk al gehoord dat Falk was overleden.'

'Van wie had u dat gehoord?'

'Van Falks ex-vrouw.'

Wallander knikte dat hij verder moest gaan met zijn verhaal.

'Ik heb een overzicht gemaakt van de jaarrekeningen van de laatste twee jaar. En van wat andere dingen die misschien belangrijk kunnen zijn.'

Wallander pakte het plastic mapje aan zonder ernaar te kijken.

'Was Falk vermogend?' vroeg hij.

'Dat hangt natuurlijk af van wat je veel geld noemt. Hij had ongeveer tien miljoen kronen aan activa.'

'Dan beoordeel ik hem als vermogend. Had hij schulden?'

'Nauwelijks. Bovendien maakte hij niet bijzonder veel kosten.'
'Hij verwierf zijn inkomsten dus uit allerlei consultancyopdrachten?'
'Daar heb ik een overzicht van bijgevoegd.'
'Was er ook een klant bij die erg veel betaalde?'
'Hij had wat opdrachten in de Verenigde Staten. Die werden goed betaald, maar om opzienbarende bedragen ging het toch niet.'
'Wat voor opdrachten waren dat?'
'Hij hielp een landelijk opererende keten van reclamebureaus. Moseson and Sons. Blijkbaar verbeterde hij hun grafische programma's.'
'En verder?'
'Een importeur van whisky genaamd DuPont. Mij staat bij dat het om de bouw ging van een geavanceerd systeem voor voorraadbeheer.'
Wallander dacht na. Hij merkte dat hij moeite had om zich te concentreren.
'Namen zijn activa het laatste jaar langzamer toe?'
'Dat kun je niet echt zeggen. Hij deed altijd verstandige investeringen. Wedde nooit op één paard. Fondsen in Zweden, de rest van Scandinavië en in de Verenigde Staten. Een relatief groot reservekapitaal. Hij wilde altijd over voldoende liquide middelen beschikken. Wat aandelen. Voornamelijk in Ericsson.'
'Wie beheerde zijn aandelen?'
'Dat deed hij zelf.'
'Had hij activa in Angola?'
'Waar?'
'In Angola.'
'Niet dat ik weet.'
'Kan hij die hebben gehad zonder dat u dat wist?'
'Uiteraard. Maar het lijkt me niet waarschijnlijk.'
'Waarom niet?'
'Tynnes Falk was een heel eerlijk mens. Hij vond dat je je

belastingen moest betalen. Ik heb een keer voorgesteld dat hij zou overwegen om zich officieel in het buitenland te vestigen, omdat de belastingdruk in ons land zo hoog is. Maar dat vond hij geen prettig idee.'

'Wat gebeurde er toen?'

'Hij werd boos. Hij dreigde een andere accountant te nemen als ik weer met zulke voorstellen kwam.'

Wallander voelde dat hij op dit moment geen puf meer had.

'Ik zal de papieren doorlezen', zei hij. 'Zo snel mogelijk.'

'Een trieste dood', zei Stenius terwijl hij zijn aktetas dichtdeed. 'Falk was een aardige man. Gereserveerd misschien, maar aardig.'

Wallander liet hem uit.

'Een bv heeft een bestuur nodig', zei hij. 'Wie zaten daarin?'

'Hijzelf natuurlijk. Verder de directeur van mijn kantoor. En mijn secretaresse.'

'Ze hadden dus regelmatig bestuursvergaderingen.'

'Ik regelde alles wat nodig was telefonisch.'

'Ze hoefden elkaar dus niet te zien?'

'Het is voldoende dat je papieren en handtekeningen uitwisselt.'

Stenius verliet het politiebureau. Buiten stak hij zijn paraplu op. Wallander keerde terug naar zijn kamer en vroeg zich opeens af of er al iemand tijd had gehad om met Falks kinderen te praten. Zelfs aan de belangrijkste dingen komen we niet toe, dacht hij. Ook al werken we ons halfdood, toch groeien de stapels. De Zweedse rechtsstaat is bezig te veranderen in een bedompte voorraadkelder waar de planken doorbuigen onder de onopgeloste misdrijven.

Om halfvier die vrijdagmiddag had Wallander het rechercheteam verzameld. Nyberg had laten weten dat hij verhinderd was. Volgens Ann-Britt had hij last van duizeligheid. Aan het begin van het overleg vroegen ze zich somber af wie van hen het eerst door een hartinfarct zou worden getroffen. Daarna namen ze grondig door welke consequenties het voor het onderzoek had dat Sonja Hökberg waarschijnlijk een keer was verkracht door Carl-Einar Lundberg. Op speciaal aandringen van Wallander nam Viktorsson deel aan het overleg. Hij luisterde, maar stelde geen vragen. Toen Wallander wilde dat Lundberg zo snel mogelijk voor een gesprek op het politiebureau werd geroepen, knikte hij goedkeurend. Wallander drong er ook bij Ann-Britt op aan dat zij nog diepgaander zou uitzoeken of Lundbergs vader op een of andere manier bij het gebeurde betrokken kon zijn geweest.

'Heeft die haar ook lastiggevallen?' vroeg Hanson verwonderd. 'Wat is dat eigenlijk voor familie?'

'We moeten dit exact weten', zei Wallander. 'Er mag geen enkel hiaat zijn.'

'Een plaatsvervangende wraak', zei Martinson. 'Ik kan het niet helpen, maar ik heb er nog steeds moeite mee om dit te geloven.'

'We hebben het nu niet over dingen waar jij moeite mee hebt', antwoordde Wallander. 'We hebben het erover wat er eigenlijk gebeurd kan zijn.'

Wallander hoorde zelf dat zijn toon scherper was geworden. Het was duidelijk dat de anderen rond de tafel het ook hadden gemerkt. Wallander haastte zich om de stilte te verbreken. Hij bleef tegen Martinson praten, maar nu op vriendelijker toon.

'De Rijksrecherche', zei hij. 'Hun computerexperts. Wat gebeurt er?'

'Die waren natuurlijk chagrijnig toen ik erop stond dat ze vandaag nog iemand zouden sturen. Maar morgenochtend om negen uur arriveert er iemand met het vliegtuig.'

'Heeft hij ook een naam?'

'Hij heet Hans Alfredsson.'

Bij het horen van de naam van de bekende komiek begon iedereen te lachen. Martinson beloofde Alfredsson van Sturup op te halen en hem in de zaak in te werken.

'Lukt het je om alles in de computer op te starten?' vroeg Wallander.

'Ja, ik heb de hele tijd aantekeningen zitten maken.'

Tot zes uur werkten ze door. Hoewel het meeste nog steeds heel onduidelijk, tegenstrijdig en ronduit vaag was, had Wallander het gevoel dat het rechercheteam de moed er nog steeds in had. Hij wist hoe belangrijk het was dat ze de gebeurtenis in Sonja Hökbergs verleden hadden ontdekt. Dat had de opening gegeven die ze zo hard nodig hadden. Diep in zijn hart had iedereen waarschijnlijk ook de hoop gevestigd op de expert die de Rijksrecherche naar Ystad stuurde.

Ze sloten het overleg af met Jonas Landahl. Hanson had de nare taak gehad om de ouders, die zich inderdaad op Corsica bevonden, in te lichten. Ze waren nu onderweg naar huis. Nyberg had Ann-Britt een papier gegeven waarop hij in het kort meedeelde dat hij er zeker van was dat Sonja Hökberg in Landahls auto had gezeten en dat de bandafdruk bij het transformatorstation van de betreffende auto was. Ze wisten nu ook dat Jonas Landahl niet eerder met de politie in aanraking was geweest. Zoals Wallander nadrukkelijk onderstreepte, sloten ze echter niet uit dat Landahl bij het vrijlaten van nertsen op een fokkerij bij Sölvesborg betrokken was geweest toen Falk daarvoor werd gearresteerd.

Toch was het alsof ze voor een afgrond stonden waar ooit een brug was geweest die nu verwoest was. Van het vrijlaten van nertsen tot het plegen van een moord of vermoord worden, was het een heel grote stap. In de loop van de middag kwam Wallander diverse keren terug op zijn kijk op de gebeurtenissen. Dat er in het gebeurde iets bruuts, maar tegelijkertijd beheersts zat. De offergedachte konden ze ook niet helemaal loslaten. Ann-Britt stelde aan het eind van het overleg de vraag of ze in Stockholm misschien ook om assistentie moesten vragen bij het verkrijgen van informatie over allerlei radicale milieugroeperingen. Martinson, wiens dochter Terese veganiste was en bovendien lid van de Veldbiologen, vond het absurd om te denken dat die achter de brute moorden zouden zitten. Voor de tweede keer die dag diende Wallander hem met scherpe tong van repliek. Ze konden niets uitsluiten. Zolang ze niet heel precies een middelpunt en een duidelijk begrensd motief konden vaststellen moesten ze alle sporen tegelijkertijd volgen.

Toen ze op dit punt waren aangekomen was de rek er bij iedereen uit. Wallander sloeg met zijn vlakke hand op tafel ten teken dat ze gingen opbreken. In de loop van zaterdag zouden ze echter weer overleg hebben. Wallander had haast om weg te komen. Hij moest zijn flat nog opruimen voordat Elvira Lindfeldt kwam. Toch bleef hij op zijn kamer om Nyberg te bellen. Het duurde zolang voordat die aan de telefoon kwam dat Wallander slechte voorgevoelens begon te krijgen. Maar ten slotte nam Nyberg toch op, chagrijnig als altijd, en Wallander slaakte een zucht van verlichting. Het ging nu beter met Nyberg. De duizeligheid was weg. De volgende dag zou hij weer aan het werk gaan. Met al zijn norse energie.

Wallander was net klaar met het opruimen van zijn flat en zichzelf opknappen toen de telefoon ging. Elvira Lindfeldt was in haar auto onderweg naar Ystad en was juist de afslag naar Sturup gepasseerd. Wallander had een tafel gereserveerd in een van de restaurants in de stad. Hij legde uit hoe ze moest rijden om op Stortorget te komen. Toen hij de hoorn weer neerlegde, deed hij dat zo slordig en nerveus dat het toestel op de grond viel. Vloekend zette hij het weer neer, terwijl hij er opeens aan dacht dat hij met Linda had afgesproken dat ze die avond zou bellen. Na lang aarzelen sprak hij op zijn antwoordapparaat een boodschap in waarin hij het telefoonnummer van het restaurant noemde. Het risico dat er een journalist contact op zou nemen bestond, maar dat leek hem op dit moment redelijk klein. De avondbladen leken voorlopig hun belangstelling voor het verhaal van de oorvijg te hebben verloren.

Daarna verliet hij zijn flat. Hij liet zijn auto staan. Het was opgehouden met regenen. De wind was afgenomen. Wallander liep naar het centrum. Vanbinnen had hij een vaag gevoel van teleurstelling. Ze kwam met de auto. Dat betekende dat ze had besloten naar Malmö terug te keren. Hij hoefde er niet aan te twijfelen wat hij diep in zijn hart eigenlijk verwacht had. De teleurstelling was echter niet groot. Ondanks alles was hij voor de verandering toch op weg naar een etentje met een vrouw.

Hij ging voor de boekhandel staan wachten. Na vijf minuten zag hij haar uit Hamngatan aan komen lopen. Zijn verlegenheid van de vorige avond keerde terug. Hij voelde zich onbeholpen tegenover haar directheid. Toen ze Norregatan inliepen naar het restaurant stak ze opeens haar arm door de zijne. Dat gebeurde precies op het moment dat ze de flat passeerden waar Svedberg had gewoond. Wallander bleef staan en vertelde snel wat er destijds gebeurd was. Ze luisterde aandachtig.

'Hoe kijk je daar nu op terug?' vroeg ze toen hij zweeg.

'Ik weet het niet. Alsof het een soort droom is. Als een gebeurtenis waarvan ik niet helemaal zeker weet of die wel heeft plaatsgevonden.'

Het restaurant was klein en een jaar geleden geopend. Wallander was er nog nooit geweest, maar Linda had het erover gehad. Ze betraden de kleine ruimte. Wallander had verwacht dat alle tafels bezet zouden zijn, maar er zaten maar een paar gasten.

'Ystad is geen uitgaansstad', zei hij verontschuldigend. 'Maar het schijnt hier goed te zijn.'

Een serveerster die Wallander kende uit Hotel Continental bracht hen naar een tafel.

'Je bent met de auto gekomen', zei Wallander met de wijnkaart in zijn hand.

'Ik ben met de auto gekomen en ik rij vanavond terug.'

'Dan ben ik deze keer degene die wijn drinkt', zei Wallander.

'Wat zegt de politie over de promillagegrens?'

'Dat het eigenlijk het beste is om helemaal niet te drinken als je nog moet rijden. Maar één glas kan wel. Als je erbij eet. Maar we kunnen na afloop natuurlijk op het politiebureau een blaastest doen.'

Het eten was goed. Wallander dronk wijn en merkte dat hij net deed of hij zichzelf moest overreden om nog een glas te bestellen. Het gesprek draaide in belangrijke mate om zijn werk. Hij voelde dat hij dat voor de verandering prettig vond. Hij vertelde hoe hij ooit als surveillerend agent in Malmö was begonnen, dat het niet veel had gescheeld of hij was doodgestoken en hoe hij die gebeurtenis tot een lijfspreuk had gemaakt die hij altijd met zich meedroeg. Ze informeerde waar hij nu mee bezig was en hij raakte er steeds meer van overtuigd dat ze die onzalige foto die in de kranten had gestaan niet kende. Hij vertelde over het vreemde sterfgeval in het transformatorstation, over de man die dood bij een bankautomaat had gelegen en over de jongen in de propelleras van een van de veerboten naar Polen.

Ze hadden net koffie besteld toen de deur van het restaurant openging.

Robert Modin kwam binnen.

Wallander merkte hem meteen op. Robert Modin keek rond. Toen hij zag dat Wallander niet alleen was aarzelde hij, maar Wallander gebaarde dat hij naderbij moest komen. Hij stelde Elvira aan hem voor. Robert Modin noemde zijn naam. Wallander merkte dat hij nerveus was. Hij vroeg zich af wat er was gebeurd.

'Ik geloof dat ik iets heb ontdekt', zei Modin.

'Als jullie onder vier ogen met elkaar willen praten ga ik wel even ergens anders zitten', zei Elvira.

'Dat is niet nodig.'

'Ik heb mijn vader gevraagd of hij mij hiernaartoe wilde rijden', zei Modin. 'Ik heb het bericht op uw antwoordapparaat gehoord. En het nummer van dit restaurant.'

'Je zei dat je iets had ontdekt?'

'Het is moeilijk uit te leggen wanneer ik mijn computer niet bij de hand heb, maar ik geloof dat ik heb uitgevonden hoe je de codes kunt omzeilen die we tot nu toe nog niet hebben weten te breken.'

Wallander zag dat Modin overtuigd was.

'Bel morgen Martinson', zei hij. 'Ik zal ook met hem praten.'

'Ik weet bijna zeker dat ik gelijk heb.'

'Je had hier niet helemaal naartoe hoeven rijden', zei Wallander. 'Je had het bericht ook op mijn antwoordapparaat kunnen inspreken.'

'Ik werd er nogal opgewonden van. Dat gebeurt wel eens.'
Modin gaf Elvira een onzeker knikje. Wallander realiseerde zich dat hij eigenlijk diepgaander met hem had moeten praten, maar vóór morgen zou er toch niets meer gebeuren. Bovendien wilde hij nu met rust gelaten worden. Robert Modin begreep dat. Hij ging weer weg. Het gesprek had hoogstens twee minuten geduurd.
'Een getalenteerde jongeman', zei Wallander. 'Robert Modin is een computergenie. Hij helpt ons met onderdelen van het onderzoek.'
Elvira Lindfeldt glimlachte.
'Hij kwam erg nerveus over. Maar hij is vast heel goed.'

Rond middernacht verlieten ze het restaurant. Langzaam wandelden ze terug naar Stortorget. Ze had haar auto in Hamngatan geparkeerd.
'Ik vond het erg gezellig', zei ze toen ze bij haar auto afscheid namen.
'Ik verveel je dus nog niet?'
'Nee. Ik jou ook niet?'
Wallander wilde dat ze bleef, maar hij besefte dat dat niet ging. Ze spraken af dat ze in de loop van het weekend contact met elkaar zouden hebben.
Hij omhelsde haar even. Zij vertrok. Wallander liep naar huis. Opeens bleef hij staan. Is het echt mogelijk? dacht hij. Dat er nu toch iemand op mijn pad is gekomen? Op een manier waar ik bijna niet meer op durfde te hopen?
Hij liep door naar huis. Even na enen sliep hij.

*

Elvira Lindfeldt reed door de nacht naar Malmö. Vlak voor Rydsgård draaide ze een parkeerplaats op. Ze pakte haar mobieltje.
Het nummer dat ze intoetste, was van een abonnee in Luanda.

Pas bij de derde poging kreeg ze verbinding. De lijnen ruisten. Toen Carter opnam, had ze voorbereid wat ze moest zeggen.

'Fu Cheng had gelijk. De persoon die bezig is het systeem lam te leggen heet Robert Modin. Hij woont in Löderup, een klein plaatsje in de buurt van Ystad.'

Ze herhaalde haar bericht twee keer. Toen was ze er zeker van dat de man die zich in Luanda bevond, had begrepen wat ze had gezegd.

De verbinding werd verbroken.

Elvira Lindfeldt draaide de weg weer op en reed door naar Malmö.

33

Op zaterdagochtend belde Wallander Linda op.
Zoals gewoonlijk was hij vroeger wakker geworden, maar het was hem gelukt opnieuw in slaap te vallen en hij stond pas rond een uur of acht op. Nadat hij had ontbeten belde hij naar haar huis in Stockholm. Zijn telefoontje wekte haar. Ze vroeg meteen waarom hij de vorige avond niet thuis was geweest. Ze had twee keer een poging gedaan het nummer te bereiken dat hij op zijn antwoordapparaat had genoemd, maar het was steeds bezet geweest. Wallander dacht heel even na en besloot toen de waarheid te vertellen. Ze luisterde zonder hem te onderbreken.

'Dat had ik nooit van je gedacht', zei ze toen hij zweeg. 'Dat je zo veel verstand zou hebben dat je mijn raad zou opvolgen.'

'Ik heb lang geaarzeld.'

'Maar nu niet meer?'

Ze informeerde naar Elvira Lindfeldt. Het werd een lang gesprek. Ze was blij voor hem, ook al probeerde hij voortdurend haar verwachtingen te temperen. Daar was het nog te vroeg voor, vond hij. Voor hem was het al meer dan genoeg dat hij 's avonds eens een keer niet alleen hoefde te eten.

'Dat is niet waar', zei ze stellig. 'Ik ken je. Jij hoopt dat dit veel meer wordt. En dat hoop ik ook.'

Daarna stapte ze snel over op een ander gespreksonderwerp. En ze wond er geen doekjes om.

'Ik wil dat je weet dat ik je in de krant heb zien staan. Ik was natuurlijk geschokt. Iemand in het eetcafé liet mij de foto zien en vroeg of jij mijn vader was.'

'Wat heb je toen gezegd?'

'Eerst wilde ik nee zeggen, maar dat heb ik niet gedaan.'

'Aardig van je.'

'Ik besloot dat het gewoon niet waar kon zijn.'

'Het is ook niet waar.'

Hij vertelde wat er echt was gebeurd. Vertelde over het interne onderzoek dat was ingesteld en dat hij ervan uitging dat de waarheid hoe dan ook boven tafel zou komen.

'Het is belangrijk dat ik dit weet', zei ze. 'Op dit moment is dat belangrijk.'

'Waarom?'

'Daar kan ik geen antwoord op geven. Nog niet.'

Wallander werd meteen nieuwsgierig. De laatste maanden had bij hem het vermoeden de kop opgestoken dat Linda opnieuw twijfelde aan wat ze met haar toekomst wilde. Aan wat ze nu eigenlijk wilde gaan doen. Hij had pogingen gedaan om het haar te vragen, maar nooit echt antwoord gekregen.

Ze rondden hun gesprek af en bespraken wanneer zij naar Ystad zou komen. Midden november, dacht ze, niet eerder.

Toen Wallander de hoorn had neergelegd moest hij denken aan het boek dat op hem lag te wachten. Het boek over de geschiedenis van het opknappen van oude meubels. Hij vroeg zich af of ze ooit haar plannen om daarin een goede opleiding te volgen zou verwezenlijken en vervolgens zou proberen zich in Ystad te vestigen.

Ze denkt nu aan iets anders, hield hij zichzelf voor. En om de een of andere reden wil ze me nog niet vertellen wat.

Hij zag in dat het zinloos was om daarover te piekeren. In plaats daarvan trok hij zijn onzichtbare uniform aan en werd weer politieman. Hij keek op zijn horloge. Twintig over acht. Martinson zou zo wel op Sturup zijn om de man met de naam Alfredsson op te vangen. Wallander dacht aan Robert Modin, die de vorige avond zo plotseling in het restaurant was opgedoken. Hij was echt erg zeker van zijn zaak geweest. Wallander dacht daarover na.

Hij voelde een weerstand om met Martinson contact op te nemen als het niet absoluut noodzakelijk was. Hij wist nog steeds niet goed wat er van Ann-Britts woorden waar was. Ook al was het *wishful thinking*, hij wilde dat het niet waar was. Als hij Martinson als vriend verloor, zou dat een vrijwel onmogelijke werksituatie scheppen. Het verraad zou ondraaglijk zijn. Tegelijkertijd maakte hij zich zorgen dat er echt iets gaande was. Een beweging die voor hem onzichtbaar was, maar die kon betekenen dat zijn positie drastisch zou veranderen. Dat maakte hem tegelijkertijd verontwaardigd en verbitterd. En niet in de laatste plaats werd hij erdoor in zijn ijdelheid gekwetst. Hij was degene die Martinson het vak had geleerd, precies zoals Rydberg hem ooit had gemaakt tot wat hij nu was. Wallander had echter nooit zitten konkelen om Rydbergs vanzelfsprekende autoriteit te verminderen of in twijfel te trekken.

Het korps is een broeinest, dacht hij nijdig. Met afgunst, achterklap en gekonkel. Toch heb ik me altijd verbeeld dat het me lukte daar niet in betrokken te raken. Maar nou lijkt het wel alsof ik er het middelpunt van ben. Als een vorst wiens troonopvolger steeds ongeduldiger wordt.

Ondanks zijn weerzin belde hij Martinson op diens mobiele telefoon. Robert Modin was de vorige avond vanuit Löderup naar Ystad gekomen. Hij had zich door zijn vader laten rijden. Ze moesten hem serieus nemen. Misschien had hij zelf al naar Martinson gebeld. Als dat niet zo was, zou Wallander vragen of Martinson contact met Modin wilde opnemen. Martinson nam meteen op. Hij had zijn auto net geparkeerd en was nu op weg naar de hal van de luchthaven. Modin had niet gebeld. Wallander hield het kort.

'Het komt wel een beetje vreemd over', zei Martinson. 'Hoe heeft hij iets kunnen ontdekken zonder dat hij de beschikking over de computer had?'

'Dat moet jij hem maar vragen.'

'Hij is goochem', zie Martinson. 'Wie weet of hij verdorie niet een deel van het materiaal naar zijn eigen computer heeft gekopieerd.'

Martinson beloofde hem te bellen. Ze spraken af dat ze later in de ochtend contact zouden hebben.

Wallander beëindigde het gesprek en bedacht dat Martinson net zo overkwam als anders. Of hij is er veel gehaaider in om zich anders voor te doen dan ik had kunnen denken, dacht

Wallander, of er klopt iets niet van wat Ann-Britt heeft gezegd.

Om kwart voor negen stapte Wallander op het politiebureau binnen. Toen hij op zijn kamer kwam, lag er een briefje op zijn bureau dat Hanson hem meteen wilde spreken. 'Nieuws', had Hanson met blokletters in zijn onregelmatige handschrift geschreven. Wallander zuchtte over zijn onvermogen om zich iets exacter uit te drukken. Er kwam altijd wel iets 'nieuws' boven water. De vraag was wat.

De koffieautomaat was gerepareerd. Nyberg zat aan een tafel een bord yoghurt te eten. Wallander ging tegenover hem zitten.

'Als je vraagt of ik nog duizelig ben, ga ik weg', zei Nyberg. 'Dan doe ik dat niet.'

'Het gaat goed met me', zei Nyberg. 'Maar ik kijk uit naar mijn pensioen. Ook al levert dat maar weinig geld op.'

'Wat ga je dan doen?'

'Kleden knopen. Boeken lezen. Bergwandelingen maken.'

Wallander wist dat niets van wat hij zei waar was. Dat Nyberg versleten en moe was betwijfelde hij niet, maar tegelijkertijd vreesde zijn collega zijn pensionering meer dan wat ook.

'Is er van het Forensisch Instituut nog nieuws gekomen over Landahl?'

'Hij is ongeveer drie uur voordat de veerboot aan de kade afmeerde gestorven. Wat in feite betekent dat degene die hem heeft omgebracht toen nog op de boot was. Als hij althans niet overboord is gesprongen.'

'Het was natuurlijk een vergissing van mij', gaf Wallander toe. 'We hadden iedereen die aan boord was moeten controleren.'

'We hadden een ander vak moeten kiezen', zei Nyberg. 'Nu lig ik 's nachts soms te tellen hoe vaak ik de stoffelijke resten van mensen die zich hebben opgehangen naar beneden heb moeten halen. Alleen die. Nog niet eens degenen die zichzelf hebben doodgeschoten of verdronken, die van een gebouw zijn gesprongen, zich hebben opgeblazen of gif hebben ingenomen. Alleen degenen die zich hebben opgehangen. Aan touwen, waslijnen of staaldraad, ja, zelfs een keer aan prikkeldraad. Ik kan me niet herinneren hoeveel dat er zijn. Ik denk steeds dat ik er een heleboel vergeet. En dan denk ik dat het waanzin is. Waarom moet ik me alle ellende waarin ik rondbagger liggen herinneren?'

'Dat is nooit goed', zei Wallander. 'De kans is groot dat je er afgestompt door raakt.'

Nyberg legde zijn lepel neer en keek Wallander aan.

'Wil je beweren dat jij dat nog niet bent? Afgestompt?'

'Ik hoop van niet.'

Nyberg knikte, maar hij zei niets. Wallander besloot dat het het beste was om hem met rust te laten. Bovendien hoefde hij Nybergs doen en laten nooit te sturen. Hij was grondig en plande zijn werk goed. Bij alle afzonderlijke gebeurtenissen wist hij waar haast bij was en wat kon wachten.

'Ik heb zitten nadenken', zei Nyberg opeens. 'Over een aantal dingen.'

Wallander wist uit ervaring dat Nyberg soms blijk gaf van onverwachte scherpzinnigheid, ook wanneer het om zaken ging die niet direct tot zijn terrein behoorden. Nybergs overwegingen hadden meer dan eens een heel onderzoek in de juiste richting gestuurd.

'Waar heb je aan zitten denken?'

'Dat relais dat op de baar lag. Die tas die bij de omheining was neergegooid. Dat lichaam dat naar de bankautomaat werd teruggebracht. Waaraan twee vingers ontbraken. We zoeken naar een verklaring voor de betekenis daarvan. We proberen het in te passen in een patroon. Zo is het toch?'

Wallander knikte.

'Dat proberen we, maar echt goed lukken doet het niet. Althans tot nu toe nog niet.'

Nyberg schraapte de laatste restjes yoghurt van zijn bord voordat hij verderging.

'Ik heb Ann-Britt gesproken. Over het overleg van gisteren waar ik niet bij was. Zij vertelde dat jij had gezegd dat de gebeurtenissen iets dubbelzinnigs hadden. Zoiets als iemand die twee talen tegelijk probeert te spreken. Jij had gezegd dat er zowel iets berekenends als iets toevalligs aan de gebeurtenissen zat. Iets meedogenloos en iets voorzichtigs. Heb ik dat goed begrepen?'

'Zo heb ik het ongeveer uitgedrukt.'

'Dat klinkt me in de oren als een van de zinnigste dingen die ik tot nu toe in dit onderzoek heb gehoord. Wat gebeurt er als je dat als uitgangspunt neemt? Dat er zowel elementen van berekening als van toeval in zitten?'

Wallander schudde zijn hoofd. Hij had niets te zeggen. Hij gaf de voorkeur aan luisteren.

'Er ging een gedachte door mijn hoofd. Dat we misschien te veel proberen uit te leggen. We ontdekken opeens dat de moord op de taxichauffeur misschien helemaal niet met de zaak te maken heeft. Behalve dan dat Sonja Hökberg schuldig is. Eigenlijk zijn wij degenen die een hoofdrol beginnen te spelen. De politie.'

'Maar misschien zou Sonja Hökberg iets tegen ons kunnen zeggen? Iemand wordt bang?'

'Dat is niet het enige. Wat gebeurt er als we tussen die gebeurtenissen gaan ziften? En ons afvragen of sommige dingen die gebeurd zijn misschien gewoon niets met de zaak te maken hebben? Dat het eigenlijk alleen maar uitgezette dwaalsporen zijn?'

Wallander realiseerde zich nu dat Nyberg bezig was een gedachte te ontwikkelen die belangrijk kon zijn.

'Waar denk je aan?'

'In de eerste plaats natuurlijk aan het relais op de lege baar.'

'Wil je daarmee zeggen dat Falk helemaal niet met de moord op Hökberg te maken had?'

'Niet helemaal. Maar iemand wil ons doen geloven dat Falk er veel meer mee te maken had dan in feite het geval is.'

Wallander begon nu echt geïnteresseerd te raken.

'Of dat lichaam dat opeens terugkeert', vervolgde Nyberg. 'Met twee afgesneden vingers. Wij zitten er misschien te veel over te tobben waarom dat is gebeurd. Laten we nou eens aannemen dat dat niets betekent. Waar komen we dan uit?'

Wallander dacht na.

'We belandden in een moeras waar we niet weten waar we onze voeten moeten zetten.'

'Dat is een mooie vergelijking', zei Nyberg goedkeurend. 'Ik had nooit gedacht dat iemand Rydberg kon overtreffen wanneer het ging om het scheppen van rake beelden voor allerlei situaties. Het is de vraag of je hem daarin niet verslaat. We soppen dus rond in een moeras. Precies de plek waar iemand ons wil hebben.'

'We moeten dus weer vaste grond onder de voeten zoeken? Bedoel je dat?'

'Ik zit aan dat hek te denken. Bij het transformatorstation. Dat was opengebroken. Wij piekeren ons suf waarom dat opengebroken is, terwijl de deur van het gebouwtje gewoon van het slot is gedaan.'

Wallander begreep het. Nyberg had echt iets belangrijks benoemd. Wallander voelde dat hij zich begon te ergeren. Dit had hij zelf al veel eerder moeten bedenken.

'Jij bedoelt dus dat degene die de binnendeur van het slot deed ook het hek van het slot deed, maar dat heeft kapotgebroken om verwarring te scheppen?'

'Een eenvoudiger verklaring kan er haast niet zijn.'

Wallander knikte bevestigend.

'Goed gedacht', zei hij. 'Ik schaam me haast een beetje. Dat ik die mogelijkheid niet eerder heb gezien.'

'Jij kunt toch niet overal aan denken', antwoordde Nyberg ontwijkend.

'Heb je nog meer details die we misschien als niet ter zake doende moeten beschouwen? Die geen andere functie hebben dan ons in verwarring brengen?'

'We moeten wel voorzichtig te werk gaan', zei Nyberg. 'Dat we het kind niet met het badwater weggooien. En alleen maar onbelangrijke dingen overhouden.'

'Alle voorbeelden kunnen van belang zijn.'

'Dit was volgens mij het belangrijkste. En ik zeg niet dat ik gelijk heb. Ik zit alleen maar hardop te denken.'

'Het is in ieder geval een idee', zei Wallander. 'Het biedt ons een nieuwe uitkijkpost vanwaar af we de boel kunnen overzien.'

'Ik beschouw ons werk vaak alsof we schilders zijn die voor de ezel staan', zei Nyberg. 'We zetten een paar streken, voegen nog wat verf toe en doen een pas achteruit om overzicht te krijgen. Dan stappen we weer naar voren om verder te gaan. Ik vraag me af of die stap naar achteren niet het belangrijkste is. Dat we dan pas echt zien wat we voor ons hebben.'

'De kunst om te zien wat je ziet', zei Wallander. 'Daar zou je op de politieacademie over moeten vertellen.'

Nybergs stem klonk vol verachting toen hij daarop reageerde.

'Denk jij dat jonge, aankomend agenten zich iets aantrekken van wat een oude, versleten technisch rechercheur te vertellen heeft?'

'Meer dan jij denkt. Naar mij hebben ze tenminste wel geluisterd toen ik daar vorig jaar was.'

'Ik ga met pensioen', zei Nyberg streng. 'Ik ga kleden knopen en bergwandelen. Verder niets.'

Om de donder niet, dacht Wallander. Maar dat zei hij natuurlijk niet. Nyberg stond van tafel op om aan te geven dat het gesprek was afgelopen. Hij ging zijn bordje afwassen. Het laatste wat Wallander hoorde toen hij de kantine verliet, was hoe Nyberg stond te vloeken dat het aanrecht te laag was.

Wallander zette zijn onderbroken wandeling voort. Hij zocht Hanson. De deur van diens kamer stond op een kier. Wallander zag hoe hij een van de talloze spelformulieren waar hij altijd mee in de weer was zat in te vullen. Hanson was in steeds ongeduldiger afwachting van het moment waarop een van zijn ingewikkelde systemen zou aanslaan en hem rijk maken. Op de dag waarop de paarden liepen zoals hij wilde, zou hij dan eindelijk een gezegend man zijn.

Wallander klopte aan om Hanson de gelegenheid te geven zijn formulieren weg te bergen, waarna hij met zijn voet de deur openduwde en binnenstapte.

'Ik heb je briefje gevonden', zei hij.

'Het Mercedesbusje is boven water gekomen.'

Wallander leunde tegen de deurpost, terwijl Hanson in de groeiende chaos van zijn paperassen zat te zoeken.

'Ik heb gedaan wat jij zei. Ik heb de registers weer nagetrokken. Gisteren heeft een verhuurbedrijfje in Malmö aangifte gedaan. Ze hadden het vermoeden dat een van hun wagens gestolen was. Een donkerblauw Mercedesbusje. Dat had afgelopen woensdag terug moeten zijn. Het bedrijf heet Auto- en Vrachtwagenservice. Ze hebben hun kantoor en bedrijfsterrein in Frihamnen.'

'Wie had dat busje gehuurd?'

'Dit antwoord zul jij fijn vinden', zei Hanson. 'Een man met een Aziatisch uiterlijk.'

'Die de naam Fu Cheng had? En met American Express betaalde?'

'Precies.'

Wallander knikte verbeten.

'Hij zal toch wel een adres hebben opgegeven?'

'Hotel Sankt Jörgen. Maar toen ze bij het verhuurbedrijf begonnen te vermoeden dat het niet helemaal in orde was, hebben ze dat natuurlijk gecontroleerd. Het hotel had geen gast met die naam gehad.'

Wallander fronste zijn voorhoofd. Er klopte iets niet.

'Is dat niet vreemd? De man die zich Fu Cheng noemt, zal toch niet het risico nemen dat ze onderzoeken of hij echt logeert op het adres dat hij heeft opgegeven.'

'Er is een verklaring', zei Hanson. 'In het Sankt Jörgen heeft een man gelogeerd die Andersen heet. Een Deen. Maar van Aziatische origine. Het signalement dat ze telefonisch hebben gegeven duidt erop dat het om dezelfde persoon kan gaan.'

'Hoe heeft hij zijn kamer betaald?'

'Contant.'

Wallander dacht na.

'Het is gebruikelijk dat je je normale huisadres opgeeft. Wat had Andersen opgeschreven?'

Hanson bladerde tussen zijn paperassen. Zonder dat hij het

merkte, viel er een lottoformulier op de grond. Wallander zei niets.

'Hier hebben we het. Andersen heeft opgegeven dat hij in een straat in Vedbæk woont.'

'Is dat nagetrokken?'

'Dat verhuurbedrijf is ijverig geweest. Ik neem aan dat het om een dure auto ging. Het bleek dat die straat überhaupt niet bestond.'

'Dan houdt dat spoor op', zei Wallander.

'De auto is ook nog niet teruggevonden.'

'Dat weten we dan ook weer.'

'De vraag is hoe we met die auto verdergaan.'

Wallander nam meteen een besluit.

'We wachten af. Besteed er maar geen onnodige energie meer aan. Je hebt andere dingen die belangrijker zijn.'

Hanson spreidde zijn armen uit in de richting van de stapels papier.

'Ik weet niet hoe ik het moet bijbenen.'

De gedachte om weer verzeild te raken in een gesprek over de krimpende middelen van de politie was voor Wallander opeens onverdraaglijk.

'We hebben later nog wel contact', zei hij terwijl hij snel de kamer verliet. Nadat hij wat papieren had doorgenomen die op zijn bureau lagen, pakte hij zijn jas. Het was tijd om naar Runnerströms Torg te rijden en Alfredsson van de Rijksrecherche te begroeten. Hij was ook benieuwd hoe de kennismaking tussen Alfredsson en Modin zou uitpakken.

Maar toen hij in zijn auto stapte, startte hij de motor niet meteen. Zijn gedachten gingen terug naar de vorige avond. Het was langgeleden dat hij zich zo goedgehumeurd had gevoeld. Hij kon nog steeds haast niet geloven dat het echt was. Maar Elvira Lindfeldt bestond. Zij was geen fata morgana.

Opeens kon Wallander de ingeving om haar te bellen niet weerstaan. Hij pakte zijn mobiltje en toetste het nummer in dat hij meteen uit zijn hoofd had geleerd. Nadat de bel drie keer was overgegaan nam ze op. Hoewel ze blij leek toen ze hoorde wie het was, kreeg Wallander meteen het gevoel dat hij op een ongelegen moment belde. Waar dat gevoel vandaan kwam kon hij niet goed vaststellen, maar het was er wel en het was ook echt. Er ging een golf van onverwachte jaloezie door hem heen. Hij slaagde er echter in zijn stem onder controle te houden.

'Ik wilde je alleen maar even bedanken voor gisteravond.'

'Dat had niet gehoeven.'

'Ben je goed thuisgekomen?'

'Ik heb bijna een haas overreden, maar verder is er niets gebeurd.'

'Ik zit hier op mijn werkkamer en probeer me voor te stellen wat jij op een zaterdagochtend doet, maar ik realiseer me dat ik je waarschijnlijk alleen maar stoor.'

'Helemaal niet. Ik ben het huishouden aan het doen.'

'Dit is misschien niet het juiste moment, maar ik wilde toch vragen of je denkt dat we elkaar dit weekend misschien nog kunnen zien.'

'Dat zou mij morgen het beste uitkomen. Kun je me straks terugbellen? Later in de middag?'

Wallander beloofde dat te zullen doen.

Na het gesprek bleef hij met de telefoon in zijn hand zitten. Hij wist zeker dat hij haar gestoord had. Haar stem had een beetje anders geklonken. Ik verbeeld het me, dacht hij. Die fout heb ik bij Baiba ook gemaakt. Ik ben zonder het aan te kondigen naar Riga gereisd om te kijken of ik gelijk had. Dat er een andere man in haar leven was. Maar die was er helemaal niet.

Hij besloot dat het was zoals zij had gezegd. Ze was met het huishouden bezig. Anders niets. Wanneer hij haar later die middag belde, zou ze vast heel anders klinken.

Wallander reed door naar Runnerströms Torg. De wind was nu vrijwel gaan liggen.

Hij was juist Skansgatan ingedraaid toen hij heftig moest remmen en het stuur omgooien. Een vrouw was op het trottoir gestruikeld en midden voor hem op de weg terechtgekomen. Wallander wist de auto tot stilstand te brengen, maar botste wel tegen een lantaarnpaal. Hij voelde hoe hij begon te trillen. Hij opende het portier en stapte uit. Hij wist zeker dat hij haar niet had aangereden, maar toch was ze gevallen. Toen Wallander zich over haar heen boog, zag hij dat ze erg jong was, nauwelijks ouder dan veertien, vijftien jaar. En ze was flink onder invloed. Van alcohol of drugs. Wallander probeerde haar aan te spreken, maar hij kreeg alleen maar onduidelijk gelal als antwoord. Er stopte een auto. De chauffeur kwam aanrennen en vroeg of er een ongeluk was gebeurd.

'Nee,' zei Wallander, 'maar u kunt me helpen door te proberen haar overeind te krijgen.'

Dat lukte hun niet. Het meisje kon niet op haar benen staan.

'Is ze dronken?' vroeg de man die Wallander hielp. Zijn stem was vervuld van afschuw.

'We nemen haar mee naar mijn auto', zei Wallander. 'Ik breng haar naar het ziekenhuis.'

Ze slaagden erin haar naar Wallanders auto te slepen en op de achterbank te zetten. Wallander bedankte de man voor zijn hulp en reed weg. Het meisje op de achterbank steunde. Toen begon ze over te geven. Wallander werd zelf ook misselijk. Over jongeren die onder invloed waren maakte hij zich allang niet meer druk, maar dit kind was er wel erg slecht aan toe. Hij sloeg af naar de polikliniek en wierp een blik over zijn schouder. Ze braakte zijn jas en de achterbank onder. Toen hij stopte, begon ze aan de hendel van het portier te rukken en te trekken om eruit te komen.

'Blijf zitten', snauwde hij. 'Ik ga iemand halen.'

Hij belde aan bij de polikliniek. Tegelijkertijd draaide er naast hem een ambulance het terrein op. Wallander herkende de chauffeur. Die heette Lagerbladh en werkte al jaren bij de ambulancedienst. Ze groetten elkaar.

'Heb jij een patiënt of kom je iemand halen?' vroeg Wallander.

Lagerbladhs collega dook naast hen op. Wallander gaf hem een knikje. Deze man had hij nog nooit eerder gezien.

'We komen iemand ophalen', zei Lagerbladh.

'Dan mogen jullie mij eerst helpen', zei Wallander.

Ze liepen met hem mee naar zijn auto. Het was het meisje gelukt om het portier open te krijgen, maar ze was niet in staat om uit te stappen. Haar bovenlichaam hing nu uit de auto. Wallander bedacht dat hij nog nooit zoiets gezien had. Haar vieze haar dat over het natte asfalt sleepte. Haar ondergekotste jas. En haar lallende pogingen om zich verstaanbaar te maken.

'Waar heb je haar gevonden?' vroeg Lagerbladh.

'Ik had haar bijna overreden.'

'Normaal zijn ze pas 's avonds dronken.'

'Ik weet niet zeker of dit wel alcohol is', zei Wallander.

'Het kan van alles zijn. In deze stad vind je alles wat je hartje begeert. Heroïne, cocaïne, XTC, noem maar op.'

Lagerbladhs collega was een brancard gaan halen.

'Volgens mij ken ik haar', zei Lagerbladh. 'Ik vraag me af of ik haar niet al een keer in de ambulance heb gehad.'

Hij boog zich voorover en trok onzacht aan haar jas. Ze protesteerde maar zwakjes. Met enige moeite wist Lagerbladh een legitimatie te vinden.

'"Sofia Svensson"', las hij. 'Die naam zegt me niks, maar ik herken haar wel. Ze is veertien jaar.'

Net zo oud als Eva Persson, dacht Wallander. Wat gebeurt er toch allemaal?

De brancard was er inmiddels. Ze tilden haar erop. Lagerbladh wierp een blik op de achterbank en trok een vies gezicht.

'Het zal niet gemakkelijk zijn om dat schoon te krijgen', zei hij.

'Bel me', zei Wallander. 'Ik wil weten hoe het gaat. En wat ze heeft binnengekregen.'

Lagerbladh beloofde wat van zich te laten horen. Ze verdwenen met de brancard. Het was harder gaan regenen. Wallander staarde naar de achterbank. Vervolgens zag hij hoe de deuren van de polikliniek dichtgingen. Hij werd overvallen door een oneindig gevoel van vermoeidheid. Ik zie om me heen een samenleving die uiteenvalt, dacht hij verbitterd. Ooit was Ystad een klein stadje, omringd door vruchtbaar akkerland. Je had hier een haven en een paar veerboten die ons met het vasteland van Europa verbonden. Maar niet al te stevig. Malmö was ver weg. Wat daar gebeurde, kwam hier nauwelijks voor. Die tijd is allang voorbij. Nu bestaan er geen verschillen meer. Ystad ligt midden in Zweden. Binnenkort ligt het ook midden in de wereld. Erik Hökberg kan achter zijn computers zaken zitten doen in verre landen. En hier, net zoals in alle grote steden, strompelt op een vroege zaterdagochtend een jong meisje stomdronken of zwaar onder de drugs rond. Ik weet nauwelijks wat ik nou eigenlijk zie, maar het is een land dat wordt gekenmerkt door ontheemding, doordesemd van zijn eigen kwetsbaarheid. Wanneer er geen elektriciteit is, stokt alles. En die kwetsbaarheid is diep doorgedrongen in het leven van ieder individueel mens. Sofia Svensson symboliseert dat precies. Evenals Eva Persson. En Sonja Hökberg. En de vraag is of ik iets anders kan doen dan hen toelaten tot mijn letterlijke of figuurlijke achterbank en hen naar het ziekenhuis of politiebureau brengen.

Wallander liep naar een container en vond een paar natte kranten. Daarmee maakte hij de achterbank provisorisch schoon. Daarna liep hij rond de auto om de gedeukte grill te bekijken. Het regende nu hard, maar het kon hem niet schelen dat hij nat werd.

Hij stapte in en begon voor de tweede keer aan zijn rit naar Runnerströms Torg. Opeens moest hij aan Sten Widén denken. Die zijn boeltje verkocht en vertrok. Zweden is een land geworden dat mensen ontvluchten, dacht hij. Wie de mogelijkheid heeft, vertrekt. Over blijven mensen zoals ik. En Sofia Svensson. En Eva Persson. Hij merkte dat hij er ontdaan van was. Vanwege hen, maar ook vanwege zichzelf. We zijn bezig de toekomst van een hele generatie te verkwanselen, dacht hij. Jonge mensen die van scholen komen waar de leraren tevergeefs vechten, met te grote klassen en krimpende middelen. Jonge mensen die niet eens in de buurt komen van een fatsoenlijke baan. Die niet alleen overbodig zijn, maar die zich gewoon ronduit onwelkom voelen. In hun eigen land.

Hoelang hij zo in gedachten verzonken bleef zitten wist hij

niet, maar opeens werd er op de ruit geklopt. Hij schrok op. Het was Martinson, die daar glimlachend met een zak koffiebroodjes in zijn hand stond. Ondanks alles was Wallander blij hem te zien. Normaal gesproken zou hij zeker hebben verteld over het meisje dat hij net naar het ziekenhuis had gebracht, maar nu zei hij niets. Hij stapte alleen maar uit.

'Ik dacht dat je hier zat te slapen.'

'Ik zat na te denken', zei Wallander kortaf. 'Is Alfredsson er al?'

Martinson barstte in lachen uit.

'Het is wel apart dat hij nog op zijn naamgenoot lijkt ook. Althans uiterlijk. Maar je kunt niet echt van hem zeggen dat hij een komiek is.'

'Is Robert Modin er al?'

'Die ga ik om één uur halen.'

Ze waren de straat overgestoken en liepen de trappen op.

'Er is ene meneer Setterkvist opgedoken', zei Martinson. 'Een barse oude heer. Hij vroeg zich af wie in de toekomst Falks huur zou betalen.'

'Ik heb de man ontmoet', antwoordde Wallander. 'Hij is degene die heeft onthuld dat Falk dit extra appartement had.'

Zwijgend liepen ze verder. Wallander dacht aan het meisje dat op zijn achterbank had gelegen. Hij voelde zich niet op zijn gemak.

Toen ze boven aan de trap waren gekomen bleven ze staan.

'Alfredsson lijkt nogal breedvoerig', zei Martinson. 'Maar hij is vast heel goed. Hij is bezig te analyseren wat we tot nu toe hebben ontdekt. Zijn vrouw belt trouwens de hele tijd om te klagen dat hij niet thuis is.'

'Ik kom me alleen maar even voorstellen', zei Wallander. 'Daarna laat ik jullie weer alleen totdat Modin er is.'

'Wat beweerde hij nou eigenlijk dat hij had ontdekt?'

'Dat weet ik niet precies. Maar hij was ervan overtuigd dat hij nu een manier wist om dieper in Falks geheimen door te dringen.'

Ze gingen naar binnen. Martinson had gelijk. De man van

de Rijksrecherche deed werkelijk denken aan zijn beroemde naamgenoot. Wallander moest onwillekeurig glimlachen. Bovendien werden daardoor zijn sombere gedachten verdreven. Althans tijdelijk. Ze stelden zich aan elkaar voor.

'Wij zijn natuurlijk dankbaar dat je op zo'n korte termijn hier kon komen', zei Wallander.

'Had ik dan een keuze?' antwoordde Alfredsson zuur.

'Ik heb koffiebroodjes gekocht', zei Martinson. 'Misschien dat dat ons wat oppept.'

Wallander besloot meteen te vertrekken. Pas wanneer Modin verscheen, kon zijn aanwezigheid van waarde zijn.

'Bel me wanneer Modin er is', zei hij tegen Martinson. 'Ik vertrek nu.'

Alfredsson zat achter de computer. Opeens gaf hij een gil.

'Er komt een bericht voor Falk binnen', zei hij.

Wallander en Martinson liepen naar hem toe en keken op het scherm. Een knipperende stip vertelde dat er een e-mail was gekomen. Alfredsson haalde het bericht op.

'Het is voor jou', zei hij verbaasd, terwijl hij Wallander aankeek.

Wallander zette zijn bril op en las de tekst.

Het bericht was van Robert Modin.

'Ze hebben me opgespoord. Ik heb hulp nodig. Robert.'

'Godverdomme', zei Martinson. 'Hij zei dat hij zijn sporen had uitgewist.'

Niet wéér een, dacht Wallander wanhopig. Dat wordt me te veel.

Hij stond al op de trap. Martinson kwam vlak achter hem aan.

Martinsons auto stond dichterbij dan die van Wallander. Wallander zette het blauwe zwaailicht erop.

Toen ze Ystad verlieten, was het tien uur 's ochtends.

De regen kwam met bakken uit de lucht.

34

Toen ze na een halsbrekende autorit in Löderup aankwamen, maakte Wallander kennis met Robert Modins moeder. Ze was een erg dikke vrouw, die heel nerveus overkwam. Maar nog opvallender was dat ze watten in haar neusgaten had en op de bank lag met een vochtige handdoek op haar voorhoofd.

Toen ze het erf opreden, ging de voordeur open en kwam de vader van Robert Modin hen al tegemoet. Wallander pijnigde zijn hersens. Had hij ooit gehoord hoe Robert Modins vader van zijn voornaam heette? Hij vroeg het aan Martinson.

'Hij heet Axel Modin.'

Ze stapten uit. Het eerste wat Axel Modin zei, was dat Robert de auto had gepakt. Dat herhaalde hij telkens weer, in dezelfde bewoordingen.

'De jongen heeft de auto gepakt. En hij heeft niet eens een rijbewijs.'

'Kan hij überhaupt autorijden?' vroeg Martinson.

'Ternauwernood. Ik heb geprobeerd het hem te leren, maar ik snap niet hoe ik zo'n onhandige zoon heb kunnen krijgen.'

Van computers heeft hij anders wel verstand, dacht Wallander. Hoe dat nu kan.

Ze renden door de heftige regen over het erf naar binnen. In de hal zei Axel Modin met zachte stem dat zijn vrouw in de woonkamer was.

'Ze heeft neusbloedingen', zei hij. 'Die krijgt ze altijd wanneer ze over haar toeren is.'

Wallander en Martinson gingen naar binnen en stelden zich voor. De vrouw begon meteen te huilen toen Wallander zei dat ze van de politie waren.

'We kunnen beter in de keuken gaan zitten', zei Axel Modin. 'Dan heeft ze rust. Ze is een beetje zenuwachtig aangelegd.'

Toen Wallander hoorde hoe de man over zijn echtgenote sprak, bespeurde hij een ondertoon van somberheid, misschien van verdriet. Ze gingen naar de keuken. De man duwde de deur dicht, maar sloot deze niet helemaal. Tijdens het gesprek had Wallander ook het gevoel dat Modin voortdurend zijn oren gespitst hield of hij zijn vrouw op de bank misschien hoorde.

Modin vroeg of ze koffie wilden. Beiden sloegen dat af. Het gevoel dat haast geboden was, was sterk. Wallander had zich tijdens de autorit gerealiseerd dat hij nu echt bang was. Wat er gaande was, wist hij niet. Hij was er echter van overtuigd dat de kans bestond dat Robert gevaar liep. Ze hadden al twee dode jongelui en Wallander kon de gedachte niet verdragen dat het een derde keer zou gebeuren. Het was alsof ze binnenkort in figuurlijke zin veertig dagen in een woestijn hadden doorgebracht en het risico liepen te veranderen in pilaren van incompetentie indien ze er niet in slaagden de jongeman te beschermen die hun met zijn grote computerkennis terzijde had gestaan. Tijdens de rit naar Löderup was Wallander doodsbenauwd geweest vanwege Martinsons halsbrekende toeren achter het stuur, maar hij had niets gezegd. Pas tijdens het laatste gedeelte van hun tocht, toen de weg zo slecht was geworden dat Martinson zijn snelheid wel moest aanpassen, had hij een paar vragen gesteld.

'Hoe wist hij dat wij op Runnerströms Torg waren? En hoe kon hij dat e-mailbericht naar Falks computer sturen?'

'Het kan toch zijn dat hij geprobeerd heeft je te bellen', zei Martinson. 'Had je je mobieltje wel aanstaan?'

Wallander pakte de telefoon uit zijn zak. Die stond uit. Hij vloekte luid.

'Hij zal wel hebben geraden waar we zaten', vervolgde Martinson. 'En het e-mailadres van Falk had hij natuurlijk genoteerd. Aan zijn verstand mankeert niet veel.'

Verder waren ze niet gekomen voordat ze het erf van Modin opdraaiden. En nu zaten ze in de keuken.

'Wat is er gebeurd?' vroeg Wallander. 'We kregen van Robert iets wat je een noodkreet kunt noemen.'

Axel Modin keek hen vragend aan.

'Een noodkreet?'

'Hij stuurde een bericht per computer. Maar nu is het belangrijk dat u kort en bondig vertelt wat er is gebeurd.'

'Ik weet van niets', zei Axel Modin. 'Ik wist niet eens dat jullie eraan kwamen. Maar ik heb wel gehoord dat hij de laatste dagen 's nachts veel op is geweest. Waar hij mee bezig is, weet ik niet. Behalve dan dat het met die ongelukkige computers is. Toen ik vanochtend om zes uur wakker werd, hoorde ik dat hij nog steeds wakker was. Hij had dus de hele nacht niet geslapen. Ik heb bij hem aangeklopt en gevraagd of hij koffie wilde. Hij zei ja. Toen de koffie klaar was, heb ik hem geroepen. Na bijna een halfuur kwam hij naar beneden, maar hij zei niets. Hij leek helemaal in zijn eigen wereld op te gaan.'

'Was dat wel vaker zo?'

'Ja. Ik was dus niet verbaasd. Ik kon aan hem zien dat hij niet geslapen had.'

'Heeft hij ook verteld waar hij mee bezig was?'

'Dat deed hij nooit. Dat heeft ook weinig zin. Ik ben een oude man, die niets begrijpt van computers.'

'Wat gebeurde er daarna?'

'Hij dronk zijn koffie op, schonk een glas water in en ging weer naar boven.'

'Ik dacht dat hij geen koffie dronk', zei Martinson. 'Dat hij alleen maar heel speciale drankjes nuttigde.'

'Koffie is de uitzondering. Maar verder klopt het. Hij is veganist.'

Wallander wist helemaal niet wat veganisme nou eigenlijk precies inhield. Linda had een keer geprobeerd het aan hem uit te leggen en ze had gesproken over milieubewustzijn, boekweit en linzen. Maar dat deed er nu allemaal niet toe. Hij ging door.

'Hij ging dus terug naar boven. Hoe laat was het toen?'

'Kwart voor zeven.'

'Heeft er vanochtend ook iemand gebeld?'

'Hij heeft natuurlijk een mobiele telefoon. Die hoor ik niet.'

'Wat is er daarna gebeurd?'

'Om acht uur ben ik mijn vrouw haar ontbijt gaan brengen. Toen ik langs Roberts kamer liep, was het binnen stil. Ik heb nog even geluisterd of hij ook in slaap was gevallen.'

'En was hij dat?'

'Het was stil. Maar volgens mij sliep hij niet. Ik denk dat hij zat na te denken.'

Wallander fronste zijn voorhoofd.

'Hoe kunt u dat weten?'

'Dat weet ik ook niet. Maar toch kun je voelen of er achter een gesloten deur iemand zit na te denken. Dat is toch zo?'

Martinson knikte. Wallander ergerde zich aan wat hij beschouwde als uitsloverigheid van Martinson. Jij merkt om de donder niet of ik achter mijn gesloten deur zit na te denken, dacht hij.

'We gaan verder. U bracht uw vrouw ontbijt op bed.'

'Niet op bed. Ze zit aan een tafeltje in de slaapkamer. 's Ochtends is ze nerveus en dan heeft ze tijd nodig.'

'Wat gebeurde er toen?'

'Ik ben naar beneden gegaan om de afwas te doen en de katten te voeren. En de kippen. We hebben ook een paar ganzen. Ik ben naar de brievenbus gelopen om de krant te halen. Daarna heb ik nog een kop koffie gedronken en de krant doorgebladerd.'

'En de hele tijd was het boven stil?'

'Ja. Maar toen gebeurde het.'

De aandacht van Martinson en Wallander verscherpte meteen nog meer. Axel Modin stond op en liep naar de deur van de woonkamer die een beetje openstond. Hij deed die nog wat verder dicht totdat hij nog maar op een klein kiertje openstond. Hij keerde terug naar de tafel en ging zitten.

'Opeens hoorde ik de deur van Roberts kamer opengaan. Hij kwam de trap af denderen. Ik kon nog net opstaan voordat hij de keuken binnenkwam. Ik zat op deze stoel waar ik nu ook zit. Hij keek helemaal verwilderd en staarde me aan alsof hij een spook zag. Voordat ik iets had kunnen zeggen vloog hij weg om de buitendeur op slot te doen. Hij kwam weer terug en vroeg of ik iemand had gezien. Schreeuwen deed hij. Of ik iemand had gezien.'

'Waren dat zijn woorden? Of u "iemand had gezien"?'

'Hij leek helemaal buiten zinnen. Ik vroeg wat er aan de hand was, maar hij luisterde niet. Hij keek door de ramen. Hier in de keuken en in de woonkamer. Ondertussen was mijn vrouw boven beginnen te roepen. Ze was bang geworden. Het was in die minuten enorm chaotisch. Maar het werd nog erger.'

'Wat gebeurde er?'

'Hij kwam de keuken weer binnen met mijn buks. En hij schreeuwde dat hij patronen wilde hebben. Ik werd bang en vroeg wat er was gebeurd, maar hij zei niets. Hij wilde patronen hebben. Maar die heb ik hem niet gegeven.'

'Wat gebeurde er daarna?'

'Hij smeet de buks in de woonkamer op de bank en pakte in de hal de autosleutels. Ik probeerde hem tegen te houden, maar hij duwde me weg en ging ervandoor'

'Hoe laat was het toen?'

'Dat weet ik niet. Mijn vrouw zat te gillen op de trap. Ik moest me om haar bekommeren. Maar het zal kwart over negen geweest zijn.'

Wallander keek op zijn horloge. Dat was nu ruim een uur geleden. Hij had zijn noodkreet verstuurd en was toen vertrokken.

Wallander stond van tafel op.

'Hebt u gezien welke kant hij opging?'

'In noordelijke richting.'

'Nog iets. Hebt u ook iemand gezien toen u buiten was om de krant op te halen en de kippen te voeren?'

'Wie had dat moeten zijn? Met dit weer?'

'Een auto misschien. Die geparkeerd stond. Of die over de weg voorbijkwam.'

'Er is hier niemand geweest.'

Wallander knikte naar Martinson.

'We moeten zijn kamer bekijken', zei Wallander.

Axel Modin leek in elkaar gezakt aan tafel te zitten.

'Kan iemand mij uitleggen wat er gaande is?'
'Nu even niet', zei Wallander. 'Maar we gaan proberen Robert te vinden.'
'Hij was bang', zei Axel Modin. 'Ik heb hem nog nooit zo bang gezien.'
En vervolgens, na een korte stilte: 'Hij was net zo bang als zijn moeder altijd is.'
Martinson en Wallander liepen naar boven. Martinson wees naar de buks die tegen de trapleuning stond. Toen ze Roberts kamer binnenstapten, blonken twee computerschermen hun tegemoet. Er lagen kleren over de vloer. De prullenbak naast het bureau puilde uit.
'Tegen negenen gebeurt er iets', zei Wallander. 'Hij wordt bang. Hij verstuurt zijn noodkreet naar ons en vertrekt. Hij is wanhopig. En letterlijk doodsbenauwd. Hij wil patronen voor de buks. Hij kijkt door de ramen en pakt daarna de auto.'
Martinson wees naar het mobieltje dat naast een van de twee computers lag.
'Misschien werd hij gebeld', zei hij. 'Of hij heeft zelf gebeld en hij heeft toen iets te horen gekregen wat hem meteen angst aanjoeg. Jammer dat hij zijn mobieltje niet mee heeft genomen toen hij verdween.'
Wallander wees naar de computers.
'Als hij ons iets stuurt, kan het ook zijn dat hij zelf een bericht heeft ontvangen. Hij heeft geschreven dat iemand hem op het spoor was en dat hij hulp nodig had.'
'Maar hij heeft niet gewacht. Hij is vertrokken.'
'Dat betekent dat er nog iets gebeurd kan zijn nadat hij zijn bericht aan ons heeft gestuurd. Of hij kon het gewoon niet opbrengen om te wachten.'
Martinson was aan het bureau gaan zitten.
'Deze laten we even voor wat hij is', zei hij, terwijl hij wees op de kleinste van de twee laptops.
Wallander vroeg niet hoe Martinson kon weten welke de belangrijkste was. Hij was nu van hem afhankelijk. Dat was voor Wallander een ongebruikelijke situatie. Een van zijn naas-

te collega's kon op dit moment meer dan hijzelf.

Martinson zat achter het toetsenbord te typen. De regen sloeg tegen het raam. Wallander keek in de kamer rond. Er hing een poster aan de muur met daarop een grote wortel. Dat was het enige wat afweek van de indruk dat alles in deze kamer draaide om de elektronische wereld. Boeken, diskettes, technische apparatuur. Kabels die ingewikkelde slangennesten vormden. Een modem, een printer, een televisie, twee videorecorders. Wallander ging naast Martinson staan en zakte door zijn knieën. Wat kon Robert Modin door het raam hebben gezien wanneer hij achter zijn computers zat? Heel in de verte een weg. Daar was misschien een auto verschenen, dacht Wallander. Hij keek nog een keer in de kamer rond. Martinson zat te tikken en te mompelen. Wallander tilde voorzichtig een stapel papier op. Er lag een kijker onder. Hij richtte die op de weg die buiten in de dampende regen lag. Een ekster vloog door het beeld. Onwillekeurig schrok Wallander op. Verder was er niets. Een half in elkaar gezakte omheining, een paar bomen. En een weg die tussen de akkers door kronkelde.

'Hoe gaat het?' vroeg hij.

Martinson gaf geen antwoord. Hij mompelde iets onduidelijks. Wallander zette zijn bril op en begon de papieren die naast de computers lagen te bestuderen. Robert Modin had een moeilijk leesbaar handschrift. Er zaten berekeningen en neergekrabbelde zinnen bij, vaak onafgemaakt, zonder begin of einde. Eén woord keerde meerdere malen terug. 'Vertraging'. Soms gevolgd door een vraagteken. Soms onderstreept. 'Vertraging'. Wallander bladerde verder tussen de papieren. Op een vel had Robert Modin een zwarte kat getekend met spitse oren en een staart die overging in een kabel die in de knoop zat. Kladwerk dat je maakt als je zit na te denken, begreep Wallander. Of wanneer je naar iemand zit te luisteren. Op het volgende blad had Robert Modin weer een aantekening gemaakt: 'Programmering afgesloten wanneer?' Gevolgd door nog twee woorden: 'Insider noodzakelijk?' Veel vraagtekens, dacht Wallander. Hij zoekt naar een antwoord. Net als wij.

'Hier', zei Martinson opeens. 'Hij heeft een e-mail gekregen. Daarna roept hij onze hulp in.'

Wallander boog zich voorover en las wat er op het scherm stond.

'You have been traced.'

Verder niets. Alleen dat. 'U bent opgespoord.'

'Is er nog meer?' vroeg Wallander.

'Na dit bericht heeft hij niets meer binnengekregen.'

'Wie heeft dat bericht verstuurd?'

Martinson wees op het scherm.

'Lukrake cijfer- en lettercombinaties als afzender. Iemand die niet wil vertellen wie hij is.'

'Maar waar komt het vandaan?'

'De provider heet Vesuvius', zei Martinson. 'We kunnen natuurlijk uitzoeken waar die zit. Maar dat kost tijd.'

'Het is dus niet in Zweden?'

'Waarschijnlijk niet.'

'De Vesuvius is een vulkaan in Italië', zei Wallander. 'Kan het bericht daarvandaan komen?'

'Dat kan ik je niet meteen zeggen, maar we kunnen het natuurlijk proberen.'

Martinson ging een antwoord voorbereiden voor de cijfers en letters die als afzender stonden vermeld.

'Wat moet ik schrijven?'

Wallander dacht na.

'"Wilt u dit bericht alstublieft herhalen"', zei hij. 'Schrijf dat maar.'

Martinson knikte goedkeurend en schreef dat op in het Engels.

'Ondertekend door Robert Modin?'

'Precies.'

Martinson drukte op 'Verzenden'. De tekst verdween in cyberspace. Daarna verscheen het bericht dat de geadresseerde niet bereikbaar was.

'Dat weten we dan ook weer', zei Wallander.

'Zeg jij maar wat we nu moeten doen', zei Martinson. 'Waar

moet ik eigenlijk naar zoeken? Waar die Vesuvius zit of iets anders?'

'Stuur een vraag het internet op', zei Wallander. 'Of aan iemand die verstand heeft van dit soort dingen. Of iemand weet waar die Vesuvius zit.'

Daarna bedacht hij zich.

'Stel de vraag op een andere manier. Zit Vesuvius in Angola?'

Martinson was verbaasd.

'Denk jij nog steeds dat die ansichtkaart uit Luanda belangrijk is?'

'Ik denk dat die kaart op zichzelf geen betekenis heeft, maar Tynnes Falk heeft jaren geleden in Luanda iemand leren kennen. Toen is er iets gebeurd. Ik weet niet wat, maar ik ben ervan overtuigd dat dat belangrijk is. Cruciaal zelfs.'

Martinson keek hem aan.

'Soms vind ik dat je je intuïtie overschat. Sorry dat ik het zeg.'

Wallander moest zich inhouden om zijn hoofd niet te verliezen. Verontwaardiging over wat Martinson had gedaan welde in hem op. Maar hij beheerste zich. Robert Modin was op dit moment het belangrijkste. Wallander knoopte echter Martinsons woorden goed in zijn oren. Als hij wilde, kon hij rancuneus zijn. Nu zou hij eens laten zien dat hij dat ook echt was.

Er was echter ook nog iets anders wat hem weerhield. Een gedachte die opeens bij hem was opgekomen toen Martinson zijn opmerking maakte.

'Robert Modin consulteerde zijn vrienden', zei hij. 'Eentje zit er in Californië en een andere in Rättvik. Heb jij misschien hun e-mailadressen genoteerd?'

'Ik heb alles opgeschreven', antwoordde Martinson chagrijnig. Wallander nam aan dat hij zich eraan ergerde dat hij dit zelf niet had bedacht.

Dat deed hem deugd. Een klein voorproefje van wraak.

'Ze zullen er waarschijnlijk niets op tegen hebben dat wij wat vragen over Vesuvius', zei Wallander. 'Als je er meteen bij zet dat we het voor Robert doen. Ondertussen ga ik proberen of ik hem kan vinden.'

'Maar wat betekent dit bericht eigenlijk?' vroeg Martinson.
'Hij heeft zijn sporen dus niet uitgewist. Is dat het?'
'Jij bent hier degene met kennis van de geautomatiseerde wereld', zei Wallander. 'Ik niet. Maar ik heb een gevoel dat steeds sterker wordt. Je moet me maar corrigeren als ik het helemaal mis heb. Dit gevoel heeft niets met mijn intuïtie te maken, maar met feiten, simpele feiten. Zoals bijvoorbeeld dat ik heb gemerkt dat iemand de hele tijd enorm goed op de hoogte lijkt van waar wij mee bezig zijn.'
'We weten dat iemand Apelbergsgatan en Runnerströms Torg in de gaten heeft gehouden. Iemand heeft in Falks appartement een schot afgevuurd.'
'Dat is het niet. Ik heb het niet over een persoon. Die mogelijk Fu Cheng heet en een Aziatisch uiterlijk heeft. Althans niet in de eerste plaats. Het lijkt wel alsof we een lek hebben op het bureau.'
Martinson barstte in lachen uit. Of dat spottend bedoeld was of niet kon Wallander op dat moment niet beoordelen.
'Je meent toch niet serieus dat iemand van ons hierin betrokken zou zijn?'
'Nee. Maar ik vraag me af of er een andere scheur kan zijn. Waardoor er zowel water naar binnen als naar buiten sijpelt.'
Wallander wees naar de computer.
'Falks computer is natuurlijk ultramodern. Ik vraag me gewoon af of iemand soms met hetzelfde bezig is als wij. En informatie uit onze computers tapt.'
'De bestanden van de Rijkspolitie zijn zeer goed beveiligd.'
'Maar onze eigen computers? Zijn die zo waterdicht dat iemand die over de technische middelen en het doorzettingsvermogen beschikt zich daar niet in kan nestelen? Ann-Britt en jij maken al jullie verslagen op de computer. Wat Hanson doet weet ik niet. Ik doe het niet vaak. Nyberg zit met zijn computer te worstelen. De forensische verslagen komen in een papieren versie en als elektronisch bestand bij ons binnen. Wat gebeurt er als iemand zich in ons vastbijt en de inhoud eruit haalt? Zonder dat we dat zelf in de gaten hebben?'

'Dat klinkt niet aannemelijk', zei Martinson. 'Het systeem is erg goed beveiligd.'

'Het is maar een gedachte', zei Wallander. 'Tussen vele andere.'

Hij verliet Martinson en liep de trap af. Door de halfgeopende deur zag hij hoe Modin een arm had geslagen om zijn reusachtige vrouw, die nog steeds watjes in haar neus had. Het was een beeld dat hem tegelijkertijd met medelijden en een onduidelijk gevoel van blijdschap vervulde. Wat het sterkst was, kon hij niet vaststellen. Hij klopte voorzichtig op de deur.

Axel Modin kwam naar buiten.

'Mag ik van uw telefoon gebruikmaken?' vroeg Wallander.

'Wat is er eigenlijk gebeurd? Waarom is Robert zo bang?'

'Dat proberen we nu uit te zoeken. Maar u hoeft zich niet ongerust te maken.'

Wallander bad in stilte dat wat hij zei bewaarheid zou worden. Hij ging bij de telefoon zitten die in de hal stond. Voordat hij de hoorn pakte, bedacht hij wat hij moest doen. Ten eerste moest hij besluiten of zijn ongerustheid gegrond was. Maar het bericht was echt genoeg, wie het ook had verzonden. Bovendien werd het hele onderzoek gekenmerkt door het feit dat iets tegen iedere prijs verborgen moest blijven. Dat wilden mensen die er niet voor terugdeinsden om te doden. Wallander besloot dat de bedreiging aan het adres van Robert Modin echt was. Hij durfde niet het risico te nemen dat hij een foute inschatting maakte. Hij pakte de hoorn op en belde naar het politiebureau. Ditmaal had hij geluk. Hij slaagde er meteen in Ann-Britt te pakken te krijgen. Hij legde de situatie aan haar uit. In de eerste plaats waren er auto's nodig die de nabije omgeving van Löderup uitkamden. Als het klopte dat Robert Modin een slechte chauffeur was, dan was hij waarschijnlijk nog niet zo ver weg. Bovendien bestond de kans dat hij een ongeluk veroorzaakte waarvan hijzelf of anderen het slachtoffer werden. Wallander riep Axel Modin en vroeg hem om een beschrijving van de auto en het kenteken. Ann-Britt schreef op wat hij zei en beloofde ervoor te zullen zorgen dat er patrouilles op pad gingen. Wallander hing op en ging weer naar boven. Martinson had nog niets gehoord van Modins adviseurs.

'Ik moet je auto lenen', zei Wallander.

'De sleutels zitten erin', antwoordde Martinson zonder van het scherm op te kijken.

Met opgetrokken schouders rende Wallander door de regen naar de auto. Hij had besloten een kijkje te gaan nemen bij de weg die tussen de akkers door kronkelde en waarop Robert Modin vanuit zijn raam uitzicht had. Zeer waarschijnlijk zou dat niets opleveren, maar Wallander wilde daar zeker van zijn. Hij reed het erf af en ging op zoek naar de afslag.

Ergens in zijn bewustzijn knaagde er iets. Een gedachte die zich naar boven worstelde.

Het was iets wat hij zelf had gezegd. Iets over een lijn die stiekem met het netwerk op het politiebureau was verbonden. Precies op het moment dat hij de afslag vond, wist hij weer wat het was.

Hij werd tien. Of misschien was het twaalf. Het was in ieder geval een even jaar, dat wist hij nog. Maar geen acht, dat was te jong. Hij had de boeken van zijn vader cadeau gekregen. Wat zijn moeder hem had gegeven wist hij niet meer. En ook niet wat hij van zijn zus Kristina had gekregen. Maar de boeken hadden in groen cadeaupapier op de ontbijttafel gelegen. Hij had het pakje meteen opengemaakt en gezien dat het bijna goed was. Niet helemaal. Maar bijna. En helemaal niet verkeerd. Hij had *De kinderen van kapitein Grant* van Jules Verne gevraagd. Die titel sprak hem aan. De boeken die hij nu kreeg waren *Het geheimzinnige eiland*, deel een en deel twee. En het waren de echte boeken, die met de rode ruggen en de originele illustraties. Net als *De kinderen van kapitein Grant*. Hij was er diezelfde avond nog in begonnen. En daar was die geweldige, mysterieuze weldoener die de eenzame mannen die schipbreuk hadden geleden en op het eiland waren aangespoeld bezocht. Ze werden ondergedompeld in het mysterie. Wie hielp hen toen de nood het hoogst was? Opeens hadden ze kinine, toen de jonge Pencroff aan malaria leed, op sterven lag en geen macht ter wereld hem had kunnen redden. Toen was de kinine er opeens geweest. En de hond Top zat steeds te grommen bij de diepe put en ze hadden zich afgevraagd waar het beest toch zo onrustig van werd. Ten slotte, toen de vulkaan al was beginnen te trillen, hadden ze de onbekende weldoener gevonden. Ze hadden de geheime leiding gevonden die aan de telegraafdraden was verbonden en die van de grot naar het koraal leidde. Ze hadden die leiding gevolgd en haar in zee zien verdwijnen. En daar, in zijn onderzeeër en zijn grot, hadden ze uiteindelijk kapitein Nemo gevonden, hun onbekende weldoener...

Wallander was op de modderige weg gestopt. Het regende inmiddels wat minder hard, maar nu kwam er mist uit zee opzetten. Hij moest aan de boeken denken. En aan de weldoener in de diepte. Als ik gelijk heb, is het ditmaal andersom, dacht hij. Dat iemand de hele tijd een onzichtbaar oor tegen onze muren houdt en onze gesprekken afluistert. Ditmaal is het geen weldoener in de diepte. Niet iemand die kinine komt brengen, maar iemand die weghaalt wat we het hardst nodig hebben.

Hij reed weer verder. Veel te hard. Maar het was Martinsons auto en hij was nog steeds bezig zijn wraakgevoelens op te bouwen. Nu kreeg de auto de volle laag. Toen hij op het punt kwam waarvan hij dacht dat hij dat door de verrekijker had gezien, stopte hij en stapte uit. De regen was nu bijna helemaal opgehouden. De mist kwam snel opzetten. Hij keek rond. Als Martinson opkeek, zou hij zijn auto zien. En Wallander. Als hij de verrekijker erbij pakte, zou hij Wallanders gezicht kunnen zien. Er zaten sporen van autobanden op de weg. Hij meende ook te kunnen zien dat er op deze plek een auto was gestopt. Maar het waren onduidelijke sporen. De regen had ze bijna uitgewist. Maar er kan hier iemand zijn gestopt, dacht hij. Op een manier die ik niet goed begrijp worden er berichten naar de computer van Robert Modin verzonden. En tegelijkertijd staat hier iemand op de weg om de boel in de gaten te houden.

Wallander werd bang. Als er iemand op de weg had gestaan zou diegene ook hebben gezien dat Robert Modin van huis vertrok.

Wallander voelde hoe het koude zweet hem uitbrak. Het is mijn verantwoordelijkheid, dacht hij. Ik had Robert Modin hier nooit in mogen betrekken. Het was te gevaarlijk en totaal onverantwoord.

Hij dwong zichzelf ertoe rustig te blijven nadenken. Robert Modin was in paniek geraakt en had een buks willen meenemen. Daarna had hij de auto gepakt. Nu was de vraag waar hij naartoe was gegaan.

Wallander keek nog een keer rond. Daarna reed hij terug naar het huis. Axel Modin kwam hem met een vragende blik in de deuropening tegemoet.

'Ik heb Robert niet gevonden', zei Wallander. 'Maar er wordt naar hem gezocht. En er is geen reden tot ongerustheid.'

Axel Modin geloofde hem niet. Wallander zag het aan zijn gezicht. Maar Modin zei niets. Hij sloeg zijn ogen neer. Alsof zijn wantrouwen aanstootgevend was. Uit de woonkamer kwam geen geluid.

'Gaat het wat beter met haar?' vroeg Wallander.

'Ze slaapt. Dat is voor haar altijd het beste. Ze is bang voor de aansluipende mist.'

Wallander knikte in de richting van de keuken. Modin volgde hem. Een grote zwarte kat lag voor het raam en nam Wallander met een waakzame blik op. Wallander vroeg zich af of dat de kat was die Robert had nagetekend. En die een staart had gekregen die in een kabel overging.

'De vraag is waar Robert gebleven kan zijn', zei Wallander, terwijl hij de mist in wees.

Axel Modin schudde zijn hoofd.

'Ik weet het niet.'

'Maar hij heeft vrienden. Toen ik hier voor het eerst kwam, was hij op een feest.'

'Ik heb zijn vrienden gebeld. Niemand heeft hem gezien. Ze hebben beloofd dat ze het laten weten als ze hem zien.'

'U moet nadenken', zei Wallander. 'Hij is uw zoon. Hij is bang en hij gaat ervandoor. Waar kan hij zich verbergen?'

Modin dacht na. De kat bleef Wallander aanstaren.

'Hij vindt het altijd fijn om op het strand te wandelen', zei Modin aarzelend. 'Bij Sandhammaren. Of op de velden bij Backåkra. Iets anders kan ik eigenlijk niet bedenken.'

Wallander twijfelde. Een strand was veel te open, net als de velden rond Backåkra. Maar nu was het mistig. Een betere schuilplaats dan de mist was er in Skåne bijna niet.

'Blijf nadenken', zei Wallander. 'Misschien schiet u nog iets te binnen. Een schuilplaats die hij misschien nog uit zijn jeugd kent.'

Hij liep naar de telefoon en belde Ann-Britt. De patrouillewagens waren al onderweg naar Österlen. De politie in Simrishamn was op de hoogte gebracht en hielp mee. Wallander vertelde over Sandhammaren en Backåkra.

'Ik rij naar Backåkra', zei hij. 'Jij moet een andere wagen naar Sandhammaren sturen.'

Ann-Britt beloofde te doen wat hij zei. Bovendien zou ze zelf naar Löderup komen.

Wallander hing op. Op hetzelfde moment kwam Martinson met grote stappen de trap af.

Wallander zag meteen dat er iets was gebeurd.

'Ik heb een reactie gekregen uit Rättvik', zei Martinson. 'Jij had gelijk. Die server die Vesuvius heet, zit in Luanda, de hoofdstad van Angola.'

Wallander knikte. Het verbaasde hem niet.

Hij voelde echter ook hoe zijn angst toenam.

35

Wallander had het gevoel alsof hij voor een onneembare vesting stond waarvan de muren niet alleen hoog maar ook onzichtbaar waren. Elektronische muren, dacht hij. *Firewalls.* Iedereen heeft het over de nieuwe technologie als een nog onontdekte ruimte waarvan de mogelijkheden ogenschijnlijk oneindig zijn. Maar voor mij is het op dit moment een bolwerk waarvan ik niet weet hoe ik het moet bedwingen.

Ze hadden de e-mailprovider met de naam Vesuvius geïdentificeerd. Die zat in Angola. Martinson had bovendien nog te horen gekregen dat Braziliaanse ondernemers voor de installatie en de service stonden. Maar van wie Falk berichten ontving, wisten ze niet, ook al had Wallander goede redenen om aan te nemen dat het de man was die ze tot nu toe alleen nog maar met de letter C hadden kunnen identificeren. Martinson, die meer wist over de situatie in Angola dan Wallander, meende dat het land zich in een vrijwel chaotische toestand bevond. In het midden van de jaren zeventig had het zich ontdaan van het Portugese kolonialisme, maar daarna had er bijna onafgebroken een burgeroorlog gewoed. Het was de vraag of er een deugdelijk politieapparaat in werking was. Bovendien hadden ze geen idee wie de man die zich C noemde eigenlijk was of hoe hij heette. C kon trouwens ook voor meer dan één persoon staan. Toch had Wallander het gevoel dat er een verband begon te ontstaan, ook al wist hij helemaal niet wat dat inhield. Het was nog steeds onbekend wat er destijds in Luanda was gebeurd, toen Tynnes Falk vier jaar weg was. Het enige waar ze in feite in geslaagd waren, was roeren in een mierenhoop. Nu renden de mieren alle kanten op. Maar wat er in de mierenhoop zelf verborgen zat, wisten ze niet.

Wallander stond Martinson in de hal van Modins huis aan te

staren en voelde zijn angst met de seconde toenemen. Dat was het enige wat hij zeker wist: dat ze tegen iedere prijs Robert Modin moesten vinden voordat het te laat was. Als het dat al niet was. De beelden van Sonja Hökbergs verkoolde en Jonas Landahls verminkte lichaam stonden hem heel helder voor de geest. Wallander wilde meteen in de aanzwellende mist op zoek gaan. Maar alles was vaag en onzeker. Robert Modin was ergens buiten. Hij was bang en hij was op de vlucht. Zoals ook Jonas Landahl er op een veerboot naar Polen vandoor was gegaan. Maar hij was op de terugweg gestrikt. Of ingehaald.

En nu ging het om Robert Modin. Terwijl ze op Ann-Britt zaten te wachten probeerde Wallander Axel Modin nog wat meer onder druk te zetten. Had hij echt geen idee waar zijn zoon naartoe kon zijn gegaan? Hij had vrienden die hadden beloofd het te zullen laten weten als Modin opdook, maar was er verder echt niets anders? Een andere schuilplaats? Terwijl Wallander strijd leverde om Axel Modin iets te laten bedenken wat het verlossende woord kon zijn, was Martinson teruggekeerd naar de computers op de bovenverdieping. Wallander had hem aangespoord om de communicatie met de vrienden in Rättvik en Californië voort te zetten. Misschien dat die iets wisten over een schuilplaats?

Axel Modin bleef maar praten over Sandhammaren en Backåkra. Wallander keek langs hem heen, over hem heen, naar de mist die nu heel dicht was. Met de mist kwam ook die vreemde stilte, die Wallander nergens anders had ervaren dan in Skåne. Juist in oktober en november. Wanneer alles de adem leek in te houden, voor de winter die daarbuiten ook was en zijn tijd beidde.

Wallander hoorde een auto naderen. Hij stond op om de deur open te doen, precies zoals Axel Modin voor hem de deur had opengedaan. Ann-Britt kwam binnen. Ze gaf Modin een hand, terwijl Wallander Martinson ging halen. Daarna gingen ze aan de keukentafel zitten. Axel Modin bewoog zich op de achtergrond, waar ook zijn vrouw was met haar watjes in de neus en haar verborgen angsten.

Voor Wallander was alles nu heel eenvoudig. Ze moesten Robert Modin vinden. Dat was het enige wat telde. Dat er in de mist patrouillewagens rondjoegen, was niet genoeg. Hij zei dat Martinson ervoor moest zorgen dat er regionaal alarm werd geslagen. Alle politiedistricten moesten aan de zoekactie deelnemen.

'We weten niet waar hij zit', zei Wallander. 'Maar hij is in paniek op de vlucht geslagen. We weten niet zeker of het e-mailbericht dat hij kreeg alleen maar een dreigement was. We weten niet of het huis bewaakt werd. Maar daar moeten we wel van uitgaan.'

'Die lui moeten heel bekwaam zijn', zei Martinson, die in de deuropening van de keuken stond met de telefoon aan zijn oor. 'Ik ben ervan overtuigd dat hij zijn sporen heeft uitgewist.'

'Maar dat heeft misschien niet geholpen', wierp Wallander tegen. 'Als hij materiaal heeft gekopieerd en daar vannacht thuis aan is blijven werken. Ook nadat we hem hadden bedankt en afscheid hadden genomen.'

'Ik heb niets gevonden', zei Martinson. 'Maar je kunt natuurlijk gelijk hebben.'

Toen er regionaal politie-alarm was geslagen besloten ze dat Martinson voorlopig in Modins huis zou blijven, dat als provisorisch hoofdkwartier zou dienen. Misschien nam Robert weer contact op. Ann-Britt zou Sandhammaren voor haar rekening nemen, samen met een van de patrouillewagens die erop uitgestuurd was, terwijl Wallander naar Backåkra zou vertrekken.

Op weg naar de auto's zag Wallander dat Ann-Britt bewapend was. Toen zij vertrokken was, liep Wallander terug naar het huis. Axel Modin zat in de keuken.

'De buks', zei Wallander. 'En een paar patronen.'

Wallander zag aan Modins gezicht hoe ongerust hij werd.

'Die neem ik gewoon voor alle zekerheid mee', zei Wallander in een poging hem gerust te stellen.

Modin stond op en verliet de keuken. Toen hij terugkwam, had hij zowel de buks als een doosje patronen bij zich.

Opnieuw zat hij in Martinsons auto. Hij reed naar Backåkra. Het verkeer kroop over de hoofdweg. Autolichten doken in de mist voor hem op en verdwenen weer. De hele tijd probeerde hij te begrijpen waar Robert Modin gebleven was. Wat had hij gedacht toen hij vertrok? Had hij een plan in zijn hoofd gehad of was hij inderdaad hals over kop gevlucht zoals zijn vader had beschreven? Wallander besefte dat hij geen conclusies kon trekken. Hij kende Robert Modin niet.

Bijna was hij het bordje naar Backåkra voorbijgereden. Hij sloeg af en ging harder rijden hoewel de weg smaller werd. Hij verwachtte hier echter geen tegenliggers. Backåkra met het gebouw van de Zweedse Academie was in deze tijd van het jaar vast verlaten. Toen hij op de parkeerplaats kwam, stopte hij en stapte uit. In de verte hoorde hij een misthoorn. Hij rook ook de geur van de zee. Het zicht was nu niet veel meer dan een paar meter. Hij liep over de parkeerplaats. Er stonden geen andere auto's dan die waarmee hij was gekomen. Hij liep naar het gebouw dat bestond uit vier lange zijden rond een binnenplaats. Vergrendeld, afgesloten. Wat doe ik hier? dacht hij. Als hier geen auto staat, is Robert Modin hier ook niet. Toch liep hij door over het grasveld en sloeg rechts af, waar de kring van stenen stond en de meditatieplek was. In de verte schreeuwde even een vogel. Of misschien was het vlakbij. Door de mist was hij onzeker over de afstanden. De buks had hij onder zijn arm, het doosje met patronen in zijn zak. Hij hoorde nu het ruisen van de zee. Hij kwam bij de stenen kring. Er was niemand en er leek ook niemand te zijn geweest. Hij pakte zijn mobieltje uit zijn zak en belde Ann-Britt. Zij nam op in Sandhammaren. Ze hadden nog steeds geen spoor van Modins auto, maar ze had Martinson gesproken die had verteld dat nu alle politiedistricten tot aan de grens met de provincie Småland meehielpen met de zoekactie.

'De mist is lokaal', zei ze. 'Op Sturup landen en vertrekken de vliegtuigen normaal. Even ten noorden van Brösarp is het zicht helder.'

'Zo ver is hij niet gekomen', zei Wallander. 'Hij zit hier ergens in de buurt. Dat weet ik zeker.'

Hij beëindigde het gesprek en begon terug te lopen. Opeens werd zijn aandacht door iets getrokken. Hij luisterde. Een auto naderde de parkeerplaats. Hij luisterde gespannen. De auto waarin Modin was weggegaan was een gewone personenauto, een Golf. Maar het geluid van deze motor klonk anders. Zonder dat hij precies wist waarom laadde hij zijn buks. Daarna liep hij verder. Het geluid van de motor stopte. Wallander bleef staan. Er ging een autoportier open. Maar het ging niet weer dicht. Wallander wist zeker dat het niet Modin was die was gekomen. Waarschijnlijk was het iemand die op het huis moest passen. Of die misschien wilde zien wat voor auto dat was, die daar op de parkeerplaats stond. Er bestond altijd een gevaar dat er werd ingebroken. Wallander liep door, maar opeens bleef hij opnieuw staan. Hij probeerde door de mist heen te kijken. Luisterde of hij iets hoorde. Iets had hem gewaarschuwd. Wat wist hij niet. Hij verliet het pad en liep in een halve cirkel terug naar het huis en de parkeerplaats. Af en toe bleef hij staan. Ik zou het hebben gehoord als iemand de deur van het huis van het slot had gedaan en naar binnen was gegaan, dacht hij.

Maar het is hier stil. Verdacht stil.

Nu zag hij het huis. Hij bevond zich bijna bij de achterkant. Hij deed weer een paar stappen naar achteren. Het huis verdween. Daarna liep hij eromheen in de richting van de parkeerplaats. Hij kwam bij de omheining. Met grote moeite wist hij eroverheen te klimmen. Daarna onderwierp hij de parkeerplaats aan een onderzoek. Het zicht leek nog minder te zijn geworden. Hij besefte dat hij beter niet naar Martinsons auto kon lopen. Hij kon beter nog een omweg maken. Hij bleef dicht bij de omheining om de richting niet kwijt te raken.

Hij was bijna bij de ingang van de parkeerplaats gekomen toen hij plotseling bleef staan. Er stond een auto. Of beter gezegd een busje. Eerst was het hem niet helemaal duidelijk wat hij nu eigenlijk zag, maar toen realiseerde hij zich dat het een donkerblauw Mercedesbusje was.

Snel stapte hij achteruit terug de mist in. Hij luisterde. Zijn hart begon sneller te slaan. Hij bekeek de veiligheidspal van de buks. De deur van de cabine van het busje stond open. Hij bleef nu doodstil staan. Er was geen twijfel over mogelijk. Het busje dat daar stond, was het voertuig dat ze zochten. Waarin Falks lichaam naar de bankautomaat was teruggebracht. Nu was hier iemand in de mist op zoek naar Modin.

Maar Modin is hier niet, dacht Wallander.

Op hetzelfde moment besefte hij dat er nog een heel andere mogelijkheid was. Ze zochten niet naar Modin. Het kon net zo goed zijn dat ze het op hem hadden gemunt.

Als ze Modin het huis hadden zien verlaten, dan hadden ze hem misschien ook gezien. Wat er achter hem in de mist was geweest, kon hij niet weten. Nu herinnerde hij zich dat hij koplampen had zien schijnen. Maar hij was niet door iemand ingehaald.

Het begon te zoemen in zijn jaszak. Wallander schrok op. Hij nam op en antwoordde zachtjes. Maar het was niet Martinson of Ann-Britt. Het was Elvira Lindfeldt.

'Ik hoop niet dat ik stoor', zei ze. 'Maar ik had gedacht dat we morgen misschien iets zouden kunnen afspreken. Als je daar nog steeds zin in hebt.'

'Op dit moment is dat een beetje moeilijk', zei Wallander.

Ze vroeg of hij wat harder kon praten omdat ze hem moeilijk kon verstaan.

'Het zou fijn zijn als ik je later terug kan bellen', zei hij. 'Ik ben op dit moment bezig.'

'Wat zeg je?' zei ze. 'Ik kan je slecht verstaan.'

Hij ging iets harder praten.

'Ik kan nu niet praten. Ik bel je nog.'

'Ik ben thuis', zei ze.

Wallander zette zijn telefoon uit. Dit is waanzin, dacht hij. Ze begrijpt hier niets van. Ze denkt dat ik haar afwijs. Waarom moet ze nu net bellen? Nu ik niet met haar kan praten?

Een duizelingwekkend kort moment ging er ook een andere gedachte door zijn hoofd. Waar die vandaan kwam wist hij niet. Het ging ook zo snel dat hij eigenlijk niet begreep wat er gebeurde. Maar even was de gedachte er, als een duistere onderstroom in zijn hersenen: *Waarom belt ze precies op dit moment? Was dat toeval? Of was er nog een andere reden?*

Hij schudde zijn hoofd om zijn eigen gedachte. Het was absurd. Een gevolg van zijn vermoeidheid en het groeiende gevoel dat hij het slachtoffer was van samenzweringen. Hij bleef met de telefoon in zijn hand staan peinzen of hij haar zou terugbellen, maar besloot dat dat moest wachten. Hij wilde de telefoon weer in zijn zak stoppen, maar op de een of andere manier gleed die uit zijn hand. Hij probeerde hem op te vangen voordat hij op de natte grond viel.

Dat redde zijn leven. Op hetzelfde moment dat hij bukte, knalde het achter hem. De telefoon bleef op de grond liggen. Wallander draaide zich om en hief de buks. Er bewoog iets in de mist. Wallander wierp zich opzij en ging er al struikelend zo snel mogelijk vandoor. Zijn mobieltje had hij niet meer kunnen pakken. Zijn hart bonkte in zijn borst. Wie er had geschoten wist hij niet. Ook niet waarom. Maar hij moet mijn stem hebben gehoord, dacht Wallander. Hij hoorde mij praten en kon mij daardoor lokaliseren. Als ik mijn telefoon niet had laten vallen, dan zou ik hier nu niet staan. Hij raakte verlamd van schrik door die gedachte. De buks trilde in zijn handen. Zijn telefoon zou hij niet meer kunnen vinden. Hij wist ook niet meer waar de auto stond, omdat hij zijn oriëntatie nu helemaal kwijt was. Zelfs de omheining was niet meer zichtbaar. Hij wilde alleen maar weg. Hij liet zich op zijn hurken zakken met de buks in de aanslag. Ergens in de mist was de man nog aanwezig. Wallander probeerde al het wit met zijn blik te doordringen en luisterde gespannen, maar alles was stil. Wallander besefte dat hij niet durfde te blijven. Hij moest hier weg. Snel nam hij een besluit. Hij ontgrendelde de buks en schoot recht de lucht in. De knal was oorverdovend. Daarna rende hij een paar meter verder en luisterde opnieuw. Hij had de omheining nu ontdekt en wist in welke richting hij die moest volgen om bij de parkeerplaats vandaan te komen.

Toen hoorde hij iets anders. Een geluid dat je niet kon missen. Sirenes die dichterbij kwamen. Iemand heeft het eerste schot gehoord, dacht hij. Op dit moment zijn er een heleboel politiemensen op pad. Hij haastte zich naar de ingang van de parkeerplaats. Een gevoel van voorsprong begon langzaam bezit van hem te nemen. Dat veranderde zijn angst in razernij. Voor de tweede keer in korte tijd had iemand op hem geschoten. Ondertussen probeerde hij helder te denken. Het Mercedesbusje stond nog in de mist. En er was maar één uitgang. Als de man die had geschoten ervoor koos om de auto te nemen zouden ze hem kunnen tegenhouden. Als hij er te voet vandoor ging, zou het moeilijker worden.

Wallander was bij de ingang gekomen. Hij rende langs de weg.

De sirenes kwamen dichterbij. Het was meer dan één auto, het waren er twee, misschien zelfs drie. Toen hij de koplampen van de auto's zag, stopte hij en begon met zijn armen te zwaaien. In de eerste wagen zat Hanson. Wallander kon zich niet herinneren dat hij ooit zo blij was geweest om hem te zien.

'Wat gebeurt er?' riep Hanson. 'We kregen een melding dat hier geschoten werd. En Ann-Britt vertelde dat jij hiernaartoe was gereden.'

Wallander legde de situatie zo kort mogelijk uit.

'Iedereen moet kogelvrije vesten aan', zei hij ten slotte. 'En we moeten honden hebben. Maar eerst moeten we ons erop voorbereiden dat hij zal proberen uit te breken.'

De wegversperring was snel opgezet en de politiemensen droegen weldra helmen en kogelvrije vesten. Ann-Britt arriveerde, vlak daarna ook Martinson.

'De mist gaat optrekken', zei Martinson. 'Ik heb het Meteorologisch Instituut gebeld. De mist is heel plaatselijk en begrensd.'

Ze wachtten. Het was op deze zaterdag 18 oktober inmiddels één uur geworden. Wallander had Hansons telefoon geleend en was even apart gaan staan. Hij had het nummer van Elvira Lindfeldt ingetoetst, maar nog voordat zij kon opnemen besloot hij toch maar niet te bellen.

Ze bleven wachten. Er gebeurde niets. Ann-Britt stuurde een

paar nieuwsgierige journalisten weg die de plaats hadden weten te vinden. Niemand had nog iets gehoord over Robert Modin en zijn auto. Wallander probeerde een zinnige conclusie te trekken. Was Modin iets overkomen? Of had hij tot nu toe weten te ontkomen? Wallander wist het niet. Goede antwoorden waren er niet. En in de mist hield zich een gewapende man verborgen. Ze wisten niet wie hij was of waarom hij had geschoten.

Om halftwee begon de mist op te trekken. Het ging heel snel. Opeens werd de mist dunner, vervluchtigde, om daarna helemaal te verdwijnen. De zon kwam te voorschijn. Het Mercedesbusje stond er nog, evenals Martinsons auto. Er was niemand te zien. Wallander ging zijn mobieltje halen.

'Hij is er te voet vandoor gegaan', zei Wallander. 'Hij heeft de auto achtergelaten.'

Hanson belde Nyberg, die toezegde meteen te zullen komen. Ze doorzochten de auto, maar vonden niets wat verried wie de auto bestuurd had. Het enige wat ze vonden was een half leeggegeten blikje met iets wat op vis leek. Een sierlijk etiket vertelde dat het blikje uit Thailand afkomstig was en dat er Plakapong Pom Poi in zat.

'Misschien hebben we nu die Fu Cheng gevonden', zei Hanson.

'Misschien', antwoordde Wallander. 'Maar niets is zeker.'

'Heb je hem helemaal niet gezien?'

Die vraag kwam van Ann-Britt. Wallander raakte meteen geïrriteerd, omdat hij zich aangevallen voelde.

'Nee', zei hij. 'Ik heb niemand gezien. En dat had jij ook niet.'

Ze was beledigd.

'Dat mag ik toch wel vragen', zei ze.

We zijn allemaal moe, dacht Wallander gelaten. Zij en ik. Om nog maar te zwijgen over Nyberg. Maar Martinson misschien niet. Want die heeft energie om in de gangen te lopen konkelen en samenzweren.

Ze begonnen te zoeken met twee honden die meteen een

spoor roken. Dat leidde naar het strand. Nyberg was inmiddels ook met zijn technici gearriveerd.

'Vingerafdrukken', zei Wallander. 'Daar gaat het vooral om. Overeenkomsten met Falks appartementen, zowel Apelbergsgatan als Runnerströms Torg. Het transformatorstation. De tas van Sonja Hökberg. Bovendien de woning van Siv Eriksson.'

Nyberg wierp een blik in het Mercedesbusje.

'Iedere keer dat ik op een plek kom waar geen bloederige lijken liggen of waar zoveel bloed ligt dat je erdoor heen moet waden, ben ik zo dankbaar', zei hij.

Hij neusde in de cabine rond.

'Er hangt hier een rooklucht', zei hij. 'Marihuana.'

Wallander snoof ook een keer, maar hij rook niets.

'Je moet een goeie neus hebben', zei Nyberg tevreden. 'Leren ze dat tegenwoordig nog op de politieacademie? Hoe belangrijk een goeie neus is?'

'Waarschijnlijk niet', antwoordde Wallander. 'Maar ik blijf erbij dat jij daar eens een gastcollege zou moeten geven. En laten zien hoe je snuffelt.'

'Dat doe ik om de donder niet', zei Nyberg, die daarmee het gesprek resoluut afsloot.

Robert Modin bleef spoorloos. Rond drie uur keerden de hondengeleiders terug. Wat noordelijker op het strand waren ze het spoor kwijtgeraakt.

'Degenen die naar Robert Modin zoeken, moeten uitkijken naar een man met een Aziatisch uiterlijk', zei Wallander. 'Het is belangrijk dat degenen die hem eventueel ontdekken pas ingrijpen nadat ze volledige ondersteuning hebben gekregen. Deze man is gevaarlijk. Hij schiet. Hij heeft twee keer pech gehad, maar dat zal de derde keer mogelijk anders zijn. Bovendien moeten we goed letten op meldingen van gestolen auto's.'

Daarna verzamelde Wallander zijn naaste medewerkers om zich heen. De zon scheen, het was windstil. Hij nam hen mee naar de meditatieplek.

'Waren er in de bronstijd ook al agenten?' vroeg Hanson.

'Vast wel', zei Wallander. 'Maar een chef van de Rijkspolitie zullen ze wel niet hebben gehad.'

'Ze bliezen op hoorns', zei Martinson. 'Ik ben vorig jaar bij een concert geweest hier in de buurt, bij Ales stenar. Het klonk als misthoorns. Maar je kunt je het geluid natuurlijk ook voorstellen als de sirenes van de oudheid.'

'Laten we eens proberen te kijken hoe we ervoor staan', zei Wallander. 'Die bronstijd kan wel wachten. Robert Modin krijgt een e-mail binnen en ervaart dat als een dreigement. Hij vlucht. Hij is nu vijf tot zes uur verdwenen. Ergens hier in de omgeving bevindt zich iemand die het op hem gemunt heeft. Maar we kunnen ervan uitgaan dat hij ook mij te grazen wil nemen. Wat op zijn beurt weer betekent dat hetzelfde voor jullie allemaal geldt.'

Hij zweeg en keek hen aan om de ernst van de zaak te onderstrepen.

'We moeten ons afvragen waarom', vervolgde hij. 'Die vraag is nu belangrijker dan alle andere. Er is slechts één logische verklaring. Dat iemand zich zorgen maakt dat wij iets ontdekt hebben. En nog erger, bang is dat wij in staat zijn iets te verhinderen. Ik ben er absoluut van overtuigd dat de verklaring voor alles wat er is gebeurd met Falks dood te maken heeft. En met wat er in zijn computer verborgen zit.'

Hij onderbrak zichzelf en keek Martinson aan.

'Hoe gaat het met Alfredsson?'

'Hij vindt het allemaal heel vreemd.'

'Zeg hem maar dat wij dat ook vinden. Maar hij zal toch nog wel iets meer kunnen zeggen?'

'Hij is onder de indruk', zei Martinson.

'Daar zijn we het ook over eens. Maar verder is hij dus niet gekomen?'

'Ik heb hem twee uur geleden gesproken. Wat hij toen vertelde, heeft Modin ons ook al verteld. Er tikt daarbinnen een onzichtbaar uurwerk. Er gaat iets gebeuren. Hij is nu bezig om allerlei kansberekeningen en uitsluitingsprogramma's te installeren om te zien of hij er ook iets van een patroon uit kan halen. Hij heeft ook doorlopend contact met de diverse ICT-eenheden van Interpol. Om te zien of ze in andere landen ervaringen hebben die voor ons als leidraad kunnen dienen. Ik heb de indruk dat hij zowel bekwaam als hardwerkend is.'

'Dan vertrouwen we op hem', zei Wallander.

'Maar wat gebeurt er als het echt iets is wat op de twintigste gaat gebeuren? Dat is maandag al. Dat duurt geen vierendertig uur meer.'

Die vraag kwam van Ann-Britt.

'Als ik het heel eerlijk moet zeggen: ik heb geen idee', zei Wallander. 'Maar omdat we inmiddels maar al te goed weten dat iemand bereid is moorden te plegen om dat geheim te bewaren, moet het iets belangrijks zijn.'

'Kan het iets anders zijn dan een terroristische aanslag?' zei Hanson. 'Hadden we de BVD niet allang moeten informeren?'

Hansons voorstel wekte enige hilariteit. Wallander noch een van zijn collega's had ook maar het geringste vertrouwen in de Binnenlandse Veiligheidsdienst. Wallander realiseerde zich echter dat Hanson gelijk had. Daar had hij, als leider van het rechercheteam, zeker aan moeten denken. Zijn kop ging rollen als er iets gebeurde wat de BVD had kunnen verhinderen.

'Bel ze', zei hij tegen Hanson. 'Als ze in het weekend tenminste bereikbaar zijn.'

'De stroomuitval', zei Martinson. 'De wetenschap welk transformatorstation groter is dan een hoop andere. Zou het misschien zo zijn dat iemand heeft besloten de energievoorziening in Zweden plat te leggen?'

'Niets is ondenkbaar', antwoordde Wallander. 'Hebben we trouwens al duidelijkheid over hoe die tekening van dat transformatorstation bij Falk is terechtgekomen?'

'Volgens het interne onderzoek van Sydkraft is het origineel dat wij bij Falk vonden verwisseld voor een kopie', zei Ann-Britt. 'Ik heb een lijst gekregen van mensen die toegang hebben tot het archief. Die heb ik aan Martinson gegeven.'

Martinson spreidde zijn armen uit.

'Daar ben ik nog niet aan toegekomen', antwoordde hij.

'Maar ik zal die namen natuurlijk in al onze bestanden natrekken.'

'Dat zou eigenlijk meteen moeten gebeuren', zei Wallander. 'Misschien zit er iets tussen wat ons verder brengt.'

Er was een windje opgestoken. Dat was kil en joeg over de velden en akkers. Ze bleven nog even praten over wat nu de belangrijkste taken waren, behalve het zo snel mogelijk opsporen van Robert Modin. Martinson was de eerste die vertrok. Hij zou Modins laptops meenemen naar het politiebureau en tegelijkertijd de namenlijst van Sydkraft in de diverse registers natrekken. Wallander wees Hanson aan als leider van de zoekactie naar Modin. Zelf had hij er grote behoefte aan in alle rust de situatie met Ann-Britt door te nemen. Daar zou hij vroeger Martinson voor hebben gekozen, maar dat kon hij nu niet opbrengen.

Wallander en Ann-Britt liepen samen naar de parkeerplaats.

'Heb je al met hem gepraat?' vroeg ze.

'Nog niet. Het is gewoon belangrijker dat we Robert Modin vinden en erin slagen om op te lossen wat er nou allemaal achter deze gebeurtenissen zit.'

'Je bent nu voor de tweede keer binnen een week onder vuur genomen. Ik snap niet hoe je dat zo rustig opneemt.'

Wallander hield halt en ging voor haar staan.

'Wie zegt dat ik dat rustig opneem?'

'Die indruk wek je in ieder geval wel.'

'Dat klopt dan niet.'

Ze liepen verder.

'Schets me jouw beeld eens', zei Wallander. 'Neem de tijd. Wat is er eigenlijk gebeurd? Wat kunnen we verwachten?'

Ze had haar jas stevig om zich heen geslagen. Wallander zag dat ze het koud had.

'Veel meer dan jij kan ik niet zeggen', antwoordde ze.

'Jij kunt het op jouw manier zeggen. Als ik jouw stem hoor, dan hoor ik iets anders dan wanneer ik zelf loop te denken.'

'Sonja Hökberg is zeer waarschijnlijk verkracht', begon ze. 'Op dit moment zie ik geen andere reden waarom ze Lundberg heeft omgebracht. Als we diep genoeg graven, zullen we volgens mij een jonge vrouw ontdekken die helemaal door haat verblind was. Sonja Hökberg is niet de steen die in het water is geworpen. Zij is een van de buitenste kringen op het oppervlak. Maar misschien is het tijdstip wel het belangrijkste.'

'Ik wil dat je dat wat verder toelicht.'

'Wat zou er zijn gebeurd als Tynnes Falk niet was overleden op het moment dat wij Sonja Hökberg aanhielden? Stel dat er een paar weken tussen had gezeten. En dat het misschien niet zo dicht in de buurt van 20 oktober was geweest. Als het althans om die datum gaat.'

Wallander knikte. Haar gedachte was juist.

'De onrust neemt toe en leidt tot ongecontroleerde handelingen? Bedoel je dat?'

'Er zijn geen marges. Sonja Hökberg zit bij de politie. Iemand is bang dat zij iets weet wat ze aan ons zal vertellen. Wat ze weet, heeft ze gehoord in haar kennissenkring. In de eerste plaats van Jonas Landahl, die ook wordt vermoord. Het is allemaal defensieve oorlogvoering om een geheim te beschermen dat in een computer verborgen ligt. Een paar schuwe elektronische nachtdiertjes, zoals Modin ze schijnt te noemen, die koste wat het kost in stilte willen blijven werken. Als je een heleboel losse details buiten beschouwing laat, dan kan het zo gegaan zijn. Dat Robert Modin werd bedreigd past ook in dat plaatje. Evenals het feit dat jij werd aangevallen.'

'Maar waarom ik? Waarom niet iemand anders?'

'Jij was in het appartement toen iemand daar kwam. Jij bent voortdurend zichtbaar.'

'De hiaten zijn groot. Ook al denk ik er net zo over als jij. Wat mij nog het meest zorgen baart, is het gevoel dat er tegen onze muur een oor zit dat zich steeds goed op de hoogte houdt.'

'Misschien moet je een totale radiostilte gelasten. Niets in de computer invoeren. Niets belangrijks over de telefoon vertellen.'

Wallander schopte een steentje weg.

'Zoiets gebeurt niet', zei hij. 'Niet hier, niet in Zweden.'

'Jij zegt zelf altijd dat er geen periferieën meer zijn. Waar je ook zit, je bevindt je midden in de wereld.'

'Dan heb ik overdreven. Dit is te veel van het goeie.'

Ze liepen zwijgend verder. Er stonden nu rukwinden. Ann-Britt liep met opgetrokken schouders naast Wallander.

'Er is nog iets', zei ze. 'Iets wat wij wel weten. Maar degenen die nerveus zijn geworden niet.'

'En dat is?'

'Dat Sonja Hökberg in feite nooit iets tegen ons gezegd heeft. Vanuit dat perspectief bekeken was haar dood totaal overbodig.'

Wallander knikte. Ze had gelijk.

'Wat zit er in die computer verborgen?' zei hij na een poosje. 'Martinson en ik hebben maar één, en dan nog een hoogst twijfelachtige gemene deler gevonden: geld.'

'Misschien wordt er ergens een grote overval beraamd? Gaat dat tegenwoordig niet zo? Een bank begint raar te doen en maakt onbegrijpelijke bedragen over naar foute rekeningen.'

'Misschien. Het antwoord is opnieuw dat we het gewoon niet weten.'

Ze waren bij de parkeerplaats aangekomen. Ann-Britt wees naar het gebouw.

'Afgelopen zomer ben ik hier een keer bij een lezing geweest van een futuroloog. Ik ben zijn naam kwijt. Maar hij vertelde dat de moderne samenleving steeds kwetsbaarder wordt. Oppervlakkig gezien leven we met steeds hechtere en snellere communicatiemiddelen, maar er is een onzichtbare onderwereld. Die uiteindelijk maakt dat één enkele computer de hele wereld kan lamleggen.'

'Misschien is dat precies wat Falks computer van plan is', zei Wallander.

Ze lachte.

'Volgens die onderzoeker zijn we nog niet zover.'

Ze deed haar mond open om nog iets te zeggen, maar Wallander zou nooit weten wat dat was. Hij had Hanson ontdekt, die hun rennend tegemoet kwam.

'We hebben hem gevonden', riep Hanson.

'Modin of de schutter?'
'Modin. Hij zit in Ystad. Een patrouillewagen die zich liet aflossen ontdekte de auto.'
'Waar?'
'Hij stond geparkeerd op de hoek van Surbrunnsvägen en Aulingatan. Bij het park.'
'Waar is hij nu?'
'Op het bureau.'
Wallander keek Hanson aan en voelde hoe hij een zucht van verlichting slaakte.
'Hij is ongedeerd', vervolgde Hanson. 'We zijn er op tijd bij geweest.'
'Dat is een ding wat zeker is.'
Het was inmiddels kwart voor vier.

36

Het telefoontje waar Carter in Luanda op had zitten wachten kreeg hij om vijf uur lokale tijd. De ontvangst was slecht en hij had moeite om te verstaan wat Cheng in zijn gebroken Engels vertelde. Carter vond dat het net was of hij terug was in de verre jaren tachtig, toen de communicatielijnen met Afrika nog heel slecht waren. Hij herinnerde zich de tijd waarin zoiets eenvoudigs als het versturen of ontvangen van een fax af en toe zelfs moeilijk was.

Maar ondanks de echoënde vertraging en de knetterende lijnen had Carter toch begrepen wat Cheng te melden had. Toen ze het gesprek beëindigd hadden, was Carter de tuin in gelopen om na te denken. Celina was niet meer in de keuken. De maaltijd die ze voor hem had gekookt stond in de koelkast. Het kostte hem moeite zijn irritatie te onderdrukken. Cheng had niet aan de verwachtingen voldaan. Carter raakte nergens zo van overstuur als wanneer hij onder ogen moest zien dat mensen niet berekend waren voor de taken die hij hun had opgedragen. Het telefonisch verslag dat hij had gekregen was verontrustend. Hij wist dat hij nu een besluit moest nemen.

De warmte was drukkend in vergelijking met de koelte in het airconditioned huis dat hij had verlaten. Hagedissen schoten voor zijn voeten heen en weer. In de jacaranda zat een vogel naar hem te kijken. Toen hij de hoek van het huis omsloeg, ontdekte hij dat José zat te slapen. De razernij die plotseling in hem opwelde, kon hij niet beheersen. Hij gaf hem een schop. José werd wakker.

'Wanneer ik je nog een keer slapend betrap, vlieg je eruit', zei hij.

José deed zijn mond open om iets te zeggen, maar Carter stak zijn hand op. Hij kon het niet opbrengen om naar verklaringen te luisteren. Hij keerde terug naar de achterkant van het huis. Het zweet gutste inmiddels van zijn lichaam, maar dat kwam niet in de eerste plaats door de hitte. De onrust zat vanbinnen. Carter probeerde heel helder en heel rustig na te denken. Cheng had gefaald. Carters vrouwelijke waakhond had daarentegen tot nu toe wel gedaan wat hij van haar verwachtte. Haar mogelijkheden om in actie te komen waren niettemin beperkt. Carter stond doodstil te kijken naar een hagedis die op zijn kop tegen de rugleuning van een tuinstoel zat. Hij wist dat er nu geen alternatieven meer waren. Toch was het allemaal nog niet te laat. Hij keek op zijn horloge. Om elf uur 's avonds ging er een nachtvlucht naar Lissabon. Hij had nog zes uur. Ik durf het risico niet te nemen dat er iets gebeurt, dacht hij. Dus ik moet op pad.

Het besluit was genomen. Hij ging weer naar binnen. In zijn werkkamer ging hij achter zijn computer zitten om een e-mail te versturen en zijn komst aan te kondigen. Hij gaf de weinige instructies die nodig waren.

Daarna belde hij naar het vliegveld om zijn ticket te boeken. Hij kreeg de mededeling dat er geen plaatsen meer waren, maar nadat hij had gevraagd of hij kon worden doorverbonden met een van de directeuren van de luchtvaartmaatschappij was dat probleem snel opgelost.

Hij at de maaltijd die Celina voor hem had bereid. Daarna ging hij douchen en zijn koffer pakken. Hij rilde bij de gedachte dat hij de herfst en de kou in moest.

Even na negenen reed hij naar het vliegveld van Luanda.

Om tien over elf 's avonds, met tien minuten vertraging, vertrok de nachtvlucht van TAP naar Lissabon. Het vliegtuig verdween aan de nachtelijke hemel.

*

Vlak na vieren waren ze op het politiebureau in Ystad aangekomen. Om de een of andere reden was Robert Modin naar de kamer gebracht die ooit van Svedberg was geweest en die tegenwoordig voornamelijk werd gebruikt door agenten die voor tijdelijke opdrachten in Ystad waren. Toen Wallander binnenstapte, zat Modin koffie te drinken. Hij glimlachte onzeker toen hij Wallander zag, maar deze kon toch de angst zien die onder die glimlach verborgen zat.

'We gaan naar mijn kamer', zei hij.

Modin nam zijn koffiemok mee en liep achter hem aan. Toen hij in Wallanders bezoekersstoel ging zitten viel de armleuning eraf. Hij schrok ervan.

'Dat gebeurt voortdurend', zei Wallander. 'Laat maar liggen.'

Wallander ging achter zijn bureau zitten en schoof alle papieren die daar verspreid lagen aan de kant.

'Je laptops zijn onderweg', zei hij. 'Martinson haalt ze op.'

Modin nam hem met een waakzame blik op.

'Toen niemand keek, heb jij een aantal bestanden uit Falks computer gekopieerd en mee naar huis genomen. Nietwaar?'

'Ik wil een advocaat spreken', antwoordde Modin met een geforceerd resolute stem.

'Je hebt helemaal geen advocaten nodig', zei Wallander. 'Je hebt niets onwettigs gedaan. Althans in mijn ogen niet. Maar ik moet wel exact weten wat er is gebeurd.'

Modin vertrouwde Wallanders woorden niet. Nog niet.

'Je bent hier zodat wij je kunnen beschermen', vervolgde Wallander. 'Een andere reden is er niet. Je bent niet in hechtenis genomen en je wordt ook nergens van verdacht.'

Modin leek nog steeds te overwegen of hij Wallander wel durfde te vertrouwen. Wallander wachtte.

'Kan ik dat zwart op wit krijgen?' vroeg Modin ten slotte.

Wallander pakte een notitieblok en schreef op dat hij de juistheid van zijn woorden bevestigde. Daarna zette hij er zijn handtekening onder.

'Je krijgt geen stempel,' zei hij, 'maar hier heb je het zwart op wit.'

'Dit kan zo niet', zei Modin.

'Dit moet tussen ons maar goed genoeg zijn', antwoordde

Wallander resoluut. 'Anders bestaat de kans dat ik nog van gedachten verander.'

Modin begreep dat hij het serieus meende.

'Wat is er gebeurd?' herhaalde Wallander. 'Jij werd per e-mail bedreigd. Dat bericht heb ik zelf gelezen. En toen ontdekte je opeens dat er een auto geparkeerd stond op de weg die tussen de akkers doorloopt. Is het zo gegaan?'

Modin keek hem verbaasd aan.

'Hoe weet u dat?'

'Ik weet het', zei Wallander. 'Hoe, dat doet er niet toe. Jij werd bang en ging ervandoor. De vraag is waarom je zo bang werd.'

'Ze hadden me getraceerd.'

'Je had je sporen dus toch niet goed uitgewist? Heb je dezelfde fout gemaakt als de vorige keer?'

'Die lui zijn goed.'

'Maar dat ben jij ook.'

Modin haalde zijn schouders op.

'Waarschijnlijk was het probleem dat je onvoorzichtig bent geworden? Je hebt de bestanden van Falks computer naar die van jezelf gekopieerd. En toen is er iets gebeurd. De verleiding werd te groot. Je bent er 's nachts aan blijven werken. Op de een of andere manier hebben ze weten uit te vogelen dat jij in Löderup zat.'

'Ik snap niet waarom u het vraagt als u het toch allemaal al weet?'

Wallander realiseerde zich dat nu het moment gekomen was om de aanval in te zetten.

'Je moet goed begrijpen dat dit een ernstige zaak is.'

'Dat snap ik allang. Waarom zou ik er anders vandoor zijn gegaan? Ik kan toch niet eens autorijden?'

'Dan zijn we het op dat punt eens. Je beseft dat het gevaarlijk is. Vanaf nu doe je wat ik zeg. Heb je trouwens al naar huis gebeld om te zeggen dat je hier bent?'

'Ik dacht dat jullie dat hadden gedaan?'

Wallander wees naar de telefoon.

'Bel om te zeggen dat alles in orde is. Dat je bij ons bent. En dat je hier voorlopig blijft.'

'Mijn vader heeft de auto misschien nodig.'

'Dan sturen we wel iemand met de auto naar hem toe.'

Terwijl Modin naar huis belde verliet Wallander de kamer, maar hij bleef aan de deur staan luisteren. Op dit moment durfde hij geen enkel risico te nemen. Het werd een lang gesprek. Robert vroeg hoe het met zijn moeder ging. Wallander vermoedde dat het leven van de familie Modin bepaald werd door een moeder die diepgaande psychische problemen had. Toen Robert de hoorn had neergelegd wachtte Wallander even voordat hij de kamer weer binnenging.

'Heb je al wat gegeten?' vroeg hij. 'Ik weet dat je niet zomaar alles eet.'

'Een sojaquiche zou lekker zijn', antwoordde Modin. 'En wortelsap.'

Wallander belde naar Irene.

'We moeten een sojaquiche hebben', zei hij. 'En wortelsap.'

'Kun je dat nog eens herhalen?' vroeg Irene achterdochtig.

Ebba zou zulke vragen nooit gesteld hebben, dacht Wallander.

'Sojaquiche.'

'Wat is dat in godsnaam?'

'Eten. Vegetarisch. Het zou fijn zijn als het niet te lang duurde.'

Voordat Irene nog meer vragen had kunnen stellen legde hij de hoorn erop.

'Laten we het er eerst eens over hebben wat jij door het raam zag', zei Wallander. 'Je zag een auto staan?'

'Op die weg rijden nooit auto's.'

'Je hebt je verrekijker gepakt om te zien wie het waren?'

'U weet echt alles.'

'Nee', zei Wallander. 'Maar ik weet wel iets. Wat heb je gezien?'

'Een donkerblauwe wagen.'

'Was het een Mercedes?'

'Ik weet niets van automerken.'
'Was het een grote auto? Bijna een bus?'
'Ja.'
'En er stond iemand bij die auto naar jullie huis te kijken?'
'Daardoor werd ik eigenlijk bang. Ik heb mijn kijker gepakt en scherp gesteld. En toen zag ik een man die ook door een kijker naar mij stond te kijken.'
'Kon je zijn gezicht zien?'
'Ik werd bang.'
'Dat snap ik. Maar zag je zijn gezicht?'
'Hij had donker haar.'
'Wat had hij aan?'
'Een lange zwarte regenjas. Geloof ik.'
'Heb je verder nog iets gezien? Had je hem al eens eerder gezien?'
'Nee. En verder is me niets opgevallen.'
'Je bent ervandoor gegaan. Kon je ook zien of hij je volgde?'
'Dat geloof ik niet. Vlak achter ons huis is een zijweg die eigenlijk niemand opvalt.'
'Wat heb je toen gedaan?'
'Ik had die e-mail naar u gestuurd. Ik vond dat ik hulp nodig had. Maar ik durfde niet naar Runnerströms Torg te rijden. Ik wist niet wat ik moest doen. Eerst wilde ik naar Kopenhagen gaan, maar ik durfde niet door Malmö te rijden. Voor het geval er iets zou gebeuren. Ik rij immers niet zo goed.'
'Je bent dus naar Ystad gereden? Wat heb je daarna gedaan?'
'Niets.'
'Je bent gewoon in de auto blijven zitten totdat de agenten je vonden?'
'Ja.'
Wallander dacht na hoe hij het verder moest aanpakken. Eigenlijk wilde hij dat Martinson erbij was. En Alfredsson. Hij stond op en verliet de kamer. Irene zat bij de receptie. Ze schudde haar hoofd toen ze hem zag.
'Hoe gaat het met dat eten?' vroeg hij streng.
'Soms denk ik dat jullie niet goed wijs zijn.'

'Dat zal best. Maar ik heb daarbinnen een jongen zitten die geen hamburgers eet. Zulke mensen bestaan. En hij heeft honger.'

'Ik heb Ebba gebeld', zei Irene. 'Zij zou het regelen.'

Wallander was meteen vriendelijker gestemd. Als ze met Ebba had gepraat zou het zeker in orde komen.

'Ik wil dat Martinson en Alfredsson zo snel mogelijk hiernaartoe komen', zei hij. 'Zou je dat willen regelen?'

Op hetzelfde moment haastte Lisa Holgersson zich naar binnen.

'Wat heb ik gehoord?' zei ze. 'Is er weer geschoten?'

Wallander had helemaal geen zin om met Lisa Holgersson te praten, maar hij wist dat het onvermijdelijk was. Hij vertelde in het kort wat er was gebeurd.

'Is er alarm geslagen?'

'Dat is geregeld.'

'Wanneer kan ik een behoorlijk overzicht krijgen van wat er is gebeurd?'

'Zodra iedereen binnen is.'

'Het lijkt wel of dit onderzoek helemaal ontspoort.'

'Nog niet helemaal', zei Wallander, die niet onder stoelen of banken stak dat hij boos werd. 'Maar je kunt me natuurlijk op ieder gewenst moment als leider van het rechercheteam vervangen. Hanson is degene die de zoekactie coördineert.'

Ze had nog meer vragen, maar Wallander had zich al omgedraaid en was weggelopen.

Om vijf uur waren Martinson en Alfredsson allebei binnen. Wallander had Modin meegenomen naar een van de kleinere vergaderkamers. Hanson had gebeld om te zeggen dat ze nog steeds geen spoor hadden van de man die in de mist op Wallander had geschoten. Waar Ann-Britt uithing wist niemand. Wallander verschanste zich min of meer in de vergaderruimte. Ze hadden Modins laptops aangezet. Er waren geen nieuwe e-mails binnengekomen.

'Nu gaan we alles opnieuw grondig doornemen', zei Wal-

lander toen iedereen was gaan zitten. 'Van begin tot eind.'
'Volgens mij kan dat haast niet', antwoordde Alfredsson. 'In het meeste hebben we nog steeds geen inzage.'
Wallander wendde zich tot Robert Modin.
'Jij zei toch dat je iets ontdekt had?'
'Volgens mij kan ik dat nauwelijks uitleggen', antwoordde hij. 'Bovendien heb ik honger.'
Wallander merkte dat Modin hem nu begon te irriteren. Dat hij over aanzienlijke kennis met betrekking tot de magische wereld van computers beschikte, betekende niet dat hij zich alles maar kon permitteren.
'Je eten komt eraan', zei Wallander. 'Als je niet kunt wachten moet je maar genoegen nemen met gewone Zweedse beschuiten. Of een pizza.'
Modin stond op en ging voor een van de computers zitten. De anderen gingen achter hem staan.
'Ik heb lang getwijfeld waar het nu eigenlijk om ging', begon hij. 'Het meest waarschijnlijke was dat het getal twintig dat de hele tijd terugkeerde, op de een of andere manier te maken had met het jaar 2000. We weten dat als er niet op tijd iets aan gedaan wordt, een hoop ingewikkelde computersystemen problemen zullen krijgen. Maar die twee ontbrekende nullen heb ik nooit gevonden. Bovendien lijkt de boel zo geprogrammeerd dat het proces relatief snel zal starten. Wat dat ook betekent. Ik heb de conclusie getrokken dat het waarschijnlijk toch om 20 oktober gaat.'
Alfredsson schudde zijn hoofd en wilde protesteren, maar Wallander legde hem het zwijgen op.
'Ga door.'
'Ik ben naar andere details in dit patroon gaan zoeken. We weten dat iets van links naar rechts wandelt. Daar moet dus een uitgang zijn. Dat zegt ons dat er iets zal gaan gebeuren. Maar niet wat. Toen ben ik op internet gaan zoeken naar informatie over die instellingen waarvan we de identiteit hebben vastgesteld. De nationale bank van Indonesië, de Wereldbank, de beursmakelaar in Seoel. Ik heb geprobeerd om te kijken of er

ook een gemene deler was. Dat punt dat je altijd zoekt.'
'Wat voor punt?'
'Waarop er iets breekt. Waar het ijs dun is. Waar je kunt verwachten dat daar de aanval wordt ingezet zonder dat je het merkt. Of pas wanneer het te laat is.'
'Maar de beveiliging is heel goed', wierp Martinson tegen. 'En er zijn scanners tegen schadelijke virussen.'
'De Verenigde Staten beschikken al over de capaciteit om computeroorlogen te voeren', zei Alfredsson. 'Vroeger hadden we het over computergestuurde raketten. Of elektronische ogen die robots op hun doel afstuurden. Dat is binnenkort even gedateerd als marcheren met de cavalerie. Je stuurt radiografisch gestuurde componenten de netwerken van de vijand in en schakelt alle militaire besturingssystemen uit. Of je richt ze op doelen die jij uitkiest.'
'Klopt dit echt?' vroeg Wallander sceptisch.
'Dit is wat wij weten', verduidelijkte Alfredsson. 'Maar we moeten ons natuurlijk realiseren dat we lang niet alles weten. Waarschijnlijk zijn de bewapeningssystemen nog geavanceerder.'
'Laten we naar Falks computer teruggaan', zei Wallander. 'Heb je daar ook zo'n zwak punt gevonden?'
'Ik weet het niet', zei Modin aarzelend. 'Maar je zou al die instellingen kunnen beschouwen als kralen aan een ketting. En ze hebben in ieder geval één ding gemeen.'
'En dat is?'
Modin schudde zijn hoofd, alsof hij aan zijn eigen conclusie twijfelde.
'Het zijn hoekstenen van de financiële centra in de wereld. Als je de boel daar in de war stuurt, zou je een economische crisis kunnen ontketenen die alle financiële systemen van de wereld uitschakelt. De beurskoersen zouden op hol slaan. Er zou paniek uitbreken. Spaarders zouden hun rekeningen plunderen. De onderlinge koersen van buitenlandse valuta zouden zo onduidelijk worden dat niemand nog zeker zou zijn van hun eigenlijke waarde.'

'Wie zou daar belang bij hebben?'
Martinson en Alfredsson antwoordden bijna tegelijkertijd.
'Een heleboel mensen', zei Alfredsson. 'Het zou de ultieme sabotage zijn door een groep mensen die de orde in de wereld wil verstoren.'
'Ze laten nertsen los', zei Martinson. 'In dit geval zouden ze geld uit de kooi bevrijden. De rest kun je vast zelf wel bedenken.'
Wallander probeerde na te denken.
'Bedoelen jullie dat we ons een soort financiële veganisten moeten voorstellen? Of hoe moet je ze noemen?'
'Zoiets', zei Martinson. 'Je laat nertsen los uit hun kooien, omdat je niet wilt dat ze voor hun vacht worden doodgemaakt. Er zijn andere groepen die ultramoderne oorlogsvliegtuigen gaan saboteren. Daar kun je allemaal begrip voor opbrengen. Maar in het verlengde daarvan ligt natuurlijk ook de gekte op de loer. Het zou natuurlijk de ultieme sabotage zijn om de financiële systemen in de wereld uit te schakelen.'
'Zijn we het er in deze kamer over eens dat we daar inderdaad mee te maken hebben? Hoe vreemd dat misschien ook lijkt? En dat dit allemaal in een computer die in Ystad staat, zou kunnen starten?'
'Zoiets moet het zijn', zei Modin. 'Ik ben nog nooit zo'n geavanceerd beveiligingssysteem tegengekomen.'
'Is het moeilijker dan binnenkomen in het Pentagon?' vroeg Alfredsson.
Modin keek hem met toegeknepen ogen aan.
'Gemakkelijker is het in ieder geval niet.'
'Ik weet niet goed wat we verder met deze situatie aan moeten', zei Wallander.
'Ik zal met Stockholm praten', zei Alfredsson. 'Ze krijgen een verslag. Dat wordt dan wereldwijd verspreid. De instellingen die we hebben geïdentificeerd moeten in ieder geval bericht krijgen. Zodat ze maatregelen kunnen nemen.'
'Als het tenminste niet al te laat is.'
Iedereen hoorde wat hij zei, maar niemand reageerde erop.

Alfredsson verliet haastig de kamer.

'Toch weiger ik haast om dit te geloven', zei Wallander.

'Het is moeilijk voorstelbaar wat het anders zou kunnen zijn.'

'Er is twintig jaar geleden in Luanda iets gebeurd', zei Wallander peinzend. 'Falk heeft iets meegemaakt waardoor hij veranderde. Hij moet iemand hebben ontmoet.'

'Wat er ook in Falks computer zit, mensen zijn in ieder geval bereid om moorden te plegen om het materiaal intact en het proces op gang te houden.'

'Jonas Landahl had met de zaak te maken', zei Wallander nadenkend. 'En omdat Sonja Hökberg en hij ooit verkering hadden, is ook zij gestorven.'

'De stroomuitval kan een vooroefening zijn geweest', zei Martinson. 'En in de mist bevindt zich nog een man die twee keer geprobeerd heeft jou te doden.'

Wallander wees naar Modin om Martinson duidelijk te maken dat hij zijn woorden zorgvuldig moest kiezen.

'De vraag is wat wij kunnen doen', vervolgde Wallander. 'Kunnen wij überhaupt iets doen?'

'Je kunt je een lanceerplatform voorstellen', zei Modin opeens. 'Of een knop waarop je moet drukken. Als je een virus in een computersysteem wilt inbrengen wordt dat, om ontdekking te voorkomen, vaak stiekem verpakt in een onschuldige en vaak herhaalde opdracht. Verschillende dingen moeten samenvallen of op een bepaalde manier op een bepaald tijdstip worden uitgevoerd.'

'Kun je een voorbeeld noemen?'

'Het kan eigenlijk van alles zijn.'

'Wat we nu het beste kunnen doen, is op dezelfde manier blijven doorgaan', zei Martinson. 'Onthullen welke instellingen er in Falks computer verborgen liggen en er daarna voor zorgen dat ze bericht krijgen, zodat ze hun beveiliging kunnen controleren. Voor de rest moet Alfredsson maar zorgen.'

Martinson ging opeens aan tafel zitten en schreef iets op een vel papier. Hij keek Wallander aan, die zich vooroverboog en las: *We moeten de bedreiging van Modin serieus nemen.*

Wallander knikte. Wie er ook op de weg had gestaan die tussen de akkers doorliep, hij wist dat Modin belangrijk was. Robert Modin bevond zich op dit moment in dezelfde situatie als Sonja Hökberg had gedaan.

Wallanders telefoon ging. Hanson meldde dat de jacht op de schutter nog steeds geen resultaat had opgeleverd. Maar ze gingen met onverminderde inzet verder.

'Hoe gaat het bij Nyberg?'

'Hij is al bezig om vingerafdrukken te vergelijken.'

Hanson bevond zich nog steeds in de buurt van Backåkra. Daar zou hij ook blijven. Waar Ann-Britt gebleven was, wist Wallander nog steeds niet.

Ze beëindigden hun gesprek. Wallander probeerde Ann-Britt telefonisch te bereiken, maar hij kon haar niet te pakken krijgen.

Er werd geklopt. Irene stond met een doos voor de deur.

'Ik kom dat eten brengen', zei ze. 'Wie moet dat eigenlijk betalen? Ik heb het zolang voorgeschoten.'

'Geef mij het bonnetje maar', zei Wallander.

Modin ging aan tafel zitten eten. Wallander en Martinson namen hem zwijgend op. Toen ging Wallanders telefoon opnieuw. Het was Elvira Lindfeldt. Hij liep naar de gang en deed de deur achter zich dicht.

'Ik heb op de radio gehoord dat er ergens geschoten werd', zei ze. 'Er waren politiemensen bij betrokken. Ik hoop niet dat jij dat was?'

'Niet direct', antwoordde Wallander ontwijkend. 'Maar we hebben het op dit moment erg druk.'

'Ik maakte me zorgen. Nou ben ik weer gerust, maar ook nieuwsgierig. Maar ik zal geen vragen stellen.'

'Ik kan niet zo veel zeggen', zei Wallander.

'Ik begrijp dat je geen tijd hebt om mij dit weekend te zien.'

'Daar kan ik nu nog geen antwoord op geven. Maar ik bel je nog.'

Toen het gesprek afgelopen was, dacht Wallander dat het heel lang geleden was dat iemand zich om hem bekommerd had. En zelfs ongerust was geweest.

Hij keerde terug naar de kamer. Het was inmiddels twintig minuten voor zes. Modin zat te eten. Martinson had zijn vrouw aan de telefoon. Wallander ging aan tafel zitten om de situatie opnieuw te overdenken. Hij moest denken aan wat er in Falks logboek had gestaan. Dat 'de ruimte zweeg'. Tot nu toe had hij zich steeds voorgesteld dat Falk de kosmische ruimte bedoelde. Nu drong voor het eerst tot hem door dat Falk natuurlijk de elektronische ruimte in gedachten had gehad. Hij had over 'vrienden' gesproken. Vrienden die niet reageerden op oproepen. Welke vrienden? Het logboek was verdwenen, omdat daar iets cruciaals in stond. Het logboek moest verdwijnen, zoals ook Sonja Hökberg uit de weg geruimd moest worden. En Jonas Landahl. En achter dat alles zat iemand die zich 'C' noemde. Iemand die Tynnes Falk een keer in Luanda had ontmoet.

Martinson beëindigde zijn gesprek. Modin veegde zijn mond af. Daarna wijdde hij zich aan zijn wortelsap. Wallander en Martinson gingen koffie halen.

'Ik ben nog vergeten te zeggen dat ik de namen van het personeel van Sydkraft in de bestanden heb nagetrokken. Maar ik heb niets gevonden.'

'Dat hadden we ook niet verwacht', antwoordde Wallander.

De koffieautomaat deed het weer niet goed. Martinson trok de stekker eruit en stopte hem vervolgens terug in het stopcontact. Nu werkte hij weer.

'Zit er ook een computerprogramma in die koffieautomaat?' vroeg Wallander.

'Dat zal toch haast niet', antwoordde Martinson verwonderd. 'Maar je kunt je natuurlijk geavanceerde koffiezetters voorstellen die door chipjes met gedetailleerde instructies worden bestuurd.'

'Als iemand hier nou mee ging manipuleren? Wat zou er dan gebeuren? Zou er dan thee uit komen wanneer je op koffie drukt? En melk in plaats van espresso?'

'Misschien wel.'

'Maar wanneer begint dat? Wat is het startsein daarvoor?

Hoe zet je in de machinerie een lawine in werking?'

'Je zou je kunnen voorstellen dat er een bepaalde datum is voorgeprogrammeerd. En een bepaald tijdstip. Laten we zeggen binnen het tijdsbestek van een uur. De elfde keer dat er iemand op het knopje voor koffie drukt, begint de lawine.'

'Waarom juist de elfde?'

'Het was maar een voorbeeld. Het kan ook de negentiende of de derde keer zijn.'

'Wat gebeurt er daarna?'

'Je kunt de stekker er natuurlijk uittrekken', zei Martinson. 'En een bordje ophangen dat het apparaat kapot is. Daarna moet je het hele besturingsprogramma vervangen.'

'Bedoelt Modin iets dergelijks?'

'Ja, maar dan op grotere schaal.'

'Maar we hebben geen idee waar Falks figuurlijke koffieautomaat staat.'

'Het kan echt overal zijn.'

'Dat kan betekenen dat degene die de lawine in gang zet dat zelf niet hoeft te weten?'

'Voor degene die achter alles zit, is het natuurlijk een voordeel als hij zelf niet aanwezig is.'

'We zoeken dus met andere woorden naar een figuurlijke koffieautomaat', zei Wallander.

'Zo kun je het natuurlijk uitdrukken. Maar nog beter is het om te zeggen dat we naar een speld in een hooiberg zoeken. Zonder dat we weten waar die hooiberg staat.'

Wallander liep naar het raam en keek naar buiten. Het was al donker geworden. Martinson ging naast hem staan.

'Als het is zoals wij denken, dan hebben we met een uiterst hechte en efficiënte sabotagegroep te maken', zei Wallander. 'Ze zijn bekwaam en ze zijn meedogenloos. Ze laten zich door niets tegenhouden.'

'Maar wat willen ze eigenlijk?'

'Misschien heeft Modin gelijk. Dat ze een financiële aardverschuiving willen ontketenen.'

Martinson overpeinsde zwijgend Wallanders woorden.

'Ik wil dat jij iets doet', vervolgde Wallander. 'Ik wil dat jij naar je kamer gaat en hierover een memo schrijft. Laat Alfredsson je helpen. Daarna stuur je het naar Stockholm. En naar alle buitenlandse politieorganisaties die je maar kunt bedenken.'

'Als we ons vergissen, worden we uitgelachen.'

'Dat risico moeten we maar nemen. Geef mij de papieren, dan zal ik ze wel ondertekenen.'

Martinson vertrok. Wallander bleef in gedachten verzonken in de kantine staan. Zonder dat hij het gemerkt had, was Ann-Britt binnengekomen. Hij schrok toen ze naast hem ging staan.

'Ik moest ergens aan denken', zei ze. 'Jij hebt verteld dat je een poster bij Sonja Hökberg in de kast had gezien.'

'*The Devil's Advocate*. Ik heb de film thuis liggen, maar ik heb nog geen tijd gehad om hem te bekijken.'

'Ik moest niet zozeer aan de film denken,' zei ze, 'maar aan Al Pacino. Ik heb me opeens gerealiseerd dat er eigenlijk een overeenkomst bestaat.'

Wallander keek haar vragend aan.

'Een overeenkomst waarmee?'

'Die tekening die ze gemaakt heeft. Van toen ze in haar gezicht werd geslagen. Er is één ding waar je niet omheen kunt.'

'En dat is?'

'Dat Carl-Einar Lundberg op Al Pacino lijkt. Ook al is hij dan een stuk lelijker.'

Wallander realiseerde zich dat ze gelijk had. Hij had een verslag doorgebladerd dat ze op zijn kamer had gelegd. Daar zat een foto van Lundberg bij, maar op dat moment had hij niet aan de gelijkenis gedacht. Opeens viel weer een detail op zijn plaats.

Ze gingen aan een tafel zitten. Ann-Britt was moe.

'Ik ben naar Eva Perssons huis gereden', zei ze. 'In de ijdele hoop dat ze ondanks alles toch nog wat meer te vertellen had.'

'Hoe was het met haar?'

'Het ergste is nog dat ze zo onaangedaan lijkt. Als ze maar rode ogen had. Of tekenen vertoonde dat ze slecht sliep. Maar ze zit daar maar op haar kauwgum te kauwen en lijkt zich eigenlijk vooral te ergeren dat ze vragen moet beantwoorden.'

'Ze kropt het op', zei Wallander stellig. 'Ik raak er meer en meer van overtuigd dat er binnen in haar een vulkaanuitbarsting plaatsvindt. Maar dat zien wij niet.'

'Ik hoop dat je gelijk hebt.'

'Had ze nog wat te melden?'

'Nee. Sonja Hökberg en zij hadden geen van beiden een idee van wat ze in werking zetten toen Sonja wraak nam.'

Wallander vertelde haar wat er de rest van de middag gebeurd was.

'Zoiets hebben we nog nooit meegemaakt', zei ze toen hij zweeg. 'Als het klopt wat jij zegt.'

'Dat weten we maandag. Als we er voor die tijd niet in geslaagd zijn er iets aan te doen.'

'Lukt ons dat?'

'Misschien. Misschien helpt het dat Martinson contact opneemt met politiekorpsen over de hele wereld. Bovendien is Alfredsson bezig contact op te nemen met de instellingen die we hebben weten te identificeren.'

'We hebben weinig tijd. Als dat van maandag klopt. Bovendien is het weekend.'

'We hebben altijd weinig tijd', antwoordde Wallander.

Om negen uur kon Robert Modin niet meer. Ze hadden inmiddels besloten dat hij de komende nachten niet thuis in Löderup zou slapen, maar toen Martinson voorstelde dat hij op het politiebureau zou overnachten weigerde hij dat. Wallander overwoog of hij Sten Widén zou bellen om te vragen of hij een bed voor hem wilde opmaken, maar die gedachte liet hij varen. Om allerlei redenen vonden ze het ook niet geschikt dat hij bij een van de agenten thuis zou logeren. Niemand wist waar de grens voor de bedreigingen liep. Wallander had iedereen tot voorzichtigheid gemaand.

Opeens schoot hem te binnen aan wie hij het zou kunnen vragen. Elvira Lindfeldt. Zij was een buitenstaander. Het zou hem bovendien zelf de gelegenheid geven haar te zien, ook al was het maar even.

Wallander noemde haar naam niet. Hij zei alleen dat hij zich om Robert Modin en zijn slaapplaats zou bekommeren.

Wallander belde Elvira Lindfeldt rond halftien.

'Ik heb een vraag', zei hij. 'En het is niet iets wat je direct verwacht.'

'Ik ben gewend aan onverwachte vragen.'

'Kun jij vannacht een extra slaapplaats regelen?'

'Voor wie dan?'

'Herinner jij je die jongeman nog die in het restaurant binnenkwam toen wij zaten te eten?'

'Die Kolin?'

'Zoiets. Modin.'

'Heeft hij geen plek om te slapen?'

'Ik kan alleen zeggen dat hij voor de komende nachten een plek nodig heeft.'

'Natuurlijk kan hij hier slapen. Maar hoe komt hij dan hier?'

'Ik breng hem. Nu meteen.'

'Wil je wat eten wanneer je komt?'

'Alleen koffie. Verder niets.'

Ze verlieten het politiebureau om tien uur. Toen ze Skurup voorbij waren, wist Wallander zeker dat ze niet werden gevolgd.

*

In Malmö had Elvira Lindfeldt de hoorn zachtjes neergelegd. Ze was tevreden. Meer dan tevreden. Ze had ongelooflijke mazzel. Ze dacht aan Carter, die weldra van het vliegveld van Luanda zou opstijgen.

Hij kon niet anders dan tevreden zijn.

Hij kreeg het op een presenteerblaadje aangereikt.

37

De nacht van zondag 19 oktober werd een van de ergste die Wallander ooit had meegemaakt. Achteraf zou hij zich realiseren dat hij er eigenlijk al een voorgevoel van had gehad dat er iets zou gebeuren toen hij in zijn auto naar Malmö reed. Net toen ze de afslag naar Svedala gepasseerd waren, had een automobilist een plotselinge en halsbrekende inhaalmanoeuvre gemaakt. Dat gebeurde precies op het moment dat een truck met oplegger die vlak langs de middenstreep reed hun tegemoet kwam. Wallander gaf een ruk aan het stuur en raakte bijna van de weg. Robert Modin zat naast hem te slapen. Hij had niets gemerkt. Maar Wallander zelf voelde zijn hart bonken.

Hij was er opeens aan herinnerd hoe hij een paar jaar geleden een keer achter het stuur in slaap was gevallen en dat het toen niet veel gescheeld had of hij was dood geweest. Dat was vlak voordat hij had ontdekt dat hij aan suikerziekte leed en daar iets tegen had kunnen doen. Nu was het bijna weer gebeurd. Verder had hij zich zorgen gemaakt over het onderzoek, waarvan de uitkomst steeds onzekerder leek. Wallander had zich opnieuw afgevraagd of ze wel op de goede weg waren. Of gedroeg hij zich als een dronken loods die ervoor zorgde dat het rechercheteam aan de grond liep? Wat betekende het als de inhoud van Falks computer helemaal niet met de zaak te maken had? Als de waarheid juist heel ergens anders lag?

Op het laatste stuk naar Malmö had Wallander opnieuw geprobeerd een alternatieve verklaring te vinden. Hij was ervan overtuigd dat er iets was gebeurd in de periode dat Falk onbereikbaar in Angola had gezeten. Maar was dat misschien iets heel anders dan hij zich tot nu toe had voorgesteld? Kon het met drugs te maken hebben? Wat wist hij zelf überhaupt over Angola? Haast niets. Vaag stond hem bij dat het een rijk land was, met zowel olie- als grote diamantvoorraden. Kon dat de verklaring zijn? Of ging het om een groep verwarde saboteurs die bezig was een aanslag voor te bereiden op de Zweedse energievoorziening? Maar waarom had Falk dan juist in Angola iets meegemaakt wat een grote verandering moest zijn geweest? In de duisternis, met de koplampen van tegenliggers die het zwart doorkliefden, had hij naar een verklaring gezocht, maar die niet gevonden. Gedachten aan wat Ann-Britt verteld had vormden een onderdeel van zijn zorgen. Over Martinson en zijn achterbakse spelletje. Het gevoel dat zijn optreden ter discussie stond, en misschien wel terecht. Van alle kanten tegelijk werd hij door zorgen overspoeld.

Toen hij de afslag richting Jägersro nam, werd Robert Modin met een schok wakker.

'We zijn er bijna', zei Wallander.

'Ik heb gedroomd', zei Modin. 'Iemand greep me in mijn nek.'

Wallander wist zonder veel moeite het juiste adres te vinden. Het huis lag op een hoek van een villawijk. Wallander vermoedde dat het waarschijnlijk ergens in het interbellum was gebouwd. Hij remde af en zette de motor uit.

'Wie woont hier?' vroeg Modin.

'Een vriendin van me', zei Wallander. 'Ze heet Elvira. Hier kun je vannacht rustig slapen. En morgenochtend word je door iemand opgehaald.'

'Ik heb niet eens een tandenborstel bij me.'

'Dat komt wel in orde.'

Het was ongeveer elf uur. Wallander had zich voorgesteld dat hij misschien tot rond middernacht zou blijven, een kopje koffie zou drinken, naar haar mooie benen zou kijken en dan terugkeren naar Ystad.

Het liep echter allemaal heel anders. Ze hadden ternauwernood aangebeld en waren net binnengelaten of Wallanders telefoon ging. Toen hij opnam, hoorde hij Hansons opgewonden stem. Ze waren eindelijk iemand op het spoor van wie ze dachten dat hij de man was die in de mist op Wallander had geschoten. Weer was het iemand die zijn hond uitliet geweest die een man had ontdekt die zich verborgen leek te willen houden en zich vreemd gedroeg. De man met de hond had al de hele dag politieauto's over de wegen in de buurt van Sandhammaren zien scheuren en gemeend dat het verstandig was om te bellen en door te geven wat hij had gezien. Toen Hanson hem sprak, had hij meteen gezegd dat de man iets aanhad wat op een zwarte lange regenjas leek. Aan veel meer dan Elvira bedanken voor haar opvang van Robert Modin en hem opnieuw aan haar voorstellen kwam Wallander niet toe. Hij was meteen weer vertrokken. Hij had gedacht dat veel in dit onderzoek leek te draaien om mensen die hun hond uitlieten. Misschien vormden die een middel waarvan de politie in de toekomst actiever gebruik moest maken? Hij reed veel te hard en kwam rond middernacht aan op de plek iets ten noorden van Sandhammaren die Hanson had aangegeven. Onderweg was hij langs het politiebureau gereden om zijn dienstwapen op te halen.

Het was weer gaan regenen. Martinson was vlak voor Wallander gearriveerd. Agenten in wapenuitrusting waren ter plekke, evenals twee politiehonden met hun geleiders. De man op wie ze jacht maakten, scheen zich op te houden in een klein bosgebied dat werd begrensd door de weg naar Skillinge en enkele open velden. Hoewel Hanson het terrein snel had laten omsingelen besefte Wallander meteen dat het gevaar heel groot was dat de onbekende man in de duisternis zou ontkomen. Ze probeerden een soort actieplan op te zetten. De honden erop uitsturen vonden ze echter meteen te gevaarlijk. Terwijl ze in de regen en de wind stonden te overleggen wat ze eigenlijk nog méér konden doen dan de omsingeling intact houden en wachten tot het licht werd, begon Hansons portofoon te knetteren. De surveillancewagen die zich het meest noordelijk bevond, had mogelijk iemand gesignaleerd. Daarna hoorden ze een schot, en meteen daarna nog een. Uit de portofoon klonk vervolgens gesis: 'Die klootzak schiet.' Daarna stilte. Wallander vreesde meteen het ergste. Hanson en hij waren de eersten die eropaf gingen. Waar Martinson in de chaos die ontstond was gebleven, ontging Wallander op dat moment. Het kostte hun zes minuten om de plaats te bereiken waar de oproep vandaan was gekomen. Toen ze de lichten van de politiewagen ontdekten, stopten ze, haalden hun wapens te voorschijn en stapten uit. De stilte was oorverdovend. Wallander begon te schreeuwen en tot grote opluchting van Hanson en hemzelf kwam er antwoord. Bukkend renden ze naar de auto waar doodsbange politieagenten met hun wapen in de hand plat in de klei lagen. Het waren El Sayed en Elofsson. De man die had geschoten bevond zich in een bosje aan de overkant van de weg. Ze hadden bij hun auto gestaan en opeens een tak horen breken. Elofsson had zijn zaklamp op de bosrand gericht, terwijl El Sayed met de portofoon contact met Hanson had opgenomen. Daarna viel het schot.

'Wat zit er achter dat bosje?' siste Wallander.

'Daarvandaan loopt een pad naar zee', antwoordde Elofsson.

'Zijn daar ook huizen?'

Dat wist niemand.

'We omsingelen het bosje', zei Wallander. 'We weten nu in ieder geval waar hij zich verbergt.'

Hanson riep Martinson op en legde uit waar ze zich bevonden. Ondertussen stuurde Wallander El Sayed en Elofsson bij de auto vandaan, dieper het donker in. Hij was er voortdurend op voorbereid dat de man bij de auto zou opduiken, met zijn wapen in de aanslag.

'Moeten we geen helikopter laten komen?' vroeg Martinson.

'Zorg daarvoor. En hij moet goede schijnwerpers hebben. Maar hij mag pas verschijnen wanneer iedereen zijn plaats heeft ingenomen.'

Martinson keerde terug naar de radio. Wallander keek voorzichtig langs de auto. Natuurlijk zag hij niets. De wind was nu zo aangewakkerd dat hij ook niets kon horen. Hij kon onmogelijk vaststellen wat echte geluiden waren en wat verbeelding was. Hij moest opeens denken aan hoe hij een keer een nacht samen met Rydberg op een kleiakker had gelegen tijdens de opsporing van een man die zijn verloofde met een bijl had doodgeslagen. Toen was het ook herfst. Ze hadden daar in de natte klei liggen klappertanden en Rydberg had uitgelegd dat het een van de moeilijkste dingen was om onderscheid te maken tussen geluiden die je echt hoorde en die je je verbeeldde. Wallander had nog vaak aan Rydbergs woorden gedacht, maar hij leek de kunst nooit onder de knie te hebben gekregen.

Martinson kroop naar hem toe.

'Ze zijn onderweg. Hanson zou ervoor zorgen dat er een helikopter de lucht ingaat.'

Aan antwoorden kwam Wallander niet meer toe. Op hetzelfde moment klonk er een schot. Ze krompen ineen.

Het schot kwam ergens van links. Wallander had geen idee wie of wat het doelwit was geweest. Hij riep Elofssons naam, maar kreeg antwoord van El Sayed. Daarna hoorde hij ook de stem van Elofsson. Wallander vond dat hij iets moest doen. Hij schreeuwde de duisternis in.

'Politie. Leg uw wapen neer.'

Daarna herhaalde hij dezelfde woorden in het Engels.

Er kwam geen antwoord. Je hoorde alleen de wind.

'Ik vind dit niet prettig', fluisterde Martinson. 'Waarom blijft hij daar liggen schieten? Waarom gaat hij er niet vandoor? Hij zal toch wel snappen dat er versterkingen onderweg zijn?'

Wallander gaf geen antwoord. Hij was zich hetzelfde beginnen af te vragen.

In de verte hoorden ze sirenes.

'Waarom heb je niet tegen ze gezegd dat ze hun bek moeten houden?'

Wallander stak zijn irritatie niet onder stoelen of banken.

'Daar had Hanson zelf aan moeten denken.'

'Je moet niet te veel verlangen.'

Op hetzelfde moment slaakte El Sayed een kreet. Wallander zag vaag een schim die de weg overstak en verdween naar de akker die links van de auto lag. Daarna was hij weg.

'Hij gaat ervandoor', siste Wallander.

'Waarheen?'

Wallander wees de duisternis in. Dat was zinloos. Martinson kon het niet zien. Wallander besefte dat hij iets moest doen. Als de man over de akkers verdween, zou hij weldra in een groter stuk bos zitten waar ze hem moeilijker konden omsingelen. Hij riep naar Martinson dat hij opzij moest gaan. Vervolgens sprong hij in de auto, startte de motor en keerde de wagen met heftige bewegingen om. Hij kreeg iets in zijn blikveld, maar wist niet wat het was. De koplampen schenen nu echter recht over de akker.

Daar stond de man. Toen het licht hem trof, bleef hij staan en draaide zich om. Zijn regenjas flapperde in de wind. Wallander zag nog net hoe de man zijn arm optilde. Hij wierp zich opzij. Het schot ging recht door de voorruit. Wallander liet zich uit de auto rollen, terwijl hij naar de anderen riep dat ze plat op de grond moesten gaan liggen. Opnieuw klonk een schot. Dat trof een van de koplampen, die doofde. Wallander vroeg zich af of het puur geluk was dat de man erin was geslaagd om de koplamp van een afstand te raken. Hij ontdekte dat hij slecht zag. Toen hij zich uit de auto had laten rollen, had hij zijn voorhoofd opengehaald en de wond was beginnen te bloeden. Hij tilde voorzichtig zijn hoofd op, terwijl hij nogmaals tegen de anderen riep dat ze moesten blijven liggen. De man sopte verder in de natte klei.

Waar zijn verdomme de honden? dacht Wallander.

De sirenes kwamen dichterbij. Wallander werd opeens bang dat een van de auto's in het schootsveld van de man terecht zou komen. Hij riep naar Martinson dat hij over de radio moest zeggen dat ze moesten stoppen en pas dichterbij mochten komen wanneer ze het teken kregen dat het veilig was.

'Ik heb mijn portofoon laten vallen', antwoordde Martinson. 'Ik kan hem in deze zooi niet vinden.'

De man op de akker was nu bijna uit het licht van de koplamp verdwenen. Wallander zag hoe hij struikelde en bijna viel. Wallander wist dat hij een besluit moest nemen. Hij stond op.

'Wat ben je verdomme aan het doen?'

Wallander hoorde de stem van Martinson.
'We grijpen hem', zei Wallander.
'We moeten hem eerst omsingelen.'
'Dan verdwijnt hij.'
Wallander zag dat Martinson zijn hoofd schudde, maar hij ging ervandoor. De klei bleef meteen onder zijn schoenen plakken. De man was nu uit het licht van de koplamp. Wallander bleef staan, pakte zijn wapen en controleerde of dat ontgrendeld was. Achter zich hoorde hij hoe Martinson iets tegen Elofsson en El Sayed riep. Wallander probeerde net buiten het licht van de overgebleven koplamp te blijven. Hij ging sneller lopen. Toen bleef zijn ene schoen in de klei vastzitten. Wallander boog voorover en trok nijdig ook de andere schoen van zijn voet. Het vocht en de kou drongen meteen in zijn voeten, maar hij kon zich nu gemakkelijker bewegen. Opeens kreeg hij de man weer in het oog. Die struikelde over de akker en had moeite om overeind te blijven. Wallander liet zich iets verder in de duisternis terugzakken. Plotseling realiseerde hij zich dat hij een wit jack droeg. Hij trok het uit en liet het in de klei vallen. De trui die hij aanhad, was donkergroen. Nu was hij niet meer zo gemakkelijk te zien. De man voor hem leek zich niet eens bewust te zijn van het feit dat hij werd achtervolgd. Dat gaf Wallander een voorsprong.

De afstand was nog steeds zo groot dat Wallander hem niet onschadelijk durfde te maken door op zijn benen te schieten. In de verte hoorde hij een helikopter. Het geluid kwam niet dichterbij. Hij hing ergens in de buurt en wachtte af. Ze bevonden zich nu midden op de akker. Het licht van de koplamp was inmiddels zwakker. Wallander besefte dat hij iets moest doen. De vraag was alleen wat. Hij wist dat hij een slechte schutter was. De man voor hem had weliswaar twee keer gemist, maar was vast handiger met zijn wapen dan Wallander. De koplamp had hij over een grote afstand geraakt. Koortsachtig zocht Wallander naar een oplossing. Weldra zou de man door de duisternis zijn opgeslokt. Hij begreep ook niet waarom Martinson of Hanson de helikopter er niet op af stuurde.

Opeens struikelde de man. Wallander bleef abrupt staan. Hij zag hoe de man zich vooroverboog en om zich heen begon te voelen. Het duurde een fractie van een seconde voordat Wallander doorhad dat hij zijn wapen had laten vallen en dat niet kon vinden. Wallander moest nog ruim dertig meter afleggen. Daar heb ik te weinig tijd voor, dacht hij. Toen ging hij eropaf. Hij probeerde over de natte en harde voren te springen, maar struikelde en verloor bijna zijn evenwicht. Op hetzelfde moment kreeg de man hem in de gaten. Hoewel de afstand nog steeds groot was, kon Wallander zien dat het een Aziaat was.

Toen gleed Wallander uit. Zijn linkervoet gleed weg alsof hij op een ijsschots stond. Het lukte hem niet zijn evenwicht te hervinden en hij viel. Op hetzelfde ogenblik had de man zijn wapen gevonden. Wallander was op zijn knieën overeind gekomen. Het wapen in de hand van de man was op hem gericht. Wallander haalde de trekker over. Zijn pistool weigerde. Hij haalde de trekker opnieuw over. Met hetzelfde resultaat. In een laatste wanhopige poging om te ontkomen gooide Wallander zich opzij en probeerde zich diep in de klei te boren. Toen kwam het schot. Wallander schrok op, maar werd niet geraakt. Hij bleef roerloos liggen wachten totdat de man opnieuw zou schieten. Er gebeurde echter niets. Hoelang Wallander bleef liggen wist hij niet, maar in zijn hoofd had hij een beeld waarbij hij zijn eigen situatie van een afstand leek te zien. Zo zou alles dus eindigen. Een zinloze dood, alleen op een akker. Hier hadden al zijn dromen en voornemens hem dus gebracht. Nu kwam er niets meer. Met zijn gezicht in de natte en koude klei gedrukt zou hij in de laatste duisternis verdwijnen. En hij had niet eens schoenen aan.

Pas toen het geluid van de helikopter snel naderbij kwam, durfde hij te denken dat hij het wel zou overleven. Voorzichtig keek hij op.

De man lag op zijn rug in de klei met uitgespreide armen. Wallander stond op en kwam langzaam naderbij. Van een afstand zag hij hoe de lichten van de helikopter zoekend over de akker gleden. Hij hoorde ook blaffende honden en Martinson die iets riep in de duisternis.

De man was dood. Naar de reden hoefde Wallander niet te zoeken. Het schot dat hij als laatste had gehoord was niet voor hem bedoeld geweest. De man die dood voor hem in de klei lag, had zichzelf doodgeschoten. Recht in zijn slaap. Wallander voelde zich opeens duizelig en misselijk. Hij ging op zijn hurken zitten. Hij was door en door verkleumd van het vocht en de kou en rilde.

Hij realiseerde zich dat er nu één vraagstuk was opgelost. De man in de zwarte regenjas die dood voor hem lag, had een Aziatisch uiterlijk. Uit welk land hij kwam, kon Wallander niet vaststellen. Maar het was deze man die er de oorzaak van was dat Sonja Hökberg een paar weken geleden in het restaurant van István van plaats was verwisseld met Eva Persson en daarna met een valse creditcard, op naam van Fu Cheng, had betaald. Hij was degene die in Falks appartement was gekomen toen Wallander daar op Falks ex-vrouw zat te wachten. Hij was degene die twee keer op Wallander had geschoten zonder hem te treffen.

Wallander wist niet wie de man was of waarom hij naar Ystad was gekomen. Maar zijn dood was een opluchting. Nu hoefde Wallander zich in ieder geval geen zorgen meer te maken over de veiligheid van zijn collega's of Robert Modin.

Hij dacht dat de man die voor hem lag ook degene was geweest die Sonja Hökberg het transformatorstation had binnengesleept. En die Jonas Landahl in het met olie vermengde water rond de propelleras van de machinekamer op een veerboot naar Polen had gegooid.

Er waren nog veel hiaten. Er waren nog steeds meer vragen dan antwoorden. Maar Wallander zat op zijn hurken in de klei en meende dat er ondanks alles toch iets was afgesloten.

Dat dit niet zo was, kon hij natuurlijk niet weten. Daar zou hij pas later achter komen.

Martinson was de eerste die arriveerde. Wallander stond op. Elofsson kwam vlak achter Martinson aan. Wallander vroeg hem of hij zijn schoenen en jack wilde ophalen die nog in de klei lagen.

'Heb jij hem doodgeschoten?' vroeg Martinson ongelovig. Wallander schudde zijn hoofd.

'Hij heeft zelfmoord gepleegd. Als hij dat niet gedaan had, was ik nu dood geweest.'

Lisa Holgersson was nu opeens ook opgedoken. Wallander liet de uitleg aan Martinson over. Elofsson kwam Wallanders jack en schoenen brengen. Ze zaten onder de klei. Wallander wilde de plek nu zo snel mogelijk verlaten. Niet alleen om naar huis te gaan en schone kleren aan te trekken, maar evenzeer om niet meer aan zichzelf te hoeven denken, in de klei, wachtend op het einde. Dat ellendige einde.

Ergens vanbinnen was hij best blij, maar op dit moment voelde hij zich vooral leeg.

De helikopter was weg. Hanson had hem teruggestuurd. Er waren veel mensen en materieel ingezet, maar die begonnen zich nu terug te trekken. Alleen degenen die de plaats zouden onderzoeken en voor de dode zouden zorgen waren er nog.

Hanson kwam door de klei aanbaggeren. Hij droeg knalgele regenlaarzen en had een zuidwester op zijn hoofd.

'Jij moet eigenlijk naar huis', zei Hanson, terwijl hij Wallander opnam.

Wallander knikte en liep langs dezelfde weg terug als hij was gekomen. Rond om hem heen flakkerden zaklampen. Een paar keer viel hij bijna.

Vlak voordat hij de weg bereikte, had Lisa Holgersson hem ingehaald.

'Ik geloof dat ik een redelijk goed beeld heb van wat er is gebeurd', zei ze. 'Maar we moeten dit morgen natuurlijk grondig doornemen. Wat een geluk dat het zo is afgelopen.'

'We zullen gauw antwoord kunnen geven op de vraag of dit de man was die Sonja Hökberg en Jonas Landahl heeft vermoord.'

'Jij denkt niet dat hij ook iets met Lundbergs dood te maken kan hebben gehad?'

Wallander keek haar vragend aan. Vaak had hij gedacht dat zij vlot van begrip was en de juiste vragen wist te stellen. Nu verbaasde ze hem om precies de tegenovergestelde redenen.

'Sonja Hökberg heeft Lundberg omgebracht', zei hij. 'Over die vraag hoeven we ons hoofd niet meer te breken.'

'Maar waarom is dit allemaal gebeurd?'

'Dat weten we nog niet. Maar Falk speelt een hoofdrol. Of beter gezegd: dat wat er in zijn computer verborgen zit.'

'Ik vind nog steeds dat daar weinig aanwijzingen voor lijken te zijn.'

'Een andere verklaring is er niet.'

Wallander voelde dat hij niet meer kon.

'Ik moet wat droogs aantrekken', zei hij. 'Als je het goed vindt, wil ik nu eigenlijk naar huis rijden.'

'Nog één ding', zei ze. 'Ik moet het je zeggen. Het was heel onverantwoordelijk van je dat je er alleen op af bent gegaan. Je had Martinson mee moeten nemen.'

'Het ging allemaal zo snel.'

'Je had hem niet mogen beletten met je mee te gaan.'

Wallander was bezig geweest de klei van zijn kleren te slaan, maar nu keek hij opeens op.

'Beletten?'

'Je had Martinson niet mogen beletten met je mee te gaan. Het is een grondregel dat je nooit alleen ingrijpt. Dat zou jij moeten weten.'

Wallander was alle belangstelling voor de plakkende klei kwijt.

'Wie heeft gezegd dat ik iemand iets belet heb?'

'Dat is heel duidelijk gebleken.'

Wallander wist dat er maar één verklaring bestond. Dat Martinson dat zelf had beweerd. Elofsson en El Sayed hadden zich op te grote afstand bevonden.

'Misschien kunnen we het daar morgen over hebben', zei hij ontwijkend.

'Ik moest dit wel ter sprake brengen. Anders zou het plichtsverzuim van mij zijn. Jouw situatie is op dit moment immers al gecompliceerd genoeg.'

Ze ging weg en liep met haar zaklamp naar de weg. Wallander merkte dat hij razend was. Martinson had dus gelogen. Dat Wallander het hem zou hebben belet om mee te gaan de akker op. En vervolgens had Wallander daar in de klei gelegen in de wetenschap dat hij weldra zou sterven.

Op hetzelfde moment kreeg hij Martinson en Hanson in de gaten, die naar hem toe liepen. Het licht van hun zaklampen danste. Op de achtergrond startte Lisa Holgersson haar auto en reed weg.

Martinson en Hanson bleven staan.

'Kun jij Martinsons zaklamp even vasthouden?' vroeg Wallander, terwijl hij Hanson aankeek.

'Waarom?'

'Wil je alsjeblieft doen wat ik zeg?'

Martinson gaf Hanson zijn lamp. Wallander stapte naar voren en sloeg Martinson recht in het gezicht. Omdat hij in het flakkerende licht van de zaklampen de afstand echter niet goed kon inschatten werd het niet meer dan een klap die Martinson maar licht raakte.

'Wat ben jij godverdomme aan het doen?'

'Wat ben *jij* godverdomme aan het doen!' schreeuwde Wallander.

Daarna stortte hij zich op Martinson. Ze rolden rond in de klei. Hanson probeerde tussenbeide te komen, maar gleed uit. Een van de zaklampen ging uit, de andere bleef in de klei liggen.

Wallanders woede ebde net zo snel weg als dat ze was opgekomen. Hij pakte zijn zaklamp en richtte het licht op Martinson, die uit zijn mond bloedde.

'Jij zegt tegen Lisa dat ik het jou belet heb om mee te gaan achter die man aan? Jij zegt dingen over mij die niet waar zijn.'

Martinson bleef op de grond zitten. Hanson was opgestaan. Ergens in de verte blafte een hond.

'Jij bent achterbaks bezig', vervolgde Wallander, die merkte dat hij nu heel rustig sprak.

'Ik weet niet waar je het over hebt.'

'Je bent achterbaks bezig. Je vindt mij een slechte rechercheur. Jij sluipt bij Lisa naar binnen wanneer je denkt dat niemand je ziet.'

Hanson mengde zich nu in het gesprek.

'Waar zijn jullie mee bezig?'

'We bespreken op welke manier je het beste kunt samenwerken', antwoordde Wallander. 'Of dat gebeurt door te proberen een beetje eerlijk met elkaar om te gaan. Of dat je het beste dingen achter andermans rug om kunt doen.'

'Ik begrijp er nog steeds niets van', zei Hanson.

Wallander had geen puf meer. Hij zag in dat het zinloos was om dit nog langer te rekken dan nodig was.

'Dat wilde ik gewoon even kwijt', zei hij, terwijl hij Martinson de zaklamp voor de voeten wierp.

Daarna liep hij naar de weg en vroeg aan een agent van een van de surveillancewagens of hij hem in zijn eigen auto naar huis wilde brengen. Hij nam een bad en ging daarna in de keuken zitten. Het liep tegen drieën. Hij probeerde na te denken, maar zijn hoofd was leeg. Hij ging naar bed, maar kon niet slapen. Hij keerde weer terug naar de akker. De angst die hij gevoeld had toen hij daar met zijn gezicht in de klei lag. Het vreemde gevoel van schaamte dat hij bijna was gestorven zonder schoenen aan zijn voeten. En daarna de afrekening met Martinson.

Ik heb mijn breekpunt bereikt, dacht hij. Misschien niet alleen in mijn relatie met Martinson, maar met alles wat ik doe.

Vaak had hij zich afgemat en overwerkt gevoeld. Maar nog nooit zoals nu. Om moed te verzamelen probeerde hij aan Elvira Lindfeldt te denken. Zij lag vast te slapen. En in een kamer in haar nabijheid bevond Robert Modin zich. Die zich nu geen zorgen meer hoefde te maken dat er een man met een verrekijker in zijn gezichtsveld zou opduiken.

Hij vroeg zich ook af wat de consequenties zouden zijn van

het feit dat hij Martinson geslagen had. Het zou het ene woord tegen het andere worden. Op dezelfde manier als bij Eva Persson en haar moeder. Lisa Holgersson had al laten zien dat ze blijkbaar meer vertrouwen in Martinson had dan in hem. Bovendien was Wallander in nog geen twee weken twee keer tot geweld overgegaan. Daar kon je niet omheen. In het ene geval tegen een minderjarige tijdens een verhoor, in het andere tegen een van zijn collega's met wie hij het langste samenwerkte. Een man die hij vaak in vertrouwen had genomen.

Liggend in het nachtelijk duister vroeg hij zich af of hij spijt had van zijn uitbarsting. Maar spijt hebben kon hij niet. Uiteindelijk ging het om zijn gevoel van eigenwaarde. Dit was een onvermijdelijke reactie geweest op Martinsons verraad. Wat Ann-Britt hem in vertrouwen had verteld kon niet verborgen blijven.

Hij bleef lang wakker liggen en dacht aan wat hij als zijn breekpunt ervoer. Maar hij bedacht ook dat een dergelijk breekpunt in de hele maatschappij zat. Wat daar de gevolgen van zouden zijn, wist hij niet. Behalve dan dat de politiemensen van de toekomst, die zoals El Sayed net van de politieacademie kwamen, de nieuwe vormen van criminaliteit die in het voetspoor van de nieuwe informatietechnologie volgden onder heel andere omstandigheden zouden moeten bestrijden. Ook al ben ik niet oud, ik ben toch een oude hond, dacht hij. En oude honden kun je maar heel moeilijk nieuwe kunstjes leren.

Tweemaal stond hij op. De eerste keer om water te drinken, de tweede keer om te plassen. Beide keren bleef hij voor het raam in de keuken staan uitkijken over de lege straat.

Toen hij ten slotte insliep, was het al over vieren.

Zondag 19 oktober.

*

Carter landde om precies 6.30 uur in Lissabon met vlucht TAP553. Het vliegtuig naar Kopenhagen zou om 8.15 uur vertrekken. Zoals altijd voelde hij hoe de aankomst in Europa hem nerveus maakte. In Afrika voelde hij zich beschermd. Maar hier bevond hij zich op vreemd territorium.

Voor de landing in Portugal had hij een keuze gemaakt uit zijn paspoorten en identiteiten. Hij ging door de douane als Lukas Habermann, Duits staatsburger, geboren in 1939 in Kassel, en hij prentte zich het gezicht van de douanebeambte goed in. Daarna liep hij rechtstreeks naar de toiletten, waar hij zijn paspoort verknipte. Hij spoelde de stukken zorgvuldig door. Uit zijn handbagage pakte hij vervolgens het Britse paspoort, waarin hij Richard Stanton heette en in 1940 in Oxford geboren was. Daarna trok hij een andere jas aan en haalde een natte kam door zijn haren. Na te hebben ingecheckt liep hij terug naar de paspoortcontrole, waar hij vervolgens een doorgang koos die zo ver mogelijk verwijderd lag van de poort waar hij een halfuur geleden zijn Duitse pas had laten zien. Nergens stuitte hij op problemen. In de vertrekhal zocht hij een plek die uit het zicht lag en waar verbouwingswerkzaamheden plaatsvonden. Omdat het zondag was, werd er niet gewerkt. Toen hij zeker wist dat hij alleen was, haalde hij zijn mobieltje te voorschijn.

Ze nam vrijwel meteen op. Hij vond telefoneren niet prettig. Daarom stelde hij slechts korte vragen en verwachtte ook even korte en nauwkeurige antwoorden.

Waar Cheng zat, kon ze niet vertellen. Hij had de vorige avond iets van zich moeten laten horen, maar ze had geen telefoontje ontvangen.

Daarna luisterde Carter ongelovig naar het nieuwtje dat ze had. Hij kon zijn oren nauwelijks geloven. Zo'n mazzel was gewoon onmogelijk.

Niettemin was hij ten slotte toch overtuigd. Robert Modin was rechtstreeks in de val gelopen, of gebracht.

Toen Carter het gesprek beëindigde, bleef hij staan. Dat Cheng niets van zich had laten horen was verontrustend. Er was iets gebeurd. Anderzijds zou het nu geen problemen opleveren om de man die Modin heette en die een steeds groter blok aan hun been werd onschadelijk te maken.

Carter stopte de telefoon terug in zijn tas en nam vervolgens zijn pols.

Zijn hartslag lag iets hoger dan normaal. Niets bijzonders.

Hij liep naar de businessclasslounge.

Daar at hij een appel en dronk een kop thee.

Het vliegtuig naar Kopenhagen vertrok vijf minuten later dan gepland, om 8.20 uur.

Carter zat op plaats nummer 3D. Een plaats aan het gangpad. Hij had er een hekel aan opgesloten te zitten bij een raam.

Hij zei tegen de stewardess dat hij geen ontbijt wilde.

Daarna sloot hij zijn ogen en viel weldra in slaap.

38

Op zondagochtend kwamen ze elkaar om acht uur tegen. Alsof ze tijd en plaats hadden afgesproken arriveerden ze tegelijkertijd op het politiebureau, waar op zondag weinig mensen waren. Ze liepen elkaar tegen het lijf in de lege gang bij de kantine. Omdat ze uit tegenovergestelde richtingen kwamen, kreeg Wallander het gevoel dat ze elkaar op de een of andere manier tegemoet liepen alsof ze een duel gingen uitvechten. Maar ze knikten elkaar slechts toe en gingen samen de kantine binnen waar de koffieautomaat het weer niet deed. Martinson had een blauw oog en een gezwollen onderlip. Ze staarden naar de slordig geschreven tekst op het briefje dat meldde dat de koffieautomaat buiten werking was.

'Ik krijg je nog wel voor wat je gedaan hebt', zei Martinson. 'Maar eerst moeten we deze zaak oplossen.'

'Het was fout van mij om je te slaan', antwoordde Wallander. 'Maar dat is dan ook het enige waar ik spijt van heb.'

Verder zeiden ze niets meer over het gebeurde. Hanson was de kantine binnengekomen en bekeek de twee mannen bij de koffieautomaat met een ongeruste blik.

Wallander zei dat ze net zo goed in de lege kantine konden blijven zitten als een vergaderkamer gebruiken. Hanson zette een pan met water op het vuur en bood hun koffie aan van zijn eigen voorraad. Toen ze het water hadden opgeschonken arriveerde Ann-Britt. Wallander wist niet of Hanson haar eerder die ochtend gebeld had om haar in te lichten over wat er was gebeurd. Het bleek dat Martinson haar geïnformeerd had over de man die op de akker was gestorven. Wallander begreep dat hij over de vechtpartij niets had gezegd. Hij merkte wel dat Martinson haar met een kille blik opnam. Dat kon niets anders betekenen dan dat hij die nacht aan het overdenken was geweest wie hem bij Wallander kon hebben verklikt.

Toen enkele minuten later ook Alfredsson gearriveerd was, waren ze compleet. Hanson wist te vertellen dat Nyberg nog steeds op de akker bezig was.

'Wat denkt hij daar te vinden?' vroeg Wallander verwonderd.

'Hij is tussendoor een paar uur naar huis geweest om te slapen', lichtte Hanson toe. 'Maar hij verwacht daar met een uurtje wel klaar te zijn.'

Het werd een kort overleg. Wallander zei tegen Hanson dat hij Viktorsson op de hoogte moest brengen. Zoals de situatie nu was, was het belangrijk dat de officier van justitie doorlopend op de hoogte werd gehouden. Vrijwel zeker zou er in de loop van de dag ook behoefte ontstaan aan een persconferentie, maar daar moest Lisa Holgersson maar voor zorgen. Als ze tijd had, kon Ann-Britt daarbij assisteren.

'Maar ik ben er vannacht toch helemaal niet bij geweest?' zei ze verbaasd.

'Je hoeft ook niets te zeggen. Ik wil alleen maar dat je luistert naar wat Lisa zegt. Voor het geval ze het zich in haar hoofd haalt stomme opmerkingen te maken.'

De reactie op zijn laatste woorden was een verwonderd stilzwijgen. Niemand had hem zich ooit zo openlijk kritisch over hun chef horen uitlaten. Wallander had geen doordachte bedoeling met zijn woorden. Zijn nachtelijke gedachten speelden alleen weer op. Het gevoel afgemat, misschien oud, te zijn. En belasterd. Als hij echt oud was, kon hij het zich echter ook permitteren om te zeggen hoe hij erover dacht. Zonder ergens rekening mee te houden, noch met het verleden, noch met de toekomst.

Vervolgens ging hij over op wat op dit moment belangrijk was.

'We moeten ons op Falks computer concentreren. Als het klopt dat er iets is geprogrammeerd wat op 20 oktober in werking treedt, dan hebben we minder dan zestien uur ter beschikking om uit te vinden wat dat is.'

'Waar is Modin?' vroeg Hanson.

Wallander leegde het laatste beetje koffie uit zijn mok en stond op.

'Ik ga hem halen. We gaan aan de slag.'

Toen ze de kantine verlieten, wilde Ann-Britt hem spreken. Hij wuifde afwerend.

'Nu niet. Ik moet Modin ophalen.'

'Waar zit hij?'

'Bij een goede vriend.'

'Kan iemand anders hem niet halen?'

'Zeker. Maar ik moet nadenken. Hoe kunnen we deze dag het beste benutten? Wat betekent het dat de man op de akker dood is?'

'Daar wilde ik het net met je over hebben.'

Wallander bleef in de deuropening staan.

'Je krijgt vijf minuten.'

'Ik heb de indruk dat niemand de belangrijkste vraag heeft gesteld.'

'En dat is?'

'Waarom hij zichzelf heeft doodgeschoten en niet jou.'

Wallander hoorde zelf aan zijn stem dat hij geïrriteerd klonk. Dat was hij ook. Hij ergerde zich aan alles en iedereen. Hij deed geen pogingen om dat te verbergen.

'Waarom denk je dat ik me dat niet heb afgevraagd?'

'Dan zou je iets hebben gezegd toen we net bij elkaar zaten.'

Nieuwsgierig wijf, dacht hij. Maar dat zei hij niet. Er was toch nog een onzichtbare grens die hij niet kon overschrijden.

'Wat denk jij?'

'Ik ben er niet bij geweest. Ik weet niet hoe het er uitzag en wat er eigenlijk gebeurde. Maar er moet toch wel heel wat gebeuren voordat zo iemand zelfmoord pleegt.'

'Waarom denk je dat?'

'Een beetje ervaring heb ik in de loop der jaren toch wel opgebouwd?'

Wallander kon er niets aan doen dat hij belerend werd.

'De vraag is of die ervaring op dit moment direct waardevol

is. Die man heeft waarschijnlijk minstens twee mensen omgebracht. En hij zou niet hebben geaarzeld om nog iemand te doden. Wat daarachter zit, weten we niet. Maar hij moet een bijzonder gewetenloos mens zijn geweest. En ook nog eens buitengewoon koelbloedig. Aziatische koelbloedigheid misschien, wat dat ook mag wezen. Hij hoorde de helikopter. Hij besefte dat hij niet zou ontkomen. Wij verdenken de mensen die hierachter zitten ervan dat het fanatici zijn. Misschien dat hij dat fanatisme uiteindelijk tegen zichzelf heeft gericht.'

Ann-Britt wilde iets zeggen, maar Wallander stond al half buiten.

'Ik moet Modin ophalen', zei hij. 'Daarna kunnen we verder praten. Als deze wereld dan tenminste nog bestaat.'

Hij verliet het bureau. Het was kwart voor negen. Hij had haast. Er stonden rukwinden, maar het was opgehouden met regenen. Het wolkendek brak nu snel open. Hij reed naar Malmö. Op zondag was er vrijwel geen verkeer op de weg. Hij reed te hard. Ergens tussen Rydsgård en Skurup overreed hij een haas. Hij probeerde het beest nog te ontwijken, maar het kwam onder een van de achterwielen terecht. In de achteruitkijkspiegel zag hij de haas met spartelende achterpoten op het wegdek liggen. Hij stopte echter niet.

Pas toen hij bij het huis bij Jägersro was aangekomen, stopte hij. Het was toen tien over halftien. Elvira Lindfeldt deed meteen de deur open toen hij aanbelde. Wallander ontwaarde Robert Modin die aan de keukentafel thee zat te drinken. Elvira was al helemaal aangekleed, maar Wallander kreeg het gevoel dat ze moe was. Op de een of andere manier kwam ze anders over dan toen hij haar gisteravond voor het laatst had gezien. Toch was haar glimlach hetzelfde. Ze wilde hem koffie aanbieden. Wallander had niets liever gewild, maar hij sloeg het af. De tijd was krap. Ze drong aan, pakte hem bij zijn arm en duwde hem bijna de keuken in. Wallander zag nog net hoe ze een verstolen blik op haar horloge wierp. Meteen werd hij achterdochtig. Ze wil dat ik blijf, dacht hij. Maar niet te lang.

Want daarna heeft ze iets anders. Of iemand anders. Hij sloeg opnieuw de koffie af en zei tegen Modin dat hij zich klaar moest maken.

'Ik word nerveus van mensen die haast hebben', klaagde ze toen Modin de keuken verlaten had.

'Dan heb je nu je eerste gebrek aan mij gevonden', zei Wallander. 'Maar ik kan er vandaag echt niets aan doen. We hebben Modin in Ystad nodig.'

'Vanwaar al die haast?'

'Ik heb nu geen tijd om dat uit te leggen', zei Wallander. 'Laat ik alleen zeggen dat ik me een beetje zorgen maak voor 20 oktober. En dat is morgen.'

Hoewel Wallander moe was, viel hem de vlaag van ongerustheid op die even over haar gezicht gleed. Daarna glimlachte ze weer. Wallander vroeg zich af of het angst was. Maar hij wees dat als verbeelding van de hand.

Modin kwam de trap af. Hij was klaar. Zijn laptops droeg hij onder z'n armen.

'Komt mijn logé vanavond weer terug?' vroeg ze.

'Dat is niet meer nodig.'

'Kom jíj nog terug?'

'Ik bel je', zei Wallander. 'Op dit moment weet ik het niet.'

Ze reden naar Ystad terug. Wallander reed nu wat zachter, maar niet veel.

'Ik ben vroeg wakker geworden', zei Modin. 'Ik heb geprobeerd na te denken. Ik heb een paar nieuwe ideetjes die ik graag wil uitproberen.'

Wallander vroeg zich af of hij over de gebeurtenissen van de afgelopen nacht zou vertellen, maar hij besloot af te wachten. Het belangrijkste was op dit moment dat Modin zijn concentratie behield. Ze reden zwijgend verder. Wallander zag in dat het zinloos zou zijn indien Modin probeerde uit te leggen wat zijn nieuwe ideeën eigenlijk inhielden.

Ze naderden de plaats waar Wallander de haas had aangereden. Een vlucht bonte kraaien vloog alle kanten op toen de auto passeerde. De haas was al onherkenbaar verminkt. Wallander vertelde dat hij het beest op de heenweg had doodgereden.

'Je ziet honderden overreden hazen', zei Wallander. 'Maar pas wanneer je er zelf een doodrijdt, zie je ze echt.'

Modin keek Wallander plotseling aan.

'Kunt u dat nog eens herhalen? Over die haas.'

'Pas wanneer je er zelf een doodrijdt, zie je ze echt. Ook al heb je al honderden dode hazen gezien.'

'Precies', zei Modin peinzend. 'Zo is het natuurlijk.'

Wallander wierp hem een verbaasde blik toe.

'Zo moet je het natuurlijk zien', legde Modin uit. 'Wat we zoeken in Falks computer. Iets wat we al veel vaker hebben gezien zonder dat het ons is opgevallen.'

'Ik geloof dat ik je niet helemaal kan volgen.'

'Misschien hebben we onnodig diep zitten graven? Misschien zit wat wij zoeken helemaal niet verstopt, maar hebben we het vlak voor onze neus?'

Modin verzonk in gedachten. Wallander wist nog steeds niet wat hij nou had begrepen.

Om elf uur stopten ze voor het pand aan Runnerströms Torg. Modin rende met zijn laptops de trappen op. Wallander kwam hijgend een halve trap achter hem aan. Hij wist dat hij zich vanaf nu moest verlaten op wat Alfredsson en Modin konden bereiken. Met assistentie van Martinson. Het beste wat hijzelf kon doen, was proberen het overzicht te behouden. Niet denken dat hij een duik in de elektronische zee kon nemen om samen met de anderen rond te zwemmen. Toch voelde hij de behoefte om hen eraan te herinneren in welke situatie ze zich bevonden. Wat belangrijk was en wat kon wachten. Tegelijkertijd hoopte hij dat Martinson en Alfredsson wijs genoeg waren om Modin niet te vertellen wat er die nacht was gebeurd. Eigenlijk had Wallander Martinson apart moeten nemen om hem te vertellen dat Modin van niets wist en dat dat voorlopig zo zou moeten blijven, maar hij kon het niet opbrengen om met Martinson méér te praten dan absoluut noodzakelijk was. Het lukte hem niet meer om wat voor vertrouwelijkheden dan ook met hem uit te wisselen.

'Het is elf uur', zei hij toen hij weer op adem was gekomen van het geforceerde tempo waarmee hij de trap had beklommen. 'Dat betekent dat wij dertien uur hebben voordat het 20 oktober is. De tijd is dus krap.'

'Nyberg heeft gebeld', onderbrak Martinson hem.

'Wat had hij te vertellen?'

'Niet veel. Het wapen is een Makarov, negen millimeter. Hij ging ervan uit dat het hetzelfde wapen zou blijken te zijn dat in het appartement aan Apelbergsgatan is gebruikt.'

'Had de man ook papieren bij zich?'

'Hij had drie verschillende paspoorten. Een Koreaans, een Thais en gek genoeg ook een Roemeens paspoort.'

'Niet eentje uit Angola?'

'Nee.'

'Ik zal wel met Nyberg praten.'

Daarna begon Wallander te spreken over de globale situatie. Modin zat ongeduldig achter zijn computer te wachten.

'Over dertien uur is het 20 oktober', herhaalde hij. 'Op dit moment zijn twee dingen voor ons van belang. Al het andere moet voorlopig wachten. De antwoorden op die twee vragen zullen ons noodzakelijkerwijs naar een derde vraag leiden. Maar daar kom ik later op terug.'

Wallander keek rond. Martinson staarde met een uitdrukkingsloos gezicht voor zich uit. De zwelling op zijn lip begon blauw te worden.

'Het antwoord op de eerste vraag kan bovendien de andere twee elimineren', vervolgde Wallander. 'Is 20 oktober echt onze datum? En als dat zo is, wat gaat er dan gebeuren? Als we die eerste vraag bevestigend kunnen beantwoorden, dan betekent die derde vraag dat we proberen te begrijpen hoe we kunnen handelen om de hele zaak tot stoppen te brengen. Dat is het enige belangrijke.'

Wallander zweeg.

'Er zijn nog geen reacties uit het buitenland binnengekomen', zei Alfredsson.

Wallander herinnerde zich de papieren die hij had moeten ondertekenen voordat ze naar de internationale politieorganisaties zouden worden verstuurd.

Martinson kon zijn gedachten lezen.

'Die heb ik ondertekend. Om tijd te besparen.'

Wallander knikte.

'Heeft een van die instellingen die wij hadden geïdentificeerd nog iets van zich laten horen?'

'Voorlopig nog niet. Maar er is ook nog nauwelijks tijd overheen gegaan. En het is zondag.'

'Dat betekent dat we op dit moment alleen staan', vatte Wallander samen.

Hij keek Modin aan.

'Robert zei onderweg in de auto hiernaartoe dat hij een paar nieuwe ideeën had. We mogen hopen dat die ons op het goede spoor zetten.'

'Ik ben ervan overtuigd dat het de twintigste is', zei Modin.

'Dan moet je ons daarvan ook zien te overtuigen.'

'Ik heb één uur nodig', zei Modin.

'We hebben er dertien', zei Wallander. 'Maar laten we er gewoon van uitgaan dat we inderdaad niet langer dan een uur hebben.'

Wallander ging weg. Hij kon hen nu beter met rust laten. Hij reed naar het bureau. Het eerste wat hij deed, was naar het toilet gaan. De laatste dagen had hij bijna voortdurend aandrang om te plassen en een droge mond. Dat waren tekenen dat hij zijn diabetes begon te verwaarlozen. Hij verliet het toilet en liep naar zijn kamer waar hij in zijn stoel ging zitten.

Wat zie ik over het hoofd? dacht hij. Is er in dit alles iets wat ons in één klap het verband zou kunnen geven dat we zoeken? Maar al zijn denkwerk leverde niets op. Even ging hij in gedachten terug naar Malmö. Elvira Lindfeldt was vanochtend anders geweest. Wat het was kon Wallander niet zeggen, maar hij wist het zeker. En daar werd hij nerveus van. Hij wilde helemaal niet dat ze nu al gebreken aan hem begon te ontdekken. Misschien had hij haar te snel en te abrupt in zijn werk betrokken door te vragen of Robert een nacht bij haar kon logeren?

Hij schudde zijn gedachten van zich af en liep naar de kamer van Hanson. Die zat achter zijn computer en was bezig allerlei registers na te trekken aan de hand van een lijst die Martinson hem gegeven had. Wallander vroeg hoe het ging. Hanson schudde zijn hoofd.

'Er zit totaal geen verband in', zei hij gelaten. 'Het is alsof je stukjes van verschillende puzzels bij elkaar zit te zoeken en hoopt dat ze op wonderbaarlijke wijze zullen passen. De enige overeenkomst is dat het financiële instellingen zijn. En verder nog een telecombedrijf en een satellietonderneming.'

Wallander schrok opeens.

'Wat noemde je als laatste?'

'Een satellietonderneming in Atlanta. Telsat Communications.'

'Maar dat is dus geen producent?'

'Voorzover ik heb begrepen gaat het om een bedrijf dat zendruimte op een aantal communicatiesatellieten verhuurt.'

'Dat past dus bij dat telecombedrijf', zei Wallander.

'Als je wilt, kun je natuurlijk zeggen dat het ook bij de rest past. Tegenwoordig wordt geld langs elektronische weg verstuurd. De tijd dat geld in kistjes verstuurd werd, is voorbij. Althans wanneer het om de echt grote transacties gaat.'

Wallander had opeens een idee gekregen.

'Kun je ook zien of een van de satellieten van dat bedrijf Angola bestrijkt?'

Hanson typte gegevens in. Wallander zag dat dit beduidend langzamer ging dan wanneer Martinson het deed.

'Hun satellieten bestrijken de hele wereld. Zelfs de poolgebieden.'

Wallander knikte.

'Misschien dat dit iets betekent', zei hij. 'Bel Martinson om dit aan hem te vertellen.'

Hanson maakte van de gelegenheid gebruik.

'Wat gebeurde er nou eigenlijk op die akker vannacht?'

'Martinson zit uit zijn nek te lullen', antwoordde Wallander kort. 'Maar daar hebben we het nu niet over.'

Die zondag zag Wallander op zijn horloge de uren verstrijken. Ze leken niet verder te komen. In het begin bracht hij zijn tijd op het bureau door, in de ijdele hoop dat het verlossende telefoontje van Runnerströms Torg zou komen. Maar het bleef stil. Om twee uur hield Lisa Holgersson een geïmproviseerde persconferentie. Daaraan voorafgaand had ze met Wallander willen praten, maar die was onzichtbaar en had Ann-Britt op het hart gedrukt om te zeggen dat hij er niet was. Lange tijd bleef hij roerloos voor het raam staan uitkijken naar de watertoren. De wolken waren verdwenen. Het was een heldere en koude oktoberdag.

Om drie uur hield hij het op het politiebureau niet meer uit en reed naar Runnerströms Torg. Daar was een stevige discussie gaande over hoe enkele cijfercombinaties uitgelegd moesten worden. Modin wilde Wallander in het gesprek betrekken, maar die schudde slechts zijn hoofd.

Om vijf uur ging hij weg om een hamburger te eten. Toen hij op het bureau was teruggekeerd belde hij naar Elvira Lindfeldt. Hij kreeg geen gehoor. Zelfs haar antwoordapparaat stond niet aan. Meteen stak zijn argwaan weer de kop op, maar hij was te moe en te ongeconcentreerd om daar serieus gehoor aan te geven.

Verrassend genoeg verscheen Ebba om halfzeven op het bureau. Ze had een plastic bakje met eten voor Modin bij zich. Wallander vroeg of Hanson haar naar Runnerströms Torg wilde brengen. Naderhand realiseerde hij zich dat hij haar niet eens fatsoenlijk bedankt had.

Rond een uur of zeven belde hij naar Runnerströms Torg. Martinson nam op. Het werd een kort gesprek. Ze hadden nog steeds geen antwoorden gevonden op de vragen die Wallander gesteld had. Hij legde de hoorn neer en liep naar Hanson, die met bloeddoorlopen ogen naar zijn beeldscherm zat te staren. Wallander vroeg of er nog steeds geen berichten uit het buiten-

land waren gekomen. Hansons antwoord was zeer kort.
Niets.
Wallander werd getroffen door een plotseling woedeaanval. Hij greep Hansons bezoekersstoel en smeet die tegen de muur. Daarna liep hij weg.

Om acht uur stond hij weer in Hansons deuropening.
'We rijden naar Runnerströms Torg', zei hij. 'Dit gaat zo niet langer. We moeten de situatie samenvatten.'
Ze haalden Ann-Britt, die op haar kamer zat te dutten. Zwijgend reden ze naar Falks kantoor. Toen ze daar aankwamen, zat Modin op de grond tegen de muur. Martinson zat op zijn klapstoel. Alfredsson was languit op de grond gaan liggen. Wallander vroeg zich af of hij ooit in zijn leven voor zo'n gelaten en oververmoeid rechercheteam had gestaan. Hij wist dat de fysieke vermoeidheid kwam doordat ze, ondanks de nachtelijke gebeurtenissen, zo'n totaal gebrek aan cruciale vooruitgang boekten. Als ze maar een flinke stap vooruit hadden gemaakt, als het hun gelukt was om door de muur te breken, dan zou hun gezamenlijke energie nog steeds voldoende zijn geweest. Nu heerste er een vrijwel bodemloze lamlendigheid en berusting.
Wat doe ik? dacht hij. Hoe ziet onze laatste inspanning eruit? Voordat het middernacht is?
Hij ging op de stoel naast de computer zitten. De anderen kwamen om hem heen zitten. Martinson hield zich echter op de achtergrond.
'Samenvattend', zei Wallander. 'Hoe staan we ervoor?'
'Veel pleit ervoor dat er de twintigste iets gaat gebeuren', zei Alfredsson. 'Maar of dat precies om twaalf uur of later is, weten we niet. Het is dus mogelijk dat er computerproblemen in wat voor vorm dan ook ontstaan bij die instellingen die wij hebben geïdentificeerd. En bij alle andere die we niet hebben geïdentificeerd. Omdat het om grote en machtige financiële instellingen gaat, moeten we ervan uitgaan dat het op de een of andere manier met geld te maken heeft. Maar of het om een geavanceerde vorm van elektronische bankroof gaat of om iets anders weten we niet.'

'Wat zou het ergst denkbare zijn dat er zou kunnen gebeuren?' vroeg Wallander.

'Dat er op de financiële markten in de wereld een chaos ontstaat.'

'Maar kan dat echt?'

'Dat hebben we al eerder besproken. Maar als er bijvoorbeeld onzekerheid of een drastische verandering rond de koers van de dollar wordt geschapen, dan kan dat tot een paniek leiden die moeilijk beheersbaar is.'

'Ik denk dat dat het is wat er zal gebeuren', zei Modin.

Hij zat in kleermakerszit aan Wallanders voeten en iedereen keek naar hem.

'Waarom denk je dat? Kun je dat bewijzen?'

'Ik denk dat het zo groot is dat we het ons niet eens kunnen voorstellen. Dat betekent dat we het niet logisch kunnen beredeneren en we ons in onze wildste fantasieën nog niet eens kunnen voorstellen wat er gaat gebeuren, voordat het te laat is.'

'Maar waar begint het allemaal? Is er geen factor nodig die de zaak in werking zet? Iemand die op een knop drukt?'

'Waarschijnlijk begint het met iets zo gewoons dat we daar helemaal niet bij stilstaan.'

'De symbolische koffieautomaat', zei Hanson. 'Daar heb je hem weer.'

Wallander zweeg. Hij keek rond.

'Het enige wat we op dit moment kunnen doen is gewoon doorgaan', zei hij. 'Een alternatief is er niet.'

'Ik heb in Malmö een paar diskettes laten liggen', zei Modin. 'Die moet ik hebben om met mijn werk door te kunnen gaan.'

'We sturen wel een auto om ze te halen.'

'Ik ga mee', zei Modin. 'Ik moet er even uit. Bovendien zit er in Malmö een winkel die op zondagavond open is. Waar ze eten hebben dat ik eet.'

Wallander knikte en stond op. Hanson belde een surveillancewagen die Modin naar Malmö kon brengen. Wallander toetste het nummer van Elvira Lindfeldt in. De telefoon was bezet. Hij probeerde het nog eens. Nu nam ze op. Hij wond er geen doekjes om en vertelde dat Modin naar Malmö zou rijden om een paar vergeten diskettes op te halen. Ze beloofde dat ze thuis zou zijn om hem erin te laten. Haar stem klonk nu gewoon.

'Kom jij mee?' vroeg ze.

'Ik heb geen tijd.'

'Ik zal maar niet vragen waarom niet.'

'Dat is beter. Het zou te lang duren om het uit te leggen.'

Alfredsson en Martinson bogen zich opnieuw over Falks computer. Wallander keerde met de anderen terug naar het politiebureau. Bij de receptie bleef hij staan.

'Ik wil over een halfuur overleg', zei hij. 'Dan wil ik dat iedereen heeft overdacht wat er allemaal gebeurd is. Dertig minuten is niet veel. Maar daar moeten jullie het mee doen. Daarna moeten we weer bij het begin beginnen en de situatie evalueren.'

Ze verdwenen naar hun kamers. Toen Wallander op zijn eigen kamer kwam, werd er gebeld van de receptie dat er iemand voor hem was.

'Wie is het en waar gaat het om?' vroeg Wallander. 'Ik heb geen tijd.'

'Het is iemand die beweert dat ze je buurvrouw is in Mariagatan. Ene mevrouw Hartman.'

Wallander begon zich meteen zorgen te maken dat er iets was gebeurd. Een paar jaar geleden was er in zijn flat een lekkage geweest. Mevrouw Hartman, die weduwe was, woonde in de flat onder die van Wallander. Zij had destijds naar het politiebureau gebeld en hem gewaarschuwd.

'Ik kom eraan', zei Wallander en hij legde de hoorn neer.

Toen hij bij de receptie kwam, kon mevrouw Hartman hem geruststellen. Van een lekkage was geen sprake. Maar ze had wel een brief voor hem.

'De postbode moet hem in de verkeerde brievenbus hebben gestopt', zei ze verontschuldigend. 'Ik denk dat hij vrijdag bij mij is terechtgekomen. Maar ik ben weg geweest en pas vandaag teruggekomen. Ik dacht dat het misschien belangrijk kon zijn.'

'U had al die moeite niet hoeven doen', zei Wallander. 'Ik krijg zelden zulke belangrijke post dat die niet kan wachten.'

Ze overhandigde hem de brief. Er stond geen afzender op vermeld. Mevrouw Hartman ging weg en Wallander keerde terug naar zijn kamer. Hij maakte de envelop open en zag tot zijn verwondering dat de brief afkomstig was van Date-hit. Ze bedankten hem voor zijn inschrijving en beloofden dat ze eventuele reacties zouden doorsturen zodra die binnenkwamen.

Wallander verkreukelde de brief en gooide hem in de prullenbak. De volgende seconden was zijn hoofd helemaal leeg. Toen fronste hij zijn voorhoofd en haalde de brief weer uit de prullenbak. Hij streek hem glad en las de tekst opnieuw. Vervolgens haalde hij de envelop uit de prullenbak. Nog steeds wist hij niet goed waarom hij dat deed. Hij bekeek het poststempel een hele tijd. De brief was op donderdag verzonden.

Zijn hoofd was nog steeds helemaal leeg.

Zijn ongerustheid kwam uit het niets. De brief was afgestempeld op donderdag. Op die dag werd hij door Date-hit verwelkomd. Maar toen had hij al een reactie van Elvira Lindfeldt gekregen. En die zat in een envelop die rechtstreeks bij hem in de brievenbus was gestopt. Zonder poststempel.

Allerlei gedachten vlogen door zijn hoofd.

Hij draaide zich om en keek naar zijn computer. Hij bleef roerloos zitten. Zijn gedachten tolden. In het begin snel, daarna steeds langzamer. Hij vroeg zich af of hij gek begon te worden. Vervolgens dwong hij zichzelf volkomen rustig en helder te denken.

Ondertussen bleef hij naar zijn computer staren. In zijn hoofd begon een beeld te ontstaan. Een verband. En dat was vreselijk. Hij vloog de gang op en rende naar Hansons kamer.

'Bel de surveillancewagen', riep hij toen hij bij Hanson binnenkwam.

Hanson schrok en keek hem verbijsterd aan.

'Welke surveillancewagen?'

'Die met Modin naar Malmö is gereden.'

'Waarom?'
'Doe wat ik zeg. Snel.'
Hanson pakte de telefoon. Binnen twee minuten had hij contact.
'Ze zijn al op de terugweg', zei hij terwijl hij neerlegde.
Wallander slaakte een zucht van verlichting.
'Maar Modin is in Malmö gebleven.'
Wallander voelde een steek door zijn buik gaan.
'Waarom?'
'Hij schijnt naar buiten gekomen te zijn om te zeggen dat hij daar verder zou werken.'
Wallander bleef roerloos staan. Zijn hart bonkte. Hij kon nog steeds moeilijk geloven dat het waar was. Toch was hijzelf degene die al eerder de conclusie had getrokken dat het risico bestond. Dat de computers van de politie werden afgetapt.
Het ging niet alleen om het onderzoeksdossier. Het kon ook gaan om een brief die naar een relatiebemiddelingsbureau was gestuurd.
'Zorg dat je bewapend bent', zei hij. 'We vertrekken over een minuut.'
'Waarheen?'
'Naar Malmö.'

Onderweg probeerde Wallander het uit te leggen. Hanson kon het natuurlijk moeilijk geloven. Wallander vroeg hem de hele tijd om Elvira Lindfeldts nummer te bellen, maar er werd niet opgenomen. Wallander had de sirene op het dak gezet. In stilte bad hij tot alle goden die hij kende dat Modin niets zou zijn overkomen, maar hij vreesde het ergste.
Even na tienen remden ze af bij het huis. Het was er donker. Ze stapten uit. Alles was stil. Wallander zei tegen Hanson dat hij in de schaduw naast het hek moest wachten. Vervolgens ontgrendelde hij zijn pistool en liep het tuinpad op. Hij luisterde aan de buitendeur en belde aan. Hij wachtte en luisterde. Hij belde opnieuw aan. Vervolgens voelde hij aan de deur. Die zat niet op slot. Hij wenkte Hanson dat hij moest komen.

'We moeten eigenlijk versterkingen laten komen', fluisterde Hanson.

'Daar hebben we geen tijd voor.'

Wallander deed de deur voorzichtig open. Hij luisterde opnieuw. Wat er in het donker was, wist hij niet. Hij herinnerde zich dat het lichtknopje links van de deur zat. Op de tast voelde hij ernaar. Toen het licht aanging, deed hij een stap opzij en kroop in elkaar.

De hal was leeg.

Het licht viel de woonkamer binnen. Hij kon Elvira Lindfeldt binnen op de bank zien zitten. Ze keek hem aan. Wallander haalde diep adem. Ze bewoog niet. Wallander wist dat ze dood was. Hij riep Hanson. Ze liepen voorzichtig de woonkamer in.

Ze was in haar nek geschoten. De lichtgele bank was in bloed gedrenkt.

Ze doorzochten het huis, maar er was niemand meer.

Robert Modin was weg. Wallander wist dat dit maar één ding kon betekenen.

Iemand had daar op hem zitten wachten.

De man op de akker was niet alleen geweest.

39

Hoe Wallander zich door deze nacht had weten heen te slaan kon hij later niet meer precies vertellen. Hij dacht dat zelfverwijten en woede even grote drijfveren waren geweest. Het sterkst was echter de voortdurende angst dat Robert Modin iets was overkomen. Zijn eerste verlammende gedachte toen hij Elvira Lindfeldt dood op de bank zag zitten, was dat Robert Modin ook vermoord was. Maar toen ze zich ervan verzekerd hadden dat er niemand meer in het huis was, begreep Wallander dat Modin misschien nog leefde. Als het er tot nu toe allemaal om had gedraaid iets verborgen te houden of te verhinderen, dan moest dat de reden zijn dat Modin was ontvoerd. Wallander hoefde zich niet in herinnering te brengen wat er met Sonja Hökberg en Jonas Landahl was gebeurd. Hij besefte echter ook dat je nooit directe parallellen kon trekken. Toen wisten ze nog niet wat er was gebeurd. Nu waren er wel veel duidelijker verbanden. Dat betekende dat hun uitgangspositie beter was. Ook al wisten ze nog niet wat Modin was overkomen.

Wat hem die nacht echter ook dreef, was woede over het feit dat hij bedrogen was. En verdriet dat het leven hem opnieuw een manier om aan zijn eenzaamheid te ontkomen had ontfutseld. Elvira Lindfeldt kon hij niet missen, ook al beangstigde haar dood hem. Zij had zijn contactadvertentie uit zijn computer gestolen en hem daarna onder puur valse voorwendselen benaderd. Hij had zich in de luren laten leggen. Het was knap gedaan. Hij was diep beledigd. De razernij overspoelde hem vanbinnen van alle kanten.

Toch zou Hanson naderhand vertellen dat Wallander buitengewoon beheerst was overgekomen. Zijn beoordeling van de situatie en zijn suggesties waren bijzonder helder.

Wallander had zich gerealiseerd dat hij zo snel mogelijk naar Ystad moest terugkeren. Daar bevond zich het middelpunt dat ze zochten, als er althans een middelpunt bestond. Hanson moest in Malmö blijven, de politie ter plekke alarmeren en die de nodige achtergrondinformatie verschaffen.

Maar Hanson moest ook iets anders doen. Op dat punt was Wallander zeer beslist. Ook al was het midden in de nacht, Hanson moest proberen Elvira Lindfeldts achtergrond bloot te leggen. Was daar iets te vinden wat haar met Angola in verband kon brengen? Met wat voor mensen ging ze om in Malmö?

'Zoiets is midden in de nacht haast ondoenlijk', wierp Hanson tegen.

'Toch moet het gebeuren', hield Wallander vol. 'Het kan me niet schelen of je mensen uit bed belt. Pogingen om dingen tot morgen uit te stellen mag je absoluut niet accepteren. Als het nodig is, moet je persoonlijk bij mensen thuis langsgaan en ze hun kleren aantrekken. Ik wil vóór morgen zoveel mogelijk over deze vrouw weten.'

'Wie was ze?' vroeg Hanson. 'Waarom was Modin hier? Was het iemand die jij kende?'

Wallander gaf geen antwoord. Hanson herhaalde zijn vragen ook niet. Naderhand zou hij af en toe, wanneer Wallander niet in de buurt was, vragen of nog steeds niemand wist wie die geheimzinnige vrouw was. Wallander moest haar hebben gekend, omdat hij degene was die Modin bij haar had ondergebracht. In het uitgebreide onderzoek dat volgde, was er ook iets vaags juist op dít punt, de vraag hoe Wallander met haar in contact was gekomen. Niemand kwam er ooit achter hoe het nou eigenlijk zat.

Wallander verliet Hanson en reed terug naar Ystad. Hij probeerde zich steeds op die ene vraag te concentreren: wat was er met Modin gebeurd?

Wallander reed door het nachtelijk landschap met een gevoel dat de catastrofe nu nabij was. Hoe hij die moest afwenden, of wat die überhaupt inhield, wist hij niet. Maar het belangrijkste van alles was nu dat ze Modins leven redden. Wallander scheurde naar Ystad. Hij had Hanson gevraagd om aan te kondigen dat hij eraan kwam. Wie eventueel sliep, moest wakker gemaakt worden. Maar toen Hanson vroeg of dat ook voor Lisa Holgersson gold, had Wallander hem afgebekt. Zij hoefde niet te worden opgeroepen. In die nacht was deze plotselinge uitbarsting het enige teken van de enorme druk waaronder Wallander stond.

Het was halftwee toen Wallander op de parkeerplaats van het politiebureau afremde. Hij rilde van de kou toen hij zich naar de ingang haastte.

Ze zaten in de vergaderkamer op hem te wachten. Martinson, Ann-Britt en Alfredsson. Nyberg was onderweg. Wallander nam zijn collega's op. Ze leken eerder op een verslagen legeronderdeel dan op een strijdbare troepenmacht. Ann-Britt gaf hem een kop koffie, maar hij zag kans die vrijwel meteen om te gooien en over zijn broek te knoeien.

Hij wond er geen doekjes om. Robert Modin was verdwenen. De vrouw bij wie hij de vorige nacht had gelogeerd, was vermoord aangetroffen.

'De eerste conclusie is deze', zei Wallander. 'De man op de akker was niet alleen. Het was een noodlottige vergissing om dat aan te nemen. Dat had ik zelf tenminste moeten beseffen.'

Ann-Britt stelde vervolgens de onvermijdelijke vraag.

'Wie was die vrouw?'

'Ze heette Elvira Lindfeldt', antwoordde Wallander. 'Een vage kennis van mij.'

'Maar hoe kon iemand weten dat Modin daar vanavond zou komen?'

'Die vraag moeten we later beantwoorden.'

Geloofden ze hem? Wallander had zelf het gevoel dat hij overtuigend loog, maar op dit moment had hij weinig vertrouwen in zijn eigen oordeel. Hij wist dat hij eigenlijk de waarheid had moeten vertellen. Dat hij op zijn computer een brief aan een relatiebemiddelingsbureau had geschreven. En dat iemand in zijn computer was gedrongen, zijn brief had gelezen en daarna Elvira Lindfeldt op zijn pad had gebracht. Maar daar zei hij allemaal niets over. Ter verdediging, althans tegenover zichzelf, voerde hij aan dat ze zich nu moesten concentreren op het vinden van Modin. Als dat niet al te laat was.

Toen ze zover gekomen waren, ging de deur open en stapte Nyberg binnen. Hij droeg een pyjamajasje onder zijn colbert.

'Wat is er verdomme gebeurd?' vroeg hij. 'Hanson belde me op uit Malmö en leek helemaal krankzinnig. Het was onmogelijk te begrijpen wat hij zei.'

'Ga zitten', zei Wallander. 'Het wordt een lange nacht.'

Daarna knikte hij naar Ann-Britt, die Nyberg in het kort van de nachtelijke gebeurtenissen op de hoogte bracht.

'De politie in Malmö heeft toch zelf een technische recherche?' vroeg Nyberg verwonderd.

'Ik wil jou er vannacht bij hebben', zei Wallander. 'Niet alleen om je bij de hand te hebben voor het geval er in Malmö iets opduikt, maar evenzeer om jouw mening te horen.'

Nyberg knikte zwijgend. Daarna haalde hij een kam te voorschijn en probeerde zijn plukken haar te fatsoeneren.

Wallander ging verder.

'We kunnen nog een andere conclusie trekken. Ook al is die minder zeker. Maar de scherpe kantjes moeten we later maar bijslijpen. De conclusie is simpel: er gaat iets gebeuren. En op de een of andere manier heeft dat in Ystad zijn vertrekpunt.'

Hij keek Martinson aan.

'Is er nog bewaking bij Runnerströms Torg?'

'Die is ingetrokken.'

'Wie heeft dat verdomme bepaald?'

'Viktorsson vond het geldverspilling.'

'Ik wil dat die bewaking meteen wordt hervat. Bij Apelbergsgatan heb ik haar zelf opgeheven. Misschien was dat ook een vergissing. Ik wil daar vanaf nu meteen een auto hebben.'

Martinson verliet de kamer. Wallander wist dat hij ervoor zou zorgen dat er zo snel mogelijk een auto ter plekke was.

Ze wachtten zwijgend. Ann-Britt bood Nyberg, die zich nog steeds zat te kammen, een zakspiegeltje aan, maar ze kreeg slechts geknor als antwoord. Martinson keerde terug.

'Is gebeurd.'

'Wat we zoeken is een factor die de boel in werking zet', zei Wallander. 'Dat kan Falks dood zijn. Zo interpreteer ik wat er allemaal gebeurd is tenminste. Zolang Falk nog in leven was, had hij de controle. Maar opeens gaat hij dood. Dan verspreidt zich een nervositeit die al deze gebeurtenissen in werking zet.'

Ann-Britt stak haar hand op.

'Weten we zeker dat Falk een natuurlijke dood is gestorven?'

'Dat moet zo zijn. Mijn conclusies berusten op de veronderstelling dat Falks dood totaal onverwacht kwam. Zijn arts komt mij vertellen dat een hartinfarct vrijwel onmogelijk is. Falk had een goede gezondheid. Toch sterft hij. En juist dat veroorzaakt alles. Als Falk gewoon was blijven leven, dan was Sonja Hökberg niet vermoord. Dan was ze veroordeeld voor moord op een taxichauffeur. Ook Jonas Landahl zou niet zijn omgebracht. Hij had verder kunnen gaan als Falks loopjongen. Wat Falk en degenen die hem omringden hadden gepland, zou zijn gebeurd zonder dat wij daar een vermoeden van hadden gehad.'

'Met andere woorden, het komt dus door Falks plotselinge, maar geheel natuurlijke dood dat wij überhaupt weten dat er iets gaat gebeuren wat misschien in de hele wereld zijn uitwerking heeft?'

'Ik kan het niet anders uitleggen. Als iemand anders een beter alternatief heeft, dan wil ik het nu horen.'

Niemand had iets te zeggen.

Wallander stelde zich opnieuw de vraag hoe Falk en Landahl elkaar hadden leren kennen. Hoe die twee met elkaar verbonden waren, konden ze nog steeds niet zeggen. Wallander begon steeds meer de contouren te vermoeden van een onzichtbare organisatie, zonder rituelen, zonder uiterlijke kenmerken, die invloed uitoefende via hun figuurlijke nachtdieren. Nauwelijks zichtbare ingrepen die misschien betekenden dat complete geautomatiseerde werelden zouden instorten. En ergens in die duisternis hadden Falk en Landahl elkaar leren kennen. Dat Sonja Hökberg een tijd lang verliefd op Landahl geweest was, had haar doodvonnis getekend. Maar meer wisten ze niet. Althans nog niet.

Alfredsson pakte zijn aktetas en schudde hem leeg. Er vielen een aantal losse en opgevouwen papieren uit.

'Modins aantekeningen', zei hij. 'Ze lagen in een hoekje. Ik heb ze maar meegenomen. Misschien is het de moeite waard die door te nemen?'

'Dat moeten jij en Martinson maar doen', zei Wallander. 'Jullie hebben er verstand van. De rest niet.'

De telefoon die op tafel stond ging. Ann-Britt nam op. Ze gaf Wallander de hoorn. Het was Hanson.

'Een buurman hier beweert dat hij om een uur of halftien een auto met gierende banden heeft horen vertrekken', zei hij. 'Maar dat is dan ook het enige wat we aan het licht hebben weten te brengen. Niemand heeft iets gezien of gehoord. Niet eens de schoten.'

'Waren het er meer dan één?'

'De dokter zegt dat ze twee kogels in haar hoofd heeft. Er zitten twee inslaggaten.'

Wallander werd misselijk. Hij moest flink slikken.

'Ben je er nog?'

'Ik ben er nog. Niemand heeft de schoten gehoord?'

'De naaste buren althans niet. Dat zijn de enigen die we tot dusver hebben kunnen wekken.'

'Wie heeft daar de leiding?'

'Ene Forsman. Ik had hem nog nooit eerder ontmoet.'

Wallander kon zich de naam ook niet herinneren.

'Wat zegt hij?'

'Het kost hem natuurlijk vreselijk veel moeite om een touw te kunnen vastknopen aan wat ik zeg. Er is immers geen motief.'

'Je moet de stellingen daar maar zo goed mogelijk verdedigen. We hebben op dit moment geen tijd om met Forsman te praten.'

'Nog iets anders', zei Hanson. 'Modin ging hier toch naartoe om een paar diskettes op te halen? Zo was het toch?'

'Dat zei hij tenminste.'
'Ik denk dat ik weet welke kamer hij gehad heeft. Maar diskettes lagen daar niet.'
'Die zal hij dan wel hebben meegenomen.'
'Daar lijkt het wel op.'
'Heb je nog iets anders van hem gevonden?'
'Niets.'
'Zijn er ook tekenen dat iemand anders in het huis is geweest?'
'Een van de buren beweert dat er midden op de dag een taxi is gekomen waar een man is uitgestapt.'
'Dat kan belangrijk zijn. Die taxi moet worden opgespoord. Je moet ervoor zorgen dat Forsman daar prioriteit aan geeft.'
'Ik heb eigenlijk geen mogelijkheden om te bepalen wat de collega's in Malmö wel of niet doen.'
'Dan moet je die taxi zelf zien op te sporen. Is er een signalement van de man die uitstapte?'
'De buurman vond dat hij dun gekleed was voor de tijd van het jaar.'
'Zei hij dat?'
'Als ik het goed begrepen heb.'
De man uit Luanda, dacht Wallander. Degene die een naam heeft die begint met de letter C.
'Die taxi is belangrijk', herhaalde Wallander. 'Je kunt je voorstellen dat die van een van de veerterminals is gekomen of van het vliegveld.'
'Ik zal zien wat ik kan doen.'
Wallander bracht aan de anderen rond de tafel verslag uit van het gesprek.
'Ik vermoed dat er versterkingen zijn gearriveerd', zei Wallander. 'Misschien zelfs helemaal uit Angola.'
'Ik heb geen enkele reactie op mijn vragen gekregen', zei Martinson. 'Over sabotagegroepen of terreurbewegingen die de oorlog hebben verklaard aan de financiële systemen in de wereld. Niemand schijnt ooit iets te hebben gehoord over een beweging van mensen die jij "financiële veganisten" noemde.

Een woord of begrip dat ik nog steeds misleidend vind.'

'Eens moet de eerste keer zijn', zei Wallander.

'Hier in Ystad?'

Nyberg had zijn kam weggelegd en keek afkeurend naar Wallander. Deze vond dat Nyberg er opeens erg oud uitzag. Maar misschien zagen de anderen hemzelf ook zo?

'Er lag een Aziatische man dood op een akker bij Sandhammaren', antwoordde Wallander. 'Een man uit Hongkong met een valse identiteit. Daarvan zouden we ook kunnen zeggen dat zulke dingen hier niet gebeuren. Maar dat doen ze verdomme wel degelijk. Er zijn geen uithoeken meer. Er bestaat nauwelijks nog echt verschil tussen stad en platteland. Zelfs ik heb inmiddels wel zo veel begrepen dat in de nieuwe informatietechnologie het middelpunt van de wereld overal kan zijn.'

De telefoon ging opnieuw. Ditmaal nam Wallander zelf op. Weer was het Hanson.

'Forsman is goed', zei hij. 'Het loopt hier op rolletjes. De taxi is opgespoord.'

'Waar kwam hij vandaan?'

'Van het vliegveld. Je had gelijk.'

'Heeft iemand met de chauffeur gesproken?'

'Hij staat hier naast me. Ik geloof dat hij een erg lange dienst heeft. Forsman doet je trouwens de groeten. Jullie schijnen elkaar afgelopen voorjaar op een conferentie te hebben ontmoet.'

'Doe hem de groeten terug', zei Wallander. 'Mag ik nu de chauffeur?'

'Zijn naam is Stig Lunne. Hier komt hij.'

Wallander gebaarde dat hij een pen en papier wilde.

De taxichauffeur sprak zelfs voor Wallanders geoefende oren een bijna onverstaanbaar Skåns, maar zijn antwoorden waren voorbeeldig kort. Stig Lunne was geen man die ergens onnodig woorden aan vuilmaakte. Wallander stelde zichzelf voor en legde uit waar het om ging.

'Hoe laat was het toen u uw rit kreeg?'

'12.32 uur.'

'Hoe weet u dat zo precies?'
'De computer.'
'Was de rit aangevraagd?'
'Nee.'
'U stond dus op Sturup?'
'Ja.'
'Kunt u uw passagier beschrijven?'
'Lang.'
'Kunt u nog iets zeggen?'
'Dun.'
'Was dat alles?'
'Bruin van de zon.'
'De man was lang, dun en gebruind?'
'Ja.'
'Sprak hij Zweeds?'
'Nee.'
'Wat voor taal sprak hij?'
'Dat weet ik niet. Hij liet me alleen een briefje met het adres zien.'
'Zei hij de hele reis niets?'
'Nee.'
'Hoe betaalde hij?'
'Contant.'
'Met Zweeds geld?'
'Ja.'
'Wat voor bagage had hij?'
'Een weekendtas aan een schouderriem.'
'Verder niets?'
'Nee.'
'Was deze man blond of donker? Zag hij er Europees uit?'
Het antwoord dat volgde, verbaasde Wallander. Niet alleen omdat het het langste was dat Stig Lunne wist te produceren.
'Mijn ma zegt dat ik eruit zie als een Spanjaard. Maar ik ben geboren op de kraamafdeling in Malmö.'
'U bedoelt dus dat het moeilijk is om een antwoord op mijn vraag te geven?'

'Ja.'
'Had hij blond of donker haar?'
'Kaal.'
'Hebt u zijn ogen gezien?'
'Blauw.'
'Hoe was hij gekleed?'
'Te dun.'
'Wat bedoelt u daarmee?'
Stig Lunne leverde opnieuw een krachtsinspanning.
'Zomerkleren en geen jas.'
'Bedoelt u dat hij een korte broek droeg?'
'Een dun wit pak.'

Wallander wist verder geen vragen meer te bedenken. Hij bedankte Stig Lunne en vroeg hem of hij het meteen wilde laten weten als hem nog iets te binnen schoot.

Het was inmiddels drie uur. Wallander gaf kort het signalement weer dat Lunne van zijn passagier had verstrekt. Martinson en Alfredsson gingen Modins aantekeningen ergens doornemen. Meteen daarna stond ook Nyberg op om de kamer te verlaten. Alleen Wallander en Ann-Britt waren er nu nog.

'Wat denk jij dat er is gebeurd?'
'Ik weet het niet. Maar ik vrees het ergste.'
'Wie is die man?'
'Opgeroepen versterking. Iemand die weet dat Modin degene is die het diepst in Falks geheime wereld is doorgedrongen. Wie hij echt is, weet ik natuurlijk niet.'
'Maar waarom moest die vrouw sterven?'
'Dat weet ik niet. En dat beangstigt me.'

Martinson en Alfredsson kwamen na een halfuur weer terug. Meteen daarna keerde ook Nyberg terug, die zonder een woord te zeggen op zijn plaats ging zitten.

'Het is moeilijk om chocola te maken van Modins aantekeningen', zei Alfredsson. 'Vooral wanneer hij schrijft dat we "een koffieautomaat die vlak voor onze neus staat" moeten zien te vinden.'

'Hij bedoelt iets dat net zo alledaags is en dat het proces in werking gaat zetten', zei Wallander. 'Wanneer we iets doen zonder erbij na te denken. Een knop waarop we drukken. Wanneer de knop op een bepaald tijdstip of op een bepaalde plaats in een bepaalde volgorde wordt ingedrukt, zal er iets gaan gebeuren.'

'Wat voor knop?' vroeg Ann-Britt.

'Dat moeten we zien uit te vinden.'

Ze probeerden de oplossing te bedenken. Het werd vier uur. Waar was Robert Modin? Tegen halfvijf belde Hanson opnieuw. Wallander luisterde zwijgend en maakte aantekeningen. Af en toe stelde hij een vraag. Het gesprek duurde meer dan een kwartier.

'Hanson is erin geslaagd een van Elvira Lindfeldts vriendinnen op te sporen', zei Wallander. 'Zij wist interessante dingen te vertellen. In de eerste plaats dat Elvira Lindfeldt in de jaren zeventig een paar jaar in Pakistan heeft gewerkt.'

'Ik dacht dat het spoor naar Luanda leidde', zei Martinson verbaasd.

'Het gaat om wat ze in Pakistan deed.'

'Over hoeveel werelddelen vertakt dit spoor zich eigenlijk?' vroeg Nyberg. 'Zonet hadden we het over Angola. Nu is het Pakistan. Wat komt er hierna?'

'Dat weten we niet', zei Wallander. 'Ik ben net zo verbaasd als jij. Maar die vriendin met wie Hanson gepraat heeft, kon toch een soort van antwoord geven.'

Hij probeerde de aantekeningen te ontcijferen die hij op de achterkant van een envelop had gemaakt.

'Volgens die vriendin werkte ze daar voor de Wereldbank. Dat levert ons in ieder geval een link op. Maar er is meer. Volgens de vriendin hield ze er nogal afwijkende opvattingen op na. Ze was er vast van overtuigd dat heel de huidige economische wereldorde moest worden omgeturnd. En dat dit alleen maar kon als je eerst kapotmaakte wat nu domineerde.'

'Dat weten we dan ook weer', zei Martinson. 'Er zijn blijkbaar veel mensen bij betrokken. Maar we weten nog steeds niet waar ze zitten en wat er gaat gebeuren.'

'We zoeken naar een knop', zei Nyberg. 'Toch? Of een hendel? Of een lichtschakelaar? Maar zit die binnenshuis of buiten?'

'Dat weten we niet.'

'Dan weten we dus niets.'

De stemming in de kamer was bedrukt. Wallander keek zijn collega's aan met iets wat op vertwijfeling leek. We redden het niet, dacht hij. Straks treffen we Modin dood aan. En het lukt ons niet om dat te voorkomen.

De telefoon ging. Voor de hoeveelste keer Hanson belde, wist Wallander niet meer.

'De auto van Lindfeldt', zei Hanson. 'Daar hadden we aan moeten denken.'

'Ja', zei Wallander. 'Dat hadden we moeten doen.'

'Die auto stond meestal op straat. Maar hij is weg. We hebben al een opsporingsbevel laten uitgaan. Een donkerblauwe Golf. Kenteken FHC803.'

Alle auto's in deze warboel lijken donkerblauw te zijn, dacht Wallander. Hanson vroeg of er in Ystad nog iets was gebeurd. Wallander kon daar alleen maar ontkennend op antwoorden.

Het was nu tien minuten voor vijf. In de vergaderkamer heerste een sfeer van vermoeid en somber wachten. Wallander meende dat ze verslagen waren. Ze wisten helemaal niet wat ze moesten doen. Martinson stond op.

'Ik moet wat eten', zei hij. 'Ik rij naar die snackbar aan Österleden die 's nachts open is. Wil er iemand wat hebben?'

Wallander schudde zijn hoofd. Martinson krabbelde een lijstje neer met de wensen van de anderen. Daarna verliet hij de kamer, maar hij kwam bijna meteen weer terug.

'Ik heb geen geld', zei hij. 'Kan iemand wat voorschieten?'

Wallander had slechts twintig kronen. Gek genoeg had ook niemand van de anderen geld.

'Ik rij wel even langs een bankautomaat', zei Martinson.

Hij verliet de kamer. Wallander staarde met een lege blik voor zich uit. Hij had hoofdpijn gekregen.

Zonder dat hij het eigenlijk goed besefte, begon er echter in zijn achterhoofd een gedachte te rijpen. Opeens schrok hij op. De anderen keken hem verbaasd aan.

'Wat zei Martinson zonet?'

'Dat hij wat te eten ging halen.'

'Dat niet. Daarna.'

'Hij zou langs een bankautomaat gaan.'

Wallander knikte langzaam.

'Kan dat het zijn?' zei hij. 'Wat we vlak voor onze neus hebben zonder dat we het zien? De koffieautomaat die we zoeken?'

'Ik geloof niet dat ik je helemaal goed begrijp', zei Ann-Britt.

'Iets wat we doen zonder er echt bij na te denken.'

'Eten halen?'

'Een pasje in een bankautomaat stoppen. En er geld en een bonnetje uithalen.'

Wallander wendde zich tot Alfredsson.

'Jullie hebben Modins aantekeningen doorgenomen', zei hij. 'Stond daar iets bij over bankautomaten?'

Alfredsson beet op zijn lip. Daarna keek hij Wallander aan.

'Dat geloof ik inderdaad.'

Wallander rechtte zijn rug.

'Wat stond er?'

'Ik weet het niet meer. Martinson en ik vonden het allebei niet belangrijk.'

Wallander sloeg met zijn vlakke hand op tafel.

'Waar zijn die papieren?'

'Martinson heeft ze meegenomen.'

Wallander was al opgestaan en op weg de kamer uit.

Alfredsson liep met hem mee naar Martinsons kamer.

Modins verkreukelde papieren lagen naast Martinsons telefoon. Alfredsson begon ze door te nemen, terwijl Wallander ongeduldig wachtte.

'Hier is het', zei Alfredsson, die hem het vel papier gaf.

Wallander zette zijn bril op om het te lezen. Het papier was vol getekend met katten en hanen. Helemaal onderaan, tussen een paar ingewikkelde en ogenschijnlijk zinloze getallencom-

binaties had Modin een aantekening gemaakt die hij zo vaak had onderstreept dat er een gat in het papier was ontstaan.
'Geschikt aanvalspunt. Bankautomaat?'
'Zocht je dat?' vroeg Alfredsson.
Hij kreeg echter geen antwoord. Wallander was al op weg terug naar de vergaderkamer.

Opeens wist hij het zeker. Zo zat het. Het was een komen en gaan van mensen, vierentwintig uur per dag, bij allerlei bankautomaten. Ergens, een keer, zou iemand die dag geld opnemen bij een van die automaten en totaal onwetend een proces in werking zetten waarvan ze nog steeds niet wisten wat het inhield, maar waar ze bang voor waren. De mogelijkheid dat dit al gebeurd was, konden ze evenmin uitsluiten.

Wallander was van tafel opgestaan.
'Hoeveel bankautomaten zijn er in Ystad?' vroeg hij.
Dat wist niemand met zekerheid te zeggen.
'Dat zal wel in de telefoongids staan', zei Ann-Britt.
'Als dat niet zo is, dan moet je maar iemand van een bank wakker maken om dat uit te zoeken.'
Nyberg stak zijn hand op.
'Hoe kunnen we opeens zo zeker weten dat het klopt wat jij zegt?'
'Dat kunnen we ook niet', antwoordde Wallander. 'Maar alles is beter dan hier met onze armen over elkaar blijven zitten.'
Nyberg gaf zich niet gewonnen.
'Maar wat kunnen we dan doen?'
'Als ik gelijk heb,' zei Wallander, 'dan weten we nog niet om welke bankautomaat het gaat. Of misschien zijn het er wel meer dan een. We weten ook niet wanneer of hoe het gebeurt. Het enige wat we kunnen doen is ervoor zorgen dat er überhaupt niets gebeurt.'
'Jij wilt dus dat niemand geld kan opnemen?'
'Voorlopig inderdaad, ja.'
'Besef je wel wat dat inhoudt?'
'Dat de mensen de komende tijd wat minder op de politie gesteld zullen zijn. Dat er gedonder van komt.'

'Je kunt dit niet doen zonder een bevel van de officier van justitie. En na overleg met een aantal bankdirecteuren.'

Wallander ging in een stoel tegenover Nyberg zitten.

'Dat kan me op dit moment niet schelen. Al wordt het het laatste wat ik in Ystad doe als rechercheur. Of überhaupt als politieman.'

Ann-Britt had tijdens het gesprek een telefoongids doorgebladerd. Alfredsson had zwijgend afgewacht.

'Er zijn maar vier bankautomaten in Ystad', zei ze. 'Drie in het centrum en eentje bij het winkelcentrum waar we Falk hebben gevonden.'

Wallander dacht na.

'Martinson is vast naar een van de automaten in het centrum gereden. Die liggen het dichtst in de buurt van Österleden. Bel hem. Jij en Alfredsson moeten de andere twee bewaken. Zelf rij ik naar het winkelcentrum.'

Vervolgens wendde hij zich tot Nyberg.

'Ik wilde jou vragen om Lisa Holgersson te bellen. Maak haar wakker. Wind er geen doekjes om. Daarna moet zij de zaak ter hand nemen.'

Nyberg schudde zijn hoofd.

'Ze zal de hele boel afblazen.'

'Bel haar', antwoordde Wallander. 'Maar je kunt natuurlijk tot zes uur wachten.'

Nyberg keek hem aan en glimlachte.

Wallander had nog iets te zeggen.

'We mogen Robert Modin niet vergeten. En de man die lang, mager en gebruind door de zon is. We weten niet welke taal hij spreekt. Misschien is het Zweeds, misschien is het iets anders. Maar we moeten er rekening mee houden dat hij of iemand anders de bankautomaat in kwestie bewaakt. Als ik tenminste gelijk heb. Bij de minste onzekerheid, de minste argwaan moeten jullie contact met de rest van ons opnemen.'

'Ik heb in mijn leven al heel wat dingen bewaakt,' zei Alfredsson, 'maar nog nooit een bankautomaat.'

'Eens moet de eerste keer zijn. Heb je een pistool bij je?'

Alfredsson schudde zijn hoofd.
'Regel dat', zei Wallander tegen Ann-Britt. 'We gaan.'

Het was negen minuten over vijf toen Wallander het politiebureau verliet. De wind was weer aangewakkerd en het was kouder geworden. Vol wroeging reed hij naar het winkelcentrum. Er was natuurlijk alle aanleiding om te denken dat hij zich vergiste, maar aan de vergadertafel zouden ze op dit moment niet verder komen. Wallander parkeerde bij het gebouw van de belastingdienst. Om hem heen was het verlaten en donker. Het werd nog niet licht. Hij trok de ritssluiting van zijn jack dicht en keek rond. Daarna liep hij naar de bankautomaat. Er was geen reden om zich niet te laten zien. De portofoon die hij in zijn jaszak had gestoken begon te knetteren. Het was Ann-Britt, die meldde dat iedereen op zijn plaats was. Alfredsson was meteen op problemen gestuit. Een paar aangeschoten mensen stonden erop dat ze geld mochten opnemen. Hij had assistentie nodig en om een surveillancewagen gebeld.

'Laat die auto circuleren', zei Wallander. 'Over een uur worden de problemen nog groter, wanneer de mensen echt wakker beginnen te worden.'

'Martinson heeft nog geld opgenomen', vervolgde Ann-Britt. 'Maar er is niets gebeurd.'

'Dat weten we niet', zei Wallander. 'Wat er ook gebeurt, wij zullen het niet zien.'

De portofoon zweeg. Wallander keek naar een omgegooid winkelwagentje dat op de parkeerplaats lag. Behalve een kleine vrachtwagen was er verder niets. Een reclameposter voor afgeprijsde varkensribbetjes wervelde rond. Het was inmiddels drie minuten voor halfzes. Over Malmövägen kwam uit oostelijke richting een vrachtwagen voorbij denderen. Wallander begon aan Elvira Lindfeldt te denken, maar voelde meteen dat hij dat niet aankon. Dat kwam later wel. Uitzoeken hoe hij zich zo had kunnen laten bedotten. Zo laten beledigen. Wallander ging met zijn rug naar de wind staan en begon te stampen om geen koude voeten te krijgen. Hij hoorde een auto naderen. Een personenauto met op de portieren reclame voor een elektriciteitsbedrijf kwam aanrijden en stopte. De man die uit de auto sprong, was lang en mager. Wallander schrok en greep naar zijn pistool. Maar hij ontspande zich weer. Hij herkende de man. Die had een keer de elektriciteitsleidingen in zijn vaders huis in Löderup gerepareerd. De man knikte.

'Is hij kapot?' vroeg hij.
'Je kunt helaas op dit moment geen geld opnemen.'
'Dan moet ik maar naar het centrum rijden.'
'Daar kan het jammer genoeg ook niet.'
'Wat is er gebeurd?'
'Het is een tijdelijke storing.'
'Die door de politie bewaakt moet worden?'

Wallander gaf geen antwoord. Ontevreden stapte de man weer in en reed weg. Wallander besefte dat dit hun kans was. Verwijzen naar een technische storing. Maar hij werd nu al bang bij de gedachte aan wat er zou gebeuren wanneer het uitkwam. Hoe zou hij zich daar eigenlijk tegen kunnen verweren? Lisa Holgersson zou de hele boel waarschijnlijk een halt toeroepen. De redenen die hij kon aanvoeren waren te vaag. Dan kon hij verder niets doen. En had Martinson nog meer argumenten dat Wallander als leider van het rechercheteam niet aan de verwachtingen voldeed.

Opeens ontdekte hij een man die over de parkeerplaats kwam aanlopen. Een jonge man. Hij was naast de eenzame vrachtwagen opgedoken. Hij kwam op Wallander aflopen. Het duurde een paar seconden voordat Wallander besefte wie het was. Robert Modin. Wallander bleef roerloos staan. Hij hield zijn adem in. Hij begreep het niet. Opeens draaide Modin hem de rug toe. Wallander begreep het zonder het te begrijpen, een intuïtieve reactie. Hij wierp zich opzij. De man die ergens achter hem was, was van achter de winkels te voorschijn gekomen. Hij was lang, mager en zongebruind, en hij had een wapen in zijn hand. De afstand was tien meter. Wallander kon zich nergens achter verschuilen. Hij sloot zijn ogen. Het gevoel van de akker keerde terug. Zijn dagen waren geteld. Tot hier te komen, maar niet verder. Hij wachtte op het schot, maar dat kwam niet. Hij deed zijn ogen weer open. De man hield zijn wapen op hem gericht, maar keek tegelijkertijd op zijn horloge. De tijd, dacht Wallander. Nu is het zover. Ik had gelijk. Ik weet niet waar ik gelijk in had. Maar ik had gelijk.

De man gaf Wallander een teken dat hij dichterbij moest komen en zijn handen in de lucht moest steken. Hij nam Wallander zijn wapen af en gooide dat in een vuilnisbak naast de bankautomaat. Daarna hield hij met zijn linkerhand een pasje voor zich uit en noemde in gebroken Zweeds een paar cijfers.

'Een, vijf, vijf, een.'

Hij liet het pasje op de grond vallen en wees er met zijn wapen naar. Wallander pakte het pasje op. De man ging een paar passen opzij. Opnieuw keek hij op zijn horloge. Vervolgens wees hij met een heftig gebaar naar de bankautomaat. Hij leek nu nerveus. Wallander liep naar de automaat. Toen hij opzij keek, kon hij Robert Modin doodstil zien staan. Op dit moment kon het Wallander niet schelen wat er gebeurde wanneer hij het pasje erin stopte en de pincode intoetste. Robert Modin was in leven. Dat was het belangrijkste. Maar hoe moest hij zijn eigen leven redden? Wallander zocht naar een uitweg. Wanneer hij een uitval naar de man zou doen, zou hij meteen worden neergeschoten. Het zou Robert Modin vast ook niet lukken om weg te rennen. Wallander stopte het pasje in de gleuf. Op hetzelfde moment viel er een schot. Dat raakte het asfalt en de kogel floot weg. De man had zich omgedraaid. Wallander ontdekte Martinson, die aan de overkant van de parkeerplaats stond. De afstand was meer dan dertig meter. Wallander gooide zich opzij en groef tegelijkertijd met zijn hand in de vuilnisbak. Hij kreeg zijn pistool te pakken. De man schoot op Martinson. Hij miste. Wallander haalde de trekker over. Hij raakte de man midden in zijn borst. Hij sloeg tegen het asfalt en bleef liggen. Robert Modin stond er nog steeds roerloos bij.

'Wat gebeurt er?' riep Martinson.

'Kom maar', riep Wallander terug.

De man op het asfalt was dood.

'Wat doe jij hier?' vroeg Wallander.

'Als jij gelijk had, dan moest het hier wel zijn', antwoordde Martinson. 'Falk zou waarschijnlijk toch de bankautomaat kiezen die het dichtst bij zijn woning lag en waar hij op zijn wandelingen langskwam. Ik heb Nyberg gevraagd of hij mijn bankautomaat in het centrum wilde bewaken.'

'Maar Nyberg zou Lisa toch bellen?'

'Er zijn toch mobiele telefoons.'

'Zorg jij hiervoor', zei Wallander. 'Ik ga met Modin praten.'

Martinson wees naar de dode.

'Wie is hij?'

'Ik weet het niet. Maar ik denk dat hij een naam heeft die met de letter C begint.'

'Hebben we het nu achter de rug?'

'Misschien. Ik denk het wel. Maar wat we nou achter de rug hebben, weet ik eigenlijk niet.'

Wallander realiseerde zich dat hij Martinson eigenlijk moest bedanken, maar hij zei niets. Hij liep naar Modin, die nog steeds roerloos op dezelfde plek stond. De tijd zou nog wel komen dat Martinson en hij elkaar in een verlaten gang tegenkwamen voor de afrekening die onvermijdelijk was.

Robert Modin had tranen in zijn ogen.

'Hij zei dat ik naar u toe moest lopen. Anders zou hij mijn ouders vermoorden.'

'Daar hebben we het nog wel over', zei Wallander. 'Hoe is het met je?'

'Hij zei dat ik eerst mijn werk in Malmö moest afmaken. Daarna heeft hij die vrouw doodgeschoten. En zijn we vertrokken. Ik lag in de kofferbak en ik kreeg haast geen lucht. Maar we hadden gelijk.'

'Ja', zei Wallander. 'We hadden gelijk.'

'Heb je mijn briefje gevonden?'

'Ja, dat heb ik gevonden.'

'Pas later begon ik serieus te geloven dat het zo zou kunnen zijn. Een bankautomaat ergens. Waar de mensen geld komen opnemen.'

'Je had het moeten zeggen', zei Wallander. 'Maar ik had er misschien ook zelf op moeten komen. In een vroeg stadium waren we ervan overtuigd dat het allemaal op de een of andere manier om geld ging. Toen had ik eraan moeten denken dat de schuilplaats een bankautomaat kon zijn.'

'Een lanceerplatform voor een virusraket', zei Modin. 'Je kunt die mensen in ieder geval niet verwijten dat ze dom zijn.'

Wallander nam de jongen die naast hem stond op. Hoeveel kon hij nu nog hebben? Opeens kreeg hij het gevoel dat hij al eerder zo met een jongen naast zich had gestaan. Hij realiseerde zich dat hij aan Stefan Fredman dacht. De jongen die nu dood en begraven was.

'Wat is er precies gebeurd?' vroeg hij. 'Kun je het opbrengen om daar antwoord op te geven?'

Modin knikte.

'Toen zij mij binnenliet, zat hij daar gewoon in huis. En hij bedreigde me. Ik werd in de badkamer opgesloten. Opeens hoorde ik hoe hij tegen haar begon te schreeuwen. Omdat het in het Engels was, kon ik het verstaan. Wat ik kon horen althans.'

'Wat zei hij?'

'Ze had haar werk niet goed gedaan. Ze was zwak geweest.'

'Heb je nog meer gehoord?'

'Alleen de schoten. Toen hij de badkamer van het slot deed, dacht ik dat hij mij ook zou doodschieten. Hij had een pistool in zijn hand. Maar hij zei alleen dat ik zijn gijzelaar was. En dat ik moest doen wat hij zei. Anders zou hij mijn ouders vermoorden.'

Wallander merkte dat Modins stem begon te trillen.

'De rest komt later wel', zei Wallander. 'Het is nu genoeg. Het is meer dan genoeg.'

'Hij zei dat ze het hele wereldwijde financiële systeem zouden uitschakelen. En het zou hier bij de bankautomaat beginnen.'

'Ik weet het', zei Wallander. 'Maar we hebben het er later wel over. Je moet nu slapen. Je moet naar huis. Daarna praten we wel.'

'Eigenlijk is het fantastisch.'

Wallander keek hem aandachtig aan.

'Wat bedoel je?'

'Wat er allemaal mogelijk is. Gewoon door een aftellend raketje ergens in een bankautomaat te plaatsen.'

Wallander gaf geen antwoord. Politieauto's met sirenes kwamen naderbij. Wallander zag dat er een donkerblauwe Golf achter de vrachtwagen geparkeerd stond, onmogelijk te zien vanaf de positie waar hij had gestaan. De poster met de reclame voor afgeprijsde varkensribbetjes wervelde rond zijn voeten.

Hij voelde hoe moe hij was. En opgelucht.

Martinson kwam naar hen toe.

'Wij moeten nodig praten', zei hij.

'Ja', zei Wallander. 'Maar niet nu.'

Het was negen minuten voor zes. Maandag 20 oktober. Afwezig vroeg Wallander zich af hoe de winter zou worden.

40

Op dinsdag 11 november werd de aanklacht tegen Wallander dat hij tijdens een verhoor Eva Persson had mishandeld verrassenderwijs ingetrokken. Ann-Britt kwam hem het nieuws vertellen. Zij was ook degene die op een beslissende manier had bijgedragen aan de oplossing, maar Wallander hoorde pas naderhand hoe dat in zijn werk was gegaan.

Enkele dagen eerder had Ann-Britt Eva Persson en haar moeder bezocht. Wat er tijdens die ontmoeting gezegd was, werd nooit helemaal duidelijk. Er was geen verslag van gemaakt en er was geen getuige bij aanwezig geweest, hoewel dat niet volgens de voorschriften was. Tegenover Wallander suggereerde Ann-Britt echter dat ze 'een milde vorm van emotionele chantage' had toegepast. Wat dat precies inhield had ze niet uitgelegd. Uit andere dingen die ze vertelde, trok Wallander echter de conclusie dat Eva Persson volgens Ann-Britt nu aan haar toekomst moest gaan denken. Ook al werd ze vrijgesproken van alle verdenkingen dat ze actief bij de moord op Lundberg betrokken was geweest, dan nog kon een valse aanklacht tegen een politieman vervelende consequenties hebben. Maar wat er in detail was besproken zou noch Wallander, noch iemand anders ooit met zekerheid weten. De dag na het gesprek hadden Eva Persson en haar moeder via hun advocaat hun aanklacht tegen Wallander ingetrokken. Ze gaven toe dat de oorvijg was gegeven op de manier zoals Wallander zei. Eva Persson bekende dat ze haar moeder had aangevallen. Niettemin had er tegen Wallander publiekrechtelijke vervolging kunnen worden ingesteld, maar de zaak werd snel afgedaan, tot opluchting van iedereen, zo leek het. Ann-Britt had er ook voor gezorgd dat een zorgvuldig gekozen groep journalisten op de hoogte werd gebracht. Het nieuws dat de aanklacht tegen Wallander was ingetrokken kreeg geen opvallende plaats in de kranten, als het überhaupt al werd vermeld.

Die dinsdag was het in Skåne een buitengewoon koude herfstdag, met harde windstoten uit het noorden. Wallander was vroeg in de ochtend wakker geworden na een onrustige nacht, waarin akelige dromen in zijn onderbewuste hadden rondgespookt. Wat hij gedroomd had, kon hij zich niet meer precies voor de geest halen, maar hij was achternagezeten en bijna verstikt door schimmige gestalten en gewichten die zich tegen hem aan drukten.

Toen hij tegen achten op het politiebureau arriveerde, bleef hij maar even. Hij had de vorige dag besloten om nu eindelijk antwoord te krijgen op een vraag die hem al geruime tijd bezighield. Nadat hij wat papieren had doorgenomen en zich ervan had vergewist dat het fotoalbum dat hij bij Marianne Falk had meegenomen daadwerkelijk was teruggestuurd, verliet hij het bureau en reed naar de familie Hökberg. Hij werd verwacht, want hij had de vorige dag contact gehad met Erik Hökberg. Sonja's broer Emil was naar school en mevrouw Hökberg was voor een van haar vele bezoeken aan haar zus in Höör vertrokken. Wallander zag dat Erik Hökberg bleek en vermagerd was. Wallander had bij geruchte gehoord dat de begrafenis van Sonja Hökberg erg aangrijpend was geweest. Wallander stapte naar binnen en beloofde dat hij niet lang zou blijven.

'Je zei dat je Sonja's kamer wilde zien', zei Erik. 'Maar ik heb eigenlijk niet goed begrepen waarom.'

'Ik zal het je uitleggen wanneer we boven zijn. Ik wil dus dat je meegaat.'

'Er is niets aan veranderd. Dat kunnen we niet opbrengen. Nog niet.'

Ze liepen naar boven en gingen de roze kamer binnen waar Wallander al tijdens zijn eerste bezoek het gevoel had gehad dat er iets helemaal niet klopte.

'Ik denk dat deze kamer er niet altijd zo heeft uitgezien', zei hij. 'Sonja heeft de boel een keer anders ingericht. Of niet?'

Erik Hökberg keek hem verwonderd aan.

'Hoe weet jij dat?'

'Ik weet het niet. Ik vraag het.'

Erik Hökberg slikte. Wallander wachtte geduldig.

'Het was na die gebeurtenis', zei Erik Hökberg. 'De verkrachting. Opeens trok ze alles van de muren en haalde ze de oude spullen te voorschijn die ze vroeger had gehad. Toen ze jonger was. Dingen die in dozen op zolder lagen. We hebben waarschijnlijk nooit echt goed begrepen waarom ze alles weer te voorschijn haalde. En ze zei er ook niets over.'

Ze werd beroofd van iets, dacht Wallander. En ze vluchtte op twee manieren. Deels door naar haar kindertijd terug te keren, toen alles nog niet kapot was. En deels door plaatsvervangende wraak te nemen.

'Dat vroeg ik me gewoon af', zei Wallander.

'Waarom is het zo belangrijk om dat nu te weten? Het doet er nu toch niet meer toe. Sonja komt niet meer terug. Voor Ruth en mij en Emil is er eigenlijk alleen nog maar een half leven over, als het al zoveel is.'

'Soms moet je ergens een punt achter kunnen zetten', zei Wallander aarzelend. 'Vragen die onbeantwoord blijven, kunnen je hinderlijk blijven achtervolgen. Maar je hebt natuurlijk gelijk. Er verandert helaas niets door.'

Ze verlieten de kamer en liepen de trap af. Erik Hökberg wilde koffie aanbieden, maar Wallander bedankte. Hij wilde dit huis van verdriet zo snel mogelijk verlaten.

Hij reed naar het centrum. Hij parkeerde zijn auto in Hamngatan en liep naar de boekhandel, die net was opengegaan, om het boek over meubels op te halen dat nu al veel te lang op hem lag te wachten. Hij was verbijsterd over de prijs, vroeg of het kon worden ingepakt en keerde terug naar zijn auto. De volgende dag zou Linda naar Ystad komen. Dan gaf hij haar het boek cadeau.

Even over negenen was hij terug op het bureau. Om halftien had hij zijn ordners bij elkaar gepakt en begaf hij zich naar een van de vergaderkamers. Deze ochtend zouden ze voor de laatste keer bespreken wat er allemaal was gebeurd sinds Tynnes Falk dood was neergevallen voor een bankautomaat in het winkelcentrum. Ze zouden het dossier een laatste keer doornemen en het dan aan de officier van justitie overdragen. Omdat de moord op Elvira Lindfeldt ook een zaak was van de collega's in Malmö zou hoofdinspecteur Forsman, die verantwoordelijk was voor het onderzoek, eveneens bij het overleg aanwezig zijn.

Op dit tijdstip wist Wallander nog niet dat hij was vrijgesproken van de verdenking van mishandeling. Dat zou Ann-Britt hem later op de dag vertellen. Maar momenteel was dit toch niet echt wat hem de meeste zorg baarde. Het belangrijkste voor hem was nog steeds dat Robert Modin het er levend van af had gebracht. Dat hielp hem ook over de gedachten die hem soms overvielen heen, dat als hij wat verder had doorgedacht, hij mogelijk ook Jonas Landahls dood had kunnen voorkomen. Diep in zijn hart wist hij dat het absurd was om zijn geweten hiermee te kwellen. Dat zou je onmogelijk hebben kunnen verlangen. Maar hij had die gedachten wel, ze kwamen en gingen, en ze lieten hem nog niet met rust.

Voor de verandering was Wallander een keer de laatste die de vergaderkamer binnenkwam. Hij gaf Forsman een hand. Diens gezicht kwam hem bekend voor van een seminarium waaraan ze beiden hadden deelgenomen. Hans Alfredsson was naar Stockholm teruggekeerd en Nyberg lag met griep in bed. Wallander ging zitten. Ze begonnen het omvangrijke dossier door te nemen. Pas toen het een uur was, waren ze aan de laatste pagina toegekomen en konden ze hun overleg beëindigen. Ze konden er een punt achter zetten.

In de drie weken die na het schietdrama bij de bankautomaat waren verstreken, was alles wat daarvoor nog ongrijpbaar en vaag was steeds overzichtelijker en hanteerbaarder geworden. Wallander had bij verschillende gelegenheden kunnen constateren dat ze het helemaal bij het rechte eind hadden gehad, hoewel dat vaker de uitkomst was geweest van riskante gissingen dan van een solide afweging van de feiten. Er hoefde ook niemand te twijfelen aan de betekenis van Robert Modin. Hij was degene die door de blinde muur had weten heen te breken. Tijdens de afgelopen weken was er een voortdurend groeiende stroom informatie uit het buitenland losgekomen. Uiteindelijk hadden ze heel het omvangrijke complot weten te ontrafelen.

De dode man, die Carter heette en uit Luanda kwam, had een identiteit en een achtergrond gekregen. Wallander vond dat hij nu een antwoord op de vraag had gekregen die hij zich tijdens het onderzoek zo vaak had gesteld: *Wat was er in Angola eigenlijk gebeurd?* Nu wisten ze althans grofweg hoe het gegaan moest zijn. Falk en Carter hadden elkaar in de jaren zeventig in Luanda ontmoet, waarschijnlijk door toeval. Naar wat er gebeurd en gezegd was tijdens hun ontmoetingen konden ze natuurlijk alleen maar raden, maar iets had de twee mannen verenigd. Ze waren een verbond aangegaan waarvan een mengeling van privé-behoefte aan wraak, arrogantie en verwarde voorstellingen over hun uitverkorenheid de dominante aspecten waren. Ze hadden besloten de aanval in te zetten tegen heel het wereldwijde financiële systeem. Wanneer de tijd rijp was, zouden ze hun elektronische raket afschieten. Carters inzicht in de financiële structuren gekoppeld aan Falks innovatieve kennis van de wereldwijde computersystemen was een ideale en daardoor uiterst gevaarlijke combinatie.

Terwijl ze stap voor stap de aanval zelf voorbereidden, hadden ze zich tot twee vreemde, maar overtuigende profeten ontwikkeld. Ze hadden een geheimzinnige en strak geleide organisatie opgebouwd, waarin individuele mensen zoals Fu Cheng uit Hongkong en Elvira Lindfeldt en Jonas Landahl uit Skåne betrokken raakten, overtuigd werden en hopeloos verstrikt raakten. Langzaam was het beeld van een hiërarchische sekte ontstaan. Carter en Falk waren degenen die alle beslissingen namen. Wie tot hun gemeenschap werd toegelaten werd als een uitverkorene aangewezen. Ook al waren daar nog geen bewijzen voor, je kon raden dat Carter persoonlijk verschillende medewerkers had geëxecuteerd die niet aan de verwachtingen voldeden. Of die zich uit de organisatie hadden willen losmaken.

Van de twee mannen was Carter de missionaris geweest. Ook

al had hij met de Wereldbank gebroken, af en toe voerde hij daarvoor nog wel consultancy-opdrachten uit. Tijdens zo'n opdracht had hij in Pakistan Elvira Lindfeldt ontmoet. Hoe Jonas Landahl erbij betrokken was geraakt, konden ze echter nooit helemaal vaststellen.

Voor Wallander leek Carter steeds meer op een krankzinnige sekteleider. Zeer berekenend en meedogenloos. Het beeld van Falk was gecompliceerder. Trekjes van openlijke meedogenloosheid hadden ze bij hem niet kunnen ontdekken. Wel vermoedden ze de contouren van een man met een goed gemaskeerde geldingsdrang. Een man die in de late jaren zestig korte tijd lid was geweest van zowel rechts-extremistische bewegingen als het tegenovergestelde aan de linkerkant, maar die zich algauw had losgemaakt en in plaats daarvan de wereld met zijn profetische verachting van mensen begon te benaderen.

In Angola hadden de wegen van Carter en Falk elkaar toevallig gekruist. Ze hadden een inkijkje in elkaar gekregen en toen hun eigen spiegelbeeld ontdekt.

Over Fu Cheng had de politie in Hongkong lange rapporten gestuurd, waarin stond dat hij eigenlijk Hua Gang heette. Interpol had zijn vingerafdrukken in verband weten te brengen met diverse delicten, onder andere twee gewelddadige bankovervallen in Frankfurt en Marseille. Ook al kon dat niet worden bewezen, vermoed werd wel dat het geld was gebruikt voor de financiering van de operatie die Falk en Carter aan het voorbereiden waren. Hua Gang had een verleden in de onderwereld van de georganiseerde misdaad. Hij was nooit veroordeeld, maar werd verdacht van diverse moorden in Azië en Europa, allemaal onder verschillende naam begaan. Dat hij degene was die eerst Sonja Hökberg en daarna ook Jonas Landahl om het leven had gebracht stond buiten kijf. Vingerafdrukken en latere getuigenverklaringen ondersteunden die verdenkingen. Maar dat hij slechts een handlanger was, onder commando van Carter en mogelijk ook Falk, hoefde evenmin te worden betwijfeld. De vertakkingen leken naar alle werelddelen te leiden. Om een en ander definitief in kaart te brengen moest er nog steeds veel werk worden verzet, maar nu al kon geconcludeerd worden dat er niet echt reden was om voor een vervolg te vrezen. Met Carter en Falk was ook hun organisatie ter ziele gegaan.

Waarom Carter Elvira Lindfeldt had doodgeschoten was een vraag die nooit werd beantwoord. Behalve dan door de fragmenten van Carters verontwaardigde verwijten aan haar waaraan Modin had gerefereerd. Ze wist te veel, ze was niet meer nodig. Wallander ging ervan uit dat Carter wanhopig moest zijn geweest toen hij naar Zweden kwam.

Falk en Carter hadden besloten in de financiële wereld een chaos te ontketenen en de conclusie van de onderzoekers was angstaanjagend: ze waren daar bijna in geslaagd. Als Modin of Wallander die maandag 20 oktober om precies 5.31 uur het pasje in de bankautomaat had gestopt en de pincode had ingetoetst, dan zou er een elektronische lawine in werking zijn gezet. Deskundigen die het virus dat Falk in het systeem had ingevoerd aan een voorlopig onderzoek hadden onderworpen waren wit weggetrokken. De kwetsbaarheid van de instellingen die door Falk en Carter in het geniep aan elkaar waren gekoppeld, bleek van een alarmerende omvang te zijn. Overal in de wereld waren nu allerlei groepen deskundigen druk bezig om te evalueren wat nu eigenlijk precies de gevolgen zouden zijn geweest als de lawine in werking was gezet.

Maar noch Modin noch Wallander had de pincode van Carters Visa Card ingetoetst. Eigenlijk was er niets gebeurd, behalve dan dat die maandag diverse bankautomaten in Skåne plotseling onverklaarbare problemen hadden gekregen. Een aantal van hen was buiten werking gesteld, maar fouten had men niet kunnen vinden. En opeens had alles weer normaal gefunctioneerd. Rondom het onderzoek en de conclusies die geleidelijk vorm begonnen te krijgen was een hoge muur van geheimhouding opgetrokken.

De moorden op Hökberg, Landahl en Lindfeldt waren opgelost. Fu Cheng had zelfmoord gepleegd. Misschien maakte het onderdeel uit van de rituelen van de geheimzinnige organisatie dat je je nooit moest laten pakken. Op die vraag zouden ze ook nooit een antwoord krijgen. Carter was door Wallander doodgeschoten. De mysterieuze aspecten – waarom Sonja Hökberg in het transformatorstation was gegooid en waarom Falk de beschikking had gehad over een tekening van een van de belangrijkste installaties van Sydkraft – wisten ze ook niet helemaal op te helderen.

Wel slaagden ze erin om gedeeltelijk het mysterie van het geopende hek en de deur bij het transformatorstation op te lossen. Hanson was degene die zich daarin had vastgebeten. Bij de monteur met de naam Moberg was tijdens de zomervakantie thuis ingebroken. De sleutels waren er nog. Toch meende Hanson dat het degene die de inbraak had gepleegd juist om de sleutels te doen was geweest. Hij had de gegevens daarvan overgenomen en was er daarna, waarschijnlijk tegen een groot geldbedrag, in geslaagd kopieën van de Amerikaanse producent los te krijgen.

Ze hadden Jonas Landahls paspoort teruggevonden en daarin kunnen zien dat hij in de maand na de inbraak bij Moberg in de Verenigde Staten was geweest. En aan geld was geen gebrek, door de bankovervallen in Frankfurt en Marseille. Moeizaam hadden ze gezocht naar de antwoorden op het ene na het andere van alle losse eindjes die nog uit het dossier hingen. Het bleek onder andere dat Tynnes Falk een postbus in Malmö had gehad. Waarom hij tegenover Siv Eriksson had beweerd dat hij zijn post bij haar liet komen konden ze niet goed zeggen. Het logboek en Falks afgesneden vingers werden ook niet teruggevonden, maar de pathologen leken het er ten slotte over eens te zijn dat Falk echt een natuurlijke dood was gestorven. Enander had gelijk gehad: het was geen hartaanval geweest. Zijn dood was veroorzaakt door een hersenbloeding die moeilijk te ontdekken was geweest. Over de taximoord bestond uiteindelijk ook geen twijfel meer. Sonja Hökbergs impulsieve behoefte om zich te wreken was de achterliggende oorzaak geweest. Ze had plaatsvervangend wraak genomen. Op de vraag waarom ze de man die zich aan haar vergrepen had niet had aangevallen, maar zijn onschuldige vader, wisten ze geen bevredigend antwoord te vinden. Dat Eva Persson zo lauw reageerde op het gebeurde konden ze ook niet begrijpen, hoewel er een grondig psychiatrisch onderzoek werd ingesteld. Niettemin waren ze ervan overtuigd dat Eva de dodelijke steken en slagen niet aan Lundberg had toegediend. Uiteindelijk werd ook een andere vraag die nog open was beantwoord. Eva Persson had haar verhaal veranderd om de simpele reden dat ze niet de verantwoordelijkheid wilde dragen voor iets wat ze niet had gedaan. Ze had niet geweten dat Sonja dood was toen ze haar nieuwe verklaring aflegde. Haar drang tot zelfbehoud alleen had haar dat ingegeven. Wat er in de toekomst met haar ging gebeuren kon nog niemand zeggen.

Er waren ook nog andere losse eindjes. Op een dag lag op Wallanders bureau een lang rapport van Nyberg waarin hij in uitvoerige bewoordingen uiteenzette dat de lege koffer die in de hut op de veerboot naar Polen was teruggevonden Landahls eigendom was geweest. Wat er met zijn kleren was gebeurd, of wat hij überhaupt mogelijk in die koffer bewaard had, kon Nyberg niet zeggen. Vermoedelijk had Hua Gang nadat hij hem had vermoord de inhoud overboord gegooid, in een poging de identificatie van Landahl uit te stellen. Slechts Landahls paspoort werd teruggevonden. Met een zucht legde Wallander het rapport aan de kant.

Het in kaart brengen van Carter en Falk was het belangrijkste. Voor Wallander was het duidelijk dat Falk en Carter nog verdere plannen hadden gehad. Na de aanvallen op het financiële systeem zouden ze doorgaan. Ze hadden al een plan om aanslagen te plegen op allerlei belangrijke energiecentrales. En ze waren zo ijdel geweest dat ze het niet hadden kunnen laten hun aanwezigheid te tonen; bijvoorbeeld toen Carter Hua Gang de opdracht gaf om een relais op de lege baar te leggen en Falks lichaam te ontvoeren en daar twee vingers van af te snijden. Er vielen zowel rituele als religieuze ondertonen te bespeuren in de macabere wereld waarin Carter en Falk hun eigen goden waren.

Ondanks alle wreedheid en krankzinnige superioriteit kon Wallander zich toch niet aan de indruk onttrekken dat Falk en Carter iets belangrijks hadden onthuld. De kwetsbaarheid van de maatschappij waarin ze leefden, was groter dan iemand had kunnen bevroeden.

In deze periode rijpte er bij Wallander ook een ander besef. In de toekomst zou er een heel ander soort agenten nodig zijn. Niet dat de ervaring en kennis waar hij zelf voor stond waren uitgespeeld, maar er waren terreinen die hij niet beheerste.

Verder was hij gedwongen te accepteren dat hij echt oud was. Een oude hond die geen nieuwe kunstjes zou leren.

Tijdens late avonden in zijn flat aan Mariagatan verzonk hij vaak in gedachten die gingen over kwetsbaarheid. Die van de maatschappij en van hemzelf. Die leken op de een of andere manier met elkaar vervlochten. Hij probeerde zijn reacties op twee manieren te interpreteren. Er was zich een maatschappij aan het ontwikkelen die hij helemaal niet herkende. In zijn werk zag hij voortdurend voorbeelden van de wrede krachten die mensen onbarmhartig tot randfiguren degradeerden. Hij zag jonge mensen die hun gevoel van eigenwaarde al kwijt waren nog voordat ze de school hadden verlaten, hij zag het misbruik voortdurend toenemen, hij herinnerde zich Sofia Svensson die zijn achterbank had ondergebraakt. Zweden was een samenleving waarin de oude scheuren groter werden en steeds nieuwe ontstonden, een land waar onzichtbare schuttingen de kleiner wordende groepen die een goed leven hadden omringden. Er werden hoge muren opgetrokken tegen de randfiguren die in de kou stonden: daklozen, verslaafden, werklozen.

Daarnaast was er een andere revolutie aan de gang. De revolutie van de kwetsbaarheid, waarbij steeds krachtigere maar tegelijkertijd steeds zwakkere elektronische knooppunten de samenleving regelden. De efficiency nam toe, maar de prijs die betaald werd, was dat men zich kwetsbaar maakte voor krachten die zich bezighielden met sabotage en terreur.

En dan had je nog zijn eigen kwetsbaarheid. Zijn eenzaamheid, zijn wankele gevoel van eigenwaarde. De wetenschap dat hij werd ingehaald door Martinson. Een gevoel van onzekerheid ten aanzien van al het nieuwe dat zijn werk de hele tijd wijzigde en dat andere eisen stelde aan zijn vermogen om zich aan te passen en te vernieuwen.

Op die avonden in Mariagatan meende hij vaak dat hij het niet meer aankon. Hij wist echter dat hij moest doorgaan. In ieder geval nog tien jaar. Echte alternatieven had hij eigenlijk niet meer. Hij was rechercheur, een veldwerker. Hij kon zich onmogelijk een bestaan voorstellen waarbij hij langs scholen ging om te waarschuwen tegen drugs of crèchekinderen verkeersregels bijbracht. Die wereld zou nooit de zijne kunnen worden.

Om een uur die middag werd het overleg beëindigd en kon het dossier worden overhandigd aan de officier van justitie. Maar er zou niemand worden veroordeeld, omdat alle schuldigen al dood waren. Wel lag er op het bureau van de officier een voorstel dat mogelijk tot een heropening van een zaak tegen Carl-Einar Lundberg zou leiden.

Na het overleg, tegen tweeën, kwam Ann-Britt naar Wallanders kamer om te vertellen dat Eva Persson en haar moeder hun aanklacht hadden ingetrokken. Wallander was natuurlijk opgelucht, maar in wezen niet verwonderd. Ook al begon hij steeds meer te twijfelen aan hoe het recht in Zweden eigenlijk werkte, hij had nooit getwijfeld dat de waarheid over wat er in de verhoorkamer was voorgevallen uiteindelijk aan het licht zou komen.

Ze bespraken in zijn kamer de mogelijkheid dat hij nu de tegenaanval zou inzetten. Ann-Britt vond dat hij dat moest doen. Niet in de laatste plaats omdat dat voor het korps belangrijk was. Maar Wallander wilde dat niet. Hij bleef volhouden dat het beter was als de zaak een stille dood kon sterven.

Nadat Ann-Britt zijn kamer had verlaten, bleef Wallander lang in zijn stoel zitten. Zijn hoofd was leeg. Uiteindelijk stond hij op om koffie te halen.

In de deuropening van de kantine liep hij Martinson tegen het lijf. In de afgelopen weken had Wallander een vreemde en voor hem onbekende besluiteloosheid gevoeld. Gewoonlijk ging hij confrontaties niet uit de weg, maar wat er met Martinson was gebeurd lag moeilijker en ging dieper. Het ging om verloren verbondenheid, verraad, verbroken vriendschap. Nu hij Martinson tegenkwam, wist hij dat het moment was aangebroken. Het kon niet langer opgeschoven worden.

'Wij moeten eens praten', zei hij. 'Heb je tijd?'

'Ik heb op je gewacht.'

Ze liepen terug naar de vergaderkamer die ze enkele uren eerder hadden verlaten. Wallander ging recht op de man af.

'Ik weet dat je dingen achter mijn rug om doet. Ik weet dat je over mij zit te kletsen. Je hebt in twijfel getrokken of ik wel geschikt was om dit onderzoek te leiden. Waarom je dat in het geniep hebt gedaan en niet naar mij bent gekomen kun jij alleen zeggen. Maar ik heb daar natuurlijk wel een idee over. Je kent me. Je weet hoe ik redeneer. De enige manier waarop ik je gedrag kan uitleggen, is dat je de basis legt voor je eigen verdere carrière. En dat je daar alles voor over hebt.'

Martinson was kalm toen hij antwoord gaf. Wallander voelde dat hij zijn woorden goed had voorbereid.

'Ik zeg het gewoon zoals het is. Jij hebt het niet meer in de hand. Mij valt misschien te verwijten dat ik dat niet eerder heb gezegd.'

'Waarom heb je dat niet rechtstreeks tegen mij gezegd?'

'Dat heb ik geprobeerd, maar je luistert niet.'

'Ik luister wel.'

'Je denkt dat je luistert. Dat is niet hetzelfde.'

'Waarom heb je tegen Lisa gezegd dat ik het jou belette om mee te gaan die akker op?'

'Dat moet ze verkeerd hebben begrepen.'

Wallander keek Martinson aan. Weer kreeg hij zin om hem te slaan, maar hij wist dat hij dat niet zou doen. Hij voelde dat hij het niet kon opbrengen. Martinson was onverzettelijk. Hij geloofde in zijn eigen leugens. Hij zou althans niet ophouden ze te verdedigen.

'Had je verder nog iets?'

'Nee', zei Wallander. 'Verder heb ik niets meer te zeggen.'

Martinson draaide zich om en ging weg.

Wallander had het gevoel alsof de muren rondom hem instortten. Martinson had zijn keus gemaakt. Hun vriendschap was weg, verbroken. Met toenemend afgrijzen vroeg Wallander zich af of die er ooit was geweest. Of dat Martinson iemand was die altijd al op een gelegenheid had gewacht om toe te slaan.

Golven van verdriet rolden over zijn stranden. Gevolgd door een golf van woede, die in zijn eentje hoog boven hem uit torende.

Hij was niet van plan zich gewonnen te geven. Nog een paar jaar zou hij degene zijn die in Ystad de moeilijkste onderzoeken leidde.

Maar het gevoel dat hij iets verloren had, was sterker dan zijn woede. Hij vroeg zich opnieuw af wat hij moest doen om het te kunnen blijven volhouden.

Direct na zijn gesprek met Martinson verliet Wallander het politiebureau. Hij liet zijn mobiele telefoon op zijn kamer liggen en zei niet tegen Irene waar hij naartoe ging of wanneer hij terugkwam. Hij stapte in zijn auto en reed Malmövägen op. Toen hij bij de afslag naar Stjärnsund kwam, sloeg hij af. Eigenlijk wist hij niet waarom hij dat deed, maar misschien was het verlies van twee vrienden voor hem te veel om te dragen. In gedachten keerde hij vaak terug naar Elvira Lindfeldt. Ze was onder valse voorwendselen in zijn leven gekomen. Hij vermoedde dat ze uiteindelijk bereid zou zijn geweest om hem te doden, maar hij kon het toch niet laten om aan haar te denken zoals hij haar in feite had meegemaakt. Een vrouw die tijdens een etentje naar hem zat te luisteren. Een vrouw met mooie benen die een paar keer zijn eenzaamheid had doorbroken.

Toen hij het erf van Sten Widén opdraaide, lag dat er verlaten bij. Een bord bij de ingang liet weten dat de manege te koop was. Maar daar stond nu ook een ander bord bij: dat de manege al verkocht was. Hij kwam aan bij een verlaten huis.

Hij liep naar de stal en deed de deur open. De boxen stonden leeg. Een eenzame kat zat op de restanten van een hooibaal en nam hem afwachtend op.

Wallander voelde zich onaangenaam getroffen. Sten Widén was al vertrokken. En hij had niet eens de moeite genomen om afscheid te nemen.

Wallander verliet de stal en reed zo snel mogelijk weg.

Die dag keerde hij helemaal niet meer terug naar het bureau. Tijdens de middag reed hij lukraak rond over weggetjes rond Ystad. Een paar keer stopte hij en stapte hij uit om over de lege akkers uit te kijken. Toen het donker werd, keerde hij terug naar Mariagatan. Hij stopte om de openstaande rekening bij de kruidenierswinkel te voldoen. 's Avonds beluisterde hij twee keer achter elkaar Verdi's *La Traviata*. Ook belde hij Gertrud op. Ze spraken af dat hij haar de volgende dag zou bezoeken.

Tegen middernacht ging de telefoon. Wallander schrok. Als er maar niets gebeurd is, dacht hij. Niet nu, nog niet. Daar heeft niemand van ons de puf voor.

Het was Baiba, die belde uit Riga. Wallander besefte dat ze elkaar al meer dan een jaar niet hadden gesproken.

'Ik wilde alleen maar even horen hoe het met je is.'
'Goed. En met jou?'
'Goed.'
Vervolgens ging de stilte heen en weer tussen Ystad en Riga.
'Denk je nog wel eens aan me?' vroeg hij.
'Anders had ik toch niet gebeld?'
'Ik vroeg het me gewoon af.'
'En jij?'
'Ik denk voortdurend aan je.'

Wallander realiseerde zich dat ze hem vast meteen doorhad. Dat hij loog of althans overdreef. Waarom hij dat deed, wist hij niet. Baiba was iets wat voorbij was, verbleekt was. Toch kon hij haar niet loslaten. Of beter gezegd: de herinnering aan zijn tijd met haar.

Ze wisselden wat alledaagse zinnen. Toen was het gesprek

voorbij. Langzaam legde Wallander de hoorn neer.

Miste hij haar? Hij kon die vraag niet beantwoorden. Het was alsof er niet alleen in de wereld der computers *firewalls* bestonden. Hij had er vanbinnen ook een. Waarvan hij niet altijd wist hoe hij die moest doorbreken.

De dag daarna, woensdag 12 november, was de harde wind afgenomen. Wallander werd vroeg wakker. Hij was vrij. Hij kon zich niet herinneren wanneer hij voor het laatst op een gewone doordeweekse dag niet had hoeven werken. Omdat Linda zou komen had hij echter besloten dat hij een deel van zijn overuren zou opnemen. Hij zou haar om een uur 's middags op Skurup ophalen. Hij moest nu eindelijk zijn auto inruilen en daar wilde hij de ochtend aan besteden. Met de garage had hij afgesproken dat hij om tien uur zou komen. Hoewel hij ook zijn flat nog moest schoonmaken bleef hij in bed liggen.

Hij had weer gedroomd. Over Martinson. Ze waren terug op de markt in Kivik. Een gebeurtenis die zeven jaar geleden had plaatsgevonden. In zijn droom was alles net zoals het destijds in werkelijkheid was geweest. Ze waren op zoek naar een paar mensen die een oude boer en zijn vrouw hadden vermoord. Opeens hadden ze hen ontdekt, bij een kraampje waar ze gestolen leren jacks verkochten. Het kwam tot een schotenwisseling. Martinson had een van de mannen in zijn arm geschoten, of misschien was het zijn schouder. En Wallander was zelf achter de andere man aangegaan, die hij op het strand had ingehaald. Tot zover was de droom een exacte weergave van wat er destijds gebeurd was. Maar daarna, op het strand, had Martinson opeens zijn wapen geheven en op hem gericht. Op hetzelfde moment was hij wakker geworden.

Ik ben bang, dacht Wallander. Bang dat ik helemaal niet weet wat mijn collega's eigenlijk denken. Ik ben bang dat de tijd me door de vingers glipt. Dat ik bezig ben een politieman te worden die niet begrijpt wat zijn collega's denken, noch wat er tegenwoordig in Zweden gebeurt.

Hij bleef lang in bed liggen. Voor de verandering voelde hij zich een keer uitgerust, maar wanneer hij aan zijn eigen toekomst begon te denken werd hij door een ander soort vermoeidheid overvallen. Zou het zo worden dat hij er 's ochtends tegen op ging zien om naar het bureau te gaan? Hoe moest hij dan de jaren die hij toch nog te gaan had doorkomen?

Mijn hele bestaan bestaat uit een groot aantal afrasteringen, dacht hij. Die zitten niet alleen in mijzelf. Die zitten ook niet uitsluitend in computers en netwerken. Die zijn er ook op het bureau, tussen mij en mijn collega's, en daar ben ik me nu pas bewust van geworden.

Tegen achten stond hij op. Hij dronk koffie, las de krant en ruimde de flat op. In de kamer die van Linda was geweest maakte hij het bed op. Vlak voor tienen zette hij de stofzuiger weg. De zon scheen. Hij raakte meteen in een beter humeur. Hij reed naar het autobedrijf dat aan Industrigatan lag om zaken te doen. Het werd opnieuw een Peugeot. Een 306, uit 1996, er was weinig mee gereden en hij had maar één eigenaar gehad. De autohandelaar, die Tyrén heette, gaf hem een goede prijs voor zijn oude wagen. Om halfelf reed Wallander bij het bedrijf weg. Het gaf hem altijd een tevreden gevoel om zijn auto in te ruilen. Alsof hij zich schoon boende.

Omdat hij nog ruim de tijd had voordat hij op het vliegveld moest zijn, reed hij naar Österlen. Hij stopte bij zijn vaders oude huis in Löderup. Toen hij zag dat er niemand thuis was, reed hij het erf op. Voor de zekerheid klopte hij op de deur, maar er kwam niemand opendoen. Toen liep hij naar de schuur waarin zijn vader zijn atelier had gehad. De deur zat niet op slot. Hij deed open en ging naar binnen. Alles was veranderd. Tot zijn verbazing zag hij dat er een klein zwembad in de cementvloer was verzonken. Van zijn vader waren er geen sporen meer, zelfs de geur van terpentijn was verdwenen. Nu rook het naar chloor. Even ervoer hij dat als een inbreuk. Hoe kon je het goedvinden dat de herinnering aan een mens zo helemaal verdween? Wallander ging naar buiten. Naast de schuur lag een hoop oude troep. Hij liep ernaartoe om te kijken. Bijna helemaal bedolven onder brokken cement en zand lag daar zijn vaders oude koffiepot. Hij groef hem voorzichtig op en nam hem mee. Toen hij het erf afreed, deed hij dat in de stellige overtuiging dat hij hier nooit meer zou terugkeren.

Vanuit Löderup reed hij door naar het huis in Svarte waar Gertrud samen met haar zuster woonde. Hij dronk er koffie en luisterde afwezig naar het gepraat van de twee zussen. Over zijn bezoek aan Löderup zei Wallander niets.

Om kwart voor twaalf vertrok hij weer. Toen hij in de hal van de luchthaven van Skurup aankwam, duurde het nog een halfuur voordat het vliegtuig zou landen.

Zoals meestal wanneer hij Linda zou ontmoeten was hij nerveus. Hij vroeg zich af of het altijd zo was dat ouders op een bepaald moment bang werden voor hun kinderen. Hij had er geen antwoord op. Hij ging een kop koffie drinken. Opeens zag hij aan een ander tafeltje de man van Ann-Britt, die met zijn gereedschapstassen op weg was naar een verre bestemming. Hij was in gezelschap van een vrouw die Wallander niet kende. Namens Ann-Britt voelde hij zich meteen gekwetst. Om te voorkomen dat de man hem ontdekte, ging Wallander aan een ander tafeltje zitten met zijn rug naar hen toe. Hij vroeg zich af waarom hij dat deed, maar hij wist het niet.

Ondertussen moest hij denken aan de raadselachtige gebeurtenis in het restaurant van István, toen Sonja Hökberg op een andere plaats was gaan zitten, misschien om oogcontact te krijgen met de man die toen nog Fu Cheng heette en naderhand Hua Gang bleek te heten. Wallander had die gebeurtenis met Hanson en Ann-Britt besproken, maar een redelijk antwoord hadden ze geen van allen. Hoeveel had Sonja Hökberg eigenlijk af geweten van Jonas Landahl en zijn verbinding met de mysterieuze organisatie van Falk en Carter? Waarom had

Hua Gang haar in de gaten gehouden? Ze hadden er nooit een antwoord op gevonden. Het was een detail dat er niet meer toe deed. Een scherfje van het onderzoek dat zou zinken en op een onbekende plaats neerkomen. Wallander herinnerde zich veel van dergelijke scherven. In ieder onderzoek zat altijd een moment van onduidelijkheid, een detail dat ongrijpbaar was en zich niet liet inpassen. Dat was altijd gebeurd en zou opnieuw gebeuren.

Wallander wierp een blik over zijn schouder.

Ann-Britts man en de vrouw die hij bij zich had, waren weg.

Wallander wilde zelf ook net opstaan toen een oudere man op hem af kwam.

'Ik geloof dat ik u ken', zei de man. 'Bent u Kurt Wallander?'
'Ja, dat klopt.'
'Ik wil u niet storen, maar mijn naam is Otto Ernst.'

De naam kwam Wallander bekend voor, maar deze man had hij nog nooit gezien.

'Ik ben kleermaker', vervolgde Ernst. 'Ik heb in mijn atelier een broek liggen die door Tynnes Falk besteld was. Ik weet natuurlijk wel dat hij overleden is, maar ik vraag me af wat ik met die broek moet doen. Ik heb met zijn ex-vrouw gesproken, maar die wil hem niet hebben.'

Wallander keek de man doordringend aan. Maakte hij een grapje? Dacht hij werkelijk dat een politieman hem kon helpen met een broek die niet werd opgehaald? Otto Ernst maakte echter een oprecht bezorgde indruk.

'Ik stel voor dat u contact opneemt met zijn zoon', antwoordde Wallander. 'Jan Falk. Misschien kan hij u helpen.'
'Hebt u zijn adres misschien?'
'Belt u het politiebureau in Ystad maar. U kunt vragen naar Ann-Britt Höglund. Zegt u maar dat ik u naar haar heb doorverwezen. Zij kan u het adres geven.'

Ernst glimlachte en gaf Wallander een hand.

'Ik had al gedacht dat u me wel zou helpen. Neem me niet kwalijk dat ik u heb gestoord.'

Wallander keek de man lang na.

Het was alsof hij iemand had ontmoet uit een wereld die niet langer bestond.

Het vliegtuig landde precies op tijd. Linda was een van de laatsten die naar buiten kwamen. Toen ze elkaar begroetten, was Wallanders nervositeit op slag verdwenen. Ze was net als altijd, opgewekt en open. Bovendien was ze niet zo extravagant gekleed als voorgaande keren dat ze elkaar hadden ontmoet. Ze haalden haar tas op en verlieten het luchthavengebouw. Wallander liet haar zijn nieuwe auto zien. Als hij niets had gezegd, zou ze niet eens hebben gemerkt dat hij zijn auto had ingeruild.

Ze reden naar Ystad.

'Hoe is het?' vroeg hij. 'Wat doe je? Je doet de laatste tijd zo geheimzinnig.'

'Het is mooi weer', zei ze. 'Kunnen we niet naar het strand rijden?'

'Ik vroeg je wat.'

'Je zult ook antwoord krijgen.'

'Wanneer dan?'

'Nu nog niet.'

Wallander sloeg rechtsaf en reed naar Mossby strand. De parkeerplaats lag er verlaten bij, de kiosk was vergrendeld. Linda maakte haar tas open en pakte er een dikke trui uit. Daarna liepen ze naar het strand.

'Ik weet nog dat we hier liepen toen ik klein was', zei ze. 'Dat is een van mijn vroegste herinneringen.'

'We gingen vaak met z'n tweeën. Wanneer je moeder even rust wilde hebben.'

Ver aan de horizon stevende een vaartuig in westelijke richting. De zee was bijna helemaal glad.

'Die foto in de krant', zei ze opeens.

Er ging een steek door Wallander heen.

'Dat is nu achter de rug', antwoordde hij. 'Het meisje en haar moeder hebben hun aanklacht ingetrokken. Het is achter de rug.'

'Ik heb een andere foto gezien', zei ze. 'In een weekblad dat bij ons in het eetcafé lag. Er was iets gebeurd bij een kerk in Malmö. Er stond bij dat jij een fotograaf had bedreigd.'

Wallander dacht terug aan de begrafenis van Stefan Fredman. Aan het filmrolletje dat hij kapotgetrapt had. Maar er was dus nog een rolletje volgeschoten. Die gebeurtenis was hij helemaal vergeten. Nu vertelde hij Linda over zijn afrekening met de fotograaf.

'Daar heb je goed aan gedaan', zei ze. 'Ik hoop dat ik hetzelfde had gedaan.'

'In zulke situaties zul jij niet terechtkomen', zei Wallander. 'Jij zit niet bij de politie.'

'Nog niet.'

Wallander bleef abrupt staan en keek haar aan.

'Wat zeg je nou?'

Ze gaf niet meteen antwoord maar liep door. Boven hun hoofden schreeuwden een paar meeuwen.

'Je vond dat ik geheimzinnig deed', zei ze. 'En je hebt gevraagd waar ik mee bezig was. Ik wilde niets zeggen voordat ik een besluit had genomen.'

'Wat bedoelde je met wat je net zei?'

'Ik ben van plan bij de politie te gaan. Ik heb me aangemeld voor de politieacademie. En ik denk dat ik word toegelaten.'

Wallander begreep er niets van.

'Is dat echt waar?'

'Ja.'

'Maar daar heb je het nog nooit eerder over gehad.'

'Ik loop er al lang over te denken.'

'Waarom heb je nooit iets gezegd?'

'Dat wilde ik niet.'

'Maar ik dacht dat je oude meubels wilde gaan restaureren?'

'Ik ook. Maar nu weet ik wat ik echt wil. Daarom ben ik gekomen, om je dat te vertellen. En om te vragen wat jij ervan vindt. En je goedkeuring te krijgen.'

Ze liepen verder.

'Je overvalt me er wel mee', zei Wallander.

'Je hebt verteld hoe het was toen jij aan opa vertelde dat je bij de politie wilde. Dat je een besluit had genomen. Als ik jou goed begrepen heb, reageerde hij meteen.'

'Hij had al nee gezegd nog voordat ik uitgesproken was.'

'En wat zeg jij?'

'Als je me een minuut geeft, krijg je daarna antwoord.'

Ze ging op een oude boomstronk zitten die half in het zand begraven lag. Wallander liep naar de waterlijn. Hij had nooit kunnen denken dat Linda op een dag in zijn voetsporen zou willen treden. Hij vond het moeilijk om vast te stellen wat hij nou eigenlijk vond van wat hij had gehoord.

Hij keek uit over zee. Het zonlicht schitterde op het water. Linda riep dat de minuut voorbij was. Hij liep terug.

'Ik vind het goed', zei hij. 'Jij wordt vast het type agent dat we in de toekomst nodig zullen hebben.'

'Meen je dat echt?'

'Elk woord.'

'Ik vond het eng om te vertellen. Ik was nerveus voor hoe je zou reageren.'

'Dat had je niet hoeven zijn.'

Ze stond op van de boomstronk.

'We hebben veel te bespreken', zei ze. 'Bovendien heb ik honger.'

Ze keerden terug naar de auto en reden naar Ystad. Wallander zat achter het stuur en probeerde het grote nieuws te verwerken. Hij twijfelde er niet aan dat Linda een goede politieagente zou worden, maar realiseerde ze zich wat dat inhield? Alle risico's die hij zelf had ervaren?

Maar hij voelde ook iets anders. Haar besluit betekende dat de keuze die hij zelf ooit in zijn leven had gemaakt op de een of andere manier gerechtvaardigd werd.

Het was een onduidelijk, vaag gevoel, maar het was echt en het was heel sterk.

Die avond bleven ze lang zitten praten. Wallander vertelde over het moeilijke onderzoek dat was begonnen en geëindigd bij een simpele bankautomaat.

'Er wordt wel gesproken over macht,' zei Linda toen Wallander zweeg, 'maar niemand heeft het eigenlijk over instellingen als de Wereldbank. Wat voor macht die in onze tijd bezitten. Hoeveel menselijk lijden er door hun beslissingen wordt veroorzaakt.'

'Bedoel je daarmee dat je begrip hebt voor wat Carter en Falk wilden bereiken?'

'Nee', antwoordde ze. 'In ieder geval niet voor de manier die ze daarvoor hadden gekozen.'

Wallander raakte er steeds meer van overtuigd dat haar besluit langzaam was gerijpt. Het was geen losse flodder waar ze later weer spijt van zou krijgen.

'Ik zal je vast om raad moeten vragen', zei ze vlak voordat ze naar bed ging.

'Ik kan je niet garanderen dat ik je die ook altijd kan geven.'

Toen Linda naar bed was gegaan bleef Wallander in de woonkamer zitten. Het was halfdrie 's nachts. Hij had een glas wijn voor zich staan. Een van Puccini's opera's stond op. Het geluid stond zacht.

Wallander deed zijn ogen dicht. Voor zich had hij een brandende muur. In gedachten nam hij een aanloop.

Vervolgens rende hij recht door de muur. Alleen zijn haren en zijn huid schroeide hij een beetje.

Hij deed zijn ogen weer open. Glimlachend.

Iets was voorbij.

Iets anders stond op het punt te beginnen.

De dag daarna, donderdag 13 november, begonnen de beurzen in Azië onverwacht te kelderen.

Er waren veel verklaringen voor wat er gebeurde en die spraken elkaar tegen. Niemand slaagde er echter in een antwoord te geven op de belangrijkste vraag. Waardoor de dramatische koersval eigenlijk was ontketend.

Nawoord

Deze roman speelt zich af in een grensgebied.
Tussen de realiteit, wat er is gebeurd, en de fantasie, wat er gebeurd zou kunnen zijn.
Dat betekent dat ik mij af en toe grote vrijheden heb veroorloofd.
Een roman is altijd een eigenmachtige scheppingsdaad.

Dat betekent dat ik huizen heb verplaatst, straatnamen heb veranderd – en een keer een straat heb toegevoegd die niet bestaat.
Ik heb het in Skåne 's nachts laten vriezen wanneer mij dat goed uitkwam.
Ik heb mijn eigen dienstregeling gemaakt voor het vertrek en de aankomst van veerboten.
En niet in de laatste plaats: ik heb een geheel eigen systeem van energievoorziening gebouwd in Skåne. Hetgeen niet moet worden uitgelegd alsof ik ook maar iets heb aan te merken op de diensten van Sydkraft.
Dat heb ik niet.
Ze hebben me altijd de stroom geleverd die ik nodig heb.

Ik heb mezelf ook toegestaan nogal vrijelijk te experimenteren met de wereld van de automatisering.
Ik heb namelijk mijn vermoedens dat wat in dit boek staat, binnenkort werkelijkheid zal worden.

Een groot aantal mensen is mij behulpzaam geweest.
Niemand heeft gevraagd om te worden vermeld.
Dus noem ik niemand. Maar ik bedank wel iedereen.

Voor wat hier staat, ben ik geheel en al zelf verantwoordelijk.

Maputo, april 1998
Henning Mankell

Henning Mankell bij Uitgeverij De Geus

De Inspecteur Wallander-reeks

Moordenaar zonder gezicht

Inspecteur Kurt Wallander probeert de voortgang van het onderzoek naar een wrede dubbele moord zoveel mogelijk buiten de publiciteit te houden. Toch lekt er informatie uit over de mogelijke betrokkenheid van in de nabijheid gehuisveste asielzoekers.

Honden van Riga

In een rubberboot treft de Zweedse politie twee doden aan. De mannen blijken voor hun executie gemarteld te zijn. Inspecteur Kurt Wallander volgt het spoor naar de Letse hoofdstad Riga, waar hij een pion dreigt te worden in een Baltische intrige.

De witte leeuwin

Tijdens het onderzoek naar de verdwijning van de Zweedse makelaar Louise Åkerblom komt inspecteur Kurt Wallander op het spoor van geheime voorbereidingen voor een politieke aanslag in Zuid-Afrika. Is hij nog op tijd om de aanslag te verijdelen?

De man die glimlachte

De moord op advocaat Torstensson wordt korte tijd later gevolgd door de moord op zijn zoon Sten, een vriend van Kurt Wallander. Tijdens het onderzoek komt Wallander in een wespennest van fraude terecht. Zijn tegenstander is een machtige zakenman zonder scrupules.

Dwaalsporen

Kurt Wallander moet hulpeloos toezien hoe een jonge vrouw zichzelf door verbranding van het leven berooft. Drie afschuwelijke moorden volgen. Het spoor voert Wallander naar een netwerk van smokkel en seksueel misbruik.

De vijfde vrouw

Drie even bizarre als gruwelijke moorden schokken het zuiden van Zweden. Kurt Wallander concludeert al snel dat de misdrijven met elkaar verband houden en bewust geënsceneerd zijn als openbare executies. De vraag is wat de dader ermee wil zeggen.

Midzomermoord

Kurt Wallander gaat op zoek naar drie jongelui die na midzomernacht zijn verdwenen. Als hij met collega Svedberg wil overleggen, blijkt ook hij aanvankelijk onvindbaar, tot hij vermoord wordt aangetroffen in zijn eigen woning. Er lijkt een verband te zijn met de drie verdwenen jongeren.

De blinde muur

Hackers hebben het voorzien op het computersysteem van de Wereldbank teneinde de wereldeconomie in een chaos te storten. Inspecteur Kurt Wallander komt voor een geheel nieuw soort criminaliteit te staan: computermisdaad op internationale schaal.

De jonge Wallander

Kurt Wallander is een door de wol geverfde politie-inspecteur wanneer hij op 8 januari 1990 geconfronteerd wordt met de brute moord op een bejaard echtpaar waarmee de Wallanderreeks begint. In dit boek brengt Mankell een vijftal verhalen bijeen die licht werpen op Wallanders voorgeschiedenis en zijn eerste ervaringen als politieman.

Overige spanningromans van Henning Mankell

De terugkeer van de dansleraar

De 37-jarige inspecteur Stefan Lindman leest in de krant dat zijn gepensioneerde ex-collega en mentor Herbert Molin is vermoord. Lindman reist af naar de verscholen liggende boerderij waar Molin woonde en is afgeslacht. Daar vindt Lindman vreemde bloederige sporen. Het blijken de basispassen van de tango te zijn. Lindman doet nog een aangrijpende ontdekking: Molin is het nazi-gedachtegoed tot aan zijn dood trouw gebleven.

Overige romans van Henning Mankell

Daniël, zoon van de wind

Eind 19de eeuw ontfermt de Zweedse avonturier Bengler zich over een negerjongetje, dat hij Daniël noemt en meeneemt naar Zweden. Als Bengler onverwacht het land moet verlaten, blijft Daniël achter onder de hoede van een eenvoudig boerengezin.

Verteller van de wind

Het tragische leven en sterven van de jongen Nelio, die, na zijn vlucht voor de rebellen op het Afrikaanse platteland, op tienjarige leeftijd de leider wordt van een groep straatkinderen in de stad. Eerder verschenen als *Comédia infantil.*

Tea-Bag

Een Afrikaans meisje belandt via Spanje met een valse identiteit in Zweden, waar ze een lezing van de dichter Jesper Humlin bijwoont. Het verhaal dat Tea-Bag hem vertelt opent een voor hem onbekende wereld.